De vuelta a casa

KATE MORTON

De vuelta a casa

Traducción de
Máximo Sáez Escribano

DEBOLS!LLO

Papel certificado por el Forest Stewardship Council®

MIXTO
Papel | Apoyando la
silvicultura responsable
FSC® C117695

Penguin
Random House
Grupo Editorial

Título original: *Homecoming*

Marzo de 2025

© 2023, Kate Morton
© 2023, 2025, Penguin Random House Grupo Editorial, S. A. U.
Travessera de Gràcia, 47-49. 08021 Barcelona
© 2023, Máximo Sáez Escribano, por la traducción
Diseño de la cubierta: Penguin Random House Grupo Editorial / Yolanda Artola
Imagen de la cubierta: Composición fotográfica a partir de las imágenes
de © Elisabeth Ansley / Trevillion Images © Depositphotos y © Shutterstock

Printed in Spain – Impreso en España

ISBN: 978-84-663-8025-6
Depósito legal: B-541-2025

Compuesto en Punktokomo, S. L.
Impreso en Liberdúplex
Sant Llorenç d'Hortons (Barcelona)

P 3 8 0 2 5 6

Para mi familia

PRÓLOGO

Y, cómo no, iban a ofrecer una comida para celebrar el año nuevo. Una fiesta pequeña, solo para la familia, pero Thomas exigiría la guarnición completa. Sería impensable hacerlo de otro modo: los Turner creían en la tradición y, con la visita de Nora y Richard, que venían desde Sídney, no debían escatimar en pompas ni alardes.

Isabel había decidido situarse en otro lugar del jardín ese año. Solían sentarse debajo del nogal del patio oriental, pero hoy se había sentido atraída por el césped a la sombra del cedro del señor Wentworth. Caminaba por ahí cortando flores para la mesa, impresionada por las vistas a las montañas que quedaban al oeste. «Sí —se había dicho a sí misma—. Aquí estaremos de maravilla». La llegada de esa idea y su capacidad de decisión habían sido embriagadoras.

Se dijo que todo era parte de su propósito de Año Nuevo: llegar a 1959 con nuevas expectativas y formas de ver el mundo; pero una vocecita en su interior se preguntaba si no pretendía atormentar a su marido solo un poco con esa súbita ruptura del protocolo. Desde que descubrieron la fotografía en sepia del señor Wentworth y sus victorianos amigos, igual de barbudos que él, sentados en unas elegantes butacas reclinables de madera dispuestas en el patio oriental, Thomas se había mostrado inflexible en su convicción de que ese era el lugar idóneo para recibir invitados.

Isabel no tenía claro exactamente cuándo había empezado a sentir un placer culpable al provocar la aparición de aquella pequeña línea vertical en el ceño fruncido de su marido.

Una ráfaga de viento casi le arrebató el cordel de los banderines y se agarró con fuerza al tramo más alto de la escalera de madera. Había cargado con ella aquella mañana desde el cobertizo del jardín, disfrutando bastante del esfuerzo. Al subir por primera vez a lo alto, le había venido a la cabeza un recuerdo de infancia: una excursión de un día a Hampstead Heath con su madre y su padre en la que había trepado una de las secuoyas gigantescas y mirado al sur, hacia la ciudad de Londres.

—¡Veo la catedral de St. Paul! —dijo a sus padres cuando vislumbró la familiar cúpula entre la niebla.

—No te sueltes —le respondió su padre.

Justo cuando lo dijo, se despertó en Isabel la perversa tentación de llevarle la contraria. El deseo le cortaba la respiración.

Una bandada de cacatúas galah salió disparada de la copa del árbol de banksia, un frenesí de plumas rosadas y grises, e Isabel se paralizó. Alguien se encontraba ahí. Siempre había tenido un poderoso instinto que le avisaba del peligro. «Será que te sientes culpable», solía decir Thomas allá en Londres, cuando, aún fascinados, se estaban conociendo. «Qué tontería —había respondido ella—. Es solo que soy muy perceptiva». Isabel permaneció quieta en lo alto de la escalera y escuchó.

—¡Ahí, mira! —oyó un susurro teatral—. Date prisa y mátalo con el palo.

—¡No puedo!

—Sí puedes. Y debes. Lo prometiste.

¡Solo eran los niños, Matilda y John! Qué alivio, supuso Isabel. Aun así, permaneció inmóvil para no delatarse.

—Dóblale el cuello y acaba ya —era la voz de Evie, de nueve años, la más pequeña.

—No puedo.

—Oh, John —dijo Matilda—. Dámelo. Deja de ser un bebé.

Isabel reconoció el juego. Llevaban años jugando por temporadas a la caza de serpientes. Al principio, les había inspirado un libro, una antología de poesía folclórica australiana que les envió Nora, Isabel les leyó en voz alta y a los niños les entusiasmó. Como muchas de las historias del lugar, eran relatos llenos de advertencias. Al parecer, había muchísimas cosas que daban miedo en esas tierras: serpientes y puestas de sol, tormentas y sequías, embarazos y fiebres, incendios forestales e inundaciones, además de novillos locos, cuervos, águilas y desconocidos: peones de granja con cara de condenados al cadalso que emergían de entre los arbustos con un crimen en mente.

En ocasiones, a Isabel le resultaba abrumador tal número de amenazas letales, pero los niños eran pequeños australianos de pura cepa y disfrutaban de las historias, inmersos en su juego. Era una de las pocas actividades que entretenía a todos a pesar de las diferencias en edad y gustos.

—¡Ya está!

—Bien hecho.

Una risotada exultante.

—Vamos a otro sitio.

Le encantaba oírlos así, tan contentos y revoltosos; de todos modos, contuvo el aliento y esperó a que el juego los llevara a otra parte. A veces —aunque jamás lo habría admitido en voz alta— Isabel se sorprendía a sí misma imaginando cómo sería tener el poder de hacerlos desaparecer. Solo por un rato, por supuesto, o los echaría muchísimo de menos. Una hora, tal vez un día… Una semana a lo sumo. Lo suficiente para tener un poco de tiempo para pensar. Nunca tenía bastante y, sin duda, no le bastaba para seguir una idea hasta su conclusión lógica.

Thomas la miraba como si estuviera loca si alguna vez sugería algo parecido. Tenía ideas bastante inflexibles respecto a la maternidad. Y en cuanto al papel de las esposas. Al parecer, en Australia era común dejar que las mujeres se las apañasen solas con las serpientes, los incendios y los perros salvajes. A Thomas se le perdía la mirada en la lejanía cada vez que se explayaba sobre el tema, preso de la fascinación romántica y sentimental con el folclore de su país. Le gustaba imaginar una esposa de frontera, capaz de afrontar las adversidades y avivar el fuego del hogar mientras él vagaba por el mundo repartiendo felicidad.

Hubo un tiempo en que la idea la divertía. Había sido más gracioso cuando Isabel pensaba que él bromeaba. Pero Thomas tenía razón cuando le recordaba que ella había aceptado su grandioso plan... De hecho, se había lanzado de cabeza a la oportunidad de cambiar de vida. La guerra fue larga y lúgubre y, al acabar, Londres se había vuelto un lugar despreciable y hostil, descolorido. Isabel se había cansado. Además, Thomas estaba en lo cierto cuando señalaba que la vida en esa mansión no se parecía en nada a una vida en la frontera. Caramba, Isabel tenía teléfono, iluminación eléctrica y un candado en cada puerta.

Lo cual no significaba que no fuera solitario en ocasiones y hasta lúgubre cuando los niños se iban a la cama. Incluso la lectura, desde siempre una fuente de consuelo, había comenzado a parecer otra actividad aislante.

Sin dejar de agarrarse a la escalera, Isabel estiró el cuello para ver si la guirnalda iba a colgar lo bastante alta como para dejar espacio a la mesa que iría debajo. Calcular la altura correcta era una tarea más peliaguda de lo que esperaba. Henrik siempre lograba que pareciera sencillo. Le podía (y debería) haber pedido que lo hiciera antes de terminar su jornada el día anterior. No iba a llover y no les habría ocurrido nada a los banderines por pasar una noche al aire libre. Pero no fue capaz. Las cosas habían cambiado entre ellos en los últimos tiempos, desde que ella se topó con él en la oficina aquella tarde en la que él se había quedado a trabajar mientras Thomas estaba en Sídney. Ahora le daba vergüenza encargarle pequeñas tareas. Se sentía insegura y expuesta.

Lo tendría que hacer ella misma. En realidad, el viento era una amenaza. La decisión acerca del patio occidental la había tomado antes de comenzar; había olvidado que esa era la parte menos resguardada del jardín. Pero Isabel era obstinada, lo había sido toda la vida. Un amigo sabio le dijo en cierta ocasión que las personas no cambiaban con la edad, solo se volvían más viejas y tristes. En cuanto a lo primero, pensó Isabel, no podía hacer gran cosa, pero estaba decidida a no permitir lo segundo. Por fortuna, siempre había sido una persona muy optimista.

Lo único que pasaba era que los días de viento traían consigo cierta zozobra. Al menos, así era últimamente. Estaba convencida de que no siempre había sentido esa turbulencia en el interior del vientre. Hace tiempo, en otra vida, la conocían por sus nervios de acero. Ahora no era extraño que se apoderara de ella una súbita sensación de alarma que surgía sin motivo aparente. Tenía la impresión de estar sola en la superficie de la vida y se sentía tan frágil como el cristal. Respirar ayudaba. Se preguntó si necesitaría un trago o un té, algo que le calmara la cabeza para al menos poder dormir. Había sopesado incluso llamar a un médico, pero no al marido de Maud McKendry, en la calle principal. Por nada del mundo.

No sabía cómo, pero Isabel iba a arreglar las cosas. Era su otro propósito de Año Nuevo, si bien no se lo había revelado a nadie. Se concedería otro año para recuperar el equilibrio. Había personas que la necesitaban y ya era hora.

Iba a cumplir treinta y ocho años. ¡Casi cuarenta! Ni su madre ni su padre habían alcanzado una edad tan avanzada. Tal vez ese fuera el motivo por el que la habían asaltado últimamente tantos recuerdos de infancia. Era como si ya hubiera pasado bastante tiempo y pudiera darse la vuelta y ver con claridad la otra orilla del vasto océano del tiempo. A duras penas recordaba la travesía.

Era ridículo sentirse sola. Llevaba catorce años viviendo en la casa. Estaba rodeaba de más familia de la que había tenido nunca... Bien sabía Dios que no podría escapar de los niños ni aunque lo intentara. Y, sin embargo, en ocasiones su desconsuelo le inspiraba terror, la sensación lacerante de haber perdido algo que no lograba nombrar y, por tanto, no podría encontrar jamás.

Algo se movió en la curva del camino de entrada. Se estiró para mirar. Sí, alguien venía, no eran imaginaciones suyas. ¿Un desconocido? ¿Un fugitivo que recorría el camino a caballo y parecía recién salido de un poema de Banjo Paterson?

Era el cartero, comprendió al reparar en el paquete envuelto en papel marrón que llevaba en los brazos. ¡En el Día de Año Nuevo! Una de las virtudes de vivir en un pequeño pueblo donde todo el mundo se conocía era que los servicios no se limitaban a los horarios habituales, aunque esto era excepcional. En el interior de Isabel renació el entusiasmo y se volvió torpe al intentar atar los banderines para bajar con tiempo de recibir el envío. Esperaba que fuera el pedido que había realizado por carta hacía unas semanas. ¡Su liberación! No esperaba que llegara tan pronto.

Pero perdía los nervios. El cordel estaba enredado y el viento lo agitaba entre las banderolas. Isabel se esforzó y maldijo entre dientes, sin dejar de mirar por encima del hombro para comprobar el avance del cartero.

No quería que entregara el paquete en la casa.

Cuando el cartero se acercó a la curva más próxima, Isabel supo que tendría que soltar el cordel si quería bajar de la escalera a tiempo. Vaciló un momento y gritó para llamar su atención: «¡Hola!». Lo saludó con la mano: «Estoy aquí».

El recién llegado alzó la vista, sorprendido. Mientras se agarraba con fuerza a la escalera para evitar otra ráfaga de viento, Isabel comprendió que se había equivocado. Aunque llevaba un paquete, el desconocido en el camino no era el cartero en absoluto.

Víspera de Navidad, 1959

Más tarde, cuando le preguntaran al respecto, lo que ocurriría en numerosas ocasiones a lo largo de su larga, larga vida, Percy Summers respondería con sinceridad que le había parecido que estaban dormidos. Con ese sol no era extraño adormecerse así. Durante todo diciembre el calor había venido del oeste, cruzando el centro del desierto antes de dirigirse al sur; ahí se había acumulado y pendía invisible sobre todos ellos, y no estaba dispuesto a moverse. Todas las noches escuchaban la previsión del tiempo, a la espera de oír que estaba a punto de acabarse, pero el alivio no llegaba. En las largas tardes se inclinaban sobre las cercas del otro, mirando con los ojos entrecerrados la luz dorada mientras el sol abrasador se derretía en el horizonte más allá del límite del pueblo, y negaban con la cabeza y se lamentaban del calor, el maldito calor, al tiempo que se preguntaban unos a otros, sin esperar respuesta, cuándo acabaría por fin.

Mientras tanto, altos y esbeltos en las laderas de las colinas que rodeaban el valle por el que serpenteaba un río, se alzaban silenciosos los eucaliptos de goma azul, con su brillo metálico y veteado. Eran viejos y ya lo habían visto todo. Estaban allí desde mucho antes que las casas de piedra, madera o hierro; antes que las carreteras, los coches y las cercas; antes que las hileras de viñedos y manzanos y el ganado en el prado; los eucaliptos ya estaban ahí, soportando el calor sofocante y el frío húmedo del invierno. Era un lugar antiguo, una tierra de vastos extremos.

Sin embargo, incluso para lo que era habitual, el verano de 1959 fue caluroso. Allí donde se guardaban los registros se estaban batiendo las marcas, y los habitantes de Tambilla lo sentían con particular intensidad. La esposa de Percy, Meg, se había acostumbrado a levantarse al amanecer para meter en la tienda el envío de leche antes de que se pusiera mala; Jimmy Riley dijo que ni siquiera sus tíos y sus tías recordaban tanto calor; en la mente de todo el mundo, sobre todo con el recuerdo de 1955 aún tan reciente, estaba el riesgo de incendio.

La prensa solía llamarlo el Domingo Negro. Se habían desatado los peores incendios vistos desde la época colonial. Cuatro años atrás, el 2 de enero amaneció con la poderosa sensación de desastre inminente. Una tormenta de arena se había acercado por la noche desde las planicies secas del norte, con unos vientos racheados de cien kilómetros por hora. Los árboles se inclinaban y las hojas salían disparadas por los barrancos; de los tejados de las granjas se desprendían láminas enteras de hierro ondulado. Se soltaron los cables de alta tensión, que lanzaron llamaradas que se propagaron, crecieron y al fin se unieron para formar un ávido muro de fuego.

Hora tras hora, los lugareños habían presentado batalla con sacos mojados, palas y todo lo que encontraron a mano, hasta que al fin, al anochecer, como si de un milagro se tratase, había comenzado a llover y el viento cambió de dirección…, pero no antes de haber destruido unas cuarenta propiedades, además de llevarse la vida de dos pobres almas. Llevaban desde entonces exigiendo un servicio de emergencia de bomberos eficaz, pero los responsables de la ciudad se demoraban; ese año, ante condiciones semejantes, la administración local había decidido tomar las riendas.

Jimmy Riley, que trabajaba como rastreador para algunos granjeros de las colinas, llevaba un montón de tiempo hablando de limpiar las tierras. Durante miles de años, decía, sus ancestros habían llevado a cabo incendios periódicos y controlados para reducir la carga de combustible cuando aún hacía frío, de modo que no quedara bastante para iniciar un incendio cuando el sol los achicharrara y el viento del noroeste soplara y bastara una mera chispa para desatar el caos. A Percy le parecía que a hombres como Jimmy Riley, que conocían esa tierra como la palma de su mano, no se les escuchaba como merecían.

La última advertencia había sido la de Angus McNamara, cerca de los Meadows, la semana anterior. Los años templados y húmedos desde 1955 habían propiciado que el bosque de Kuitpo creciera hasta formar una masa de lo más frondosa. Un rayo suelto, una cerilla arrojada al suelo y todo ardería en llamas. Habían trabajado toda la semana y habían terminado de talar a tiempo para las Navidades. Menos mal: había previsión de tormentas para el fin de semana, pero era muy probable que la lluvia pasara de largo y los rayos cayeran sobre terreno seco. Meg no se había alegrado precisamente cuando Percy le dijo que iba a marcharse durante la época más ajetreada del año, pero sabía que tenía que hacerse y que Percy no era de los que se escaquean. Habían recurrido a los muchachos para ayudar en la tienda y Meg había aceptado a regañadientes que a los chavales no les vendría mal tener responsabilidades reales. Percy les había dejado la camioneta Ford y se llevó a Blaze para cabalgar hasta Meadows.

A decir verdad, Percy prefería ir a caballo. Le había mortificado amontonar los cupés en bloques durante la guerra, pero era imposible conseguir gasolina ni por todo el oro del mundo. Lo poco que quedaba lo habían confiscado el ejército y otros servicios esenciales y, para cuando pudieron volver a bajar los autos, Percy ya había perdido la costumbre de conducir. Habían conservado la camioneta para los pedidos más grandes, pero siempre que podía Percy ensillaba a Blaze y cabalgaba. Blaze ya tenía una edad, no era la jovencita temerosa que había ido a vivir con ellos allá por el año 1941, pero todavía le encantaba correr.

La finca de los McNamara era una gran estancia ganadera a este lado de los Meadows a la que la mayoría de la gente llamaba simplemente la Estación. La casa era amplia y plana, con un enorme porche que la rodeaba por completo y un amplio toldo de hierro que mantenía el calor a distancia. Le habían ofrecido un lugar en el cobertizo donde pasar la noche, pero Percy había preferido extender su saco de dormir bajo las estrellas. Últimamente no tenía muchas oportunidades para salir de acampada, entre el ajetreo constante de la tienda y los muchachos en pleno crecimiento. Ya tenían dieciséis y catorce años, eran más altos que él y calzaban botas del mismo número; ambos preferían pasar tiempo con sus amigos en lugar de ir de acampada con su viejo.

Percy no reprochaba su independencia a los muchachos, pero los echaba de menos. Entre sus mejores recuerdos figuraban algunos en los que estaban sentados alrededor de una hoguera, narraban cuentos y compartían risas, contaban las estrellas del cielo nocturno y les enseñaba habilidades útiles, como encontrar agua fresca o cazar su propia comida.

Les iba a regalar a cada uno una nueva caña de pescar para Navidades. Meg lo había acusado de manirroto cuando trajo los regalos a casa, pero lo había dicho con una sonrisa. Meg sabía que Percy había estado buscando la manera de sobrellevar el terrible golpe de haber perdido a su viejo perro Buddy en primavera. Percy justificó el precio recordándole a Meg que Marcus, en especial, se estaba convirtiendo en un buen pescador; no estaría mal que terminara dedicándose a ese oficio. Kurt, el mayor, iba a ir a la universidad cuando terminara el colegio. Iba a ser el primer universitario de la familia y, si bien Percy trataba de no armar demasiado alboroto con sus excelentes notas, sobre todo frente a Marcus, no podía estar más orgulloso; Meg también lo estaba. Incluso con la reciente distracción de Matilda Turner, Kurt había logrado que sus notas no se resintieran. Percy deseaba que su madre aún estuviera viva para leer los informes de los profesores de Kurt.

El calor chisporroteaba bajo la maleza y las ramas secas se partían bajo los cascos de Blaze. Habían salido de la Estación a primera hora y llevaban viajando todo el día.

Percy guio a la vieja yegua por el sendero, despacio y con paso firme, a la sombra siempre que era posible. Tenían enfrente el límite de Hahndorf; no les quedaba mucho para estar en casa.

Con el calor del día a la espalda y el monótono zumbido de los insectos cerca de las orejas, la somnolencia se había apoderado de Percy. El aire seco del verano le trajo recuerdos de cuando era un muchacho. Estar tumbado en la cama, en el pequeño cuarto trasero de la casa que compartía con su madre y su padre, tratando de identificar los ruidos del exterior; cerraba los ojos para imaginarse a sí mismo inmerso en la vida que se extendía más allá de la ventana.

Cuando tenía doce, Percy pasó casi todo el año en aquella cama. El encierro no fue sencillo para un muchacho acostumbrado a deambular con libertad. Oía a sus amigos en la calle, que se llamaban unos a otros, entre risas y gritos mientras pateaban una pelota, y había deseado unirse a ellos, sentir la sangre fluir por las piernas, el corazón palpitar contra las costillas. Se sintió encoger, desaparecer en la nada.

Pero su madre venía de una familia de anglicanos de fuerte carácter y no estaba dispuesta a quedarse de brazos cruzados mientras la autocompasión devoraba a su hijo. «No importa si tu cuerpo está atrapado —le dijo en ese tono firme y sensato tan propio de ella—. Existen otras maneras de viajar».

Meg comenzó con un libro sobre un koala que llevaba bastón, y un marinero y un pingüino, y un pudin que milagrosamente recuperaba la forma cada vez que se lo comían. La experiencia fue una revelación: nunca, ni siquiera de pequeño, le habían leído a Percy en voz alta. Había visto libros en el escritorio de su profesora en la escuela, pero, tal vez influido por su padre, había dado por hecho que se trataba de objetos de castigo y trabajo. No se había enterado de que entre esas páginas había mundos enteros, llenos de gente y lugares, travesuras y humor, que lo estaban esperando.

Cuando hubo escuchado esos cuentos para niños tantas veces que era capaz de recitarlos en voz baja, Percy se atrevió a preguntar a su madre si había más. Meg se detuvo y Percy pensó que se había adentrado en territorio prohibido, que los cuentos iban a desaparecer y que se iba a quedar solo con la única compañía de su cuerpo maltrecho. Pero su madre murmuró: «Eso me pregunto yo», y desapareció en el interior de la cochera que había en un rincón del jardín, el lugar al que su padre nunca iba.

Era extraño pensar que, si no hubiera contraído la polio, tal vez nunca habría llegado a descubrir a Jane Austen. «Es mi favorita —dijo su madre en voz baja, como si le estuviera confesando un secreto—. De antes de conocer a tu padre». Le explicó que no tenía tiempo para leérselo en voz alta («¡Todos en el pueblo se van a morir de hambre si no estoy ahí para venderles leche y huevos!»), pero dejó el libro entre las manos de Percy y asintió con gesto serio y silencioso. Percy comprendió. Se habían convertido en cómplices.

Percy necesitó un tiempo para acostumbrarse al estilo, y algunas de las palabras eran nuevas para él, pero no tenía otro lugar al que ir y, una vez dentro, le resultó imposible salir. *Orgullo y prejuicio, Sentido y sensibilidad, Emma*; al principio le había parecido que describían un mundo muy diferente al suyo, pero cuanto más leía, más reconocía a los habitantes de su pueblo entre los personajes de Jane Austen, el engreimiento y las ambiciones, los malentendidos y las oportunidades perdidas, los secretos y los rencores soterrados. Se había reído con ellos y había llorado en silencio contra la almohada cuando sufrían, y los había animado cuando al fin veían la luz. Comprendió que se había encariñado con ellos; no sabía cómo, pero esas creaciones de la imaginación de una autora lejana habían llegado a importarle con la misma intensidad que sus padres o sus mejores amigos.

Una vez agotado el pequeño suministro de libros que su madre guardaba en secreto en una caja en el cobertizo, Percy la convenció para que sacara, de tres en tres, nuevos libros de la biblioteca ambulante. Los leía de espaldas a la puerta, listo para ocultar la novela ilícita bajo las sábanas en cuanto oía los pasos de su padre en la entrada. Su padre, un hombre corpulento reducido a la impotencia, con el ceño fruncido, desvalido y frustrado, subía todas las noches después del trabajo a pasar un rato junto a la cama de Percy, a preguntarle si se sentía mejor y rogar en silencio que las piernas de su hijo se recuperaran.

Y tal vez todos esos ruegos funcionaron, porque Percy fue uno de los pocos con suerte. Ya no valía gran cosa con una pelota de fútbol y era demasiado lento para jugar al críquet pero, con la ayuda de un par de férulas, poco a poco recuperó el uso de las piernas y, en los años siguientes, un observador habría tenido problemas para adivinar que el muchacho que se ofrecía para ser árbitro tenía menos capacidad física que los otros chicos.

Percy no renunció a leer, pero tampoco hizo gala de ello. Ficción, no ficción y, cuando se hizo mayor y sus emociones volubles lo convirtieron en un desconocido para sí mismo, también poesía. Devoró la obra de Emily Dickinson, se maravilló con Wordsworth y halló un amigo en Keats. Cómo era posible, se preguntó, que T. S. Eliot, un hombre nacido en Estados Unidos que se forjó una vida en Londres (ciudad llena de historia, esencia de lo inglés, ajena a Percy, misteriosa y de piedras grises) pudiera mirar en el interior del corazón de Percy y ver con tanta claridad sus reflexiones sobre el tiempo, la memoria y el significado de ser una persona en el mundo.

Esas ideas las guardaba para sí mismo. No era un secreto culpable, pero ya sabía que los otros muchachos de Tambilla no compartían sus intereses. Incluso Meg lo había mirado con incertidumbre durante el cortejo cuando él se había aventurado a preguntarle cuál era su libro favorito. Ella había dudado antes de responder: «La Biblia, por supuesto». En aquel momento, Percy había interpretado la respuesta como un acto de fe, inesperada y un tanto sorprendente si tenía en cuenta las cosas que se habían dicho. Más tarde, sin embargo, cuando ya llevaban uno o dos años casados, él había vuelto a mencionar el tema y ella se había mostrado confusa antes de estallar en una carcajada. «Pensé que estabas comprobando si era una mujer virtuosa —había respondido Meg—. No quería decepcionarte».

Blaze estaba cubierta de sudor, así que Percy se detuvo en el abrevadero de la calle principal de Hahndorf para dejarle beber y descansar. Él desmontó y ató las riendas de la yegua a un poste.

Ya eran más de las tres y la calle estaba en sombra, gracias a los cientos de enormes castaños, olmos y plátanos plantados hacía más de un siglo a cada lado de la vía. Algunos comercios aún estaban abiertos y a Percy le llamó la atención el escaparate del taller de un tornero, donde un par de estantes mostraban una selección de artículos artesanos: cuencos, cubiertos y algunas tallas decorativas.

Percy entró.

—He visto un pequeño chochín —dijo a la joven tras el mostrador. El sonido de su voz le sorprendió; era la primera vez que hablaba con alguien en todo el día—. ¿Podría mirarlo más de cerca?

La joven bajó la miniatura y se la entregó a Percy, que la miró maravillado mientras la giraba a un lado y otro. La alzó a la luz para admirar la frágil forma del cuello del ave, la vivaz inclinación de las plumas de la cola. El parecido era notable, igual que la calidad de la obra.

—¿Es para un regalo? —preguntó la joven.

Percy dejó la figura sobre el mostrador y asintió con la cabeza.

—Los colecciona.

La dependienta le ofreció envolver la figura. Le dijo que tenía un pequeño pedazo de papel de regalo con motivos navideños y una elegante cinta plateada en la trastienda, donde había estado preparando sus regalos, y que había que aprovechar el resto.

—Mañana no habrá gran cosa que hacer con ello, ¿verdad?

Tras pagar, Percy se guardó el pequeño regalo en el bolsillo y le deseó una feliz Navidad a la joven.

—Igualmente, señor Summers —respondió ella—. Y dele recuerdos a la señora Summers. —Percy debió de parecer sorprendido, pues ella se rio—. Servimos juntas en el voluntariado. A la señora Summers le va a encantar el pajarillo. Me contó una vez que le encantan los pájaros, que le gustan desde que era niña.

Percy se despidió tocándose el sombrero, deseó lo mejor a la joven y a su familia y se marchó tras prometer que le daría recuerdos a su mujer.

Percy no podía recordar la primera vez que se había fijado en Meg. A decir verdad, Meg siempre había estado ahí. Durante mucho tiempo, era solo una más de la pandilla que solía reunirse en el prado polvoriento o a orillas del río después de la lluvia en busca de algo con lo que entretenerse. Había sido una pequeñaja sucia, pero Percy no la había juzgado; todos ellos eran niños de campo y no prestaban mucha atención a su aspecto, a menos que fuera domingo y tuvieran que ir a la iglesia, e incluso entonces solo lo hacían bajo amenaza de una buena zurra por parte de sus madres.

Pero se había cruzado con ella un día en que caminaba solo junto a la mina de cobre abandonada, no lejos de donde pasaban los trenes que iban de Balhannah a Mount Pleasant. Percy iba allí cuando quería huir de los intentos bienintencionados de su padre de «convertirlo en un hombre». Meg estaba sentada en el alféizar de la vieja prensa de piedra y su rostro era un manchurrón de lágrimas, mocos y polvo. Percy se había preguntado cómo diablos había subido hasta ahí una chiquilla como ella. Solo más tarde, tras conocerla mejor, comprendió que esa carita angelical ocultaba el espíritu de una superviviente incapaz de rendirse.

Percy la llamó para preguntarle qué le pasaba y al principio ella se negó a contarle nada. Percy no insistió y se dedicó a sus cosas, a leer a la sombra de la gran chimenea circular antes de estirar las piernas, tras lo cual miró entre los altos tallos de maleza en busca de piedras planas para hacerlas rebotar contra la superficie del agua. Notaba que ella le estaba mirando, pero no le dirigió la palabra de nuevo. Lo que Percy estaba haciendo debía de parecer divertido, porque ella apareció a su lado sin decir palabra y comenzó a buscar piedras también.

Continuaron en un silencio amigable, interrumpido solo por los silbidos de admiración de Percy cuando ella lanzaba una piedra que botaba varias veces contra el agua. A la hora de comer, Percy compartió su bocadillo con ella. Comieron sin hablar, salvo cuando él la avisaba cada vez que veía un pájaro interesante.

—Un alción sagrado —explicaba Percy, señalando el pecho robusto y abultado en la rama más baja de un roble cercano.

—Pues no. Es una cucaburra.

Percy negó con la cabeza.

—Son de la misma familia, pero ¿ves cómo las plumas más oscuras son turquesas? Fíjate, va a salir volando cuando vea una lagartija o un escarabajo y ya verás cómo brillan a la luz del sol.

—¿Y ese qué es, entonces?

—Un mielero carunculado.

—¿Y ese otro de ahí?

Percy vio el pájaro, blanco y negro con un pico amarillo brillante.

—Un mielero chillón. ¿No lo ves? No deja de cantar.

—¿Y aquel de allá? —La muchacha señaló un pajarillo con el pecho de un azul intenso y cola de largas plumas, que apuntaba hacia arriba.

—Es un maluro… Un maluro soberbio, para ser exactos.

—Es mi favorita.

—Tu favorito. Es macho.

—¿Cómo lo sabes?

—Los machos son más bonitos. La hembra es parda, con un poquito de verde en la cola.

—¿Como esa de ahí?

Percy entrecerró los ojos para mirar donde ella señalaba.

—Sí, justo como esa.

—Ahí hay otra, mira. Y otra. Hay un montón de hembras.

—Puede que sean machos jóvenes. Los primeros años son todos iguales. Los machos solo se vuelven azules cuando tienen unos cuatro años.

Meg alzó las cejas, sopesando ese hecho, y dijo a continuación:

—Sabes un montón de cosas —observó ella.

—Unas cuantas —concedió él.

A la hora de marcharse, Percy le preguntó a Meg si quería acompañarlo. Dijo que podían ir juntos al pueblo. Estaba oscureciendo y el olor le hacía pensar que llovería pronto. Meg dudó un segundo antes de contarle que no iba a volver jamás: se había escapado de casa, por eso estaba ahí.

Percy se percató entonces de lo pequeña que era; tenía un gesto desafiante y los brazos apretados contra el cuerpo y, sin embargo, notó que una parte de ella esperaba que él la obligara a regresar con él. La vulnerabilidad de la niña colmó a Percy de una tristeza súbita y desgarradora. Y de furia, también. Todo el mundo sabía que su padre no escatimaba en golpes cuando perdía el control. La madre de Percy solía decir que el hombre había vivido una mala guerra. «Pero dime qué hombre vivió una buena».

Percy comprendía qué quería decir: aquella generación de hombres había aprendido que la única manera de olvidar todo lo que habían visto y hecho, los amigos que habían perdido en el lodo y bajo los disparos, era beber hasta caerse al suelo y desquitarse de las pesadillas con quienes encontraran al volver a casa. Percy tenía más suerte que la mayoría. Su padre era estricto, pero no violento. Para serlo habría necesitado estar presente, y era demasiado distante para eso.

Las primeras gruesas gotas de lluvia comenzaron a caer.

—Vale —accedió Percy—. Pero va a hacer frío aquí esta noche.

—Tengo una manta.

—Chica lista. Y supongo que también tendrás algo para cenar.

—He traído algo de pan.

Percy guardó el libro en la mochila.

—Parece que has pensado en todo. —Comprobó las riendas de Prince y tiró de los estribos—. Pero... dijeron en la radio que iba a haber una tormenta esta noche. Y el pan no quita mucha hambre en una noche fría y húmeda.

Un atisbo de incertidumbre ensombreció el gesto de Meg.

—¿Sabes? —continuó Percy—, mi madre tenía un estofado al fuego cuando salí esta mañana. Lo cocina durante todo el día, como lo hacía mi abuela, y siempre prepara mucho.

—¿Qué tipo de estofado?

—De cordero.

La niña cambió el peso de un pie al otro. Ya tenía el pelo bastante mojado y sus coletas tenían la forma de dos sogas sueltas sobre los hombros.

—¿No te gustaría venir y tomar un tazón o dos? Luego te puedo traer de vuelta aquí.

No se había conformado con dos tazones; se había terminado tres frente a la madre de Percy, que la observada en silencio y satisfecha. Susan Summers se tomaba en serio los deberes de la caridad cristiana, y la llegada de una cría abandonada a su puerta en una desapacible noche de invierno era una oportunidad bienvenida. Había insistido en ofrecerle un baño a la niña y, tras servir el estofado y lavar los platos, la acostó en el sofá cama, cerca del fuego, donde enseguida Meg cayó en un sueño profundo.

—Pobrecita —murmuró la madre de Percy, observando a la niña por encima de las gafas de media montura—. Y pensar que pretendía pasar la noche ahí fuera ella sola.

—¿Vas a decirles a los padres dónde está?

—Tengo que hacerlo —dijo ella con un suspiro firme pero intranquilo—. Pero, antes de que se vaya, le dejaremos claro que aquí siempre es bienvenida.

A partir de ese momento, Percy había decidido echarle un ojo y no tuvo que buscar mucho para encontrarla. Meg empezó a pasar las tardes en la tienda, hablando con la madre de Percy, y antes de que el chico se diera cuenta, Meg estaba trabajando tras el mostrador los fines de semana.

—La hija que nunca tuve —solía decir la madre de Percy, sonriendo con cariño a Meg mientras hacía las

31

cuentas y anotaba los nuevos pedidos—. Cariñosa, trabajadora y no hace daño a la vista. —Más adelante, cuando Meg dejó de ser una niña y se convirtió en mujer,
comentaba—: Algún día se casará y hará a su marido
muy feliz. —Más explícita, pero sin malicia, la mirada
que se posó un momento en la pierna rígida de Percy—.
Alguien con opciones tan limitadas tendría mucha suerte de casarse con una chica como ella.

Ya habían dejado atrás Hahndorf y se adentraban en el territorio familiar de colinas ondulantes que se acercaban a
la elevación del monte Lofty. El último sol de la tarde bañaba las vides frondosas, y el aire cálido arrastraba el leve
aroma a lavanda de la plantación de flores de Kretschmer.

Blaze aceleró el paso al acercarse a Onkaparinga
Valley Road. Los huertos de manzanos cedieron el paso
a los olivares y, cuando cruzaron el puente de Balhannah, comenzó a sacudir la crin y se acercó con paso lento al agua. Percy sujetó con fuerza las riendas y posó una
mano contra el cuello de la yegua.

—Sé qué quieres, abuelita.

Meg le tendría preparada un buen montón de tareas
cuando volviera. Siempre había pedidos de último minuto que llevar en Nochebuena, y la asistencia a la misa de
las seis y media del reverendo Lawson no era negociable.
Pero habían pasado diez horas desde que dejaran la Estación y solo habían hecho un par de breves descansos.
Por muchas ganas que tuviera de volver a casa, no le parecía bien impedir que Blaze se diera un chapuzón.

Siguió al oeste bajo el sol de la tarde, pero en las
cercanías de Tambilla animó a Blaze a apartarse de la ca-

lle y bajar por una hondonada cubierta de hierba. Ahí el arroyo era estrecho, un afluente del río Onkaparinga que nacía en las laderas del monte Lofty y serpenteaba por el valle. Blaze fue al encuentro del agua con alegría, olfateando los juncos mientras continuaba corriente abajo. Llegó a la rendija donde la cerca de alambre y madera se había soltado del poste y Percy dudó un momento antes de darle permiso con un leve toque de la espuela. Ya estaba en la finca de los Turner, pero la casa aún quedaba a cierta distancia.

La primera vez que vio la casa se había acercado desde esa misma dirección. Qué curioso: hacía años que no pensaba en aquel día. Tenía trece años y regresaba a la tienda después de haber entregado un pedido. La polio tal vez le había arrebatado la velocidad para jugar al críquet, pero a lomos de Prince, el caballo de su padre, era igual que el resto del mundo. Su padre había aceptado de buena gana (cualquier cosa era mejor que encontrarse a su hijo con un libro en las manos) y había ido más allá al ofrecer a Percy trabajo después de clase.

A caballo podía cubrir todo Hahndorf y llegar hasta Nairne, tras lo cual volvía hacia Balhannah y Verdun. El valle Piccadilly lo complicaba todo un poco, pero su padre no era de los que rechazaban un pedido, así que Percy tuvo que aprender a cabalgar más rápido. Debía tomar la ruta más directa, pero Percy siempre iba campo a través. Ese era su lugar, esas colinas eran su hogar, y le encantaba estar ahí.

Apenas había casas en Willner Road y nunca había pedidos que entregar, pero salió de su ruta para cabalgar por ahí porque le gustaba el olor de las acacias y a ambos lados de la calle había arbustos enormes de hojas verdes y plateadas que en agosto daban flores amarillas y grandes como pompones. Ya estaba a punto de acabarse el verano, pero aquel año, aquel día en concreto, aún abundaban. Percy había respirado hondo, saboreando la sensación del sol en la piel y el aroma terrenal y agradable de los eucaliptos y las flores cálidas bajo el sol, y se había recostado sobre el amplio lomo de Prince, dejando que el ritmo del caminar de su montura lo adormeciera igual que un bebé en brazos de su madre. Viajó así un tiempo, hasta que un sonido le llamó la atención.

Parpadeó al alzar la vista al cielo despejado y luminoso, donde un par de águilas audaces trazaban círculos despacio en las cálidas corrientes térmicas. Las siguió con la vista antes de animar a Prince a continuar por la orilla, a través del resquicio en la cerca, en pos de las rapaces. La vegetación era frondosa en lo alto de la colina sobre la que volaban las águilas. Percy empezó a preguntarse si iba a descubrir su nido. Había oído hablar de águilas avistadas cerca del arroyo Cudlee, pero no sabía que anidaran tan al sur.

Mientras Prince subía la pendiente con brío entre eucaliptos lacios y finos, Percy recorrió con la vista las ramas más altas. Estaba buscando una base hecha de ramitas y cubierta de hojas. Con la mirada puesta en el entramado de ramas y el cielo (decidido a no perder de vista a las águilas), al principio no se dio cuenta de que había cruzado una línea invisible a un terreno de otro tipo. Lo que le llamó la atención fue la diferencia en los sonidos, como si hubieran bajado una tapa semiesférica y las copas de los árboles de repente estuvieran más cerca.

También había habido un cambio notable en el follaje que lo rodeaba. Los eucaliptos y la hierba alta y amarillenta ahora compartían el espacio con otra vegetación, de modo que los troncos plateados se mezclaban con gruesos robles, olmos con muescas y cedros. Zarzas entrelazadas cubrían el suelo y las enredaderas trepaban a lo alto, estirándose entre los árboles, de modo que era difícil encontrar un resquicio a través del cual mirar el cielo.

La temperatura había bajado varios grados en el interior de ese mundo a la sombra. Los pájaros parloteaban unos con otros por encima de Percy, pájaros de anteojos y loris, golondrinas, mieleros y chochines. El lugar por completo rebosaba vida, pero comprendió que era muy improbable encontrar el nido de las águilas.

Estaba dando la vuelta a Prince para dirigirse al pueblo cuando una luz le llamó la atención. El sol de la tarde se había topado con algo más allá de los árboles, algo que brillaba igual que una linterna a través de una rendija. Curioso, Percy animó a Prince a seguir subiendo la tupida pendiente. Se sentía como un personaje de libro. Pensó en Mary Lennox al descubrir el jardín secreto.

Las zarzamoras se habían vuelto demasiado frondosas para cabalgar entre ellas. Percy desmontó y dejó a Prince a la sombra de un roble con un tronco enorme. Escogió un recio palo de madera y comenzó a abrirse paso entre las zarzas enmarañadas. Ya no era un muchacho de piernas desobedientes; era Sir Gawain en busca del Caballero Verde, Lord Byron de camino a luchar en un duelo, Beowulf dirigiendo un ejército contra Grendel. Estaba tan concentrado en sus espadazos que al principio no se dio cuenta de que había dejado atrás el bosque y se encontraba en lo que antaño debía de haber sido un camino de entrada de grava.

Más que una casa, lo que se alzaba frente a él era un castillo. Dos pisos enormes con ventanas descomunales en cada fachada y una esmerada balaustrada de piedra de columnas corintias que recorría los cuatro laterales del tejado plano. Percy pensó de inmediato en Pemberly y casi esperó ver al señor Darcy salir dando zancadas por la enorme puerta doble, la fusta bajo el brazo, y salvar a paso vivo la escalera de piedra del jardín que se ensanchaba hasta formar una elegante terraza al llegar a la elegante rotonda donde se encontraba Percy.

Supo entonces dónde estaba. Esa era la casa que había mandado construir el señor Wentworth. Era un disparate ridículo, decía casi todo el mundo, una mansión de piedra como esa en mitad de ninguna parte. Solo el amor o la locura, decían, o tal vez ambos al mismo tiempo, podían haber inspirado a un hombre la visión (por no hablar del plan de construir) semejante casa. No escaseaban impresionantes viviendas de piedra en los Altos; desde las primeras colonias en Australia del Sur, la alta clase adinerada había acumulado tierras en las que construir residencias de campo donde pasar el verano en un clima más moderado. Pero esa casa no se parecía a nada que Percy hubiera visto antes.

El señor Wentworth había encargado que los planos se dibujaran en Londres y que se enviaran trabajadores cualificados desde la lejana Inglaterra. El coste había sido astronómico: cuarenta veces el precio de la segunda mejor vivienda de Australia del Sur. Imaginad gastar todo ese dineral, murmuraba la gente con incredulidad, solo para acabar hablando sin parar y solo en esa monstruosidad colosal.

Percy estaba de acuerdo en que la casa era colosal (nadie con dos dedos de frente podría contradecir eso), pero no le parecía una monstruosidad. Todo lo contrario. Le recordaba la ilustración del frontispicio de su libro favorito.

Después de aquel primer día, regresó siempre que pudo. No les habló a sus amigos de la casa. No al principio. Lo dominaba una sensación extraña y posesiva cada vez que pensaba en ella. La casa había escogido mostrarse solo ante él. Sin embargo, ser el único guardián de un secreto tan impresionante pronto se convirtió en una carga, y se cansó de estar solo. Era irresistible compartir una noticia tan valiosa y cedió a la tentación. Lo lamentó tan pronto como lo dijo. Sus amigos quisieron hacer una carrera hasta la casa de inmediato. Querían verla por sí mismos, explorar el interior. Cuando reventaron una ventana para poder entrar, Percy sintió el destrozo como una herida.

Una o dos veces había seguido a sus amigos dentro. Casi todo el mobiliario que Wentworth había pedido que le enviaran desde Inglaterra aún seguía ahí, cubierto con sábanas polvorientas. Un retrato enorme del viejo colgaba en la pared sobre las escaleras. Percy había sentido que los ojos del retrato lo seguían (acusadores, traicionados) y se había sentido avergonzado. Más tarde, cuando descubrió la historia de Edward Wentworth, comprendió por qué. Había mandado construir la casa por amor, pero la mujer que la había inspirado había muerto de insolación durante el viaje por mar a Australia. El señor Wentworth, que la esperaba en el puerto cuando llegó la noticia, no se recuperó jamás. Echó el cerrojo a las puertas para aislarse con su dolor. La casa se convirtió en un santuario a su corazón roto.

Al cabo de un tiempo, los amigos de Percy se cansaron de la casa y pasaron a vivir nuevas aventuras. También Percy empezó a estar más ocupado: se casó con Meg, ambos pasaron a encargarse de la tienda y llegó la guerra. No volvió a oír hablar de la casa hasta que le dijeron que un tipo de Sídney la había comprado. Turner, se llamaba, y en cuanto acabó la guerra, corrió el rumor por el pueblo de que él y su esposa inglesa se iban a mudar aquella primavera.

Habían pasado catorce años desde entonces. El lugar había sufrido muchos cambios en ese tiempo. Se había despejado la tierra y restaurado los restos del jardín de Wentworth, descubiertos bajo la maleza. Habían contratado obreros especializados, del pueblo y de fuera, y habían invertido una buena cantidad de dinero (o eso decían los rumores) para que la casa recuperara su viejo esplendor.

Percy había subido a ella muchas veces con provisiones y nunca dejaba de asombrarle, mientras avanzaba por las elegantes curvas del restaurado camino de entrada, la transformación del edificio. A veces, cuando se detenía para que Blaze recuperara el aliento en la parte más occidental de la subida, miraba al otro lado de los elegantes jardines hacia la casa y admiraba la verde extensión del césped y las paredes de piedra, los manzanos silvestres y las camelias y, durante un breve instante, si desenfocaba la vista, era capaz de vislumbrar (como a través de un velo) el paisaje descuidado y primitivo, tal y como había sido mucho antes de la llegada de los Turner.

Sin embargo, hoy no iba a acercarse a la casa. Blaze no tenía ningún interés en subir la cuesta de Wentworth Hill y Percy no tenía tiempo. Soltó las riendas de la yegua y la siguió. Sabía adónde iba. La vieja yegua se dirigía al norte, hacia un lugar que le encantaba, donde se ensanchaban las orillas cubiertas de sauces y el cauce se volvía tan hondo que formaba una poza, perfecta para nadar.

Lo primero que vio fuera de lo normal fue la llamativa bandera que colgaba de una rama del sauce más alto.

Percy detuvo a Blaze y alzó la mano contra el sol. La escena adquirió nitidez. Había varias personas tumbadas bajo el árbol, comprendió, sobre manteles y con cestas cerca. Estaban de pícnic. En el árbol, junto a la bandera, alguien había colgado una cadena navideña de papel de una rama a otra.

Percy se sorprendió un poco. En pleno verano, en el momento más caluroso de la tarde, casi todas las personas sensatas estaban en casa; no esperaba encontrarse con nadie por los alrededores. Acarició el cuello cálido de Blaze, pensativo. Se encontraba en propiedad ajena y, si bien sabía que no les molestaría (la señora Turner en persona le había invitado a atajar por sus prados cada vez que pasara con un pedido), Percy no quería sobrepasarse y abusar de su amabilidad. Como a todos los hombres del pueblo, la señora Turner lo había puesto nervioso cuando llegó. Rara vez llegaban nuevos habitantes a Tambilla, menos aún para vivir en la casa Wentworth, y ella era una mujer refinada, digna, muy inglesa.

Debería dar la vuelta y marcharse. Pero si la señora Turner despertara y lo viera escabulléndose… Vaya, ¿no sería eso peor? ¿No le haría parecer más culpable sin ningún motivo?

Más tarde (y le preguntarían al respecto muchas veces a lo largo de los días, semanas y años venideros, incluidas las siguientes horas en los interrogatorios policiales) diría que un sexto sentido le había hecho saber que las cosas no eran lo que parecían a primera vista. En privado, se preguntaría si eso era cierto, si de verdad la escena le había resultado inquietante o si solo lo recordaba así por lo que sucedería a continuación.

Lo único que sabía con certeza era que, a la hora de elegir, le había dado a Blaze un leve tirón y se había acercado a la familia Turner bajo el sauce.

Los niños dormidos, recordó haber pensado, eran como los grabados de la preciosa Biblia familiar de su madre, que trajeron consigo sus abuelos cuando emigraron desde Liverpool. Eran niños hermosos, incluso el muchacho, John. Rizos rubios, como habría tenido el padre de pequeño, y unos llamativos ojos azules; todos salvo la mayor, Matilda, cuyo pelo oscuro y ojos verdes la convertían en la viva imagen de su madre. Conocía un poco a Matilda. Había ido a la clase de Kurt desde pequeña y últimamente habían empezado a andar juntos. Matilda era la que estaba tumbada más cerca del tronco del árbol, a la sombra, el sombrero de paja en el suelo junto a ella. El viento cálido ondulaba el dobladillo del vestido. Estaba descalza.

Los otros dos niños estaban en el mantel, junto a la madre, con los bañadores y las toallas en torno a la cintura, como si se estuvieran secando. John estaba de espaldas; la niña, Evie, acurrucada sobre un costado, el brazo derecho extendido. Percy se acordó de las muchas veces que había llevado a sus hijos a nadar en los arroyos y en los lagos de los Altos, pero también en la playa, en Puerto Wilunga, Goolwa y los otros lugares donde lo había llevado su padre cuando él era un muchacho, a pescar y cazar pipipís. Casi sintió esa somnolencia feliz tras nadar y secar la piel al sol.

Una tradicional cuna de mimbre colgaba de la rama más recta del sauce. Fue Meg quien le había dicho que la señora Turner al fin había dado a luz. Venían de la iglesia, hacía uno o dos meses, y Meg se había detenido ante el espejo de la entrada para quitarse el sombrero y alisarse el pelo.

—¿Has oído que la señora Turner ha tenido a su bebé? —había dicho en voz alta para que lo oyera Percy, que ya estaba en la cocina llenando la tetera—. Una pequeña de cara muy seria.

—¿Sí? —había respondido Percy.

—Ya son cuatro, y mejor ella que yo —había dicho Meg con una risa—. Nunca dejes que los pequeños te rodeen. Ese es mi lema.

Percy había vuelto a ver a la señora Turner en el pueblo. Un par de semanas atrás, iba con el bebé en brazos y Percy casi se había tropezado con ella al salir de la tienda. Se había puesto rojo de la vergüenza, pero ella le había sonreído como si no fuera ninguna molestia que la pisotearan. Percy iba cargado con un saco enorme de harina para un pedido, así que no pudo quitarse el sombrero para saludarla y se había conformado con un gesto de la cabeza.

—Señora Turner, ¿cómo está usted?

—Estoy bien, gracias… Las dos estamos muy bien.

Los ojos de Percy habían seguido la mirada de la señora Turner hasta la carita que asomaba bajo la manta que la cubría. Un par de ojos de un azul intenso lo miraron, el ceño fruncido en ese gesto de falsa sabiduría que comparten todos los recién nacidos y que abandonan al aprender a sonreír.

—Qué pequeñita —dijo Percy.

—Es cierto lo que dicen. A una se le olvida.

Meg se acercó a ellos en la acera y comenzó a hacerle carantoñas a la pequeña al mismo tiempo que se deshacía en disculpas ante la señora Turner.

—No suele ser muy despistado, mi Percy, pero cuando mete la pata, la mete de verdad. Espero que le gustara el paté de pescado que les envié.

—Estaba riquísimo, señora Summers, y es usted demasiado generosa. He venido a verla para que añada el cargo a mi cuenta. Quería telefonear, pero no tengo la cabeza sobre los hombros últimamente.

—Me pregunto por qué —dijo Meg, que acarició la mejilla de la bebé con la punta de un dedo—. Estos pequeñajos se convierten en el centro de todo, ¿verdad? Y qué hermosura de niña, qué preciosidad.

Niña. Percy no había caído en la cuenta de que Meg ya lo sabía. Había estudiado la cara de su mujer con una rápida mirada en busca de señales de pena, envidia o cualquier otra emoción. Pero solo sonreía a la pequeña, que se adormecía.

Al ver a la señora Turner tumbada ahí, sobre el mantel, las mejillas de Percy ardieron, como si se hubiera acercado a hurtadillas a propósito. Era evidente la intimidad en las posturas bajo el sauce, la vulnerabilidad: una familia que dormía junta, con rastros de la comida aún desperdigados sobre el mantel, entre ellos: platos y vasos, cortezas de pan y migas de tarta.

En ese momento, le llamó la atención la inmovilidad de la escena. Era casi antinatural.

Se quitó el sombrero. Más adelante se preguntaría por qué lo había hecho. Fue consciente del sonido de su respiración: dentro y fuera, dentro y fuera.

Notó que algo se movía en la muñeca de la niña pequeña. Dio un paso con precaución para acercarse. Y fue en ese momento cuando vio la hilera de hormigas que recorrían el cuerpo de la niña y subían por el brazo hacia lo que quedaba de la comida.

Todo lo demás permanecía inmóvil, en silencio. Nadie cambiaba de gesto durante el sueño. Nadie bostezaba o se acomodaba al sentir la brisa sobre la piel. Ni un solo pecho se alzaba o descendía.

Se acercó a la señora Turner y se arrodilló junto a la cabeza. Tras humedecerse el índice, lo sostuvo cerca de su nariz, deseando sentir el frescor de una exhalación. Notó que le estaba temblando el dedo. Apartó la vista y miró a media distancia, como si eso lo pudiera ayudar de algún modo, como si al concentrar sus sentidos pudiera obligarla a respirar.

Nada. No había nada.

Percy se apartó. Trastabilló con la cesta del almuerzo y le estremeció el ruido estridente de los cubiertos y la vajilla al entrechocar. Comprensión, conmoción y miedo… Trató de apartar la imagen de todos ellos de sus pensamientos para decidir qué debería ocurrir a continuación.

Blaze estaba cerca y, sin pensárselo dos veces, agarró las riendas, se montó en la silla y salió en busca de ayuda.

PRIMERA PARTE

CAPÍTULO UNO

Londres, 7 de diciembre de 2018

C ada vez que se sentía enfadada, triste o inexplicablemente inquieta, Jess visitaba el Museo Charles Dickens en Doughty Street. Había algo que le resultaba muy consolador en el acto de sentarse ante una taza de té English Breakfast tras vagar por las salas del museo. A veces utilizaba la audioguía, aunque la había escuchado tantas veces que había memorizado la información, porque le gustaba la voz del narrador.

Había descubierto el museo durante sus primeros meses en Londres. Tenía veintiún años y vivía en la buhardilla de una compañera de colegio de su tía, mientras trabajaba a tiempo parcial en un pub decadente cerca de la estación de King's Cross. Un día que llegó demasiado temprano a su turno, decidió callejear por la zona. Era lo que más le gustaba, caminar y mirar, pellizcarse maravillada por estar ahí, en esa ciudad de adoquines, jarras de cerveza y antiguas caballerizas convertidas en viviendas, de poetas, pintores y dramaturgos, del formidable, furtivo y eterno Támesis.

Solo quería explorar y descubrir, así que Jess se había concedido la libertad de girar en cualquier dirección al azar cada vez que llegaba al final de una calle, y así fue como se encontró caminando por Doughty Street, entre una hilera de pulcras casas de ladrillo, donde vio un letrero apoyado en la acera frente al número cuarenta y ocho que anunciaba que allí estaba el Museo Charles Dickens. Había revivido en un instante miles de horas de infancia pasadas en el jardín de su abuela, en Sídney, tumbada con un libro en la mano, y se había apresurado escaleras arriba para abrir la puerta de un negro brillante. El tiempo se había disuelto; la novedad de estar en Inglaterra, de hallar nombres y lugares con los que ya se había encontrado en las novelas, era real, aún era reciente, y Jess se había sentido sobrecogida al pensar que Dickens en persona había caminado por esos pasillos, había comido en esa mesa, había guardado su vino en la bodega del piso de abajo.

Aquel día había llegado tarde al trabajo y recibió una advertencia, seguida poco después por otra, que a su vez dio paso al despido. En un golpe de buena suerte, el desempleo le había regalado una oportunidad, y la siguiente oferta de trabajo a la que respondió había sido de una pequeña agencia de viajes de Victoria que le pedía escribir, entre otras cosas, su boletín informativo. Y así, en un caso raro y perfecto de sincronicidad, siempre había sentido que debía agradecerle a Dickens su inicio profesional como periodista.

Su sala preferida del museo cambiaba con frecuencia, según su estado de ánimo y las circunstancias de su vida. Últimamente había dedicado mucho tiempo al estudio. Le gustaba situarse en la esquina, donde el borde del escritorio se topaba con la ventana, y mirar el retrato inacabado que Robert William Buss hizo de un Dickens adormilado en su vieja silla de madera, mientras los personajes a los que había dado vida llenaban el aire alrededor del novelista. Le gustaba identificarlos, todos ellos cubiertos de los recuerdos de la primera vez que se los había encontrado en un libro. Era una situación extraordinaria: las imaginaciones de un escritor inglés del siglo XIX se habían entretejido con las experiencias de una chiquilla que crecía en la lejana Sídney.

Hoy, sin embargo, al reflexionar sobre la pintura se le había ocurrido que había algo casi amenazante en la forma en que los personajes se aparecían ante el autor, rodeándolo, atrapándolo y negándose a concederle la paz, ni siquiera mientras dormía. Jess conocía ese estado mental. Así era como se había sentido desde que se le había ocurrido La Idea. De hecho, se había sentido así, con más o menos intensidad, toda su vida: una vez que se le presentaba una idea, le daba vueltas de un modo obsesivo, la analizaba desde varios puntos de vista y no paraba hasta que la daba por resuelta, hallada, acabada. Sabía de buena mano que ese rasgo de su personalidad irritaba a otras personas y le habían dicho en varias ocasiones que le faltaba disciplina, que no prestaba atención a su acompañante, que la curiosidad mató al gato. Nadie podía negar, sin embargo, que ese rasgo le había venido muy bien en su trabajo.

Esa idea en concreto se le había ocurrido hacía una semana. Jess había tomado el metro para volver a casa desde la biblioteca y, al salir en la estación de Hampstead, había notado que uno de los pasajeros que se bajaban era una señora muy anciana que forcejeaba bajo el peso de dos bolsas repletas del Sainsbury's. Jess se había ofrecido a ayudarla y acabó acompañando a la mujer a una casa georgiana de ladrillo oscuro en Well Walk, entre el pub y el jardín Gainsborough. Durante el paseo y más tarde, mientras compartían el contenido de una tetera, Jess tuvo la oportunidad de escuchar la historia de la vida de su nueva amiga, incluyendo que esa casa perteneciera en el pasado a John Keats. Además, de recién casada había descubierto una carta que el poeta había escrito a Fanny Brawne oculta en una rendija entre los escalones de la escalera.

Ese hecho asombroso había hecho que Jess pensara en todas las casas con las que se cruzó aquel día. La historia, siempre presente, las capas tangibles de tiempo allá donde posara la mirada, era un aspecto de Londres que aún le resultaba de lo más estimulante, incluso después de veinte años. Sería maravilloso, había pensado, escoger una calle al azar y entrevistar a los residentes de cada casa, entrelazando las situaciones del presente y lo que pudiera averiguar acerca de los habitantes del pasado y, sin duda, la historia de las casas mismas. Sería una celebración de la omnipresencia de las historias y todos aquellos paralelismos ocultos que formaban juntos el armazón de nuestras vidas. Cuántos puntos de interés (algunos pequeños e íntimos, otros más excepcionales) ocultos en las escaleras polvorientas de la ciudad.

En el tiempo que tardó en salvar la corta distancia entre Well Walk y su pequeña casa a la sombra de New End School, Jess había bosquejado una serie entera en su mente. Abrió la puerta, se quitó los zapatos y subió directa las escaleras a su estudio. Mientras caía la oscuridad y la luz azulada del monitor iluminaba con su brillo el suelo que la rodeaba, el número de pestañas abiertas en la pantalla se multiplicaron. Para cuando volvió a levantarse, Jess había creado un esquema detallado, una atractiva propuesta de venta y una lista de editores que podrían estar interesados en publicar la serie de artículos.

Tras la euforia de la idea, sin embargo, había llegado una espera insoportable. Jess aún se estaba acostumbrando a esas demoras tras tantos años de trabajo a tiempo completo. El último editor con el que se había puesto en contacto le había dicho que la idea era prometedora, pero que tendría que hablarlo con «los de arriba» y la llamaría de nuevo antes del fin de semana. Ya era viernes, así que Jess estaba en ascuas. No iba a poder concentrarse en nada, de modo que había dado un paseo desde Hampstead, por Primrose Hill, a través de Regent's Park, para llegar al museo a tiempo para la apertura. No había tardado en descubrirse a sí misma en el salón de té, donde estaba acabando su Darjeeling con un trozo de bizcocho de plátano. Comprendió que había cometido el pecado cardinal de la autónoma: sentir apego emocional por una idea antes de recibir el visto bueno de un editor dispuesto a pagar e imprimir el artículo; no podía permitirse escribir por gusto.

Las redacciones cada vez tenían menos presupuesto, los pequeños periódicos independientes estaban cerrando, las noticias se vendían a grandes grupos en vez de a publicaciones locales. Muchos periodistas habían perdido su empleo y ahora trataban de ganarse la vida como autónomos. «Nos va a venir bien esta flexibilidad», insistían unos a otros con un optimismo nervioso; pero eran demasiados y había poquísimas publicaciones. Los lectores, según les decían, se habían vuelto impacientes con los artículos extensos, así que el número de palabras y la tarifa por palabra cayeron al mismo tiempo. Era casi imposible ganarse la vida. Unos cuantos amigos de Jess habían vuelto a estudiar, otros se estaban «tomando un respiro», en tanto que otros vendían apartamentos o incluso minaban criptomonedas.

—¿Y qué tal un guion? —había sugerido su amiga Rachel, tratando de ser de ayuda—. He leído que todo el mundo hace series. Netflix, Amazon, es imposible conectarse a internet sin oír que buscan contenido. ¿Quién es ese periodista que escribió esa película? ¿*La hoguera de no sé qué*?

—¿Tom Wolfe? ¿*La hoguera de las vanidades*?

—¡Sí! ¡Ese! Escribe algo así.

—No escribió el guion; escribió el libro.

—Pues escribe un libro. Eres escritora, ¿no?

Rachel tenía buenas intenciones y casi con toda seguridad no había merecido esa mirada glacial de Jess. De hecho, conocía a varios experiodistas que estaban escribiendo libros, pero solo uno había firmado un contrato de publicación y, cuanto menos se hablara de él y de su nueva vida, mejor. No mencionó que *La hoguera de las vanidades* (¡la novela definitoria de los ochenta!) había sido una serialización en un principio, de veintisiete partes, aparecidas en la revista *Rolling Stone*. ¡Veintisiete!

En su mesa, en la parte trasera del salón de té del museo, Jess se sirvió lo que quedaba del Darjeeling. Estaba dejando la tetera cuando le llamó la atención un folleto que había en la mesa con un pequeño esbozo de Dickens. Él no habría permitido que una recesión global lo desalentara. La laboriosidad de este autor había sido legendaria: quince novelas, cinco novelas cortas, diez libros infantiles, un montón de relatos breves, poesía y obras de teatro, giras internacionales y una nada desdeñable obra filantrópica para cambiar la sociedad. Aunque también era cierto que había contado con las atenciones de una esposa abnegada y, al parecer, también con las de la hermana de su esposa.

Jess dobló la servilleta con fuerza y la puso debajo del cuchillo. Lo cierto era que echaba de menos sentirse inmersa en un proyecto a largo plazo, zambullirse en una investigación y abandonarse a una idea. Echaba de menos buscar respuestas y compartir historias. Sabía que sonaba ingenuo y bochornoso, pero en sus mejores momentos llegó a pensar que su trabajo era vital: afirmar la verdad ante el poder, exigir responsabilidades a los gobiernos y a los dirigentes en nombre de quienes no podían. Sin duda, en esta era de noticias falsas y conspiraciones en redes sociales, el periodismo de investigación era más importante que nunca. No esperaba cambiar el mundo, no literalmente, pero anhelaba hacer algo que tuviera significado.

—Pagar la hipoteca significa algo —dijo Rachel.

Y qué hipoteca. Rachel estaba en lo cierto. Era un enorme privilegio esperar que su trabajo le diera un propósito en la vida además de pagar facturas. Trabajar en busca de la plenitud espiritual era un lujo que no estaba al alcance de la mayoría de los habitantes del planeta. No obstante, era difícil pensar que el mundo necesitara otro artículo intrascendente sobre moda rápida o las tendencias urbanas del café. A veces, Jess sentía que estaba contaminando el planeta con basura igual que si estuviera fabricando pajitas de plástico.

Volvió a sacar el teléfono y frunció el ceño ante la pantalla. Todavía nada.

Existía la posibilidad de que le enviara un correo electrónico, pero le había dicho que llamaría.

Jess comprobó su correo electrónico.

Comprobó el volumen del teléfono.

Dejó el móvil y alzó la vista ante el alboroto de una familia que entraba en el salón de té. El efecto inmediato fue de ruido y movimiento y dedicó un momento a evaluar la situación: un bebé lloraba en un portabebés que cargaba un hombre al pecho, un niño de unos cinco años, empapado de lluvia, agarraba a su madre del brazo, y una pequeña de dos años con una clara lista de exigencias no dudaba en hacerse oír. Miraban a su alrededor en busca de una mesa vacía mientras las mochilas de colores brillantes se golpeaban contra las sillas y las paredes al maniobrar en ese espacio reducido.

Jess se encontró con la mirada de la madre y reconoció a un ser humano a punto de perder los estribos.

—Ya me iba —ofreció, indicando su taza vacía.

Jess decidió no volver a subir al museo. En su lugar, se dirigiría a la biblioteca; tal vez incluso podría investigar un poco los artículos de Well Walk. No para comenzar la serie, no iba a escribir nada, sino para estar preparada cuando llegara la llamada.

Aún estaba hurgando en el fondo del bolso cuando abrió la puerta principal del museo y salió a la calle. Junto a las primeras gotas de lluvia que le cayeron sobre la cabeza vino a su mente la imagen del paraguas que había dejado en la mesa de la cocina. Alzó la vista y el cielo gris y bajo le devolvió una mirada amenazante; iba a llegar al metro empapada. Estaba a punto de entrar de nuevo en el museo cuando vio un taxi que giraba la esquina de Guildford Street. Un taxi era un lujo que apenas se podía permitir en estos tiempos en que tenía que ahorrar hasta el último penique para la hipoteca, pero un trueno retumbó a lo lejos y Jess alzó el brazo para llamarlo. Tendría que conformarse con una sola copa de vino cuando quedara con Rachel el viernes por la noche. La culpa era suya, por haberse dejado engatusar por la idea de comprar una casa en un barrio de Londres donde una copa de vino rosado podía costar veinte libras.

Su teléfono sonó justo cuando entraba en la parte trasera del taxi. Lo encajó entre el mentón y la oreja.

—Hola. ¿Podría esperar un segundo? —preguntó mientras se dejaba caer sobre el asiento salpicado por la lluvia y soltaba el bolso—. A la Biblioteca Británica, por favor —le pidió al taxista. Estiró el brazo para cerrar la puerta con un golpe seco y, mientras el taxista daba la vuelta con precisión para dirigirse al oeste, Jess volvió a centrar su atención en la llamada—. Lo siento —dijo—. Ya puedo hablar.

—¿Jess? ¿Hablo con Jessica Turner-Bridges?

—Sí —respondió, y trató de contener los nervios y no hacerse demasiadas ilusiones.

Iba a recordar para siempre el cálido aroma de la calefacción del taxi y el eficiente movimiento del limpiaparabrisas. La conmoción de la llamada se agravó porque esperaba un tipo de llamada muy diferente. No era el editor de la revista, sino una voz que venía de muy lejos y de un pasado muy remoto, de otra vida, y con la peor noticia posible, una noticia que había temido recibir desde el mismo momento en que había salido de Sídney para vivir en Londres.

CAPÍTULO DOS

Pero ¿cómo se cayó? —Rachel se había acomodado contra el cojín en su reservado habitual, poco iluminado, en la parte trasera del local de tapas de la esquina de Heath Street y Church Row—. ¿No había contratado un enfermero para cuidar de ella?

—Era su tarde libre —explicó Jess—. Debería haber estado en la biblioteca escribiendo cartas... Ahí es donde la dejó Patrick. No sé en qué estaría pensando. Ya había comido. Su cuarto está al otro lado del pasillo. No tenía por qué ir a ningún otro lugar.

Y, sin duda, menos aún a las escaleras de la buhardilla. Eso era lo que le costaba comprender a Jess. Durante todos los años que había vivido con su abuela en esa casa con vistas al puerto, no recordaba que Nora hubiera subido a la buhardilla ni una sola vez. Jess tampoco tenía permiso para entrar. Era uno de los pocos lugares donde su abuela le tenía prohibido jugar de niña porque la escalera, demasiado inclinada, era peligrosa. Como era natural, la advertencia solo había servido para tentar a Jess, que había pasado mucho tiempo a escondidas en esa habitación con forma de A, pero ni una sola vez Nora había abierto esa puerta ni había mostrado interés en subir las escaleras. Con una casa del tamaño de Darling House, no lo había necesitado. Para las cosas de valor, y para las que no lo tenían también, siempre había espacio en un armario, escritorio o cajón en las habitaciones de la planta principal.

Jess contempló la copa de vino que trataba de beber lo más despacio posible. No había escogido un buen día para ponerse límites, pero no le quedaba más remedio. En el taxi, le había conmocionado de tal manera la llamada y se había esforzado en averiguar todo lo posible del ama de llaves de su abuela (gracias a Dios, la señora Robinson había olvidado la bolsa de la compra y había regresado a Darling House en su busca) que le había pedido al taxista que hiciera el recorrido completo hasta su casa, en Hampstead. Como había obras en New End, el taxista había acabado dando un rodeo por West Heath Road y el trayecto le había costado a Jess casi veinticinco libras.

—Es que no entiendo por qué tendría que subir ahí. Ni siquiera es una escalera de verdad. Está muy inclinada y apenas hay luz.

—¿Cuántos años tiene ya? —preguntó Rachel con delicadeza.

—Casi noventa. Y ya sé qué estás pensando, pero tiene mejor cabeza que nosotras.

Rachel asintió, comprensiva, pero Jess notaba que en realidad no comprendía. Nora no era una viejecita decrépita que se olvidaba de adónde iba y subía la escalera a la buhardilla por casualidad cuando pretendía cruzar el pasillo para ir a la cama. Nora era formidable y de una lucidez apasionada; la edad no la había desgastado ni un ápice. Después de su divorcio, había fundado el Nora Turner-Bridges Group cuando a las mujeres (sobre todo a las solteras) solo se les permitía ser secretarias, dependientas y poco más; casi sesenta años más tarde, aún telefoneaba a la oficina todos los días para mantenerse al día.

Rachel no conocía a Nora, y ese hecho abría un abismo entre ellas. Jess sintió un dolor súbito en el pecho, una sensación de pánico que la aislaba. Quiso explicar que Nora era sabia, valiente y de una lealtad sin fisuras. Que había acogido a Jess, la había amado como a una hija y jamás le había hecho sentir que fuera un inconveniente enfrentarse una vez más a las responsabilidades de cuidar a una niña; que había logrado que Jess se considerara un regalo precioso y deseado. Una segunda oportunidad, solía decir Nora, en aquellas raras ocasiones en que se le nublaba la vista con una tristeza distante. Habían sido una segunda oportunidad la una para la otra.

En una mesa cercana, un hombre barbudo y pomposo soltó una carcajada estruendosa. Jess lanzó una mirada en su dirección y la soledad se disipó tan súbitamente como había llegado. Se limitó a decir:

—Nora no es como todo el mundo. Ella es un microclima en sí misma.

—Me recuerda a alguien que yo me sé.

De niña, Jess había oído esa opinión muchas veces, sobre todo por parte de Nora, a quien le gustaba decir que Jess «era una auténtica Turner», en especial cuando destacaba en el colegio, entrenaba hasta que la incluían en el conjunto de natación o aplastaba al equipo de debate rival. Por aquel entonces, a Jess le había complacido muchísimo la comparación. En el presente, sin embargo, al pensar en la reciente tendencia a la baja de su vida, la avergonzaba.

—No —dijo con firmeza—. Nora es única.

Rachel posó una mano sobre la de Jess.

—Cuéntame qué te han dicho del hospital.

—Apenas conozco los detalles. Cuando terminé de hablar con la señora Robinson y llamé allí, el doctor ya se había ido y las enfermeras acababan de cambiar de turno. Tenía la esperanza de que me dijeran más, pero la enfermera con la que hablé no tenía más información que la del historial de Nora: se cayó, se golpeó la cabeza y se rompió la muñeca. Se encontraba estable pero dormida. Dijeron que volviera a llamar por la mañana.

—¿No queda poco para que sea de día en Sídney?

—A las ocho de la tarde. —Jess echó un vistazo al reloj. Todavía quedaba una hora—. Su doctor ya estará en planta a esa hora. Cuando hable con él, sabré si tengo que volver.

Rachel se sorprendió.

—¿A Australia? ¿Cuándo?

—Mañana por la noche. Ya he reservado un vuelo; tengo hasta mañana por la mañana para confirmar mi plaza.

No mencionó que solo disponía de puntos para reservar un viaje de ida.

—Te vas a perder los premios.

—Ya lo sé.

—¡Pero ya hemos comprado el vestido de la venganza!

—Por desgracia, tendrá que esperar a otra ocasión. Si Nora me necesita… ¿A quién más tiene?

—¿A tu madre?

—Por favor. —Jess puso los ojos en blanco.

—¿No estarás pensando en volver para perderte los premios?

—Claro que no.

Rachel tomó un sorbo de vino y dejó que su mirada se perdiera de forma intencionada por encima del hombro izquierdo de Jess.

—Te digo que no. Te lo aseguro. En ese sentido, me siento genial.

—Entonces, si el doctor dice que tu abuela está bien, ¿por qué no esperas unos pocos días? Haz ambas cosas. Ve a los premios, luce ese vestido fabuloso, muestra al tipo lo maravillosa que eres y deja con la boca abierta a todos los editores que te encuentres. Y luego, victoriosa, súbete a tu vuelo el martes a primera hora. Vuelve a casa por Navidad.

—Puede ser —accedió Jess, más para apaciguar a su amiga que porque lo estuviera pensando de verdad. Lo cierto era que, en cuanto se había concedido permiso para imaginar que se perdía los premios, una intensa sensación de alivio se había apoderado de ella. No echaba de menos a Matt y no le afectaría encontrarse con él. Le había visto unas cuantas veces desde la ruptura y, en una ocasión, también a Maxine; todos estaban actuando como personas maduras al respecto. Sin embargo, existían ciertos límites—. Lo pensaré.

—Qué bien —dijo Rachel, que salió del reservado—. Ahora, termínate la bebida, por el amor de Dios, para que podamos pedir otra cuando vuelva.

Jess siguió con la mirada a Rachel mientras desaparecía de camino al baño antes de fijarse en un grupo de personas unos diez años más jóvenes que ella. Sus caras resplandecían con esa calidez que produce el encontrarse en una sala atiborrada de gente, con amigos, comida y vino, un viernes por la noche, en la ciudad más maravillosa del planeta, con dinero suficiente en el bolsillo y nada salvo el fin de semana en mente.

Mientras miraba, un joven apuesto al final de la mesa dijo algo que hizo reír a los demás; a su lado, una chica arqueó las cejas en un gesto divertido y posesivo al mismo tiempo que dejó claro de inmediato que era su pareja. Ante Jess apareció el fantasma de cenas pasadas. Ella y Matt habían gozado de ese tipo de compenetración. Recordaba una escena especialmente divertida que ambos habían interpretado, sobre todo cuando un conocido había caído víctima en los peligros de la paternidad. Jess decía algo acerca de las exigencias de su trabajo y Matt se mostraba de acuerdo, tras lo cual añadía, con esa graciosa sonrisa tan suya, que él además no tenía instinto materno. Resultado: risas.

Pero quienes se habían reído los últimos habían sido ellos. Jess se había quedado sin trabajo, sin pareja y sin niño, mientras que Matt tenía una joven esposa, una encantadora hija de cinco meses y una creencia súbita y renacida en las maravillas de la paternidad. También tenía una columna en el *Daily Mail*, tras el éxito inesperado de un artículo que había escrito después del nacimiento de su bebé. La columna se llamaba «Un papá en Londres», con la palabra «papá» escrita por encima de la palabra «pillo» tachada, dando a entender que el pillo de antaño se había reformado. Jess había oído rumores según los cuales iba a publicar pronto un libro.

Tomó un sorbo de vino más largo de lo que había pretendido y se maldijo por no saborearlo. El hombre barbudo de la mesa de al lado volvió a soltar una carcajada y, mientras el sonido retumbaba en el techo bajo y abovedado del local, Jess tuvo unas ganas súbitas de soltarle una bofetada.

La salvó de la tentación Rachel, que se abrió paso entre las mesas.

—Hablando de editores —dijo esta mientras se deslizaba en su asiento—, ¿te han dicho algo de Well Walk? —Jess no creyó haberse mostrado tan dubitativa, pero debió de ser así porque Rachel añadió—: ¿No lo ha aceptado? ¿Qué diablos le pasa a ese tipo? ¿Te dijo por qué?

—No quiere una serie. Busca artículos más «directos», menos «históricos».

El editor la había telefoneado poco después que la señora Robinson, en el momento en que Jess estaba tratando de reunir el dinero para la tarifa del taxi y la propina.

—No hablo la jerga de los escritores. ¿Qué quiere decir «directo»?

—Personal. Desde mi perspectiva.

—Bueno, pues escribe la historia de tu casa entonces. Es bastante vieja… Por lo menos tiene cien años.

—Puede ser. Aunque tengo la impresión de que ese era uno de los aspectos que no le gustaban. Dijo que la gente no compra la revista para leer lecciones de historia. Quieren ver sus emociones y experiencias reflejadas en la vida de la escritora. Eso es esencial.

—Dios… Vamos a pedirte esa bebida.

—No, estoy bien.

Últimamente parecía que todas sus conversaciones con Rachel se centraban en alguna decepción o fracaso en la vida de Jess. No sabía con seguridad cuándo se había convertido en esa persona, tan necesitada de consuelo. Se sentía una desconocida para sí misma.

—¿De qué estás hablando? Yo invito.

Jess sonrió en señal de agradecimiento.

—De verdad, tengo que irme. Quiero llamar al hospital a primera hora y hablar con el doctor antes de que empiece su ronda.

Rachel asintió.

—Supongo que yo también debería volver a casa. Responsabilidades y todo eso. Por mucho que le pida a la niñera que se venga a vivir con nosotros, insiste en volver a la paz y el silencio de su hogar por la noche.

Pagaron la cuenta y se encogieron para ponerse los abrigos y las bufandas al pie de la escalera y los gorros de lana y los guantes al salir al frío de la calle. Según el pronóstico del tiempo, era posible que nevara, pero hasta el momento solo había caído aguanieve, visible como leves copos a la luz de las farolas. Se abrazaron y Rachel miró a Jess muy seria.

—Llámame en cuanto sepas algo de Nora. Y si vuelves a Australia, dime si puedo ayudar con algo mientras estés fuera. Regar las plantas, cuidar la casa, tocar tu piano.

Rachel sonrió, besó a Jess en la mejilla y comenzó a bajar por Church Row en dirección a St. John's. Jess observó durante un minuto a su amiga, que cruzó la calle y dobló la esquina hacia Holly Walk, apresurándose hacia su cálido hogar, a medio camino de la colina, lleno de ruido, juguetes y un banquero alegre y fatigado que se llamaba Ben.

Jess caminó entre el tráfico lento de Heath Street y atajó por Perrin's Lane. Ya estaban puestas las iluminaciones navideñas, cordeles de pequeñas bombillas doradas que zigzagueaban a lo largo de la estrecha callejuela de adoquines. Siempre le parecía que la ciudad adquiría su verdadera personalidad en esa época del año. Esa noche, sin embargo, sintió la belleza de las casas ladeadas y ladrillos recubiertos de hiedra, los faroles en las casitas de los adinerados, el indicio de la calidez de una vida doméstica que resplandecía amarillenta tras las cortinas, con una intensidad excesiva. La presión la rodeaba por los cuatro costados y, aunque había creído formar parte de todo ello, ahora se sentía fuera, una observadora que miraba desde el otro lado.

Su teléfono vibró en el bolsillo mientras pasaba ante Waterstones. Lo sacó con torpeza por el guante puesto y liberó un dedo frío para activar la pantalla. Era un mensaje de Rachel: «¡Ya sé sobre qué deberías escribir! —exclamaba, seguido de tres puntos seguidos que presagiaban una continuación—. ¡Algo con lo que todo el mundo se puede sentir identificado! —Más puntos suspensivos, que parpadearon tanto tiempo que el suspense se llevó a Jess a cruzar el paso de cebra y a doblar la esquina en lo alto de Flask Walk. El mensaje llegó mientras pasaba ante el escaparate iluminado con guirnaldas de la tienda de jardinería Judy Green—: Si vuelves a Australia, escribe sobre eso. Escribe sobre qué sientes al volver a casa después de tanto tiempo».

CAPÍTULO TRES

El vuelo de Qantas de vuelta a Australia partió a última hora de la noche. Jess había salido de Hampstead con varias horas de antelación, en parte porque iba a ir en tren y nunca se sabía qué podía ocurrir, pero también porque, tras hacer la maleta y preparar la casa para su ausencia, había comenzado a sentirse como una invitada que abusaba de la hospitalidad de una anfitriona paciente. El viaje en tren había transcurrido sin contratiempos y había llegado con mucho tiempo de sobra, de modo que se acomodó en el Pret a Manger, cerca del control de seguridad, para comer un poco antes de empezar con el barullo. Prefería comer a ese lado, donde los viajeros y sus familias aún estaban juntos. Le gustaba imaginar cómo serían sus relaciones y el motivo del viaje, los destinos y cuánto tiempo estarían fuera.

Había estado observando a un grupo de tres sentado en la mesa más cercana a la suya, y continuó mirándolos cuando se dirigieron al control de seguridad. Era evidente que la joven con la mochila era quien iba a partir.

Caminaba más rápido que la pareja mayor que la acompañaba, con paso enérgico y entusiasta. Se detuvo a unos metros de la puerta y todos se abrazaron, intercambiaron unas cuantas palabras más, mencionaron la mochila y compartieron unas risas. Otra ronda de abrazos y la muchacha se dirigió a la puerta ella sola. Se despidió de (supuso) sus padres con un gesto rápido de la mano, les dedicó una sonrisa radiante y no volvió a mirar atrás.

Jess había sido esa muchacha una vez, doce años atrás. Sabía la ilusión que se sentía al otro lado de la puerta: el primer instante de verdadera libertad, la emocionante sensación de controlar, al fin, el propio destino.

Fue Nora quien había ido a despedirla al aeropuerto. Ambas pensaban que se trataría de un año sabático. Jess tenía una nueva cartera para los viajes (regalo de Nora) en la que guardaba la tarjeta de embarque, cheques de viaje, el nombre de la tía de la madre de la compañera de colegio que le había dejado alojarse en el cuarto de su buhardilla en Holborn y un itinerario de viaje impreso con una fecha de regreso doce meses más tarde. Jess y Nora habían esperado cerca de la cafetería junto a la puerta de Salidas Internacionales. Jess estaba tan nerviosa que apenas bebió unos sorbos de su capuchino, mientras que Nora hablaba por ambas, chismes alegres sobre varios conocidos. Solo cuando actualizaron el panel de información para mostrar que el vuelo de Jess a Londres con escala en Singapur estaba a punto de embarcar, Nora no supo qué más decir.

Jess comprobó los documentos por última vez y dijo:

—Supongo que debería irme.

Nora estuvo de acuerdo.

—Perder el vuelo no sería el comienzo ideal de tu gran aventura.

Se acercaron juntas a la puerta, se abrazaron y, en aquel momento, Jess sintió el poderoso impulso de no irse, de decirle a su abuela que era todo un error lamentable, que por supuesto no quería ir a un lugar tan lejano como Londres, donde no conocía a nadie; quiso ir a casa, a Darling House, sentarse en el sofá de abajo con el estuche de la BBC de *Orgullo y prejuicio* y aceptar la oferta de la amiga de Nora de un puesto de aprendiz en el *Morning Herald* de Sídney.

Tal vez su abuela sintió en la fuerza del abrazo que el entusiasmo de Jess pendía de un hilo y corría el riesgo de deshacerse en puro miedo, pues tomó ambas manos de Jess y las apretó con fuerza.

—Alguien a quien conocí hace mucho tiempo me dijo una vez que el miedo es el umbral de la oportunidad. Y te puedo asegurar, amor, que todo lo bueno que me ha pasado desde entonces ha sido gracias a que he actuado a pesar de mis temores. —Envolvió a Jess en un fuerte abrazo—. Recuerda —dijo en voz baja—, no importa lo que pase, yo estaré aquí y siempre siempre puedes volver a casa.

Desde su punto de observación en el Pret a Manger de Heathrow, mientras un grupo nuevo colonizaba la mesa que tenía al lado, Jess apuntó con rapidez el recuerdo en su cuaderno. Le alegraba que le hubiera venido a la cabeza. Daría al artículo que estaba escribiendo un bonito cierre si incluía el consejo de Nora de veinte años atrás. A pesar de todo el esfuerzo y la angustia que le había acarreado la idea de Well Walk, su propuesta de «Volver a Sídney», escrita a toda prisa tras la llamada al hospital de la noche anterior, había recibido el visto bueno con gran celeridad y el editor le había dado de plazo hasta el fin de la siguiente semana. Jess, que aún no tenía vuelo de vuelta, aceptó enseguida.

A decir verdad, no iba a ser difícil. A diferencia de los reportajes de investigación en los que se había basado su carrera, esto era un artículo de viaje sobre un lugar y una persona a los que conocía bien. Había trazado un primer esquema general de camino al aeropuerto, marcando con un asterisco unos pocos lugares donde iría bien incluir algunos detalles u opiniones actuales. Hizo una breve nota de una experiencia demasiado familiar gracias a sus viajes anteriores a Australia: el desconcierto tras un viaje tan largo, qué se sentía al perder un día entero del calendario, el mareo, las piernas inestables y las ganas irresistibles de dormir cuando menos se lo esperaba.

Puso la tapa al bolígrafo y miró el panel con la información de los vuelos. Ya habían asignado una puerta al suyo y quedaba poco más de una hora para el despegue. Guardó el cuaderno en el bolso de mano, comprobó que el portátil, el teléfono, la cartera y los AirPods seguían en su sitio y comenzó a caminar hacia el control de seguridad. Aún estaban ahí el hombre y la mujer de antes, juntos y al mismo tiempo solos, ambos mirando la puerta de embarque vacía como si esperaran que su hija reapareciera en cualquier momento. Tal vez tenían pensado quedarse hasta que despegara el vuelo; tal vez no sabían qué hacer a continuación. Era posible, supuso Jess, que tras ser responsable de otro ser humano durante tanto tiempo, la separación no representara tanto la libertad como la pérdida de rumbo.

Mientras se quitaba los zapatos y los ponía con el portátil en un par de bandejas de seguridad, Jess se preguntó qué habría hecho Nora cuando ella cruzó aquella puerta en Sídney. A su abuela le tendría que haber resultado extraño volver a Darling House. Jess llevaba una década viviendo con ella por aquel entonces, y era una casa enorme en la que era fácil sentirse sola. A Jess aún le impresionaba entrar en su casa de Hampstead y comprobar qué inmóvil se había vuelto la casa desde la marcha de Matt, qué silenciosa. A veces se descubría a sí misma caminando de puntillas por respeto; en otras ocasiones, hacía ruido por despecho. Cuando llegó a casa la noche anterior tras despedirse de Rachel, había encendido las luces y la televisión enseguida para conjurar cierta apariencia de vida.

Jess y Matt habían alquilado la vivienda cuando se mudaron al norte de Londres y habían sido muy felices: se encontraba en un rincón tranquilo junto al pequeño campo de deportes, en una calle tan corta y apartada que era muy fácil pasar junto a ella sin caer en la cuenta. Cuando la casera la puso a la venta, sin embargo, la sucesión de interesados los empezó a volver locos. La idea de comprarla ellos mismos, aunque fuera solo para detener la procesión de desconocidos, había sido una broma privada al principio. Pero cuanto más la hacían, menos graciosa les parecía, hasta que al fin Matt decidió liquidar las acciones que su padre le había dejado como depósito y se encontraron a sí mismos ante una extensa solicitud de hipoteca. «Nunca es un error invertir en una vivienda en Londres», se decían el uno al otro, nerviosos, frunciendo el ceño ante la suma desorbitada de los formularios.

Jess se había hecho cargo de los pagos de la hipoteca cuando Matt se fue y habían llegado a un complejo acuerdo que le daba la opción de comprar la parte de él en un plazo de dos años si se lo podía permitir. Desde entonces había perdido el sueldo, había recibido una indemnización por despido y había salido adelante sobre todo gracias a los ahorros. Jess siempre se había sentido afortunada por vivir donde vivía, pero ahora se sentía un fraude. Una impostora que mantenía los rituales de una bella vida que una vez había parecido tener los cimientos sólidos, pero que había demostrado ser tan frágil como el papel de seda.

—¿Crees que tu familia te ayudaría? —había preguntado Rachel una noche en que Jess estaba dando vueltas a si podría quedarse.

Por «familia», por supuesto, se refería a Nora, pero Jess había negado con la cabeza con tal vehemencia que Rachel no había insistido. Lo cierto era que Nora habría estado dispuesta a ayudarla casi con toda seguridad; se habría alegrado, incluso. Le encantaban las casas (su negocio consistía en restaurarlas) y le había hecho ilusión saber que Jess y Matt habían tomado la gran decisión. Les había pedido fotografías, descripciones y todo tipo de detalles. Pero pedir ayuda habría supuesto admitir las dos cosas que Jess no quería que Nora supiera: que había perdido tanto su empleo como su pareja en un periodo de tiempo asombrosamente breve. De modo que se había comprometido a hacer los pagos ella misma.

A Jess no le gustaba tener secretos con Nora, pero la avergonzaban sus aprietos actuales y no quería decepcionar a su abuela. Además, no era una situación permanente. En cualquier momento dejaría atrás lo peor. Mientras tanto, estaba haciendo lo posible para reducir costes. No había esperado tener que encajar un viaje a Australia en su presupuesto, pero no le había quedado opción. Cuando llamó al hospital por segunda vez y preguntó si había novedades, el doctor le dijo que Nora se había sentido confusa al despertar.

—No es algo inesperado tras sufrir un trauma —explicó—. La resonancia y la tomografía mostraron una leve hinchazón.

—Llamo desde Londres —dijo Jess—. He reservado un vuelo, pero no estaba segura de si debería ir ya o esperar hasta que Nora vuelva a casa.

El doctor habló sin ambages.

—Su abuela tiene ochenta y nueve años —añadió—. Si está pensando en venir a verla, yo no esperaría.

Aunque el consejo le habría resultado obvio a cualquier otra persona, a Jess le había impresionado muchísimo. Siempre había sabido que existía la posibilidad de recibir una llamada por la noche y oír la voz de una desconocida dándole la mala noticia. Así era la vida de una expatriada. Por algún motivo, sin embargo, se había imaginado que el mensaje haría referencia a su madre. Era mucho más fácil imaginar a Polly debilitada tras un accidente o una enfermedad que aceptar que Nora sufría de las mismas vulnerabilidades que el resto de la humanidad.

Pero el doctor había sido claro y, al colgar, Jess había ido directa al sitio web de Qantas para confirmar su plaza en el vuelo de la noche siguiente.

Tras ponerse los zapatos de nuevo y recoger el portátil y los otros objetos de la cinta del escáner, Jess salió a la sala de embarque de la Terminal 3. En el mejor de los casos, no había nada ni remotamente atrayente o cómodo en el lugar; en diciembre, era un manicomio. Por lo general, Jess actuaba ajena a los ritmos de las vacaciones escolares y siempre era una leve sorpresa salir a la calle y descubrir que los niños habían invadido sus lugares de costumbre. Pero, como era natural, un sábado tan cerca de Navidad pululaban por todas partes, arrastrando maletas de miniatura entre las piernas de adultos despistados, con sus gorros de Papá Noel iluminados y sus gafas de sol de juguete e incluso, en una ocasión, un flotador hinchable con la nariz roja de Rodolfo el Reno.

Al final se unió a la cola del último control de pasaportes de su vuelo y llegó a una sala de espera con paredes de cristal. Prefería estar ahí. A diferencia de la sala de embarque, una tierra de nadie con apariencia de centro comercial (tiendas y restaurantes para que nadie notara que se encontraba oficialmente en medio de ninguna parte, entre aduanas, al borde de la existencia terrestre), la puerta de embarque no pretendía parecer nada salvo lo que era: una sala de contención de seres humanos que solo estaban de paso.

Jess encontró un asiento libre con vistas al asfalto. Al otro lado de la ventana, en la oscuridad de la noche londinense, vio la enorme ave blanca que la iba a llevar a lo largo de la noche de vuelta a Sídney. Había caído la niebla y el personal de tierra usaba focos naranjas con los que hacía señales mientras llevaba a cabo los preparativos de costumbre.

Cuatro años atrás, casi en un día como hoy, había llevado a Matt a pasar las Navidades con Nora. A su abuela le había caído bien Matt, y él había caído rendido ante Nora. También le había entusiasmado Darling House.

—Parece que debería estar a orillas del Mississippi —había comentado un día. Estaban sentados juntos alrededor de la mesa de patio, en sillas de hierro forjado, a la sombra de un enorme jacarandá, mientras daban sorbos a su julepe de menta y miraban al otro lado del jardín, hacia la casa alta con revestimiento de madera.

—Casi estáis en una zona subtropical —le recordó Nora—. Mi abuelo construyó Darling House cinco años después de llegar desde Escocia. A esas alturas ya sabía que el clima iba a exigir algo diferente a lo que estaba acostumbrado de niño.

—Es una señora majestuosa —dijo Matt acerca de la casa—. Vestida con su chal de encaje de acero, mirando al puerto.

—Eso es exactamente lo que es —sonrió Nora—. Por eso nos llevamos tan bien. Somos tal para cual.

Nora había vivido toda la vida en Darling House y era una parte tan esencial del edificio como los leones que custodiaban la puerta de la verja y las chimeneas de ladrillo que jalonaban el cielo azul. Era casi imposible imaginarla en cualquier otro lugar. Jess solo tenía que cerrar los ojos para ver una vívida imagen de su abuela en los amplios escalones de hormigón que daban a la puerta principal, ambos brazos alzados en señal de bienvenida.

A lo largo de los años eran incontables las personas que habían tratado de comprarle la casa, incluidas celebridades, miembros de la alta sociedad y promotores. Le habían ofrecido pequeñas fortunas, pero Nora se había mostrado decidida: «Voy a morir en esta casa —había repetido una y otra vez—. ¿Qué me importa el dinero? Para mí son mucho más importantes los recuerdos que hay entre estas cuatro paredes».

Y no porque todos los recuerdos de Nora fueran buenos. Jess sabía que su infancia no había sido precisamente idílica; sus padres habían pasado mucho tiempo fuera y la habían dejado en manos de una serie de niñeras e institutrices, algunas de las cuales estaban decididas (al parecer) a amargarle la vida a la pequeña. Pero Nora había recibido el don de una imaginación y fantasía portentosas y había creado un mundo entero para sí misma en el jardín y los rincones ocultos de la casa. A Jess se le ocurrió que su abuela habría sido una gran escritora si su amor por las historias no se hubiera manifestado al rescatar y restaurar casas.

Nora le había explicado a Matt su pasión por los edificios con las mismas palabras que Jess la había oído emplear en la entrevista al programa de la radio local *Negocios de Mujeres* hacía unos años:

—Las personas que crecen en casas viejas llegan a comprender que los edificios tienen personalidad. Tienen recuerdos y secretos que contar. Solo hay que aprender a escucharlos y, más adelante, a comprenderlos, igual que con cualquier idioma. El lenguaje de las casas es mi idioma nativo. Esta casa me lo enseñó cuando yo era muy pequeña.

A veces, Jess se preguntaba si la casa era tan importante para Nora poque su estabilidad y solidez siempre la habían acogido cuando sus padres estaban lejos. Sin duda, Jess podía sentirse identificada en ese sentido.

—Bueno, creo que es la casa más bonita que he visto en mi vida —afirmó Matt y, dado que Darling House era la llave a su corazón, Nora le había dado el visto bueno.

Sin embargo, a solas con Jess, le confesó que no comprendía por qué dos personas con éxito y dinero preferían no tener hijos.

—El mundo está superpoblado —respondió Jess, que solo bromeaba a medias.

Nora había dejado el tema, pero solo durante un tiempo. A medida que pasaban los años y Jess se acercaba a los cuarenta, su abuela se iba sintiendo más perpleja.

—¿Es por Matthew? ¿Está en contra? Porque es diferente para los hombres, ya sabes. Ellos se pueden permitir esperar. Si te quedaras embarazada sin más, él cambiaría de idea enseguida. ¿Y si no cambia? Bueno, tendrías a tu bebé y te prometo una cosa: todo lo demás dejará de importarte cuando estés con tu bebé.

Le había dado ese consejo durante una llamada telefónica, así que Nora no vio cómo Jess ponía los ojos en blanco; sin embargo, no discutió. Sabía que no era buena idea. Nora era una persona de grandes certezas y, en este tema, era intratable. Solo había tenido una hija, Polly, la madre de Jess, y le había dicho a esta más de una vez que la mayor pena de su vida era no haber tenido más.

—Siempre me había imaginado a mí misma como la matriarca de una gran familia —le dijo—, con primos, cuñados y nueras y bebés por todas partes. Pero no fue así. Solo tu madre y doy las gracias a Dios, porque así llegaste tú.

A Jess le resultaba tristísimo que alguien con tanto que ofrecer como Nora tuviera tan pocos familiares a los que mimar. Muchas veces se había preguntado cómo su propia madre había podido ser tan egoísta como para abandonar a Nora… y a Jess también, de hecho, a los diez años. Pero había aprendido a no expresar la duda en voz alta. Nora no era de las que se autocompadecían y tampoco permitía a Jess hacerlo. «No podemos permitirnos ser víctimas de nuestras infancias —decía—. No podemos culpar a nuestros padres (ni a nuestros hijos tampoco) por todo. Casi todo el mundo hace todo lo que puede y a veces, por desgracia, eso no es suficiente».

Era discutible que la madre de Jess hubiera hecho todo lo que podía. Había abandonado a su hija cuando se fue al norte para comenzar una nueva vida en Queensland por sí misma.

—No es que no te quisiera —insistió Nora, leal hasta el exceso, siempre dispuesta a defender a su hija errante—. Polly no pudo con todo. No estaba preparada para ser madre. Era muy joven y se quedó embarazada enseguida. Es diferente cuando una tiene que esperar y desearlo y soñar.

—Lo que fácil viene fácil se va —respondió Jess.

—Vaya, Jess, cariño, el cinismo es una vulgaridad y no fue así. Ella no podía ser la madre que necesitabas y fue muy generoso por su parte, si lo piensas bien, comprender la situación. Además, las cosas salieron muy bien, ¿no te parece? Nos ha ido bien juntas.

Les había ido mejor que bien.

Había comenzado el embarque del vuelo y Jess mostró la tarjeta a la sonriente azafata junto a la puerta.

—Bienvenida, señorita Turner-Bridges —la saludó la mujer, cuyo acento creó un vínculo instantáneo—. ¿Va a viajar con nosotros hasta Sídney esta noche?

—Sí.

—Que disfrute de su vuelo a casa.

Al entrar en el puente de abordaje, Jess sintió una súbita ráfaga de vértigo. El frío aire del exterior se colaba entre los resquicios de metal y fue consciente al cruzar el puente de atravesar un espacio fronterizo: entre la terminal y el avión, entre países, incluso entre fases de su propia vida.

La sensación le recordó a cuando era niña, mientras aún vivía con su madre y se habían acostumbrado a ir al parque en lo alto de la península. Había un balancín al que Jess siempre iba corriendo. Le gustaba ponerse en medio y cambiar el peso de un lado a otro en pequeños ajustes hasta conseguir el equilibrio perfecto.

Alzó la vista y vio un anuncio enorme de HSBC al llegar al final del túnel. Era una fotografía enorme de Piccadilly Circus. Pensó en su casa de Hampstead, el bar de tapas, Rachel y las casas de Well Walk, la de Judy Green, Waterstones y Heath. Era su barrio, su vida, todo ello real de una forma vital apenas unas horas antes y, sin embargo, tenue ahora, poco más que una ilusión, un sueño precioso que se disolvía a sus espaldas mientras entraba en el avión.

En el interior de la cabina todo era luminoso y concurrido, olía a viaje y existía más allá de las reglas habituales del tiempo. Jess recuperó la concentración de nuevo, ya que al final de esa jornada, aún a veinticuatro horas y varios océanos de distancia, Nora la estaba esperando. La llamada del hogar era una fuerza física y Jess estaba impaciente por pisar tierra firme de nuevo, al otro lado.

CAPÍTULO CUATRO

Altos de Adelaida, 24 de diciembre de 1959

Díganos de nuevo, señor Summers, qué estaba haciendo en la poza.

Percy ya había respondido a todas sus preguntas, pero comprendía que tenían un trabajo que hacer, así que contuvo el suspiro y les contó de nuevo lo que había sucedido. Llevaba horas en la comisaría de West Road. Desde el siniestro descubrimiento, la conmoción había dado paso al estupor, y descubrió que ya era capaz de narrar los detalles con cierto grado de separación: por qué estaba ahí, qué había encontrado, las terribles horas que habían pasado mientras un agente y luego otro llegaron al maldito lugar.

Estaba distraído, sin embargo, cansado a más no poder. La salida a primera hora, el largo trayecto desde la Estación, el calor; sus ideas revoloteaban y se precipitaban como insectos al atardecer. Al llegar al momento de la historia en que describía su decisión de acercarse al pícnic en lugar de dar la vuelta y regresar al pueblo, se oyó el estruendo grave de un trueno. Ahí estaba el temporal del que les habían advertido.

—Entonces, se acercó al pícnic de la familia Turner para… ¿saludar?

—Eso es.

—¿Conocía a los difuntos en persona, señor Summers?

El destello de un rayo iluminó el mundo al otro lado de la ventana y Percy se estremeció.

—¿Conocía a la señora Turner y a sus hijos en persona? —repitió el policía.

—Mi esposa, Meg, y yo… —comenzó Percy antes de perder el hilo. Meg se estaría preguntando dónde estaba. Había telefoneado desde la Estación de los McNamara la noche anterior, en lo que ahora parecía otra vida, y le había dicho que saldría a primera hora de la mañana. «No te retrases —le había dicho ella—. Y ni se te ocurra parar antes de llegar a casa si sabes lo que te conviene». Percy había comprendido muy bien qué quería decir. Había supuesto que ella planeaba algo; uno de los muchachos había mencionado una tarta de cumpleaños—. Mi mujer…

—La cosa, sargento —intervino Hugo Doyle, uno de los guardias montados del pueblo, que habló desde la pared contra la que se apoyaba, cerca de la ventana abierta—, es que aquí, en Tambilla, es raro que no nos conozcamos todos.

Al otro lado del escritorio, frente a Percy, el policía que había formulado la pregunta (se había presentado como el sargento Peter Duke cuando apareció en la poza de la casa Wentworth) se recostó contra el respaldo de la silla de madera. No era su silla, claro; tampoco era su comisaría. El sargento Duke había venido desde Adelaida aquella tarde. Era evidente que alguien de arriba había decidido que en una situación así necesitarían ayuda de fuera.

Percy se preguntó cómo se sentiría al respecto el sargento Kelly, a quien pertenecía el escritorio. Kelly era nuevo en Tambilla, había llegado hacía poco desde la comisaría de Mount Barker. Le habían dejado el listón muy alto. Hasta no hacía mucho este fue el terreno de Ernie Staffsmith, que había dominado el pueblo durante décadas, desde que Percy era niño. Había sido un hombre corpulento, tanto por su estatura como por su reputación. Justo pero severo, con un pecho del tamaño de un peñasco y unas líneas de expresión en el rostro tan hondas como las grietas de una vieja silla de montar. De niños, todos tenían miedo de la sombra amenazante del sargento Staffsmith.

De repente, Percy echó mucho de menos al viejo sargento. A pesar de los bofetones, las reprimendas y de contarlo todo a los padres. La pérdida de esa institución de su infancia le pareció una metáfora de la mutabilidad de todo: las tardes soleadas, la felicidad, la vida de un ser humano. Era todo demasiado fugaz.

—Entonces ¿sí conocía a la señora Summers en persona?

Sin duda, Ernie Staffsmith no habría aceptado con tanta docilidad que un usurpador de la ciudad ocupara su puesto.

—Mi esposa y yo llevamos la tienda del pueblo —dijo Percy—. Hemos estado enviando comida y surtidos colina arriba desde que los Turner vinieron a vivir a Willner Road.

—¿Y cuándo fue eso?

—Hará unos catorce años. Llegaron después de la guerra.

—¿Su esposa era amiga de la señora Turner?

—Meg es amiga de todo el mundo.

El sargento Duke anotó algo y a continuación trazó con lentitud una línea recta a lo largo de la página. Se había remangado la camisa hasta los codos, debido al calor y la humedad de la tormenta, revelando una cicatriz pálida y sinuosa en el antebrazo izquierdo.

—O sea, vio a la familia, que estaban de pícnic bajo el árbol, y se acercó a saludar.

—Me pareció grosero no hacerlo —asintió Percy—, sobre todo porque había llevado a Blaze a su finca para que se diera un chapuzón.

—¿Era eso inusual?

Ya había explicado todo aquello. Ya les había dicho que de vez en cuando llevaba a Blaze por el arroyo cuando volvía de llevar un pedido al sur. Percy era un hombre paciente, pero su frustración iba en aumento. Cuando se marcharon de la casa Wentworth, oyó al sargento Kelly hablar de reunir a unos cuantos hombres del pueblo. Y Percy quería salir con ellos, ayudar en la busca antes de que llegara el mal tiempo. No estar ahí, en esa sala de interrogatorios pequeña y mal ventilada.

—¿Señor Summers?

—No. No era algo inusual. Pero no solía ver a nadie cuando iba por ahí.

—Antes dijo que notó desde el principio que las cosas no iban bien. —El sargento Duke se inclinó hacia delante—. Un sexto sentido, esas fueron sus palabras.

Incluso ahora, a Percy se le erizó la piel al recordar cómo subió la cuesta hacia el grupo.

—Tuve una sensación extraña. Ya la había tenido una o dos veces. En el bosque. Todo estaba tan quieto. Sin vida, ¿sabe?

La cara del sargento Duke permaneció inexpresiva.

—¿Había algo en concreto fuera de lo normal? ¿Algo específico?

—No, que yo recuerde.

—¿No vio alguna evidencia de que hubiera algo raro en el pícnic?

—¿Qué quiere decir?

—¿Vio alguna señal de que alguien hubiera estado ahí?

Percy sopesó la escena, repasando sus recuerdos.

—No creo.

—¿Alguna huella?

En la casa Wentworth, algunos de los hombres habían estado hablando de perros, recordó Percy. En ese momento, sus palabras se habían alejado y perdido en el aire. Cualquier relación con el espantoso suceso junto a la poza se le había pasado por alto. Ahora, sin embargo, pensó en los ataques recientes en el pueblo, las gallinas arrebatadas de los mismísimos corrales, incluso un cordero una noche, en la granja de McKenzie. Pensó también en los hombres que habían salido de búsqueda. La implicación de por qué el sargento preguntaba precisamente eso de repente quedó clara y Percy sintió náuseas.

—No recuerdo. No vi nada, lo siento.

—No pasa nada, señor Summers. Si recuerda algo más adelante, siempre puede avisarnos. Hábleme de sus movimientos después de llegar junto a la familia. Dijo que se acercó de inmediato a la señora Turner y se aseguró de que no respiraba.

La mano izquierda de Percy rozó los dedos de la mano derecha. Qué extraño que la falta de algo pudiera dejar huella.

—Sí.

—¿Fue a mirar a alguno de los niños?

—No.

—¿Qué ha dicho, señor Summers?

—No me acerqué al árbol.

Maldeciría ese descuido durante el resto de su vida. Percy había permanecido al borde de la escena cuando hicieron la recolección de pruebas. Había observado al fotógrafo de la policía, un hombre delgado y joven con gafas de montura oscura y traje marrón claro, llegado de Adelaida para registrar las imágenes del pícnic: una vista amplia del lugar, primeros planos de los restos de migas en los platos. Esa muñeca, aquel tobillo, los zapatos quitados. Percy esperaba despertar y descubrir que todo había sido un sueño cuando, desde el sauce, llegó una voz frenética: «Está vacía. El bebé no está».

—¿Se fijó en la cuna, señor Summers?

—Vi una cesta colgada, pero no pensé en... No se me ocurrió mirar dentro. —Percy tenía la garganta seca—. Cuando comprendí qué había ocurrido, no pude pensar en nada salvo en ir a buscar ayuda.

—O sea, ¿fue directamente a la casa de los Hughes?

Una vez más, ya habían hablado de todo eso.

—Sabía que Alastair (el señor Hugues) tenía coche y teléfono, y que lo más probable era que él y Esther estuvieran en casa.

—Alastair Hugues es el abogado del pueblo, esas fueron sus palabras, ¿verdad?

—Así es.

—O sea, fue a caballo a Willner Road, hasta el número... —el sargento Duke consultó sus notas— 106 y encontró al señor y la señora Hugues en casa.

Percy había llamado a la puerta con frenesí. Cuando Esther Hughes abrió y lo miró con sus gafas de ojo de gato, supo de inmediato que había pasado algo espantoso. Lo hizo entrar con un gesto y pidió a su marido que fuera cuanto antes. Alastair apareció por una de las habitaciones del pasillo, con un bolígrafo aún en la mano. Llevaba calcetines disparejos, recordó Percy.

—¿Me podría decir una vez más qué les dijo al señor y la señora Hugues? —preguntó el sargento Duke.

—Les conté lo que había visto.

—Con las mismas palabras, si no le importa, señor Summers. ¿Me lo podría decir con las mismas palabras que usó con el señor y la señora Hugues?

Percy cerró los ojos para concentrarse.

—Les conté que la señora Turner y sus hijos estaban junto a la poza. Que había habido algún tipo de accidente. Que la señora Turner no respiraba.

—Un accidente. —El sargento Duke se dio unos golpecitos con el bolígrafo en el mentón—. Eso me pregunto. —Se recostó de nuevo en la silla y su mirada se perdió en las complejas molduras que unían la pared al techo. Al cabo de un rato pareció recordar que estaba en pleno interrogatorio, echó un vistazo al reloj y dijo—: Prosiga, señor Summers. Estaba en casa de los Hughes.

—Y entonces, Alastair (el señor Hughes) telefoneó de inmediato a la comisaría para pedir ayuda.

—¿Volvieron juntos al lugar de los hechos?

—Alastair condujo y llegamos a tiempo de encontrarnos con los sargentos Kelly y Doyle.

Hugo Doyle, apoyado contra la pared, le hizo un solemne gesto de ánimo mientras el sargento pasaba unas cuantas hojas de su libreta de espiral.

—Tenga paciencia conmigo —pidió.

A espaldas del sargento Duke, al otro lado de la ventana, el mundo estaba casi a oscuras. La bombilla sobre el escritorio se reflejaba amarillenta en uno de los cuatro paneles de cristal moteado. En la rendija de abajo, donde la ventana estaba abierta en parte, de vez en cuando aparecía la silueta del monte Lofty, cuando los relámpagos estallaban contra el oscuro azul del cielo.

La cordillera le había servido de brújula toda la vida; Percy podría haber dibujado su escarpada silueta incluso dormido. El pueblo kaurna de la llanura oriental creía que antaño, cuando fue asesinado el gran gigante ancestral Yurrebilla, su cuerpo había formado la cordillera al derrumbarse, Yurridla, y sus orejas se convirtieron en las montañas gemelas de los montes Lofty y Bonython. Se lo había contado Jimmy Riley hacía muchísimo tiempo, cuando los dos acampaban cerca de Cleland. Iluminada por las llamas de la hoguera, su cara resplandecía de orgullo y tristeza.

Jimmy estaría con el grupo de búsqueda. Era el mejor rastreador a este lado de Alice Springs. El joven Eric Jerosch también tenía buen ojo. Solo era unos años mayor que el primogénito de Percy y todavía era agente en periodo de prueba, pero se había ofrecido para dirigir a los exploradores del grupo de Piccadilly Valley y conocía los Altos casi tan bien como Percy de niño.

Afuera el viento arreciaba y Percy oyó el ruido chirriante de las finas ramas que raspaban el tejado de hierro. Una ráfaga cálida trajo consigo el olor a lluvia fresca contra la tierra reseca. En algún lugar, no demasiado lejos, ya estaba lloviendo. Percy se sentía impaciente. Sería mejor dedicar su tiempo a ayudar con la búsqueda de la bebé en lugar de permanecer sentado en esta sala sofocante.

Una bandada de cacatúas alzó el vuelo, chillando contra el viento al surcar el cielo oscuro en busca de refugio y, como si hubiera recibido una señal, el sargento Duke cerró el cuaderno.

—Con esto basta por esta noche, señor Summers —dijo—. Seguro que está listo para irse a casa. Sé que mi mujer se estará preguntando dónde estoy.

Percy se levantó despacio de la silla. Tenía los músculos tensos por cabalgar, el calor y la tensión del día, y por la angustia de lo que había encontrado. Se trastabilló un poco mientras recogía la alforja de donde la había dejado, a los pies del escritorio.

—Y señor Summers… Deje una nota con su número y tipo de bota, si no es molestia —pidió el sargento Duke con un gesto final de la cabeza.

—Te acompaño. —Hugo Doyle posó una mano firme en la espalda de Percy al salir de la sala de interrogatorios y caminaron por el pasillo estrecho. Ninguno de los dos dijo nada hasta llegar a la recepción, donde Doyle habló en voz baja—: Lo siento, Perce. Han enviado al más pesado de Adelaida para este caso.

Percy asintió para indicar que lo comprendía.

—Ayudaré en todo lo que pueda.

—Qué diablos. Todos ahí tumbados como si nada. Lo último que un hombre esperaría encontrar.

Lucy Finkleton estaba sentada detrás del mostrador. Por encima de ella, de un clavo a otro, colgaba un cordel que sostenía un alegre surtido de tarjetas navideñas. Se levantó con rigidez y le dedicó una sonrisa que trataba de ser de consuelo, pero no lo logró.

—Hola, Perce.

—Luce. —Habían ido juntos a la escuela de niños. Percy aún la recordaba anunciando a toda la clase que se le movía un diente y cómo lloró después porque se lo había tragado con la comida.

—Lucy —dijo Doyle—. ¿Te importaría tomar nota de las botas de Percy? —Se volvió hacia Percy mientras ella se agachaba en busca de un bloc en el escritorio—. Es solo para comprobar que nadie más se presentó allí cuando te fuiste.

Percy le dio los detalles a Lucy, que los copió con una caligrafía cuidadosa antes de salir del mostrador para trazar el contorno de las botas. Cuando la cabeza de ella se inclinó sobre el papel, Percy distinguió mechones canos en el pelo castaño.

—Dale recuerdos a Meg, ¿vale? —añadió Lucy al terminar—. La telefoneé antes para decirle que ibas a llegar tarde, y Alastair Hughes llamó para decirnos que Blaze estaba en su establo. No hay prisa en ir a recogerla. Cuando estés listo. —Hubo un momento de pausa y, a continuación, se apresuró a añadir, en voz tan baja que era casi un susurro—: Qué cosa tan perversa, Perce. Qué cosa tan perversa para que pase aquí, en nuestro pueblo.

Percy estaba a punto de mostrarse de acuerdo cuando oyó su nombre («¿Señor Summers?»). Miró por encima del hombro y vio al sargento Duke de pie al final del pasillo.

Por primera vez, Percy se fijó en lo alto que era el hombre. Los dobladillos de sus pantalones claros tenían manchas de tierra, y sus zapatos de ciudad estaban cubiertos de polvo.

—Una cosa más antes de que se vaya. ¿Dijo que su hijo andaba con la mayor de las chicas Turner? —Echó un vistazo a su libreta de espiral y otro, por encima de las gafas, a Percy—. ¿Matilda Turner?

—Eran amigos. Iban al colegio juntos. Ya sabe cómo son los críos.

El sargento Duke no dio indicación alguna de que lo supiera. Apuntó algo y dijo:

—¿Su nombre?

A Percy le llamó la atención la colección de dibujos navideños hechos por los niños del colegio local colgada en la pared. Maud McKendry había comenzado esa tradición años atrás para crear lazos en la comunidad y recaudar fondos para los menos afortunados. Recordó que sus hijos habían participado cuando eran pequeños, ambos en la mesa de la cocina con todos sus lápices de colores y sus ideas graciosas. Parecía ayer; parecía que habían pasado cien años.

—¿Señor Summers?

Una ráfaga de lluvia ligera tamborileó sobre el tejado de hierro.

—Kurt —respondió Percy. Los afilados límites de la palabra se le quedaron atascados en la garganta. Eran solo cuatro letras y, sin embargo, pesaban con todo el amor, la esperanza y los sueños que eran posibles. Pronunciarlo ahí era una blasfemia. Percy quiso estirar la mano y atraparlo; guardarlo para sí, lejos de la mirada de ese policía de ciudad.

—Gracias, señor Summers —dijo el sargento Peter Duke con una expresión neutra que no revelaba nada en su rostro serio—. Eso es todo por ahora.

CAPÍTULO CINCO

La lluvia atravesaba la luz de las farolas mientras Percy se abría paso por la calle principal de Tambilla. Tenía los pantalones mojados y las gruesas gotas repiqueteaban contra el ala de su sombrero de cuero. Al salir de la comisaria había permanecido un momento en la oscuridad, la cara alzada al cielo, y supuso que Doyle habría estado mirando, porque se acercó a la escalera de entrada.

—¿Te llevo, Perce? —preguntó en voz alta para hacerse oír por encima de la lluvia—. No es ninguna molestia, amigo. Tengo el coche ahí atrás.

Percy le dio las gracias, pero le dijo que no. Prefería caminar. Su casa no estaba muy lejos y necesitaba tiempo antes de llegar para poner algo de espacio entre él y lo que había visto aquella tarde.

La calle estaba desierta. Había una luz en la cocina del salón de té de Betty Diamond y un par de personas en el bar del Hotel de Tambilla, al otro lado de la calle. Nada en comparación con lo que era habitual. Supuso que la mitad de la población estaría aún ahí fuera en plena búsqueda. Tambilla era ese tipo de pueblo. Las personas se ayudaban unas a otras sin importar sus diferencias. Percy había reparado en que el reverendo Lawson estaba reunido junto a los demás en Willner Road cuando entró en la comisaría con Doyle y el sargento. Los rumores volaban. No era fácil guardar un secreto en un lugar como este.

En algunos escaparates de la calle principal titilaban velas de Navidad. Se estaba convirtiendo en una especie de tradición en los Altos, iniciada años atrás en Lobethal. Allí, casi todas las tiendas (y algunas casas también) ponían velas para celebrar la época. A la gente le gustaban esas cosas. Algunos, le habían dicho, llevaban comida cuando salían a echar un vistazo; una cesta a rebosar en el maletero del coche con mantas de pícnic para poder convertir el momento en una ocasión especial. Kurt había hablado de invitar a Matilda Turner a que fuera con él este año. El día anterior a la marcha de Percy a la Estación, su hijo le había preguntado si podía usar la camioneta. Trató de sonar despreocupado, pero Percy siempre sabía si su primogénito estaba tenso por la rigidez de la boca. Kurt y Matilda eran amigos desde críos. Formaban parte del grupo de niños que iban haciendo el tonto de camino a la escuela y los fines de semana en la poza o en las cercanías de la vieja mina.

Sin embargo, en los últimos meses Percy había notado que las cosas se estaban poniendo serias entre ellos. Era difícil decir cómo, exactamente; tenían un aire cuando estaban juntos, como si los rodeara una barrera invisible, tan concentrados el uno en el otro que excluían a todos los demás sin poder evitarlo. Había visto el collar en el escritorio de Kurt, en su caja junto a los libros de texto y esmeradas notas de estudio.

—Qué bonito —había dicho Percy y, si no era ya bastante obvio quién era la destinataria, el rubor que se extendió por las mejillas de Kurt dejó clara la historia.

Eso había sido la semana pasada. Hoy había vuelto a ver el collar, alrededor del cuello de Matilda, el delicado medallón reposando en la caída del escote. Durante un brevísimo momento había pensado: «Vaya, fíjate, ¡el chaval se ha atrevido!», antes de que la conmoción y las demás preocupaciones apartaran esa idea de su mente.

«¡Por el amor de Dios!». La mano de Percy se apoyó contra el tronco del enorme y viejo roble junto al que pasaba para mantener el equilibrio. Lo que había visto… El horror de lo sucedido ahí, junto a la poza. Metió la mano en el bolsillo de la camisa en busca de un cigarrillo. Había dejado de fumar hacía años, pero Esther Hughes le había ofrecido uno cuando apareció ante su puerta: lo había aceptado con tal avidez que ella le había dado más antes de despedirse.

Bajo el cobijo del árbol, encendió una cerilla y dio una larga calada al cigarrillo. ¿Qué había insinuado el sargento Duke con sus últimas preguntas? Había apartado a Doyle para interpelarlo al respecto cuando los dos ya estaban ante la puerta.

—¿A qué ha venido eso? —dijo Percy, señalando con un gesto el edificio a sus espaldas—. ¿Qué tendrá que ver todo esto con Kurt?

—¿Kurt? —Doyle frunció el ceño en un gesto de confusión genuina—. No hay nada de lo que preocuparse, Perce. Es solo el gran pesado de la ciudad, siguiendo el manual punto por punto.

Pero algo en la manera en que el sargento Duke había apuntado, de pie en el pasillo, el nombre de Kurt en su libreta le había congelado el corazón a Percy. Recordaba una y otra vez la pausa durante el interrogatorio en la que el sargento reflexionaba sobre la palabra «accidente» en relación con el lugar de los hechos en la casa Wentworth. «Eso me pregunto», había dicho, como si la idea nunca se le hubiera ocurrido.

Pero, si no había sido un terrible accidente, entonces ¿qué? ¿Y por qué? ¿Y cómo podía tener alguna relación con Kurt?

Un gato negro y veloz se materializó en el resplandor de una lámpara cercana antes de desaparecer de nuevo en un instante al otro lado de la calle. Percy apagó el último cigarrillo contra el tronco del árbol y echó a andar otra vez. No era posible que tuviera algo que ver con Kurt. No era posible. Como dijo Doyle, era un policía de fuera y solo estaba tanteando el terreno.

Había algo de lo que Percy estaba seguro: a su hijo lo iba a destrozar la noticia. Kurt era una persona reservada, sincera y pensativa. Marcus era el revoltoso de la familia y reaccionaba con fogosidad tanto si estaba contento como enfadado. Kurt, sin embargo, se lo guardaba todo dentro; siempre había sido así, incluso de pequeño. Ya lo sabría a estas alturas, comprendió Percy. Las noticias circulaban con rapidez en los pueblos pequeños; las malas noticias, a la velocidad de la luz. Sintió un dolor agudo e intenso, un recuerdo táctil de la fragilidad del pequeño bebé, nacido seis semanas antes de lo previsto, a quien había sostenido contra su pecho.

Un poco más allá de la farola Percy vio la tienda y el cartel encima del toldo, que decía:

TENDEROS

SUMMERS E HIJOS

La «s» de «Hijos» brillaba más que el resto, una diferencia menos visible a la luz del día, pero que resaltaba la farola cercana, la pintura blanca aún brillante mientras el resto ya se había vuelto mate. Fue Meg quien había sugerido la modificación hacía poco.

—Los muchachos están creciendo, Perce —le había dicho su mujer—. Ayudan más, hacen su parte. Dentro de poco ya habrán acabado los estudios. No vendría mal hacerlo oficial.

Percy no había estado exactamente de acuerdo (tenía sus propias opiniones acerca del futuro de los hijos), pero tampoco se había opuesto y, como Meg siempre había sido la más dinámica de los dos (actuaba antes, se enfadaba antes, lo hacía todo antes), poco tiempo después habían recibido la visita del viejo Ted Holmes, el cartelista.

—Parece que fue ayer cuando me subí a este mismo toldo —había dicho con la risa seca del fumador de tabaco—. Sospecho que mis articulaciones me van a dejar bien claro que ha pasado más tiempo.

Habían pasado, de hecho, más de veinticinco años desde la última modificación. Percy lo recordaba bien. Tenía unos diecisiete y había vuelto de entregar un pedido cerca de Nairne cuando se encontró con su madre y su padre de pie junto al señor Holmes en la acera de la tienda. Justo donde se encontraba ahora Percy. Su padre lo había llamado, lo había mirado con un interés desusado, casi como si lo estuviera evaluando, antes de decirle que había hecho «unos pequeños cambios» mientras él estaba fuera. Percy había alzado la vista hacia donde su padre señalaba con un gesto, hacia el panel con forma de medialuna que se alzaba sobre el toldo del edificio, y vio que el nombre de siempre de la tienda, «Tenderos Summers», ahora era «Tenderos Summers e Hijo».

—Es el negocio de la familia —había dicho su padre—. Lo justo es que aparezcas en el cartel junto a mí.

Harry Summers había dedicado su vida a no sentir nada, así que vislumbrar la emoción en su gesto fue asombroso. Percy tardó un momento en darse cuenta de que era una expresión de orgullo. La idea le había pillado desprevenido al principio y no fue capaz de decir nada coherente.

—¿Qué? ¿No te gusta? —llenó el silencio su padre.

—Qué va, está muy bien, papá. —Percy atinó a sonreír—. Queda de maravilla.

Se dio cuenta de que su padre estaba convencido de que la modificación confería un gran honor a su hijo. Pero el cambio era algo más que un gesto simbólico. Algo que antes había permanecido sumergido y borroso acababa de salir a la luz: los padres de Percy esperaban que se encargara de la tienda cuando ellos ya no fueran capaces. Iba a ocupar su sitio sin traumas y a recorrer el camino que ellos le habían trazado. Ya existía un mapa para su vida, ya conocía sus fronteras.

De pie en la acera, con su madre sonriendo satisfecha, Percy sintió pánico, a lo que siguió la pesada sensación de hundirse. Sin embargo, no tuvo el valor o no encontró las palabras para decirles a sus padres que no estaba seguro de querer quedarse en Tambilla y convertirse en el próximo tendero del pueblo; que había cosas que quería aprender y lugares que deseaba ver. Su padre no lo habría comprendido jamás.

En aquel momento, Percy pensó que no era necesario decir nada. No tenía planes de viaje ni una idea clara de lo que quería hacer con su vida. Tenía un cuaderno que llevaba siempre en el bolsillo donde apuntaba ideas e información sobre las pirámides de Guiza, los canales de Venecia, las secuoyas gigantes de Norteamérica y los manantiales cálidos cerca de Reikiavik. Ahí también guardaba una lista de los lugares de sus novelas favoritas. Pueblos de Inglaterra, el Bath de Jane Austen, las calles de Londres y París. Pero todo eso era todavía un sueño. No podía permitirse ir a ninguna parte en esos momentos; necesitaba un trabajo. ¿Por qué molestar a sus padres antes de que fuera necesario? Esperaría y encontraría la manera de decírselo poco a poco.

No se había percatado de que, cuando tuviera bastante dinero en el banco, también tendría que pensar en Meg. Llevaban saliendo unos años cuando su padre comenzó a preguntar, sin quitarse la pipa de la boca, cuándo iba a convertirla «en una mujer decente». Al principio, Percy se desentendió de las preguntas. No porque no quisiera casarse con Meg, sino porque tenía muchas cosas que hacer antes. Siempre había dado por hecho que Meg querría lo mismo.

Una noche, mientras Percy conducía de vuelta a casa tras haber ido a ver *El sabueso de los Baskerville*, Percy le habló a Meg del dinero que había ahorrado y sugirió la idea de gastarlo en dos billetes a Inglaterra. Había leído en los periódicos acerca de las tensiones en

Europa, pero confiaba en que Adolf Hitler viera la luz; sin duda, nadie quería otra guerra, ni siquiera él.

Meg lo miró como si Percy se hubiera vuelto loco. Al cabo de un rato, se rio y dijo:

—Por un segundo, pensé que hablabas en serio. —Meg apretó con más fuerza la mano de Percy y sonrió satisfecha mientras se recostaba en el asiento de pasajeros del coche—. Pero lo del dinero es una noticia maravillosa —continuó con aire soñador—. Después de casarnos, podremos construirnos una casita solo para nosotros.

Meg esperó unas pocas semanas antes de contarle su gran noticia, que explicaba por qué ni siquiera se le había pasado por la cabeza la posibilidad de un viaje al otro lado del mundo. Los dos se casaron poco después, cuando Percy tenía veintidós y Meg diecinueve años. Ya se le notaba. Se mudaron a la cochera al final de la manzana, detrás de la tienda y la casa de sus padres.

Percy había soñado con ver la torre Eiffel y pasear por los senderos costeros de Cornualles, pero comprendió que había llegado la hora de convertirse en un hombre y dejarse de niñerías. Había tenido buena fortuna. Esas piernas débiles y torcidas le podrían haber costado caro, pero ahí estaba, casado con una mujer como Meg, con la promesa de unos ingresos estables y una buena casa en un pueblo tranquilo donde todo el mundo sabía su nombre. Y, además, iba a ser padre.

Si en ocasiones su voluntad flaqueaba y se descubría a sí mismo mirando por la ventana, absorto en sus lugares de ensueño, las palabras de su madre, pronunciadas un día caluroso al pie de su cama de convaleciente cuando Percy era aún un niño, volvían a su mente: «Existen otras maneras de viajar».

Su madre tenía razón. Tenía libros, y no había fronteras que le impidieran visitar todos esos lugares en su propia mente.

Percy avanzó por la calle hacia la tienda. Entró por la puerta que daba al camino que rodeaba el edificio de piedra. El silencio era inquietante. Durante los últimos quince años no habría podido dar este paseo sin que Buddy, su perro, viniera corriendo a saludarlo. Sintió el dolor por la pérdida de un fiel amigo.

La casa donde vivían (la misma en la que había vivido en otros tiempos con su madre y su padre) estaba detrás de la tienda, en medio de una estrecha parcela rectangular. Había una luz encendida dentro, dorada, no muy intensa. Percy dudó. Tenía ganas de observar la tranquilidad de su hogar antes de cruzar el umbral; la casa donde él y Meg habían criado a sus hijos, donde habían curado rasguños y celebrado cumpleaños, repartiendo regañinas o felicitaciones según la ocasión.

Se acercó a la ventana. No había nadie en el salón, pero el árbol de Navidad seguía en su rincón, con los preciados adornos de Meg al final de las ramas. Los chicos habían hecho muchos adornos en el colegio a lo largo de los años y Meg los había guardado todos, envolviendo cada uno el duodécimo día de Adviento con el mismo esmero que si hubiera pagado una fortuna por cada uno de ellos en las carísimas tiendas de Adelaida.

Percy apretó la mano contra el rugoso muro de piedra. Al otro lado de la ventana, la escena era hogareña y cálida. Lo dominó la poderosa sensación de estar aislado. Era como si el mundo que había conocido, toda la seguridad que había imaginado, se hubiera desintegrado y dispersado en el aire. Se sintió sucio. Por el día, por los años de su vida que le habían llevado hasta ese punto, por todo lo que había visto aquella tarde, la imagen de todos ellos sobre aquel mantel de pícnic. La inmovilidad, aquel momento espantoso. Señor, jamás se lo quitaría de la cabeza por muchos años que viviera.

Pero no había vuelta atrás. Iba a entrar, a quitarse las botas y dejarlas contra la pared, como siempre hacía. Iba a recoger los regalos que había escondido antes de ir a la Estación y a colocarlos debajo del árbol de Navidad para que su familia los abriera por la mañana. Iba a encontrar a su primogénito e iba a hacer todo lo que estuviera en sus manos para consolarlo. Y se iba a asear y a meterse en la cama y a esperar a que el sol saliera en el día más sagrado de todos.

Percy giró el picaporte y, al llegar a la entrada, su mano se dirigió al bolsillo donde había guardado el pajarillo de madera que había comprado en Hahndorf, antes de que el mundo se ladeara sobre su eje.

Pero el bolsillo estaba vacío.

En algún lugar, sin saber cómo, a lo largo de la tarde, junto a tantas otras cosas, había perdido la pequeña figura.

SEGUNDA PARTE

CAPÍTULO SEIS

Sídney, 10 de diciembre de 2018

Jess observó el taxi que se alejaba y volvió a alzar la vista al cielo de la mañana. Siempre era una gran sorpresa, tras la bóveda densa y brumosa de Londres, comprobar qué radiante y azul era el cielo en Sídney y qué lejos estaba. Distinguió un avión que volaba desde el océano, una distante manchita blanca que se acercaba.

Esa manchita había sido ella tres horas antes. Había sido un vuelo largo: no había dormido tras salir de Londres, con tantas ideas en la cabeza, pero había aprovechado el tiempo para trabajar en el borrador de su artículo. Tras ver un par de películas, se había arrastrado por la meca iluminada y ajena al mismo tiempo del aeropuerto Changi y se había quedado dormida en el segundo avión, en algún lugar sobre Indonesia, para despertar solo cuando una azafata se inclinó sobre ella para subir la ventanilla.

Tras la oscuridad artificial de la cabina, había sido deslumbrante ver el sol alzarse como oro líquido sobre el horizonte. Abajo, esquirlas plateadas moteaban la superficie del océano en calma y, mientras miraba con los ojos entrecerrados la vasta extensión azul, Jess sintió en el pecho el súbito tirón de la añoranza. El océano Pacífico de su niñez. Mientras miraba, los rayos de luz alcanzaron la costa distante, visible al principio como una neblina, luego como un garabato, hasta que al final, a medida que el avión se acercaba, adquirió la forma familiar de un típico paisaje de barrios costeros. Calles, parques y edificios, entre ellos el mismo ante el que se encontraba ahora, Darling House, oculto tras su frondoso jardín en el promontorio rodeado de acantilados de Vaucluse.

Jess tecleó el código de seguridad de su abuela en la entrada, confiando en que no lo hubiera cambiado, y suspiró de alivio cuando las puertas se abrieron. Arrastró la maleta detrás de ella, siguiendo el camino de entrada bordeado de agapantos a través del palmar. La asaltó el recuerdo de la primera vez que había arrastrado una pequeña maleta a través de esa arboleda. Su madre caminaba a su lado aquel día. Jess pensaba que venían de visita, pero acabó siendo el comienzo de una nueva vida.

Al doblar la última curva, al otro lado de la rotonda de gravilla, apareció la casa de Nora, tan impresionante como siempre. Era irónico (y tal vez un augurio) que aquel día lejano se hubiera sentido tan maravillada ante la majestuosidad de la casa. A la pequeña Jess de diez años le había parecido recién salida de un cuento de hadas, tan alta, con sus tablones de madera resplandeciente y su compleja red de tallos de glicina. Las ramas más largas de los árboles más altos se juntaban para formar un proscenio alrededor de la casa, el escenario principal, mientras que el césped se extendía por todas partes hasta desaparecer de la vista y el estanque redondo solo era visible en la pendiente occidental, con sus nenúfares de colores vivos y su elegante estatua de piedra. Todo ello creaba el efecto de lugar apartado del resto del mundo.

Y en el corazón de todo eso estaba, siempre, Nora.

La mirada de Jess se detuvo por costumbre en las escaleras de cemento que subían al enorme porche delantero, pero Nora no estaba ahí de pie para recibirla. La señora Robinson le había dicho que dejaría una llave de repuesto debajo del felpudo, pero Jess no la necesitaba. Conservaba la misma llave de sus años de instituto y universidad; la había dejado en el llavero después de mudarse a Londres, aunque era una de esas enormes llaves victorianas con una serie de círculos en un extremo y enormes dientes de latón en el otro. A Nora le gustó saberlo: «Buena chica —dijo—. No te separes de ella. Nadie debería tener que llamar a la puerta al llegar a casa».

Mientras se hacía mayor, Jess había recibido un número desorbitado de pequeñas homilías como aquella. Su abuela era de convicciones inquebrantables. Había un retrato de la joven Nora sobre el sofá de la planta baja, en la sala de estar junto a la cocina, y Jess a veces lo contemplaba mientras hacía los deberes en la mesa, preguntándose si esa muchacha de ojos muy abiertos, mata de pelo espeso y nariz cubierta de pecas pálidas, había tenido las ideas tan claras entonces como las tenía ahora.

Tras mudarse a Darling House, Jess había tratado de igualar las certezas de Nora. Incluso a los diez años había reconocido de inmediato que ese era uno de los mayores contrastes entre su madre y su abuela. Mientras que Polly fruncía el ceño sin cesar cuando reflexionaba, examinando cada proposición (incluso la más insignificante) desde todos los puntos de vista, para luego torturarse pensando que había tomado la decisión equivocada, Nora tenía una respuesta para todo y espantaba las dudas: «Estoy segura al noventa y nueve por cierto el noventa y nueve por ciento de las veces». Una vez que tomaba una decisión, era imperturbable. «No tiene sentido mirar atrás —decía—. Toma una decisión y confía en que has elegido bien».

Era un consejo que Jess trataba de seguir siempre. Sin embargo, en los últimos tiempos se había descubierto a sí misma viendo más y más tonos de gris. Y aunque era parte del trabajo de una periodista mantener la mente abierta, adoptar un punto de vista matizado e informar acerca de lo que había visto y oído, no sobre lo que pensaba y sentía, esa tendencia a cuestionarlo todo se había ido infiltrando también en su vida personal. Se había acostumbrado a sopesar las decisiones con tanto esmero que la balanza nunca se inclinaba, y a menudo permanecía despierta discutiendo consigo misma aquellas decisiones que sí había tomado. Era preocupante: la capacidad de autocrítica era una cosa, pero la parálisis por exceso de análisis era otra muy distinta.

Desde algún lugar del jardín llegó el canto de un verdugo flautista y, junto al canto del pájaro, vinieron mil días de infancia. Jess miró a la derecha y vio el pájaro, blanco y negro, posado en lo alto de la estatua que se alzaba en medio del estanque. En Inglaterra había pájaros como esos, aunque los llamaban *magpie* (Jess los había visto a menudo en el parque Hampstead Heath), pero eran diferentes a sus tocayos australianos: más pequeños, más definidos, más bonitos, pero no cantaban de esa manera inquietante y bellísima. Ese verdugo flautista la estaba mirando directamente. Jess inclinó la cabeza y observó al ave que la observaba. De repente, extendió las alas y se alejó volando.

Cruzó la rotunda hacia el patio. El césped aún estaba cubierto de rocío, aunque el sol se alzaba con rapidez, y las sombras frescas se estiraban hacia el puerto. Jess llegó junto al estanque y siguió la línea del borde en curva hasta que la elegante dama de piedra quedó justo enfrente de ella, arrodillada como siempre, los brazos cruzados sobre la cabeza, el rostro inclinado para contemplar los peces dorados y los nenúfares.

Allí acudió el día en que su madre la dejó con Nora. Era agosto, a finales del invierno, pero aún hacía bastante calor, así que habían enviado a Jess al jardín «a jugar». Como no le apetecía, Jess se sentó al borde del estanque para observar cómo los peces atravesaban nadando su reflejo. Rompió ramas en trozos diminutos y las dejó flotando en la superficie para tener las manos ocupadas mientras las ideas acerca de los sucesos y las conversaciones recientes se amontonaban en su cabeza. Se había enterado de que Polly planeaba mudarse, que tenía una nueva casa y un nuevo trabajo en el norte; pero había dado por hecho que se iban a marchar de Sídney juntas. Jess incluso se había convencido a sí misma, con ese amor por las conspiraciones de la infancia, que ella y su madre estaban planeando una huida secreta y misteriosa. Al acercarse el día, sin embargo, su madre le había explicado que necesitaba más tiempo para organizarse; Jess estaría contenta si se quedara con su abuela, ¿a que sí?, en esa casa preciosa y enorme. Era bonita y estaba cerca de la escuela, así vería a sus amigas todos los días y no se perdería ninguna clase. Jess concedió con cautela que estaría bien y Polly le prometió que sería por poco tiempo. Pero, cuando se despidieron, Jess sintió que estaba ocurriendo algo que ella no comprendía. Era esa sensación familiar e inquietante ante adultos que guardaban secretos y fingían que todo iba bien.

Aquella tarde, Nora había salido a su encuentro. En el aire corría la brisa fresca del anochecer y Nora le había echado un chal de lana por encima de los hombros. En lugar de hablar, Nora se sentó junto a Jess sobre el borde de piedra del estanque. Al cabo de un rato, dijo:

—¿Tu madre te contó alguna vez que tú naciste en esta casa?

Jess negó con la cabeza.

—Es cierto. Las dos vivíais aquí conmigo durante los tres primeros años de tu vida. —Hubo una pausa y añadió, en un tono un tanto desconcertado—: ¿De verdad no has visto fotografías o te han contado historias de aquellos tiempos?

Al ver la expresión de Nora, Jess supo que se sentía herida, aunque intentaba que no se notara.

—Por aquel entonces ya te encantaba esta fuente —continuó su abuela—. Solía traerte aquí los días de más calor y tú salpicabas y movías las piernecitas sobre el borde y te reías cuando los peces dorados se acercaban a mordisquearte los dedos de los pies. Supongo que no te acuerdas, pero le pusiste nombre a esta querida dama nuestra.

Jess alzó la vista al rostro de la estatua.

—Grace —dijo de repente. La palabra acudió a su mente sin previo aviso.

Nora sonrió.

—Eso es. Grace. No estoy segura de cómo se te ocurrió. Inspiración divina, he pensado siempre, porque ese es su nombre. ¿Cómo se iba a llamar si no?

Jess miró a la estatua y observó sus rasgos como si fuera la primera vez. Había crecido liquen a lo largo de los bucles de su cabello, del rostro y del busto desnudo, pero a pesar de estar expuesta a las inclemencias del tiempo, había algo trascendente en su expresión y en su pose.

—¿Sabes? —dijo la abuela de Jess—, mi madre y mi padre pasaban mucho tiempo fuera cuando yo era pequeña. Detestaba estar sola, hasta que comprendí que esta no era una casa normal.

Jess la miró de reojo.

—Ya verás lo que quiero decir. Es una casa que recompensa a los curiosos. ¿Has explorado el hueco que hay debajo de la escalera este? Me encantaba jugar allí. Me atrevería a decir que se ha sentido solo todos estos años, a la espera de una niña que la convierta en su territorio.

—Mamá dijo que vendría a buscarme —dijo Jess.

—Bueno —respondió Nora—, hasta que nos diga algo, puedes explorar la casa en libertad. Salvo la buhardilla, por supuesto… Las escaleras son empinadas y muy poco seguras.

Su abuela estaba siendo muy simpática con ella, lo que ocasionó, como solía ocurrir, que Jess se sintiera triste y sola. Asintió, pues no confiaba en su capacidad de hablar, y entonces sus ideas escaparon de la red con la que trataba de contenerlas. Comprendió que no recordaba estar sin Polly, ni siquiera una noche, y su labio inferior comenzó a temblar.

—Echo de menos a mi mamá. —Las palabras, terribles y desnudas, se le escaparon de golpe y Jess comenzó a llorar.

—Lo sé —la consoló Nora, que colocó el chal sobre los hombros de la niña—. ¿Sabes qué hago cada vez que me siento triste? Me recuerdo a mí misma que Grace está ahí fuera, bajo el viento y la lluvia, y nunca se queja, y me siento mejor al instante. Incluso a las mejores personas les pasan cosas terribles, y no podemos dejar que nos hundan. La vida no siempre es como esperamos, pero al final salimos adelante.

Jess caminó hacia la casa, el sol ya cálido sobre los hombros. Era comprensible, supuso, que los recuerdos de aquella época la estuvieran esperando aquí. En Londres apenas pensaba en todo aquello. Parecía irrelevante. Un par de veces, a lo largo de los años, cuando el tema surgió en la conversación, Rachel había negado con la cabeza y había dicho algo como «Pero ¿cómo pudo abandonarte? Es tu madre». Jess se había limitado a encogerse de hombros. Se había esforzado mucho, año tras año, por no sentir animadversión contra Polly. No había sido una madre horrible. No había sido cruel, no la había maltratado, no de la forma habitual al menos y, al irse, le había dado a Jess el regalo de Nora.

Porque Polly no había vuelto a por Jess. Todavía vivía en Brisbane, en un barrio llamado Paddington, no lejos de la ciudad, donde casas de madera destartaladas hacían equilibrios sobre pilotes en unos valles ondulantes coronados por terrazas. A Jess le llevó un tiempo comprender que el arreglo, la separación, iba a ser permanente. En realidad, nadie se lo llegó a decir de forma explícita. Del «un poquito más» pasaron al «hasta el final del curso» y, cuando llegaron las vacaciones escolares en septiembre y Nora dejó a Jess en un avión con destino a Queensland, volando como menor sin acompañante, no se volvió a hablar de quedarse o mudarse. En lugar de eso, Polly le dijo una y otra vez que Jess estaba ahí «de vacaciones» y cuánta ilusión le hacía su «visita», para la que había estado contando los días. Eso había inquietado a Jess, que ya por entonces prestaba mucha atención a las palabras que usaba la gente, pero no quiso estropear el tiempo que iban a pasar juntas haciendo preguntas incómodas.

Jess y Polly pasaron una semana en la Costa Dorada, que quedaba a un breve paseo de Main Beach. Polly no había escatimado en gastos al alquilar un apartamento a unas calles de distancia de la playa y encontró en una tienda de segunda mano una pequeña tabla para surfear en las olas. Jugaron juntas en el mar cada día, corrieron por la arena y comieron patatas fritas con salsa de tomate mientras se ponía el sol y la fresca brisa nocturna les rozaba los hombros quemados.

El último día, sentadas a cada lado de una mesa astillada de madera, en la hierba junto a la playa, Jess echó un vistazo a su madre, que llevaba el pelo recogido en un moño en la nuca. El sol la iluminaba por detrás y la brisa marina hacía flotar alrededor de su cara unos finos mechones, que resplandecían dorados. La piel de Polly se arrugó en torno a los ojos cuando contempló el mar y Jess sintió algo casi religioso; su corazón estuvo a punto de estallar de felicidad y dijo:

—Quiero quedarme aquí.

Polly no respondió al instante. Su atención seguía centrada en el horizonte y por un momento Jess pensó que no la había oído. La única señal de que estaba pensando era el leve movimiento de su mentón.

—Estás mejor allí con tu abuela —dijo al fin.

—Pero yo quiero quedarme aquí. Quiero estar contigo.

—Ya has visto lo pequeñita que es mi casa en Brisbane. Una de las dos tendría que dormir en una cama plegable.

—Yo. Yo puedo dormir en la cama plegable.

Polly sonrió, pero Jess notó que la sonrisa no alcanzaba sus ojos y supo que su madre no sentía lo mismo que ella. Supo, incluso antes de que su madre hablara, que la respuesta no iba a ser un sí.

—Nos divertiremos la próxima vez que me visites —dijo Polly, que al fin se giró para devolverle la mirada de su hija.

Jess sintió ganas de llorar, pero se aguantó. Recogió todos esos sentimientos ardientes, tristes y enojados y los ató en un pequeño nudo dentro del pecho. Y cuando su madre la llevó al aeropuerto y le dio un fuerte abrazo de despedida y le dijo que la quería y que iba a pensar en ella todos los días y la vería tan pronto como fuera posible, Jess le devolvió el abrazo y cerró los ojos con fuerza, pero no respondió nada porque estaba demasiado concentrada en ese nudo, con el que pugnaba para atar más emociones con toda la firmeza que le era posible.

Jess subió los pocos escalones que la separaban del rellano. Había una vasija de piedra con un surtido de paraguas dentro y, advirtió, un bastón. De Nora, supuso, un poco sorprendida; su abuela no le había mencionado que usaba bastón. Había sido motivo de discrepancia la última vez que Jess estuvo en Darling House. Nora había insistido en que no necesitaba uno. Tal vez Patrick, en su papel de enfermero, hubiera logrado convencerla de que no sería ninguna deshonra que su paseo diario por el jardín fuera un poco más sencillo.

Jess recogió las llaves de repuesto de debajo del felpudo y se las guardó en el bolsillo, tras lo cual buscó las suyas en el bolso. A veces se preguntaba de qué maneras su vida habría sido diferente si su madre no la hubiera dejado con Nora, pero solo de un modo abstracto y con la poderosa sensación de que había prevalecido la mejor opción. A duras penas recordaba los años anteriores. A veces la asombraba los pocos detalles que recordaba de su primera década de vida. Había deducido, gracias a las palabras de Nora, que fue una época marcada por la incertidumbre, el cambio y la falta de dinero, si bien ella no recordaba sentirse insegura entonces.

—Los niños olvidan, gracias a Dios —dijo Nora cuando Jess se lo confesó—. Hubo unas cuantas veces en que me preocupé de verdad.

Jess había entrevisto algo en el tono de su abuela e insistió en saber más; para entonces ya había desarrollado el instinto de periodista para percibir secretos. Pero Nora puso reparos. Tuvieron que pasar años antes de que Nora confesara a Jess el incidente del que había sido testigo cuando Polly acababa de ser madre. Entretanto, Nora hizo lo posible para que Jess supiera que no era como su madre. Polly había sido una niña nerviosa y una adolescente llena de ansiedad, propensa al desorden y la indecisión.

—Tú eres todo lo opuesto —le aseguró—: Tú te pareces mucho más a mi lado de la familia.

Una vez, cuando se le escapó sin querer que Polly había sufrido algo parecido a un ataque de nervios cuando estaba acabando el instituto, a Nora no le quedó más remedio que explicarse:

—Nunca se le dio bien lidiar con el estrés. Se sentía bien si a su alrededor todo estaba organizado con cuidado, pero la vida no siempre se puede controlar al detalle. Ya sabes cómo es el instituto Peyton. Se espera que las estudiantes aprovechen las oportunidades que se les ofrecen. Polly no pudo con eso. Estuve preocupadísima durante un tiempo. Gracias a Dios, yo conocía a un buen doctor especializado en ansiedad. Intento no pensar nunca en qué habría pasado si no fuera por el doctor Westerby.

Jess había conocido al doctor Westerby en una de las muchas fiestas de su abuela. Nora siempre estaba recaudando fondos para una u otra causa benéfica, ofreciendo su apellido y el maravilloso escenario de Darling House para «ayudar a marcar la diferencia». Daba importancia a los vínculos y la comunidad y tenía el don de que todo el mundo que la trataba sentía que era importante para ella. Era el poder de su personalidad. Eso era lo que había permitido a una mujer joven y divorciada con un bebé no solo salir adelante durante la década de 1960, sino construir un imperio. Porque, si bien Nora había nacido en el seno de una familia de buena posición, sus padres habían muerto sin dinero en el banco y con varias hipotecas sobre Darling House.

—Ya había perdido muchísimo por entonces —decía Nora cada vez que contaba la historia—. Toda mi familia había muerto y yo estaba sola. Pero bajo ningún concepto iba a permitir que el banco se quedara con mi casa. Había formado una nueva familia (aunque fuera pequeñita) y decidí que haría lo que fuera necesario para que mi hija estuviera a salvo y para proteger su futuro.

Las firmes ideas de Nora nunca lo eran tanto como cuando describía qué significaba ser buena madre: los sacrificios, la elevación de las necesidades del hijo por encima de las propias. Por lo que Jess sabía, era el único tema capaz de hacer llorar a su abuela. Se negaba a leer libros en los que se maltratara a niños y cambiaba de canal si una noticia llegaba a acercarse al tema.

—Algunas personas no están hechas para ser padres o madres, lo acepto —había dicho más de una vez—. Pero lo que no puedo perdonar y no comprenderé jamás de los jamases es cómo alguien puede hacer daño a sus propias criaturas.

A Jess se le ocurrió, mientras giraba la llave en la cerradura, que ese era el único acto humano para el que su abuela no tenía explicación. Nora había tratado de comprender todo lo concerniente a su propia hija y más aún en relación con el incidente, pero lo mejor que se le había ocurrido era: «Estrés». Alzaba las manos en el aire, desvalida, cada vez que lo decía:

—El estrés puede llevar incluso a las madres más cariñosas a perder el control.

CAPÍTULO SIETE

Darling House daba la impresión de saberse deshabitada. Era lo contrario de una casa encantada; sin Nora, era una casa sin alma. El sol de la mañana pasaba por el montante de abanico de la puerta para caer en las baldosas oscuras del pasillo, iluminando apáticas motas de polvo a su paso.

Si bien la casa estaba vacía, Jess no pudo evitar decir en voz alta un tentativo «¿Hola?» hacia la elegante escalera curva. Al no recibir respuesta, dejó el equipaje junto a la puerta y cruzó el pasillo. Ahora que había llegado, un intenso cansancio se apoderó de ella. El florido papel pintado de la artista Florence Broadhurst parecía vibrar.

La antigua colección de platos blancos y azules de Nora cubría casi toda la pared de la cocina, y el calendario del año en curso de la Galería de Arte de Nueva Gales del Sur colgaba de un gancho junto a la despensa, abierto en diciembre. Había flores frescas en la jarra de mayólica en el aparador, flores de arbustos navideños y eucaliptos de plata del jardín, y Jess se imaginó a Nora con su sombrero de paja de ala ancha, la podadera en la mano, con el botín anual. Le encantaba «vestir» la casa y seguir todos los festejos del año («¿Qué nos queda si no celebramos nuestras tradiciones?»), pero en diciembre se esforzaba incluso más, porque el cumpleaños de Polly caía en Navidad. Fue consolador ver esas evidencias de que las rutinas de hace veinte años seguían vigentes. Fue también, por un momento, desgarrador: un recordatorio de que todo había seguido como siempre sin Jess.

En medio de la mesa de pino vio una nota de bienvenida de la señora Robinson, con la esquina metida bajo el bol de frutas. Era evidente que el ama de llaves de Nora también se había acordado del tradicional desayuno de bienvenida, ya que mencionaba haber dejado víveres en la mesa.

Jess fue al fregadero a lavarse las manos y llenó la tetera. Puso un par de rebanadas en la tostadora, pero no la enchufó. Té con tostadas era la norma después de un vuelo tan largo. Era uno de los grandes misterios del universo: cómo era posible que dieran de comer sin parar a una persona a lo largo de un viaje de veinticuatro horas solo para llegar al destino muerta de hambre. La ciencia también tenía que explicar las propiedades humanizadoras propias de la mermelada de fresa y la mantequilla en una tostada caliente.

Mientras esperaba a que hirviera el agua, su atención se posó en la pared de la sala de estar contigua. El retrato de la joven Nora la miraba desde el centro, rodeada de varias fotografías enmarcadas. Polly de niña, con un vestidito de una pieza y expresión seria, como si estuviera contando los segundos hasta que el obturador captara la imagen y pudiera salirse del marco, y unas cuantas de Jess, incluyendo una, se fijó, que le había enviado por correo electrónico desde Londres un par de años atrás, en la que ella y Matt asomaban las cabezas por los agujeros recortados en el cartel de bienvenida del festival de la manzana de Fenton House.

También había varias fotos de La Familia: partidos de tenis de la época eduardiana entre mujeres con vestidos largos y hombres con canotier, almuerzos en el jardín y partidos de críquet, niños con aros y trenes de madera. Jess había tardado unos años en comprender que el empleo por parte de su abuela del término La Familia denotaba un cisma temporal. La Familia había vivido Antes, sus anécdotas formaban parte de la historia, incluso aquellas en las que aparecía la propia Nora. Eran relatos concebidos en torno a la pérdida; Nora era la última superviviente de ese clan numeroso y robusto. Siempre estaba tratando de suplir el vacío con anécdotas, decidida a crear una sensación de continuidad para Jess, cuyo concepto de familia se reducía a Nora y Polly.

—Me recuerdas a mi abuela escocesa —decía con firmeza—. Sentía curiosidad por el mundo y era testaruda cuando tenía que serlo. Le habría encantado ser escritora... Sus diarios eran todo un escándalo. —Y añadía—: ¿Te he hablado alguna vez de tu tía bisabuela Beatrice? Era toda energía, como tú, pero más traviesa. Solía tirar las cortezas de pan bajo la silla de su primo Jamie. El pobre muchacho lloraba y lloraba cuando su madre lo regañaba, pero nunca revelaba quién lo había hecho. Le solían poner un gorro y lo llevaban por el jardín en un carrito para ponis. Cuánto me habría gustado que los conocieras.

En una de las fotos familiares favoritas de Jess aparecía Nora de joven, sentada en un banco de hierro corrugado en el jardín de Darling House, junto a un hombre con sombrero de fieltro ladeado de modo informal, mirándose el uno al otro, sorprendidos en un momento divertido. Esa fotografía no estaba en la pared junto a las otras, sino en un pintoresco marco de bronce en la habitación de Nora. Cuando la vio por primera vez, Jess había dado por hecho que se trataba del señor Bridges, el hombre con el que Nora había estado casada durante un breve periodo, a quien mencionaba muy rara vez y siempre entre comillas. Solo más tarde, cuando Jess descubrió que Nora había tenido un hermano mayor, Jess comprendió que el hombre que se reía no era el señor Bridges sino Thomas Turner, poco después de regresar a Australia tras la Segunda Guerra Mundial.

La tetera comenzó a silbar. Jess se sirvió el agua caliente sobre la bolsita de té y se quedó mirando cómo infusionaba. Comenzó a tostar el pan. No había fotografías del señor Bridges en Darling House. Al principio, Jess había supuesto que el matrimonio habría sido tan infeliz que Nora había prohibido cualquier imagen de su antiguo marido, pero cuando al fin reunió el valor para preguntar, su abuela solo se había reído.

—Ay, cariño, ¡qué dramática eres! La verdad es mucho menos emocionante. Nos casamos jóvenes y el matrimonio no duró. Son cosas que pasan. Para serte sincera, casi no lo recuerdo. ¿Por qué diablos iba a colgar su retrato en mi pared?

—Porque era el padre de Polly —había aventurado Jess, al tiempo que pensaba: «Y mi abuelo».

Pero a Nora no le había impresionado el argumento y se encogió de hombros. Sí y no, decía el gesto.

—Ser padre es algo más que proporcionar un poco de ADN.

Qué típico de Nora considerar que su hija era solo suya. Jess se había preguntado qué pensaría Polly acerca de esa expulsión del padre de su pasado, antes de recordar que no saber gran cosa acerca del padre era una especie de tradición familiar. Polly le había contado a Jess muy poco acerca del suyo. Le dijo unas pocas cosas sueltas cuando era niña (que era bueno, generoso e inteligente), pero cuando Jess alcanzó una edad en la que tales calificativos sonaban a cuentos de hadas para niños pequeños, en su relación con Polly ya no había cabida para momentos íntimos ni confesiones.

Jess había acudido, en su lugar y como siempre, a Nora, y le preguntó qué le había contado Polly. Nora se limitó a responder:

—Estoy segura de que tu madre tiene razón. Tuvo que ser bueno, generoso e inteligente, porque así eres tú. Aunque, por supuesto —no resistió la tentación de añadir—, también es posible que heredaras esos rasgos de mi lado de la familia.

—Pero ¡seguro que tienes más cosas que contar! —había insistido Jess, decidida a no darse por vencida. Al cabo de un tiempo, Nora suspiró y señaló con un gesto el asiento que tenía al lado.

—Me temo que no llegué a conocerlo. Tu madre acababa de terminar el instituto y era inmadura para su edad. No tenía mundo. Ya te he dicho, creo, que tenía la autoestima muy baja. Casi se mató a sí misma de hambre durante un curso entero. Estábamos empezando a hacer progresos (logró graduarse junto a sus compañeras y hasta consiguió una plaza en la universidad), pero era vulnerable. Ese tipo, ese joven, le ofreció un poco de cariño y ella lo confundió con algo más.

Saltaron las tostadas y Jess untó ambas rebanadas con una generosa capa de mantequilla antes de coronarlas con una abundante cantidad de mermelada de fresa. Llevó el plato y el té al sofá de la sala de estar y se sentó bajo la atenta mirada de La Familia. Su atención errante recayó sobre el retrato escolar enmarcado de su madre en el último curso de educación obligatoria, en el que Polly llevaba el mismo vestido y la misma chaqueta verde intenso que había llevado Nora antes y que llevaría Jess después. Ahí estaba la joven seria y vulnerable que acababa de dejar la infancia y había confundido la lujuria con el amor y se quedó embarazada a los dieciocho.

Jess había sopesado durante unos momentos la información que Nora le había proporcionado y sus pensamientos iban de Polly al joven que había ofrecido a su madre «un poco de cariño». ¿Quién era él, se preguntó Jess, y cómo se había sentido al descubrir que Jess estaba en camino? Tal vez su abuela había intuido la siguiente tanda de preguntas, o tal vez ya había hablado de todo eso con Polly en el pasado, porque continuó sin que se lo pidiera:

—No es que él no te quisiera. Ni siquiera se enteró de tu existencia. Estaba de visita, era extranjero, y cuando tu madre se dio cuenta de lo que estaba pasando, él ya se había ido.

Rachel pensaba que Jess debería registrarse en ancestry.com —«He leído acerca de una mujer que descubrió que su padre no era en realidad su padre y que tenía quince primos sorpresa, uno de los cuales trabajaba ¡en la oficina de la planta de abajo!»—. Jess se lo pensó, pero desistió ante la idea de enviar una muestra de su ADN a una misteriosa dirección en los Estados Unidos. Había escrito una serie de reportajes de investigación acerca de la privacidad en internet y no estaba dispuesta ni a compartir la huella dactilar con el teléfono. Cuando Jess lo mencionó, Nora estuvo de acuerdo:

—Qué idea más espantosa. ¿Y para qué? Tú eres tú, una Turner de los pies a la cabeza.

Jess tomó un buen sorbo de té. Era consciente de estar sola en la casa. Oía el crepitar del tejado de metal al expandirse bajo el calor del sol. Trató de calcular qué hora era en Londres. ¿La una, tal vez? ¿Del lunes por la mañana? Se sintió incómoda al darse cuenta de que aún llevaba los mismos vaqueros y la misma camiseta que se había puesto el sábado. Le dio vueltas la cabeza y estuvo tentada de acurrucarse en el sofá solo un ratito. El sol había avanzado por el suelo hasta llegar al cojín del otro lado y se imaginó el calorcito en los pies…

Pero sabía por experiencia lo peligroso que sería. Se obligó a levantarse, devolvió el plato y la taza a la cocina y recogió la maleta del pasillo. Comenzó a subir las escaleras. Necesitaba ducharse para desprenderse del viaje, tras lo cual planeaba ir al hospital St. Vincent's durante las horas de visita de la tarde. Primero, sin embargo, iba a familiarizarse de nuevo con la casa. Estaba segura de que las habitaciones perderían ese aspecto de letargo mortal cuando diera una vuelta por ellas.

Hubo breves y placenteros momentos de reconocimiento por todas partes. El suave pasamanos de roble de la escalera le resultó familiar bajo la mano; el fino lustre sugería que lo habían barnizado hacía poco. En el perchero de arriba, un aguamanil antiguo contenía otro ramo de las flores navideñas de Nora. Ese aguamanil era el favorito de Nora, a pesar de la mella en el pico. «La perfección siempre me ha aburrido».

Jess se detuvo ante el umbral abierto de la biblioteca, la primera habitación a la que se llegaba desde el rellano. Aparte del dormitorio de Nora, esa era la estancia de la casa que más asociaba con su abuela. No importaba cuánto tiempo hubiera estado Jess fuera o en qué época del año regresara, la biblioteca de Nora siempre olía igual: a abrillantador de muebles, flores de azahar y, a pesar de los esfuerzos de la señora Robinson, a polvo añejo. Las paredes norte y sur estaban cubiertas con estanterías del suelo al techo, y el sillón orejero donde Nora leía estaba en el ángulo justo para recibir la luz de la ventana; a su lado, un helecho en una maceta de latón hacía equilibrios sobre una mesita de madera. El cuero del sofá Chesterfield se había descolorido, pero la señora Robinson lo mantenía en buen estado. El ama de llaves formaba parte de la esencia de Darling House casi tanto como la propia Nora; había estado ahí desde que a Jess le alcanzaba la memoria. De hecho, desde antes del nacimiento de Polly. La biblioteca tenía el aspecto de haber recibido una visita reciente: los cojines habían sido mullidos y enderezados y las cortinas recogidas con esmero.

En medio de la biblioteca se alzaba una de las posesiones más preciadas de Nora. Las dificultades económicas hicieron que sus padres vendieran todas las reliquias de familia, y en cuanto su negocio comenzó a generar beneficios, Nora se propuso rastrear y recuperar todas las piezas posibles.

—La historia es importante —había dicho aquella mañana en que los transportistas maniobraron con el pesado escritorio de caoba para devolverlo a su lugar frente al mirador—. Mi bisabuelo cargó este escritorio en el barco que lo llevaría de Edimburgo a la colonia de Nueva Gales del Sur. No tenía ni idea de si haría fortuna o encontraría la ruina al final del viaje. Imagina qué optimista era para transportar un escritorio como ese hasta el otro lado del mar. Todas las cartas que envió a casa las escribió sobre ese secante, y guardó sus papeles en esos archivadores.

Jess se fijó en la superficie del escritorio, cubierta de papeles. Ese desorden era impropio de Nora, que siempre insistía en colocar cada cosa en su lugar al final del día. Patrick había dejado a su abuela sentada al escritorio la tarde de la caída: o Nora se había levantado con prisas, o tenía intención de volver. O tal vez ambas cosas. Pero ¿por qué diablos se habría levantado de ahí para ir a la escalera de la buhardilla?

A pesar de la regla de su abuela, Jess había pasado la mitad de su adolescencia en la buhardilla y, por más que lo intentara, no se le ocurría nada que Nora hubiera podido desear recuperar con tanta urgencia: solo había un surtido de juguetes muy queridos antaño pero ya estropeados, tinas de plástico con restos de tela, mantas y cortinas, algunos de los viejos libros de texto de Jess y Polly y un maltrecho baúl de viaje que había pertenecido al hermano de Nora del que habían sacado los efectos personales ya hacía mucho tiempo. Jess se encontraba en Darling House el día en que el baúl llegó de Londres. «¿No es extraordinario —dijo Nora— que la vida entera de un ser humano se pueda reducir a un contenedor de este tamaño?».

En esa época Jess aún no tenía muchas teorías acerca de la vida, la muerte y el melancólico devenir de los artefactos humanos. Había asentido, consciente de que era lo que Nora esperaba, aunque en realidad estaba pensando en la etiqueta de viaje que había en el lateral del baúl. Londres. A Jess ya le resultaba familiar la ciudad gracias a sus libros favoritos, pero tenía delante un objeto que había estado hacía poco en aquel mismo lugar.

—¿Alguna vez fuiste a Londres a visitarlo? —preguntó, deseosa de oír más acerca de la ciudad y del exótico y remoto hermano de su abuela.

—Me habría encantado ir —reconoció Nora, negando con la cabeza—. Fue mi mejor amigo cuando yo era niña. Me contó que se había casado y que tenía una casa encantadora. Pero me da muchísimo miedo volar; jamás habría llegado tan lejos.

La idea de que a una persona mayor le diera miedo algo, en especial a Nora, tan llena de vida, asombró a Jess.

—¿Nunca has ido en avión?

—Solo un par de veces, hace muchísimo tiempo, y sin salir de Australia. Suficiente para mí. Una vez, cuando tu madre aún era un bebé, el viaje de regreso a Sídney fue horrible. Hubo fuertes turbulencias y tu madre lloraba, o más bien gritaba, y yo estaba convencida de que el avión se iba a estrellar. Miré su preciosa carita e hice un pacto con Dios: si conseguía llegar a casa, nunca, jamás, me volvería a ir. Y no me he ido.

La seriedad con la que Nora pronunció esas palabras, la inesperada religiosidad y la grandiosidad de la promesa se quedaron grabadas en la mente de Jess. Le asombraba, aunque aún no era capaz de encontrar las palabras para expresar lo que sentía, la perfecta paradoja de la proposición: solo al permanecer lejos de su querido hermano, su persona favorita en el mundo, Nora podía mantener a salvo a la hija que tanto había deseado.

Nora había cumplido su pacto con Dios. No volvió a ver a su hermano en todos los años que pasaron entre aquel día en el avión y la mañana en que el baúl de viaje lleno de efectos personales llegó desde Londres tras su muerte. Supuso que se deshizo de los objetos en algún momento, porque cuando Jess curioseó en el baúl en la buhardilla, solo era un contenedor para la ropa que ya no necesitaban o no querían, pero era demasiado buena para tirarla. Incluso ahora, el fuerte y refrescante olor de las bolas de naftalina le trajo recuerdos entrañables, el legado de incontables horas a escondidas bajo ese techo con forma de A, probándose vestidos elegantes y zapatos de tacón…

Jess tenía la certeza de que Nora no habría subido las escaleras de la buhardilla para jugar a los disfraces, pero tal vez lo que aclarase qué la había impulsado a hacerlo se encontraba allí, entre los papeles y las notas de su escritorio. Se acercó para mirar con más atención. En la parte de atrás se amontonaban los sobres rasgados, y encima del protector del escritorio había desperdigadas varias cartas abiertas, invitaciones y currículos. Nora era una mentora de prestigio y recibía muchas invitaciones para dar charlas en eventos para mujeres o colegios femeninos. Además, desde hacía poco más de una década había comenzado un programa de becas en apoyo de los negocios dirigidos por mujeres jóvenes, a menudo madres, con grandes ideas. Había despegado hacía poco y en la actualidad las solicitudes de ayuda los inundaban.

—Nuestra Nora nunca fue de las que pasan de largo ante un gato callejero —había respondido la señora Robinson cuando Jess le preguntó con delicadeza si todo eso no empezaba a exigirle demasiado—. Ya sabes cuánto le gusta estar con los jóvenes. Te echa muchísimo de menos, dejaste un agujero enorme en su vida cuando te marchaste. Lo bueno es que esa decisión tuya ha servido de ayuda a muchas otras mujeres.

En la parte trasera del escritorio, Jess reconoció las características hojas azul claro del actual Smythson de su abuela. «Mi pequeño regalo para mí misma», decía Nora del diario con encuadernación de cuero que encargaba todos los años en Bond Street de Londres. «Si una mujer no se toma a sí misma en serio, le va a costar convencer a los demás de que lo hagan». Jess apartó los papeles que le dificultaban ver la agenda semanal y ojeó la escritura manuscrita de Nora. Nada le llamó la atención. La entrada del viernes, al igual que el resto de las semanas, contenía una lista de personas a las que su abuela había planeado telefonear, con una casilla al lado que indicaba si había realizado la llamada.

A Nora le gustaba el teléfono. «Con todos mis respetos hacia la palabra escrita, si la gente respondiera al teléfono más a menudo, nos ahorraríamos un montón de tiempo y malentendidos». Incluso cuando Jess vivía en Londres, Nora se había negado a mantener el contacto por correo electrónico y prefería enfrascarse en largas conversaciones cada domingo para ponerse al día.

La lista de llamadas del viernes pasado incluía a un abogado en Rose Bay, las iniciales M. S., que probablemente se referían a un evento benéfico en el que participaba Nora, y un tal profesor H. Goddard. Ni una de las casillas estaba marcada, y era imposible saber a simple vista si eran importantes. En la página del viernes no había nada más salvo un recordatorio para pagar el pavo para la cena de Navidad y otro según el cual Patrick iba a terminar temprano.

Jess conocía a Patrick un poco porque ayudó a contratarlo la última vez que estuvo en Australia. Como era de esperar, a Nora le había indignado la idea. «No quiero que una mandona me mire de malos modos y me diga que no puedo hacer esto o lo otro», dijo, a lo que Jess respondió: «Piensa que no es tanto una enfermera como una asistente personal». Tras esas palabras, Nora había concedido entrevistarse con una breve lista de candidatos, no sin antes avisar: «No prometo nada».

Su aceptación final de la idea fue gracias al propio Patrick. Con sus casi dos metros de estatura, pelo largo rubio y sonrisa deslumbrante, había desbaratado cualquier prejuicio que Nora (y Jess, ya puestos) hubiera podido tener. «Es encantador —decía Nora cada semana durante su conversación telefónica—. Qué entusiasmo por la vida y cuántas historias divertidas cuenta... Me hace reír, y me está enseñando una barbaridad sobre plantas de interior. Tiene alma de botánico».

Poco a poco, Patrick habido llenado las habitaciones de Darling House con macetas de hiedra del diablo y tiestos de higuera hoja de violín, tan buenos para la salud. A Jess la había escandalizado que su abuela le hubiera permitido cultivar filodendro por encima del floral de Broadhurst en el comedor, pero Nora se limitó a reírse y dijo que Patrick la divertía.

Jess sacó el teléfono del bolsillo y bajó por la pantalla hasta llegar a su número. Patrick respondió al tercer tono.

—¡Jess! —exclamó—. ¿Cómo está?

—No la he visto todavía. He llegado esta mañana, pero voy a ir al hospital pronto.

—Cuánto lo siento, Jess. Mi hermana estaba de visita para probarse un vestido de boda y le había prometido ir con ella, así que me tomé la tarde libre. Ahora me siento fatal por eso.

—No es culpa tuya. Nadie espera que trabajes siete días a la semana.

—Yo sí espero más de mí mismo. Una de las cosas que se me dan bien es prestar atención, escuchar de verdad cómo se sienten los míos. Nora no era la de siempre últimamente. Debería haber deducido que algo así podría ocurrir.

Jess frunció el ceño.

—¿En qué sentido no era ella misma? —Era la primera vez que lo oía.

Se hizo una pausa mientras él reflexionaba.

—Hablaba del pasado —dijo—. Sé que no es raro en alguien de su edad, algunos de los ancianos que he cuidado vivían en otros tiempos, pero no era el caso de Nora. Ella siempre parecía mucho más joven de lo que era en realidad. Yo llegaba a trabajar y ella me miraba con esos ojos astutos y comenzaba a hablarme de las noticias del día: Brexit, Trump, el cambio climático, lo que sea.

Jess sonrió al escucharlo.

—Últimamente, sin embargo, parecía distraída. Como si tuviera la cabeza en otras cosas.

—¿Qué cosas?

—Cosas de familia. Habló un poco de cuando era niña, acerca de su hermano y de lo unidos que estaban, lo horrible que fue cuando partió a la guerra y sus padres estaban de viaje y ella se quedó ahí sola, y lo contenta que se puso cuando él volvió. Esta semana mismo fui a buscarla a su banco en el jardín y parecía preocupada, casi a la defensiva. Cuando me vio, me dijo: «No voy a permitir que me quiten a mi bebé».

—¿Qué bebé? ¿Polly?

—No lo sé, y tal vez lo oyera mal, porque cuando le pedí que lo repitiera, ella me miró como si fuera yo quien había dicho algo raro y entonces me sonrió y dijo que deberíamos entrar en casa.

—Qué raro. ¿Ha dicho algo más de ese estilo?

—Hablaba un montón sobre los viejos tiempos, nada más. O sea, no es la primera vez que habla del pasado, pero Nora no es de las que se quedan ahí atascadas.

—No.

—También se ha vuelto un poco reservada. Un par de veces, estaba leyendo en ese sillón suyo de la biblioteca, el que está junto a la ventana mirador…

Jess miró al sillón orejudo y casi pudo ver a Nora.

—… y, cuando me acercaba yo con una taza de té o lo que fuera, ella apartaba el libro enseguida, como si no quisiera que yo lo viera. Se me cayó de la mesilla el otro día sin querer mientras recogía la taza y era solo una vieja novela policiaca.

—¿Por qué le iba a importar que vieras eso?

—Ni idea. Por eso es tan raro.

—Y ¿qué me dices de la escalera de la buhardilla? ¿Tienes idea de qué estaría haciendo allí arriba?

—Lo siento, Jess. Ojalá me lo hubiera dicho. Yo habría subido con mucho gusto para bajarle lo que me pidiera.

Jess terminó la llamada tras prometerle a Patrick que le mantendría informado cuando viera a Nora. Mientras salía de la biblioteca, pensó en lo que Patrick le había contado. Tenía razón. Seguro que Nora sabía que para él no habría sido ninguna molestia ir a buscar a la buhardilla lo que ella necesitara y, sin embargo, no se lo había pedido.

Todo le resultaba extraño pero, antes de llegar a su habitación, Jess era consciente de que estaba elucubrando solo porque le faltaba información. Al fin y al cabo, no era necesario hacer conjeturas sobre el comportamiento de su abuela… En cuanto la viera, le preguntaría en qué diablos había estado pensando.

En ese momento tenía otras prioridades: sin faltar a su palabra, la señora Robinson había hecho la cama de Jess y solo con ver las sábanas, recién lavadas y pulcramente dobladas, le entró sueño. Buscó el neceser en la maleta y se dirigió a la ducha. El agua cálida sobre la piel, el aroma a mirto limón del jabón, el champú en el cabello… y, al fin, un poco de claridad mental.

CAPÍTULO OCHO

Era la una y media cuando Jess llegó al hospital de Darlinghurst. Entre las ganas de ver a Nora y las prisas, cuando se vio reflejada en el cristal oscuro de una ventana se quedó de piedra. A pesar de la ducha caliente y la ropa limpia, daba la impresión de estar tan cansada que ni una buena noche de reposo sería suficiente. Se sobresaltó al darse cuenta de que se parecía a Polly cuando se preocupaba por algo.

—Estoy aquí para ver a Nora Turner-Bridges —dijo a la mujer del mostrador, que tecleó algo en el ordenador e indicó a Jess un pasillo.

—Vuelve a preguntar cuando llegues al mostrador de cuidados intensivos. Allí te dirán el número de habitación.

¿Cuidados intensivos? Qué sorpresa; Jess había dado por hecho que Nora estaría en planta.

La enfermera de cuidados intensivos miró a Jess con una sonrisa cordial y distante cuando le dijo el nombre de su abuela.

—¿Eres familia? —preguntó.

—Soy su nieta, Jessica Turner-Bridges.

—Tu abuela está en la habitación diecinueve, a mitad del pasillo a la izquierda. No te preocupes por el monitor cardiaco... A algunas personas les resulta abrumador, pero es solo para que podamos seguirla de cerca.

—No me esperaba que estuviera en la UCI —dijo Jess.

—La ingresaron esta mañana. Lo habrán notificado al pariente más cercano.

—Yo soy la pariente más cercana.

—Qué raro. Deja que lo mire. —Aporreó el teclado y entrecerró los ojos ante el monitor—. ¿Jessica, has dicho?

—Sí.

—Aquí tenemos un número, pero... No, no parece estar bien.

—Es un móvil del Reino Unido —explicó Jess.

—Ah, ese es el problema entonces. El sistema no puede hacer llamadas internacionales. ¿Tienes un número de aquí que pueda añadir al expediente?

Jess le dio el número de Darling House y se dijo que tendría que recordar comprobar si el contestador automático aún estaba enchufado y funcionaba.

—¿Por qué la ingresaron? ¿Ha pasado algo?

—Le voy a pedir al doctor Martin que venga y hable contigo cuando termine sus consultas. No debería tardar mucho. Intenta hablar con los familiares durante las horas de visita.

—¿Nora está bien?

—Ahora está estable. Y, si le pasara algo, está en el mejor lugar posible. —La enfermera sonrió en señal de disculpa mirando las flores que llevaba Jess en los brazos—. Me temo que las tendrás que dejar aquí. No se permiten en la UCI.

Jess le entregó el ramo de flores rojas de los arbustos navideños del jardín de Nora y se dirigió al pasillo, prestando atención a los números de las habitaciones. Vislumbrar escenas íntimas y solitarias tras las puertas entreabiertas le hizo recordar, de un modo redundante, con una obviedad imperdonable, cuánto odiaba los hospitales. Al instante se presentó el pensamiento que lo contrarrestaba: qué suerte que existieran personas, personas increíbles, que decidieran dedicar su vida a cuidar a los enfermos graves. Jess sintió una gratitud que le empañó los ojos de forma inesperada. Echó la culpa al desfase horario: hacía que afloraran las emociones con más facilidad. Y a volver a casa. Y a que Nora no estuviera bien.

Tuvo que detenerse para recuperar la compostura cuando se acercó a la habitación. Quería estar radiante. Nora detestaba la compasión y le horrorizaría ver a Jess muerta de preocupación. Cuando dobló la esquina y entró, sin embargo, esas ideas pronto resultaron triviales.

En la cama, bajo la sábana blanca de hospital, yacía una persona completamente inmóvil, con los ojos cerrados. La empequeñecía una máquina extraña (el monitor cardiaco que había mencionado la mujer en recepción, comprendió Jess) y cualquier indicio de tranquilidad quedó hecho añicos ante los ruidos electrónicos que emitía.

La primera reacción de Jess fue de vergüenza por haber entrado en la habitación equivocada. Esa anciana frágil de piel translúcida no podía ser Nora. Su abuela estaba llena de vida: cuando entraba en una sala, la gente se giraba a mirarla. Esa persona, esa impostora, apenas ocupaba espacio; tenía un cuerpo diminuto, un rostro viejísimo que dormía. Jess quiso coger en brazos a su abuela y llevársela a casa, de vuelta a Darling House, donde dormiría, se recuperaría y se despertaría para volver a ser ella misma.

El dormitorio de Nora, con su papel pintado pimpinela y su cama de hierro forjado bajo la ventana, era un santuario de tejidos, pinturas y decoraciones cuidadosamente escogidos. Aunque era una de las habitaciones más pequeñas de Darling House, Nora insistía en que la prefería ante las otras opciones más espaciosas, incluso el cuarto principal al otro lado del pasillo, por sus vistas al puerto. «Esa de ahí siempre ha tenido el aspecto de ser el cuarto de mis padres —dijo una vez, con un escalofrío de disgusto—. Aquí soy feliz, muchas gracias». La señora Robinson dijo que Nora se había cambiado a ese dormitorio después del nacimiento de Polly («Estaba junto al pequeño cuarto del bebé, ¿lo ves?») y nunca había vuelto a su antiguo y más amplio cuarto.

Jess acercó la silla de plástico a la cama. Tuvo cuidado para no golpear el monitor al acomodarse, sin dejar de mirar el gráfico que se movía en la pantalla, y albergó esperanzas al ver que la línea parecía trazar unos garabatos repetitivos, espaciados de manera uniforme. El pitido metronómico también era regular, lo que interpretó como otra señal positiva. Estiró el brazo para tomar la mano de su abuela. Estaba más fría de lo que esperaba, los nudillos duros y suaves bajo la piel fina como el papel de Nora.

—¿Señora Turner-Bridges?

Jess alzó la vista y vio a un hombre de pelo castaño corto y gafas de montura fina ante la puerta, con un expediente en la mano.

—Soy el doctor Martin. Estoy a cargo de su abuela mientras está en la UCI.

Jess sintió un subidón de tensión acumulada.

—¿Por qué está en cuidados intensivos? ¿Qué ha pasado?

—Tuvo un episodio de fibrilación auricular esta mañana. Se le aceleró el latido del corazón —explicó—. En sí mismo no es algo preocupante, podemos medicarla para que recupere el ritmo normal, pero teniendo en cuenta su edad y las tomografías y las resonancias que le hemos hecho, es conveniente mantenerla bajo observación.

El doctor hablaba con un tono mesurado que a Jess le resultó sospechoso.

—¿A qué se refiere con las resonancias? ¿Qué mostraron?

—Creo que un colega mío habló con usted por teléfono hace un par de días. Había cierta hinchazón. Nada inesperado tras el impacto de una caída como esa.

—Me dijo que se sentía confusa... ¿Es por eso?

—La hinchazón podría explicar eso en parte, sí. Pero le hemos estado dando morfina para el dolor y tiene casi noventa años, así que la pérdida de lucidez no es sorprendente.

—¿Es demasiado pronto para preguntar cuándo volverá a casa?

El doctor Martin sonrió con paciencia.

—Señora Turner-Bridges...

—Nora querría estar en casa lo antes posible.

—Lo comprendo, y estoy seguro de que la mayoría de las personas querrían lo mismo. Pero es prematuro hablar acerca de darle el alta. —Su tono se dulcificó—.

Comprendo que es la pariente más cercana de su abuela. Estamos haciendo todo lo que podemos para ayudarla y es evidente que tiene una constitución fuerte. Si tienen un documento de voluntades anticipadas, sería un buen momento para consultarlo.

Jess se sintió mareada al tratar de absorber esa información.

El doctor consultó su expediente y, tras subirse las gafas, le recordó a Jess que podía informar a las enfermeras en caso de que ella o su abuela necesitaran algo.

Sus palabras y su lúgubre connotación flotaron en la habitación tras la marcha del doctor. Jess se sentó inmóvil, sin soltar la mano de Nora, mientras su abuela dormía y la máquina pitaba, con la esperanza de que las palabras se disiparan en el aire.

«… Si tienen un documento de voluntades anticipadas, sería un buen momento para consultarlo…».

No desaparecieron. Permanecieron donde estaban, una nube oscura y fea cerca del techo. Era la opinión de un solo hombre, se dijo Jess a sí misma; la opinión de un doctor que podría tener experiencia interpretando los resultados de una resonancia y, sin duda, estaba acostumbrado a ser prudente cuando trataba con ancianos, pero que no conocía a Nora.

Jess se recostó en la silla y cerró los ojos. Oía el pitido regular del monitor y el eficiente tictac del reloj que había encima de la puerta. Su respiración se acompasó a los ritmos de la habitación. Le pesaban los párpados. Sus pensamientos se veían arrastrados a un embudo y caían, caían, caían cada vez más rápido por espacios negros, pliegues temporales y tormentas eléctricas de la memoria hasta que, al fin, se descubrió a sí misma en una playa…

Tenía tres años y llevaba un bañador nuevo. Estaba a gatas, escarbando. Era consciente del sol sobre los hombros y la nuca, las líneas blancas de sal que se secaban en los brazos, el desmoronamiento de la arena mojada bajo sus dedos. Las olas rompían a lo lejos, justo ahí, más allá de la calma de la laguna interior que se había formado en un banco de arena cercano a la orilla. Estaba muy ocupada, concentrada en el castillo que estaba construyendo, y todo lo demás era un borrón confuso en el ajetreo de las vacaciones de verano.

El tiempo se estiró y se plegó a su alrededor hasta que, de repente, algo le llamó la atención. Alguien soltó una risotada, una sirena comenzó a sonar, un pájaro que volaba en lo alto lanzó un graznido agudo... Jess alzó la vista y se asombró al ver que la marea se había alejado de ella. El tramo de arena al que se había acercado cuando era solo una islita en medio del agua cálida había quedado expuesto y se había expandido por todas partes ante la retirada del agua.

Se levantó, las puntas de los dedos arrugadas, y miró atrás, hacia la orilla, pero estaba tan lejos que apenas se veía.

Estaba sola.

El remolino brumoso de ruidos y movimientos marinos había desaparecido. Todo se veía con gran nitidez y Jess fue consciente de que la tierra se movía a su alrededor. Pero no era la tierra lo que palpitaba; eran cientos de cangrejos, que aparecieron de repente de pequeños agujeros en la arena, cuerpos redondos y oscilantes, patas que traqueteaban sobre la superficie dura de la arena mojada, todos deslizándose hacia ella a la vez.

El terror, un rasguño en carne viva, se extendió por su piel y Jess abrió los pulmones para gritar…

Jess se despertó sobresaltada.

La habitación estaba iluminada, el aire era cálido e inmóvil, el techo sobre ella era una cuadrícula baja de paneles blancos.

Tardó tres largos segundos en recordar dónde estaba y qué estaba haciendo ahí.

Sídney.

Hospital.

Nora.

Se enderezó en la silla. Comenzó a darle vueltas la cabeza y le dolió la parte baja de la espalda. Las manecillas del reloj señalaban casi las cuatro.

Era un sueño recurrente; lo había tenido a intervalos casi toda la vida. Más que un sueño, era un recuerdo. Salvo que, en la vida real, mientras los cangrejos se acercaban, Nora había intervenido y la había levantado, protegiéndola con unos brazos que a la pequeña Jess le parecieron enormes.

Jess parpadeó y enfocó la vista.

Nora estaba despierta. Tenía una expresión perpleja, casi temerosa, y escudriñaba la cara de Jess como si tratara de recordar quién era.

Jess se inclinó hacia delante.

—Hola, Nora —dijo, tomando la mano de su abuela.

—Tú. —Fue poco más que un susurro, pero lleno de alivio.

Al ver la gratitud de su abuela, Jess se sintió radiante y avergonzada al mismo tiempo.

—Toma —cogió el vaso de plástico de la mesilla—, bebe un poco de agua.

Los ojos de Nora estaban pálidos y empañados, la piel que los rodeaba, enrojecida. Continuó estudiando la cara de Jess mientras tomaba un pequeño sorbo con la pajita. Cuando habló de nuevo, su voz era apenas audible.

—Te he echado de menos.

—Yo también te he echado de menos, pero no hables ahora. Podemos ponernos al día luego, cuando te sientas mejor.

—He estado esperando.

—He venido en cuanto me ha sido posible. Inglaterra está muy lejos.

Había lágrimas en el rostro de su abuela que parecían haber surgido de ninguna parte. A Jess se le ocurrió que eran lágrimas viejas, aunque no habría sabido explicar qué significaba eso con exactitud.

—Has venido de Inglaterra.

—Pero ahora estoy aquí. Estoy aquí, en Sídney, y no me voy a ir ninguna parte. Me voy a quedar en casa, en Darling House, y todo está perfecto, como a ti te gusta.

—La he estado cuidando.

—Lo sé. Las decoraciones navideñas son maravillosas y el jardín va muy bien. Solo falta que te mejores y vuelvas a casa.

Nora cerró los ojos. Tenía las mejillas húmedas y brillantes, y Jess estiró la mano para limpiarlas cuidadosamente con el pulgar. La respiración de Nora se había vuelto más profunda, pero los músculos de su cara palpitaban cada cierto tiempo, como si una idea errática se le cruzara por la cabeza y la desasosegara.

El doctor tal vez pensara que Nora no estaba lista para dejar el hospital, pero Jess la conocía mejor. Nora necesitaba volver a su cuarto, con su papel pintado pimpinela y la cama bajo la ventana. Solía decir que la vista desde su dormitorio le proporcionaba toda la fe que necesitaba. «No te puedes ni imaginar la satisfacción que se siente tras haber plantado y haber cuidado con cariño un jardín —decía—. Ser capaz de dejar aunque sea un trocito de esta tierra más bello y fértil que cuando llegamos».

En un principio, la pendiente noroeste de Darling House había sido una serie formal y bastante sobria de rosales, pero, cuando sus padres murieron y heredó la casa, Nora se había comprometido a renovarla. Había imaginado un tipo de jardín muy diferente (más asilvestrado, exuberante y enmarañado, con una mezcla de especies nativas y foráneas) y lo había plantado y cuidado durante décadas con la mayor dedicación y ternura. El resultado era un lugar de absoluta alegría y asombro. Incluso había aparecido en el programa de televisión *Gardening Australia* hacía unos años.

Jess había visto ese viejo episodio unas cuantas veces porque Nora lo había grabado en una cinta cuando lo emitieron y de vez en cuando la sacaba para volver a verlo. Le encantaba narrar cómo ella y el presentador caminaban por el cenador cubierto de clemátides y jazmines entrelazados y llegaban al refugio de abejas australianas, donde él comentaba con asombro genuino la visión de Nora, el impresionante alcance del proyecto. A Nora le gustaba menos el final del episodio, cuando ella y el presentador estaban sentados en la rotonda cubierta de glicinas y él sacó unas fotografías en blanco y negro que había descubierto del jardín tal y como era antes.

—Oh, apágalo ya —decía siempre cuando el episodio llegaba a ese momento—. Qué tonta parezco.

Pero Jess nunca le daba el gusto.

—¡Claro que no! —protestaba—. Me encanta esta parte. Estuviste arrogante y majestuosa.

Nora negaba con la cabeza, y a veces incluso se cubría los ojos con una mano, pero le permitía dejar la cinta puesta. La cámara se acercaba a la pareja en la rotonda y el presentador decía con una sonrisa: «Tengo una pequeña sorpresa», antes de sacar las fotos con un ademán teatral; y Nora, a quien no le gustaban las sorpresas en absoluto, parecía estremecerse.

—Nunca he sido una amante de las rosas —explicó, recuperando la compostura—. La fragancia, los capullos, las malditas espinas. Era la única regla que seguí cuando me propuse rediseñar el jardín: no tenía que haber ni una sola rosa a la vista.

—Pero es la flor del amor.

—Eso dicen —respondió Nora, antes de dedicarle al joven presentador una sonrisa coqueta—. Pero a mí nunca me ha faltado nada en ese sentido.

El monitor comenzó a pitar y Jess levantó la vista enseguida. Las líneas dentadas se estaban moviendo más rápido y una nueva luz parpadeaba en la pantalla.

Notó que los labios de Nora temblaban. Su respiración era dificultosa.

El pitido se estaba volviendo más rápido y más ruidoso.

Jess encontró el botón para llamar a las enfermeras en un extremo de la cama y lo pulsó.

Nora abrió los ojos y estiró una mano. Las uñas arañaron la muñeca de Jess. Nora estaba intentando decir algo.

—Estoy aquí —dijo Jess—. Estoy aquí, Nora.

—Las páginas.

Jess no podía estar segura de haberla oído bien.

—¿Qué páginas? —Alzó la vista rápidamente cuando el monitor comenzó a emitir una alarma intermitente. Sentía que el pánico se apoderaba de su pecho—. Por favor, Nora, no pasa nada. Todo va bien.

Una enfermera se apresuró a doblar la esquina y Jess soltó la mano de su abuela. Se apartó unos pasos, hacia la ventana, para no molestar.

—¿Está bien?

La enfermera no respondió. Estaba leyendo la máquina, comprobando el gotero de Nora, contando los latidos en la muñeca.

—Por favor... —la voz de Nora era un carraspeo—. Jessy, ayúdame.

—La vamos a ayudar —respondió la enfermera—. No se preocupe.

—Él me la va a arrebatar...

—Nadie va a hacer semejante cosa —dijo la enfermera con tono realista—. Puede estar tranquila.

Jess miró con el corazón encogido mientras su abuela cerraba los ojos. La enfermera trabajaba con celeridad y ya se notaba un cambio en el rostro de Nora. Se estaba yendo a otro lugar... No sabía si en busca de paz o de olvido.

—Ya está —susurró la enfermera al fin, al mismo tiempo que los pitidos disminuían—. Así mejor.

Jess se acercó para volver a tomar la mano de su abuela. La apretó con más fuerza de la que debería, pues era la única manera que tenía de expresarle toda la preocupación y todo el amor que sentía.

—Ahora va a dormir —comentó la enfermera—. Ya se han acabado las horas de visita y ella va a descansar un buen rato.

Nada le apetecía menos a Jess que dejar sola a Nora, pero comprendió la indirecta.

—Duerme bien —susurró en voz baja—. No me voy lejos. Descansa, mejora y luego pasaremos las Navidades juntas en casa.

—Halcyon. —La palabra en los labios de Nora no era más que un murmullo llegado desde el límite de la conciencia—. Navidades juntas... Halcyon.

CAPÍTULO NUEVE

E ra una tarde despejada y calurosa y Jess tenía ganas de estirar las piernas después de estar en el hospital. Pidió al taxista que la dejara en la intersección en lo alto del promontorio para caminar a lo largo de los acantilados de vuelta a Darling House. El aire, fresco y salado, era el bálsamo que necesitaba. Tenía los nervios deshechos. El doctor Martin habría podido enumerar varias razones perfectamente válidas para explicar la confusión mental de Nora, pero Jess no podía evitar sentir que se trataba de algo más.

«Jessy, ayúdame». No era propio de Nora utilizar ese diminutivo y, aunque la había conmovido, Jess se había sentido desconcertada.

Cruzó el parque infantil y realizó un pequeño desvío por el complejo de apartamentos donde ella y Polly habían vivido antes de que su madre se marchara a Queensland. Ver ese edificio de estilo art déco en ese día soleado y luminoso, casi tres décadas más tarde, la puso nostálgica. Solía hacer equilibrios sobre la verja de la entrada, recordó. Su madre recogía ramos de lavanda del jardín y los ponía en jarras de mermelada en el alféizar.

Jess se dio la vuelta y se dirigió a casa de Nora.

Patrick había dicho que Nora no era la de siempre antes de caerse, y Jess tuvo la certeza de que lo que fuera que había motivado que su abuela subiera a la buhardilla estaba relacionado con esa inquietud. Se negaba a creer que Nora se encontrara en un estado de declive mental generalizado. Jess había hablado con ella por teléfono cada semana y estaba bien. Era mucho más probable que algo en concreto la hubiera afectado. Si Jess pudiera averiguar de qué se trataba, tal vez podría ayudarla.

La nota de la señora Robinson decía que tenía intención de pasarse por Darling House aquella tarde; Jess intentaría arrojar algo de luz acerca del estado mental de su abuela. Además, Patrick le había dicho que había oído decir a Nora: «No le voy a dejar que me arrebate a mi bebé», y hacía unos momentos Nora acababa de repetir: «Él me la va a arrebatar». Era muy ilustrativo de la importancia de Nora en la vida de todas ellas que a Jess jamás se le hubiera ocurrido preguntarse acerca de los acuerdos de custodia a los que había llegado cuando Polly era un bebé. Se había limitado a dar por hecho que habían concedido la custodia completa a su abuela. Ahora, sin embargo, se preguntó si había algo más; tal vez hubo más roces entre su abuela y el señor Bridges de lo que Nora dejaba entrever.

Y había algo más. En un remoto lugar de la memoria de Jess algo quería despertar. Halcyon. Dejó que esa suave palabra se deslizara entre los labios y se sintió, no sabía cómo, pequeña; notó calor en los brazos desnudos y vio el resplandor azul del puerto, la cara de angustia de su abuela… Pero el recuerdo era escurridizo y salió disparado como un delgado pez brillante en una piscina marina.

Jess llegó a la casa de Nora, introdujo el código de acceso y atravesó el sombreado camino de entrada. La casa se alzó ante ella, pero no cruzó la rotonda de grava para llegar a la puerta principal. Tras dos décadas en Londres, había perdido la indiferencia australiana por el buen tiempo. Hacía un día demasiado bonito para malgastarlo entre cuatro paredes.

Siguió el angosto camino hacia los helechos y alegrías que crecían en una arboleda tras las palmeras. Era la parte más antigua del jardín y había sido su lugar favorito para leer cuando era niña. En los días más calurosos sabía que allí hacía más fresco. Había evitado la cercana casita de verano, pues prefería cobijarse en los espacios oscuros entre las hojas, donde podía oler el aroma del suelo fértil y…

Halcyon. Jess sonrió para sí misma. Recordó con precisión dónde y cuándo había oído aquella palabra por primera vez.

Era una fiesta especial llamada velatorio, lo que le pareció extraño a Jess, puesto que el invitado de honor no estaba precisamente en vela. Le preguntó a su madre acerca de esa discrepancia antes de salir de casa aquella mañana, pero Polly se limitó a negar con la cabeza, sonreír con ansiedad y responder que no estaba segura. Jess había suspirado y su madre, que no podía soportar decepcionar a nadie, le prometió que lo averiguaría; y a continuación había juntado las manos con fuerza, como siempre hacía cuando estaba preocupada, y dijo que no debería hacerle ese tipo de preguntas a su abuela y mucho menos hoy. Jess había suspirado de nuevo (entre dientes, esta vez) y prometió: «Claro que no lo voy a preguntar». Conocía las reglas.

Fue el primer funeral al que asistió. Jess observó con los ojos abiertos de par en par mientras el ataúd resplandeciente desaparecía y el telón se cerraba tras él. Le recordó un espectáculo de magia que había visto en The Rocks las últimas vacaciones de Navidad: las solemnes homilías del pastor, los versículos cantados, la participación de la congregación antes del portentoso incensario. Igual que entonces, Jess hizo todo lo posible para no parpadear mientras el ataúd se deslizaba sobre los raíles. No podía evitar la sensación de que algo importante estaba a punto de suceder. Se sentó erguida en el borde del banco para no perderse bajo ningún concepto el momento mágico, pero, por desgracia, no sucedió nada destacable. Solo el telón que se cerró, seguido de un himno y la distracción del perfume de su abuela que le hacía cosquillas en la nariz mientras cantaba.

Se dio cuenta de que su abuela no estaba llorando, si bien, desde donde estaba sentada, Jess percibía el borde de un pañuelo de lino que sobresalía de la palma cerrada de la mano de Nora. Tenía la mirada de quien está muy lejos, absorta en sus pensamientos. Era una máscara para ocultar sus sentimientos, decidió Jess con aprobación; por lo menos, así lo habría descrito si estuviera en un cuento y su abuela fuera uno de los personajes. Era la viva imagen de una dama digna y envejecida de modales impecables que asistía al funeral tras la muerte de su único hermano.

Porque era él quien yacía en el ataúd: el misterioso, secreto hasta hacía poco, hermano mayor de la abuela. A Jess le gustaba el aspecto del hombre en la fotografía en blanco y negro que colocaron en lo alto del féretro durante la ceremonia. No le recordaba a su abuela, no exactamente, pero había algo familiar en sus rasgos. Jess no había llegado a conocer a su abuelo y no tenía papá, así que a menudo sentía curiosidad sobre cómo sería tener a un viejecito amable en su vida.

A veces, Jess fingía que el hombre que daba las noticias de economía en la tele era su padre. Parecía sensato y bien informado, estaba de buen humor y sus ojos brillaban de tal modo que le hacía pensar que sería cariñoso. Charles Dickens era el gran candidato para ser su abuelo. Tenía todas sus novelas (salvo *Martin Chuzzlewit*, de la que todavía no había encontrado un ejemplar) y había decidido, tras acabar *David Copperfield*, que se habrían llevado muy bien. Le gustaba pasear, como a ella; las personas despertaban su curiosidad, igual que a ella; y tenía un sentido de la justicia muy desarrollado. Eso, Jess no lo dudaba, también era cierto en su caso: había oído a su madre decirlo la última vez que la llamaron al colegio para hablar con la directora. (Esa misma tarde descubrió que la podían calificar de «impertinente» —señora Taylor— o «perspicaz» —su madre— según el color del cristal con que la miraran).

Fue interesante descubrir que no todo el mundo compartía los sentimientos afectuosos acerca del hombre de la fotografía. Antes de que comenzara el funeral, cuando la gente aún estaba llegando, una mujer de rostro delicado había comentado en voz baja a su acompañante: «El hermano pródigo regresa», a lo que respondió la otra mujer: «Ni rastro de la rosa inglesa», ante lo que replicó la mujer que había hablado en primer lugar: «Él sabía cómo encontrarlas». Jess se había preguntado qué querían decir y por qué el comentario había merecido un tono tan pícaro y sabelotodo.

Alguien había traído la fotografía de la funeraria al velatorio y la había apoyado en el tocador de caoba al final del largo recibidor de Darling House, en un lugar de privilegio entre las otras fotografías en blanco y negro de La Familia. Jess dedicó un rato a estudiarla, la nariz casi tocando el borde del tocador mientras a sus espaldas los otros asistentes pasaban a un lado y otro, dejando tras de sí rastros de conversaciones susurradas. La amplia sonrisa y el sombrero ladeado, el abrigo hasta las rodillas, su larga zancada por una ciudad desconocida. Había edificios en ruinas y la gran cúpula blanca de una catedral al fondo. Habían recortado la fotografía para que encajara en el marco y a un lado aparecía el atisbo de otra persona: el borde de una manga oscura, el dobladillo de un abrigo o una falda.

Por casualidad, Jess y su madre estaban de visita en Darling House aquella tarde en la que Nora había recibido la llamada que la informaba de la muerte de su hermano. La inesperada noticia había provocado que se le cayera la cucharilla del té.

Jess sintió que miles de interrogantes borboteaban en su interior:

—¿Dónde? —preguntó—. ¿Dónde vivía?

—En una ciudad llamada Londres —respondió la abuela—. Junto a un río muy antiguo que se llama Támesis.

—¿Por qué vivía tan lejos?

—Nació con espíritu viajero.

Jess dio vueltas a esa expresión desconocida en la cabeza. No sabía bien cómo se nacía así, pero le gustaba cómo sonaba.

—Le encantaba viajar, y nunca fue de los que se quedan en el mismo sitio —explicó su abuela—. No mucho tiempo, por lo menos. De joven, volvía loca a nuestra madre. «Mi único hijo», decía ella. «¿Qué va a ser del linaje familiar?».

—¿No quería tener familia?

La madre de Jess, sentada en el sofá junto a la cortina, carraspeó para aclararse la garganta. Jess no tuvo que mirarla para saber que estaba recibiendo una advertencia. Cuando visitaban Darling House, Polly insistía en que Jess debía hablar solo cuando le dirigieran la palabra y no curiosear. Jess no lo comprendía muy bien, ya que Nora disfrutaba al ofrecer respuestas y no parecía que se cansara de sus preguntas en absoluto. A veces le parecía que las reglas eran más para el bienestar de Polly que el de Nora.

—¿Él no quería tener familia? —repitió en señal de rebeldía.

Nora estaba sentada en el sillón orejero, junto a la ventana mirador con vistas al puerto, y la luz de la tarde, reflejada en el agua, era tan brillante que entrecerró los ojos azules contra el resplandor.

—Lo que uno quiere rara vez explica nada.

—Jessica —dijo su madre en ese momento, con una sorprendente severidad en la voz—, ¿por qué no sales a jugar al jardín antes de que empiece a llover?

Jess torció el gesto y maldijo entre dientes, consciente de que la estaban mandando donde no molestara y de que era culpa suya por insistir demasiado y demasiado rápido. Obedeció, pero tardó más de lo estrictamente necesario en salir de la habitación y así pudo oír a su abuela decir:

—Es mi nieta, Polly. Nos merecemos tener la oportunidad de conocernos la una a la otra.

Jess se detuvo al otro lado de la puerta y contuvo el aliento, preguntándose qué respondería su madre. Pero, sin hacer una pausa siquiera, su madre se limitó a decir:

—¿Qué hay del funeral?

Y su abuela, desanimada, volvió al tema de conversación.

—Lo celebraremos aquí, por supuesto, en Sídney. Es un Turner y esta es su casa.

El sol caldeaba a través de la ventana en forma de abanico sobre la puerta principal; los perfumes y las voces se mezclaban, y el pasillo donde se encontraba Jess era sofocante. Un montón de personas habían acudido al velatorio. Otra sorpresa, ya que ¿cómo era posible que un hombre que había pasado la vida al otro lado del mundo tuviera tantos amigos en Australia?

—Son amigos de tu abuela —había respondido su madre a la pregunta de Jess.

—Es muy popular —observó Jess.

—Sí, sin duda.

Jess se preguntó dónde estaría su madre en ese momento. Acorralada en alguna parte en medio de una conversación, supuso, o escondida en la cocina junto a la señora Robinson y las dos jóvenes camareras a las que habían contratado para llevar las bandejas de canapés y tarta. Cerró los ojos y escuchó. Polly tenía un sonido propio, provocado por el collar que siempre llevaba: una larga cadena de plata de la que pendían dos colgantes, uno refinado, con forma de jacarandá, y el otro un gato de plata esterlina. El jacarandá había sido un regalo, y el gato procedía de una tienda de segunda mano. Polly decía que había formado parte de un sonajero de bebé en los viejos tiempos, un gato con una bolita dentro que antes tintineaba para acompañar una nana y ahora cada vez que Polly caminaba. A Jess le encantaba ese sonido. Siempre le hacía sentirse a salvo, cálida y feliz.

Pero no lo oía. Abrió los ojos de nuevo, dominada por la necesidad súbita de alejarse de toda esa gente. Las formalidades del día se habían acabado y el velatorio, a pesar de lo prometedor que había sonado ese nombre inesperado, resultaba ser nada más que otra tediosa excusa de los adultos para socializar. Le había gustado mucho el vestido de terciopelo que le había dado su abuela, pero el elástico de las mangas comenzaba a picarle y la costura del canesú la hacía sentirse incómoda y sudorosa.

En otras circunstancias, habría disfrutado al explorar Darling House mientras su madre estaba distraída. La casa se alzaba en lo alto de la península de Vaucluse. Tenía tres plantas de altura y una torrecilla a un costado. La habían construido a mediados del siglo XIX, cuando llegó el tatarabuelo de Jess a la colonia de Nueva Gales del Sur, y había aparecido en varios libros sobre arquitectura que su abuela exponía abiertos en las mesas de la biblioteca. Su interior era del todo impredecible: puertas inesperadas que daban a escaleras ocultas que giraban en torno a las chimeneas de ladrillo y permitían a una persona llegar a un lugar de la casa totalmente distinto del que habían partido.

Se suponía que a Jess no debería gustarle la casa. «¿No te parece que hay demasiadas corrientes de aire?», le preguntaba su madre si Jess osaba comentar tras una visita qué espléndidos eran los pasillos o qué altos los techos. «¿No prefieres nuestra casita, tan cómoda?». Y como ese rostro familiar y querido parecía alicaído, Jess se apresuraba a responder que por supuesto que prefería su pequeño apartamento.

Hoy, la casa estaba demasiado llena, a pesar de lo grande que era, así que salió al jardín. Aquel lugar le resultaba más familiar, ya que su madre la enviaba allí «a jugar» casi cada vez que venían de visita. El jardín principal de Darling House había sido diseñado y plantado por la abuela de Jess, pero al otro lado de la finca, si seguía el camino que pasaba junto al asta de la bandera y la fuente, había otro mucho más antiguo y asilvestrado, de helechos y alegrías que formaban una masa primordial alrededor de una casita de verano salpicada de moho. Jess se abrió paso entre el follaje hasta encontrar un lugar bajo los zarcillos de un enorme helecho arborescente. Fuera de la vista de la casa y rodeada por un telón de vegetación, bajó la cremallera del elegante vestido de terciopelo y se lo quitó. Lo estiró sobre el suelo. Luego se desabrochó los zapatos nuevos de charol y se quitó los calcetines. Sentada con las piernas cruzadas, en camiseta y bragas blancas, Jess respiró con libertad por primera vez en varias horas.

Deseó haber traído un libro. No solía ir a ninguna parte sin uno. Había leído la colección entera de obras infantiles de la biblioteca de su barrio y, a sus diez años, le acababan de conceder un permiso especial para sacar libros de los estantes del instituto, aunque muchos de ellos apenas le interesaban. Parecían centrarse en amistades, sostenes y novios, todo lo cual le resultaba aburridísimo. Por entonces, los libros que más le gustaban eran los que escogía ella misma cuando su madre la llevaba a tiendas de segunda mano los fines de semana. En un garaje especialmente lúgubre, en una parte de Sídney de la que no había oído hablar antes, Jess había encontrado *David Copperfield;* se había sentado con las piernas cruzadas a leerlo y, cuando llegó la hora de irse, de ningún modo se habría ido sin él. Desde entonces, siempre lograba descubrir al menos un tesoro más que añadir a su colección, a diferencia de su madre, que, a pesar de lo mucho que le gustaba mirar, nunca conseguía encontrar lo que estaba buscando.

Ahora, sin embargo, a falta de un libro con el que desaparecer entre sus páginas, Jess se dedicó a explorar su entorno. Siguió una hilera de hormigas que se abría paso a través de la maleza, vio una hoja curvada que ocultaba el nido de tela blanca de una oruga, hizo una tienda de campaña con ramitas de liquen. Estaba observando un brote de helecho arborescente enrollado con sorprendente fuerza, estudiándolo entre los dedos, tirando del pequeño vello negro, cuando comprendió que ya no estaba sola.

Oyó voces: su abuela, entendió, que hablaba con un hombre. Al oír pasos sobre una superficie dura, dedujo que habían entrado en la casita de verano. Intentó oír qué decían para poder decidir si la conversación iba a ser de interés.

—Supongo que venderás los prados. —Era la voz del hombre.

—Casi no puedo ocuparme de ellos. Thomas era el que tenía todos esos sueños…

—¿Y Halcyon?

Hubo un sonido terrible, un ruido gutural y lastimero, que formó un nudo al instante en el estómago de Jess. Estaba tan sorprendida e intrigada que se arriesgó a mirar por encima de los helechos. No alcanzaba a ver el interior de la casita de verano desde donde estaba, así que, sigilosa como un ratoncillo, se acercó a hurtadillas.

Su abuela estaba sentada en el banco, pero algo en el abandono de su postura y la curva de sus hombros hizo pensar a Jess que Nora se había derrumbado sobre el banco en lugar de sentarse. Estaba intentando ocultarle la cara al hombre con una mano, pero Jess vio desde donde se encontraba agachada que la boca de su abuela estaba abierta en un lamento silencioso. Era estremecedor ver a un adulto en semejante agonía. A Jess le vino una palabra a la mente: desamparada.

Nora permaneció así durante lo que le pareció una eternidad. El hombre se afanó en fingir torpemente que no veía esa angustia hasta que, al fin, Nora habló. Intentó sonar calmada y compuesta, pero su voz estaba tensa hasta el punto casi de desmoronarse.

—Por favor, señor Friedman —dijo, alzando una mano elegante contra la posibilidad de recibir más golpes—, no soporto oír ese nombre. Por supuesto, tiene que venderse en el acto. Debería haberla vendido él mismo hace años. Para mí no es nada, salvo un viacrucis espantoso, espantoso.

CAPÍTULO DIEZ

La muerte del hermano de Nora en 1988 había marcado un antes y un después en la vida de Jess. Antes de esa pérdida, Jess había vivido con su madre en un pequeño apartamento en la primera planta de un edificio con un patio estrecho embaldosado, sin jardín en la parte de atrás; después, vivió con su abuela en Darling House. No había una clara relación entre ambos eventos, fue una mera coincidencia temporal y, sin embargo, la adicción primordial y más poderosa de los seres humanos es la narrativa. Las personas buscan maneras de identificar causa y efecto y llegar así a un significado, y Jess no fue una excepción. La muerte de Thomas Turner quedó para siempre vinculada en su mente al cambio de sus propias circunstancias.

Por aquel entonces, sin embargo, el día del velatorio fue notable por otra razón más específica, más pequeña. A sus diez años, a Jess le gustaban las palabras. Las coleccionaba. En sus libros favoritos era siempre en las palabras donde se ocultaba el verdadero poder, ya fuera por los encantamientos o las maldiciones de los cuentos de hadas que devoraba de pequeña, o por los testamentos, actas y vacíos legales que había descubierto en Dickens. El día del velatorio le había deparado muchos nuevos tesoros. En primer lugar, el mismísimo velatorio, con esa escalofriante premisa de que una fiesta para los muertos llevara un nombre que prometía tanta actividad. A continuación vino «pródigo», término que hasta entonces había oído solo durante las clases de Religión en el colegio pero que se refería, de la manera más intrigante, a un misterioso hombre de su propia familia. ¿Y Halcyon? Una palabra que se le antojaba cálida, del color de la miel, que sonaba en sus oídos como un conjuro, pero cuya calidez se aplacaba casi de inmediato por la lúgubre aparición de «viacrucis».

De vuelta bajo la sombra del helecho arborescente, tras haber escuchado a escondidas la conversación, Jess sopesaba lo que había oído. Se le presentaba una complicación considerable. Viacrucis era una palabra que creía conocer, pero ¿por qué su abuela iba a recorrer un camino señalado con cruces a ambos lados? Sobre todo, ¿por qué ese camino le parecía tan espantoso y por qué insistió tanto en venderlo cuanto antes? Jess decidió que solo se podía deber a un motivo. ¡Un homónimo! Sin duda, viacrucis debía de tener otro significado. Las palabras, había descubierto Jess, podían ser tan tramposas como las personas: parecían decir una cosa mientras que el significado secreto yacía bajo la superficie.

En cuanto se hubieron marchado, Jess se revolvió para meterse en el vestido y corrió descalza de vuelta a la casa. Se deslizó entre los grupos de adultos en el vestíbulo en penumbra y subió a toda prisa las escaleras hasta la biblioteca a oscuras, donde el aire inmóvil y fresco la envolvió. Muros de libros se alzaban a cada extremo de la sala, pero Jess sabía adónde iba. Había divisado el viejo ejemplar de cuero azul del *Diccionario de Oxford* en visitas anteriores con su madre. Sacó el tomo V-Z y localizó la entrada de «viacrucis». Solo leyó por encima el significado literal, que ya conocía, y se detuvo en el siguiente: 2. *Fig. Sucesión de adversidades y pesadumbres.*

Jess se sintió muy satisfecha y al mismo tiempo aún más intrigada. El comportamiento de su abuela en la casita de verano sin duda había sido propio de una persona que se enfrentaba a una sucesión de adversidades, pero ¿qué tipo de pesadumbre era un «Halcyon»? Volvió a colocar el tomo V-Z en el estante y sacó el H-K. Pasó las páginas hasta encontrar la entrada que buscaba. Según el diccionario, la palabra «Halcyon» podía ser tanto un nombre como un adjetivo; el primero describía un martín pescador, y el segundo quería decir «calmo, pacífico; feliz, próspero, idílico». Ni el uno ni el otro tenían mucho que ver con una gran pesadumbre. De hecho, el último significado parecía justo lo contrario.

Después del velatorio, Polly y ella volvieron a casa a pie. Su apartamento no quedaba lejos de Darling House, pero iban andando porque no tenían coche. Era un constante motivo de discordia entre su madre y su abuela. Nora quería comprarles un coche pequeño y práctico y decía que era perverso privarse de las necesidades de la vida, pero Polly aseguraba preferir el transporte público. Lo cierto, como sabía Jess, era que conducir la ponía nerviosa. Un montón de cosas ponían nerviosa a su madre.

Caminaron por la zona costera, aunque así tardaran más que yendo por las calles. A Jess le gustaba caminar junto a su madre. Polly era tímida con los adultos, pero no cuando estaba a solas con ella. Sabía mucho sobre la naturaleza y, si bien no era dada a ofrecer información porque sí o soltarle sermones a su hija, siempre se podía contar con ella para percibir y compartir pequeñas muestras de belleza. El lateral curvado de una hoja de eucalipto gris, la delicadeza de un nido descartado, cómo un árbol de fuego illawarra en flor era un espectáculo de pirotecnia contra el cielo azul. Nunca lograron ir a la playa sin amasar una colección de algas, conchas y elegantes trozos de madera flotante que cargarían hasta casa y colocarían en alféizares o acabarían convertidos, gracias a Polly, en asombrosas esculturas móviles; incluso, en una ocasión, en un atrapasueños con forma de araña para Jess. Polly había clavado esa delicada creación directamente en el techo sobre la cama de Jess. «No se lo digas a la casera —le pidió—. No creo que le haga gracia». Y se habían sonreído la una a la otra, ya que el apartamento pertenecía a la abuela de Jess y no a una «casera» en absoluto. Momentos como aquellos eran sus favoritos. Su madre no hacía muchas bromas. Tenía una cara que casi siempre se las apañaba para parecer un poco triste, incluso aunque no lo estuviera.

Durante ese paseo, sin embargo, la madre de Jess iba más silenciosa que de costumbre. Estaba pensando en el funeral, supuso Jess mientras salían del sendero, se quitaban los zapatos y se adentraban en la arena blanca de la playa de Queens. La madre de Jess no había llegado a conocer a su tío inglés, pero era esa clase de persona que sentía la infelicidad de los demás como si fuera propia. Una vez, Jess le había hablado de una chica a la que acosaban los otros niños. La insultaban, se apartaban de un salto si ella se acercaba a usar las barras de los columpios y gritaban a todo pulmón que iban a «pillar» algo si no se alejaban rápido de ella. Los ojos de Polly se habían llenado de lágrimas mientras escuchaba, y desde entonces se empeñó en charlar con la muchacha en la puerta del colegio si coincidían.

La madre de Jess se acercó hasta la orilla, pero no estaba buscando conchas, palos o la piel pálida y traslúcida de criaturas marinas. Estaba ahí, de pie, mirando al otro lado del agua, los brazos a los costados, un dedo en las correas de sus sandalias favoritas. Jess se acercó a su lado. Tenía la sensación de que estaban pensando lo mismo. Sería triste dejar el océano cuando se mudaran a Brisbane, pero su madre dijo que allí había un río y mucho sol, y en el verano unas tormentas descomunales que acababan tan pronto como empezaban y dejaban el aire limpio y fresco. Polly tenía un nuevo trabajo. Se lo había contado a Jess durante la cena una noche y las comisuras de su triste boca se habían movido para indicar que el cambio la hacía feliz. Iban a vivir en un lugar llamado Paddington, en una casa solo de ellas, que estaba hecha con unos tablones de madera que se llamaban biselados y tenía un tejado no de tejas sino de reluciente hierro corrugado.

A Jess le había gustado aquella palabra —corrugado— y su madre había sonreído cuando Jess se lo dijo y encontró una fotografía en una revista para mostrarle lo que era. La realidad había resultado muy satisfactoria; la palabra, una descripción muy apropiada de las ondas de la capa de metal. Jess tendría que empezar en un nuevo colegio, le advirtió Polly, que no sería tan chulo como al que habría asistido en Sídney y tendría que hacer nuevos amigos, pero Jess le aseguró que le parecía bien. Lo cierto era que no tenía demasiados buenos amigos de los que separarse, aunque jamás se lo habría confesado a su madre, para quien solo habría sido otro motivo de preocupación.

—¿Le has contado a Nora lo de Brisbane? —preguntó Jess.

—No todavía. Hoy no.

—¿Cuándo?

—Pronto. Cuando deje de estar tan triste por su hermano.

Jess sopesó esas palabras. Tenían sentido, pero no pudo evitar fijarse en que su madre siempre parecía tener una razón para posponer hablar con Nora acerca de la mudanza. Por lo general, Jess habría insistido más, pero hoy tenía otros asuntos en la cabeza.

Se estaban dando la mano, el aire olía a sal y un barco hacía equilibrios en el borde mismo del horizonte, y Jess decidió que no había mejor momento que el presente.

—¿Qué es Halcyon? —preguntó.

Su madre le agarró la mano con más fuerza.

—Yo no… —comenzó y la frase se le quedó atascada en la garganta—. ¿Dónde has oído esa palabra?

—Se la he oído decir a Nora hoy. La he mirado en el diccionario, pero cuando la dijo me pareció que no era algo demasiado bueno.

Jess se preguntó si la sinceridad de su respuesta iba a causar más preguntas acerca de cómo había escuchado a escondidas una conversación íntima de la abuela, así que fue una agradable sorpresa cuando su madre se limitó a decir:

—Es una casa.

Polly había girado sobre los talones y caminaba hacia la hierba.

Una casa. Jess dio vueltas a la respuesta en su cabeza mientras corría detrás de su madre. Era difícil comprender cómo una casa podría ser un viacrucis, sobre todo para su abuela, que coleccionaba casas con el mismo entusiasmo con el que Jess coleccionaba palabras.

—¿Dónde está? ¿Dónde está Halcyon?

—En medio de ninguna parte. Muy lejos de aquí.

En ese momento, Jess comprendió. Halcyon era el nombre de la casa del hermano de la abuela: un viacrucis, supuso, porque estaba muy lejos. Al otro lado del océano, en Inglaterra.

—Por eso Nora quiere venderla.

Polly la miró y esa pequeña línea volvió a aparecer en su ceño, entre los ojos.

—¿Qué quieres decir?

—Quiere venderla de inmediato.

—¿Cómo lo sabes?

Jess dudó. Si se explicaba, corría el riesgo de recibir una reprimenda por escuchar a escondidas. Pero su madre parecía muy preocupada, incluso más que de costumbre, así que dijo:

—La he oído hoy. Estaba hablando con un hombre. Dijo que Halcyon era un viacrucis y que debía venderla de inmediato. ¿Era la casa de su hermano?

La madre de Jess asintió.

—Quizá se ponga triste al pensar en la casa de su hermano ahí, en medio de ninguna parte.

—Seguro que es eso —aceptó Polly. Ya habían llegado a las serpenteantes escaleras de cemento que subían de vuelta a la calle y Jess había salido corriendo hacia lo alto como siempre hacía, llamando a su madre por encima del hombro para que se diera prisa porque iba más despacio de lo normal.

—¡Hola, desconocida!

Jess alzó la vista hacia el lugar donde alguien esperaba en lo alto del camino de entrada a Darling House. Tardó un momento en volver al presente y despedirse del espectro de una tarde de hacía treinta años. La señora Robinson tenía una mano en alto contra el resplandor del sol poniente y saludaba con la otra.

Jess le devolvió el saludo.

—¡Hola!

—Traigo ofrendas —dijo el ama de llaves, señalando la cesta en el suelo mientras Jess comenzaba el ascenso de la colina cubierta de hierba—. La correspondencia para tu abuela y una lasaña para ti.

—Dichosos los ojos que te ven —exclamó Jess al llegar junto a la señora Robinson.

Se abrazaron, y a Jess le sorprendió qué sencillo era el gesto y cuánto cariño sentía por esa mujer.

—¿Entras y tomamos un té? —sugirió Jess.

—Me encantaría.

Jess abrió la puerta de entrada y pasaron juntas a la cocina, en la que Jess se dirigió enseguida a la tetera para poner agua a hervir.

La señora Robinson se sentó en un taburete junto a la mesa.

—¿Has ido a ver a tu abuela?

—Esta tarde.

—La habrás notado un poco desmejorada.

—Ojalá me hubieras avisado. —Jess no había pretendido sonar tan acusadora. Era una reacción a la conmoción de ver así a Nora. La había pillado desprevenida—. Supongo que te habrá hecho prometer que no me dirías nada.

—Ya sabes cómo es. No estaba dispuesta a admitir que tenía problemas.

—Ha perdido peso.

—Y altura —concedió la señora Robinson.

—Vamos a tener que darle bien de comer cuando vuelva a casa.

La señora Robinson alzó una ceja.

—¿Te dijeron algo de eso en el hospital?

—No fueron muy precisos. Supongo que es de esperar; no saben a quién tienen entre manos.

La tetera silbó. Jess vertió el agua hirviendo sobre las bolsitas de té y las removió mientras infusionaban. Preguntó por la familia de la señora Robinson y sonrió ante las travesuras de sus cuatro descarados nietos y la única y mimada nieta.

—A veces pienso que es la más revoltosa de todos —dijo la señora Robinson—. Y no me parece mal. Al contrario. Que aproveche.

—El futuro es femenino —respondió Jess, que acercó las tazas de té—. ¿No es eso lo que dicen?

—Hablas igual que tu abuela.

Jess se sentó a la mesa frente a la señora Robinson. Desde ahí alcanzaba la lata de galletas de Nora y la bajó del estante, quitó la tapa y se la ofreció a la señora Robinson, que escogió una galleta de mantequilla. Jess tomó otra y la dejó sobre la mesa, junto a la taza de té.

—¿Te puedo preguntar algo?

—Puedes preguntar. Ya veremos si sé la respuesta.

—¿Estabas aquí cuando Nora y su marido se separaron?

La señora Robinson asintió. ¿Actuaba con cautela o eran imaginaciones de Jess?

—Comencé a trabajar para tu abuela un par de años antes. Yo solo tenía dieciséis años.

—No lo sabía.

—No tenías por qué saberlo. Cuando tú llegaste, ¡yo ya era parte del mobiliario!

—La mejor parte del mobiliario.

La señora Robinson se rio.

—Tu abuela y yo nos conocimos por casualidad. Yo acababa de llegar a Sídney tras dejar atrás un pasado infeliz. Iba por mal camino y Nora me echó un cable. Me dio unos trabajillos de poca monta para empezar, me pagó bastante para que pudiera permitirme el alojamiento y la comida, pero lo mejor que hizo fue confiar en mí. Era la primera vez que alguien me encomendaba responsabilidades reales.

La anciana se había ido relajando al hablar y estaba disfrutando del recuerdo.

Jess insistió con tacto.

—Me preguntaba cómo fue el acuerdo de custodia de Polly tras el divorcio.

La señora Robinson la miró y la confusión pasajera se disipó enseguida cuando recordó la pregunta que había suscitado su recuerdo.

—Me temo que no conozco los detalles. Como te dije, llevaba poco tiempo trabajando aquí. Tu abuela no tenía la costumbre de contarme sus cosas por aquel entonces. ¿Por qué lo preguntas?

—Creo que Nora tiene algo en la cabeza. Patrick mencionó que había dicho unas cuantas cosas raras últimamente (que le preocupaba que alguien le arrebatara a su bebé) y me preguntaba si tal vez estaba viviendo de nuevo algo que le preocupó en el pasado.

La señora Robinson sonrió comprensiva.

—Últimamente tu abuela no ha sido la de siempre. Ha estado un poco desorientada. Pero lo que le dijo a Patrick, sea lo que sea, es muy probable que no significara nada.

—Pero tal vez sí —replicó Jess—. Y, si significaba algo y podemos averiguar de qué se trata, tal vez le podamos ofrecer cierto alivio.

—Lo siento, Jessica —dijo el ama de llaves—, pero no me viene nada a la cabeza. Y tengo que decirte que, aunque hubiera estado recordando un evento del pasado, podría ser uno de esos miedos sin importancia. Nora fue una madre muy protectora de un bebé muy deseado. Me atrevo a decir que hubo muchas veces, cuando Polly era pequeña, en que tuvo miedo a perderla. Es la peor pesadilla de todas las madres.

A pesar de todo, Jess no estaba preparada para zanjar el tema tan fácilmente.

—Me parece extraño que Nora y su marido se separaran y él nunca volviera a dar señales de vida. No creo que hubieran acabado muy bien.

—A mí me dio la impresión entonces de que ambos estaban listos para poner el punto final.

—¿Y él tal vez quiso llevarse a Polly?

—No. —La señora Robinson negó con la cabeza—. De verdad, no lo creo.

—¿Cómo puedes estar segura?

—Las cosas habían sido difíciles para ellos durante años, desde que tu abuela se quedó embarazada. Casi ningún hombre comprende lo difícil que puede ser para una mujer, en especial para alguien como tu abuela, cuando las cosas no salen a la primera. Nora sufrió unas cuantas pérdidas antes del nacimiento de tu madre y él pensó que deberían dejar de intentarlo, que podrían ser felices sin tener hijos. Pero esa no era la vida con la que ella había soñado. Nora solía decir que quería formar su propio equipo de críquet. Vio a todos los doctores, gurús y sanadores a este lado de las Montañas Azules y al final su persistencia tuvo recompensa. Yo estaba aquí cuando recibió la buena nueva; jamás has visto a una mujer resplandecer como tu abuela aquel día y todos los días que siguieron. Tenía unas náuseas horribles por las mañanas, pobrecita, pero estaba tan agradecida que no se quejó ni una vez.

Jess sonrió. La descripción no podía ser más fiel a Nora. Fuerte, decidida y de un optimismo inquebrantable. No aceptaba nunca un no por respuesta, pues le parecía una forma de fracasar. Jess a veces se preguntaba qué habría sentido de verdad acerca del fin de su matrimonio. Cada vez que surgía el tema, Nora se encogía de hombros con aire despreocupado y decía que había sido una decisión pragmática para corregir un pequeño error de juventud: «C'est la vie».

Pero Jess solo tenía que pensar en su ruptura con Matt para saber que, al separarse de alguien con quien se ha compartido parte de una vida, era inevitable sentir la pérdida. Y el marido de Nora había sido el padre de su hija. Sin duda, eso acarreaba aún más peso.

—Puedo entender las tensiones en la época en que estaban intentando concebir, pero si él estaba dispuesto a tener un bebé, ¿por qué separarse justo cuando al fin lo habían conseguido?

—Sospecho que él quería volver a su vida de antes —repuso la señora Robinson—. Pensaba que había sido paciente y ahora quería recuperar a su mujer. Pero la maternidad cambia a algunas personas. El mundo era diferente para tu abuela una vez que Polly apareció en escena. Es comprensible, teniendo en cuenta todo lo que pasó para tenerla. La mimaba, apenas la soltaba y él se volvió celoso.

—¿De un bebé?

La señora Robinson asintió.

—Triste, ¿verdad?, pensar en un hombre adulto celoso de un bebé. Se volvió insostenible. A Nora le rompió el corazón en cierto sentido. Por supuesto, siendo como era, decidió aprovechar la situación al máximo. Si no podía tener una familia numerosa, se iba a rodear de gente que necesitara su ayuda y a convertirse en la mejor madre posible para Polly. Y lo fue. Nunca he visto a un padre o madre tan implicado como Nora. Bueno, no necesito explicarte a ti lo cariñosa que es.

Jess correspondió a la afectuosa sonrisa de la mujer. Sin duda, conocía bien lo dedicada que era Nora. Después de venir a vivir con su abuela, Nora nunca se había perdido un debate escolar, ni una actuación teatral, ni un partido de balón red. Al final, Jess se había visto obligada a insistir en que se tomara un poco de tiempo para sí misma. «Estás dejando mal a los otros padres», había bromeado, pero Nora se había sentido herida y la conversación se empantanó. Al final hicieron las paces, no obstante.

En la mesa de la cocina, Jess bostezó sin disimulo.

—Oh —dijo, incapaz de contenerse—. Disculpa.

La señora Robinson se rio.

—Nada. Estarás agotada. ¿Qué hora es para ti?

—Dios sabrá.

—Debería dejarte dormir. ¿Te caliento un trozo de lasaña antes de irme?

Jess dijo que lo haría ella misma y le dio las gracias de nuevo a la señora Robinson por traerla. Luego la acompañó hasta la puerta de entrada. Eran las siete de la tarde y aún lucía el sol. Comenzaba una tarde somnolienta tras un caluroso día de verano y el cielo empezaba a teñirse con los tonos rosados, púrpuras y dorados del crepúsculo. En las partes bajas del jardín ya oscurecía y refrescaba. Los colores y los aromas, la cualidad del aire, eran parte de sus vísceras. Jess los sentía en el ritmo del corazón, en lo más hondo de los pulmones, en las células de la piel. Los conocía igual que es imposible no conocer la cadencia de la lengua materna.

Un ibis cruzó el cielo, seguido de otros tres en formación, y el aturdimiento de Jess tocó a su fin. Volvió a bostezar y se dio la vuelta para ir a cenar. Si lograba llegar a las ocho, era posible que durmiera toda la noche y tal vez así superaría el desfase horario.

Su teléfono móvil comenzó a sonar en cuanto cerró la puerta de entrada.

—¡Patrick! —Se le había olvidado llamarle—. Lo siento mucho.

—¿Cómo está?

—Está descansando, y voy a asegurarme de que recupere las fuerzas lo antes posible.

—¿Pudiste hablar con ella?

—Un poco. No una verdadera conversación.

—¿Vas a volver mañana?

—Todos los días hasta que me dejen traerla a casa.

—Bien. Eso está bien. —Patrick hizo una pausa y algo en su silencio hizo sospechar a Jess que no había terminado de hablar.

—¿Algo más?

—Tal vez. Antes me preguntaste si sabía por qué Nora estaba tan distraída últimamente.

A Jess se le aceleró el pulso.

—¿Sí?

—Estaba recogiendo mi correo esta tarde y recordé que Nora recibió una carta que pareció afectarla hará una semana más o menos.

—¿Qué decía?

—Bueno, no la leí.

—No, no, claro que no.

—Incluso si la hubiera leído, no tengo la costumbre de revelar los secretos de las personas a las que cuido.

—De eso estoy segura.

—Es solo que me preocupé mucho por ella.

—Lo comprendo. ¿Qué viste?

—Me fijé porque el sobre tenía un aspecto oficial. Siempre le abro y ordeno el correo a Nora, así que sé qué es lo habitual. Esta carta era de un bufete de abogados.

Jess trató de no suspirar demasiado fuerte contra el teléfono. Era muy amable por parte de Patrick querer ayudar, pero Nora tenía un montón de intereses comerciales y recibía montañas de correo; la carta de un abogado no era nada fuera de lo normal.

—¿Recuerdas el nombre del bufete?

—No. Pero, por lo que sé, todos los negocios de Nora están en Nueva Gales del Sur. ¿No es así?

—Sí, eso creo.

—Este abogado, el de la carta que la alteró, escribía desde Australia del Sur.

CAPÍTULO ONCE

Altos de Adelaida, 25 de diciembre de 1959

Meg y los muchachos por fin dormían y Percy estaba solo. Iba por la mitad del último de los cigarrillos de consuelo que le había dado Esther Hughes y, según su reloj, eran las dos y diez. Lo peor de la tormenta ya había pasado, pero aún llovía. De vez en cuando aparecía una luna de tres cuartos entre las nubes plomizas, iluminando las copas de los robles centenarios que bordeaban la calle principal. Percy era incapaz de mirar esos robles sin recordar a su madre. Ella le había hablado a menudo de cuando los plantaron, sobre todo si acometían algo en el pueblo que, en su opinión, era infructuoso o, peor, egoísta. «Mi abuela era una niña cuando plantaron esos árboles. Ninguno de los adultos presentes aquel día vivieron para verlos crecer en todo su esplendor. Las personas eran más sabias por aquel entonces, y menos codiciosas. Comprendían que eran parte de un todo, no el principio, el medio y el final de ese todo».

Desde donde estaba, Percy solo veía las copas frondosas. Ese lugar, en el estrecho porche de la parte trasera del edificio de quincha en la esquina posterior de su solar, había sido un lugar especial para él desde que era niño y necesitaba un rincón donde esconderse de sus padres. La cochera, como llamaban a ese edificio, había sido un almacén de uso general que cobijaba serpientes, arañas y un surtido dispar de objetos que nadie quería tirar. Ahora era una vivienda. Los dos, Percy y Meg, lo habían reformado de recién casados.

Había sido una buena solución, bastante lejos de la casa y la tienda, con un huerto en medio, y ambos se acostumbraron pronto a la nueva rutina. Meg se llevaba bien con los padres de Percy, incluso con el padre. Era una de las pocas personas que lo habían logrado y, de un modo extraño, gracias a ello Percy se había aproximado a él. Percy tardó años en comprender que Meg y su padre se parecían en ciertos aspectos. Ambos habían superado una infancia difícil y las cicatrices ocultas, que persistían en la edad adulta, les hacían desconfiar de los cambios y aferrarse con fuerza a lo que tenían.

Percy se sobresaltó. Había oído un ruido cerca. Por encima de la lluvia y el agua que caía por las tuberías de desagüe, había escuchado el gemido de un pequeño animal en busca de refugio y calor. Se esforzó para oír mejor, pero el sonido no volvió. Tenía los nervios deshechos. No era de extrañar, teniendo en cuenta la tarde que había vivido. Se apoyó contra el poste de la cochera, contento por tener algo firme a sus espaldas. Recordaba cómo pintaron esos postes y esas barandas ahí mismo, juntos, Meg y él. Le dedicaron todas sus horas libres hasta dejarlo listo. Eran jóvenes y entusiastas, y el futuro les pertenecía. Qué sólidas les habían parecido las cosas entonces.

El plan era quedarse allí hasta que pudieran permitirse algo, pero la vida sabía desbaratar los planes de aquellos insensatos que los formulaban. Perdieron al bebé. Una niña, perfecta al nacer en todos los sentidos salvo por ser incapaz de respirar. Poco después comenzó la guerra, el padre de Percy murió y lo más lógico fue permanecer cerca para ayudar a su madre. A decir verdad, ella y Meg eran un gran consuelo la una para la otra. Cuando llegaron los muchachos y la familia empezó a ser demasiado numerosa para ese pequeño edificio en la parte trasera del solar, se fueron a vivir a la casa principal y Susan Summers, contenta de ir a un lugar más acogedor, se mudó a la cochera.

La cochera había permanecido en letargo desde su muerte. En los últimos años, sin embargo, Kurt había expresado su deseo de hacerse con ese espacio. Todavía no habían concretado nada, pero a Percy no le parecía mala idea. Lo que fuera con tal de que el muchacho se sintiera feliz en casa; así la situación económica sería más llevadera cuando llegara el momento de ir a la universidad.

Percy y Kurt habían ido a Adelaida hacía unos meses para ver el campus. Era un bonito día de primavera y Percy había aparcado en North Terrace, cerca de la galería de arte. El grandioso edificio de piedra de la universidad parecía propio de una novela victoriana, y Percy se sintió como Jude el Oscuro, orbitando en el filo de la vida académica con todas sus lecturas e ideas. Trastabilló al salir del coche y se le cayeron las llaves por la alcantarilla. Sus carencias le golpearon como un ladrillo. Pero no a Kurt. «Vamos, papá —dijo, guiñando el ojo—. A ver si este sitio es para tanto».

A Percy le asombró la soltura con la que su hijo entró en la universidad, como si nada le preocupara, como si ya formara parte del mundo de esas aulas sagradas. Un años antes, un joven de Adelaida había recibido la beca Rhodes para estudiar en la Universidad de Oxford. El profesor de Kurt en el instituto del distrito de Tambilla dijo que Kurt también tenía el potencial para llegar lejos. La clave era convencerle para que se centrara. Su carácter sencillo era su mayor don, pero también su principal obstáculo. Tranquilo y cariñoso, propenso a ver lo mejor en las personas y los lugares, estaba predispuesto a esperar lo mismo a cambio. Era como si, tras haber luchado para sobrevivir a su parto prematuro, hubiera llegado con la seguridad de tener un lugar en el mundo. Incluso de bebé había sido fácil complacerlo.

En ese sentido, sus hijos eran como la noche y el día. Tras el nacimiento de Marcus, Meg y Percy habían bromeado diciendo que, justo cuando pensaban estar pillándole el truco al juego, venía un recién llegado y cambiaba las reglas. Marcus no había dormido una noche del tirón hasta cumplir los dos años, y en ocasiones nada parecía capaz de calmarlo. Tuvieron que esperar a que comenzara a hablar para comprender que se trataba de una persona pequeña con grandes emociones. «Es apasionado», se decían el uno al otro. Tenía, también, ideas muy firmes sobre la justicia. «A veces lo ve todo blanco o negro —se decían con sonrisas cautelosas—, pero tiene buenas intenciones». Y añadían, quizá con un exceso de esperanza: «Al final se enderezará». Y lo había hecho. Se había convertido en un chaval estupendo, tan leal como era posible, y cariñoso también, siempre en defensa de los demás, recogiendo a perros callejeros y luchando por causas perdidas. Un poco refunfuñón últimamente, pero eso era normal a los catorce años.

Percy miró al otro lado del jardín, negro como la noche, hacia la parte trasera de la casa, las ventanas a oscuras de las habitaciones de sus hijos, en la segunda planta. Si uno de los muchachos se asomara a mirar por el cristal, tal vez podrían ver el pequeño punto naranja del cigarrillo en el rincón. Pero confiaba en que no lo harían. Estaban dormidos y se sabía solo. Desde que le alcanzaba la memoria, había tenido una especie de instinto animal para ese tipo de cosas. Los sentidos se le habían afinado durante ese largo periodo de confinamiento en la cama durante su infancia.

Si Percy y Meg estaban de acuerdo en algo, era en la apasionada determinación de proteger a sus hijos. El grupo de búsqueda se había quedado afuera mucho tiempo después de que la lluvia comenzara a caer con fuerza. Los dos muchachos habían regresado a casa juntos, empapados y cubiertos de barro, sobre las diez de la noche. Ninguno había dicho gran cosa; estaban más silenciosos que nunca. Pero Percy había sido capaz de averiguar que Jimmy les había dicho que cualquier huella dejada por perros (o por humanos) habría desparecido hacía tiempo, borrada por la lluvia. Habían hablado de reanudar la búsqueda por la mañana, pero nadie albergaba demasiadas esperanzas.

Marcus se había quitado las botas y había ido directo a su cuarto, esquivando a Percy cuando trató de consolarlo. Una vez arriba, cerró de un portazo y poco después se filtraron los compases de Buddy Holly entre las láminas de la tarima. Meg, que había entrado a toda prisa para comprobar que habían llegado sanos y salvos, cargada de toallas para que no pillaran un resfriado de muerte, desapareció de nuevo enseguida, dejando a Percy a solas con Kurt.

Meg era así de intuitiva. Sabía qué quería Percy, incluso aunque él hubiera decidido no mencionarle el interés del sargento Duke en su muchacho. Meg ya estaba angustiada cuando él llegó de la comisaría. Se había enterado de lo ocurrido a la vez que el resto del pueblo. Percy supo cuánto le había afectado al ver la copa de jerez que se acababa de servir. Meg era abstemia, tras haber sufrido los arrebatos de ira de un padre alcohólico, y aunque no lo había tocado, la mera presencia de esa copita y la bebida de intenso color burdeos era prueba de lo mucho que le habían conmocionado los sucesos de la tarde. Escuchó con atención mientras Percy le narraba el interrogatorio en la comisaría, alzando un poco las cejas cada vez que él mencionaba al sargento de Adelaida. A continuación, respiró hondo y le contó cómo había pasado ella la tarde.

Los muchachos aún estaban con el grupo de búsqueda y Percy y Meg habían hablado acerca del bebé de los Turner, tratando de comprender qué había ocurrido, preguntándose qué se estaba fraguando ahí fuera en esa noche lúgubre y tormentosa.

—¿La encontrarán, Perce? —preguntó Meg al fin, su voz aplastada por la preocupación—. ¿Van a averiguar qué ha ocurrido?

Percy no supo qué decir. Quiso consolarla, decirle lo que necesitaba oír: que la bebé estaría bien, que todo acabaría del mejor modo posible. Pero decidió limitarse a lo que sabía con certeza.

—No hay mejor rastreador que Jimmy. Y el joven Eric Jerosch tampoco es manco. Pero, con este tiempo, va a ser difícil. Llueve a cántaros, y no parece que vaya a amainar.

—¿Quizá alguien vio algo?

—Quizá. Aunque supongo que ya habrían dicho algo a estas alturas.

Meg meditó sobre esas palabras.

—Estoy preocupadísima, Perce —dijo al fin—. Tengo muchísimo miedo. ¿Qué va a ser de esa preciosa criatura?

Percy acabó el cigarrillo y lo apagó. Había hecho lo correcto al guardarse su inquietud por Kurt. Meg ya tenía bastantes cosas en la cabeza; no había necesidad de agobiarla más. Su hijo no había hecho nada malo. El interés del policía se quedaría en agua de borrajas. Solo estaba siendo concienzudo, como era de esperar en una situación como aquella.

Percy solo deseaba que Kurt le hubiera contado más cosas. Meg le había comentado, a punto de quedarse dormida, que le preocupaba que el muchacho encajara las muertes especialmente mal porque él y Matilda habían discutido hacía poco. Kurt había llegado a casa abatido hacía uno o dos días, dijo Meg. Pero cuando Percy trató de hablar con él, Kurt le había mirado con el gesto cansado de alguien que le doblara en edad y dijo que aún no estaba preparado. Sus hijos habían tenido suerte, comprendió Percy. Habían crecido después de la guerra; hasta la fecha, sus vidas habían transcurrido en un periodo de paz y prosperidad en un país adormecido, perdido entre océanos en el extremo más recóndito del globo. Habían sentido la tristeza de perder a la abuela, la madre de Percy, pero ella había sido una figura vetusta para ellos y ese era el orden natural de las cosas. Su primera experiencia de algo parecido al dolor había sido la muerte de Buddy un par de meses atrás, después de un fin de semana de acampada.

Sin embargo, si bien la muerte del perro de la familia había sido desgarradora, lo que había ocurrido en la casa Wentworth a la familia Turner era muy diferente. Para empezar, la conmoción de la escena, la enormidad de lo sucedido, el horror, una familia entera desaparecida así; y al mismo tiempo, era abrumadora la pérdida individual de cada uno de ellos. Cuánto futuro, esperanzas y sueños… Toda vida era una pérdida trágica. En especial, la muerte de los niños era difícil de sobrellevar. Era un sacrilegio. Para un muchacho (un hombre) que se creía enamorado… En fin, era demoledor.

Percy habría querido consolar a su hijo, decirle que comprendía, pero sabía que las palabras sonarían a hueco. «Está muerta, papá —diría Kurt—. La quería y ha muerto. ¿Cómo podrías entenderlo?». ¿Y qué diablos podía responder Percy a eso?

Le dolía el pecho, como si un par de manos enormes se hubieran cerrado en torno a su caja torácica y comenzaran a apretar. Comprendió de repente que necesitaba alejarse de ese solar, de esa casa que lo había acogido toda su vida. En muchas ocasiones, Percy se había sentido atrapado ahí. Esa noche, sin embargo, se sentía expuesto. Notaba en las extremidades una tensión nerviosa que necesitaba descargar. Deseó moverse, caminar, estar en otro lugar durante un tiempo.

Percy salió del porche de la cochera, cruzó el patio y entró a la casa por la puerta trasera. Caminó por el pasillo sin hacer ruido hasta llegar a la pequeña sala en la entrada. Una lámpara de pantalla con flecos arrojaba una luz amarillenta en la mesa junto al árbol de Navidad. Se puso el chubasquero y sacó una linterna del estante que había junto a la puerta. Apuntó al suelo para comprobar que funcionaba. El haz de luz iluminó una hilera de botas de trabajo alineadas contra la pared. Cuando no logró que sus hijos hablaran con él, ya que Marcus había salido disparado y Kurt se había refugiado en su habitación, Percy se había dedicado a limpiar las botas embarradas. Necesitaba estar ocupado, encontrar algún tipo de propósito. Era la única manera que se le había ocurrido de cuidar de ellos. Un pequeño acto de amor, en lugar del consuelo que era incapaz de ofrecer.

Satisfecho al ver que la pila aguantaría, apagó la linterna, la guardó en el bolsillo más hondo y, con cuidado de no hacer ningún ruido, salió y cerró la puerta en silencio a sus espaldas.

CAPÍTULO DOCE

Percy llevaba una hora caminando cuando se internó en la frondosa arboleda que delimitaba la finca de Merlin Stamp. No había planeado salir del pueblo, pero le había venido bien quedarse en la oscuridad, lejos de las luces de la calle y de la gente. Le sorprendió comprender que estaba actuando como alguien que tuviera algo que ocultar.

Ahí, en esa parte de los Altos, más alta y húmeda, los árboles eran exuberantes, una combinación de eucaliptos de corteza de vela y corteza fibrosa, con banksias plateadas que crecían robustas bajo ellos. Percy tenía la linterna, pero no la necesitaba. Conocía el camino.

La lluvia goteaba entre las copas de los árboles, cayendo sobre el ramaje inferior y formando hilos de agua hasta la tierra. Pequeños animales nocturnos, ratas de pantano y bandicuts, se escabullían sin ser vistos entre la maleza. Era un lugar silvestre, lejos del alcance de los humanos; uno de los pocos rincones realmente salvajes que quedaban. Percy conocía un poco a Stamp y sabía algo de sus problemas, pero hacía décadas que no lo veía en persona. Era consciente de las habladurías de la gente. A lo largo de los años había oído a sus chicos y a sus amigos asustarse unos a otros con historias de cadáveres enterrados en el sótano y niños que desaparecían. Pero los muchachos eran así de macabros y Percy nunca había tenido problemas ni con Merlin Stamp ni con sus perros.

Pensaba en Isabel Turner mientras se abría paso entre los árboles en los límites de la tierra de Stamp. La había visto una vez allí, a ella y a su marido, unos cinco o seis años atrás. Percy comprobaba el lugar en busca de peligros antes de la temporada de incendios cuando se distrajo ante lo que habría jurado que era un ornitorrinco. A ese mamífero con pico de pato que ponía huevos se le había dado por extinto en esos lares durante la mayor parte del siglo, pero Percy estaba seguro de haber visto uno deslizarse por la orilla hasta el agua. Había sacado a toda prisa el cuaderno del bolsillo y estaba anotando con entusiasmo la ubicación cuando le llamó la atención el sonido de ramas al romperse bajo el calzado al otro lado del desfiladero.

Comprendió de inmediato que estaban discutiendo, incluso aunque no pudiera oír lo que se decían. La señora Turner, que caminaba por delante de su marido, se había detenido de golpe, el cuerpo rígido, la mirada levantada hacia la copa de los árboles. Incluso desde esa distancia, Percy era capaz de percibir la ira que emanaba de la rígida postura de la señora Turner. Permaneció así, las palabras de su marido anegándola, hasta que al fin se dio la vuelta y respondió, y sus manos se movieron como dos pájaros.

Percy se había quedado absorto. No era un mirón, pero la situación le resultaba del todo desconcertante. Él y Meg no tenían ese tipo de peleas. En realidad, no discutían en absoluto. Le costaba recordar aquella época remota en la que tuvieron opiniones diferentes sobre las cosas; con el paso de los años, sin embargo, la mayor parte de sus desacuerdos se habían ido reduciendo hasta desaparecer.

—¿Qué es eso?

Percy había pegado un salto al oír la voz a su lado. Una niña de unos cinco años se había materializado, como si hubiera surgido a través de una fisura en las enormes rocas moteadas de gris que se alzaban a ese lado del desfiladero. Señalaba el boceto del cuaderno.

—Un mapa —respondió, el corazón aún recuperándose de la sorpresa—. Lo he dibujado yo.

—¿Por qué?

—Quiero recordar este lugar.

—¿Por qué?

Se dio cuenta de que la niña era Evie Turner. Había oído a Meg hablar de la hija menor de los Turner. «Es una avecilla rara, esa pequeña. Qué lista, pero ¡qué de preguntas hace!». Percy le explicó lo del ornitorrinco.

—El ornitorrinco es un monotrema.

—Eso es. Igual que los equidnas.

El rostro de la niña era la viva imagen de la implacabilidad.

—Yo también dibujo —dijo al cabo de un rato. Sacó un cuaderno de un bolso que llevaba cruzado a lo largo del torso. Lo abrió en una página en la que había varios bocetos al natural bastante competentes—. Me fijo en las cosas. Voy a ser científica cuando crezca.

—Qué bien. Necesitamos más científicas.

Percy notó que había bajado la vista. Algo le había llamado la atención. Estaba estudiando un arbusto cercano cubierto de unas llamativas flores amarillas con forma de pompón.

—Un zarzo —dijo Percy.

—Un zarzo dorado —corrigió la niña.

—Tienes razón.

—¿Sabías —comenzó ella— que el plantón del zarzo dorado puede vivir hasta cincuenta años?

—¿De verdad?

—Es un montón de tiempo.

—Sí que lo es.

—¿Tú cuántos años tienes?

—Menos de cincuenta. —En realidad, tenía treinta y seis.

—Las semillas de zarzo las germinan los incendios forestales. —Evie Turner asintió con un vago desdén hacia sus padres, que aún mantenían una acalorada discusión en la distancia—. A ella le dan miedos los incendios forestales. Eso es porque es inglesa. Pero yo no. Yo soy australiana y los zarzos dorados son mi flor favorita, y no voy a vivir en Inglaterra, diga lo que diga ella.

Con esas palabras, antes de que Percy tuviera la oportunidad de contarle que las flores de zarzo amarillo también eran sus favoritas, la niña salió corriendo en busca de sus padres, las piernas bronceadas dando saltos sobre los troncos caídos con la destreza de alguien que parecía conocer mejor de lo que debería ese rincón solitario.

Percy ahuyentó el recuerdo. A pesar de sus esfuerzos, lo reemplazó una imagen de la misma niña yaciendo inmóvil y callada como una tumba sobre un mantel de pícnic aquella misma tarde, una hilera de hormigas reptando por su fina muñeca. La náusea se apoderó de él y apoyó la mano contra el tronco húmedo y liso de un eucalipto antes de vomitar.

El olor fértil a lluvia y tierra se mezclaba con otros aromas ricos y secretos de los matorrales. Tras limpiarse el mentón, Percy prosiguió su camino, deseoso de alejarse de ese lugar, de los recuerdos de esa pequeña y de la pareja que discutía y la sensación agobiante que le inspiraba Merlin Stamp. Por fin llegó al final del bosque y apareció donde Onkaparinga Valley Road trazaba su curva más pronunciada. Al otro lado comenzaba Willner Road. Percy se quedó quieto, deliberando por un momento, y a continuación cruzó al otro lado.

No siguió la calle, sino que escogió en su lugar colarse bajo la verja y entrar en la finca de los Turner. Era una ruta más larga, pero más discreta. Ahora sabía por qué estaba caminando. Sabía qué estaba haciendo fuera, qué estaba buscando. Estaba volviendo sobre sus pasos con la esperanza de encontrar la pequeña figura de madera. Tras haber perdido tantas cosas en un día, la necesidad de tenerla entre las manos de nuevo era imperativa. Era un regalo escogido con cariño, y estaba ahí, en alguna parte, en plena oscuridad. Imaginó que podría oír el rápido temblor de unas alas pequeñas, un latido diminuto. Lo más probable era que lo hubiera perdido donde se había arrodillado y tropezado, donde sus pensamientos habían comenzado a multiplicarse, estrellarse y fragmentarse.

La tierra estaba húmeda y la hierba alta, pero Percy se movió con rapidez. El viento había amainado; la tormenta se estaba tomando un respiro. Bordeó el límite de las laderas, sin salirse de los trillados senderos de las vacas que atravesaban las pendientes onduladas. A su derecha, la tierra se alzaba de forma abrupta hasta formar una meseta en lo alto. El viejo señor Wentworth procedía de una familia de marinos; no era de extrañar que hubiera escogido el punto más alto para construir su casa.

Percy dejó de caminar y miró atrás, hacia el pueblo. Había poco que ver: de vez en cuando, el leve brillo de una luz solitaria. Esperaba que Meg aún estuviera dormida. Había acabado agotada tras haber pasado la mayor parte de la noche entre agobios y preocupaciones. No quería que se despertara y se preguntara dónde estaría él. Solo quería encontrar la figura y llevarla a casa.

A Meg le habría gustado tener seis hijos. Le había encantado cuidar de sus hijos cuando eran bebés; tenía un don innato, incluso durante las dificultades con Marcus. Se sentaba a su lado toda la noche cuando estaban enfermos, los amamantaba cuando les costaba conciliar el sueño. Tenía buena mano, era una encantadora de bebés. Muchas veces, Percy había torcido el gesto con temerosa incomprensión ante la iracunda carita tristona de la diminuta criatura que tenía en brazos, que se negaba a calmarse por mucho que su padre la acunara o acariciara, solo para entregarle el pequeño a Meg y que dejara de llorar al instante.

En cuanto Marcus dejó de ser tan difícil, Meg anunció que estaba lista para el siguiente. Percy no tenía la costumbre de negarle nada que deseara, aunque en su fuero interno se había preocupado. Sabía que Meg quería una hija, a pesar de que jamás lo había reconocido en voz alta. «Soy feliz con lo que Dios decida darme —insistía sin parar—, siempre que el bebé esté sano». Pero Percy se había fijado en cómo Meg miraba a las niñas pequeñas en la iglesia, con una sonrisa cariñosa, mientras admiraba sus peinados y sus modales, tras lo cual observaba de soslayo a sus muchachos y posaba una mano en la rodilla del más cercano, como advertencia, para que no olvidaran dónde estaban y empezaran una trifulca.

Había notado, también, cómo seguía añadiendo cosas a la caja donde guardaba el ajuar de novia. Ese cofre de madera, tallado a mano, con su aroma a viejos bosques europeos, era lo único que había insistido en conservar de esa choza junto al río que había pasado por hogar familiar cuando era niña. Eso, y el viejo libro de recetas familiares. Ambos habían llegado desde Alemania con sus antepasados luteranos por parte materna, cuando se embarcaron junto a otros seres enfermos, arruinados y hambrientos, dispuestos a tirar los dados de nuevo y apostar por una nueva vida en un país desconocido al otro lado del mundo.

En ese cofre, Meg había reunido un tesoro de objetos diversos. Las mejores prendas de los chicos, cuando ya les quedaban pequeñas; una muñeca de loza con una preciosa cara pintada; un juego de té en miniatura de cerámica azul y blanca; un cepillo para el pelo y un espejo de mano con decoración *guilloché*. Su posesión más preciada, sin embargo, y la que sacaba para contemplarla cuando pensaba que Percy no estaba mirando, era una colección de delicados ovillos de lana de cachemira rosa, comprados a un precio desorbitado cuando viajaron a Sídney unos meses después de haber perdido a su pequeña. «Tengo un presentimiento, Perce —había dicho Meg con entusiasmo mientras agarraba la bolsa de la mercería—. Un día de estos nos alegraremos de que lo haya comprado, ya verás».

Por desgracia, no habían recibido la bendición de otro bebé después de Marcus, niño o niña. Percy se sentía culpable por ello. Aunque sabía que no era más que una superstición sin sentido, sentía que el destino, Dios o quien decidiera tales cosas, sabía que él no lo deseaba de veras. A veces incluso se preguntaba si no sería culpa suya, por su anhelo de vivir una vida diferente, que hubieran perdido a la pequeña. Meg se lo había tomado con estoicismo. Con el paso de los años fue moderando su forma de hablar del tema, hasta que Marcus cumplió los diez y lo dio por zanjado. Fue entonces cuando comenzó a decir: «¡Nunca dejes que te rodeen!», con tanta alegría y tan a menudo como le era posible. «Los niños son una bendición de Dios, pero mi límite es dos».

Lo curioso fue que por esa época, cuando Marcus dejó de ser problemático y Meg dejó de insistir, Percy comenzó a sentir la falta de otro hijo. A medida que los muchachos crecían, Percy empezó a ver lo breve que era ese periodo antes de que se alejaran y la vida familiar, tal y como la conocía (las excursiones de pesca, las risas y las pullas a la hora de cenar, la hilera de botas con la que siempre se tropezaba junto a la puerta), hubiera llegado a su fin.

Un rayo tiñó de blanco el cielo y un aullido largo y grave, como la llamada de un dingo, retumbó a lo largo de las laderas. Tuvo la sensación de que los dos habían conspirado para sacarlo de su introspección y recordarle que estaba ahí por un motivo, que no le quedaba mucho tiempo antes de que los cielos volvieran a abrirse e irrumpiera de nuevo la lluvia.

Comenzó a caminar de nuevo, la linterna iluminando el camino. Oyó un segundo aullido, desesperado y roto, ampliado esta vez por un trueno que estremeció los cerros. Aceleró el paso mientras otro rayo iluminaba una enorme silueta oscura ante él: el árbol hueco, un lugar emblemático que conocían todos los niños. El viejo eucalipto tenía un tronco tan ancho que era posible caminar por el centro, una oquedad tan amplia que un grupo de ocho (nuevo o diez si se apretaban) se podrían refugiar ahí de la lluvia. Un poeta ambulante folclórico le había dedicado un poema que, publicado en el *Sydney Morning Herald,* proporcionó a Tambilla su único motivo para la fama. Meg guardaba una copia amarillenta del poema, recortada del periódico, en la pared, detrás del mostrador, ya que mencionaba «el hombro robusto de la buena tendera de Tambilla», descripción que lucía como una medalla aunque el poema hiciera referencia a una tendera del siglo pasado.

Meg era exactamente el tipo de persona descrita por el poeta. Cuando esos seis hijos a los que esperaba se negaron a aparecer, Meg se convirtió en la madre del pueblo, siempre ocupada por las tardes tejiendo un par de patucos para tal bebé o un jersey para aquel niño peleón a quien no le vendría mal. Un par de inviernos atrás, Percy había echado un vistazo a los feligreses en la iglesia y había contado no menos de nueve niños que vestían las creaciones de Meg.

Y no eran solo los niños: siempre había alguien que se pasaba por la tienda para contarle sus problemas. Meg escuchaba con esa expresión afectuosa y atenta propia de ella, sin interrumpir a su interlocutora, y a continuación llamaba a Percy o a uno de los muchachos para que se encargaran del mostrador. «Solo voy a tomar una taza de té con mi amiga», decía, antes de desaparecer con la señora que hubiera acudido a ella aquel día.

Incluso Isabel Turner se había sentado al otro lado de esa endeble mesa de juego en la trastienda para tomar un té junto a Meg. Eso debió de ser por la misma época en la que Percy la había visto en el bosque cerca de la finca de Merlin Stamp. Meg no le había contado de qué habían hablado, salvo por la vaga observación de que la señora Turner «echaba de menos su tierra, pobrecita». Su esposa jamás compartía una confidencia; la buena tendera de Tambilla era una excelente guardiana de los secretos ajenos. Pero Percy había notado que Isabel Turner se secaba los ojos con un pañuelo y asentía mientras Meg hablaba en voz baja.

Para cuando Percy llegó al lugar del pícnic, su visión ya se había acostumbrado a la oscuridad y distinguió la silueta del sauce junto a la poza. No pudo evitar darse la vuelta para mirar ladera abajo al lugar por donde él y Blaze habían venido caminando antes, cuando la casualidad quiso que encontrara a los Turner.

Incluso sin la linterna, Percy notó que el lugar donde había estado la familia estaba hecho un desastre. Encendió la débil lucecilla y examinó el área. No vio ni rastro del pajarillo. Había caído una tormenta torrencial, como esas lluvias en el norte tropical del país de las que había oído hablar. Allí donde los policías y los fotógrafos habían caminado de un lado a otro había ahora un barrizal y no se distinguía ni una sola huella. Alguien había retirado los objetos del pícnic; los Turner ya no estaban. La morgue, sabía Percy, se encontraba en Adelaida, en el centro de la ciudad, y la idea de que estuvieran todos allá, sus cuerpos fríos a la espera en la oscuridad, le hizo vomitar de nuevo. Era una pesadilla.

La luz de la linterna rozó la base del sauce y Percy notó que también la cuna había desaparecido. Alguien la había bajado. De vuelta a la casa, supuso. La tierra estaba removida debajo del árbol, pero la lluvia se notaba menos ahí que en otras partes. Ojalá hubiera ido a mirar dentro de la cesta aquella mañana. Si hubiera mirado entonces, tal vez habría visto a la bebé aún dormida y la habría llevado a la casa de los Hughes consigo, la habría mantenido a salvo hasta que la policía hubiera llegado y hubieran hecho los arreglos necesarios para cuidar de ella. Detestaba pensar en la búsqueda que no había dado ningún resultado, en el grupo que había pasado tanto tiempo bajo la lluvia, en una criatura sin su madre.

Thea Turner era la última recién nacida en Tambilla. Meg le había tejido un par de patucos amarillos antes del parto, igual que hacía con todos los recién nacidos, pero se había sentido especialmente embelesada por la bebé de Isabel Turner. Unas pocas semanas después del nacimiento, Meg había llegado a sacar los ovillos de lana rosa. «¿Qué? Me gusta tener algo que hacer —dijo al notar la sorpresa de Percy—. Mejor una chaquetilla para esa preciosidad que un nido para los ratones». La joven Becky Baker, a quien la señora Turner había contratado como niñera, no podía pasar con ese enorme carrito de bebé cerca de la tienda sin que Meg encontrara una excusa para salir a su encuentro. «Pero qué cosa más hermosa

—decía cuando al fin regresaba—. Qué carita preciosa… ¡y esos labios de rosa! Es toda una muñequita».

Percy maldecía a esa Baker por pasar por su puerta tan a menudo. Sabía que era del todo injusto. Por lo que había oído, la joven era una buena trabajadora y un alma bondadosa; solo estaba haciendo su trabajo. Aun así, deseó que mantuviera el bebé fuera del alcance de Meg. Conocía a su mujer desde hacía tanto tiempo que había detectado la marca oculta de la añoranza que subyacía en sus comentarios. Una tarde, unas semanas atrás, Meg había llegado a decir: «Si Kurt y Matilda tuvieran un bebé, sería un poco así, ¿no te parece?».

Marcus, que había estado apilando sacos de harina en los estantes en una esquina de la tienda, había arrojado una bolsa con asco y el aire se llenó de polvo blanco. Típico comportamiento de un adolescente de catorce años, se había dicho Percy, nada por lo que preocuparse; lo regañó más tarde. En secreto, sin embargo, lo entendía. Lo último que quería era que Kurt se dedicara a tener bebés. Ya tendría tiempo para eso, después de haber estudiado, aprendido y viajado, tras haber disfrutado de todo lo que el mundo tenía que ofrecer a un joven inteligente con piernas capaces de hacer lo que tenían que hacer.

Percy sintió una punzada de terror ante la imagen que le vino a la mente: el sargento Duke anotando el nombre de Kurt. No había nada que temer, se dijo a sí mismo. Su hijo no había tenido relación alguna con lo sucedido a los Turner. Solo debía proteger a Kurt mientras los policías llevaban a cabo su trabajo (su trabajo real) y averiguaban cómo una familia había acabado muerta en Nochebuena mientras estaban de pícnic junto a un arroyo.

Comenzaba a llover de nuevo. Un rayo iluminó el cielo más allá de la cordillera. El sonido de los dingos llegó como un grito. El lugar parecía embrujado, alterado.

Percy se arrodilló para tocar la tierra donde habían yacido. Se le escaparon las lágrimas. Lejos de su familia, de sus otras preocupaciones, era capaz de sentir el peso de lo que había descubierto aquella tarde.

Se quedó así un tiempo, hasta que algo se acercó a él y le llamó la atención.

¿Un ruido? ¿Un sexto sentido? Percy no estaba seguro. Lo único que sabía era que albergaba una nueva e imprecisa sensación de pánico.

Encendió la linterna. Esperó.

No pudo desprenderse de la sensación de no estar solo.

¿Se había movido algo en las sombras?

Se puso en pie, muy quieto, y escuchó. Hubo un crujido. Se le pusieron de punta los pelos de la nuca. Percy supo que lo estaban observando. Algo (¿o alguien?) estaba allí con él.

TERCERA PARTE

CAPÍTULO TRECE

Sídney, 11 de diciembre de 2018

Jess durmió a trompicones en la cama individual de la habitación de su infancia. Había dejado la ventana abierta y el aroma, los sonidos, el tacto de las sábanas de Nora contra la piel conspiraban para crear una máquina del tiempo. Sus sueños se poblaron con gente del pasado y versiones olvidadas de sí misma. Fue niña en el colegio, de visita en Darling House junto a su madre, una adolescente en la playa… y entonces, con una punzada de pánico, se despertó de nuevo, preguntándose dónde y cuándo estaba y quién era.

Estaba oscuro. Según el reloj, eran las tres de la madrugada.

Jess se quedó muy quieta, aguardando, con la esperanza de volver a conciliar el sueño. Solo una hora o dos más, y luego podría levantarse y empezar el día.

Sin embargo, el sueño la rehuía. Tumbada en la oscuridad, se sintió dividida, disuelta, descolocada. Imaginó su cama en Londres y le pareció un simulacro. Pero tampoco este lugar era del todo real. «Quiero ir a casa».

La idea se presentó como un destello, pero la desechó de inmediato. Era un sentimiento pueril, sin sentido. No se trataba de anhelar ir a otro sitio; en realidad, quería sentirse en casa, completa. Era el desfase horario, se dijo a sí misma. La confusión, la separación de mente y cuerpo, la lucha para recuperarse la una al otro y reanudar juntos los ritmos circadianos.

En cualquier caso, ya estaba bien despierta. Jess encendió la lámpara de la mesilla de noche y el círculo de luz cálida arrojó las sombras a los rincones. El mundo comenzó a tener sentido de nuevo. Sacó el portátil y esperó mientras se iniciaba y se conectaba a la red inalámbrica de Nora. Una lista de nuevos correos electrónicos se sucedió en la pantalla. Recorrió con la mirada el nombre de los remitentes por si había algo urgente, pero solo vio ofertas de suscripciones y descuentos.

Pensó en escribir a Rachel, pero decidió no hacerlo y abrió Word en su lugar. El trabajo siempre había sido su refugio y también lo sería ahora. Buscó el artículo sobre volver a casa y retomó el borrador del esquema que había comenzado en el avión. Cuando llegó al final, soltó un suspiro largo y lento. Era espantoso. Era insustancial y flojo. Lo peor (y lo más extraño) era que parecía escrito por otra persona. No guardaba relación con la realidad de Jess ni con la autenticidad de la experiencia humana. Era un texto publicitario con unos toques de humor trillado.

Sospechó que nada de eso impediría que lo publicaran. Pero al leerlo aquí, en la misma habitación en la que se había sentado para completar su solicitud de ingreso a la universidad hacía más de veinte años, Jess se sintió expuesta. Conocía bien las exigencias y el estrés de la vida adulta (facturas que pagar, cesiones obligadas), pero había momentos que evidenciaban lo mucho que se había alejado del idealismo de la juventud y que siempre lograban avergonzarla.

Minimizó el documento y abrió el buscador de la página de la BBC. A pesar de lo mucho que el ciclo de noticias de veinticuatro horas había distorsionado el periodismo, la política y tal vez la propia democracia, era un regalo para los insomnes solitarios. Comenzó con los titulares antes de llegar, sin poder evitarlo, a la columna semanal de Matt acerca de la buena etiqueta en las clases de música para bebés, tras lo cual siguió un enlace que le llevó a otro hasta caer en el bosque de los acontecimientos de la actualidad: Meghan Markle presenta un premio de moda; la NASA descubre señales de agua en un asteroide cercano; Theresa May se enfrenta a un desafío a su liderazgo debido al Brexit. Al ver la fotografía del número 10 de Downing Street que acompañaba el texto, con su árbol de Navidad enorme, la calle mojada y resbaladiza, tan habitual en Londres, sintió el dolor agudo de la nostalgia. Echó un vistazo por la ventana abierta y deseó que saliera el sol.

Era demasiado fácil vislumbrar en la oscuridad todo aquello que prefería no ver: el gesto compasivo de Rachel al enterarse de la caída de Nora; el consejo del doctor Martin en el hospital; la sugerencia impronunciable de que Nora no se iba a poner mejor.

Jess cerró los ojos ante ese desenlace que no quería contemplar. Había humedad en el aire y olía a gardenias y un poco a sal. Los aromas nocturnos, tan familiares tras años de dormir en esta habitación y, antes, en aquel cuarto diminuto del apartamento al otro lado de la península.

La noche del funeral de Thomas Turner, Polly le había contado a Jess que había descubierto por qué se llamaba velatorio.

Estaban juntas en la habitación de Jess. Era la rutina de costumbre: Jess tumbada en su estrecha cama bajo la ventana, el atrapasueños que colgaba del techo, Polly sentada al lado, en una silla que había comprado de segunda mano y que habían pintado juntas con goma laca en el balcón. («Resina del insecto laca de la India —le había explicado Polly, removiendo la densa mezcla—. ¿A que es muy raro?»).

Habían pasado tantas cosas desde que salieran aquella mañana que Jess había olvidado su desconcierto y que su madre le había prometido averiguar el origen de la palabra.

—Hubo una antigua tradición anglosajona —comenzó Polly— que combinaba dos ideas, una de los inicios del cristianismo y otra de muchísimo antes. Los primeros cristianos tenían la costumbre de «velar» una iglesia: cantaban, ofrecían un banquete y rezaban dentro.

—Pero eso no tiene nada que ver con un cadáver —dijo Jess, decepcionada.

—Todavía no he terminado.

Jess hizo el gesto de cerrarse los labios con una cremallera.

—La otra tradición que he mencionado es mucho más antigua. Antes de que los cristianos vinieran a las islas, se solía pasar toda la noche en vela ante el cuerpo de alguien que acababa de fallecer. Sus seres queridos lloraban, cantaban y compartían historias de la vida de la persona. Era su forma de cuidar a los muertos.

Jess abrió los ojos de par en par sin darse cuenta mientras pensaba en el doctor Frankenstein y su monstruo, en el fantasma de Cathy vagando por la finca Cumbres Borrascosas.

—¿Quieres decir que los resucitaban?

—Bueno, no.

—¿Y las velas?

—Por aquel entonces, la palabra «velatorio» no tenía que ver con velas, sino con «velar» o «vigilar».

—Pero ¿por qué tenían que vigilar?

—Había quienes creían que las almas de los recién fallecidos corrían el riesgo de ser robadas por espíritus malignos.

Espíritus malignos que robaban almas sonaba casi tan emocionante como resucitar a los muertos. Lo cual explicaba con toda probabilidad por qué esa idea había permanecido en sus recuerdos, en tanto que Halcyon, una aburrida casa en Inglaterra en la que había vivido durante un tiempo el hermano mayor de su abuela, había caído por un agujero de la memoria.

A Jess no se le había ocurrido hacer más preguntas sobre la casa o investigar por sí misma. Ahora, sin embargo, con tiempo de sobra y deseosa de hallar distracciones, tecleó la palabra Halcyon en el buscador. Las entradas correspondientes incluían un enlace a la definición de la palabra, un pueblo para jubilados en California y una gama de productos para el cuidado de la piel. Jess negó con la cabeza ante esa lista tan aleatoria y borró los resultados. Volvió a buscar añadiendo «Thomas Turner».

Los primeros vínculos eran anuncios de hoteles y wotif.com, pero más abajo encontró un artículo de la revista *Esquire* que llamó su atención. Estaba fechado en enero de 1960 y el sumario mencionaba una casa llamada Halcyon y un hombre a quien le apasionaba aquel edificio.

Un hombre afortunado

La casa de la colina, en medio de los campos, en una pendiente pronunciada al final de Willner Road, pertenecía al señor Thomas Turner, que no fue granjero ni por nacimiento ni por vocación. El señor Turner fue un hombre cuya mayor riqueza en la vida no consistió en acumular y aplicar conocimientos, sino en un entusiasmo desenfrenado por todo aquello que despertara su interés. «Podría haber vendido nieve a los esquimales», fue la ponderada opinión de un anciano en un banco del Jardín Centenario de Tambilla; y la de otro: «No conocí a nadie más que contara tan bien una historia que habrías jurado que te sucedió a ti».

En cuanto a los negocios, era un especulador; o, para ser más benévolos, un emprendedor. En otro país, en otro tiempo, habría podido hacer fortuna viajando de pueblo en pueblo como vendedor de remedios milagrosos... o como predicador. Pero el señor Turner nació en Sídney, Australia, en 1919, de padres cuya riqueza y clase social los hacían ser distantes y críticos. Se crio al cuidado de una serie de niñeras, junto a una hermana diez años menor que él cuya adoración lo volvió osado y encantador. Al igual que casi todos los niños a los que sus padres no prestan atención en sus primeros años, aprendió a reconocer y a aprovechar al máximo el interés breve y cambiante de sus progenitores, a engatusar a las niñeras asustadizas y a forjar una alianza con su leal hermana pequeña.

A nadie le sorprendió que se convirtiera en un joven seguro de sí mismo, ávido de aventuras y dispuesto a dejar huella. Qué momento tan oportuno, entonces, para dar sus primeros pasos en la edad adulta, pues los lejanos engranajes de los viejos imperios giraron y el mundo se encontró al borde de un precipicio. Se declaró la guerra, y la posible frustración inicial de Turner (cuando parecía improbable que enviaran la Fuerza Imperial Aérea Australiana al extranjero) se disipó enseguida ante la creación del Plan de Formación Aérea Imperial. Fue de los primeros en alistarse y ser enviados a Inglaterra para volar con la Real Fuerza Aérea.

Y, por mucho que las buenas gentes de Tambilla miraran con escepticismo sus novedosos planes agrícolas o sus lustrosos zapatos de ciudad, nadie podía negar que fue un auténtico héroe de guerra. «Le concedieron la Cruz Victoria —confirmó la señora Betty Diamond, propietaria del Salón de Té Diamond—. Siempre la llevaba en la solapa el día de nuestras fuerzas armadas». Delgada, de piel curtida por el sol y mirada astuta, la señora Diamond prefería escuchar a hablar, pero tras haber perdido a su joven marido en la Gran Guerra, el conflicto militar era un tema que despertaba su interés.

«Recibió un disparo en Francia, pero logró volver a Inglaterra para pilotar cuatro años más, hasta que Alemania se rindió. Por si eso fuera poco, rescató a un oficial inglés, según me han contado. Y nunca presumía de ello. Era un tipo humilde, no de los que buscan elogios. Y tampoco era falsa modestia. "Soy un hombre afortunado, señora Diamond", me decía. "Un hombre muy afortunado"».

El señor Boris Braun, profesor del colegio del pueblo y aficionado a la historia en su tiempo libre, se alegró de ofrecer más detalles. Había invitado al señor Turner para que hablara ante su clase de sexto y todavía se le iluminaba el rostro como a un niño cuando le pedían que narrara la visita.

«Lo derribaron cerca del Canal, pero fue capaz de salir de entre los restos y abrirse paso hasta Calais, donde entró en contacto con los miembros de la Resistencia. Con su ayuda viajó al sur y casi llegó a la zona libre antes de que los alemanes lo atraparan y lo hicieran prisionero en Saint-Hippolyte. Sin embargo, no sabían cómo se las gasta un australiano… Así lo dijo ¡y ya se puede imaginar cuánto gustó a los niños oír eso! Australia fue una nación fundada por hombres que sabían escapar de la cárcel, explicó a la clase, y, para honrar el espíritu de sus antepasados, logró huir (y se llevó con él a un oficial británico) por los Pirineos hasta España. Ambos volvieron a Inglaterra a bordo del HMS Sheffield y ¡acabaron ganando la guerra!».

Una fotografía que apareció en algunos periódicos locales que informaron de las muertes muestra al señor Turner unas semanas antes del Día de la Victoria en Europa, avanzando a grandes zancadas por la calle de una ciudad bombardeada junto a su embarazada joven esposa, con un traje claro a medida y el sombrero ladeado sobre un ojo. Solo Thomas Turner, decía la gente en el bar del hotel de Tambilla, detrás de sus bebidas, con un brillo de admiración inconfundible en las miradas, era capaz de encontrar no solo un traje bien ajustado sino, además, una familia en medio de un Londres en ruinas. «Y todo eso mientras esperaba a que lo enviaran de vuelta a casa».

El hombre de la fotografía era apuesto, sin lugar a dudas, pero el atractivo del señor Turner no se debía solo al mentón firme y la pícara sonrisa despreocupada. Era el tipo de persona a quien las críticas no le afectaban; un hombre a quien todos deseaban conocer, cuyo honor saltaban a defender y cuyo carisma innato era tan imposible de explicar como de resistir.

«Soy un hombre afortunado», decía una y otra vez con la tranquila alegría de un ciudadano respetable que dice su nombre para que conste en acta. «No lo puedo explicar, casi con seguridad no lo merezco, pero es la verdad de Dios». Y así aprendió lo que todas las personas irresistibles de verdad saben: los demás estaban dispuestos a hacer concesiones ante sus flaquezas. Deseaban hacerlas.

Su decisión de comprar la casa Wentworth, a las afueras de Tambilla, edificio que nunca había visto en un pueblo en el que nunca había estado, era un excelente ejemplo. Vio la propiedad por primera vez, según los rumores, después del derribo de su Spitfire en 1941. Rumbo al sur, durmió a salto de mata en graneros de disidentes y en el altillo de uno de ellos, ante un trozo de periódico que había estado usando para envolver el tabaco, su imaginación se desbocó al ver la fotografía en blanco y negro y la locuaz descripción de una propiedad a la venta en Australia del Sur. La nostalgia del hogar avivó el recuerdo de esa tierra remota de arena rojiza, olivares y cielos de un azul deslumbrante, y una idea se le incrustó en un rincón de la mente. Protegió esa idea y, con el tiempo, se convirtió en un sueño que lo consolaba por las noches. Cuando de repente amasó una fortuna («de pura suerte», como solía decir cada vez que contaba la historia) —volveremos sobre eso más adelante— supo exactamente qué hacer con el dinero.

Todos los cambios y sucesos son notables en los pueblos pequeños, pero la compra de la casa Wentworth por parte del señor Turner atrajo comentarios de una particular intensidad en Tambilla y sus alrededores. Los forasteros no solían comprar casas en el pueblo, no porque no fuera un buen lugar donde vivir, sino por una razón más práctica: las oportunidades de conseguir empleo eran muy limitadas. Más aún, apenas había viviendas disponibles. Las mismas familias habían poseído las mismas casas durante más tiempo de lo que nadie recordaba, pasando de padre a hijo una generación tras otra. Los habitantes estaban tan arraigados que nadie se molestaba en llamar a las calles por su nombre. Bastaba con indicar «la residencia Landry» o «las señoritas Edwards en el molino», o incluso «lo del viejo Stamp, cerca de las vías de tren».

La casa Wentworth, si bien inhabitada y disponible, había permanecido así tanto tiempo que había caído en el olvido. Hasta cierto punto, como estaba fuera de la vista, nadie pensaba en ella. El jardín del señor Wentworth, de ejemplares importados de Europa, había acabado rodeando la casa, y el aire descuidado de la propiedad le dio un aire mitológico. Se habían vendido unas pocas parcelas de tierra en los bordes de la finca, pero las leyes de ordenación urbana locales impedían que se dividiera más y no mucha gente estaba dispuesta (o podía) pagar el precio solicitado.

La venta tuvo lugar en febrero de 1942, la misma semana que los japoneses bombardearon Darwin, y sirva de evidencia de lo importante que fue la transacción para los lugareños que el bombardeo al norte solo fue el segundo suceso más comentado en Tambilla aquella semana. La noticia de la venta de la casa Wentworth se propagó por los Altos como un incendio forestal. ¿Quién era el comprador?, querían saber los habitantes. Solo había unas pocas personas en Australia del Sur que pudieran permitirse semejante adquisición. Cuando se confirmó que el nuevo propietario venía de fuera del estado, los rumores se dispararon.

Cuando el señor y la señora Turner aparecieron al fin en el otoño de 1945, recién llegados de Londres tras hacer escala en Sídney, y colocaron un letrero que decía HALCYON, las habladurías se avivaron de nuevo. La señora Marian Green, de la central telefónica, informó que, hasta la tragedia de los Turner, la reapertura de la casa Wentworth había causado el mayor frenesí en la centralita que ella hubiera conocido.

«Tener esa casa ahí vacía, vaya, era como un mal augurio», diría a la policía cuando la interrogaron acerca de las muertes. «Las casas son para vivir en ellas, y una joven pareja como aquella, con su pequeña Matilda en brazos, aún una bebé... Para todos nosotros fue un placer darles la bienvenida a nuestra comunidad».

A decir de todos, recibieron una buena acogida; por lo menos, en su mayor parte. McKenzie, el granjero de al lado, aparentó estar molesto por la venta y refunfuñó acerca de lo humillante que era que un advenedizo le arrebatara la oportunidad a un lugareño, pero «él era así». Como dirían a la policía más de una vez: «Hamish McKenzie es un perro viejo, pero solo ladra».

Thomas Turner se había prendado de la idea de cultivar uvas y hacer vino mientras se refugiaba en la propiedad de un viticultor francés de camino a la zona libre y, de vuelta al hogar, se lanzó a la tarea con formidable energía. Sus conocimientos tal vez eran precarios, pero su entusiasmo no tenía igual. No siempre seguía los consejos que le daban, y más de una vez los cultivadores chasquearon la lengua con desaprobación ante las decisiones poco ortodoxas que tomaba. «Había leído un libro mientras estaba fuera —informó el señor Walter Hansen, de la cooperativa— de un tal Steiner, que tenía ideas sobre la "biodinámica"», pero superó las adversidades iniciales y estaba empezando a hacer verdaderos progresos.

Hubo cierta consternación en la comunidad cuando arrancó todos los viñedos y dedicó la tierra al ganado en su lugar. Ya fuera para cultivar o tejer, para elaborar salchichas o queso, para hacer cervezas o herramientas, en Tambilla tenían «su manera de hacer las cosas». La propietaria de la tienda de comestibles del pueblo, la señora Meg Summers, aún tenía el libro de recetas que sus antepasados maternos trajeran consigo a bordo del *Zebra* cuando zarpó al mando del capitán Hahn y, según se decía, no sin cierta solemnidad, nadie en Tambilla horneaba el *Roggenbrot,* un pan de centeno alemán, tan bien como ella.

El señor Hansen se rascó la cabeza mientras sopesaba el brusco cambio de opinión del señor Turner. «Hacer vino puede ser un negocio peliagudo —dijo al cabo de un rato—. Es más arte que ciencia. Y sus ideas eran extrañas, por decirlo suavemente. Pero estaba dando la vuelta a la situación. Al final lo habría conseguido. No, no entendí que cambiara de táctica de esa manera. Pensé que iba en serio».

El señor Hansen no estaba equivocado. Thomas Turner se había tomado en serio su ambición de hacer vino… hasta que dejó de hacerlo. Como tantos hombres de su carácter, Turner sufría la maldición del soñador: en cuanto un plan grandioso estaba a punto de dar frutos, otra luz más intensa comenzaba a resplandecer en el horizonte. Hacia 1959, su interés en una vida dedicada a la tierra estaba languideciendo.

De hecho, en las semanas previas a la Navidad de aquel año, Thomas Turner se encontraba al otro lado del mundo, en pos de un nuevo sueño. Mientras el sol estival comenzaba a alzarse sobre la hilera de eucaliptos en la pendiente más alta de sus campos en Willner Road, la invernal oscuridad nocturna del día anterior se cernía sobre Londres y el señor Turner, tras haber disfrutado de un largo y cálido baño en la lustrosa bañera del hotel, estaba puliendo los gemelos de plata y alisando su traje de tres piezas. Tras echarse una última mirada complacida ante el espejo de pared, bajar las escaleras al trote, cruzar el vestíbulo y salir por las enormes puertas de cristal a Park Lane, se dirigió a una cena con un par de inversores cuyo apoyo esperaba obtener para un nuevo proyecto de «posibilidades infinitas».

Y fue afortunado, como todos los lugareños se apresuraron a decir, reunidos en el hotel de Tambilla y en el Salón de Té Diamond en los días y semanas que siguieron, pues no solo se libró del horror inmediato del descubrimiento, sino que también se vio protegido de las llamas ardientes de la conjetura y la sospecha que prendieron poco después. Todo el mundo sabía que la primera persona a la que investigaba la policía cuando aparecían muertos la mujer y los hijos era al marido y padre. Así pues, incluso mientras su familia yacía muerta en la morgue de West Terrace, la opinión de los lugareños, cada vez que hablaban de Thomas Turner, era que había sido muy afortunado, el pobre, pobre hombre, muy afortunado por no haber estado en casa.

Daniel Miller, enero de 1960

Jess soltó el aliento que había estado conteniendo. ¿Qué acababa de leer? Subió al inicio de la pantalla y echó otro vistazo al artículo. El nombre del protagonista, el de la casa… Ambos coincidían. Thomas Turner había nacido en Sídney y había tenido una cariñosa hermana pequeña. Nora había mencionado algo acerca de su heroísmo en la guerra. Pero el resto estaba mal: mal de un modo raro, específico, complejo. El hermano de Nora había vivido en Londres, había tenido allí casa y esposa, pero no había tenido hijos… Y menos aún hijos en una morgue.

¿Tal vez se trataba de una obra de ficción y las semejanzas biográficas no eran más que una extraña coincidencia o una psicodélica combinación de hechos y fantasía propia de los sesenta?

Jess añadió el nombre Tambilla a la búsqueda y, por qué no, asesinato, y apareció una nueva página de resultados. Recorrió con la vista los títulos y se preparó para la impresión de palabras como «infame», «secreto» y «tragedia».

Entre los muchos resultados, abrió el primero: una breve publicación en un blog llamado *Crónicas de Asesinatos Históricos en Australia.*

LA TRAGEDIA DE LA FAMILIA TURNER

En la Nochebuena de 1959, durante uno de los días más calurosos del verano, la familia Turner de Australia del Sur salió de su mansión georgiana, Halcyon, y cargó con lo necesario para un pícnic a través de unos prados hasta un arroyo que pasaba por su finca. Isabel Turner y sus cuatro hijos (la más pequeña, Thea, aún una bebé) eran bien conocidos entre los habitantes del pueblo de Tambilla, en los Altos de Adelaida, y no era raro verlos al aire libre disfrutando de los bellos parajes naturales. En ese día de verano habían acampado a la sombra de un viejo sauce que crecía a orillas del arroyo, donde se ensanchaba hasta formar una poza. Los cadáveres de la señora Turner y de sus tres hijos mayores fueron descubiertos al final de la tarde por la misma persona que dio la voz de alarma. Thea, la bebé, había desaparecido de la cuna.

Un importante detective de Adelaida, el sargento Peter Duke, que había trabajado en el infame caso del cadáver de Somerton, acudió para ayudar a los agentes locales en las pesquisas y se llevó a cabo una exhaustiva investigación. A pesar del temor de los lugareños a que un asesino anduviera suelto, la policía pudo determinar que la autora del crimen estaba muy cerca de casa. La investigación de las causas de la muerte se llevó a cabo en julio de 1960, siete meses después de los hechos, en la que numerosos testigos ofrecieron sus declaraciones. El señor T. R. Sterling, forense de Australia del Sur, halló que la familia había fallecido por envenenamiento, si bien no se pudo determinar el tipo ni el origen del veneno. Se dictaminó que se trataba de un asesinato-suicidio, y el forense concluyó, tras oír los testimonios, que el veneno lo había administrado la propia señora Turner.

Los restos del bebé se hallaron en 1979, a poco más de un kilómetro de donde se habían encontrado los cadáveres de la madre y los hermanos. Se habían detectado huellas de animales en el lugar del pícnic y, según una declaración que recogió el forense, una jauría de perros salvajes había merodeado por el área durante la primavera y el verano de 1959. La evidencia pericial no fue concluyente, pero el forense aceptó que los dingos, al encontrarse con una bebé desprotegida, eran capaces de llevarse a la pequeña del lugar de los hechos y, sin duda, era probable que lo hubieran hecho. Era una posibilidad que se volvió más creíble tras la muerte de la bebé Azaria Chamberlain durante una excursión familiar para acampar en el Uluru en 1980.

Ávida de más información, Jess hizo clic en el siguiente enlace y en el siguiente, y leyó cada página más deprisa que la anterior. Salvo pequeñas diferencias, la información era idéntica. Una mujer llamada Isabel Turner había matado a sus hijos y a sí misma. Su marido, de viaje de negocios en el Reino Unido, jamás regresó a Australia. Se llamaba Thomas Turner y su casa en los Altos, que los lugareños y la tradición llamaban la casa Wentworth, había sido rebautizada como Halcyon por los Turner. Muerto en Londres en 1988, solo tras su muerte regresó a casa para recibir sepultura en el panteón familiar en Sídney.

Era el hermano de Nora. El nombre, la casa, la residencia en Londres y el año de la muerte: todo coincidía. La casa llamada Halcyon estaba en Australia del Sur, no en Inglaterra, y Thomas había tenido esposa, hijas y un hijo antes de mudarse a Londres y comenzar allí una nueva vida.

Jess hizo clic en las imágenes de Google. Una sola fotografía circulaba por internet, publicada posiblemente en la época de la tragedia. Se preguntó quién la había facilitado y qué habría pensado si hubiera sabido que iba a seguir circulando por el ciberespacio sesenta años después, concediendo a la familia una improbable vida virtual después de la muerte. La habían tomado en 1955, cuatro años antes de las muertes y del nacimiento de la más pequeña, así que solo aparecían tres niños. Era en blanco y negro y la resolución no era muy buena, pero sí lo bastante nítida como para distinguir las caras. La familia estaba de vacaciones en Sídney. Si no fuera obvio por el fondo, donde se veía Harbour Bridge, el pie de foto lo dejaba claro.

Thomas e Isabel Turner estaban juntos, el brazo de él tras la espalda de ella, el brazo de ella sobre el hombro de la hija mayor, Matilda, que llevaba unas merceditas negras y medias cortas blancas y agarraba un pequeño bolso. Los dos niños pequeños se encontraban delante de sus padres, el muchacho con una gorra con visera, la chica con cintas al final de dos largas coletas. John Turner tenía las manos en los bolsillos y mostraba los dientes separados en una sonrisa, en tanto que Evelyn Turner, vestida con la misma elegancia que sus hermanos, no había aprendido aún a posar ante la cámara. Tenía las manos juntas, jugaba con los dedos y había ocultado el hombro derecho detrás del de su hermano. Parecía que la habían sorprendido en pleno pensamiento; fruncía el ceño, distraída, ante algo que no captaba la lente de la cámara.

Jess vio destellos de Nora en las caras. Sin duda, eran las sobrinas y el sobrino de su abuela. Matilda, John y Evelyn. Daba que pensar ver a la familia así, en un momento dichoso y compartido, todos ellos desconocedores de lo que les depararía el futuro.

Apartó la mirada de los niños para centrarse en la madre. Durante la investigación y tras las conclusiones del forense, Isabel se había convertido en el centro de un caso célebre: la última de esa lista de las personas más repudiadas, la de la bella mujer asesina. Al igual que su hija pequeña, la señora Turner había apartado la vista en el momento en que tomaban la fotografía pero, de todos modos, Jess observó los atractivos rasgos del perfil, la inclinación del mentón y la mirada de aspecto inteligente.

Fuera, en algún lugar, un martín pescador lanzó un graznido contra el cielo del amanecer y Jess sintió un súbito escalofrío. Nunca, ni en sus fantasías más desenfrenadas, habría sospechado que en el pasado de su familia se ocultaba un escándalo de esa magnitud. Nora jamás le había dicho nada que sugiriera la posibilidad, ni una palabra. De hecho, a Jess le pareció evidente que su abuela había hecho todo lo posible para ocultar la terrible tragedia.

Sin embargo, tenía que haber influido en su vida de un modo significativo, incluso aunque hubiera sucedido lejos de Darling House. Nora había adorado a su hermano. ¿También se había sentido unida a su esposa, a Isabel Turner? Jess se moría de ganas por saberlo, y sentía que otras preguntas empezaban a formarse en su interior. Se le despertaron todos los instintos de investigadora que había ido afinando durante las dos últimas décadas como periodista. Necesitaba averiguar más acerca de Isabel Turner, la mujer de la fotografía, y qué había ocasionado exactamente lo que ocurrió aquella tarde junto al arroyo.

Su siguiente pensamiento, uno que había aparecido de varias formas a lo largo de la mayor parte de su vida, fue que Nora lo sabría.

Tenía que hablar con su abuela.

CAPÍTULO CATORCE

Nora seguía dormida cuando Jess llegó al hospital. Intentó que una enfermera le indicara cuándo era probable que despertara, pero la mujer se limitó a decir que su abuela había pasado una noche sin contratiempos. Cierta circunspección en su tono hizo dudar a Jess.

—Eso es una mejora, ¿verdad? —preguntó.

—Es mejor que la alternativa —respondió la enfermera.

A pesar de la críptica respuesta, Jess pudo ver por sí misma que su abuela tenía mejor aspecto. Aún seguía pálida y consumida de un modo increíble, oculta bajo la sábana blanca de hospital, pero su expresión era más relajada y el monitor cardiaco mostraba un latido constante.

Jess acercó a la cama la silla para las visitas y sacó el cuaderno de la bolsa.

—Nada de malos espíritus mientras yo esté aquí, Nora —dijo en voz baja.

Mientras se hacían compañía en silencio, Jess siguió dándole vueltas al secretismo de su abuela. Nora no fue nunca de las que maquillaban los pesares del pasado. Había sido muy directa respecto a temas como su matrimonio fallido, la soledad que había sufrido de niña, ciertos contratiempos profesionales. Sabía que la historia se iba acumulando. Que el pasado no era algo de lo que huir, sino una parte fundamental de nuestro ser.

Le resultaba más confuso porque, tras el funeral, Nora le había hablado a Jess acerca de su hermano a menudo y en detalle. Comenzaba diciendo:

—Me reconozco a mí misma en ti, Jessica. —Y añadía—: Más aún, veo en ti a mi hermano. —A pesar de ser tan pequeña, Jess comprendió que se trataba del mayor elogio posible—. Era resuelto, decidido y no se quedaba sentado a contemplar cómo las oportunidades se escapaban. Y era valiente. Salvó la vida de un hombre en la guerra. Así es como amasó su fortuna.

—¿Salvando a un hombre?

—A un hombre importante.

—¿Cómo?

—Es una larga historia. Algún día te la contaré. —Y Nora se desprendía de la tristeza que de forma inevitable se extendía por su rostro y se obligó a decir con tono animado—: ¿Alguna vez te he contado aquella ocasión en que mi hermano y yo encontramos un túnel secreto en un rincón del jardín?

Sin embargo, no había llegado ni a acercarse a revelar nada acerca de esa historia en concreto. De hecho, comprendió Jess, Nora rara vez había hablado del Thomas Turner adulto. Esa omisión no le había parecido extraña a Jess por aquel entonces: los dos hermanos habían estado muy unidos de niños, pero sus caminos se habían distanciado en la edad adulta. Thomas se había ido a vivir al extranjero antes de internet y de que los viajes aéreos fueran tan comunes, y Jess conocía bien el miedo de su abuela a volar.

—Nos escribíamos cartas —le contó Nora—, pero no es lo mismo que ver a alguien.

—Él debería haberte visitado.

—Le habría gustado volver.

—Entonces ¿por qué no lo hizo?

Nora había sopesado la pregunta antes de responder:

—Es difícil de explicar a alguien tan joven. A veces, volver a casa no es tan sencillo como parece.

Jess lo comprendía ahora. El dolor lo había alejado. Australia, su país de nacimiento, debía de estar repleto de recuerdos traumáticos.

Pero ¿el dolor bastaba para justificar que Nora guardara silencio durante tanto tiempo?

—¿Por qué no me lo dijiste? —preguntó Jess en voz baja, dando leves golpecitos con el bolígrafo sobre la hoja del cuaderno—. ¿Por qué no me dijiste nada acerca de Halcyon?

¿Y por qué había empezado a pensar su abuela en esa casa ahora?

Como si supiera que la estaban observando, el rostro dormido de Nora se animó con una sutil media sonrisa. Jess estiró el brazo para tomar esa mano frágil, ligera como un pajarillo, entre las suyas. El pasado acudía a menudo a la mente de los ancianos, como Patrick había dicho... y quizá eso fuera todo. Pero recordó que Patrick le había contado que Nora se había alterado por una carta de un abogado de Australia del Sur. La casa de Thomas Turner se encontraba en los Altos de Adelaida.

Jess acarició la mano de su abuela y la posó con cuidado sobre la sábana. Abrió el cuaderno y añadió un recordatorio para buscar la carta del abogado de Australia del Sur a su lista de cosas que hacer. Se levantó, se acercó a la máquina expendedora al final del pasillo y se preparó una taza de té. El resultado tenía el color grisáceo del agua de fregar, pero estaba caliente y con eso se conformaba. Regresó a la habitación de Nora con el té y tecleó «tragedia familia Turner» en el buscador del teléfono. Recorrió con la vista los resultados hasta llegar a las entradas que aún no había leído. Casi todas contenían la misma información, pero de vez en cuando había un nuevo dato.

Tras un par de horas, con el navegador lleno de pestañas abiertas y su vista de destellos de luz, Jess se reclinó y cerró los ojos. Algunos blogs contenían citas tomadas de artículos de prensa de la época y había aparecido un montón de veces el nombre de cierto periodista. Le sonaba, y tuvo que pensar un momento a qué se debía. Lo recordó: era el autor del ensayo acerca de Thomas Turner que la había hecho caer en ese pozo sin fondo.

Tecleó el nombre del periodista en la barra del navegador y abrió su página de Wikipedia. Daniel Miller fue un reportero estadounidense nacido en 1930; su retrato, en blanco y negro, una fotografía en la que aparecía sin posar con traje y corbata, recordaba un poco el estilo de *Mad Men*. Había escrito para *The Atlantic*, *Esquire* y *New Yorker*, entre otras publicaciones, y fue uno de los primeros seguidores del Nuevo Periodismo, que practicaron entre otros Truman Capote y Joan Didion: un estilo más íntimo de informar, en el que se aplicaban técnicas propias de la ficción a temas de la actualidad para que los lectores se sintieran más cercanos a la historia.

Daniel Miller se había establecido en Australia del Sur durante la investigación policial y la pesquisa de las causas de muerte de los Turner y produjo una serie de ensayos que fueron la base de un libro. *Como si estuvieran durmiendo* había recibido críticas elogiosas por su enfoque novedoso y entró en la lista de libros más vendidos del *New York Times* en 1961. En 1980 se publicó una edición actualizada tras el descubrimiento de los restos de la bebé Thea Turner, pero en aquellos años el escritor ya había desaparecido de la vida pública.

Jess tecleó el título y el nombre del autor en la barra de búsqueda. El libro no estaba a la venta en ningún lugar y no encontró referencias a una edición australiana. Había, no obstante, ejemplares en varios sitios que vendían libros de segunda mano. Jess echó un vistazo a algunas opciones en AbeBooks antes de escoger una que parecía en buen estado.

Sacó la tarjeta de crédito del bolso, pero se detuvo al ver que el plazo de entrega a Australia era de entre veintiún y treinta y seis días. Jess no sabía si aún estaría en Sídney dentro de un mes. Por siete dólares más, con envío prioritario tardaría entre cinco y ocho días. Jess seleccionó la opción más rápida y finalizó la transacción justo cuando la enfermera entró para comprobar el monitor y decirle que estaban a punto de terminar las horas de visita.

Una mujer muy joven en el puesto de enfermeras interceptó a Jess cuando se dirigía al ascensor.

—Disculpe, usted es la nieta de la señora Turner-Bridges, ¿verdad?

Jess asintió para confirmarlo.

—Hemos recibido una llamada telefónica. Alguien solicitaba información acerca de la señora Turner-Bridges. No se la di, no tenemos permiso para hacerlo. No se puede informar a nadie, salvo a los parientes cercanos.

Nora era muy conocida en la comunidad local, pero sus amigas habrían llamado a la señora Robinson o a la oficina.

—¿Le dijo su nombre?

La enfermera buscó en el escritorio, a rebosar de papeles, antes de encontrar el mensaje.

—Dijo que su nombre era Polly Turner, que acababa de enterarse de lo de su madre y quería saber cómo estaba...

La joven no supo cómo continuar. Jess comprendió que se sintiera incómoda. Era difícil concebir una situación en que la hija no fuera la pariente más cercana. Jess cayó en la cuenta, además, de que no había llamado a Polly para informarle acerca de Nora. Lo peor era que ni siquiera se le había ocurrido hacerlo. No tenía la costumbre de informar a su madre acerca de las novedades familiares.

—Gracias —dijo, con una sonrisa que trataba de ser tranquilizadora—. La pueden poner al día si llama de nuevo. Mientras tanto, yo misma la llamaré para decirle cómo van las cosas.

—¿Necesita el número? —preguntó la enfermera con incertidumbre, alzando el trozo de papel hacia Jess.

—No, no, claro que no —respondió Jess—. Ya lo tengo.

Luego tomó el ascensor hasta la planta baja, tratando de recordar cuándo había sido la última vez que había hablado con su madre.

Al final, Jess tampoco habló con Polly aquella tarde. La llamó desde el asiento de atrás del taxi, pero saltó el contestador automático, así que le dejó un breve mensaje en el que explicaba que acababa de llegar a Sídney, que Nora estaba mejorando y que esperaban tenerla en casa pronto. Dijo que se estaba quedando en Darling House y añadió el número de teléfono antes de colgar. Al instante se reprendió a sí misma: pues claro que Polly conocía el número; había vivido en Darling House más tiempo que Jess. Pero Polly se había apartado de un modo tan completo del mundo de Nora que era fácil olvidarlo.

De vuelta en la casa de Nora, Jess contuvo el aliento cuando pagó al taxista con la tarjeta de débito. Era una tarjeta asociada con una cuenta que no había tocado en años (en realidad, nunca) que había encontrado aquella mañana en un sobre cerrado en el cajón del tocador de su cuarto de infancia. Nora había abierto la «cuenta de cumpleaños» cuando Jess tenía diez años y realizó un depósito cada año para que dispusiera de ello «en el futuro» en caso de necesidad. Nunca había dejado claro qué consideraba una necesidad, pero como Nora había tenido que reconstruir su vida en el pasado, insistía en que Jess tuviera ahorros para cuando llegaran los malos tiempos. «Tal vez no baste para que tengas un techo sobre la cabeza, pero te podrás comprar un buen paraguas». Durante mucho tiempo había sido motivo de orgullo para Jess no haber necesitado recurrir a la cuenta. El taxista le devolvió la tarjeta junto a un recibo y Jess le dio las gracias por el viaje.

Una vez dentro, se preparó una tostada con aguacate y se sentó a la mesa de la cocina, el cuaderno y el portátil abiertos ante ella. Leyó el artículo para la revista de viajes, pasando el cursor de línea en línea, párrafo a párrafo, en busca de un lugar donde intervenir para añadir claridad, tal vez incluso (¿sería mucho esperar?) un poco de estilo; pero todas las oraciones que se le ocurrían empeoraban el texto.

No era capaz de concentrarse. Escribir sobre volver a casa era más difícil ahora que había vuelto. Las cosas eran más complicadas de lo que había esperado.

Jess seguía pensando en el secretismo de Nora, y se preguntaba cómo habría sido su relación con Isabel Turner. El plan de preguntarle a su abuela acerca de esa mujer no había funcionado, pero se moría de ganas de saber más. Habrían sido de una edad similar; Nora adoraba a Thomas… ¿Se habría hecho extensivo ese cariño a su esposa?

Jess tamborileó con los dedos sobre la superficie de la mesa y a continuación, con el cosquilleo de una idea, cogió el teléfono.

La señora Robinson respondió al segundo tono.

—¿Hola? —Debía de tener el número de Darling House en la memoria del teléfono, pues continuó—: ¿Eres tú, Jess? ¿Todo va bien?

—Sí, sí, todo bien. Acabo de volver de ver a Nora, está mejor. —Jess respiró hondo y decidió que no debía andarse con rodeos. Explicó en pocas palabras lo que había descubierto y por qué la llamaba y dijo al fin—: Me preguntaba si esos recuerdos son parte de lo que la está molestando. Pero hay muchísimas cosas que no sé. Esperaba que pudieras contarme cómo fue la relación de Nora con Isabel.

Se hizo un silencio completo al otro lado de la línea y Jess comenzó a dudar si la conexión se había interrumpido.

—¿Hola?

—No estoy en casa, Jess. Estoy en la tienda. No puedo hablar de esto ahora, no por teléfono.

—¿Podríamos hablar más tarde entonces? No tiene que ser por teléfono… Podría quedar contigo en algún lugar. Volveré al hospital entre las tres y las cinco, así que ¿quizá después? —Como la señora Robinson no respondía, Jess añadió—: Solo pregunto porque creo que podría ayudar a Nora.

La señora Robinson soltó un gran suspiro y nombró un parque con columpios hacia el interior de la península.

—Salgo a dar mi paseo de todos los días a las seis. Podría quedar contigo allí a las seis y media.

Después de comer, Jess se acomodó para viajar un poco en el tiempo. Gracias al portal Trove de la Biblioteca Estatal de Australia del Sur podía acceder y explorar los periódicos de aquella época, comenzando con los reportajes de la mañana del 25 de diciembre de 1959.

Leyó los primeros artículos antes de enviarlos a la impresora, deleitándose, como siempre, en la capacidad de la palabra escrita para transportarla. La tipografía de época, la formalidad del estilo y las voces de las personas citadas lograron que el tiempo se desmoronara sobre sí mismo, de modo que Jess podía ver, sentir y oler las escenas descritas. Fue capaz de imaginar a los lectores de entonces abriendo los periódicos a la mesa del desayuno o en el tranvía de vuelta a casa, enderezando las gafas con montura de carey o sirviéndose un whisky con hielo antes de sentarse a leer las últimas noticias. Sintió un malestar emocional por aquella época en la que la prensa había ocupado una posición irrefutable como canal entre la actualidad y una ciudadanía bien informada.

A lo largo de los años se habían escrito muchos reportajes acerca de la familia Turner, pero Jess no disponía de mucho tiempo. A regañadientes, comenzó a darle a la tecla de imprimir sin leerlos primero. La mayoría habían sido publicados en los siete meses transcurridos entre diciembre de 1959 y julio de 1960, cuando se había llevado a cabo la investigación del forense, pero la historia había resurgido de vez en cuando en la imaginación popular, con una oleada de artículos durante el primer, el quinto y el décimo aniversarios, para culminar en una cobertura amplísima en el vigésimo, que coincidió con el descubrimiento de los restos de la pequeña Thea. A partir de ese momento, la tragedia de los Turner parecía haber caído en el olvido y solo la mencionaban de vez en cuando en listas de otros casos cuya triste fama les había conferido un nombre en mayúsculas: el Cadáver de Somerton, la Niña del Pijama, los Niños de Beaumont.

Tardó casi dos horas en llegar al último artículo, y se sintió satisfecha al recoger las páginas de la impresora y comprobar que la esperaba una buena pila. Más adelante lo leería todo con detenimiento y realizaría una cronología del trabajo policial. El proyecto la animó. Había pasado mucho tiempo desde la última vez que trabajó en una investigación de verdad y lo echaba de menos. La posibilidad de descubrir el motivo de las recientes molestias de Nora otorgaba al proyecto un propósito más definido.

Jess echó un rápido vistazo por la oficina en busca de la carta del abogado de Australia del Sur. Nora recibía mucha correspondencia y su contable, Anita, venía una vez al mes para pagar las facturas y ordenar el correo. Anita lo tenía todo muy bien organizado y Jess no tardó casi nada en comprobar que no había archivado la carta junto a los otros documentos de negocios.

La biblioteca era un territorio personal y, por tanto, el mejor lugar donde guardarla. Subió a mirar. No encontró nada de interés en el escritorio ni en ninguno de los cajones. Miró entre la pila de libros sobre la mesa de centro y entre las páginas del libro expuesto en el aparador junto a la entrada. Nada. Tal vez, pensó, Nora se había llevado la carta a su dormitorio.

Jess sintió una punzada de nostalgia al entrar en el refugio verde afrutado con su papel pintado decorado con dibujos de pimpinelas. Casi esperaba encontrar a Nora sentada en la cama, con una taza de té en la mano mientras leía las noticias del día: «Escucha, Jessica, no te vas a creer lo que esos payasos de Canberra han hecho esta vez». Jess miró en el cofre de cedro de la época colonial y en los cajones del pequeño secreter, pero no encontró nada. Encima solo estaba la fotografía enmarcada de Thomas Turner que Jess había visto por primera vez en el funeral. Caminaba a grandes zancadas por la ciudad de Londres (ahora la reconocía), con la cúpula de St. Paul alzándose sobre las ruinas de los bombardeos detrás de él. Se preguntó si el indicio del abrigo de alguien a la izquierda del marco, la sugerencia de una mano, eran evidencia de Isabel, y si habían recortado la foto antes o después de los sucesos de 1959.

Jess se giró despacio para observar el resto de la habitación. Se le estaban acabando los lugares donde buscar. Su mirada se posó en la puerta del vestidor de Nora, una pequeña sala contigua que un día fue el cuarto de bebé de Polly. Sin muchas esperanzas, Jess echo un vistazo rápido al interior. Se sentía un poco incómoda buscando entre las cosas de su abuela, pero se dijo a sí misma que el fin justificaba los medios. Comprobó los bolsillos de los abrigos más grandes y echó un vistazo en las cajas de zapatos etiquetadas con fotos Polaroid. Ni rastro de la carta.

Ya sin ideas, Jess se sentó al borde de la cama y miró por la ventana de vidrio emplomado. Era fácil comprender por qué Nora sentía tanto apego por esa habitación. La vista al jardín que había creado era preciosa. Jess se inclinó hacia delante para abrir el marco y se encontró con una ráfaga de aire cálido y el soporífero murmullo de las abejas en la enredadera en flor. Le sobrevino un mareo. Fue muy consciente de que estaba despierta desde las tres de la madrugada.

Todavía quedaba más o menos una hora hasta que volviera al hospital por la tarde. Se quitó los zapatos y se acostó sobre la colcha de Nora. Sentía que se estaba disolviendo. El aroma del lino era tan familiar que le dolió. Se giró sobre el costado, ahuecando la almohada de plumón para apoyar la cabeza.

Había algo duro y anguloso dentro de la funda de la almohada. Jess lo sacó. No era la carta que había estado buscando; era un libro. Una edición pequeña y desgastada de tapa dura con las esquinas romas y una ajada sobrecubierta amarilla con un recuadro rosa para el título y el nombre del autor.

Jess dejó escapar un suspiro largo y sostenido. El libro era *Como si estuvieran durmiendo,* de Daniel Miller.

Se apresuró a sentarse. Una breve introducción ofrecía la historia de Tambilla, que incluía una crónica de la casa que había mandado construir el señor Wentworth. Leyó por encima su historia de amor, más bien trágica. También se saltó el primer capítulo de la primera parte, al darse cuenta de que ya lo había leído en aquel ensayo de Daniel Miller.

Cuando llegó al segundo capítulo, sin embargo, un escalofrío le recorrió la columna vertebral: ahí, al fin, estaba Isabel Turner.

Como si estuvieran durmiendo
Daniel Miller

2

En el que sería su último día sobre la faz de la tierra, la señora Isabel Turner se despertó temprano. Prefería dormir con las cortinas del dormitorio abiertas y no las corría cuando su marido estaba fuera. Le gustaba cómo la primera luz del día se extendía a lo largo del suelo del dormitorio, bañando el cuarto en una cualidad irreal y lechosa, mientras afuera, en los arbustos de camelia, los pájaros del amanecer se avisaban unos a otros de un hecho indiscutible: había llegado la mañana una vez más.

Como muchas otras madres antes que ella, la señora Turner había llegado a venerar esa hora temprana y pálida en la que el resto de la casa aún dormía. Desde el nacimiento de la bebé, la valoraba incluso más. Aquella mañana del 24 de diciembre de 1959 se deslizó por el balcón de la segunda planta y pasó ante la habitación de cada niño, imaginándolos dormidos al otro lado, muñecos en una casa de muñecas a la espera de ser revividos, antes de bajar en silencio las escaleras con cuidado de evitar los tablones de madera que crujían.

En la cocina, tras cerrar la puerta con pestillo, comenzó en libertad las rutinas de la mañana. Tenía la costumbre de llenar la tetera de metal la noche anterior porque las tuberías hacían ruido cuando estaban frías y pasaban por las paredes del dormitorio de John, su único hijo varón. Encendió un fogón en la cocina de gas y puso a hervir el agua. La tetera de cerámica Wedgwood ya estaba en su sitio, en el centro de la mesa de madera, junto a su taza favorita, que la había acompañado desde Inglaterra. Al lado tenía una cucharilla de plata, parte del regalo de boda de la familia de su marido.

Algunos lugareños comentarían más tarde que la señora Turner «siempre era así», y una de las señoritas Edwards, dos ancianas que aún vivían en el molino de harina que había operado su padre hasta que lo cerró por el virus de la levadura del año 1938, exponía lo siguiente: «Era muy exigente en lo que se refería a los niños. Cuando yo iba a la casa a dar clases de piano, ella se aseguraba de que ya estuvieran listos con sus libros de música en la mano y los zapatos limpios». Esa declaración se expresó con gesto de aprobación y era inevitable deducir que tal preparación meticulosa no era siempre el caso entre los pianistas en ciernes de Tambilla. «Era inglesa, por supuesto —añadió la señorita Enid Edwards (la mayor "por al menos medio minuto") a modo de explicación—. Una dama inglesa de verdad».

La señora Turner era inglesa, pero no era una dama, y le habría sorprendido oírse descrita de ese modo. Su padre era un científico naturalista, su madre una artista cuyas placas litográficas de flora y fauna habían aparecido en varias publicaciones. Los tres habían compartido una vida familiar rica y variada, viajando por las regiones más remotas del Reino Unido, observando el número decreciente de gorriones, contando nutrias y rastreando la migración de las abejas salvajes. Sin embargo, esa infancia bucólica no duraría para siempre. Huérfana a los siete, Isabel pasó los siguientes diez años internada en la Residencia Estudiantil Woodford, en Sussex.

Es quizá ese último hecho lo que mejor explica su apego por el protocolo, adhesión que, junto con su acento típicamente británico, transmitía una impresión de mayor civilidad. Si una década en un internado no había sido suficiente, cuatro años dedicados a un servicio no revelado en tiempos de guerra habían consolidado una visión según la cual los métodos acostumbrados, ya fueran familiares o individuales, grandes o pequeños, existían por un motivo. Y que, además, era indispensable pensar y planear bien para tener éxito en cualquier tarea difícil.

Era una mujer de costumbres, por tanto, y tenía el hábito de tomar su primera taza de té del día, preferiblemente antes de haber hablado con nadie, sentada en la silla y a la mesa de mimbre en el porche que daba al norte. No era la mejor vista al jardín del señor Wentworth, pero ahí el camino de entrada llegaba a la casa y, por tanto, en opinión de la señora Turner, era el mirador idóneo desde el cual hacer balance. Siempre llevaba su diario consigo. Algunos días escribía páginas y páginas; otras mañanas se contentaba con sentarse y escuchar cómo el viento se movía entre las copas de los árboles y los loris arcoíris chillaban y se abalanzaban sobre las ramas más altas de los calistemos.

Con su instinto para esas cosas, Barnaby, el retriever de la familia, artrítico y querido por todos, aparecía poco después que ella, caminando paciente por el porche hasta tomar posición a sus pies. Lo habían traído a casa para los niños cuando era un cachorro (otra «sorpresa» que la señora Turner había recibido de su marido, cuya inclinación por las decisiones unilaterales era motivo de ciertas fricciones entre ambos), pero Matilda y John eran pequeños por entonces y el cuidado del perro había recaído sobre ella. Un deber más, si bien ese no era una molestia. La compañía de Barnaby había resultado placentera, en especial desde que las ausencias del señor Turner aumentaran tanto en frecuencia como en duración. Ahora se encontraba en Londres, o eso le había hecho creer. La señora Turner había dejado de escuchar, a decir verdad, cuando él se entusiasmaba con una nueva idea.

Y así, la mañana del 24 de diciembre de 1959 nada indicaba que ese día fuera diferente al que lo había precedido, ni sugería los terribles sucesos de la tarde. No había señales de que las vidas de todas las almas que aún dormían en la casa, de todos los hombres, mujeres y niños del municipio, de sus compatriotas en ciudades y pueblos repartidos por la costa de esa nación insular, cambiarían antes de que acabara el día. Pues pocos iban a olvidar dónde estaban cuando oyeron lo que había ocurrido en los terrenos de esa grandiosa casa gótica en Australia del Sur aquella víspera de Navidad. La noticia iba a inflamar las conversaciones a la mesa de la cocina por todo el país, y el nombre de Tambilla se volvió, durante un tiempo, sinónimo de tragedia, una palabra que encerraba en sí misma el espectro impensable de niños y muerte en una tarde calurosa y festiva.

Cuando la señora Turner, envuelta en una bata de satén perlado, se puso las botas embarradas y se sentó con el té y el diario en la silla de mimbre en la parte norte de la casa, sin embargo, todo eso todavía estaba por llegar. Sus niños aún dormían, los regalos de Navidad estaban envueltos y etiquetados bajo el árbol. La vista desde el porche, cuando la señora Turner abría el diario en una hoja en blanco y anotaba la fecha con su caligrafía precisa, era la misma de siempre: justo enfrente, al otro lado del camino de entrada, el follaje veraniego del enorme roble era tan denso que apenas podía ver la casa del árbol de los niños entre las ramas del centro. Un viejo columpio hecho con un neumático pendía de la rama de un ciruelo cercano y, más allá, detrás del entramado, el moderno tendedero giratorio que Thomas había encargado en una fábrica local en Edwardstown seguía dando la impresión de apoyarse en un codo.

Mucho se hablaría, a lo largo de los días y las semanas siguientes, de lo que escribió en el diario aquella mañana... y de lo que no escribió. En los últimos meses, la señora Turner se había entregado con más fervor del habitual a su diario, que resultaría ser una valiosa voz más allá de la tumba. Le habían inculcado ese hábito de niña. Sus padres, por su trabajo, habían mantenido registros escritos de sus observaciones y habían llenado muchos libros encuadernados en cuero de bocetos y apuntes. Había sido una influencia duradera, afianzada cuando la joven Isabel Turner se descubrió a sí misma inmersa en el nuevo y extraño mundo del internado. Se había aferrado a su rutina de confiar al papel sus pensamientos y el hábito siempre formó parte de su vida.

A lo largo de 1959, la señora Turner había estado forcejeando con un problema que la consumía, y las entradas del diario a menudo eran extensas y tortuosas. Sin embargo, antes de la mañana de la víspera de Navidad ya había tomado una decisión, y la incertidumbre en el tono y el contenido dejó paso a la serenidad. No mencionó su dilema anterior; tampoco, de forma explícita al menos, los planes que habría tenido en mente para la tarde. De hecho, la señora Turner solo escribió unas líneas superficiales que hablaban del tiempo de aquel día:

> Niebla en el valle de nuevo, pero el sol se alza sobre la colina. Pronto se disipará la bruma y será un día caluroso. La amenaza de incendios acecha, como siempre en esta época del año. Los campos, bañados por el sol, crepitan y resplandecen, pero se anuncia tormenta esta noche. Es difícil imaginar que llegue el cambio, pero el hombre de la radio dice que así va a ser y ¿quién soy yo para discutirlo? No es asunto mío. Sé tan bien como cualquiera que el cambio, como la solución, a menudo llega de repente.

Más adelante, la policía conjeturaría sobre si la entrada contenía un mensaje cifrado.

—Esa parte sobre la bruma que se disipa, las soluciones que llegan de repente... —el agente montado Hugo Doyle meditaría tras su lapicero mordisqueado en la comisaría de Tambilla—. ¿Tal vez estaba hablando acerca de sus planes?

El sargento Liam Kelly, que tenía bastante más experiencia, se mostró escéptico.

—A veces, cuando una persona escribe que hay niebla en el valle, solo quiere decir que hay niebla en el valle. ¿Qué tiempo hizo aquella Nochebuena, agente Doyle?

—Hacía calor, señor.

—Más temprano. ¿Estaba despejado?

—No, señor.

—¿No?

—Había niebla, señor.

—Había niebla en el valle.

Había niebla, sin duda, en los valles que rodeaban Tambilla cuando amaneció aquel 24 de diciembre de 1959. En los Altos de Adelaida es posible despertar en un mundo envuelto en brumas en cualquier momento del año. En invierno, cuando la temperatura baja de cero casi todas las noches y los días son húmedos y amargos, pero también en verano, cuando, a pesar del calor sofocante del principio de la tarde, los atardeceres se recuestan frescos y reparadores y es imposible no sentir las llanuras del desierto al norte cuando desciende la oscuridad de la noche.

La señora Turner había tratado a menudo de explicar su convicción de que la niebla era diferente aquí, en su país de adopción, que allá en casa. Al mirar por la ventana de su dormitorio, tras haber despertado para descubrir la naturaleza sumida en la bruma, le era imposible no temblar. Describir el efecto como amenazante era demasiado melodramático para su gusto, pero había algo innegablemente inquietante en el ambiente, sigiloso. Eran los eucaliptos espectrales, había decidido, las ramas plateadas y lisas como cuerpos desnudos de mujer en la niebla.

Existían lugares inquietantes en Inglaterra (los acantilados y las cuevas encantadas de Tintagel, las ruinas del castillo Ludlow, el Muro de Adriano o Stonehenge), pero su aura misteriosa surgía de su papel en la historia de la humanidad. Eran los desmoronados vestigios de los pueblos del pasado. En Australia, la extrañeza se debía a la tierra misma. Su misterio y su significado existían más allá del lenguaje... o más allá de su idioma, en cualquier caso. El paisaje narraba su pasado de modos mucho más antiguos y solo a quienes sabían escuchar.

Sus hijos habían traído a casa una historia una vez, de donde quiera que los niños aprendieran las cosas que aprendían, acerca de un *bunyip*. «Un ¿qué?, había preguntado ella. «Un *bunyip*», habían respondido, valorándola con miradas directas que daban a entender «¿Qué otra cosa iba a ser?». Para la señora Turner era un tanto inquietante criar hijos en una tierra distinta a aquella en la que ella había crecido. Sus puntos de referencia eran distintos a los de ella, y a veces le resultaban muy chocantes. En esas ocasiones, eran los hijos de su marido: criaturas extrañas a quienes había dado a luz pero que nunca llegaría a conocer.

El *bunyip*, según contaron, era una entidad cambiante, nebulosa, amorfa, con plumas, escamas y unas orejas que no le pegaban.

—Una cosa repugnante, monstruosa.

—Como un perro acuático.

—O una foca.

—Pero con un cuello muy largo.

—Y aletas.

—Pero también morro.

—Y se esconde en el pantano...

—... y atrapa a los niños que se acercan demasiado.

La historia le había dado escalofríos, pero de reconocimiento más que de miedo. Por muy mítica que fuera la criatura, en la descripción de los niños había una verdad inherente sobre este lugar: la sensación incómoda pero inevitable de que el peligro, lo desconocido, siempre se ocultaba en la oscuridad «ahí fuera». En ese continente, la belleza y el terror estaban inextricablemente unidos. La gente moría de sed si se equivocaba de camino. Una sola chispa podía desatar un incendio que devorara una ciudad entera. Los niños que deambulaban más allá de la valla trasera desaparecían en el aire.

3

A medida que la mañana se volvía más luminosa y la niebla comenzaba a aclarar, la señora Turner dejó el diario sobre la mesa de mimbre. Rascó la cabeza dorada de Barnaby, que se desperezó, atento. Con la taza de té en la mano, recogió el cubo de desechos de la cocina cerca de la puerta este, allí donde la joven Becky Baker lo había dejado el día anterior. Dos hileras de plátanos se extendían por la pendiente desde la casa, doblando una curva para llegar a los cobertizos de la granja cerca del tanque del pozo. A medio camino, al lado de un pequeño jardín soleado, estaba el gallinero. El Corral Hilton, como lo había bautizado el señor Turner, tras haberse alojado en el nuevo hotel Hilton en Berlín Occidental el año anterior.

Barnaby se adelantó atolondrado y regresó junto a su dueña, que caminaba con menos prisa de lo habitual, deteniéndose de vez en cuando para inspeccionar el jardín. En Inglaterra nunca cuidaba del jardín, pero en Halcyon se había aficionado a ello con un fervor que la sorprendía. Brillantes tallos de agapantos se alineaban en el camino de grava, sus lentejuelas púrpuras estallando con júbilo exultante, y, al otro lado de la valla, más allá del invernadero con el cristal roto (gracias a John y su obsesión con el campeón de críquet australiano Donald Bradman), los campos de hierba amarilla resplandecían a la luz de la mañana. Todavía le resultaba asombroso verlos vacíos. Le encantaban el optimismo y la determinación de los viñedos, pero su marido, inflexible una vez que tomaba una decisión, había insistido en el cambio.

A veces se preguntaba qué pensaría el señor Drumming de la nueva dirección... Al fin y al cabo había sido él, como gerente de la granja, quien había volcado sus energías en los viñedos durante la última década. Sin embargo, a pesar de la frustración íntima que sentía contra su marido, la señora Turner jamás se lo habría preguntado de forma directa al gerente, y el señor Drumming no era de los que ofrecían su opinión si no se la pedían.

Era un tipo querido, con una reputación en el pueblo por no dar la lata con sus asuntos. No era necesario, por supuesto; en una localidad del tamaño de Tambilla lo más probable era que todo el mundo ya los conociera bien. Pero la reserva de Henrik Drumming iba más allá de su forma de ser. Su costumbre de guardar silencio era filosófica. Llevaba a cuestas, en el serio gesto del rostro y la postura resignada de los hombros, una historia de dolor personal.

La señora Turner había deducido la historia de la esposa del señor Drumming gracias al mismo sistema de ósmosis comunitaria por el cual supo que la señorita Marian Green, de la central telefónica, había pasado fuera un mes de verano al cumplir los diecisiete años solo para volver con una fotografía de su «sobrina» recién nacida en un medallón que llevaba al cuello. No se trataba de meras habladurías, sino de un flujo subterráneo de información vital que fortalecía la comunidad e informaba a sus miembros de a quién brindar comprensión y ayuda adicionales. Así, la señora Turner había llegado a reconocer las fechas de cada año en las que el señor Drumming solicitaba comenzar tarde y a prever el gesto sombrío y cabizbajo cuando llegaba a trabajar.

Solo una vez la señora Turner había incumplido ese acuerdo tácito de no reconocer la existencia de aquel asunto. Se había encontrado con el señor Drumming de casualidad en la parte trasera de la casa, en la oficina del gerente. Era una escena terrible: él, de espaldas, los hombros delgados visibles a través del fino algodón de la camisa, temblaba al llorar. La señora Turner no logró cerrar la puerta sin llamar la atención; él tartamudeó una explicación y ella respondió enseguida con un gesto de la mano:

—Por favor, señor Drumming. Mi madre sufría de una aflicción similar a la de su esposa. Cuente con mi compasión más sincera.

La señora Turner siguió el estrecho camino de ladrillos en espiga que pasaba por detrás del seto de tejo y llegaba hasta la puerta de la verja. El gallinero estaba casi a oscuras por las densas hojas de una enredadera de Virginia, a la que se enlazaban en algunas partes rosas espinosas de color rojo oscuro. Al sentir su cercanía, Dickens, el gallo, lanzó un cacareo para despertar a todos. Era en cierto modo un recién llegado, y su carácter orgulloso y exigente había provocado disputas en el corral. Le había dado por dedicar su atención a la más pequeña de las gallinas mapuches cuando ella menos se lo esperaba.

La señora Turner les tenía mucho cariño a sus muchachas y le inspiraban una antipatía enorme los agresivos avances del gallo, pero no podía negar que había mantenido a salvo a su harén. En los últimos meses, los perros salvajes habían merodeado por ahí, y una noche espantosa, antes de la llegada del gallo, habían logrado sortear la cerca de alambre y se zamparon dos gallinas. Se llevaron una, a la que no volvieron a ver, mientras que la otra (la favorita de Evie) quedó en un estado lastimoso. La señora Turner y los niños enterraron los restos del cadáver en el jardín, con una breve ceremonia antes de plantar una delicada floribunda rosa y blanca encima del pequeño cadáver de la gallina. Evie, estoica en su dolor, leyó un poema escrito por ella misma acerca de «Henny» para honrar la ocasión y, a continuación, Becky Baker sirvió té, sándwiches de pepino y, en reconocimiento de la gravedad del momento, del famoso paté de pescado de Meg Summers, con el permiso de la señora Turner, ya que procedía de su reserva personal.

La señora Turner posó la taza de té en un rincón del arriate del jardín, donde se encontraban las traviesas del ferrocarril de madera. Abrió la puerta del corral y esparció por el suelo las sobras de ayer de la cocina. Las gallinas, tras salir del gallinero donde pasaban la noche, cloquearon y avanzaron a trompicones hasta el botín. Picotearon decididos los restos mientras Dickens se pavoneaba por el perímetro, erizando las plumas. Todas estaban sanas y salvas esa mañana, gracias al cielo.

Tras cerrar la puerta al salir, la señora Turner recogió la taza de té y emprendió el regreso por el camino. La niebla ya se había disipado y comenzaba a subir la temperatura. La luz del sol resplandecía anaranjada entre el follaje de los esbeltos eucaliptos que bordeaban la pendiente hacia el este, y en la huerta, justo al otro lado del camino, flores de ajo de color púrpura pálido oscilaban en lo alto de sus tallos. La brisa le trajo el dulce aroma de la albahaca y, cediendo a un capricho, la señora Turner cruzó el camino para contemplar los arriates. Las cuatro jardineras cuadradas tenían la misma disposición que los paneles de una ventana, separadas por unos caminos de ladrillo. Cada una de ellas rebosaba fresas, tomates y espinacas bien cuidadas, así como abundantes hierbas aromáticas. Una hilera de laureles bordeaba el muro trasero del jardín, a ambos lados de un arco de madera del que pendían blancas flores de glicinia.

Un reloj de sol, que se alzaba en el cruce de los caminos, marcaba el centro del jardín y, en el rincón más alejado, un banco de madera bajo la sombra de un manzano albergaba al extravagante hombre de las macetas.

—Fue a la señora Turner a quien se le ocurrió el diseño —diría el señor Drumming a la policía en los días siguientes. Le había afectado muchísimo la muerte de la señora Turner y, si bien era de carácter reservado y no solía hablar sin que se lo pidieran, estaba decidido a proteger su memoria—. Tuve que averiguar cómo enhebrar las macetas de terracota en las varillas de metal para hacer las extremidades y soldarlo todo, pero fue idea de ella. La señora Turner pensó que divertiría a los niños. Siempre estaba pensando en ellos. Esos niños recibían mucho cariño, se lo digo yo: mucho cariño.

Mientras la señora Turner daba el que sería su último paseo por la huerta, Smarty, el gato pelirrojo, se materializó para sentarse junto al hombre de las macetas, lugar que le ofrecía un buen mirador del pequeño estanque de peces. Había otro, más grande y formal, en el lado oeste de la casa, rectangular, con un dosel frondoso encima y baldosas de mármol a lo largo del borde, peces de colores bien alimentados que resplandecían bajo los nenúfares, pero ese pequeño estanque era mucho más alegre: pequeño y poco profundo, con pétalos caídos que flotaban en la superficie. La concentración del gato era absoluta mientras esperaba los destellos rosas y dorados en el agua, las garras preparadas.

Sin embargo, la señora Turner no le estaba prestando atención al gato. Desde donde se encontraba, en el rincón más elevado de la huerta, podía ver, a través de una rendija en el seto de tejo, la pared oriental de la casa. El sol naciente bañaba el enlucido blanco, dándole esa pátina temporal que a veces le recordaba el borde glaseado de una tarta de bodas. La que los padres de su marido habían encargado para la recepción de su boda en los jardines de Darling House en Sídney había sido así de grandiosa y reluciente. Habían mantenido muchas tensas discusiones en las semanas previas acerca de cuántos pisos debía tener la tarta. Según la tradición, debían ser tres, pero la madre del novio había insistido en cuatro: «Si eso vale para la reina de Inglaterra —había dicho—, vale para mí también». Como Isabel no estaba dispuesta a discutir por una tarta, la anciana se había salido con la suya.

En ciertos momentos a lo largo de su matrimonio, a Isabel Turner le había parecido que los habitantes de las antípodas estaban más preocupados por seguir la tradición que cualquiera de los supuestos aristócratas que había conocido en Inglaterra. Había escrito cartas a viejas amigas del colegio en las que decía que creía trasladarse a un país en el que sería libre del peso del pasado; desde que acabó la guerra anhelaba algo nuevo y diferente. Al llegar, le había sorprendido cuánto se hablaba de cómo se hacían las cosas en la «madre patria», en especial por parte de quienes nunca habían salido de Australia. Del mismo modo, también le asombró la fascinación por las mansiones. A su marido le impresionaba muchísimo más la historia de su casa que a ella.

No era del todo cómodo vivir en una casa construida para impresionar a otra mujer. La señora Turner pensaba de vez en cuando en la malhadada señorita Stevenson. Una joven prometida que no había llegado a pisar Australia, menos aún esa casa y, sin embargo, su presencia maldita parecía embrujar todos los rincones. La señora Turner se preguntaba si el motivo por el que nunca se sentía en casa era porque la casa, en realidad, nunca había sido suya. ¿Cómo podría serlo, si cada piedra y cada cornisa habían sido colocadas en su lugar con otra mujer en mente?

Los Turner habían llamado Halcyon a la casa en una tentativa de «hacerla suya». El nombre había sido idea del señor Turner y se sentía muy apegado a él. De hecho, ya había realizado un encargo a los cartelistas de Galloway Bros Sign-Writers de Double Bay cuando presentó el nombre a la consideración de su esposa. Ella lo había aceptado sin objeciones. Al igual que el número de pisos de la tarta de boda, le importaba muy poco cómo se llamara la casa y, en cambio, para él era muy importante. La sugerencia le había parecido romántica, muy propia del carácter de su marido; era esa personalidad, al fin y al cabo, lo que la había atraído de él en primer lugar, un ser luminoso, igual que una gema rara y preciosa, entre la cochambre del Londres de la guerra.

Había proclamado su plan grandioso durante su primera cena juntos, la misma noche que se habían conocido por casualidad, en octubre de 1944, en medio del puente Blackfriars. Ella iba caminando, él le había preguntado cómo se iba a tal sitio y, quién sabía cómo, ella se había descubierto a sí misma sentada al otro lado de la mesa, frente a él, en un club subterráneo, de los que pensaba que ya no existían. Él era australiano, estaba de permiso y deseaba que terminara la guerra para volver a casa. Ella le había preguntado cuáles eran sus planes cuando regresara.

Sin la menor intención de alardear, él le había hablado de la fortuna que se había encontrado en los primeros años de la guerra. Prisionero en Francia, compartió celda con un oficial inglés herido; cuando decidió que era el momento de fugarse, se lo llevó consigo. «Habría sido una grosería dejarlo ahí», dijo con modestia, a modo de explicación. No se había percatado de que el «viejo tipo» era «el duque de no sé qué» hasta que volvió a Inglaterra y se recuperaba en el hospital de la RAF en Ely. Una mujer de pelo cano, «vestida con pieles y collares de perlas», apareció junto a su cama y preguntó «¿Es él?» a alguien por encima del hombro. «Al parecer, lo era», dijo Thomas Turner. «Resultó que el tipo era el hijo mayor y el heredero de su padre. ¿Qué posibilidades hay de algo así?».

Habían recompensado a Thomas Turner con una pequeña fortuna y, cuando lo contaba él, tenía mucho sentido que destinara esa nueva riqueza a comprar una casa señorial y plantar un viñedo en las afueras de un pueblo en Australia del Sur en el que no había estado nunca.

Y la llamaron Halcyon. Pero un nombre es solo un nombre, el deseo no lo convierte en realidad y en el pueblo de Tambilla vivían muchas personas de memoria prodigiosa. Así, no había pasado mucho tiempo desde su llegada cuando la señora Turner descubrió la triste historia de la señorita Arabella Stevenson. Allá donde fuera Isabel en aquellos primeros meses, la iglesia, una reunión de la Asociación de Mujeres del Campo, alguien se moría de ganas de contarle la trágica historia de la casa a la que se había mudado. Los lugareños disfrutaban al ver lo que les parecía un vínculo entre las dos mujeres. Ambas inglesas, habían dejado su país con la intención de vivir en una casa señorial en las afueras del pueblo. No importaba con qué insistencia la señora Turner negara sentir relación alguna con esa desconocida que había fallecido en el mar antes incluso de que ella naciera; la comunidad había dictado sentencia.

Catorce años más tarde, después de «aquella Nochebuena», la idea perenne según la cual el destino de ambas mujeres estaba unido adquirió nueva fuerza.

—No estoy diciendo que exista un vínculo entre los dos sucesos —oyeron decir a la señora Edith Pigott, directora de la oficina de correos de Tambilla, a la señora Betty Diamond (pues la propietaria del salón de té era la destinataria de casi toda la rumorología del pueblo)—, pero, como sabes y ya dije en su momento, estaban tentando a la suerte al poner ese cartel tan reluciente en la puerta de la verja. ¡Halcyon, ni más ni menos! No fue un lugar idílico para el señor Wentworth y tampoco, al final, para ellos.

Otros trazaban un vínculo más directo entre la casa y el destino de quienes la habían habitado.

—Intenté avisarla —dijo la señora Marjorie Fisher, viuda desde hacía poco y más devota que de costumbre en pleno luto—. Poco después de que se mudaran le conté que había casas que traían mala fortuna. Tiene que ver con la misma tierra. Sangre derramada, viejas maldiciones. Cosas del pasado.

La señora Turner había recibido, sin duda, noticias y consejos de esa índole y había aceptado ambos con su habitual ecuanimidad. Sucedían cosas tristes, la gente se moría. Nadie habría podido pensar de otro modo si hubiera perdido a ambos padres uno detrás de otro y se hubiera graduado en un internado antes de aventurarse sola en el mundo en vísperas de una guerra que duró cinco años.

—Pero ¿no sientes nada raro cuando estás sola en esa casa enorme? —le habían preguntado más de una vez.

—Nada de nada —respondía siempre.

—¿No te pone ni siquiera un poquito nerviosa?

—Solo me pone nerviosa haberme dejado una puerta abierta y encontrarme una serpiente en el baño.

La señora Turner no tenía tiempo para supersticiones. Era hija de su padre, un científico que se regía por los principios gemelos de la lógica y la razón. En la Residencia Estudiantil Woodford había logrado el premio de química y le habían concedido una plaza en la Universidad de Somerville. Habría acabado en Oxford si no hubiera estallado la guerra.

Dicho lo cual, había un asunto relacionado con la casa en el que la señora Turner había permitido que la emoción se impusiera a la lógica. Cuando llegaron, gran parte del mobiliario había permanecido en su lugar, oculto bajo sábanas, y había más almacenado en el cobertizo en lo alto del camino. Libros y objetos personales llenaban los estantes, había cuadros en las paredes. Encima de la amplia escalera central, contemplando el balcón que recorría la segunda planta y fulminando con la mirada el vestíbulo de entrada, se alzaba un enorme retrato con marco dorado del señor Wentworth.

La señora Turner había sentido una aversión inmediata e intensa hacia la pintura. Eran los ojos, decidió: ojos enfurecidos que la seguían por la estancia, furibundo porque vivían en su casa, por los niños que reían y corrían y rompían cosas por las escaleras y el balcón. Se habría deshecho del cuadro con mucho gusto, incluso llegó a decir que iba a quemar «esa cosa espantosa», pero el señor Turner, siempre respetuoso con los orígenes y sus símbolos, se había quedado boquiabierto. «¡El padre de esta casa! ¿Es que el pobre hombre no ha sufrido ya bastante?».

Con la paciencia de una recién casada, la señora Turner había transigido en que se quedara, no sin antes añadir: «Siempre que no tenga que verlo», según el señor Drumming, a quien habían encargado mover el cuadro de la discordia.

Durante un tiempo, se habían contentado con girar al viejo señor Wentworth contra la pared, hasta que al fin le encontraron un nuevo lugar en una habitación al sur del vestíbulo de entrada. Ya se habían acostumbrado a llamarlo el recibidor del señor Wentworth debido a la enorme colección de trofeos de caza y botines coloniales robados que se acumulaban en los estantes. El arreglo había satisfecho a la señora Turner. No tenía ninguna intención de cruzar ese umbral.

—Detestaba esa sala, le parecía fría y recargada —relataría la señora Esme Pike, ama de llaves en Halcyon desde siempre, en la semana que siguió a las muertes—. Y no se equivocaba. Incluso en el día más caluroso del verano, te daba un escalofrío. Tampoco le gustaba el papel pintado. Decía que era «desmoralizante» y que le recordaba a una sala en la que se había sentado hacía mucho tiempo, tras la muerte de su madre, mientras esperaba para saber qué iba a ser de ella.

La señora Turner tenía siete años cuando murió su madre, un evento doloroso para cualquier niña de esa edad, pero aún más traumático porque ocurrió tan solo cinco semanas después de la muerte del padre al caerse en los acantilados de Clo Mor mientras contaba frailecillos. Madre e hija habían partido hacia Inverness tras el accidente, donde los acogió uno de los colegas científicos del padre, la esposa del cual, con su inquebrantable fe protestante en guardar las apariencias, proporcionó sin demora a la joven Isabel «un atuendo apropiado» y la envió al colegió con los niños de la casa. Fue a esa gélida aula de Inverness, con una pizarra que ocupaba la pared al completo y las hileras de escritorios de madera, a donde fue a buscarla de forma inesperada una desconocida de gesto serio y la llevó a la austera biblioteca, donde le dio a conocer la desgarradora noticia de la muerte de su madre.

La señorita Bathsheba Stern, directora del internado de Sussex al que enviaron a la pequeña Isabel, no consideraba decoroso divulgar información acerca de las circunstancias personales de sus estudiantes, ni siquiera veinte años después de la graduación de la joven y ante una investigación policial sobre su muerte prematura. Sin embargo, la señorita Stern estuvo dispuesta a conceder que «la chica en cuestión» había sido «desafortunada» al sufrir dos pérdidas tan terribles en tan poco tiempo. Los informes enviados por la señorita Stern al tutor de la muchacha (un tío abuelo lejano por parte materna que vivía en una casa de campo de piedra en la región de Borgoña, en Francia) describen a «una niña fuerte, que no temía el trabajo duro, inquebrantable cuando tomaba una decisión. Dotada para las ciencias». En una carta que hacía referencia a correspondencia previa ya desaparecida, ofrecía la única indicación de que a la pequeña Isabel le había costado adaptarse a sus nuevas circunstancias. «Le alegrará saber que ha habido ciertas mejoras respecto a sus hábitos de sueño. Ya no extraña con la misma intensidad y predigo que, con el tiempo, superará sus dificultades».

A juzgar por las apariencias, la señora Turner había superado las dificultades de su infancia. Con su duradero matrimonio con un hombre encantador, su prole de niños hermosos y vivaces, su casa señorial y glorioso jardín, pocos entre los lugareños de Tambilla habrían imaginado que la señora Turner no fuera sino extremadamente feliz. De hecho, la pregunta que más se repetía entre los compradores de la calle principal y los clientes del salón de té de Betty Diamond durante las primeras semanas de 1960, cuando las sospechas comenzaron a girar y a apuntar en nuevas direcciones, fue: «Pero ella lo tenía todo, ¿no?».

—Siempre, en la situación de una persona, hay más de lo que se ve a simple vista, ¿verdad? —comentó la señora Pike durante un interrogatorio en la comisaría de Tambilla—. Y son las pozas de aspecto más tranquilo las que ocultan las piedras más puntiagudas. La señora Turner era una persona discreta. En eso nos parecemos, creo. Ambas respetábamos la intimidad de la otra. Ella no hablaba mucho de sí misma ni de su pasado. Supongo que por eso fue tan insólito que mencionara el recibidor del señor Wentworth y cuánto le recordaba a su niñez cuando murió su madre. De hecho…

—¿Señora Pike?

La pobre mujer había adoptado una expresión muy angustiada y comenzó a retorcerse las manos sobre el regazo. Alzó la vista hacia el joven policía.

—Es solo que, bueno, ella había estado recordando muchas cosas últimamente. Me pareció algo un tanto inusual entonces, aunque no hice nada. Pero ahora, pensando en todo lo que ha ocurrido, no puedo evitar pensar que debería haberlo visto venir.

4

Un pájaro al que no podía ver pero que volaba de una copa de árbol a otra arrastró su sombra a lo largo del jardín, lo que sobresaltó a la señora Turner. La taza de té que había estado haciendo equilibrios sobre el plato se le cayó de la mano al suelo de ladrillos y estalló en cientos de añicos diminutos. Años más tarde, los habitantes de la casa seguirían encontrando trocitos de elegante porcelana francesa en las hendiduras del pavimento.

La señora Turner se arrodilló para recoger los pedazos más grandes. No siempre había sido una persona nerviosa, todo lo contrario. Había recibido una condecoración al valor al terminar la guerra, y había realizado proezas peligrosas. No solo aprendió a percibir el riesgo y actuar de todos modos, sino que además lo había disfrutado.

—Issy siempre fue muy decidida —explicó la señorita Gemma Hancock, amiga del colegio con quien la señora Turner había ido perdiendo el contacto tras mudarse a Australia—. El tipo de persona que necesitaba sentirse viva, como si tuviera un propósito más elevado. A algunas nos molestó poner nuestras vidas en suspenso durante la guerra, pero ella no era así. Se puso furiosa cuando descubrió que estaba embarazada y que tenía que reducir sus esfuerzos cuando la guerra todavía no había terminado.

Smarty, el gato, maulló desdeñoso y salió con elegancia mientras la señora Turner se sentaba al final del banco del jardín. Giró los añicos sobre el regazo. Esa taza era uno de los pocos objetos que la habían acompañado desde su pasado. Era de Limoges, y tenía violetas pintadas a mano a cada lado y decoraciones doradas por el borde y el asa. En uno de esos raros momentos de sinceramiento que tanto habían sorprendido a la señora Pike, la señora Turner le había contado al ama de llaves que recordaba a su madre bebiendo de esa taza al atardecer, después de la cena, mientras acababa con las anotaciones del día. Su familia se había mudado muchas veces en aquella época, y el hogar lo decidían las exigencias del trabajo de su padre, pero, estuvieran donde estuvieran, la taza los había acompañado, envuelta con esmero al final de cada encargo, hasta el siguiente destino.

Isabel la había recibido unos años después de la muerte de sus padres, según la señora Pike. El legado inmediato se había limitado a un estipendio para pagar las tasas escolares, mientras que el tío abuelo materno administraba las cuentas desde Francia. En su graduación, que coincidió con su decimoctavo cumpleaños, Isabel heredó una cuenta bancaria con un balance nada desdeñable, junto con un baúl de cuero que contenía varios objetos que, según la nota que los acompañaba, habían pertenecido a su madre.

A los dieciocho años, «Issy» era una joven taciturna a la que sus compañeras de colegio recordaban decidida, capaz y muy inteligente. Cuando se graduó, se despidió de sus profesores y de la indomable señorita Stern y se fue a pasar el verano a Londres. Alquiló un estudio barato pero alegre en Bloomsbury tras convencer a la casera (una viuda quisquillosa con rizos color malva y una conejera en el jardín trasero) de ser una arrendataria digna pagando dos meses por adelantado. El estudio no era gran cosa, pero le había bastado. El internado la había acostumbrado a circunstancias más restrictivas y se sentía agradecida por las vistas a los jardines con suelo ajedrezado desde la pequeña ventana trasera del adosado.

El cofre, enviado por barco desde Francia, había llegado durante la segunda semana en su nueva casa. Los hombres de la empresa de envíos lo depositaron, según las indicaciones, en los tablones de madera en medio del estudio, y ahí lo dejó durante tres días, sin abrir, mientras lo observaba desde todos los ángulos, caminando a su alrededor en un círculo tan amplio como le permitía el poco espacio. El nombre de soltera de su madre, Mademoiselle Amélie F. Pinot, aparecía estampado con tinta dorada y descolorida en un lateral de la tapa de cuero.

De modo muy similar a esa joven aventurera que se había dejado llevar por el corazón de Francia a Inglaterra, Isabel Turner había llegado a una encrucijada en el viaje de su vida. Había realizado las pruebas de acceso a Oxford, pero una parte de ella deseaba viajar. «Hablaba de ir al norte, hasta Orkney —recordó su amiga, la señorita Hancock—. Quería ver cosas que no había visto antes, y supongo que lo consiguió al ir a Australia. No se puede ir mucho más lejos que eso».

Al cuarto día, Isabel abrió el baúl. Comenzó a retirar los objetos de los compartimentos y cajones y los dejó en el suelo, a su alrededor, uno a uno, hasta que el estudio se inundó de reliquias y baratijas, sin ninguna relación entre sí salvo haber pertenecido a su madre. El nombre de casada de su madre, Amélie Fleur Hart, aparecía de vez en cuando, bordado en un juego de pañuelos de lino y escrito con tinta azul marina en un montón de sobres con sellos franceses. Guardada entre las cartas, una tarjeta (el esbozo infantil de un martín pescador) le trajo el dolor de un recuerdo. Isabel podía rememorar con detalle cómo observó con atención el pájaro, cómo corrió para dibujar la silueta a lápiz, cómo se fijó en el color de cada pluma. «Para mamá», había escrito en lo alto, «con cariño en tu treinta y cinco cumpleaños, Issy».

Si bien el baúl no contenía las respuestas a los grandes enigmas de su vida, al menos había recuperado la taza de té. La aclaró en el pequeño fregadero de la cocina, puso agua a hervir y escogió el té favorito de su madre, Darjeeling, en lugar de English Breakfast. No necesitó tomar más decisiones trascendentales acerca de su vida, ya que la guerra empezó apenas unas semanas más tarde. Se alistó en Whitehall, donde su trabajo consistió en mecanografiar, repartir y rellenar memorandos. La Guerra de Broma, la Batalla de Inglaterra, la Evacuación de Dunquerque y la Caída de Francia: cada fase hacía rodar la siguiente y generaba abundante papeleo e instrucciones cortantes.

A mediados de julio de 1940, en una noche cálida y despejada, una amiga del grupo de mecanografía insistió en que fueran a una velada e Isabel se encontró a sí misma atrapada en una conversación con un grupo de hombres mayores, de cara enrojecida, que pontificaban en voz muy alta sobre la rendición.

—Mirad lo que han hecho nuestros amiguitos franceses —soltó uno tras su puro.

—Por lo que he oído, solo les faltó envolver París en papel de regalo —gruñó otro—. Los alemanes entraron sin más mientras los parisinos estaban comprando pan.

—Lo dice el mismo Pétain: Francia ha sido derrotada y debe rendirse. Lástima que hayamos sacrificado a tantos de nuestros mejores jóvenes para esto.

—Por no mencionar la maquinaria —añadió un hombre delgado de palidez melancólica.

A Isabel le dolía la cabeza y los zapatos de su amiga le apretaban los dedos de los pies. Su voz sonó más virulenta de lo que había pretendido.

—Pétain es un tonto complaciente. No habla en nombre de los franceses y vosotros tampoco. El pueblo ha sido traicionado, pero no son esclavos y no se van a rendir.

Sus palabras fueron recibidas con silencio. Y al cabo de un rato:

—¿No se van a rendir? —La cara del primer hombre había enrojecido aún más. Metió un pulgar en la amplia cintura y arrojó la ceniza del puro—. Querida, ya es un poco tarde para eso.

—La bandera nazi ondea en la torre Eiffel —dijo el segundo—. Lo único que queda es dejarles a lo suyo y centrar todo nuestro poder en defender nuestras malditas fronteras.

El humo había vuelto la habitación borrosa, pero Isabel tenía las ideas claras.

—Francia luchará y vencerá. Y cuando venza, no será gracias a amigos como ustedes.

Sus acompañantes no esperaban (y no vieron con buenos ojos) esas opiniones, y menos de alguien como ella. Poco a poco le dieron la espalda, cerrando filas antes de alejarse en busca de compañía femenina más agradable.

Isabel se acabó lo que le quedaba del whisky y estaba decidiendo si pedir otro para el camino cuando se fijó en una mujer mayor, de pie junto a ella, en la que no había reparado antes. Apenas le llegaba a los hombros a Isabel y su aspecto era perfectamente anodino. De hecho, la señora Turner pensaría muchas veces a lo largo de los años en ese encuentro en la sala recargada del Bedford Place y, si bien recordaba con detalle el cuero desgastado del sofá, el sonido del reloj o el cargante perfume que emanaba de una risueña aduladora cerca del carrito de los cócteles, no era capaz de evocar los rasgos faciales de la mujer. Sin embargo, recordaba lo que le había dicho, incluso el tono, en voz baja:

—¿Antes hablabas en serio acerca de la situación en el continente? ¿O era solo una forma de hacerte la interesante?

—Siempre hablo en serio. —Isabel comprendió al decirlo que era verdad.

—¿Tienes alguna relación con el continente?

—Mi madre era francesa.

—¿Era?

Un breve asentimiento.

—¿Y tu padre?

—Inglés.

—¿Es?

—Era.

Sacó una tarjeta pequeña y rectangular de un bolsillo y se la ofreció.

—Llama a este número —dijo la mujer del rostro extraordinariamente ordinario—. Tal vez nos puedas ser de ayuda.

En la casa, una puerta se cerró de golpe, acabando con la calma de las primeras horas de la mañana. Barnaby se enderezó, las orejas erguidas, al mismo tiempo que una bandada de maluros salía volando de la copa del manzano. La señora Turner echó un vistazo por la abertura del seto. Alguien estaba despierto.

John. El entusiasmo siempre lo volvía efervescente, desde que era pequeño. Se había estado levantando temprano toda la semana, con esa ilusión que solo podría sentir un muchacho de trece años. Se acercaban las Navidades, por supuesto, pero Isabel sospechaba que se trataba de algo más. Había estado merodeando y había hecho unas cuantas preguntas incisivas acerca de carretes y cámaras. Además, se había hecho amigo de un chaval llamado Matthew McKenzie, el nieto de los vecinos, que acababa de llegar de Adelaida.

La señora Turner, atenta a más señales de vida, se quedó quieta. De la granja de los MacKenzie llegó el distante rumor de la maquinaria agrícola. El cobertizo de los Turner, por su parte, más arriba en la pendiente, seguía en silencio. Por lo general, el señor Drumming habría llegado ya para comenzar su jornada, pero esa Nochebuena el gerente le había pedido el día libre. Como diría a la policía la semana siguiente: «Tenía otros asuntos que atender aquella mañana, asuntos de carácter íntimo. Le había preguntado a la señora Turner si sería una molestia que comenzara tarde y ella me dijo que no hacía falta que viniera, que me vendría bien el día libre». Ante la insistencia, respondió que no, que no diría que ella le disuadió para que no fuera a la finca; más bien, ella había querido darle «un pequeño descanso» y no, no le había parecido extraño: trabajaba para los Turner desde que llegaron a la casa Wentworth y «tenían un acuerdo». No él y la señora Turner, aclaró, un leve rubor en la cara; tenía un acuerdo «con ambos». Iba, dijo a la policía, la voz quebrándose por la emoción, a lamentar no haber ido a trabajar aquel día «el resto de mi vida».

La señora Turner acostumbraba a recorrer cada mañana el perímetro de los prados interiores antes de que se despertaran los niños. Le gustaba muchísimo caminar y había anotado al principio de su diario de aquellos días dos citas, la primera de Rousseau:

Pasear tiene algo que anima y aviva mis ideas. Apenas atino a pensar si me quedo quieto. Mi cuerpo tiene que estar en movimiento para que mi mente se ponga en marcha.

La segunda era un verso del poema «En un carruaje, a orillas del Rin» de Wordsworth:

Cavilar, detenerse a voluntad, contemplar.

Aunque no se dedicaba a componer poesía, la señora Turner, no obstante, tenía que poner en orden sus ideas, realizar planes y preparativos. Había escrito en numerosas ocasiones acerca de «la pequeña espiral en tensión» que sentía en el pecho y necesitaba alivio con frecuencia. Pasear había sido un hábito durante mucho tiempo, pero la maternidad, con sus constantes interrupciones, era un desafío para ella y el pasatiempo se había convertido en un bálsamo.

También su madre había sido una paseante entusiasta. Según la señora Pike, la señora Turner había rememorado a su madre «poniéndose las botas y saliendo sola cada día, lloviera, granizara o hiciera sol». Ella decía que era «su paseo diario»; el padre de Isabel lo había llamado «la medicina de tu madre». Solo en muy raras ocasiones había permitido que Isabel la acompañara. La niña pronto descubrió que no era el momento adecuado para charlas triviales. Su madre caminaba con resolución, a zancadas, por los páramos, colinas o acantilados (según donde estuvieran viviendo), como si quisiera llegar a algún sitio cuanto antes. O tal vez, como Isabel pensaría más adelante, como si huyera.

La señora Turner había adoptado el hábito con la misma pasión en los últimos meses de la guerra, después del Día D. Tras regresar a su estudio de Bloomsbury en el otoño de 1944 (que las bombas habían respetado milagrosamente), pasó una época difícil. Habían transcurrido cuatro años, París había sido liberada y ella se encontraba de vuelta al punto de partida, pero todo había cambiado. Como escribiría en su diario, la vista desde su ventana ya no era igual. Había hileras de verduras en las huertas de atrás y se amontonaban los refugios antiaéreos. Los conejos de la casera habían desaparecido. Las personas, más delgadas y antipáticas que cuando se marchó, se veían afectadas por una curiosa forma de amnesia cultural. Todos habían visto y hecho cosas para sobrevivir. Ahora, todo el mundo tenía secretos.

También ella había cambiado. En las calles y en la verdulería mantenía conversaciones forzadas con la gente en las que se oía decir cosas triviales acerca de las tarjetas de racionamiento y la probabilidad de una rendición por parte de Alemania, mientras una voz en el interior de su cabeza aullaba: «¡Corre!». Por la noche, su mente se desbocaba mientras trataba de poner orden en los eventos del pasado e intentaba imaginar un futuro. En lugar de quedarse en la cama mientras el minutero se arrastraba por la esfera del reloj, había comenzado a pasear, de una calle a otra, en la oscuridad, mientras la ciudad yacía en ruinas a su alrededor. Su madre había estado en lo cierto: pasear era pensar, pensar era respirar, respirar era agarrarse a la vida.

De no ser por esa costumbre de pasear, la señora Turner jamás habría conocido a su esposo ni se habría casado con él; tal vez no habría llegado a ver la enorme casa del señor Wentworth al final de Willner Road ni habría dado a luz a su camada de preciosos niños australianos de voces chillonas y pecas en la nariz. Pues fue en una de esas noches, en octubre de 1944, cuando se encontró con Thomas Turner en el puente Blackfriars. Había niebla e Isabel ya había paseado desde Bloomsbury hasta Holbron y había rodeado St. Paul.

Describió el encuentro a la señora Maud McKendry, la esposa del único doctor de Tambilla, en el puesto de tartas de San Valentín de la Asociación de Mujeres del Campo.

—Me dijo que estaba de pie en medio del puente cuando oyó una voz a su espalda. Él le preguntó cómo se iba a cierto sitio y, entre una cosa y otra, ella se ofreció a acompañarlo. Dijo que ni por todo el oro del mundo podía recordar por qué le había hecho una oferta semejante a un desconocido en plena oscuridad. Las dos nos reímos de eso. Si conociera usted al señor Turner, sabría por qué. No es fácil decirle que no.

Durante su interrogatorio a cargo de policías londinenses, realizado en nombre del departamento de policía de Australia del Sur, el señor Turner confesó que durante muchos años había olvidado las circunstancias de la noche en que conoció a su mujer. Había pasado casi una hora respondiendo preguntas sobre si ella podía tener algún enemigo y si pensaba que alguien podría tener un motivo para lastimar a su familia… o, en verdad, al hacerlo, lastimarle a él.

—No —respondía a todas y cada una de las preguntas, más de una vez. El señor Turner no era el tipo de hombre que tolerara la sugerencia de que alguien deseaba hacerle daño. Amaba el mundo y esperaba que el mundo correspondiera a ese amor.

Hacia el final del interrogatorio, el inspector Harris, a quien le había tocado la mala suerte de trabajar el día de Navidad, se reclinó en la silla, dobló los brazos sobre el pecho y preguntó si había «algo en el pasado de su mujer que le podría haber hecho sospechar que fuera capaz de cometer un acto tan espantoso».

Al señor Turner le impresionó tanto la pregunta que al principio no atinó a responder. «Abrió y cerró la boca como un pez dorado», escribió el inspector Harris en su informe para la policía de Australia del Sur aquella noche.

—Su esposa, señor Turner —insistió el agente de policía—. ¿En alguna ocasión, que usted sepa, ha caído en pensamientos depresivos?

En ese momento, la mente del señor Turner se dirigió al gerente de la granja, el señor Drumming, cuya esposa estaba ingresada en una institución en Adelaida. Había oído hablar acerca de la señora Eliza Drumming y sus «episodios», y sentía una gran compasión por su gerente, igual que la sentía, y lo sabía, su esposa, la señora Turner. Henrik Drumming era un buen hombre que hacía un buen trabajo. En el mundo del señor Turner, cuando algo malo le ocurría a alguien bueno era un asalto contra la ley natural y la doctrina esencial de la justicia en la que creía sin dudarlo.

Sentado en la fría sala de interrogatorios de la comisaría de Charing Cross, el señor Turner estuvo a punto de negar la relación de su mujer con cualquier condición de esa índole. Ella a veces se sentía frustrada con él, sin duda, la tensión visible en la seriedad de los rasgos faciales, la sonrisa de labios cerrados que últimamente veía con más frecuencia. Pero ¿pensamientos depresivos? ¡Claro que no! Ella era feliz. Tenía una vida maravillosa, ¿no era cierto? Una bonita casa, hijos sanos. La recién nacida. ¿Qué más podría desear una mujer?

Pero en ese momento recordó su encuentro en el puente. La imagen vino a él, como diría más tarde, «igual que una visión… espiritual, casi como un mensaje». Esa noche neblinosa de 1944 él, obnubilado por su belleza a la difuminada luz de la luna, no se había preguntado qué hacía ella ahí. Más adelante, lo había distraído la emoción del cortejo, y un mes después de conocerse ya estaban casados. Ahora, bajo la mirada escrutadora del inspector Harris, de la Policía Metropolitana, recordó cómo ella se había agarrado a la baranda del puente, de pie justo en el borde, y comprendió, con cierta perplejidad, que sí, que suponía que tal vez había visto evidencias de la tendencia de su mujer a los comportamientos depresivos.

Más aún, recordó algo que había olvidado, ya que, por regla general, no daba importancia a los momentos infelices.

—Su madre —dijo, sorprendiéndose incluso a sí mismo.

—¿Su madre?

—Su madre sufría depresión y, al final, se pegó un tiro.

Los últimos restos de niebla en el valle ya se habían disipado y los habitantes de Tambilla se estaban despertando. En el cuarto trasero de la oficina de correos, la señora Pigott maldecía mientras ordenaba los envíos navideños de última hora y la señora Diamond, en la cocina del salón de té, batía huevos al curry en una enorme fuente de cerámica que su abuela había traído a Australia del Sur desde Staffordshire. La señora Diamond esperaba un gran día, con toda esa gente apresurada en busca de las últimas provisiones de Navidad. Además de la actividad habitual, había prometido al reverendo Lawson, de la iglesia anglicana de St. George, que le suministraría diez bandejas de sándwiches para compartir tras la misa de Nochebuena.

A algo más de veinte kilómetros, el señor Percy Summers también estaba en marcha. Mientras cargaba a su vieja yegua y se preparaba para salir de la granja McNamara, que los lugareños llamaban La Estación, Percy no podía imaginar que, antes de que acabara el día, iba a verse inextricablemente unido a una tragedia a punto de ocurrir en la gran casa de piedra al final de Willner Road.

La mujer de Percy, Meg, célebre por su *Roggenbrot*, el pan de centeno alemán, había comenzado también la jornada. Como propietaria de Summers e Hijos, la única tienda de comestibles de Tambilla, se disponía a afrontar el día más ajetreado del año. Tenía varios pedidos ya preparados y estaba esperando a que sus dos fornidos muchachos, Kurt y Marcus (de quienes no podía estar más orgullosa, como sabía todo el mundo en el pueblo), acabaran de desayunar para comenzar con los envíos. Además de su ya excesivo trabajo, la señora Summers tenía una tarta que hornear. Su marido había cumplido cuarenta y un años mientras estaba en La Estación y había decidido sorprenderlo cuando volviera a casa aquella tarde, antes de que las Navidades llegaran al pueblo y todo lo demás dejara de existir.

De todo eso, la señora Turner, aún de pie en la huerta con los trozos de porcelana en la mano, no sabía nada. Un viento cálido recorrió el camino de entrada a la casa Wentworth y envió una bandada de hojas secas a lo largo de la grava. Una puerta de metal crujió a lo lejos. La señora Turner bajó la vista a los añicos. Le asombró ver que la violeta pintada seguía intacta. La señora Pike declararía a la policía que le alarmó ver los pedazos rotos sobre la mesa de la cocina cuando llegó a trabajar aquella mañana.

—Fue una de las primeras cosas en las que me fijé. Se me escapó un gemido cuando comprendí de qué se trataba. Yo sabía lo importante que era esa taza para ella y tuve un mal presentimiento cuando la vi, y no lo digo por lo que pasó luego.

Sin embargo, aún quedaban un par de horas para que llegara la señora Pike. Ya habrían dado las ocho antes de que ella pedaleara por Willner Road en su bicicleta, de la que se bajó al llegar al camino de entrada para iniciar la ascensión. Aparecería, como siempre, en el momento justo para ayudar a limpiar el caos del desayuno de la familia Turner. La primera persona «de fuera» que llegaría a la casa Wentworth aquel día iba a ser Becky Baker, quien, a sus dieciocho años, era la mayor de los muy rubios cinco hijos del señor Cliff Baker, el cervecero.

En un principio, a la señorita Baker la habían contratado para ayudar a la señora Pike con las tareas del hogar. A decir verdad, la señora Turner había albergado dudas sobre la necesidad de una criada, pero aceptó a la chica porque la señora Pike había insistido. Estaba previsto que la señorita Baker llegara al mediodía para ayudar con los quehaceres domésticos y los preparativos para la cena, pero tras el nacimiento de la bebé, la muchacha había demostrado ser una excelente niñera, así que, antes de que acabara el periodo de prueba, la señora Turner la había declarado indispensable.

—Para mí no fue ninguna sorpresa —informaría a la policía la señora Pike en su primer interrogatorio—. Becky llevaba toda la vida cuidando a sus hermanos y hermanas. Puede que sea lenta, pero no le falta sentido común. Y es leal y cariñosa. Caramba, ¡cómo miraba a aquella bebé! La adoraba…

A la señora Turner se le cortó la respiración cuando el piano comenzó a sonar dentro de la casa. Una vez más, esos nervios. Sin duda, ese era John. La señora Turner había comentado a menudo (y a veces lamentado) cuánto se parecía a su padre en todos los aspectos. No parecía importar cuántas veces le repitiera que en la casa también vivían otras personas (entre las cuales se encontraba una recién nacida que había mantenido despierta a su madre la mitad de la noche) y que las sociedades funcionaban mejor cuando sus miembros eran respetuosos los unos con los otros; él se limitaba a ofrecer una disculpa bondadosa y una sonrisa amplia y genuina y dejaba de hacer lo que tuviera entre manos. Hasta la próxima vez.

No se trataba solo de que tocara el piano en la biblioteca tan temprano, sino de la manera en que lo hacía. Con alegría, brío ¡y a todo volumen! Pasó a la siguiente octava para tocar una vez más el mismo pasaje festivo de *Long, Long Ago*. Al igual que su padre, sus gustos iban de las canciones de marinos hasta las tonadas folclóricas rusas, pasando por las marchas militares más fogosas. Las notas de la jovial melodía y su espíritu se extendieron a ráfagas por el jardín. Era agotador, esa carga que no terminaba nunca de ser responsable de todo, las conversaciones disciplinarias que se repetían, las explicaciones fatigosas, pero era ella quien debía pararlo… Con suerte, antes de que los despertara a todos.

Con una última y apenada mirada a los eucaliptos (no le quedaba más remedio que renunciar a su paseo del día), la señora Turner cerró la mano en torno a los fragmentos rotos de la taza y se dirigió de vuelta a la casa. Las cacatúas negras habían regresado al nogal. Viajaban en grupo y bajaban en picado en parejas, las plumas negras del penacho erizadas, para despojar al árbol de su fruta. Mientras la señora Turner cruzaba el césped del jardín de rosas, el suelo, húmedo de rocío, ya estaba cubierto de restos de cáscaras tan afiladas como el cristal.

CUARTA PARTE

CAPÍTULO QUINCE

Sídney, 11 de diciembre de 2018

Aquella tarde, Jess se retrasó al ir al hospital y cuando llegó aún resonaba en su cabeza la voz de Daniel Miller. El pueblo de Tambilla, sus alrededores y las personas que vivían allí no le daban un respiro. El paisaje, tal y como lo describía Miller (los eucaliptos de troncos plateados, el pasaje oculto del agua por el bosque rebosante de insectos, los tejados de hierro corrugado y las viviendas de piedra color caramelo de los colonos) era una Australia que reconocía de los libros y películas de su infancia y, sin embargo, le era desconocida. A pesar de haber viajado a menudo por Europa, jamás se había aventurado al oeste más allá de las Montañas Azules.

Sentada en un taxi mientras el conductor bregaba con el tráfico de Oxford Street, Jess había tecleado «Altos de Adelaida» en el navegador del teléfono y recorrió las fotografías de los resultados. Las imágenes que se habían formado en su mente mientras leía el libro de Daniel Miller se interponían entre las vistas de viñedos, verdes colinas bajo la niebla y árboles otoñales de llamativas hojas rojas y amarillas. El efecto era desconcertante. Sintió un escalofrío: la extraña incongruencia, al mirar las fotografías, de que el mundo de Isabel y Thomas Turner, el señor Drumming, la señora Pike, Betty Diamond y Meg Summers era algo que había experimentado, en vez de un lugar sobre el que había leído. Como si, de acercarse lo bastante a las imágenes y cerrar los ojos, fuera a oír de repente el río Onkaparinga fluyendo a través del bosque.

No era del todo una sensación desconocida. Era, sospechó Jess, el terreno en común de los verdaderos lectores. Era la magia de los libros, la curiosa alquimia que permitía a una mente humana convertir la tinta negra de las páginas en un mundo entero. A pesar de todo, Tambilla se había apoderado de ella con una intensidad que superaba lo habitual. La invadió un sentimiento de impaciencia, una agitación, una emoción similar al hambre o la envidia. Como si necesitara saber todo lo que había que saber, poseer el lugar; como si sintiera que tenía el derecho a poseerlo.

A medida que el distrito Bondi Junction del siglo XXI pasaba ante la ventanilla del taxi, Jess lo vio de lejos: el tráfico atestado, los centros comerciales, las torres de apartamentos. Se preguntó qué habría pensado de todo eso la familia Turner durante aquellas vacaciones de 1955. Jess había guardado la fotografía en su teléfono y estudió a Isabel Turner mientras se acercaban al hospital. Ya no era una desconocida, era una mujer con una taza de té favorita. Una emigrante, algo que Jess comprendía bien: formar parte de un lugar, pero nunca del todo, en tanto que otro sitio, lejano, muy lejano, se negaba a renunciar al título de «hogar».

Pero ¿la añoranza de su tierra bastaba para explicar lo que había hecho? Jess pensó en algunas de las épocas más difíciles que había vivido; sentirse sola en una tierra remota era sumamente aislante y debió de haber sido incluso más doloroso por entonces. Sin embargo, Jess estaba dispuesta a apostar a que había algo más. Unos cuantos artículos que había leído en internet mencionaban una declaración en la investigación que el forense había suprimido. Parecía probable que lo que había llevado a este a culpar a Isabel Turner por el asesinato de sus hijos, fuera lo que fuera, se encontrara en esa prueba.

Cuando al fin aparcaron junto a la entrada del hospital, Jess pagó al taxista y se apresuró a cruzar las puertas de cristal. Jess echó un vistazo al reloj del puesto de enfermería y confirmó que se había perdido cuarenta y cinco minutos del horario de visita.

Llegó a la habitación de Nora justo a tiempo para cruzarse con una enfermera a la que no había visto antes. La etiqueta con su nombre decía «Aimee» y sonrió cordial a Jess.

—¿Cómo está? —preguntó Jess, que se movió con rapidez para dejar el bolso en la silla para las visitas junto a la cama de Nora.

—Un poco intranquila, pero le hemos dado algo para ayudarla a dormir.

Jess no debió de ocultar bien su decepción, ya que la voz de Aimee expresó un toque de consuelo:

—De verdad, es lo mejor para ella en esta fase.

—Es que tenía muchísimas ganas de hablar con ella —se justificó Jess, tomando la mano de Nora. La expresión de su abuela era relajada hasta el punto de parecer apática, y Jess se dio cuenta de lo animada que solía ser y cuánto deseaba volver a ver a la Nora de siempre.

—Puedes hablar con ella de todos modos, ya sabes —la animó la enfermera mientras actualizaba el historial de Nora—. Las personas muchas veces sienten que deben guardar un silencio respetuoso, pero siempre he pensado que así, en este ambiente extraño y artificial, os sentís solas. Nosotras hacemos lo que podemos, pero es mucho mejor llenar la habitación con las voces de los seres queridos.

—¿Ella me oye?

—Seguro que sí.

—¿No la voy a molestar?

La enfermera guardó el historial a los pies de la cama de Nora y ofreció a Jess una sonrisa reconfortante.

—¿Cómo le va a molestar tu presencia?

Al salir la enfermera, la habitación se sumió en un silencio casi palpable. Jess pensó en lo que le había dicho Aimee. Parecía autocomplaciente hablar con su abuela dormida, pero estaba dispuesta a intentarlo. Tras un momento de duda, empezó con tono tentativo:

—Hola, Nora, soy yo, Jess. —Pensó de inmediato en Judy Blume y la adolescente Margaret y no pudo contener la risa. Fue un sonido inesperado y nervioso, pero la relajó—. Hola, Nora —repitió—. Estoy aquí. Quería decirte que he estado pensando en Isabel.

Nora no movió un músculo.

Jess lo intentó de nuevo.

—He estado pensando en Issy. —Miró a su abuela con atención; había comprendido que eso era lo que Nora había dicho en el hospital el otro día, no Jessy, sino Issy («Issy, ayúdame»), justo antes de mencionar Halcyon—. He encontrado tu libro sobre la familia Turner —prosiguió Jess—, *Como si estuvieran durmiendo.* Lo he estado leyendo.

Tampoco ahora hubo reacción. Cuando Jess dejó de hablar, el silencio se extendió hasta ese rincón rancio y caluroso por el sol junto a la ventana. Afuera se confundían los ruidos distantes de una obra y las interjecciones masculinas en voz alta.

Probó una vez más:

—He estado leyendo acerca de Thomas.

Nada. Jess acercó la silla para las visitas y se sentó. Si mencionar a su hermano no bastaba para que Nora diera señales de vida, era poco probable que algo más lo consiguiera. Desanimada, se resignó a ver a su abuela dormir.

¿Qué le habría parecido a Nora el libro de Daniel Miller?, se preguntó Jess, mientras el reloj del hospital avanzaba con desazón de segundo en segundo. ¿Qué habría pensado de su descripción de Thomas Turner, el querido hermano mayor cuya ausencia había sido uno de los grandes pesares de su vida? En todas las historias que Nora le había contado a Jess, Thomas Turner era una figura heroica, y Jess jamás se había cuestionado esa descripción. Ahora, visto a través de la lente del ensayo y el libro de Daniel Miller, Thomas Turner aparecía con una complejidad mayor. Encantador, pero voluble. Popular, pero imperfecto, capaz de ser egoísta y desconsiderado, de permitir que su ego se antepusiera a sus mejores cualidades.

Por supuesto, el retrato de Daniel Miller era solo la opinión de un escritor. Él no poseía la verdad absoluta y tampoco Nora. Era un hecho de la existencia humana que dos personas jamás verán un conjunto de situaciones exactamente de la misma manera; es más, cada uno jurará (y era probable que lo creyera) decir la verdad.

—De todos modos, ¿qué es la verdad? —le había preguntado a Jess una amiga curiosa.

—Es lo que ha sucedido.

—¿Según quién?

En ese caso, según Daniel Miller. Jess disfrutaba y admiraba la cuidadosa construcción del mundo de Miller, la observación cercana de sus sujetos. Jess no lo dudaba: le habían importado; más allá de su meticulosa atención al detalle, percibía un deseo genuino de dotarlos de humanidad. Pero, aunque cualquier periodista habría aspirado a hacer lo mismo, Miller lo había llevado más lejos, hasta el punto de cruzar la línea que separaba al observador del creador cuando se metía en sus mentes, describía sus pensamientos imaginarios y convertía a las personas en personajes.

Sin duda, eso era lo que había convertido el libro en algo mucho más fascinante de lo que habría sido un reportaje al uso. Pero ¿cómo lo había hecho? ¿Cómo aseguraba saber lo que sentía Isabel respecto a su vida en Australia o los viajes cada vez más frecuentes de su marido al extranjero? ¿Cómo supo que Isabel tenía dificultades por ser de otro lugar y sentirse distanciada de sus hijos, desconcertada por la desnudez del paisaje?

El primer capítulo que había leído aquella mañana describía a la señora Turner sentada en el porche de la casa mientras escribía su diario (hábito, según se informa al lector, que respetaba cada día). Jess sospechaba que esa inclusión era una tentativa de Miller para incorporar sus investigaciones en el texto: una manera de sortear las preguntas de lectores quisquillosos acerca de cómo podía estar al tanto de las cosas que aseguraba saber. La escena sugería que había logrado acceder al diario durante sus pesquisas, que era capaz de describir los pensamientos de Isabel porque los había leído del propio puño y letra de ella.

Sin embargo, Jess se preguntó si el encuentro de Miller con el continente australiano y su respuesta emocional, fuera la que fuera, había influido en la descripción de la señora Turner. Hasta cierto punto, todos los escritores de no ficción confiaban en una paleta de experiencias y sentimientos personales para animar a sus sujetos; ¿en qué momento se cruzaba la frontera y se tomaban demasiadas libertades?

—¿Cómo estamos? —Aimee estaba de vuelta y se acercó a la cama para anotar, como cada hora, las constantes vitales de Nora.

—Sigue durmiendo —dijo Jess.

—Lo mejor para ella. Parece estar en paz, ¿a que sí? Jess supuso que era cierto.

—Me temo que se han terminado las horas de visita —añadió la enfermera con una sonrisa de disculpa—. Pero vamos a cuidar bien de ella mientras no estés.

Jess le dio a Nora un cariñoso beso en la frente y le prometió que volvería pronto.

Encontró un taxi al salir del hospital y dio al conductor la dirección del parque donde había quedado con la señora Robinson. Mientras el taxista giraba en redondo y comenzaba a sortear el tráfico, Jess perdió la mirada al otro lado de la ventanilla. Aún estaba pensando en Miller y en la ética de su proyecto, cómo se había enfrentado a la tarea de convertir la vida de personas reales (incluso algunas que ya no estaban disponibles para una entrevista) en un libro. Cómo, para el caso, un periodista estadounidense se había encontrado en Australia del Sur para escribir sobre el crimen de primera mano. ¿Qué era lo que le había atraído de la historia familiar de los Turner y por qué había permanecido en ese lugar el tiempo suficiente para convertir esas muertes trágicas en el tema de un libro? Todos los periodistas esperaban un golpe de suerte. ¿Simplemente se había encontrado en el lugar correcto en el momento oportuno?

Sacó el teléfono y buscó «Daniel Miller» y «Como si estuvieran durmiendo». Tenía la esperanza de encontrar entrevistas con él, pero había poco que fuera de ayuda y (qué extraño) nada relacionado con la edición de 1980. Miller parecía ser el tipo de reportero que se sentía más cómodo formulando preguntas que respondiéndolas. Era posible que, si leyera sus otros ensayos, encontrara las pistas necesarias para comprender su enfoque, pero le iba a llevar tiempo encontrarlos.

Jess aumentó el brillo cuando se le ocurrió una nueva idea. *Como si estuvieran durmiendo* lo había publicado Quill Press. Tecleó el nombre en el buscador del teléfono, que le ofreció unos cuantos resultados, ninguno de los cuales era un enlace directo a un sitio web. La editorial parecía haber pasado a formar parte de Crown Publishing, una división de Penguin Random House. Si nada más funcionaba, podría enviar un correo electrónico a la dirección de contacto, pero Jess quería información cuanto antes y le preocupaba que su petición desapareciera en el agujero negro de la correspondencia no solicitada.

Tecleó «sitio web Daniel Miller» en la barra de búsqueda y encontró enlaces a Wikipedia, una entrada en Britannica.com y una página web que hizo renacer sus esperanzas pero que resultó ser una sola página escrita por un admirador que contenía poco más que una breve biografía y algunos mensajes de lectores. Lo que de verdad quería era localizar a alguien que hubiera conocido a Daniel Miller en persona. Borró «sitio web» y lo sustituyó con «herederos». Los resultados contenían enlaces a unas pocas páginas que hacían referencia a una Fundación Literaria Daniel Miller. Uno de esos enlaces la llevó a la Foundation Directory Online, donde averiguó que, tras la muerte de Daniel Miller, se había creado una fundación benéfica que concedía becas a jóvenes escritores. Aparecía la dirección de una calle en Los Ángeles, pero nada más explícito.

Buscó «Fundación Daniel Miller». El primer resultado era un artículo de prensa que hacía referencia a la Universidad de Columbia y anunciaba la propuesta de crear un ciclo de conferencias sobre periodismo. Nombraba como administrador de la fundación a Ben Schultz, abogado de Daniel Miller durante mucho tiempo. Al final del artículo aparecía un enlace de correo electrónico para realizar consultas. Jess esbozó un mensaje en el que explicaba su interés por saber más acerca de la época en la que Daniel Miller vivió en Australia. Tras un momento intentando decidir si era mejor no mostrar demasiado interés (había tratado con abogados y sabía que eran expertos en desviar la atención sobre los asuntos de sus clientes), Jess decidió que no tenía tiempo para andarse con tapujos. Añadió una frase que resumía su relación con la familia Turner y guardó el borrador del mensaje cuando llegó al parque donde iba a verse con la señora Robinson.

Un grupo de adolescentes con bicicletas y teléfonos estaban tirados en la hierba cerca del surtidor de agua, y una madre vestida de licra se apresuraba detrás de una criatura de unos dos años que iba de un peligro en potencia a otro a un ritmo delirante. Cuando se alejó el taxi, Jess vio al ama de llaves de su abuela, de pie junto a un columpio.

La saludó con la mano y ambas se acercaron, sin necesidad de hablarse, para sentarse en la gran mesa del merendero que había bajo un enorme eucalipto, en el borde oriental del parque.

—Gracias por venir —dijo Jess al mismo tiempo que un verdugo de ojos amarillos estiraba las alas sobre el borde de una papelera cercana y salía volando.

—He venido porque me preocupa Nora —respondió la señora Robinson con sequedad. Se abrazaba a sí misma con fuerza. Estaba nerviosa, comprendió Jess—. No soy de las que hablan por hablar —continuó—. Tu abuela es más que una jefa para mí, es una amiga leal y no quiero sentir que estoy cotilleando a sus espaldas.

—Por supuesto que no.

—Si no ha hablado contigo sobre estas cosas, sus motivos tendrá.

Jess supo que se encontraba en terreno resbaladizo. Recurrió a toda la experiencia que había acumulado persuadiendo a personas recelosas a sincerarse durante una entrevista y, dejando entrever solo una leve curiosidad, preguntó:

—¿Por qué crees que no me ha hablado de la familia Turner?

—Supongo que sintió que no había ningún motivo para cargar sobre tus hombros ese terrible suceso del pasado de tu familia.

—¿Quería protegerme?

—Ese es el tipo de cosa que haría tu abuela. Como creo que ya he dicho, jamás he conocido a una madre (o a una abuela) tan protectora, tan centrada en que nada malo les sucediera a sus seres queridos.

Tal vez eso explicara por qué había ocultado el secreto a Jess cuando era niña, pero hacía dos décadas que era una adulta. No se sentía mancillada por las acciones de una tía abuela (política) de hacía sesenta años.

—Bueno —siguió con ligereza—, ya es muy tarde para eso. Está todo en internet.

—Maldito internet. Tiene mucho de lo que responder. —El tono de la señora Robinson era brusco, pero permitió que el atisbo de una sonrisa desvalida se dibujara en las comisuras de su boca.

Eso bastó para que Jess se diera cuenta de que la determinación del ama de llaves de su abuela comenzaba a desmoronarse y siguió con una pregunta delicada:

—¿Nora se sentía unida a Isabel Turner?

La señora Robinson apartó la vista para mirar a la criatura que pasó berreando, los brazos abiertos como alas de avión. Jess esperó. Sabía que ese era el momento decisivo. A menudo, las personas más reacias eran quienes más tenían que decir, una vez se decidían a empezaran a hablar. En ese momento, el ama de llaves de su abuela habló y Jess supo que ya estaban en marcha:

—Fueron buenas amigas.

CAPÍTULO DIECISÉIS

Tu abuela solo tenía dieciséis años cuando se conocieron —comenzó la señora Robinson—. Al volver de la guerra, su hermano le dijo que traía una gran sorpresa. Nora solía bromear diciendo que esperaba un vestido de Liberty, no una cuñada. Una vez me contó que estaba preparada para odiar a esa mujer que había robado el corazón a su hermano, pero conoció a Isabel y también le robó el corazón a Nora. Se sintió desolada cuando le dijeron que se iban a mudar a Australia del Sur, llevándose lejos a la pequeña Matilda. Fue incluso más difícil cuando los otros niños comenzaron a llegar. Nora tenía que llevar dos maletas cada vez que iba de visita, una solo para los juguetes y los regalos que había ido reuniendo para ellos. Adoraba a esos niños. «Mis pequeños Turner», solía decir.

Jess sonrió al reconocer que ese era el mayor elogio en boca de Nora.

—Eran buenos niños —dijo la señora Robinson—. Muy animados. Niños de campo, ya sabes, pero sabían estar presentables.

—Vi una foto.

La señora Robinson pareció sorprendida antes de alzar los ojos al cielo.

—Deja que adivine: ¿en internet?

—La habrían usado en la prensa de la época. La tomaron aquí, en Sídney.

—Lo recuerdo. Salió en todos los periódicos de entonces. Vinieron de vacaciones. Se hospedaron en Darling House, con tu abuela.

—Se parecían mucho a Nora. Sobre todo la pequeña, Evelyn, que era su vivo retrato.

La señora Robinson asintió.

—Esa fue una de las cosas más tristes de todo ese asunto. Entre esas terribles pérdidas, tu abuela se quedó sin el sueño de una familia numerosa y bulliciosa. Le hacía muchísima ilusión que tu madre al nacer ya tuviera tía, tío y primos, todo un clan. Pero, de repente, todo eso desapareció. Cuando tu madre nació, estaban todos muertos, todos esos niños preciosos. Y luego su marido la dejó y su hermano (su persona favorita en el mundo) desapareció de su vida.

La mención de la ausencia del señor Bridges le recordó a Jess sus dudas sobre el acuerdo de custodia.

—¿Sabes por qué el marido de Nora desapareció por completo de la vida de Polly? ¿Era raro en esa época?

La señora Robinson suspiró.

—Ya sabes cómo es Nora. Es testaruda. Una vez que se ha comprometido a algo, no es fácil que lo deje. Cuando las cosas empezaron a estropearse en su matrimonio, estaba decidida a que funcionara. No solo que funcionara: quería estar enamorada, ser una familia feliz. Pero los hombres pueden ser criaturas vanidosas.

Dependientes. Él tenía celos de todo el tiempo que Nora pasaba con el bebé, pero ella estaba entregada a tu madre. Creo que, al final, fue demasiado para él. Era más sencillo irse para siempre. Se volvió a casar poco después de la separación... con una joven de la oficina. Alguien a quien Nora había contratado.

Una imagen de Matt y su nueva esposa y su bebé vino a la mente de Jess. La ahuyentó.

—¿Tuvo más hijos?

—Creo que tuvieron tres o cuatro. Con una rapidez indecente, me atrevería a añadir.

Así pues, una nueva familia y una exesposa reacia a compartir su preciosa bebé. Jess supuso que eso explicaba por qué no se había molestado en luchar con Nora por la custodia. No, en cambio, por qué a Nora le preocuparía aquel asunto ahora.

—El final de un matrimonio es triste, por supuesto —continuó la señora Robinson—, pero para Nora lo peor fue perder a su hermano. Le dolió muchísimo cuando él no volvió a casa desde Londres. Desde ese momento apenas habló de él. Imagino que se sintió traicionada. Había querido muchísimo a sus hijos y él ni siquiera se molestó en viajar para conocer a tu madre.

El marido y el hermano, lejos; la cuñada, las sobrinas y el sobrino, muertos. No era de extrañar que Nora se hubiera aferrado a su bebé.

—Polly era lo único que le quedaba.

—Eso, sin duda, es lo que pensaba tu abuela —asintió la señora Robinson—. Más de una vez habló de que eran una pareja inseparable. Sentía que las unía un vínculo más poderoso de lo normal debido al trauma compartido.

Jess alzó las cejas; ya había oído eso antes. Según uno de los dichos perennes de Nora, un niño nacido de un trauma llevaría esas cicatrices para siempre. Lo repetía a menudo cuando conversaban acerca de la madre de Jess, por lo general cuando trataba de explicar el nerviosismo o la desconsideración de su hija, o aquel incidente cuando Jess era apenas un bebé. Cada vez que su abuela hacía esos comentarios, parecían teñidos con un matiz de culpa… o de responsabilidad, al menos. Jess había aceptado la explicación sin cuestionarla cuando era pequeña; a medida que iba creciendo, sin embargo, le había parecido una forma excesivamente dramática de describir una experiencia bastante común. El melodrama no solía formar parte del estilo de Nora.

—Pero Polly no recordaría gran cosa del divorcio, ¿verdad? Era muy pequeñita cuando ocurrió.

—No el divorcio —aclaró la señora Robinson, que devolvió sorprendida la mirada de Jess—. Tu abuela se refería a la tragedia en Australia del Sur.

—¿Por qué iba a ser eso un trauma para Polly? Ni siquiera había nacido cuando ocurrió.

—Eso es lo que estoy diciendo. Es lo que provocó el parto de Nora. Fue inesperado. El parto estaba previsto para después de Año Nuevo, pero oír lo que había ocurrido junto a aquella poza lo adelantó.

—¿Nora se puso de parto después de responder al teléfono?

Fue la señora Robinson quien frunció el ceño, confusa, hasta que de repente comprendió.

—Oh, lo siento, pensé que lo sabías… Tu abuela estaba allí. Aquel año fue a Australia del Sur a pasar las Navidades. Había sufrido unas náuseas horribles por las mañanas durante su embarazo y quería estar con su familia. No hubo ninguna llamada telefónica. Estaba en casa cuando los policías vinieron a darle la noticia. Se había quedado cuando los otros se fueron de pícnic.

Los pensamientos daban vueltas en la cabeza de Jess. No podía ponerlos en orden lo bastante rápido para decidir qué preguntar a continuación. En realidad, no tuvo que decir nada. A pesar de las reticencias que sentía antes de quedar, la señora Robinson se había animado mientras contaba la historia.

—Creo que una parte de ella se sentía culpable —continuó—. Que su mejor amiga (su hermana, que eso era Isabel para Nora) pudiera hacer algo tan espantoso, que lo hubiera planeado y llevado a cabo mientras Nora estaba allí... Creo que pasó mucho tiempo reprochándose a sí misma por no ver las señales y se preguntaba qué podría o qué debería haber hecho. No podía haber hecho nada, por supuesto. Casi todas las mujeres saben que es normal estar triste después de dar a luz, pero lo que pasó en aquella casa fue algo de otro cariz.

—¿Eso fue? ¿Depresión posparto?

—¿Qué otra cosa podría explicar que una madre hiciera algo así? Estaba sola en esa casa enorme en una finca enorme, con tres niños y una recién nacida y sin familia cerca. En la mente humana pasan cosas raras.

Jess trató de recordar lo que había leído:

—¿Ese fue el dictamen oficial del forense?

—No conozco bien los detalles. Lo que me preocupaba era ayudar a Nora. Pero sé que hubo pruebas: cosas que la señora Turner había escrito que sugerían un estado mental depresivo, soledad, ganas de librarse de todo, ese tipo de cosas. Por lo que recuerdo, hubo un chivatazo importante a la policía; alguien declaró (¿tal vez un sacerdote?) que ella le había preguntado si podía existir algo que justificara que una madre abandonara a sus hijos. La madre de ella se había suicidado, por lo que tengo entendido, y la había dejado sola en el mundo. Es evidente que decidió que lo mejor para todos era llevarse a sus hijos con ella.

Era difícil saber qué decir después de esa valoración tan contundente. La mirada de Jess se posó en el pequeño, que era cada vez más díscolo y su equilibrio cada vez más precario mientras se alejaba dando brincos de su cansada madre.

—Lo siento, sé que suena cruel —dijo la señora Robinson, sin pizca de arrepentimiento en la voz—. Pero soy madre y me resulta imposible aceptar que una mujer haga algo así. La maternidad te cambia. Te da una nueva suma de sentimientos.

Jess sonrió con una cortesía tensa. Se contuvo para no señalar que no tener hijos no le impedía sentir que matar a un hijo era aborrecible.

La señora Robinson no se dio cuenta de que había ofendido a Jess.

—Y entonces, cuando Nora por fin había dejado todo eso atrás, veinte años más tarde se hallaron los restos de la pequeña y todo volvió a salir a la superficie. Thea, qué nombre tan bonito. La policía pensó desde el principio que se la habían llevado los perros, pero aun así, a tu abuela la conmocionó que lo confirmaran. —La señora Robinson miró al grupo de adolescentes, que recogían las bicicletas y las mochilas, listos para irse a casa—. Los huesos aparecieron en un arriate cerca de la casa, en el rosal de la señora Turner. Después de eso, Nora fue incapaz de soportar las rosas. Era imposible que lo hubiera sabido, pero ella oía a esos perros por la noche. Hubo una tormenta brutal, dijo, y en los intervalos en que no llovía se aullaban los unos a los otros.

En los columpios, al pequeño se le acabó la suerte y, tras tropezarse, se golpeó la frente contra una barra de acero. Jess hizo un gesto de dolor al verlo, pero la madre del niño no entró en pánico, lo levantó en brazos y lo consoló de camino al carrito, donde le puso el cinturón para el camino de vuelta a casa.

—Es horrible, ¿verdad? —dijo la señora Robinson, que también había estado observando la escena—. Pensar en esa criaturita, sola en el jardín todos esos años. Cuánta gente la buscó, y había estado justo ahí, cerca de la casa, todo el tiempo. Sé que a tu abuela la obsesionó.

Jess sintió caer sobre ella una sombra de melancolía. La idea de que su abuela no le hubiera contado tantas cosas acerca de un tema tan esencial para ella era de lo más perturbador. Deseó que Nora hubiera confiado en ella. Quería decirle a su abuela que compartía su pesar y que comprendía cuánto había perdido.

El parque se había quedado vacío una vez que los adolescentes desaparecieron al otro lado de la colina y la conversación entre ambas mujeres parecía haber llegado a su conclusión natural. Jess caminó con la señora Robinson de vuelta a la calle. Al acercarse al límite del parque, la señora Robinson dijo:

—¿Cómo van las cosas en la casa? ¿Hay que limpiar? Suelo ir los viernes, pero no tuve ocasión de terminar con todo la semana pasada.

Jess le dijo que no era necesario.

—Estoy yo sola. Espera, ven antes de que Nora vuelva a casa. Así estará todo perfecto a su vuelta.

Se dieron un abrazo torpe.

—Gracias por venir a verme —dijo Jess—. Te lo agradezco mucho.

—Me alegro de haber venido. —La señora Robinson dudó, como si escogiera sus siguientes palabras con sumo cuidado—. Me parece lo correcto habértelo contado. En cierto sentido, a menudo he pensado que todo ese asunto explicaba por qué tu abuela se sentía tan unida a ti.

—¿Qué quieres decir?

—Cuando encontraron los restos de esa pobre criatura, tú misma eras una cosita pequeñita. Solo tenías un año. Tú y tu madre aún vivíais en Darling House, y yo a veces me encontraba a tu abuela de pie en el umbral de tu cuarto, mirándote, nada más, para saber que estabas bien. A veces pienso que sentía que, si te mantenía a salvo, de algún modo podría compensar no haber salvado a aquel bebé.

Jess sonrió; no le reveló a la señora Robinson que Nora le había confiado una vez que tenía un buen motivo para temer por su seguridad cuando era bebé.

—Te adoraba. Casi se le rompió el corazón cuando tu madre se fue contigo a vivir a otra parte. No te fuiste lejos, pero Polly no era de hacer visitas. La pobre Nora se quedó muy sola y a veces pensé que no lo soportaría. Incluso después de todo lo que había sufrido, creo que ese fue su punto más bajo.

—Al final volví.

Los ojos de la señora Robinson se habían empañado, pero sonrió.

—Volviste. Y, cielo santo, qué feliz la hizo. Fue como una segunda oportunidad, dijo. Fueron sus mismas palabras. Y estaba decidida a aprovecharla.

Cuando Jess llegó a Darling House, ya eran casi las ocho y media. El atardecer caía sobre el jardín y, al oeste, los últimos rayos del sol habían teñido de un rosa luminoso el horizonte. Las siluetas de las bóvedas de la Ópera se recortaban contra el cielo y le vino a la mente un recuerdo de las cacatúas negras de Isabel Turner, las plumas del penacho alzadas mientras saqueaban el nogal de Halcyon.

Jess no había estado en el jardín de Isabel Turner en Australia del Sur y, sin embargo, lo recreó en su mente con la nitidez de un lugar de su infancia, enterrado en la parte visceral de la memoria: el amplio y elegante camino de entrada, la hilera de eucaliptos en la pendiente más alta, la huerta con su pequeño estanque y el gato avaricioso...

Aún estaba procesando todo lo que la señora Robinson le había contado al entrar en el vestíbulo de Darling House. Que su abuela hubiera estado en Halcyon cuando se hallaron los cadáveres de Isabel Turner y sus hijos junto al arroyo fue abrumador, más incluso que averiguar que ya estaba embarazada de Polly en ese momento.

Jess dudaba que la tragedia Turner hubiera tenido una influencia directa en una recién nacida pero, sin duda, había sido traumático para su abuela. La angustia, como había dicho la señora Robinson, había bastado para adelantar el parto... No era de extrañar que Nora se hubiera sentido tan unida a su bebé.

Jess calentó una porción de la lasaña de la señora Robinson y se la comió de pie, junto a la mesa. Cuando terminó, metió el plato en el lavavajillas y subió las escaleras. Se dio una ducha que interrumpió cuando se descubrió a sí misma apoyada contra las baldosas con los ojos cerrados, adormeciéndose bajo la lluvia de agua caliente.

El agotamiento siempre la dejaba con los nervios a flor de piel y las sábanas, frescas y suaves, fueron una delicia cuando se metió en la cama. La ventana estaba entreabierta y Jess fue consciente de todos los sonidos que venían de fuera: el crujido de las ramas del gran roble, un koel del Pacífico que lanzaba su llamada: cuu-ii; la sirena de una ambulancia que recorría la ciudad. Abrió el teléfono para echar un último vistazo y encontró los sitios de noticias llenos de anuncios navideños. Una lista que prometía «el perfecto regalo para mamá» le sirvió de recordatorio desolador: se había propuesto llamar a Polly antes de que acabara el día.

Jess pensó en llamar, pero decidió que estaba demasiado cansada. Se prometió a sí misma, con severidad, que llamaría a primera hora de la mañana siguiente y programó un recordatorio en el teléfono para no olvidarse.

No había nuevos correos electrónicos que leer antes de dormir. No era sorprendente (apenas eran las nueve de la mañana en Londres), pero el mensaje que había tecleado para la fundación de Daniel Miller aún estaba en la bandeja de borradores.

Jess lo leyó entero, con el dedo en el aire, por encima de la tecla de enviar. Al fin, satisfecha con lo que había escrito, lo mandó al ciberespacio. El sonido del correo le transmitió una pequeña corriente de emoción por la columna vertebral.

Con un amplio bostezo, Jess enchufó el teléfono para cargarlo y se recostó contra las almohadas. Cogió el libro de Daniel Miller y lo abrió por el siguiente capítulo. Alisó la página, disfrutando del tacto granuloso y añejo, y se detuvo para saborear por un instante la expectación antes de dejar que su vista encontrara las primeras palabras.

Jess esperaba que el nuevo capítulo la llevara de vuelta a la mañana de la víspera de Navidad en Tambilla, donde una familia se despertaba al feliz caos de una jornada festiva sin sospechar los eventos terroríficos que les aguardaban.

Lo que no había visto venir era que encontraría, y junto a él la sensación incandescente e inmediata de algo muy parecido al *déjà vu*, el nombre de su abuela en el comienzo mismo de la primera frase.

Como si estuvieran durmiendo
DANIEL MILLER

5

Desde su llegada a Tambilla, Nora Turner-Bridges sabía que su cuñada sufría de insomnio. Nora acostumbraba a salir de paseo al amanecer alrededor de los rosales, y así descubrió que Isabel pasaba las últimas horas de la madrugada dando vueltas a la casa o refugiada en el jardín. Al principio se dijo que Isabel solo estaba muy ocupada. Tenía muchas cosas a su cargo (una recién nacida y tres niños mayores, todos ellos estorbando ahora que las vacaciones de verano se extendían interminables frente a ellos), pero algo la había inquietado. Más de una vez, Nora se había encontrado con su cuñada en un estado de distracción, una expresión distante e infeliz en el rostro, como si estuviera pensando muy concentrada en algo peliagudo.

Isabel también había estado inusualmente olvidadiza. Se habían reído juntas el día que guardó la leche en el armario y el azúcar en el frigorífico, pero había habido otras ocasiones menos benignas. Una tarde se había quedado dormida con la bebé sobre el regazo y una taza de té caliente en la mano. Solo fue un desliz momentáneo (se despertó enseguida, avergonzada y pesarosa, antes de que ocurriera nada malo), pero para Nora, sentada en la silla de enfrente, el incidente había sido perturbador.

En otra ocasión, Isabel había dejado a la bebé dormida en la cuna bajo el nogal mientras ella se apresuraba a entrar en la casa para responder el teléfono y luego olvidó regresar. Por suerte, Nora había visto a las cacatúas reuniéndose en la rama de encima y rescató a la bebé antes de que tuvieran la oportunidad de lanzarse en picado.

—Tal vez no lo habrían hecho —dijo a la policía—, pero son pájaros enormes, era muy impropio de Isabel arriesgarse así.

—¿Alguna idea de qué le preocupaba? —preguntó el sargento Duke, recostándose contra la silla en la sala de interrogatorios de la comisaría de West Road, el ventilador girando sobre el archivador—. ¿Se lo dijo?

—No de forma directa.

La señora Turner-Bridges había deducido que su cuñada echaba de menos a su marido, tal vez incluso albergara cierto resentimiento por su marcha poco después del nacimiento de la pequeña Thea.

Thomas Turner era un hombre cuya personalidad ocupaba una enorme cantidad de espacio; Nora sabía de primera mano qué grande y silencioso podía ser el agujero que dejaba su ausencia. Cuando se marchó a luchar en la guerra, se había sentido abandonada en la gran casa familiar en el límite oriental de Sídney. Aún una niña, había pensado que la soledad la acabaría matando. A pesar de lo idílica que pareciera la vida de Isabel, Nora podía imaginar muy bien cómo ella (quien, al fin y al cabo, había dejado su país) debía de sufrir accesos de soledad cuando su marido estaba fuera.

El policía que tomaba la declaración de la señora Turner-Bridges se había animado al oír eso.

—¿La señora Turner había admitido sentirse sola? ¿Echaba de menos su país? ¿Le habló de querer volver a Inglaterra?

La señora Turner-Bridges insistió en que no le había mencionado nada de eso.

—Mi hermano decía a menudo que él jamás podría vivir en Inglaterra. Era australiano, era parte de su ser. No, Isabel sabía muy bien que la familia jamás se mudaría. Y tampoco habría querido; le encantaba vivir aquí. Nosotros éramos su familia. Hay una diferencia entre la nostalgia romántica y la vida real de cada uno.

Aunque no se encontrara muy preocupada, Nora estaba decidida a que ambas pasaran un tiempo juntas lejos de los niños, fuera de la casa. Una bonita excursión, razonó, tal vez fuera lo que necesitaba su cuñada para recuperar los ánimos. Nora no tenía la certeza de estar en condiciones de ir en coche en un caluroso día de verano por la escarpada y serpenteante Greenhill Road, con sus curvas cerradas y desniveles espectaculares al borde del acantilado, hasta llegar a un restaurante en Adelaida, pero había un pequeño y bonito salón de té en Tambilla y había hablado con la propietaria, la señora Diamond, para reservar una mesa junto a la ventana. Resistirían hasta que pasaran las Navidades (con su alboroto y jaleo familiar) y luego se sentaría con Isabel y tendrían una conversación larga y distendida.

A lo largo de los días, semanas y meses siguientes, Nora se reprocharía a sí misma haber pospuesto esa conversación. «Si hubiera hablado con ella antes —dijo un par de semanas más tarde, apretándose las manos sobre el regazo mientras la bebé dormía plácidamente a su lado, en el recibidor de la casa vacía de su hermano—, ¿tal vez podría haber cambiado las cosas? ¿Tal vez habría comprendido lo bajo que Isabel había caído?».

En la mañana de la víspera de Navidad, sin embargo, mientras el sol se alzaba rosado detrás de la hilera de eucaliptos en la pendiente del este, Nora no tenía manera de adivinar que antes del final del día su familia habría desaparecido. Su mayor preocupación en aquel momento era el calor. El aire cargado presagiaba lluvia, lo que la motivó para, al fin, salir de la cama y acercarse a la ventana; desde ese mirador vio a Isabel en la huerta, en lo alto del camino de entrada.

Nora sintió una emoción perturbadora y extraña al observarla. Su cuñada tenía una expresión pensativa y no había ni rastro de brío o propósito en su actitud. Estaba de pie, tan inmóvil como una estatua, hasta que de repente se estremeció, como si sintiera un escalofrío, y dejó caer al suelo la taza de té, que se hizo añicos. Cuando se arrodilló a recoger los fragmentos rotos, la escena, a la luz de la mañana, era tan bella y premeditada, quedó tan bien encarnada en los hombros delicados y abatidos de la intérprete, que Nora tuvo la sensación extrañísima de estar viendo una representación teatral.

Una reprimenda que sonó a bufido rompió el silencio en el interior de la casa, procedente del rellano junto a la puerta del dormitorio de Nora, donde reposaba el teléfono en su nueva mesilla laminada.

—¡Para, pequeñajo!

Nora posó ambas manos en su vientre hinchado, como si así pudiera tapar los oídos de su niña para que no oyera las disputas de sus primos mayores.

La voz pertenecía a su sobrina mayor, Matilda.

—Si te lo he dicho una vez —continuó la muchacha—, te lo he dicho mil veces: déjame en paz.

Siguió una risa encantada de chico y los pasos se dispersaron escaleras abajo. Al final, la puerta de una de las habitaciones de la planta baja se cerró de un portazo.

Nora abrió un poco la ventana y una ráfaga de aire cálido aprovechó la oportunidad para colarse en la casa adormecida. Los acordes felices y atronadores de *Long, Long Ago* comenzaron a sonar en el piano de abajo y Nora cerró los ojos un momento antes de volver a bajar la ventana. Se le olvidaba una y otra vez que ya no estaba junto a la costa. Abrir una ventana en Darling House, su casa en el barrio oriental de Sídney, era dar la bienvenida a la brisa marina que pasara por ahí. Aquí, en cambio, estaba encerrada en pleno calor.

Al otro lado del cristal un movimiento le llamó la atención. Isabel venía hacia la casa, el cubo de basura en una mano, los añicos de porcelana en la otra.

Nora recordaría más tarde percibir lo que le pareció un resurgimiento del brío en la actitud de su cuñada. Tal vez, pensó, las exigencias de esa época festiva serían el único remedio que Isabel necesitaba. Era víspera de Navidad, al fin y al cabo, y había mucho que hacer.

Más adelante vería el momento con otros ojos. Se había producido un cambio, sin duda, pero ese nuevo vigor que había observado en el caminar de su cuñada anunciaba un cambio siniestro. Pues, en ese momento, el día se había encaminado hacia su rumbo atroz.

Mientras la señora Turner regresaba a la casa que despertaba, Becky Baker iniciaba su camino por la calle principal de Tambilla. Todas las mañanas salía a pie de casa, en la cervecería, y seguía el río hasta llegar al estrecho sendero que atravesaba el bosque hasta la parte trasera de las tiendas. Le gustaba pasar por debajo del túnel formado por los robles y los olmos colosales que crecían en el centro del pueblo antes de apartarse una vez más de la calle y cruzar los prados hacia Willner Road.

Si llegaba a tiempo, lo que ocurría casi siempre, vería a la señora Summers cargando los periódicos y las botellas de leche que vendería en la tienda. A Becky le gustaba más estar con la señora Summers que con las otras señoras del pueblo, que la hacían sentir avergonzada o torpe. Se saludaban con alegría y la señora Summers se apresuraba a entrar para ofrecerle una manzana para el camino. A veces Becky se comía la manzana, pero otras mañanas la guardaba para cuando llegara a los campos al final de Willner Road, donde el señor Hughes, el abogado del pueblo, tenía los caballos.

Aquel día había llegado más temprano que de costumbre. En la casa de los Turner no la esperaban hasta las ocho, pero Becky no quería perder ni un minuto. La señora Turner había insistido en que Becky se tomara un descanso durante las Navidades. «Has trabajado muchísimo por mi familia este año —le había dicho con firmeza cuando Becky sugirió que podía continuar con sus tareas—. Deberías pasar algo de tiempo con la tuya».

Becky se había sentido desolada. Trabajar para los Turner en Halcyon (se negaba a llamarla la casa Wentworth, ya que el señor y la señora Turner le habían puesto un nombre tan bonito) era un sueño hecho realidad. La habían contratado al principio para ayudar a la señora Pike con la limpieza, pero cuando nació la bebé y la señora Turner parecía tan cansada de todo, Becky había actuado. Tenía cuatro hermanas pequeñas y sabía una o dos cosas acerca de cuidar a los más chicos; y la pequeña Thea era la criatura más dulce y se contentaba con mirar las hojas de los árboles mecidas por el viento con una expresión de completo asombro en su carita perfecta.

Becky había comenzado a pensar que no tendría hijos. Solo había un muchacho con el que podía imaginarse casándose y haciendo aquello y él ni siquiera la había mirado dos veces. ¿Y por qué se iba a fijar en ella? La mitad de las chicas de Tambilla le hacían ojitos a Kurt Summers. Era el tipo de chico que debería ser socorrista en la playa de Glenelg los fines de semana. De constitución fuerte, germánica, pelo rubio, pero un carácter afectuoso que se le notaba en la cara. Era inteligente, además, uno de los más listos de la clase. Demasiado listo para ella.

—Buenos días, Becky —la llamó la señora Summers desde el otro lado de la calle—. Feliz Nochebuena.

Becky cruzó hasta la puerta principal de la tienda Summers e Hijos, donde la señora Summers barría la acera.

—Llegas pronto —dijo sin dejar de barrer—. Y yo también. Cuántas cosas que terminar hoy… ¡Voy de aquí para allá como pollo sin cabeza! ¿Entras y escoges una manzana?

En el mostrador, la señora Summers comprobó el libro de pedidos.

—Tengo un encargo que subir a la casa. No te lo voy a dar, va a pesar demasiado. Además, todavía no está listo. No sé dónde se han metido las horas esta semana, con Perce en La Estación para cortar las hierbas. Voy a enviar a uno de los chicos más tarde. Dile a la señora Turner que si se le ocurre algo más, que nos llame y yo me aseguraré de enviarlo colina arriba.

Becky asintió para mostrar que comprendía. Deseosa de llegar a Halcyon, se había dado la vuelta para irse cuando la señora Summers la llamó de nuevo.

—Tengo algo pequeñito que te podrías llevar ahora. Algo en lo que he estado trabajando.

La señora Summers sacó una chaqueta rosa, diminuta, de debajo del mostrador, y la alzó para que Becky la viera.

—¡Le va a quedar de maravilla a la bebé! —exclamó Becky.

—¿A que sí? He estado guardando la lana para una ocasión especial. Ahora deja que eche un vistazo a ese pedido mientras estás aquí para que le puedas decir a la señora Turner a qué hora estará listo.

La señora Summers llamó a Kurt y las mejillas de Becky Baker se ruborizaron tanto como uno de los melocotones maduros de las cajas en la parte delantera de la tienda.

Sin embargo, Kurt no apareció por la habitación que había tras el mostrador. En su lugar asomó la cabeza su hermano pequeño, Marcus, que dijo:

—Está hablando por teléfono.

—¿Tan temprano? —La señora Summers arqueó las cejas—. Supongo que no hace falta que pregunte con quién está hablando.

Becky sabía que Kurt estaba al teléfono con Matilda Turner, y eso fue lo que le dijo al sargento Kelly en su interrogatorio la semana siguiente.

El policía pareció interesado.

—¿Alguien te dijo que hablaba con ella?

No, respondió Becky. Lo había adivinado por la mirada que intercambiaron la señora Summers y su hijo pequeño, una mirada frustrada, pero también llena de cariño. Además, Becky había visto a Kurt y a Matilda juntos cerca del árbol hueco una tarde cuando iba a casa, así que sabía que estaban enamorados. Becky se sintió orgullosa de sí misma cuando le dijo eso al policía. Había sumado dos y dos y le había salido cuatro. Eso era algo que la señora Pike le decía cuando a Becky le preocupaba no ser capaz de realizar una tarea del todo bien. «Tómate tu tiempo, Becky —repetía—, y ya verás que dos y dos normalmente suman cuatro».

El sargento Kelly también se mostró satisfecho.

—Qué bien, Becky —le dijo—. Eres una chica lista.

Becky sabía que eso no era cierto, pero también supo que el policía no se estaba burlando de ella. Aceptó el comentario como una de esas cosas que decían las personas cuando trataban de ser amables.

Becky no era inteligente. Tampoco era estúpida, por mucho que algunas personas lo dijeran. Era solo que tenía que pensar en los problemas más tiempo que la mayoría de la gente. La señora Pike dijo que pensar más no era algo malo: quería decir que, cuando encontrara la respuesta, podía estar más segura de haber acertado.

Aprender en el colegio era diferente. Becky lo había dejado a los doce años. Su padre le había pedido que se sentara una noche a su lado, le había dicho que había un trabajo especial para ella en la cervecería y le había preguntado si le gustaría venir a trabajar con él en lugar de ir al colegio. A Becky le alegró dejar los estudios. Echaba de menos las lecciones de canto por las tardes, con la señorita Brickwell al piano, y las interpretaciones de *God Save the Queen* en la asamblea de cada mañana, pero no había echado de menos las otras canciones. Había una sobre todo que a los otros niños les había hecho mucha gracia:

> *Becky Baker era la hija del cervecero,*
> *Nadie la ayudó y se cayó en un agujero,*
> *Menudo coscorrón, ¡ay!, se dio en la cabeza,*
> *Y ya nunca volvió a caminar sin torpeza.*

Cuando era pequeña, Becky se unía a la canción con alegría. Fay, su hermana pequeña, le había dicho que no debería cantarla. No era fácil abandonar las viejas costumbres, y Becky aún se sorprendía tarareando la cancioncilla entre dientes a veces, sobre todo cuando sabía que había cometido un error tonto, como la otra semana, cuando rompió la mejor salsera de la señora Turner.

Becky tal vez no fuera inteligente como Fay, pero sabía que dos y dos sumaban cuatro y no le cabía duda de que Kurt Summers había estado hablando por teléfono con Matilda Turner aquella mañana. Sabía, además, que Kurt y Matilda habían discutido, aunque no se lo contó al policía, a quien no se le había ocurrido preguntar. Becky había visto a Kurt al salir de la tienda. Echó un vistazo al callejón que había en un lateral de la tienda y ahí estaba él, con las manos en la verja, la cabeza gacha. Becky había pasado mucho tiempo mirando a Kurt y era capaz de interpretar sus posturas y gestos con más claridad de la que jamás había interpretado un texto escrito. Vio la tensión en los hombros y cómo la mandíbula se había endurecido, igual que si apretara los dientes, y supo que Kurt Summers acababa de oír algo que lo hacía muy, muy infeliz.

Becky Baker no se equivocaba. Sin duda, Kurt Summers había estado hablando con Matilda la mañana de la víspera de Navidad. Marian Green, de la central telefónica, confirmó el hecho a la policía en su interrogatorio a última hora de la tarde del lunes 28 de diciembre. La llamada se había iniciado en la residencia de los Turner poco después de las siete de la mañana del 24: «Me había levantado temprano —contó a la policía— porque sabía que iba a ser un día de locos».

La señorita Green insistió en que no sabía de qué había hablado la pareja («Al contrario de lo que la gente pueda pensar, no tengo la costumbre de escuchar conversaciones ajenas»), pero, bajo presión, sugirió que tal vez hubiera oído a Matilda Turner decir algo parecido a «Tengo que verte» y «No puede esperar hasta Navidad», e incluso quizá las palabras «te veo allí». No estaba dispuesta a jurarlo, avisó al joven agente que tomaba notas en una pequeña libreta; «Solo oí alguna que otra palabra suelta mientras colocaba de nuevo el auricular».

Estaba más segura de la extensión de la llamada, que, según informó a la policía, no había durado más de unos pocos minutos. Estuvo tan ocupada todo el día que no volvió a pensar en aquella llamada en concreto. «Fue una conexión tras otra, y empeoró al atardecer, con todo lo que había pasado. Ya se pueden imaginar que las líneas echaron humo después de eso».

La policía interrogó a Kurt Summers el martes 29 de diciembre. Tras haber corroborado que era el novio de Matilda Turner, había sido incluido en la lista de contactos cercanos; al final, sin embargo, sorprendió al sargento Kelly y al agente Doyle presentándose en la comisaría por propia voluntad, a primera hora de la mañana. Su padre, Percy Summers, lo acompañaba, y explicó a los agentes que el muchacho aún estaba conmocionado, pero que comprendía que era su deber ofrecer toda la ayuda que le fuera posible.

Kurt asintió cuando el sargento Kelly le preguntó acerca de la llamada y admitió que Matilda lo había telefoneado muy temprano.

—Quería quedar —explicó Kurt—. Dijo que había algo de lo que quería hablar conmigo en persona, pero que no sabía cuándo podría escaparse. Su madre había estado de mal humor últimamente, más estricta que de costumbre, y quería que pasaran tiempo juntos, en familia. —Al decir esto sus ojos se cerraron de manera involuntaria y apretó los labios con fuerza en un intento de mantener la compostura. Al fin logró continuar, la voz aflautada por el esfuerzo para no llorar—: Yo la quería. Quería casarme con ella. Jamás habría deseado que le pasara algo malo.

En la casa de los Turner el teléfono se encontraba en un pequeño rincón del rellano, en el lateral más apartado de las escaleras. Se sabía que la señora Turner había dicho que era como tener un «gabinete de secretos» en casa, pues una palabra que se pronunciara en un volumen normal ante el teléfono rebotaba contra la pared de enfrente y se oía con facilidad en todo el rellano.

En esa ocasión, fue la señora Turner-Bridges, aún instalada en el cuarto de invitados, quien oyó murmurar a Matilda (poco después de que su hermano saliera gritando escaleras abajo): «Tengo que irme. Te veo luego», antes de dejar el auricular en el interruptor con tanta fuerza que el timbre retumbó.

Una vez más, las manos de Nora se posaron en su vientre, como si quisiera proteger a la bebé de los conflictos domésticos. Comenzaba a pensar que estaba pasando algo en la casa. Al igual que su madre, Matilda estaba más malhumorada que de costumbre. Nora lo había achacado a las hormonas y al delicado asunto de tener quince años, pero comenzaba a preguntarse si no habría un motivo más profundo para la irritación de su sobrina. Matilda había estado comiendo como un pájaro, llevando la comida de un lado al otro del plato mientras miraba la mesa con gesto de pocos amigos y estallaba contra quien tuviera la mala fortuna de despertar su ira.

Nora aún se estaba preguntando acerca de la conducta de su sobrina cuando, al otro lado de la ventana, escuchó que Becky Baker, la chica del pueblo, entraba en el jardín. Echó un vistazo al reloj de pulsera y vio que era demasiado temprano para que empezara su jornada, y sintió un estremecimiento de disgusto. La chica era una incorporación relativamente reciente al personal de la casa y Nora la había estado observando con atención durante las semanas pasadas en Halcyon. Parecía bastante eficaz (a pesar de haber roto una salsera que era una reliquia de familia, regalo de los padres de la señora Turner-Bridges para la boda de Thomas e Isabel) y saltaba a la vista que se sentía muy cómoda con la bebé.

Un poco demasiado cómoda, pensó la señora Turner-Bridges mientras Becky desaparecía bajo los aleros. Isabel había cedido toda la responsabilidad a la joven; de hecho, parecía capaz de continuar con la escritura de su diario, el cuidado del jardín o incluso con esas miradas al vacío cuando lloraba la bebé. Si Nora llamaba la atención sobre las necesidades de la criatura, Isabel decía, casi como si se le acabara de ocurrir: «Oh, Becky se encargará de eso».

No era que la forma en la que Becky Baker trataba al bebé fuera preocupante en sí misma (la joven parecía tener un don innato), sino que a Nora, cuyo bebé estaba a punto de nacer, le parecía impensable que una madre perdiera de vista de tan buen grado a su pequeño. Sin embargo, Thea no era la primera hija de Isabel. Era la cuarta en una serie de embarazos fáciles y bebés sanos y hermosos. No era de extrañar que Isabel estuviera más relajada que otras mujeres en su situación.

Nora apartó esas inquietudes de la mente. Solo más tarde se permitiría a sí misma realizar la observación que por aquel entonces había sido demasiado leal para expresar. En voz baja y a regañadientes, reconoció que Isabel no parecía haberse sentido unida a la bebé. No como con los otros hijos, y no como una esperaría que se sintiera unida a una bebé tan preciosa como Thea.

6

La señora Turner estaba sirviendo huevos cuando Becky Baker entró en el comedor de Halcyon. El reloj de
pie que el señor Wentworth había encargado en Dorset
para complacer a la joven prometida que jamás llegaría
acababa de dar las siete y media y su admonición aún
persistía en el aire lleno de luz del vestíbulo abovedado. El ambiente en la sala, en cambio, era recargado,
entre el humo de la tostada quemada y las disputas
fraternales. John y Matilda se sentaban a lados opuestos de la gran mesa cuadrada del desayuno, y el primero se atiborraba la boca con huevos revueltos, mientras la segunda lo observaba con un ensayado gesto de
desdén.

—¿Dónde está Evie? —la señora Turner hizo una
pausa al llegar al asiento vacío, sosteniendo un cucharón
de plata con una porción de huevo en el aire—. Buenos días, Nora —saludó a la señora Turner-Bridges, que
acababa de entrar en el comedor por la puerta del otro
lado—. ¿Te apetecen unos huevos revueltos?

—Ay, cariño, no creo que pudiera —respondió Nora. El calor del día se había ensañado con ella en el trayecto desde su dormitorio a la mesa del desayuno. Le dolía la cabeza y, aunque se había recogido el pelo, unos mechones sueltos en la nuca se habían enrollado con la fuerza de un resorte. Las mejillas sonrosadas contradecían la palidez del rostro (pecoso, para su eterno desagrado).

Tampoco Matilda estaba emocionada con la perspectiva de unos huevos revueltos que desmenuzar con el tenedor. John, por su parte, esperó a que su madre depositara la fuente y comenzó a servirse una generosa porción para repetir. La señora Turner no se sirvió y, en su lugar, se sentó ante su plato vacío en la cabecera de la mesa. Levantó la taza de té y tomó un sorbo antes de fruncir el ceño ante el líquido tibio.

A esa escena de frenesí doméstico se incorporó Becky Baker. Era tan abrumadora su timidez ante la apuesta y elegante familia Turner que ni siquiera anunció su llegada y se contentó con quedarse cerca de la pared a un lado de la puerta, donde nadie (salvo Nora, como informaría más tarde a la policía) se percató de su presencia. Los Turner no eran egocéntricos, pero en familia formaban una unidad tan completa, de lealtades y agravios tan asentados, que no les resultaba fácil acoger a recién llegados. Sencillamente, no había espacio.

—¿Adónde vas, John? —preguntó la señora Turner cuando el muchacho se levantó de un salto y volvió a colocar alegremente la silla junto a la mesa.

—Tengo que darle algo a Matthew.

—Vuelve a tiempo para el almuerzo.

—Si Matthew me pediría que me quede y coma con ellos, ¿puedo?

—Si me pidiera.

—Por favor, sí —intervino Matilda—. De hecho, haznos un favor y quédate allí para siempre.

—Matilda…

—¿Madre? —insistió John.

Arriba, en el lejano cuarto del bebé, la pequeña Thea comenzó a llorar. La señora Turner se llevó una mano elegante a la frente.

—¡Madre!

—No, hoy no.

—¿Por qué no?

—Es Nochebuena.

—¿Y?

—Vamos a hacer algo juntos, en familia.

—¿Como qué?

Fuera o no importante en el momento, la breve pausa de la señora Turner fue adquiriendo más peso cada vez que se volvía a narrar la escena:

—Un pícnic —dijo—. Vamos a ir de pícnic.

—¿No lo podemos hacer otro día?

—No, lo tengo todo planeado. Vamos a ir todos juntos.

—¿La tía Nora también?

A Nora le gustaba ir de pícnic y sintió una satisfacción increíble al ver que su sobrino había pensado en incluirla, pero estaba sufriendo muchísimo por los tobillos hinchados y el mareo y no sabía si podría pasar un día al aire libre… con todo ese sol. Aún estaba considerando cuál era la mejor manera de poner reparos sin ofender cuando Isabel le ahorró el esfuerzo.

—No, la tía Nora no —dijo, una nueva firmeza en la voz. Como si cayera en la cuenta de que podría haber resultado ofensiva, Isabel le dedicó a Nora una leve sonrisa de disculpa—. No está en condiciones de caminar con este calor.

Matilda, que había estado desmenuzando pequeños trozos de tostada entre los dedos y espolvoreándolos sobre el blanco borde del plato, alzó la vista.

—¿A qué hora crees que terminaremos?

—¿Por qué? —preguntó John con toda intención, una última provocación mientras salía del comedor—. ¿Es que tienes otros planes?

—¡Pequeño gusano! —Matilda le lanzó un trozo de tostada por encima de la mesa, lo que causó una risotada del hermano victorioso.

—Oh, Matilda.

—¿Entonces, madre?

—Entonces ¿qué?

—¿Cuánto va a durar el pícnic?

—¡Por el amor de Dios! Se acabará cuando se acabe.

—Tengo que volver a tiempo para el ensayo del coro. —Evie había aparecido de la nada y estaba de pie tras una silla—. Kitty y su mamá van a venir a buscarme.

Con su cabello largo, lacio y rubio y sus ojos azules que todo lo veían, Evie Turner tenía algo de los cucos de Midwich. El señor Simon Ackroyd, el profesor adjunto de ciencia, dijo de ella más adelante que rara vez se encontraba «una chica con tantas ganas de hacer preguntas inteligentes y tan dotada para dejarlo a uno sintiéndose como un tonto al tratar de responderlas».

—Ahí estás —dijo la señora Turner—. Me temo que tu hermano no ha dejado gran cosa para desayunar. Te vas a tener que conformar con los restos. No puedo preparar más ahora… Tengo demasiadas cosas que hacer. He de dejarlo todo listo.

—¿Dejarlo todo listo? —El sargento Duke interrumpió a la señora Turner-Bridges mientras contaba la conversación de aquella mañana y se inclinó sobre el escritorio para mirarla con el ceño fruncido de curiosidad—: ¿A qué cree que se refería?

—En aquel momento creí que se refería al pícnic. Isabel siempre lo hacía todo a la perfección. Recuerdo que pensé que parecía un tanto estresada por una actividad que debería haber sido placentera.

—¿Y ahora?

—¿Ahora? Bueno, supongo que me pregunto si tenía algo más en mente.

Fuera lo que fuera lo que tuviera en mente la señora Turner, Evie se limitó a responder:

—La señora Landry me viene a buscar a las cinco.

Antes de que Isabel pudiera responder, Becky Baker, que había salido del comedor sin que nadie lo notara, regresó con la pequeña Thea en brazos.

—Has llegado pronto esta mañana, Becky —dijo la señora Turner.

Becky había bajado la mirada para sonreír a la bebé, una manita con forma de estrella visible sobre el dobladillo de la manta, pero dejó de prestar atención a la pequeña y adoptó la actitud de una estudiante que repetía una lección aprendida de memoria.

—La señora Summers ha dicho que si se le ocurre algo más que necesite para el día de Navidad que la llame y se lo diga. Va a enviar a uno de los muchachos con el pedido a las once y media.

Ante la mención de los jóvenes Summers, Matilda miró el reloj de pulsera y se limpió una miga imaginaria del labio inferior. Parecía inmersa en sus pensamientos.

—Por favor, disculpadme —dijo en ese momento—. Ya he comido bastante.

—¡Si no has probado bocado!

—Y la señora Summers le envía esto —continuó Becky, y le entregó un pequeño objeto envuelto en papel tisú.

El gesto de la señora Turner se tensó ante el malestar habitual de quien ha recibido un regalo sin haber pensado en enviar otro como respuesta.

—Es para la bebé —añadió Becky, lo que mejoró un poco las cosas, pues los regalos a los recién nacidos pertenecían a una categoría con sus propias reglas.

La señora Turner asintió al bulto en brazos de Becky y su actitud pareció pasar de la incertidumbre a la decisión.

—¿Está lista para la cuna?

—Sí, señora, está todo preparado.

—Entonces, acuéstala en la cesta, por favor, y ven conmigo. Hay algo de lo que necesito hablar contigo antes de que el día se me vaya de las manos.

Lo sucedido entre la señora Turner y Becky Baker en el recibidor bueno después del desayuno llegó a ser de cierto interés para los encargados de la investigación en los momentos posteriores a la tragedia de la familia Turner. Sobre todo, la procedencia de un pequeño adorno hallado en posesión de Becky en los días posteriores.

El adorno en cuestión era una pequeña talla japonesa conocida como *netsuke*. La señora Turner tenía una modesta pero valiosa colección, que había recibido en el baúl tras la muerte de su madre. Esas antiguas obras de marfil estaban expuestas en un pequeño aparador con espejo en el recibidor bueno, del cual salían solo una vez a la semana, los miércoles por la mañana, cuando la señora Pike limpiaba el polvo de los estantes de cristal. El aparador no estaba cerrado con llave (Evie la había perdido cuando tenía dos años y le fascinaban los objetos brillantes y puntiagudos), pero no era necesario. Todos los habitantes de la casa de los Turner conocían las reglas en lo referente a los *netsukes*.

El *netsuke* en cuestión era el favorito de la señora Turner. Si bien no era tan elaborado como los otros, había algo hermoso en ese conejo blanco. A los seres humanos les atrae la simetría, y esa pequeña figura agazapada era una creación muy gratificante. «Solía decir que cabía a la perfección en la palma de la mano —recordó la señora Pike a la policía—. Una vez me pidió que lo sostuviera, con mucho cuidado, y rodeara con los dedos la parte de atrás, tan suave, y que me parta un rayo si no tenía razón».

Era evidente que a Becky Baker le resultó igual de placentero sostener el conejo, pues eso era exactamente lo que estaba haciendo el lunes siguiente al día de Navidad cuando el joven Matthew McKenzie la vio sentada en un taburete en el anexo adjunto al salón de té de Betty Diamond. Matthew, que se había mudado hacía poco para vivir con sus abuelos en la granja colindante a la finca de los Turner, mencionó haberla visto durante su interrogatorio con el agente Doyle, quien fue de puerta en puerta por Willner Road en los días siguientes a la tragedia.

Desde que empezó a hacerse amigo de John Turner, Matthew había pasado bastante tiempo dentro de la casa de los Turner, y de inmediato había reparado en que el aparador de cristal del recibidor bueno era un depósito de pequeños tesoros, con la agudeza que solo puede tener un muchacho de trece años con mirada de águila. Astuto, con buena memoria y la fascinación innata en los jóvenes por las miniaturas, se había familiarizado con el contenido del aparador casi por ósmosis y, por lo tanto, supo al instante qué sostenía Becky Baker en la mano.

—La vi junto al salón de té de su tía —explicó a la policía—. Ella no notó que la estaba mirando porque yo me encontraba al otro lado de la calle, con mis binoculares nuevos. Mi madre me los envió por Navidad. Ahora vive en Sídney. Los binoculares son de Alemania Occidental, Carl Zeiss. Mamá pensó que me gustaría tenerlos para mirar a los pájaros. —Tuvo el buen gusto de parecer avergonzado en ese momento, pero solo un instante—. Fue entonces cuando me fijé en el conejo. La vi pasándoselo de una mano a otra y guardárselo en el bolsillo, muy deprisa, cuando alguien la llamó para que entrara.

—¿Estás seguro de que era el *netsuke* de la señora Turner?

—Segurísimo.

Una vez que la señora Pike hubo confirmado que había habido un *netsuke* con forma de conejo blanco en el aparador y el sargento Kelly hubiera comprobado que esa figura ya no estaba entre las pequeñas tallas del recibidor bueno de la casa de los Turner, un par de agentes se presentó en la vieja cervecería para hablar con Becky Baker. Su padre y su hermana pequeña, Fay, insistieron en sentarse junto a ella, lo que se aceptó porque, si bien ya tenía más de dieciocho años y por lo tanto era adulta según la ley, los Baker eran una vieja familia y las reglas de la cortesía en una comunidad pequeña eran claras.

Las mejillas de Becky se llenaron de color cuando le preguntaron por el conejo y tartamudeó al responder:

—La señora Turner m-m-me lo dio.

Dudó cuando le pidieron que mostrara el objeto.

—No te preocupes, cariño —dijo su padre con brusquedad para animarla—. No te lo van a quitar. Solo quieren mirarlo.

—La señora Turner me lo dio —repitió Becky con más confianza cuando volvió. Estaba frotando el pulgar contra la espalda curvada del animal de marfil—. Dijo que era un regalo.

—¿Un regalo? ¿De Navidad, quieres decir? —preguntó el policía más viejo.

—Y por todo el trabajo que había hecho desde que empecé.

—¿La señora Turner te daba regalos a menudo, Becky? —El agente a cargo de las preguntas era el sargento Liam Kelly, un hombre corpulento de piel enrojecida por el sol recién llegado a Tambilla tras haber sido transferido desde Mount Barker, un municipio más grande de los Altos. Su aspecto tosco y extrovertido ocultaba un carácter meticuloso y una predilección por los rompecabezas, tanto en el trabajo como en el tiempo libre. La intensidad de su atención puso nerviosa a Becky. No estaba acostumbrada a hablar con desconocidos.

Sin embargo, Eric Jerosch, agente en periodo de prueba y asistente de Kelly, conocía a Becky desde que eran niños. Iba unos pocos cursos por delante de ella y una vez la había llevado a casa en bicicleta cuando Becky se cayó y se torció el tobillo y lloraba junto a la cuneta. Cuando Becky lo miró, Eric asintió para animarla. Becky volvió a centrar su atención en el sargento Kelly y negó con la cabeza.

—¿Nunca te había dado un regalo antes?

—No.

El policía mayor anotó algo y, sin alzar la vista de su libreta, preguntó:

—¿Dijo algo más la señora Turner?

—Antes me había dicho que era un tesoro familiar. Lo recibió tras la muerte de su madre.

—¿Un tesoro familiar?

Becky asintió.

—Debía de ser muy importante para ella.

—Una de las cosas más preciadas que tenía.

El sargento Kelly extendió la mano:

—¿Puedo?

Becky depositó el conejo en la palma amplia y callosa del policía, que alzó la pequeña figura hacia la luz, girándola a un lado y otro mientras observaba los detalles.

—Vaya, han hecho un buen trabajo. El padre de mi esposa y antes su abuelo fueron torneros, y te puedo decir que es una pieza muy elegante, claro que sí.

Dejó el conejo entre ambos y lo observó un poco más antes de volver a centrar su atención en la chica.

—Te gusta tu trabajo en la casa, ¿verdad, Becky?

—Sí, señor.

—Pero ¿es un trabajo difícil, muchas cosas que aprender?

—La señora Pike me enseña qué hacer. Ella me dice cómo cuando yo no sé.

—Es una buena mujer, la señora Pike. Qué bueno es trabajar cerca de alguien así, ¿verdad?

—Sí.

—¿Y la señora Turner? ¿Ella también era buena contigo?

Becky respondió en voz baja:

—Sí, señor.

—¿Qué has dicho, Becky?

—Sí, señor.

Becky bajó la vista. Había sido una sorpresa desagradable cuando la señora Turner le gritó. No pretendía romper la salsera la otra semana. Se le había caído de las manos no sabía cómo. Había intentado atraparla, pero estuvo torpe y se le había escurrido y cayó al suelo con un golpe estrepitoso.

—¿Becky?

—Rompí algo.

—¿Algo valioso?

—No suelo romper nada.

—¿Se enfadó mucho la señora Turner?

—Se cabreó.

—¿Había estado más enfadada que de costumbre?

Becky echó un vistazo a la cara siempre protectora de su hermana, como si ahí pudiera encontrar la manera de acabar con el interrogatorio. Se sentía incómoda al hablar del percance con la salsera y el malhumor de la señora Turner.

—¿Becky?

Se había sentido avergonzada cuando la señora Turner vio cómo se le caía la salsera; se había sentido patosa y la canción del patio del colegio le había venido a la mente.

—¿Señorita Baker?

Y en ese momento, la señora Turner había comenzado a gritarle y Becky había sentido las mejillas arder y se había ido corriendo de la casa hasta la parte trasera del rosal, donde al fin se permitió descansar y llorar.

—No pretende enfadarse —dijo Becky al fin, las palabras atropellándose unas a otras—. No es fácil estar ahí tan sola. Y había tenido que rellenar un montón de papeleo últimamente. Por eso necesita que la ayude con el bebé. Sabe que puede confiar en mí para cuidar a la bebé como si fuera mía.

Nora Turner-Bridges fue incapaz de arrojar más luz acerca del *netsuke* del conejo y de cómo había llegado a manos de Becky Baker.

—Bueno, por supuesto, yo no estaba en la habitación —dijo cuando la policía le presentó la versión que había dado Becky del suceso—. Pero...

—¿Pero?

—Cuando Isabel le pidió a Becky que fuera a verla, pensé que iba a despedirla, no a darle un regalo.

—¿Despedirla? —insistió el sargento Kelly—. ¿Por qué habría pensado eso?

—Su voz sonó seria (incluso decidida) y pensé de inmediato en la salsera. Era una reliquia de familia y significaba mucho para Isabel.

La señora Pike, por su parte, se mofó de la idea de que la señora Turner estuviera pensando en despedir a Becky.

—Yo fui quien recomendó a la chiquilla a la señora Turner y sigo pensando que acerté. Es buena chica. No la más inteligente, pero no tiene ni un gramo de maldad en el cuerpo y siempre está dispuesta a aprender.

—¿Solía cometer errores? —preguntó el agente de policía.

—Todos cometemos errores, sargento Kelly. La señora Turner estaba satisfecha con el trabajo de Becky. Ni se le habría pasado por la mente despedirla, y menos aún sin hablar de ello conmigo primero.

—A Becky sí le preocupaba que la despidieran, ¿verdad, señora Pike? Después de romper la salsera.

—Se sintió mal cuando la señora Turner le gritó, sí, pero ahí se acabó la cosa.

—Salió corriendo, ¿no es así?

—No se fue lejos, y no mucho tiempo. Estaba asustada, eso es todo. No fue más que la reacción exagerada y tonta de una jovencita.

—¿Cree usted, entonces, que la señora Turner le regaló el conejo?

—Si eso es lo que dice Becky, entonces sí, lo creo. Teniendo en cuenta lo que ocurrió a continuación, me parece que la señora Turner tenía un buen motivo para darle un pequeño detalle para que los recordara.

Sin embargo, la señora Turner-Bridges frunció el ceño ante esa posibilidad.

—Si fuera el caso, es extraño que la única persona a la que Isabel dejara un recuerdo de despedida fuera a una torpe muchacha de dieciocho años del pueblo.

—¿Cree que es más probable que la señora Turner despidiera a Becky y esta se llevara el conejo por despecho?

—Sé que se habría sentido muy mal si la hubiera despedido. Se había encariñado mucho de la pequeña Thea.

—¿Demasiado?

La señora Turner-Bridges hizo una breve pausa.

—En mi opinión, sí. Me preocupaba. —Se interrumpió y se llevó la mano a la boca—. No pensará que la chica tuvo algo que ver con lo que les ocurrió, ¿verdad? Si se hubiera sentido mal después del despido, una cosa sería vengarse robando un adorno precioso, pero sin duda (¡sin duda!) no habría hecho nada tan retorcido para hacerles daño, ¿verdad?

—¡Qué necedad tan grande! —exclamó la señora Pike al respecto—. No. Jamás. Ni se le habría pasado por la cabeza hacer algo así y menos aún habría sabido cómo hacerlo. Caramba, solo sugerirlo me da náuseas. Ella quería mucho a la señora Turner y era un sentimiento recíproco. De hecho, ahora que lo pienso, sí recuerdo verlas juntas aquella mañana. Yo acababa de llegar, eran las ocho de la mañana y eché un vistazo por la puerta del recibidor bueno de camino a la cocina. Era una escena preciosa. Preciosa. La señora Turner tenía la mano sobre el brazo de Becky y Becky sonreía mirando algo que tenía entre las manos. Algo blanco, sí, ahora lo recuerdo. Fue justo antes de irme a la cocina y ver la taza favorita de la señora Turner en la mesa, rota en mil pedazos. «Vaya mal agüero —recuerdo que me dije a mí misma—. No puede presagiar nada bueno». Y no me faltaba razón, porque mire todo lo que ocurrió después y todo lo que ha pasado desde entonces.

7

Fuera lo que fuera lo que estuvieran hablando la señora Turner y Becky en el recibidor bueno, John Turner aprovechó la oportunidad que le brindaba la preocupación de su madre para poner distancia entre él y la casa. Le había contrariado la insistencia en que la familia pasara la mitad del día juntos y sospechaba que, si le pillaba «vagando» (la palabra favorita de su madre) por ahí, era muy probable que decidiera que estaba aburrido (el defecto favorito de su madre) y le asignara cosas que hacer. Y, aunque no le molestaba ayudar en casa (le hacía feliz, en realidad, que lo consideraran útil) a sus trece años, John era una persona muy ajetreada con ideas propias acerca de la mejor manera de pasar las siguientes horas. De hecho, había quedado con su amigo Matthew McKenzie junto a la verja que separaba ambas fincas.

La amistad entre John y Matthew era reciente. Se habían conocido a principios de 1959, en una sesión de los scouts en Woodhouse, cerca de Piccadilly, y no sería exagerado decir que no se habían llevado bien en un principio. De hecho, a John le había perturbado tanto ver al otro muchacho usar una lupa para quemar hormigas junto al viejo tanque de agua, detrás de la cabaña de los scouts, que se lo había mencionado a Henrik Drumming mientras le ayudaba a cortar leña una tarde.

—John tenía buen corazón —diría el señor Drumming durante el interrogatorio la semana posterior a Navidad—. Uno de esos muchachos que parece siempre feliz (siempre sonriendo, dispuesto a probar lo que sea), pero que confían con tanta facilidad que se vuelven vulnerables a las malas influencias.

—¿Era Matthew McKenzie una mala influencia?

—Él tenía otro carácter, más duro, más astuto. No era su culpa: así es la vida a veces. Pero, si yo hubiera sido el padre de John, le habría sugerido ir a otra parte.

Sin embargo, el padre de John se había ausentado con frecuencia a lo largo de 1959 y Matthew vivía al lado y tenía mucha libertad para un niño de su edad. Vivía en la granja de los McKenzie desde hacía poco, después de que su madre, la señora Eileen McKenzie, antes secretaria en el consultorio de un doctor en Norwood, se hubiera mudado a Sídney junto a su nuevo prometido y el padre de Matthew, un dentista con una larga lista de clientes y una actitud despreocupada en lo concerniente a la crianza de los hijos, hubiera dejado al muchacho en la granja de los abuelos en Tambilla. El granjero McKenzie y su esposa habían impuesto una estricta disciplina a sus hijos, pero no habían estado preparados para el desconcierto de encontrarse con un nieto en la puerta en plena ancianidad.

Hasta hacía poco, si le hubieran pedido a John una lista con sus amigos y aliados, habría comenzado con su hermana Matilda, seguida muy de cerca por su mejor amigo, Marcus Summers. Pero Matilda había empezado a caerle muy mal en los últimos tiempos. Cuando la miraba, a duras penas reconocía a su compañera de tantos juegos y aventuras. Antes era tan flacucha como él: de rodillas huesudas, piernas fuertes y fibrosas, codos raspados. Eran igual de altos y a menudo ella se ponía los pantalones de él cuando salían los dos por ahí. Sin embargo, a lo largo del verano anterior ella había crecido y ya era varios centímetros más alta que él. Se había cambiado el peinado y, en lugar de recogerlo para apartarlo de en medio, se lo dejaba largo y suelto y hasta hacía algún ritual secreto por la noche para que acabara rizado al día siguiente. Además, de su habitación había comenzado a emanar un aroma repulsivo, de agua de rosas y talco y otras cosas femeninas y preocupantes. Aromas como esos estaban bien para su madre (en realidad, eran maravillosos), pero en el cuarto de Matilda eran una traición. A John no le gustaba que las cosas cambiaran sin previo aviso, y su respuesta fue comportarse con la menor madurez posible. Por lo que respectaba a Matilda, cuando se dignaba a mirarlo era con una de esas dos actitudes: como si John fuera invisible o como si fuera una mancha de caca de vaca que hubiera pisado en la alfombra.

Las cosas con Marcus no iban mucho mejor. Se habían conocido a los cinco años en el primer día de escuela y habían sido grandísimos amigos durante los siguientes siete cursos, e incluso llegaron a compartir el papel de monitor del equipamiento deportivo en sexto. Sin embargo, el señor Braun, profesor de la clase conjunta de sexto y séptimo en el colegio de primaria de Tambilla, reveló a la policía que había observado una tensión reciente entre ambos ese curso.

—El joven Marcus volvió después de las últimas vacaciones de verano con una actitud diferente. No es extraño a esas edades. Las hormonas tienen mucho que ver. Estaba más taciturno en general, pero parecía haberla tomado con John en concreto. Una lástima, porque siempre habían sido muy buenos amigos.

John tampoco estaba seguro del motivo cuando habló con el señor Drumming del distanciamiento.

—Estaba triste de verdad —lamentó el gerente de la granja en los días siguientes a la muerte de los Turner—. Sé que la amistad entre dos chavales no es gran cosa después de todo lo que ha ocurrido, pero no dejo de pensar en él. Se sentía solo, me parece, con su padre tantas veces fuera. Una tarde me lo encontré en el cobertizo donde guardo la maquinaria, sentado solo, en la oscuridad. Noté que había estado llorando un poco, pero no sabía qué le inquietaba. Lo único que hice fue ponerle la mano en el hombro. «Es mi mejor amigo», me dijo y luego: «¿Qué he hecho para que me odie así? Ni siquiera se acerca a mi casa».

Durante la investigación, la policía descubrió el origen del malhumor de Marcus Summers. Resultó que no tenía nada que ver con John Turner, si bien John no se equivocaba cuando observó que su amigo evitaba acercarse a su casa. Fue el reverendo Ned Lawson, de la iglesia anglicana de St. George, quien pudo arrojar un poco de luz sobre el asunto.

—Marcus Summers vino a mí una tarde y me dijo que había sorprendido a alguien cercano a él en una situación comprometedora en el árbol hueco de la finca de los Turner.

El sargento Kelly, aunque de carácter respetuoso, era el tipo de hombre que llamaba pan al pan desde que aprendiera a hablar. Dedicó unos segundos a tratar de descifrar las implicaciones tras la declaración del reverendo antes de decidir que no tenía tiempo para andarse con delicadezas.

—¿Me podría decir de quién y de qué estamos hablando, reverendo Lawson?

—Su hermano mayor había estado cortejando a la joven Matilda Turner.

—¿Y los vio juntos?

—Según lo que describió, fue una visión un tanto perturbadora. Verlos así le resultó confuso, era lo último que esperaba. Es una edad difícil para un chico, todas esas emociones nuevas, y ver a esa pareja así, *in flagranti delicto,* por así decirlo, lo puso furioso.

—¿Furioso?

—A menudo he descubierto, sargento Kelly, que la furia es un conveniente sucedáneo cuando los hombres (o los chavales) no están preparados para dar nombre a lo que de verdad sienten.

Como el sargento era nuevo en el pueblo y por tanto no conocía las sutilezas de las relaciones familiares, el reverendo prosiguió explicando que, por supuesto, Marcus Summers se había sentido traicionado por su hermano, y herido. Los dos habían estado juntos desde que le alcanzaba la memoria: eran un dúo, una pareja, un equipo. Sin embargo, su hermano se había incorporado al mundo de los adultos y había dejado a Marcus atrás. Y, si bien la barrera entre ellos no tenía nada que ver con John Turner, a ojos de Marcus su amigo era culpable por asociación.

—Era hermano de Matilda —explicó el reverendo Lawson— y era esa enorme y maravillosa casa, ese mundo de los Turner lleno de riquezas, lo que había seducido a su hermano. De modo que hizo lo único que se le ocurrió para ejercer un poco de control: rompió los lazos con su amigo.

Todo lo cual explica que, cuando Matthew McKenzie comenzó a aparecer en el camino de entrada a la casa de los Turner, John estaba más dispuesto de lo que habría estado en otras circunstancias a pasar por alto los puntos débiles de su nuevo vecino. No venía mal que Matthew pareciera lucir algún nuevo objeto reluciente cada vez que quedaban. A pesar de desatar un pequeño escándalo en los círculos médicos de Adelaida, la marcha de la señora Eileen McKenzie había resultado ser una bendición inesperada para su hijo, pues la señora Edith Pigott informó de un significativo aumento de paquetes llegados desde la oficina de correos de Sídney con las etiquetas «Frágil» y «Tratar con cuidado».

—Qué suerte tienes —había dicho John con envidia al inspeccionar los nuevos binoculares Carl Zeiss, la guitarra Gibson y lo que más ilusión les hacía: la cámara Kodak Brownie—. Yo daría lo que fuera por una como esa.

Su nuevo amigo se había reído.

—Es porque se siente culpable —le aseguró y, durante un momento fugaz, John se descubrió a sí mismo fantaseando con todo lo que le enviaría su madre si también ella se marchara a Sídney.

Pero John, en realidad, no quería que su madre se marchara. Quería que su familia permaneciera unida para siempre. De hecho, fue eso mismo lo que le acabó juntando a Matthew McKenzie y lo que lo envió a la verja donde esperaba su amigo aquella víspera de Navidad. La última vez que su padre estuvo en casa, John lo había oído discutir con su madre. A John se le daba bien escuchar lo que no debía y había comenzado a anotar esos hallazgos en un pequeño libro encuadernado en cuero que su madre le había regalado para que escribiera sus grandes ideas y pensamientos.

—Parece que nada de lo que hago te hace feliz —había dicho su padre—. Te he dado todo esto. ¿Qué más podrías querer?

—Ya sabes lo que quiero.

Habían bajado la voz, tanto que el viejo truco de pegar un vaso a la puerta no funcionaba, hasta que al fin una exclamación del padre de John estalló con claridad:

—También son mis hijos.

A sus trece años, los antojos de los adultos eran todavía un misterio para John. Le había impresionado oír hablar a sus padres con esas voces cortantes, pero cuando trató de contárselo, Matilda se negó a escuchar. John había cargado con la conversación por todas partes unos cuantos días, hasta que Matthew se presentó con la cámara nueva y a Marcus se le habían olvidado los problemas durante un tiempo. Hasta que una tarde, cuando los dos compartían unos bocadillos de jamón a la sombra del árbol hueco, John se había sorprendido a sí mismo contándole a su nuevo amigo lo que había oído.

Matthew sopesó la información.

—¿Tu padre ha pasado mucho tiempo fuera de casa últimamente?

John concedió que los negocios de su padre lo habían llevado al extranjero con más frecuencia de la habitual.

Matthew espantó una mosca de la nariz y terminó de masticar el bocado de pan.

—Suena a que tu padre está pensando en separarse. Mi madre también tuvo un montón de «viajes de negocios» de repente.

A John le conmocionó la sugerencia de que su padre tal vez quisiera abandonarlos. No creyó, no pudo creer, que fuera posible, pero empezó a prestar más atención a las acciones de Thomas Turner. También aprovechó la oportunidad para husmear en el maletín de su padre cuando lo dejó una noche en el estudio y ahí fue donde encontró la carta de Rose.

Fue Matthew quien informó a los agentes de policía, negando con la cabeza y adoptando un tono desencantado con el mundo.

—La carta fue un golpe, pobre chaval. Idealizaba a su padre.

Cuando lo interrogaron en Londres, Thomas Turner confesó que sí, que había conocido a una mujer llamada Rose durante sus viajes de negocios a Inglaterra y que ella se había encaprichado de él.

—Fue todo un poco embarazoso —contó al agente de la metropolitana cuando le preguntó por qué no había ofrecido esa información antes—. No me pareció ni remotamente importante. Mi esposa no sabía nada. No había nada que saber. Volví a Australia poco después de que la mujer escribiera la carta. Sin duda, no era mi intención guardarla… Se me había olvidado que estaba ahí.

John empezó a pensar muy en serio en cómo convencer a su padre para que no se marchara. Y fue entonces cuando recordó el viaje que habían hecho los dos para ver el documental *The Back of Beyond*, que proyectaban en el cine de Hindley Street, en Adelaida. A Thomas Turner le había encantado la experiencia. «¿Has visto cómo el cineasta nos hace ver y sentir cosas nuevas mientras cuenta su historia? Qué talento».

El señor Turner siempre había elogiado la iniciativa de su hijo. «Ha salido a mí», era el comentario más orgulloso que John podía esperar escuchar. Al ver la nueva cámara y recordar cómo reaccionaron su padre y él al ver *The Back of Beyond,* John supo sin duda alguna qué tenía que hacer. Iba a crear una historia que hiciera pensar, sentir y comprender a su padre cuánto perdería si se marchaba de este lugar... Era la nueva y más importante misión de John.

Solo tenía que convencer a Matthew para que le prestara la cámara.

Mientras John recorría con la vista los campos del granjero McKenzie en busca de Matthew, en la casa, Evie Turner estaba completando una misión de naturaleza distinta. Sin que su madre lo supiera, Evie también se había levantado antes del amanecer. Se había despertado en la oscuridad y había caminado con sigilo por el rellano y las escaleras para huir de la casa por la pesada puerta de entrada en lugar de por la cocina para no alertar a Charles Dickens, que se pondría a cacarear para pedir las sobras de la comida.

En sí mismo, no era un hecho inusual. Evie a menudo se escabullía mientras el resto de la familia seguía durmiendo. A los diez años, disfrutaba de una libertad mucho mayor que la de sus compañeras, independencia que no se debía tanto al consentimiento de los padres como a que tanto el señor como la señora Turner habían acabado aceptando que su tercera hija era y siempre sería del todo ingobernable.

—Es una verdadera libertaria —había comentado la señora Turner en alguna ocasión, más con ánimo de describir que de disculparse, cada vez que le pedían que explicara las negativas de su hija a acatar las normas escolares—. Dispuesta siempre a seguir el espíritu de la ley, pero sin reparos para saltarse la letra. Me recuerda a mi padre. Era igualito a ella.

Tanto si había oído esa comparación como si no, Evie había forjado una afinidad por la figura remota y antiquísima de su abuelo materno. Había sido naturalista igual que ella y, aunque su madre no hablaba a menudo de su infancia, Evie había averiguado lo suficiente para informar al señor Simon Ackroyd en una clase de ciencia de que su abuelo había sido un científico célebre que incluso había publicado un libro titulado *Hongos de las islas Británicas.* Ese hecho en apariencia inocuo despertaría cierto interés en los agentes de policía las semanas posteriores a la tragedia de los Turner.

Sucedió que a lo largo de 1959 Evie había ido dando forma a su estudio sobre la fauna y la flora de los alrededores de Tambilla. Tenía un conflicto interior, ya que no sabía si quería ser científica o artista cuando creciera pero, en cualquier caso, había escrito, como parte de una autobiografía para el colegio, que planeaba rodearse de tantos animales y plantas y tan pocos humanos como le fuera posible.

—Sí, a mis ojos era una solitaria —contó a la policía el señor Ackroyd—. Pero no de una manera infeliz. Parecía contenta, no le molestaba estar sola.

Una de las pocas niñas que consideraba a Evie Turner su amiga era Kitty Landry, compañera de cuarto en la clase de la señorita Metcalfe en la escuela de Tambilla y el tipo de niña ecuánime que ya iba adaptándose al papel de mediadora comunitaria que ocuparía en el futuro. Kitty se sentó muy cerca de su madre en la comisaría el martes siguiente a la Navidad cuando le dijo al sargento Kelly:

—La gente solía decir que Evie era rara, pero a ella no le molestaba. Decía que le gustaban las cosas raras.

Ese declarado amor por lo raro podría explicar el interés particular de Evie por el mundo de la fauna y la flora. No eran para ella las elecciones «obvias» como koalas o canguros; sus animales favoritos eran los monotremas. Y, aunque le encantaban los aromas y el aspecto de los eucaliptos, banksias y acacias, lo que de verdad la entusiasmaba era el suelo del bosque primigenio. Evie se sentía desconcertada cuando sus compañeros hablaban de magia e ilusiones y cuando escuchaba los sermones del reverendo Lawson en la misa del domingo, en los cuales el agua se transformaba en vino y los ángeles se aparecían ante los hombres. ¿Por qué, se preguntaba, las personas buscaban refugio en tales fantasías cuando el mundo natural ofrecías maravillas sin fin? Le fascinaba adentrarse en el territorio oscuro y fresco del bosque tras la lluvia, para descubrir entre el manto de hojas descompuestas que una nueva variedad de hongos había aparecido durante la noche, una gama de formas, tamaños y colores inimaginables a la espera de ser explorados y catalogados.

Sin embargo, a primera hora de aquella mañana de la víspera de Navidad, cuando cruzó Onkaparinga Valley Road al final de Willner Road y se adentró en los bosques que crecían al otro lado, Evie Turner no tenía intención de explorar. Sabía exactamente adónde iba y qué esperaba encontrar.

El tramo de bosque más frondoso y salvaje que quedaba en Tambilla se encontraba en la tierra que pertenecía a un hombre llamado Merlin Stamp. Stamp, un tipo flaco y desgarbado de pelo trigueño un poco más largo de lo acostumbrado, era el ermitaño del pueblo. Se desconocía su edad y, durante más tiempo del que nadie recordaba, había vivido en una caravana en la extensa propiedad llena de matorrales que antes perteneciera a sus padres.

A las ficciones les encantan las rendijas donde crecer y la falta de información verificada acerca de Stamp era terreno fértil. Algunos decían que había sido herido en la Gran Guerra. Para ellos era una figura que inspiraba compasión, cuya mente prodigiosa («He oído que fue científico en una de esas universidades») había quedado hecha añicos por el incesante horror del mundo. Otros juraban que de hecho había cometido un delito, pero sus conexiones, que databan de los inicios de la colonia, habían impedido que entrara en prisión. «Antes tenía su propia familia», decía otro rumor común, que se explayaba para explicar (de forma un tanto nebulosa) que la había perdido «en circunstancias sospechosas». Hubo un niño, decían algunos, que se había ahogado..., pero no, intervenían otros, se trataba de su esposa y se había caído..., la habían empujado..., la habían asfixiado en la cama.

Era imposible saber si esos rumores habían llegado a oídos de Evie, pero, a pesar de todo, ella no temía a Merlin Stamp. Pasaba mucho tiempo en su bosque y conocía bien el desfiladero de los ornitorrincos. También conocía, aunque la policía fue incapaz de explicar cómo, el cobertizo que el señor Stamp tenía en las cercanías. Era poco más que una choza, en realidad; cuando, tras la tragedia de los Turner, la policía lo registró a conciencia, encontraron una colección de objetos exóticos: microscopios y cacerolas, frascos incontables que contenían muestras de plantas y partes de animales extraños con etiquetas escritas a mano y descripciones indescifrables junto a las iniciales MS. Había telas de araña y curiosos carteles, estantes de libros mohosos y montones de sacos de arpillera. La policía no sabía con exactitud qué estaban buscando, no en aquel momento, y no lo encontraron.

Lo que se sabía era lo siguiente: el 24 de diciembre, temprano, Evie Turner encontró la llave escondida de la choza, entró en la habitación en penumbra y examinó los frascos hasta encontrar lo que venía buscando. Más tarde, cuando llegó al cobertizo a comenzar su trabajo, Merlin Stamp notó que la llave no estaba justo en el lugar donde la había dejado, pero pasarían unos días hasta que, durante el interrogatorio policial, comprendiera por qué y quién había sido responsable y qué se había llevado. Aseguró no haberle mostrado nunca a Evie dónde lo guardaba; de hecho, declaró haber intercambiado apenas una o dos palabras con la chica, a pesar de haberla visto en su bosque de vez en cuando.

En cualquier caso, media horas después de haber cerrado la puerta del cobertizo al salir, Evie estaba de vuelta en la casa, picoteando en las ollas de la mesa del desayuno las sobras que había dejado John. Nadie se preguntó por qué ya estaba vestida, llevaba la cartera de cuero al hombro y tenía las botas sucias. Tal vez dieron por hecho que estaba a punto de salir. Tal vez ya habían renunciado hacía mucho a tratar de comprender los propósitos de esa niña demasiado independiente. Tal vez, con todo lo que estaba ocurriendo en sus ajetreadas vidas, ni siquiera repararon en ello.

En cualquier caso, en la última mañana de su vida, una vez que su tía se retiró a descansar, su hermana arrojó la servilleta y se escabulló y su madre salió del comedor para hablar con Becky en el recibidor, Evie desayunó sola. La única persona que permaneció a su lado fue la bebé, dormida plácidamente en el cesto de mimbre con el que a su madre le gustaba salir en los días despejados y cálidos para dejarlo colgado de la rama de un árbol.

Tras comer una cantidad que le pareció elegante y suficiente, Evie se excusó a las paredes y a la bebé dormida antes de dejar la mesa y subir las escaleras. No se dirigió de inmediato a su cuarto. En su lugar, al otro lado del rellano, llamó a la puerta de su hermana mayor y esperó a que la dejaran entrar.

8

Cuando Evie llamó a la puerta del dormitorio, Matilda llevaba esperando quince larguísimos minutos, caminando de un lado a otro de la habitación, deteniéndose de vez en cuando para posar las manos en el alféizar y fulminar con la mirada las colinas distantes. Ya habían desaparecido los últimos restos de la suave luz del amanecer y la hierba alta, seca tras semanas de sol, oscilaba entre el plateado y el dorado cuando la brisa de la mañana la inclinaba a un lado y a otro. Sin embargo, Matilda estaba demasiado nerviosa como para prestar atención al paisaje (o a la figura distante de Matthew McKenzie, que se acercaba a John por el otro lado de la cerca). Se había levantado de la mesa del desayuno en cuanto temió que alguien mencionara a Kurt y su ansiedad se desbordara. Lo último que necesitaba era que Isabel notara lo nerviosa que estaba aquella mañana.

Hacía poco que Matilda había dejado de llamar «mamá» a su madre. A sus quince años no podía esperar a ser adulta y estaba ansiosa por despojarse de los últimos vestigios de la infancia. Era alta para su edad y tenía la llamativa tendencia de mirar a la gente directamente a los ojos. No tenía paciencia con los idiotas y había empezado a tener la sensación de que cada vez había más personas a las que se podía describir así. Incluso los profesores, con quienes antes compartiera unas cordiales relaciones escolares, ahora le resultaban decepcionantes.

De hecho, justo el otro día, el señor Collins, el jefe del departamento de matemáticas, pulcro y delgado como un lapicero, con quien siempre se había llevado muy bien, había hecho una serie de cálculos incorrectos en un problema de álgebra en la pizarra. Matilda había levantado la mano para señalarlos y, en lugar de elogiar su perspicacia, el señor Collins se había puesto rojo como una manzana madura y la había castigado a limpiar los borradores después de clase. Al rememorar el incidente en su diario, Matilda había escrito: «No es la primera vez que me hace el vacío. Desde El Episodio, ha hecho todo lo posible para tratarme como si fuera invisible».

El Episodio, tan importante que ocupaba una página entera en el diario, consistía en que el señor Collins había sorprendido a Matilda y Kurt Summers detrás del cobertizo del jardinero del colegio durante el recreo de la comida. (Cualquier posible incomodidad ya había caído en el olvido en el funeral, durante el cual el señor Desmond Collins recordó a Matilda a los presentes como una «chica inteligentísima. Qué prometedora era, tanto en música como en matemáticas»).

Con su padre tan a menudo fuera aquel año, Matilda había llegado a considerarse la segunda adulta de la casa y le irritó en cierta manera la llegada de la tía Nora y lo que sintió como una degradación a ciudadana de segunda clase. Al oír por primera vez la noticia de la llegada inminente de la tía, había imaginado que serían tres mujeres juntas, que se retirarían al recibidor al atardecer y analizarían la actualidad del mundo, compartirían opiniones sobre arte, música y lugares remotos. Pero en cuanto la tía Nora llegó de Sídney y su abultado vientre anunciara su presencia mucho antes de que el resto de ella atravesara el umbral de la puerta, resultó evidente que la fantasía de Matilda no iba a hacerse realidad.

Para empezar, los temas de sus conversaciones no eran en absoluto los que ella esperaba. Matilda se cansó enseguida de los vientres de las embarazadas y le resultaron exasperantes los bebés, la leche y las horas de sueño. Mientras escuchaba a su madre y a su tía, decidió que jamás tendría hijos. «No puedo imaginar nada más odioso que estar atada a una criatura desvalida que no hace más que gimotear y vomitar», escribió el 27 de noviembre. Peor que soportar la monotonía era ver el efecto que tenían los bebés en mujeres que consideraba inteligentes. Casi no reconocía a su madre. Estaba distraída y debilitada, tanto física como mentalmente, desde el nacimiento de la pequeña Thea.

La habitación de Matilda, en la que dormía desde bebé, estaba en la esquina delantera de la casa y daba al norte. El diseñador inglés del señor Wentworth la había decorado sin reparar en gastos y era en esencia un cuarto victoriano para niños pequeños, que antaño habría tenido adjuntos el cuarto de la niñera y un aula. El papel pintado mostraba una serie de insulsos personajes de nanas victorianas y Matilda había hecho lo posible para ocultarlos tras carteles de sus músicos favoritos: John Coltrane, Ella Fitzgerald y Louis Armstrong. Junto a la ventana había un atril para partituras y un saxofón que se alzaba en su soporte.

Antes de que Evie llamara a la puerta, Matilda realizó dos cambios en su aspecto: se abrochó por detrás del pelo el elegante collar que le había regalado Kurt Summers y se cambió de blusa para ponerse una que se abotonaba hasta el cuello. Aquella noche, el doctor Larry Smythson, el forense en jefe de la morgue de West Terrace, que se había quedado hasta tarde como favor a su colega de siempre, el sargento Peter Duke, repararía, al retirar la joya del cuello de Matilda, en que el cierre se había doblado un poco, de un modo que sugería una técnica apresurada y tal vez frustrada al abrocharlo. La tía, durante el interrogatorio policial, diría que había notado que su sobrina llevaba un atuendo diferente cuando bajó de nuevo aquella mañana, pero no le dio importancia.

—Las chicas de esa edad le dan mucha importancia a su aspecto (y a casi todo) y Matilda había estado muy cambiante desde mi llegada.

—Cambiante ¿en qué sentido?

—Se sentaba con nosotras por la noche, aceptaba una taza de té y justo cuando estábamos sirviendo decidía que no le apetecía. No parecía saber si iba o volvía.

Matilda había estado de mal humor las semanas anteriores a la Nochebuena de 1959. Había pasado mucho tiempo sola en su cuarto con el diario abierto sobre el regazo, contando los días en el calendario una y otra vez, hasta llegar a aquella tarde en el árbol hueco. Había rodeado esa fecha con un esmerado círculo. Ya habían pasado siete semanas y aún iba con retraso. Matilda siempre había sido como un reloj. Se sentía orgullosa de ese hecho, aunque sabía que no era más que un capricho de la naturaleza y la biología.

El último mes, Matilda se había dedicado a esperar y anhelar, a rezar y llorar. Y al fin, hacía una semana, se lo había contado a Kurt. Había debatido consigo misma si decirle algo. Habría preferido guardar el secreto y tratar la situación en privado. Pero no tenía permiso de conducir ni un coche disponible y necesitaba ir a la ciudad.

Sin embargo, Kurt se había negado. Estaba enamorado de ella, le dijo. También era un joven optimista con unas expectativas que todavía no se habían visto afectadas por las ambivalencias que llegaban con el paso de los años. La vida era sagrada, le recordó.

—Podemos hacerlo. Juntos podemos. Nos casaremos.

—¡Casarnos! ¿Y cómo nos lo íbamos a permitir?

—Encontraré un trabajo.

—Vas a ir a la universidad cuando termines el colegio.

—No es obligatorio.

—Pero es tu sueño.

—Es el sueño de mi padre. Yo todavía no tengo ni idea de lo que quiero hacer. Haré otra cosa. Algo al aire libre. Cortaré césped.

—Las señoritas Edwards no te podrán pagar lo suficiente como para mantener una esposa y un bebé.

—Pues me encargaré de la tienda con mi madre. Podemos hacerlo —repitió Kurt—. Mis padres lo hicieron.

La siguiente vez que se vieron Kurt le regaló el collar, como si la fina cadena de oro y la pequeña piedra granate abarcaran en su interior todo el potencial, las promesas y la buena fortuna que iban a necesitar.

Sin embargo, Matilda no quería hacerlo. Él le había hablado de sus padres, casados por culpa de un embarazo (que ni siquiera llegaría a buen término) y que fueron todo lo felices que pudieron ser, pero Matilda no quería ser madre. No quería casarse. No ahora. Quizá nunca. Tenía grandes sueños para el futuro. Tenía pensado viajar, vivir en Nueva York, tocar jazz en clubes nocturnos con nombres en letras de neón.

Y así se le había ocurrido una nueva idea. El único inconveniente había sido la necesidad de contar con su hermana pequeña. Matilda, de carácter responsable, había sopesado las ventajas y las desventajas de involucrar a Evie, quien, al fin y al cabo, solo tenía diez años. Sin embargo, había decidido que era aceptable si se cumplían dos condiciones, escritas como la solución a un problema de lógica al final de la entrada del 3 de diciembre.

1. No debo contarle el motivo, así no pesará ninguna carga moral sobre ella.
2. Debo pagarle con algo que ella valore de forma similar.

Cuando al fin llamaron a la puerta, Matilda, ruborizada, la abrió en apenas segundos.

—¿Lo has encontrado?

Su hermana asintió.

—Enséñamelo.

Evie metió la mano en la cartera.

—¡Aquí no!

Tras un rápido vistazo por encima del hombro de su hermana pequeña, Matilda agarró a Evie de la muñeca y la llevó a su habitación, donde aguardaba el microscopio que había logrado hurtar del laboratorio del colegio como pago.

Una vez más, se hizo el silencio en el rellano, mientras el sol, que había continuado con el lento arco que trazaba en el cielo, llegó al fin a una altura suficiente para que los rayos de luz comenzaran a pasar por la claraboya del techo, iluminando perezosas motas de polvo suspendidas en el aire, que no sospechaban todo lo que el día iba a deparar.

Mientras tanto, John acababa de descubrir un problema. Obtener el préstamo de la cámara no había estado exento de complicaciones. Matthew, que no dejaba pasar una oportunidad, había reconocido las ganas de su nuevo amigo y había reaccionado con rapidez para sacar provecho. Aceptó prestarle la cámara con una condición. Una o dos semanas antes, cuando los dos muchachos realizaban una incursión en la despensa de la madre de John en busca de una nueva hornada de galletas navideñas alemanas de la señora Pike, Matthew había visto una reserva de botellas de cristal marrón ocultas al fondo del estante inferior. Supo de inmediato qué eran y pensó enseguida que sería divertido atraer a los perros salvajes que habían estado aullando en el valle por las noches.

John, que a pesar de su buen humor era sincero y responsable, había aceptado el trato a regañadientes, acordando que serían dos botellas (en lugar de las cuatro que había pedido) a cambio de una semana con la cámara. Pero cuando al fin había logrado entrar a escondidas en la despensa, solo quedaba una botella en el estante y estaba medio vacía. John se maldijo a sí mismo por no haber entrado antes para obtener su botín ilícito, pero decidió que tendría que conformarse con eso y se escabulló con la botella, listo para hacer el canje en el lugar y hora indicados.

Y así fue como, mientras Matilda inspeccionaba el frasco que Evie le había traído del cobertizo del señor Stamp, Evie examinaba su nuevo microscopio, la señora Pike ordenaba los trozos de la taza rota en la cocina y Becky Baker deslizaba la mano en el bolsillo del delantal para acariciar la suave espalda del conejo de marfil que hasta hacía poco había ocupado un lugar de privilegio en la vitrina de la señora Turner, John entregó la botella medio vacía de Thall-Rat a Matthew McKenzie.

—¿Qué es esto? —dijo el muchacho—. ¡Me prometiste dos!

—Es todo lo que queda.

—Pero había un montón.

—Mi madre odia las ratas —justificó John encogiendo los hombros, infeliz—. Ella y la señora Pike. Una de ellas habrá usado el resto.

Matthew contempló la botella y entonces, con un gruñido de profunda insatisfacción, la tomó de las manos de John y se la guardó en un bolsillo.

—Te dejo mi cámara, pero olvídate de la semana —bufó al entregarle la Brownie—. La quiero de vuelta el 26.

John recibió el objeto como si valiera su peso en oro. Dos días no era bastante tiempo, pero si comenzaba aquella misma tarde, existía la posibilidad de conseguir el metraje que necesitaba.

—Antes de que se me olvide —añadió Matthew, casi como si se le acabara de ocurrir, al darse la vuelta hacia la casa de sus abuelos—, la tapa del carrete se me atascó la última vez que la usé. La vas a tener que arreglar primero.

—Se la llevaré al señor Drumming —gritó John mientras se alejaban—. Puede arreglarlo todo.

Matthew McKenzie continuó hacia la casa silbando con paso alegre; y, como el tiempo del préstamo pasaba, John se dio la vuelta y subió la pendiente a la carrera, como una liebre, desapareciendo al otro lado de camino hacia el cobertizo de su familia.

9

Por desgracia para John, si bien era cierto que poseía un don sin igual para arreglar casi cualquier objeto que le pusieran delante, el señor Drumming no estaba en casa aquel día. Había pedido, y se le había concedido, la mañana libre, lo cual era infrecuente.

Más tarde, durante el interrogatorio policial, el señor Drumming dudaría cuando le preguntaron cómo había pasado el 24 de diciembre.

—Fui a Parkside —respondió al fin cuando le resultó evidente que era necesario que respondiera.

Ninguno de los agentes necesitó preguntar dónde estaba Parkside. Se miraron unos a otros, evitando la mirada de Henrik, hasta que al fin el sargento Duke, al ser el oficial de mayor rango y el único de fuera, fue quien preguntó:

—¿Y qué estaba haciendo allí, señor Drumming?

—Fui a llevarle flores a mi mujer por Navidad.

La señora Eliza Drumming había entrado y salido del Hospital Mental Parkside, el enorme edificio gótico en

Fullarton Road, a lo largo de buena parte de las últimas dos décadas, y fue en el lugar habitual de la sala común, junto a la ventana, ante la mejor luz y la vista más bonita del jardín, donde la encontró Henrik Drumming. Además de las flores del jardín de Maud McKendry, su viejo amigo del colegio le había traído a su esposa un regalo de Navidad. El bello rostro de su mujer, antaño capaz de mostrar las emociones con más matices de los que Henrik hubiera visto nunca en un rostro humano, estaba inexpresivo por culpa de las fuertes pastillas que le recetaban los médicos. El pequeño juego de pinturas se cayó del papel en el que venía envuelto para acabar al revés en el regazo de la señora Drumming, que le dio la vuelta con delicadeza entre las manos.

Antes adoraba pintar, y Henrik le había construido él mismo un estudio en la parte trasera del jardín. Ella siempre había necesitado tiempo apartada de los demás, incluso antes de sufrir el ataque de lo que fuera que la estaba consumiendo. A pesar de ser querida y de querer a otros, era más feliz cuando estaba sola. Él solía mirarla deambular por el jardín, inspeccionando esa hoja o aquel pétalo. Le hacía feliz verla ahí, al aire libre, el sol hallando mechones dorados en su pelo. A veces, ella se detenía y alzaba la vista a las ramas más altas de los eucaliptos que crecían a lo largo de la cerca y su gesto de concentración dejaba paso a un ceño fruncido y comprensivo. Una vez, él le había preguntado qué hacía en esas ocasiones. «Escucho las hojas», le había respondido ella. Henrik no le había dado mucha importancia entonces. Dio por hecho que se refería al susurro de las hojas al viento.

Su querida esposa había sido la única cosa rota que no había logrado reparar.

—Debería haber visto las señales —diría a la policía después de la muerte de los Turner—. Debería haberme dado cuenta.

—¿Nos podría hablar de esas señales, señor Drumming? Cuando intenta recordar, ¿qué le llama la atención acerca del comportamiento de la señora Turner en las semanas previas a la tragedia?

—Estaba preocupada. Quedaba con ella todas las semanas para repasar los registros de la granja cuando el señor Turner estaba fuera. Era muy inteligente y se le daban bien los negocios. Pero últimamente noté que no prestaba verdadera atención. Parecía indiferente.

—¿A qué cree que se debía?

El señor Drumming negó con la cabeza.

—No lo sé.

—Pero usted sabía que la señora Turner estaba teniendo dificultades para dormir... ¿No es así, señor Drumming?

Henrik alzó la vista al oír la pregunta. No respondió de inmediato.

El sargento Peter Duke era un hombre en la feliz situación de haberse dedicado a la misma ocupación para la que se sabía creado por Dios. Su rostro afable era el que cabría esperar en el interrogador ideal: interesado pero impasible, abierto y carente de juicios, encantador sin recurrir a trucos. Lograba que el otro quisiera ayudarlo a resolver su rompecabezas.

—¿Nos podría decir el nombre de su esposa, señor Drumming?

—Se llama Eliza.

—¿Eliza Drumming? La señora... —El sargento pasó hacia atrás varias páginas de su libreta para encontrar una de sus notas y alzó la vista de nuevo—. ¿La señora E. W. Drumming?

—Eso es.

El sargento Duke hizo un gesto con la cabeza a Eric Jerosch, el joven agente en periodo de pruebas, quien, rojo hasta la punta de las orejas, lanzó una mirada de disculpa a Henrik. Era hermano de Maud McKendry, mucho más joven que él, y había pasado unos cuantos veranos aprendiendo a reparar radios y calefactores eléctricos en el cobertizo de Henrik de niño. A petición de su superior, el joven agente se dirigió al armario que tenía a sus espaldas, sacó del cajón superior un pequeño frasco ámbar y lo dejó en la mesa, entre Henrik y el sargento Duke.

—¿Reconoce este objeto, señor Drumming? —preguntó el sargento Duke.

Henrik asintió. Más adelante diría que, si bien hacía meses que no pensaba en aquel bote o en su contenido, había sentido un extraño presentimiento cuando el joven Eric le dio la espalda y, más que sorpresa, había sentido náuseas al ver el frasco ámbar, la etiqueta descolorida en la que aparecía el nombre de su mujer.

—Lo que le pedimos que nos ayude a comprender es cómo un frasco de píldoras recetadas a su esposa acabó en el cajón de la mesilla de noche de la señora Turner.

La garganta de Henrik estaba seca cuando respondió.

—Como usted sabe, estaba teniendo dificultades para dormir.

—¿Qué ha dicho, señor Drumming?

—La señora Turner estaba teniendo dificultades para dormir.

—¿Se lo dijo ella?

Henrik lo confirmó con un breve gesto de asentimiento.

—¿Usted y la señora Turner hablaban a menudo de sus hábitos de sueño?

—No, señor. —Se le ruborizaron las mejillas ante la pregunta. Era cierto que él y la señora Turner se veían con más frecuencia durante las ausencias del señor Turner. Henrik le presentaba sus informes sobre la granja todas las semanas; le contaba qué suministros eran necesarios, sus planes para los diferentes campos. Ese tipo de ritual, aunque no era un evento social bajo ningún concepto, tenía el efecto de bajar las defensas de uno—. Solo aquella vez —añadió, recordando cómo ella se había disculpado aquel día antes de pedirle que comenzara de nuevo con el informe. «No importa lo que haga —le había dicho—, por la noche no logro dormir y por el día parezco una sonámbula».

El sargento Duke tomó el frasco vacío y leyó la etiqueta.

—Barbital. ¿Son píldoras para dormir?

—Sí, señor. —Henrik notó que el frasco estaba vacío y la implicación fue un golpe en el estómago—. ¿No estará diciendo que esas píldoras tuvieron algo que ver con lo que les sucedió?

—No lo sabemos todavía, señor Drumming. Los resultados del forense tardarán un tiempo en llegar.

Todo eso estaba aún por venir. Mientras el sol abrasador continuaba su avance por el cielo aquella víspera de Navidad y Henrik Drumming guiaba a Eliza, su mujer, fuera del pabellón de mujeres para sentarse entre los elegantes árboles decorativos y los cuidados jardines de flores de los terrenos de Parkside, de vuelta en Tambilla la señora Meg Summers estaba finalizando el pedido navideño de la familia Turner. También había aprovechado un raro momento de tranquilidad en que no había tenido clientes para meter la tarta en el horno y el aroma de azúcar al dorarse empezaba a llenar el aire desde la cocina hasta la tienda.

Meg comprobó los productos del pedido una vez más. Le había sorprendido no recibir una llamada de última hora de la señora Turner para añadir cosas que se le habían olvidado. A decir verdad, esperaba que necesitaran mucho más en la casa para pasar las vacaciones de Navidad, en especial tras la llegada de la hermana del señor Turner. Pero quizá ese fuera el motivo. La señora Turner tenía muchas cosas en las que pensar, entre la recién nacida y la invitada.

Quedaba un poco de espacio en lo alto de la caja de los Turner y Meg añadió unas cuantas golosinas (había hecho lo mismo para el resto de sus mejores clientes): un poco de mermelada de fresa casera, una jarra de su paté de pescado y una barra de su célebre pan de centeno alemán, *Roggenbrot*. Al fin, con la caja llena a rebosar, Meg llamó a Kurt. La espera le hizo sentirse impaciente, en parte por culpa del ritmo frenético al que había trabajado todo el día.

Kurt no apareció, así que lo llamó de nuevo. No era propio de él escabullirse antes de terminar el trabajo del día.

—Resulta que estaba dejando el jardín de las señoritas Edwards impecable para las Navidades —diría a la policía la semana siguiente, cuando le preguntaron por su paradero—. Son unas damas muy finas y delicadas, de otra época, y les gusta que todo esté como tiene que estar.

—Entonces, cuando le llamó para que llevara el pedido a los Turner, ¿Kurt no estaba disponible porque había salido al viejo molino? —preguntó el sargento Duke.

—Sí, señor.

—¿Para preguntar a las señoritas Edwards si necesitaban que les arreglara el césped antes de Navidad?

—No creo que hablara con ellas. Lo llevan muy bien, pero tienen casi noventa años. Se echan una buena siesta por las tardes. No, fue y lo comprobó él mismo. Hizo lo que había que hacer.

Mientras el sargento Duke tomaba nota, la señora Summers dudó y pareció pensar que era necesario aclarar algo.

—Kurt se encargaba del patio del viejo molino desde que era un pequeñajo. Sabía qué tenía que hacer.

—¿Me sabría decir cuánto tiempo estuvo fuera?

—No me fijé... Tenía mucha faena. Pero poco, estoy segura.

Ya que Kurt no estaba disponible, la señora Summers llamó a su hijo pequeño. Lo hizo con cierta inquietud. Había ayudado toda la mañana en el mostrador, pero tenía catorce años, andaba un poco enfurruñado y había pasado la última hora en su cuarto poniendo sus discos de rock. Cuando apareció en la trastienda, la señora Summers se llevó una agradable sorpresa.

—Vio lo agobiada que estaba —explicó la señora Summers al sargento Duke—. Es buen chico, mi Marcus. Enfadado o no, no ha soportado nunca verme preocupada, que Dios lo bendiga. Cargué la caja en la bolsa de lona que usamos para las entregas en bicicleta y le dije que subiera el pedido con cuidado pero deprisa para que los productos fríos no se pusieran malos (hacía muchísimo calor aquel día) y fue rápido, claro que sí: volvió antes de que hubiera sacado la tarta del horno.

De hecho, sentado junto a su padre en la comisaría la semana siguiente, un día después que su hermano Kurt, Marcus confirmó, tras cierta insistencia en las preguntas, que su plan había consistido en entrar y salir de la casa de los Turner tan rápido como le fuera posible.

—¿Tú y John Turner no os llevabais bien?

Marcus no respondió de inmediato, pero pareció tan hundido que el sargento Duke necesitó de toda su templanza para mantener la compostura. Interrogar a niños, en especial uno que acababa de perder a un buen amigo con quien andaba peleado, era una de las peores partes del trabajo.

—Basta con que digas sí o no con un gesto, amigo —siguió, pensando en su hijo, Pete junior, cuya carita testaruda se arrugaba en un instante si insistía demasiado.

Marcus atinó a asentir. Había tenido sus diferencias con John, su buen amigo. Había aceptado entregar el pedido para ayudar a su madre, pero en realidad, admitió Marcus Summers, que levantó la vista un momento para mirar al sargento Duke, habría preferido no ver a ninguno de los Turner si podía evitarlo.

10

Por desgracia para Marcus, como ocurre tan a menudo cuando alguien se empeña en evitar un encuentro, la primera persona a la que vio tras doblar la última curva del camino de entrada y llegar a la casa fue John. Su antiguo amigo estaba en el campo de arriba, aún a cierta distancia, entre la hierba alta, con un objeto que parecía una caja marrón colgada de una correa al hombro y un palo largo y recto en la mano que blandía a un lado y otro como una espada. Los cuervos que picoteaban la hierba, las negras espaldas plateadas por el sol, no le prestaban atención. Parecía tener calor y, sin duda, sentirse molesto. Marcus se apresuró por la parte de atrás de la casa y caminó a lo largo del porche.

A cierta distancia por delante de él, Evie Turner iba montada en un triciclo rojo que ya era antiguo antes de que ella naciera y, en cualquier caso, era demasiado pequeño para su tamaño. Se alejaba de Marcus pedaleando despacio y su larga trenza se movía como una serpiente por su espalda. Las ruedas del triciclo soltaban un gemido oxidado cada vez que giraban. Evie llevaba treinta minutos dando vueltas a la casa a ese ritmo perezoso. La más pequeña hasta la llegada de Thea, a menudo le tocaba esperar mientras los otros se organizaban.

Mientras Evie desaparecía tras la esquina del otro lado, Marcus pasó bajo el nogal y llegó a la puerta trasera que daba a la cocina. Esperaba dejar la comida en la mesa y escabullirse, como había hecho tantas veces antes, pero, ay, tanto la señora Turner como la tía que había venido de Sídney estaban justo ahí, en el centro de la cocina. La señora Turner se encontraba inmersa en los preparativos del almuerzo y la mesa de pino estaba cubierta de hileras de rebanadas de pan untadas de mantequilla, además de un pastel arcoíris con un espeso glaseado, ya cortado en porciones. Cuatro termos esperaban a que los llenaran junto a una enorme tetera de acero inoxidable, como las que su padre usaba para ir de acampada.

—Qué oportuno —dijo la señora Turner al verlo. Aunque preparaba la comida, llevaba un vestido como los que Marcus había visto en las revistas de moda en la tienda de su madre—. Justo estaba decidiendo qué poner en estos sándwiches.

Sorprendido al encontrarse la cocina ocupada, Marcus tardó en responder. Tratar a la señora Turner le hacía sentirse torpe. Por fin encontró la voz, y se odió a sí mismo por tartamudear al hablar:

—Mi madre dice que ha puesto algunas cosas de más. P-por la Navidad.

—Qué amable, y eso que ya nos había enviado un regalo para la bebé. De verdad, su generosidad no tiene límites. Por supuesto, yo también tengo un detalle para ella. Toda la semana he querido bajar para dárselo, pero no he parado. Siempre hay muchísimo que hacer en esta época del año, ¿no te parece? Seguro que tu madre está igual, ocupada con la tienda y todo lo demás que hace. Supongo que ha planeado una gran fiesta de Navidad para tu familia, ¿verdad?

La señora Turner-Bridges, sentada en una silla de mimbre en el rincón más fresco y en penumbra de la cocina, seguía la conversación con cierta sorpresa. No era propio de Isabel ser tan charlatana. Su gesto fue casi de tormento cuando comentó la generosidad de la otra mujer. Nora escuchó un rato, preguntándose por qué su cuñada se sentiría tan inquieta, hasta que comprendió. Isabel no tenía un regalo para la señora Summers. La habían pillado desprevenida y estaba ganando tiempo.

—Cariño —intervino Nora con tacto—, estás ocupada aquí. ¿Voy yo a buscar el regalo de la señora Summers?

Isabel se sintió confundida al principio, pero en seguida captó la idea.

—Sí, gracias —dijo, con fe ciega en que Nora sería capaz de encontrar algo adecuado. Y a Marcus—: No te molesta esperar, ¿verdad?

No importaba si le molestaba o si no. Una clienta de su madre, una persona adulta que vivía en la comunidad, le había pedido que esperara, y una vida entera de lecciones de ambos padres le impidió hacer otra cosa. Marcus volvió la vista hacia la puerta abierta antes de responder con un breve y agónico asentimiento.

—Y, Nora, ¿le podrías pedir a Matilda que baje a verme? —le dijo Isabel a su cuñada, que ya había salido. Sonrió a Marcus en señal de disculpa por haber alzado la voz y comenzó a sacar la comida de la caja—. Será mejor que guarde los productos fríos —continuó—. Qué calor hace hoy. Muchísimo calor. Paté de pescado… Mi favorito. ¿Cómo lo ha sabido tu madre?

Estaba bromeando. Todo el mundo sabía que a la señora Turner le encantaba el paté de pescado de su madre. Una buena parte de Tambilla compartía ese gusto. Era una de las recetas más elaboradas del antiguo libro de cocina de la bisabuela de Meg Summers. Junto con el *Roggenbrot,* por supuesto.

La puerta, con marco de madera y hoja de malla metálica, se abrió y se cerró de golpe y apareció John, la cámara Brownie aún al hombro, la cara enrojecida por el calor y la frustración. Tras buscar durante horas, atravesando la finca de una punta a otra, había comenzado a perder la esperanza de encontrar al señor Drumming. La decepción que sentía por la cámara le había puesto de mal humor y, como era habitual en los muchachos de esa edad en todas partes del mundo, había venido en busca de comida para aliviar la tensión.

—Me muero de hambre —anunció.

Durante un muy breve instante, su mirada se encontró con la de Marcus antes de que ambos apartaran la vista en una obstinada muestra de enojo.

—Salimos pronto de pícnic.

—Mamá, no, no puedo.

—Qué tontería, vamos todos.

—Pero hay algo que tengo que hacer, algo importante.

—Pensé que habías dicho que te estabas muriendo de hambre.

—Tengo que encontrar al señor Drumming.

—Hoy no ha venido.

—¿Qué?

El pánico en la voz de John fue tan evidente que, en circunstancias normales, cualquier madre normal (y, sin duda, la señora Turner) habría albergado sospechas y se habría preparado para llegar al fondo del asunto, pero, justo en ese momento, la señora Turner-Bridges reapareció con Matilda siguiéndola de cerca.

—No voy a ir al pícnic —soltó Matilda—. Hace demasiado calor.

—Claro que no.

—Me estoy derritiendo.

—No te estás derritiendo.

—¡Tengo náuseas!

Era cierto que tenía mala cara y los ojos inyectados en sangre, como confirmaría más tarde su tía.

—Supuse que era el calor —diría la señora Turner-Bridges a la policía—. Bien sabe Dios que yo también me sentía indispuesta. Pero resultó que había estado ocupada aquella mañana.

Fue la señora Pike quien arrojó luz sobre los actos de Matilda durante el interrogatorio de la semana posterior a las muertes. El ama de llaves acababa de terminar de contar a la policía que la señora Turner había insistido en que ella y Becky Baker solo trabajaran media jornada en Nochebuena. («Pensé que habría querido un poco de ayuda para preparar la comida —aún no había comenzado con la cena y ahora tenía un pícnic que organizar—, pero insistió en que podía ella sola; fue muy firme») cuando hizo una pausa y añadió:

—Aquel día hubo más ajetreo que en Hindley Street. Becky y yo nos cruzamos con Marcus Summers, que iba a hacer un pedido, y cuando nos despedimos en la parte baja del camino de entrada (yo iba en bicicleta y ella prefería caminar de vuelta al pueblo por el prado) casi me doy de bruces con la joven Matilda. No sé bien dónde había estado, pero volvía a casa a hurtadillas, la cara roja y con gesto de angustia.

Matthew McKenzie, que había estado observando pájaros en las cercanías, ofreció nueva información acerca del paradero de Matilda después del desayuno.

—Los vi sentados juntos en la camioneta de los Summers —contó a la policía—. Donde ese camino de tierra se aparta de Willner Road. Estaba aparcada justo al borde. Supe que era él. Incluso si no lo hubiera visto, lo habría sabido porque llevaba el cortacésped en la parte de atrás. Él y Matilda estaban discutiendo. Ella lloraba y él estaba enfadado.

—¿Cómo sabes que estaba enfadado?

—Cuando ella se fue, él la miró alejarse y luego soltó un manotazo contra el techo del coche y dijo una palabrota.

Isabel, que estaba en la cocina untando paté de pescado en el *Roggenbrot,* no se enteró de lo que había pasado. Solo sabía que su hija de quince años se estaba comportando de una manera recalcitrante y no estaba dispuesta a aceptarlo.

—Es la víspera de Navidad y vamos a ir de pícnic juntos, en familia. Piensa en qué te gustaría traer contigo y ve a buscarlo. Un libro, algo para escribir, una toalla. Tú también, John.

—¿Para qué necesito una toalla? —preguntó John.

La cocina empezaba a estar abarrotada y el ambiente, con tanta gente y tantas desavenencias, se estaba enturbiando. La señora Turner-Bridges había regresado con un pequeño paquete envuelto en papel de regalo que

Marcus deseaba coger cuanto antes para huir por fin de esa casa, de esa familia. Pero, por desgracia, ahí seguía, en la esquina más alejada de la mesa, sin que se hubiera dado cuenta la señora Turner, cuyo cuchillo se movía cada vez más deprisa, untando montones de mermelada de fresa en las rebanadas con mantequilla. Como no podía marcharse, Marcus Summers la miraba, abatido pero embelesado, desde su puesto junto a la puerta.

—¿Para qué necesito una toalla? —repitió John.

—He pensado que podemos ir a la poza —respondió Isabel—. Ahí podéis nadar y hay un precioso sauce donde sentarnos. Un montón de sombra y una rama perfecta para la cuna del bebé. Matilda, ¿podrías ir a buscar a tu hermanita?

—Isabel, por favor —respondió Matilda con su mejor voz de adulta—. De verdad, me siento fatal. Necesito acostarme.

—Hay una pequeña bolsa al lado de la cuna —continuó Isabel—. Tráela también.

Se hizo el silencio. Al parecer, habían llegado a un punto muerto y, como no se iniciaron nuevas hostilidades, el ambiente caldeado de la cocina se calmó por un momento. Pero nada es más seguro que dos hermanos, cada uno lidiando con su propio problema, buscarán refugio en el consuelo familiar de una trifulca, y así fue en el caso de John y Matilda en aquel momento.

—¿Qué miras? —preguntó John, la cara rosada por el calor.

—¿Has estado lloriqueando? —respondió Matilda con tono cortante—. Tienes la cara más roja que un tomate.

—Como si te miraras en un espejo, seguro.

—¡Ya basta! —Para Isabel, hija única, las peculiaridades del encono entre hermanos resultaban inexplicables—. No sé qué bicho os ha picado hoy a los dos. Hace calor y veo que estáis de mal humor, pero he hecho té helado y voy a llevar los cuatro termos. Va a haber de sobra para todos.

—Qué asco, té helado. —Evie acababa de entrar por la puerta sobre su triciclo rechinante.

—Este no te va a dar asco. Le he echado un montón de azúcar solo para ti.

—Y era cierto —diría la señora Turner-Bridges a un conocido cercano en las semanas siguientes—. Aún la veo, con toda claridad, removiendo y removiendo, de un lado a otro. Era una de esas teteras de acero inoxidable que se usan en las fiestas. Muy grande. No le di ninguna importancia en ese momento. El sol estaba pegando fuerte… Sin duda, todos iban a acabar sedientos.

La señora Turner ya había terminado los sándwiches. Tras cortarlos en cuartos triangulares, los guardó junto al bizcocho en cajas y se dispuso a llenar los termos de té helado, pero entonces se dio cuenta de que Marcus Summers aún seguía de pie entre las sombras, junto a la puerta, dando la impresión de hacer todo lo posible por volverse invisible.

—¡Cielos! —exclamó Isabel—. Se me ha olvidado por completo. ¡El regalo de tu madre!

Nora acercó el regalo a Isabel: estaba muy satisfecha consigo misma, ya que había encontrado en su maleta un pequeño frasco de loción Yardley comprado en Sídney, aún sin abrir. Un poco de papel de seda y parecía que hubiera estado bajo el árbol de Navidad toda la semana, a la espera de la señora Summers.

Con una mirada de agradecimiento a Nora, Isabel le entregó el regalo a Marcus.

—Dale mis mejores deseos a la señora Summers, ¿vale? —le pidió al muchacho—. Y que paséis unas Navidades maravillosas tú y tu familia.

Marcus asintió con el movimiento más breve posible y se escabulló por la puerta, dejando que se cerrara sola. Tras haber perdido tanto tiempo, la energía acumulada le hizo pedalear con furia al bajar la cuesta de camino al pueblo, así que su madre, que justo estaba sacando la tarta del horno cuando llegó, comentó lo rápido que había hecho el pedido.

Isabel, mientras tanto, se volvió hacia Nora.

—Eres mi salvación —exclamó—. De verdad que sí. Pero ¡qué grosera y qué despistada! He tenido la cabeza en las nubes últimamente.

—No seas tan exigente contigo misma, Issy —respondió Nora—. Acabas de tener un bebé, por si el resto fuera poco.

Ante la mención de la niña, tal vez, la atención de Isabel se centró en el vientre de embarazada de Nora.

—Pero ¿qué vas a comer tú? —preguntó Isabel—. Aquí estoy yo, haciendo todos estos sándwiches, sin ni siquiera acordarme de ti.

—No te preocupes por mí. Con esta niña enorme tan cómoda ahí dentro, no sé si volveré a tener ganas de comer alguna vez.

—Pero quizá te entre un poco de hambre cuando estemos fuera.

—Si es así, hay muchísimas cosas en la nevera.

Eso era cierto. Como podría asegurar cualquiera que haya vivido en un pueblo pequeño, una característica, deseada o no, de vivir ahí es la significativa generosidad de los vecinos que uno recibe en los momentos de necesidad. La llegada de una recién nacida (al igual, como descubriría pronto la señora Turner-Bridges, que la muerte de seres queridos) tiende a sacar lo mejor de la gente. Durante las últimas seis semanas, cada dos días más o menos alguien llamaba a la puerta, generalmente por la tarde, e Isabel abría para encontrarse con una de las vecinas que llevaba una tarta, un guiso o un plato de galletas para la familia. La nevera y la despensa estaban a rebosar.

—Estaré bien —le aseguró Nora de nuevo.

—Te estamos abandonando —protestó Isabel, cuya resolución de repente se desmoronaba—. Y después de que hayas venido de tan lejos para vernos.

—Estoy segura de que podré sobrevivir unas horas yo sola. He oído en la radio que hay previsión de lluvias para mañana, quizá incluso para esta noche. Sería un crimen no salir ahora a disfrutar del buen tiempo que hace.

Isabel aún pareció dudar.

—Voy a descansar —la calmó Nora—. Me hará bien. Quiero reservar mis energías para Navidad.

—Bueno… Sin duda te será más fácil descansar si mi prole no anda por aquí.

Como si los hubiera llamado, los niños reaparecieron. Buscar lo que querían llevar al pícnic los había animado. Habían encontrado toallas y libros, incluso una bandera y unas cuantas decoraciones, y lo cargaron todo en las cestas.

Matilda había traído a la pequeña, como su madre le había pedido, que seguía dormida en la cuna. Era estupenda esa cuna. Tejida por el señor Bartel en el pueblo siguiendo las mismas y exigentes medidas que sus ancestros habían aplicado en su negocio de muebles en Muschten antes de emigrar a Australia del Sur.

—Bueno, entonces —dijo Isabel, posando las manos en las caderas, con gesto decidido, olvidadas ya las dudas—, creo que eso es todo. —Con una última mirada para comprobar que Nora estaba bien, llamó a Evie, los hizo salir a todos por la puerta y los guio por el porche. Cuando llegaron a la esquina de la casa, Isabel se giró hacia su cuñada, tan embarazada y sonrosada, a quien había conocido cuando tenía más o menos la edad de Matilda, y, tras un momento de duda, le dio un abrazo—. Me alegra que hayas venido a vernos —dijo Isabel—. Cuánto me alegro de haber pasado este tiempo contigo.

11

Más tarde, Nora se preguntaría si de verdad había visto ese atisbo de duda en los ojos de su cuñada cuando se despidió aquella mañana, pero, antes de que pudiera responder, decir que ella también estaba encantada de pasar tiempo con su familia en Halcyon, Isabel ya había sacado a los niños y, con Evie y Matilda llevando una cesta de pícnic cada una y John la cuna de la niñita, todos le dijeron adiós con la mano a Nora y salieron del jardín, bajo un sol de justicia, sofocante y cegador, en dirección a la poza y el gran sauce.

¿Qué hicieron al llegar al lugar del pícnic? ¿Hubo una discusión acerca de dónde, exactamente, debían colocar el mantel de tela escocesa? A diferencia de Isabel, cuyo cutis inglés seguía tan blanco como el papel, los pequeños Turner estaban tan bronceados como los frutos de quandong que crecían en los arbustos a orillas del arroyo. ¿Escogieron, solo para irritar a la madre, ponerse al sol? Tras el calor del paseo, ¿John prefirió nadar antes de comer? ¿Disminuyó el mareo de Matilda? Solo podemos conjeturar.

Lo que se sabe es que los termos estaban vacíos, los sándwiches se habían terminado y de la tarta solo quedaban migas. Se habían quitado los zapatos. Habían ido a nadar. La cuna de la bebé pendía de una rama grande y recia del sauce. Las declaraciones de quienes vieron la escena por primera vez indican que, si bien habían terminado de comer, aún no habían recogido las cajas de provisiones. No había señales de enfermedad ni de intervención ajena. No había habido altercados. Según todas las apariencias, en algún momento, ya fuera porque el cansancio se había apoderado de ellos o se habían sentido mareados, o tal vez por algún extraño malestar, se habían acostado juntos, usando las toallas enrolladas a modo de almohada, y se adentraron en un sueño del que no despertarían.

Los pájaros volaban en lo alto. Las lagartijas se calentaban al sol sobre las rocas cercanas. Las serpientes se movían entre las altas hierbas del prado contiguo. Alrededor, los ruidos del verano australiano se intensificaron hasta formar una soporífera banda sonora de grillos que cantaban, hojas que susurraban y pájaros que piaban en lo alto de los eucaliptos gigantescos. Las aves sabían lo que casi todos los seres humanos aún ignoraban: había habido un cambio en la atmósfera en torno a Tambilla aquella tarde. Las nubes se acumulaban en la distancia, el viento había cambiado, se avecinaba una tormenta.

No lejos de la manta del pícnic, una colonia de hormigas continuaba con la construcción de su montículo, diligentes, capaces, siempre ajetreadas. En algún momento comprendieron que cerca les aguardaba un festín de migas y se encaminaron a buscarlo. Eran al mismo tiempo una parte vital y, a pesar de ello, apartada de la historia humana que transcurría sobre el mantel, junto a ellas, cuya lucha por sobrevivir no era ni más ni menos importante a ojos de la naturaleza que la de cualquier otra criatura en aquella tarde sofocante.

Mientras el sol continuaba su paso por el cielo azul y la sombra que arrojaba el sauce cambiaba de lugar en el campo, en el municipio de Tambilla dos pastores locales, uno luterano y el otro anglicano, se retiraron a la sacristía de sus respectivas iglesias en las principales calles del pueblo, que formaban una intersección en diagonal, para terminar de preparar sus sermones de Nochebuena.

No demasiado lejos de allí, Betty Diamond estaba ocupada en la cocina de su salón de té, espantando moscas con una mano mientras con la otra manejaba el cuchillo con destreza: margarina y huevo con curry, junto al pan de elaboración propia, seguido de una hoja de lechuga en cada rebanada, una segunda rebanada de pan y *voilà:* una bandeja de sándwiches envuelta en milrayas y lista para la recepción de aquella noche en la iglesia anglicana de St. George. La cocina siempre era calurosa por la tarde, pues su única ventana daba al oeste, pero ese día hacía una humedad desacostumbrada. Betty no estaba segura de si se debía a que había estado trabajando muy deprisa o a que aquella tormenta de la que le hablaban sin parar los clientes al fin iba a desatarse.

Al otro lado de la calle, Meg Summers cerró la tienda de comestibles con la satisfacción de ver el libro de contabilidad lleno de pedidos y entregas realizados. La tarta para el cumpleaños de Percy por fin estaba fría y pudo darle el toque final con una esmerada capa de nata recién batida y fresas caseras de Maud McKendry. Eran las favoritas de Percy, y una primavera más soleada de lo habitual las había vuelto más dulces este año.

En el viejo molino, las señoritas Edwards seguían durmiendo en sus camas; a su edad, preferían pasar la parte más calurosa del día descansando. Cuando se levantaran y descorrieran las cortinas, verían que el césped estaba impecable, los bordes recortados justo como su padre (un hombre de normas meticulosas) lo había exigido siempre.

Henrik Drumming, que acababa de dejar a su esposa en la misma sala común donde la había encontrado, volvió en coche a Greenhill Road y aparcó frente al hotel de Tambilla. No era uno de los clientes habituales, pero quería sentirse acompañado sin conversar, así que se sentó en el bar y pidió un refresco. Siempre le resultaba difícil regresar a una casa vacía los días que visitaba a Eliza. (Aún estaba sentado ahí, bebiendo poco a poco el refresco, cuarenta y cinco minutos más tarde, cuando sonó una sirena en la comisaría de West Road, y también media hora más tarde, cuando Boris Braun, el joven profesor de escuela, entró a toda prisa en el bar para anunciar que se estaba formando un grupo de búsqueda y gritó algo acerca de una bebé y unos perros).

A las cuatro en punto, sin embargo, mientras Henrik balanceaba de un lado a otro su primera bebida y reflexionaba sobre su mujer y la vida que habían soñado vivir y lo solo que se sentía sin ella, en la calle, Maud McKendry, sobre cuyo jardín caía ahora el sol con toda su fuerza, recogió las últimas flores para la ceremonia de la iglesia y las colocó en ramos al final de las hileras de bancos. Cuatro casas más allá, la joven Kitty Landry ya se había probado tres vestidos diferentes antes de decidirse por uno que le parecía bastante elegante para cantar en el coro de la iglesia aquella noche. Mientras Percy Summers guiaba a Blaze, su yegua fiel, por la rendija en la cerca de la finca de los Turner, con la intención de detenerse un momento para que el animal se diera un chapuzón, Kitty se subió a una silla de la cocina para verse mejor en el espejo ovalado de su madre y practicó el nuevo himno con un cepillo para el pelo a modo de micrófono, contoneándose como Peggy Sue, a quien había visto cantar *Fever* en la televisión nueva en la casa de su tía en Sídney cuando fueron de visita en Pascua.

En la casa de los Turner, cuyo tejado de hierro crepitaba por el calor, Nora Turner-Bridges se preguntó cuándo volvería su familia. Nora no había llegado a preocuparse, pero estaba sola. Le había hecho ilusión tener la casa para ella; se sentía agotada cuando se marcharon. Pero no había logrado conciliar el sueño. Junto a la ventana de su cuarto se oían unos malditos graznidos y, cuando corrió las cortinas, se encontró con el ojo acristalado de una cacatúa gigantesca en la rama más alta del nogal. No le gustó cómo la miraba y volvió a correr las cortinas para que la habitación quedara en penumbra; sus esfuerzos, sin embargo, habían sido en vano.

La calidez del día se acumulaba ahora en los rincones en sombra. Los gruesos muros de piedra que habían mantenido el calor a raya habían llegado a su límite, pero abrir las ventanas sería insensato. Nora decidió servirse una bebida fría y volver a acostarse, solo unos minutos. Sin duda, eso funcionaría: ¿no era acaso así la ley de Murphy? En cuanto se pusiera cómoda y comenzara a adormecerse, los oiría venir por el camino de entrada, parloteando y riendo, encantados con las historias de las aventuras del día.

QUINTA PARTE

CAPÍTULO DIECISIETE

Sídney, 12 de diciembre de 2018

El miércoles por la mañana Jess se despertó a las cuatro, pensando en Nora, el verano y la escena junto al arroyo. En grandes casas de piedra y prados de hierba clara y eucaliptos con altos troncos plateados. También pensaba en venenos. El forense había dictaminado que se trató de un asesinato-suicidio pero, al igual que en el tristemente célebre caso del Cadáver de Somerton en 1948, había sido incapaz de determinar el tipo de veneno empleado. Jess sospechaba que había varios candidatos: el hongo (era de suponer que era un hongo, ¿verdad?) que Evie obtuvo para Matilda; el veneno para ratas que John y Matthew descubrieron en la despensa (¿sería eso todo el «azúcar» que Isabel echó al té?); los calmantes que Henrik Drumming le había dado a Isabel para ayudarla a dormir.

Jess no sabía mucho sobre venenos, pero supuso que existirían muchos en la naturaleza que no se habrían podido detectar en 1959. También se le ocurrían varias posibilidades que explicarían por qué Isabel los conocía:

su padre había sido naturalista y ella había pasado gran parte de su infancia catalogando plantas; Miller citaba a un antiguo director de colegio según el cual Isabel había destacado en ciencia; y, además, estaba el trabajo al que se había dedicado durante la guerra. La conversación con esa mujer de aspecto anodino en aquella fiesta de Londres durante la ocupación de Francia sugería que Isabel se había incorporado a la Resistencia. Tal vez ahí había aprendido acerca de venenos letales: cómo funcionaban y cuál era la mejor manera de administrarlos sin dejar rastro.

Jess buscó en Google la Universidad de Sídney, encontró un profesor en la Facultad de Salud Pública que daba la impresión de haber investigado las especialidades pertinentes y esbozó un correo electrónico en el que explicaba que era una periodista que trabajaba en un reportaje para el que necesitaba saber qué tipos de venenos podrían haberse empleado con fines letales sin ser detectados en 1959. Averiguar cómo se había cometido el crimen no le iba a revelar nada acerca del estado mental de Nora en la actualidad, pero Jess sentía curiosidad y eso era una mejora enorme respecto a la preocupación y el desconcierto con los que había lidiado en los últimos días. Perseguir una pista la ayudaba a sentirse ella misma.

Aún reinaba la oscuridad tras la ventana, pero ya se hacía notar algún que otro pájaro madrugador y el ambiente había adquirido ese leve murmullo prometedor que precede al alba. Jess estaba a punto de cerrar el correo electrónico y dirigirse a la cocina a prepararse una taza de té cuando llegó un nuevo mensaje a su bandeja de entrada. No reconoció el nombre de la remitente, Nancy

Davis, pero el asunto, «Su solicitud», le picó la curiosidad.

Querida señora Turner-Bridges:

Ben Schultz me ha reenviado su solicitud. Daniel Miller era mi tío y yo soy su albacea. Estaría encantada de ayudarla con sus pesquisas. Por favor, no dude en ponerse en contacto conmigo en esta dirección o, si prefiere charlar, envíeme un mensaje al número del móvil de abajo para escoger el momento.

Saludos cordiales,

Nancy

Había una nota bajo la firma con el nombre comercial Davis Genealogy Research and Consulting LLC, seguido del número del móvil de Nancy, junto a un correo electrónico y una dirección en Vermont. Jess miró el reloj internacional del teléfono y, al ver que aún era mediodía en el este de Estados Unidos, tecleó el número en su aplicación de mensajería y escribió:

Hola, Nancy. ¡Gracias por escribirme!
Estaría genial charlar acerca de tu tío.
Por favor, dime a qué hora te viene bien.
Jess Turner-Bridges.

Leyó el mensaje y, tras tachar el apellido (demasiado formal) y los puntos de exclamación (demasiado frívolos), pulsó el botón de enviar y sintió ese cosquilleo familiar y agradable de anticipación en el estómago.

Su teléfono sonó casi al instante.

¿Qué tal ahora?

Jess tecleó enseguida:

Genial. Dame cinco minutos y te llamo.

Bajó a toda prisa las escaleras y entró en la cocina a oscuras. Puso agua a hervir y escogió una bolsita de té, sin dejar de dar vueltas a sus ideas para ponerlas en orden. Quería saber más acerca de cómo Daniel Miller había llegado a Australia del Sur, por qué escribió acerca de la familia Turner, cómo había llevado a cabo la investigación. Pero ahora que había avanzado más con el libro, también le interesaba si llegó a conocer bien a Nora, con qué frecuencia habían hablado.

Jess llevó la taza de té humeante a su habitación y se sentó con las piernas cruzadas en el suelo. Escribió la fecha en lo alto de una página en blanco del cuaderno, seguido de «Entrevista: Nancy Davis» y subrayó ambas.

Nancy respondió al tercer tono.

—¡Hola! Me alegra hablar contigo. Gracias por responderme tan rápido.

—El placer es mío. —La voz de Nancy era cálida y su acento recordaba al sur—. Me sorprendió recibir tu mensaje, pero para bien. En mi familia estamos orgullosos del libro de mi tío. Lo leí por primera vez cuando tenía catorce años y sentí que los personajes de la historia (tu familia) eran personas que conocía. Me han acompañado toda la vida y ya tengo más de sesenta años. En tu mensaje a Ben Schultz decías que buscabas información sobre el contexto. Espero ser de ayuda, aunque sospecho que conoces el libro y a las personas tan bien como yo.

—En realidad… —Jess dudó (estaba más acostumbrada a hacer preguntas que a responderlas)—, acabo de empezar a leerlo por primera vez esta semana. Solo he terminado la primera parte. —Hubo un silencio al otro lado de la línea, en el que Jess percibió una considerable sorpresa; se sintió obligada a explicarse—. Mi abuela nunca me habló de Halcyon y de lo sucedido a la familia de su hermano. Por eso me he puesto en contacto… Tengo muchísimas preguntas sobre el libro, pero Nora no puede responderlas ahora. Está en el hospital.

—Lo siento… Espero que esté bien.

—Se ha caído, lo que es preocupante a su edad, por supuesto, pero la están cuidando en un hospital excelente. Nora había estado releyendo el libro de tu tío… Así fue como lo descubrí. Yo también soy periodista y sentía curiosidad acerca de cómo Daniel Miller…, cómo tu tío llegó a escribir el libro. No he podido encontrar nada que sea de ayuda en internet.

—Hay poca cosa. El tío Dan siempre fue muy modesto y rechazaba las exigencias publicitarias, creía que el libro hablaba por sí solo, pero me alegra ser de ayuda. Como he dicho, estamos muy orgullosos de él. ¿Qué querías saber?

—Para empezar, cómo dio la casualidad de que estuviera en Australia. Cómo se encontró con la historia.

Nancy hizo una pausa.

—Sabes —respondió, pensativa—, en cierto sentido, siempre he creído que se debió a la muerte de mi padre. Yo no llegué a conocerlo (mi madre estaba embarazada de siete meses cuando ocurrió), pero al tío Dan le afectó muchísimo. Se suponía que iban a salir juntos del pueblo aquel fin de semana, pero Dan había cancelado a última hora. Después de la muerte de mi padre, perdió la fe; casi perdió el trabajo. Había estado trabajando como reportero en Nueva York, redactando noticias a un ritmo frenético, pero después de lo ocurrido quiso (necesitó) que su escritura no se limitara a eso. Su editor no dejaba de arrastrarlo a la oficina para decirle que se diera prisa y dejara de buscar el sentido de la vida. Se volvió muy infeliz y perdió un poco el rumbo... Borracheras y esas cosas. Mis abuelos estaban muy preocupados por él; pensaron que iban a perder a su segundo hijo.

—¿Cómo murió tu padre? —preguntó Jess, con tacto.

—Suicidio. Según mi madre, había estado un poco deprimido, pero no hubo señales de alarma; tampoco dejó una nota. El tío Dan no logró aceptarlo. Buscó respuestas, intentó resolver el misterio y, a falta de una opción mejor, se culpó a sí mismo. Y una mañana, tras haberse pasado la noche entera bebiendo, el hermano de su padre llamó desde Australia. Mike dijo que había oído que las cosas iban un poco mal y que tal vez a Dan le gustaría pasar un tiempo allí.

—¿Y Mike vivía en Tambilla?

—Bastante cerca. Él y su pareja, Nell (una mujer maravillosa), tenían una pequeña casa en Hahndorf y una caravana en la parte trasera de la finca que usaban para viajar. Le dijeron a Dan que se podía quedar ahí todo el tiempo que quisiera.

—O sea, que estaba en el lugar correcto en el momento oportuno.

—Más o menos. En cuanto se decidió a marcharse de Nueva York, Dan actuó con rapidez. Dejó el trabajo, subarrendó el apartamento y tenía las maletas hechas cuando Clay Felker, del *Esquire,* le envió un mensaje. ¿Has oído hablar de él?

Jess había oído hablar de él. Felker fue un editor legendario, viejo amigo de Tom Wolfe, a quien se le reconocía el mérito de haber dado su primera gran oportunidad como escritora a Gloria Steinem.

—Dan le había propuesto la idea de una columna regular (noticias desde Australia, el reportero viajero, algo de ese estilo) y Felker le ofreció un encargo de dos mil quinientas palabras cada dos semanas. El tío Dan comenzó en Sídney, trabajó por el norte hasta llegar a Top End y luego bajó a Alice Springs. Escribió sobre lo que le llamaba la atención en su viaje: la despreocupada cultura del surf en la playa Bondi, la espectacular roca naranja y roja del desfiladero Katherine al atardecer, anécdotas que ocurrían por el camino. Estaba en Uluru aquellas Navidades y llamó a su tío para desearle unas felices fiestas. Fue entonces cuando Mike le contó lo que había sucedido en Tambilla. Dan se subió en un tren hacia el sur lo más rápido que pudo.

Tenía sentido. Jess pudo imaginar cómo un evento del calibre de la tragedia de los Turner (una familia al completo, víspera de Navidad, una vieja finca) habría despertado la curiosidad de un periodista.

—¿Alguna vez has hecho ese viaje, el Ghan? —preguntó Nancy.

Jess admitió que no. La avergonzó reconocer que no conocía Uluru ni había estado nunca en Territory.

—Ah, pues deberías —exclamó Nancy—. No has vivido hasta que ves una bandada de periquitos verdes y amarillos alzar el vuelo en las tierras rojas del interior. Es mágico.

—Me preguntaba —intervino Jess—, cuando leía acerca de Isabel y cómo echaba de menos su tierra, cómo sentía que Australia era hermosa pero del todo ajena y estaba desesperantemente lejos de su país, si era también tu tío quien se expresaba en esas palabras. Me parecía que sonaban muy auténticas.

—Sé que le afectó muchísimo el tiempo que pasó ahí —respondió Nancy, pensativa—. Solía hablar a menudo de Uluru. Conoció a un tipo en Alice Springs que se llamaba Tony, cuya familia llevaba allí desde el comienzo de los tiempos, que aceptó hacerle de guía. Llevó a Dan a la gran roca y le explicó que era un templo, un lugar sagrado. Dan dijo que tuvo un efecto muy profundo en él. No solo Uluru en sí, sino el vínculo de Tony con su país. Comentó que era la primera vez que había sido consciente de su propio distanciamiento. Escribió acerca de anhelar la certidumbre de Tony, saber que pertenecía exactamente al lugar en el que estaba.

Algo en el interior de Jess, una ausencia que no había percibido pero descubrió de repente, reconoció ese estado; pensó en las punzadas de melancolía inexplicable que había experimentado durante años de idas y vueltas, de noches pasadas en aeropuertos, de vivir entre paisajes, entre culturas. Pensaba en sí misma como una ciudadana global, en el viaje como un destino en sí mismo, pero ¿y si no era así? Si fuera sincera, ¿el amor que le inspiraban las vistas y los sonidos de su vida en Londres no lo experimentaba siempre a una distancia leve pero insalvable? Como si las células de su cuerpo supieran que ese no era su lugar.

Jess espantó la sensación. No tenía tiempo para mirarse el ombligo. Según había admitido Nancy, Daniel Miller había recurrido a algunas experiencias para dar forma a su escritura, lo que le ofrecía una conveniente introducción a la peliaguda cuestión de la sinceridad y la autenticidad.

—Me he estado preguntando cómo tu tío decidió escribir el libro; cómo pasó de ser periodista a autor de… Bueno, supongo que podríamos decir que es una crónica de un crimen auténtico.

Nancy se rio.

—Él decía que era una novela de no ficción. Creía que las herramientas de los novelistas deberían estar también al alcance de los periodistas.

—¿A veces lo que escribía se volvía ficción?

—No diría eso. Su objetivo era captar la verdad, contar la historia, pero no le importaba demasiado ser preciso al cien por cien sobre qué pájaro pasaba volando o cierto momento en concreto. No lo podía saber todo. El hecho de que la señora Turner hubiera observado que su hijo John se volvía «efervescente» cuando se entusiasmaba era más importante para él que si ella lo pensó en el momento preciso que indica en su libro, no sé si entiendes lo que quiero decir.

Jess pensó en ello. La descripción de Nancy encajaba con todo lo que sabía acerca del Nuevo Periodismo. Que Miller publicara a principio de los años sesenta ayudaba a explicar cómo un libro acerca de los habitantes de un pequeño pueblo de Australia del Sur había alcanzado lo más alto de la lista de ventas del *New York Times;* le había ayudado la moda literaria del momento. Jess insistió un poco más.

—Parece que tal vez se tomara algunas licencias.

—Solo licencias poéticas. Su propósito era ser sincero con los Turner y su historia y creo que lo fue. Hizo una investigación muy exhaustiva (sus cuadernos están llenos de notas) y había evidencia, ya fuera en entrevistas, entradas de diario o cartas, para todo lo que escribía. De hecho, las personas a las que entrevistó llegaron a confiar tanto en él que Dan fue capaz de prestar una ayuda importante a la policía.

—¿De verdad? —Jess apartó la tentadora mención de los cuadernos por un instante para explorar esa afirmación. Recordó que la señora Robinson comentó que la policía había recibido un chivatazo importante respecto al estado mental de Isabel. La señora Robinson había creído que procedía de un sacerdote, pero tal vez lo había dado Daniel Miller—. ¿Entrevistó a un sacerdote, por casualidad?

—A un reverendo, sí… El reverendo Lawson, de la iglesia anglicana del pueblo.

—¿Y el reverendo Lawson tenía información sobre el estado mental de Isabel?

—Como puedes imaginar, en su posición tenía acceso a todo tipo de pensamientos y sentimientos íntimos; también mantenía un registro meticuloso.

—¿Un registro por escrito?

Nancy hizo un pequeño sonido para señalar que sí.

—El reverendo tenía pretensiones de novelista, así que tuvo muchísimo interés en hablar con Dan, un escritor de verdad.

—¿Y tu tío informó a la policía de lo que le contó el reverendo?

—Dan llegó a conocer bastante bien al sargento que estaba a cargo de la investigación. Tuvo un golpe de suerte. El sargento Duke estaba casado con una estadounidense. Su familia venía de Atlanta, Georgia… Igual que mis abuelos. Ella llevaba casi dos décadas viviendo lejos de casa y, cuando descubrió que había un recién llegado en los Altos que venía de su tierra, bueno, hizo lo que habría hecho cualquier sureña que se preciara e insistió para que viniera a cenar. Has dicho que has terminado la primera parte, ¿verdad? En la segunda es cuando comienza la investigación. Estás a punto de conocer al reverendo y al sargento Duke.

Jess escuchaba solo a medias; estaba pensando en cómo averiguar lo que Daniel Miller había descubierto gracias al reverendo cuando se le ocurrió que existía una manera infalible de saber de qué había hablado con todos sus entrevistados, entre ellos, como era de esperar, Nora.

—Has mencionado los cuadernos de tu tío —dijo Jess—. ¿Todavía existen?

—Sí —respondió Nancy—. Los heredé tras su muerte. —Se rio—. Digamos que mi tío fue un excelente periodista, pero su caligrafía dejaba mucho que desear. Me jubilé el año pasado y, además de mi trabajo genealógico, he dedicado mi tiempo libre a repasarlos. Ya sabes, me encantó el libro de mi tío cuando lo leí por primera vez (en realidad, me obsesionó), pero no te puedes imaginar qué vívido se volvió el mundo de Tambilla y de Halcyon después de leer los cuadernos… Cuántas capas nuevas.

—Me interesa mucho su método de trabajo. ¿Me podrías dar una idea del contenido de los cuadernos?

¿Son transcripciones de entrevistas? ¿Descripciones detalladas? ¿Notas para sí mismo?

—Todo eso y también algunas escenas enteras… Casi como borradores que no llegaron a la versión final. Al parecer, tenía dos métodos de trabajo: en el primero, como cabría esperar, era formal, planeaba una entrevista a la que iba con su cuaderno, lleno de preguntas. Pero donde obtenía mejores resultados, en mi opinión, era en su investigación informal. Dan era un humanista. Le gustaban las personas y se interesaba por ellas. Tenía facilidad para que su interlocutor sintiera que lo escuchaba con toda su atención. Es más, que lo comprendía. Lo que más le gustaba hacer mientras trabajaba era lo que él llamaba «encontrar la historia». Llegaba sin ideas preconcebidas sobre lo que esperaba, o incluso deseaba, oír, y solo entablaba una conversación. Y, en cuanto al libro… Bueno, se mudó a la vieja caravana en la parte trasera del bloque y se convirtió casi en uno más del pueblo. La gente confiaba en él y él llegó a encariñarse de verdad de ellos. El señor Drumming, la joven Becky Baker, Meg y Percy Summers… Percy fue el que los encontró, por supuesto, pobre hombre. Al final, se mudó a otro lugar. Había perdido a su mujer por aquel entonces. Fue durísimo para él, llevaban juntos desde niños.

No por primera vez, Jess se sorprendió pensando que Nancy hablaba como si hubiera conocido a los habitantes de Tambilla de 1959 en persona. Parecía poseer un conocimiento enciclopédico de la gente y del lugar. ¿Cuánta más información sobre Nora y la familia Turner contendrían los cuadernos?

—En cuanto a Becky —decía Nancy, a quien la nostalgia suavizaba la voz—, siempre me ha dado muchísima lástima. No sé la verdad de lo ocurrido con el *netsuke,* pero cómo culparla por sentirse mal cuando la señora Turner la regañó. Y no puedo ni imaginarme cómo habría sido para ella perder a la familia Turner. Idealizaba a Isabel y quería a la pequeña Thea como si fuera su hija. Lloró y lloró cuando habló con mi tío. Un llanto terrible, desconsolado. Fue muy difícil escucharlo todo.

Al principio, Jess se quedó atónita, hasta que comprendió.

—¿Están grabadas? —preguntó—. ¿Grabó las entrevistas?

—No las de 1959 (por esos años aún no había grabadoras que pudiera llevar consigo), pero volvió a Tambilla veinte años más tarde y habló con algunas personas del pueblo.

—Cuando hallaron los restos de la pequeña Thea.

—Eso es. No sé qué edición tendrás, pero desde 1980 al libro se le añadió un capítulo final. Para el tío Dan era importante que se publicara de nuevo con ese apéndice para ofrecer la conclusión de la historia de la pequeña.

—Para él debió de ser una gran satisfacción atar ese cabo de la historia.

—Eso pensaría una —dijo Nancy con tono reflexivo—, pero creo recordar que volvió a casa desde Australia inquieto. Escribió el capítulo final, pero no volvió a promocionar el libro y casi no hablaba de él, ni siquiera con la familia. Supongo que le hizo revivir toda la experiencia. Le recordó que no fue capaz de encontrar respuestas para los otros. A ningún investigador le gusta dejar misterios sin resolver.

Jess estaba muy de acuerdo con eso.

—A pesar de todo, se alegró de volver —aseguró Nancy—. Jamás se olvidó de ellos. Estaban muy unidos. Tienes que recordar que, cuando los conoció, él también estaba intentando entender una muerte incomprensible en su vida. Como ellos, estaba luchando con el dolor, la culpa y la sensación insidiosa y amarga de que tal vez habría podido evitar la muerte de mi padre si hubiera hecho las cosas de otro modo. Es tristísimo perder a alguien tan cercano, es como perder una parte de ti mismo.

Jess pensó en Nora. La señora Robinson dijo que había querido a Isabel como a una hermana y había sufrido la culpa y el dolor de no haber sido capaz de salvarla. Se le ocurrió que Nora y Daniel Miller habrían tenido mucho en común. ¿Explicaba eso el tono familiar, casi tierno con que escribía acerca de ella? La escena con la que finalizaba la primera parte, en la que Nora estaba sola en la casa, esperando el regreso de su familia, era muy conmovedora. Parecía centrar el interés de nuevo en Nora, el rostro de esa pérdida inimaginable. La persona que había sobrevivido la tragedia.

—Tu tío habló con mi abuela.

—Ella fue una de sus fuentes más importantes —concedió Nancy—. A pesar de que Isabel había sido un miembro muy respetado de esa comunidad, Nora era la única persona que conocía a la familia Turner de un modo íntimo y podía ofrecer una visión real acerca de quién fue Isabel.

—¿Qué dijo?

—Al principio, se negó a creer que Isabel hubiera podido hacer algo así. Estaba convencida de que habría visto las señales y le rogó a Dan que la ayudara a demostrar la inocencia de su cuñada. Con el paso del tiempo, sin embargo, a medida que se iban descartando las otras posibilidades, incluso ella tuvo que hacer frente a los hechos. Pero se negó a condenar a Isabel. Siguió intentando ayudar a Dan a ver la persona debajo de ese hecho despreciable. Fue una amiga muy leal y afectuosa.

Jess recordó cómo su abuela siempre se ponía de parte de su madre si Jess alguna vez se quejaba. Incluso cuando al fin le contó a Jess aquel incidente sucedido cuando ella era bebé, Nora había insistido en defender a su hija. «No era su intención… No sabía lo que estaba haciendo… La desesperación se apoderó de ella…». Era cierto lo que decía Nancy: Nora era la viva imagen de la lealtad.

Y Jess quería ser así con ella.

—Sería una gran ayuda para mí ver esos cuadernos —dijo—. ¿Crees que sería posible?

—Me temo que no puedo enviártelos —respondió Nancy con tono de disculpa—. Pero puedo, claro que sí, escanear algunas páginas y enviártelas por correo electrónico. Tengo una reunión con un cliente dentro de un minuto, pero lo podría hacer esta tarde. ¿Qué te interesa en especial?

Jess reflexionó. Era probable que los hechos más pertinentes hubieran aparecido en el libro. No tenía sentido volver a leerlos solo para saciar su curiosidad innata. Para ser sincera, Isabel y la historia de Halcyon, aunque fascinantes, eran para ella tangenciales. Tenía que centrarse en su abuela, averiguar si había algo entre las notas de Daniel Miller que pudiera explicar qué la estaba inquietando, por qué había intentado subir las escaleras a la buhardilla o por qué de repente había comenzado a preocuparse por que el padre de Polly surgiera de la nada para llevársela.

—¿Crees que podrías enviarme las entrevistas con Nora?

—Claro que sí.

—Y tal vez... —empezó, pero al otro lado del teléfono sonó el timbre de una puerta.

—Ay, qué lástima —exclamó Nancy—. Ese es mi cliente. Escucha, tengo que irme. Te envío las páginas escaneadas en cuanto pueda. Pero si se te ocurre algo más, dímelo.

Jess dedicó un par de horas frustrantes a trabajar en su artículo para la revista de viajes. No iba bien y, cuanto más lo miraba, menos le gustaba lo que había escrito. No era capaz de concentrarse. Sus pensamientos no permanecían en la Sídney del siglo XXI, sino que se escapaban a Halcyon, junto a Nora, esperando en esa casa en la tarde calurosa de la víspera de Navidad, mientras el pueblo de Tambilla estaba a punto de descubrir la terrible tragedia sucedida a orillas del arroyo de la finca de los Turner.

Además, Nancy daba vueltas una y otra vez por su cabeza, con esas menciones al Ghan y Uluru, y Jess no lograba apartar la sensación de ser un fraude. ¿Qué derecho tenía ella a escribir sobre ese lugar como si fuera su casa? Había estado fuera veinte años. Jamás había visto una bandada de periquitos salvajes alzar el vuelo. ¿Qué significaba ser de un sitio en lugar de simplemente estar en un sitio?

Jess deseó que sonara la notificación de un correo entrante que la sacara de su deplorable estado. Su conversación con Nancy le había revelado algunas cosas acerca del proceso de Daniel Miller, pero no le había explicado por qué Nora había sacado su libro del estante.

Sentía curiosidad, además, acerca de esa afirmación de Nancy según la cual su tío había ofrecido una ayuda clave a la policía para resolver el crimen. ¿Fue, como sospechaba Jess, porque había informado a la policía de las revelaciones que le había hecho el reverendo?

Cuando se sorprendió a sí misma mirando una vez más el correo electrónico (ningún mensaje nuevo), Jess tuvo que aceptar que no estaba avanzando (ni para bien ni para mal) con su artículo. Con un breve suspiro de derrota, lo apartó y alcanzó su ejemplar de *Como si estuvieran durmiendo*. Nancy le había prometido que estaba a punto de conocer al reverendo…

Como si estuvieran durmiendo
DANIEL MILLER
Segunda parte

12

Acababan de dar las cinco cuando el reverendo Ned Lawson le puso al fin la tapa al bolígrafo. Llevaba toda la semana trabajando en su sermón de Nochebuena, horas enteras secuestrado en la sacristía de St. George, la iglesia anglicana. Por fin había terminado, y menos mal. Encima de la puerta, el reloj marcó el paso de otro minuto. Dentro de media hora la iglesia estaría abarrotada de niños entusiasmados vestidos con sus mejores galas.

Había decidido hablar ese año sobre Juan 1, 14, para retomar las virtudes de la gracia y la verdad y las dificultades ocasionales para personificar ambas al mismo tiempo; el suyo era un pueblo tranquilo, pero últimamente había habido un elemento de discordia que retumbaba bajo la superficie. No estaba seguro de si se trataba solo de una señal de los tiempos, la modernidad que lo aceleraba todo y enardecía el temperamento de los hombres, o si era obra de elementos más específicos, pero si las conversaciones que había mantenido con los miembros de su congregación eran indicativo de algo, muchos entre ellos acogerían bien unas reflexiones tranquilizadoras. El reverendo Lawson tenía la certeza de que, si era capaz de encontrar las palabras adecuadas, podría enderezar el rumbo de las cosas.

La capacidad de encontrar las palabras justas era algo de lo que el reverendo Lawson se habría podido sentir orgulloso, si el orgullo no hubiera sido un pecado que trataba de evitar a toda costa. Disfrutaba el aspecto teatral de su oficio, pero ahí, ante el escritorio, era donde se sentía más cerca de su verdadero propósito. El Señor le había concedido el don de manejar bien la lengua y, por tanto, era su deber darle buen uso. Su compromiso con la escritura era anterior a su vocación religiosa. Nadie lo sabía pero, tras la puerta del armario, en una pulcra hilera de cajas de archivo, estaban todos los cuentos que había escrito junto a las cartas que había recibido de los editores de las revistas; además, guardaba el borrador de la obra en la que estaba trabajando, una novela al estilo de Raymond Chandler. El reverendo Lawson sacaba a veces el manuscrito al atardecer y lo retocaba sin cambiar nada importante mientras la señora Lawson se ocupaba de los pequeños y él se podía escabullir hacia el aparcamiento y la sacristía en silencio.

A las cinco de la tarde del 24 de diciembre, sin embargo, solo estaba concentrado en perfeccionar el sermón de Nochebuena. Había comenzado a leerlo cuando llamaron a la puerta de la sacristía.

—Adelante —invitó en voz alta.

Entró May Landry, los pómulos de huesos altos más sonrojados de lo habitual. Los hombros subían y bajaban como si hubiera venido corriendo todo el camino desde su casa en Thiele Street.

—Hola, May.

—Oh, reverendo —dijo ella, tratando de recuperar el aliento—. Ha ocurrido algo.

El reverendo la miró por encima de las gafas.

—En la casa Wentworth. Algo malo. Yo tenía que ir a recoger a la pequeña Evie Turner, que había quedado con Kitty para ir juntas al ensayo del coro, pero cuando llegué… Ay, casi no podía mover el coche entre todos esos vehículos.

—¿Vehículos?

—Policía, ambulancias… Más de una. Algo muy malo ha pasado, estoy segura.

El reverendo Lawson ya estaba en pie. Se quitó la túnica, se puso el abrigo de paisano y, al cabo de unos minutos, salía marcha atrás del aparcamiento de la iglesia, no sin antes haberle pedido a May Landry que diera la bienvenida a los primeros feligreses.

Se dio cuenta de que las tiendas de la calle principal habían cerrado; en el pueblo reinaba una quietud espectral. Giró en Willner Road y poco después estaba reduciendo la marcha en el arcén junto a la entrada de la casa Wentworth.

La señora Landry no había exagerado. El reverendo Lawson contó cuatro ambulancias, dos coches de policía y varios coches sin distintivo alguno. Se le hizo un nudo en el estómago. May estaba en lo cierto: sin duda, había pasado algo muy malo.

Se fijó en un joven policía que caminaba con decisión junto al arroyo y supuso que en aquella dirección se encontraría lo que fuera que había ocurrido. Cuando abrió la puerta del coche, sintió que el aire se volvía más húmedo, más cargado. La tormenta se acercaba. Armándose de valor, el reverendo cruzó la calle, abrió la puerta de la verja y comenzó a caminar hacia el prado, hacia un norte cada vez más oscuro.

Fue en ese momento, diría el reverendo Lawson a los policías que vinieron a verlo a la sacristía el siguiente lunes por la mañana, cuando había sentido la premonición de lo que iba a encontrar.

—No los detalles en concreto —se apresuró a añadir—. Jamás habría imaginado lo que iba a ver más allá de la pendiente. Pero, al acercarme, recordé una conversación reciente.

—¿Una conversación con la señora Turner?

—En mi iglesia las puertas están abiertas a todo el mundo (ofrezco un oído atento, una mente imparcial y un corazón lleno de amor a todos) y mis feligreses a menudo vienen en busca de consejo. La señora Turner acudió hace unas semanas y, mientras subía esa cuesta el jueves pasado, nuestra conversación vino a mí junto a una terrible sensación de malestar.

—¿De qué le habló la señora Turner, reverendo Lawson?

El reverendo receló ante la pregunta.

—Las personas me hablan en confianza. Normalmente no revelaría ni una palabra…

—Creo que podemos estar de acuerdo en que estas no son circunstancias normales.

Al recordar lo que había visto bajo el sauce, el reverendo Lawson asintió.

—Estaba demacrada y cansada; habían pasado unas semanas tras el nacimiento de su bebé y dijo que no estaba durmiendo bien. Habló de vaguedades durante un tiempo, pero noté que algo la inquietaba. Al fin, fue al grano. Quería saber qué significaba si una mujer se veía obligada a hacer algo que implicara abandonar a sus hijos. Si esa mujer actuaba de la manera que le parecía mejor para todos, ¿era posible seguir considerándola una buena madre, incluso si eso implicaba abandonarlos? Le pregunté si estaba hablando de una breve separación, momento en el cual ella emitió el sonido más extraño. No una risa exactamente, sino un ruido seco al fondo de la garganta que me sobresaltó, no sé bien por qué, y me hizo sentir un escalofrío.

—¿Le respondió?

—Dijo: «No, una breve separación, no». Estaba pensando en algo más permanente.

—¿Le contó qué estaba planeando?

El reverendo Lawson negó con la cabeza y se disculpó por no poder ofrecerles más información, tras lo cual el policía que había estado haciendo las preguntas soltó un largo suspiro.

—¿Está seguro, reverendo? ¿No se le ocurre nada más que pueda ayudarnos en nuestras pesquisas?

Estaba seguro.

Solo por la noche, en la cama, mientras su mujer dormía plácidamente a su lado mientras él permanecía despierto, o en la sacristía, cuando se quedaba a solas, compartiendo un momento en silencio con su Dios, el reverendo se sorprendía analizando el consejo que le había dado a la señora Turner aquella mañana.

Sabedor de que la señora Turner venía de Inglaterra y su marido pasaba cada vez más tiempo fuera, había dado por hecho que se sentía sola, que estaba pensando en hacer un viaje de vuelta a casa, tal vez incluso quedarse una buena temporada.

—Una mujer debería estar con sus hijos, señora Turner —le había dicho, en su tono más tranquilizador—. No debería abandonarlos. No importa adónde pretenda ir o lo difícil que sean los preparativos prácticos, una mujer debería encontrar la manera de llevarse a sus hijos consigo.

Mientras el reverendo Lawson llegaba a la espantosa escena aquella Nochebuena, en la iglesia, la señora Landry se estaba tomando sus nuevas responsabilidades muy en serio. Aún tenía las mejillas sonrosadas, pero había logrado recuperar el aliento y se había situado junto a las puertas abiertas de la iglesia, donde esperaba para informar a los feligreses de que el reverendo había salido por una urgencia y por lo tanto comenzaría más tarde de lo planeado.

Lanzaba miradas furtivas a Kitty y otras dos muchachas del coro que habían llegado temprano para ensayar y debatía consigo misma si debía impedir que se subieran a la pared de piedra cuando una voz alegre la llamó a lo lejos.

—¡Hola, May! ¡Ha llegado la caballería!

May alzó la vista para ver a Maud McKendry avanzando a grandes zancadas por el camino pavimentado, los brazos llenos de ramos para el último banco de cada hilera.

—Ay, Maud —exclamó May, que se retorció aliviada las manos, cubiertas con guantes de encaje.

—¡Caramba, pero si estás roja! ¿Dónde está el reverendo Lawson? ¿Qué diablos ha pasado?

—Eso es en buena parte lo que me preocupa. No lo sé bien.

—Cuéntame lo que sabes. Rápido, antes de que venga alguien.

En la actitud severa de Maud Mckendry había un rasgo maternal que inclinaba a los demás a obedecer, así que la señora Landry comenzó a narrar lo que había visto de camino a la iglesia: las ambulancias, la policía, la ausencia de Evie Turner. La señora McKendry mantenía una expresión impasible y escuchó hasta el final antes de asentir con brusquedad. En ese momento giró sobre sí misma, los brazos aún cargados de bellísimos ramos de rosas, y comenzó a caminar a paso lento pero decidido por el sendero que conducía a la parte trasera de la iglesia.

Pocas personas se habrían sentido cómodas al adentrarse en el espacio sagrado de la sacristía del reverendo Lawson sin invitación, pero la señora McKendry no perdió el tiempo al entrar. Dejó las flores, levantó el auricular del teléfono y marcó el número de la centralita.

—¿Marian? —dijo cuando respondieron—. Marian, soy Maud McKendry. ¿Me puedes pasar con la comisaría, cariño?

La comisaría de Tambilla era poco más que un par de salas en el interior de un modesto edificio de piedra en la esquina de West Road. Unos pocos escalones daban a un pequeño rellano con una puerta en el centro, sobre la cual un cartel decía con sencillez: POLICÍA. Era un humilde refugio de la ley y el orden que reflejaba la querencia de la comunidad por la sobriedad y la moderación.

La señorita Lucy Finkleton debería haber terminado una hora antes, pero se había quedado cuando el nuevo sargento, Liam Kelly, y los agentes Doyle y Jerosch entraron en acción. La habían dejado con un cúmulo de tareas que cumplir (llamadas telefónicas a la policía de Adelaida, instrucciones al servicio de ambulancia), pero, una vez terminadas, se había sentido desconcertada: caminaba de un lado a otro, miraba por las ventanas y se ponía cada vez más nerviosa mientras esperaba que alguien le dijera qué estaba ocurriendo. No debía usar el teléfono por temor a ocupar la línea, pero a decir verdad, la necesidad de contarle a alguien lo que sabía ardía en su interior como la fiebre.

Cuando el teléfono comenzó a sonar a las seis y diez, corrió como un rayo hacia el mostrador y respondió al segundo timbrazo.

—Maud —dijo cuando oyó la voz de quien hablaba al otro lado de la línea. Las siguientes palabras salieron rodando como convictos en busca de la libertad—. Ha habido un accidente. Han salido todos a toda prisa. No tenía ni idea de lo que estaba ocurriendo, pero he hecho una llamada a la señora Hughes.

—¿La señora Hughes? —preguntó Maud. Esther Hughes era uno de los pocos lugareños que tenían el honor (o la ignominia) de no haber nacido ni haber tenido descendencia en Tambilla. Originaria de Sídney, se había marchado al oeste para trabajar de institutriz en un rancho de ovejas más allá del río Darling, donde conoció a un joven y serio abogado de Adelaida con el que inició un intenso y casto cortejo antes de casarse y mudarse al sur. Dado que la discreción era uno de sus rasgos dominantes, rara vez se implicaba en los sucesos del pueblo y oír su nombre fue una gran sorpresa—. ¿Qué diablos tiene que ver la señora Hughes con todo esto?

—Fue su marido quien telefoneó a la policía. Él fue una de las primeras personas que los vio.

—¿Los vio?

—A la familia Turner. La señora Turner y los niños. Eso es lo que estoy intentando contarte. Ay, Maud, es espantoso. Están muertos, todos ellos.

La señora Landry, que había abandonado su puesto en la entrada de la iglesia, se encontraba ante la puerta de la sacristía, pero le faltaba valor para cruzar el umbral. Observó a Maud, que dejó el auricular sobre el receptor en silencio y, al fin, cuando ya no podía soportar más la incertidumbre, se aventuró a preguntar:

—¿Y bien?

Maud McKendry aún seguía mirando el escritorio, tratando de dar sentido a esa noticia increíble. No era habitual que alguien sorprendiera a la señora McKendry sin saber qué decir, pero en esa ocasión se había quedado sin palabras.

—¡Maud! ¡Por favor!

La señora McKendry recuperó la compostura. Era su responsabilidad, lo sabía, transmitir lo que acababa de descubrir.

La señora Landry se llevó la mano a la boca mientras escuchaba y ahí se quedó mucho después de que la señora McKendry hubiera terminado.

La pareja permaneció en silencio, petrificadas como las figuras de madera del belén de la entrada de la iglesia. Los alegres acordes de *Venid, fieles* flotaron a través de la puerta de cristal de la iglesia: el coro estaba ensayando para la misa y la maravilla conmovedora de esas voces inocentes que cantaban se mezcló con el horror de la noticia.

Parecía imposible que las cosas empeoraran. Pero cuando la manecilla del reloj señaló el paso de un espantoso minuto, la señora Landry recordó algo.

—Cielo santo —soltó un grito ahogado—. Ay, Maud. La cuñada de la señora Turner. Me crucé con ella esta semana. Se iba a quedar aquí hasta que tuviera el bebé.

Maud McKendry se hundió en la silla del reverendo y todo el peso de los sucesos de la tarde cayó sobre sus hombros.

—Pobre mujer —musitó—. Qué noticia tan horrible para ella. Y en su delicado estado.

Eran las seis y media de la tarde y acababan de caer las primeras gotas de lluvia cuando el sargento Kelly y el agente en periodo de pruebas Jerosch llamaron a la puerta del hogar familiar de los Turner.

En el interior, Nora se despertó de un sueño extraño y sin sentido en el ambiente sofocante de un día de verano que se había quedado sin luz pero retenía el calor. En esa penumbra crepuscular, Nora tardó un momento en recordar dónde estaba y unos instantes más en comprender qué le había despertado, pero en ese instante volvieron a llamar a la puerta y Nora se levantó de la cama.

A medida que avanzaba por el rellano poco iluminado y bajaba con cuidado las escaleras, se preguntó por qué Isabel y los niños no habían vuelto todavía. La casa permanecía en un estado de calma inconfundible. Las puertas de los dormitorios seguían entreabiertas; los objetos, abandonados en el mismo lugar que por la mañana; las lámparas y las bombillas estaban apagadas y frías. Por la enorme ventana del rellano donde la escalera descendía en ángulos rectos para llegar a la planta de los dormitorios, Nora comprobó que la previsión del tiempo se había cumplido. El cielo de estaño tenía un aspecto amenazante y el paisaje, las colinas y los eucaliptos de troncos plateados, ya a oscuras en el atardecer, se desdibujaban aún más ante la cercanía de la lluvia.

Más allá de los paneles de vidrio de la puerta de entrada, Nora distinguió dos figuras sombrías en el porche. Supo al instante que no eran Isabel ni los niños (no los acompañaban los ruidos que habría esperado de sus sobrinas y su sobrino), pero supuso que se trataba de unos vecinos que traían una cesta de hortalizas de su huerta, una empanada casera o un pequeño detalle navideño. O tal vez era un pedido del pueblo, algo que Isabel había encargado para la cena y se le había olvidado mencionar.

En cualquier caso, al llegar a la alfombra de Besarabia al final de las escaleras, Nora no sentía turbación alguna aparte de haberse despertado hacía un instante y estar embarazada en un lugar tan caluroso. De hecho, solo pensaba en el embarazo mientras se acercaba a la puerta de entrada. La bebé se había colocado en una postura incómoda en el desayuno, con un pie encajado bajo una costilla y, por mucho que lo intentara, Nora no lograba que se moviera.

—Ya podías haber encontrado una postura más cómoda, pequeñaja —susurró y se dio unos toquecitos en la caja torácica—. Todavía no has nacido y ya me estás doblegando a tu voluntad.

La bebé soltó una enérgica patada, como si respondiera, y Nora sonrió al abrir la puerta para dejar pasar a los visitantes. Más tarde recordaría que ese breve intercambio con su bebé sería su último momento de felicidad.

CAPÍTULO DIECIOCHO

Sídney, 12 de diciembre de 2018

Jess se sentó con el libro abierto en el regazo, cautivada por la imagen de la joven Nora en comunión con la pequeña Polly en sus últimos segundos de inocencia.

La escena final de Miller realzaba el enorme trauma que había sufrido su abuela; la tragedia horrible que había empañado la llegada de una bebé tanto tiempo deseada. No era de extrañar que ahora pensara en ello... Era probable que no hubiera dejado de hacerlo. La escena también mostraba el conocimiento íntimo que Daniel Miller había llegado a acumular acerca de sus «personajes». Jess reconocía a Nora: incluso el diálogo al pie de la escalera le resultaba familiar, sonaba a algo que habría dicho la Nora que ella conocía.

Era destacable, también, cómo Miller trataba el papel del reverendo Lawson en la investigación. El reverendo le había contado a la policía que la señora Turner había ido a verlo en un estado deplorable: agotada, sin dormir, abrumada por las preocupaciones y hablando de «hacer algo» que privaría a sus hijos de su madre. Sin embargo, el reverendo había retenido esa información durante las primeras entrevistas; el libro de Miller lo dejaba claro.

Para empezar, como se revelaba en la novela, el reverendo Lawson había aconsejado a Isabel que, fueran cuales fueran sus planes, debería encontrar la manera de llevar a sus hijos consigo. Jess dudaba que eso le hubiera bastado a la policía para considerar esa información un avance significativo: era posible que en 1959, cuando los métodos de obtención de pruebas eran toscos en comparación con los actuales, la policía concediera más importancia a las declaraciones de los contactos cercanos, más aún cuando se trataba de un pastor en un pueblo pequeño. Pero era un caso de asesinato. Era de esperar que, para culpar a una mujer de semejante crimen, se exigiera una significativa cantidad de pruebas.

Debía de haber algo más, algo que Miller no había incluido en el libro, pero que había mostrado a la policía, al sargento Duke, a quien, según Nancy, llegó a conocer bien. Tal vez Miller incluso hubiera convencido al reverendo para declarar durante la pesquisa. Según internet, el forense había suprimido una declaración de vital importancia; no era difícil imaginar que ese acuerdo se debiera a la reluctancia de un clérigo que no quería que los habitantes del pueblo pensaran que divulgaba las confesiones de sus feligreses.

Jess recordó los cuadernos. El timbre de la puerta de Nancy había sonado antes de que pudiera pedirle que incluyera las copias de las entrevistas de Miller al reverendo Lawson. Pensó en volver a llamar, pero un vistazo al reloj internacional de su teléfono le mostró que ya era demasiado tarde en Vermont. Se conformó con enviar un breve mensaje en su lugar:

> Hola, Nancy. Me preguntaba si te
> importaría mirar si hay entrevistas
> con el reverendo. Muchas gracias...
> Te agradezco mucho la ayuda.

Cuando iba a pulsar la tecla de enviar, el recordatorio para llamar a Polly apareció en la pantalla del teléfono. Jess suspiró. La conversación iba a exigirle un cambio de marcha, pero se limitaría a lo básico: se disculparía por no haber llamado antes, le informaría acerca de la paciente y sugeriría que Polly viniera de visita «para charlar con calma» cuando Nora saliera del hospital.

El teléfono se había bloqueado mientras Jess pensaba y una nueva notificación apareció en la pantalla de inicio. Era un correo electrónico de Nancy. Jess lo abrió y se fijó en el documento adjunto. El mensaje decía:

Querida Jess:

Como te prometí, te adjunto páginas escaneadas de varias partes de los «cuadernos de Tambilla». Como mencioné por teléfono, mi tío pasó mucho tiempo hablando con Nora. Aparte del proyecto en el que estaba trabajando, llegaron a trabar cierta amistad. Se apoyaron el uno al otro, creo, ya que ambos habían perdido a alguien.

Lo que supongo, basándome en cómo presenta la investigación, es que quedó con ella en muchas ocasiones, casi todas sin cuaderno. Por lo que puedo deducir, solía escribir a continuación lo que recordaba de la conversación, sus observaciones e impresiones, al volver a casa, en forma de escenas.

No estoy segura de si planeaba o contemplaba incluirlas en el libro o si solo fueron una manera útil de sintetizar la información y dar forma a su narración (aunque solo fuera en su propia mente), pero, en cualquier caso, espero que las páginas sean de ayuda y que volvamos a hablar pronto.

Con mis deseos de una pronta recuperación para tu abuela,

Nancy

P. D.: Acabo de ver tu mensaje sobre el reverendo. Echaré un vistazo, pero creo recordar que Dan dijo que sus conversaciones eran confidenciales debido a su condición de clérigo.

Jess abrió el documento adjunto y encontró treinta y tres páginas escaneadas de papel de raya fina con una letra manuscrita diminuta. Demasiado difícil para leer en la pantalla, decidió, y envió el documento a la impresora.

Fuera hacía un día hermoso y Jess sintió el entusiasmo inquieto de alguien que está a punto de realizar un descubrimiento. Resolvió sentarse en el jardín y, con las hojas bajo el brazo y un bolígrafo en el bolsillo, salió a la luz del sol y caminó sobre la grava crujiente de la rotonda.

El teléfono de la casa comenzó a sonar cuando Jess se acercaba al jardín tropical. Pensó en volver para responder, pero al final decidió dejarlo estar. Sería una de las amigas de Nora, dejarían un mensaje o volverían a llamar.

No lo oyó cuando comenzó a sonar unos minutos más tarde; ya había llegado al asiento del jardín con vistas al puerto. El aire estaba lleno de la fragancia del jazmín estrella y de la canción matinal del verdugo flautista, que recordaba a una campana. Un escalofrío le recorrió el cuerpo. Era una sensación extrañísima: cuando era niña, habrían dicho que alguien estaba caminando sobre su tumba. Ahora, sin embargo, reconoció que se trataba de esa sensación instintiva de que algo trascendente acababa de suceder.

O estaba a punto. Sin dudar otro momento, Jess abrió las notas de Miller sin sospechar que en el interior de la querida casa de Nora el teléfono volvía a sonar.

SEXTA PARTE

CAPÍTULO DIECINUEVE

Brisbane, Queensland, 12 de diciembre de 2018

El miércoles por la mañana, Polly se encontraba en la cocina cuando comenzó a sonar el teléfono. Estaba de pie, con su sombrero de paja favorito en la mano, preguntándose si aventurarse bajo el bochornoso calor del verano e ir a pie hasta las tiendas a comprar el pescado de la cena o si, con todo ese calor, no sería más sensato abandonar el plan matinal y esperar las sombras de la tarde, cuando podría hacer una incursión en la huerta en busca de ingredientes para la ensalada.

La sorprendió el teléfono cuando sonó estridente en la pared. Se llevó la mano al pecho, asustada, y se le cortó la respiración. ¿O tal vez no? Quizá solo fue más tarde, al repasar los eventos del día, cuando había imbuido ese recuerdo de sí misma con el don del presentimiento. Porque la noticia que había recibido en esa llamada no podía haber sido más importante. Nora había muerto. Había sucedido apenas treinta minutos antes; no habían podido hacer nada para salvarla.

De pie junto a las grandes ventanas con vistas al valle de Paddington, frondoso y escarpado, Polly había sido vagamente consciente de pronunciar palabras, de escuchar y responder, de dar las gracias a la persona al otro lado de la línea por todo lo que habían hecho. Colocó el teléfono de nuevo en su lugar y dejó que el aire a su alrededor se acomodara de nuevo en torno a ella.

No tenía madre. Nora ya no vivía.

—Está bien —dijo Polly en voz baja—. Todo va a salir bien.

La estructura del día se desintegró después de eso. Olvidada la cuestión de la cena, Polly pasó una hora más o menos a la deriva. Se descubría a sí misma en una habitación tras otra, sentada ahí y luego allá, colocando los cojines y ajustando las macetas, preparando una taza de té para dejarla olvidada en la mesa de la cocina.

Había sucedido todo demasiado rápido; ayer se había enterado de que Nora estaba en el hospital. Janey se lo había dicho. La fiable y sensata Janey Robinson, el ama de llaves de Nora, en tono tan calmo y objetivo que, antes de que Polly atinara a reparar en lo inusual que era oír esa voz al otro lado de la línea telefónica, la señora Robinson ya le había dado dos noticias, cada una de las cuales, por sí sola, habría bastado para aturdirla. Nora estaba en el hospital y Jess había vuelto de Londres. Y a continuación había dicho algo que había desconcertado a Polly incluso más: «Jess ha estado preguntando por el asunto de Halcyon».

Era en ese dato en lo que pensaba ahora Polly. Se hallaba ante la puerta del segundo dormitorio de su modesta casa de clase obrera y miraba la cama individual que había hecho el día anterior, al enterarse de que Jess estaba en Australia. Un gesto estúpido y sentimental: Jess nunca venía al norte, a Brisbane, cuando volvía a casa; se quedaba en Sídney. A decir verdad, Polly se había sentido avergonzada la última vez que Jess vino de visita. No porque le avergonzara la casa, que era justo como ella la quería, sino porque era justo como ella la quería. Gracias a la mirada de su hija, Polly pudo ver lo vulgar que era su vida. A qué poco había aspirado y qué poco había logrado. Y lo más desconcertante era qué poco había necesitado para sentirse satisfecha al final.

Pero: el asunto de Halcyon. Qué extraño que Jess estuviera preguntando sobre todo ello de nuevo. Había mencionado la casa por primera vez después del funeral y el velatorio de Thomas Turner, cuando paseaban juntas cerca del mar. Polly se había detenido en la orilla, pensando en la mudanza que estaba planeando, lejos de Sídney, lejos de Nora, lejos de las ataduras del pasado, y Jess se había acercado y había deslizado su manita en el interior de la suya (¡y con qué perfección encajaba ahí! A Polly siempre le había maravillado ese hecho, que tanto agradecía) y había preguntado, mientras en el horizonte un barco parecía levitar: «¿Qué es Halcyon?».

A Polly le había impresionado tanto como si hubieran disparado un arma de fuego en las cercanías. Había atinado a responder algo (era una casa en medio de ninguna parte, lejos, lejísimos), pero Jess era avispada y enseguida había completado el cuadro: la tristeza de Nora, su intenso deseo de vender la propiedad. «¿Era la casa de su hermano?», había preguntado Jess, y Polly había admitido que así era, pero no había añadido nada más. No era necesario decir nada más. Jess se había dado por satisfecha con la sugerencia de que el dolor de Nora explicaba que la casa de su hermano fuera algo que borrar de la memoria, algo de lo que librarse «cuanto antes». La verdad, por supuesto, era más complicada.

La madre de Polly le había hablado de ese terrible suceso diez años antes de aquel día a orillas del mar junto a Jess. Nora le había transmitido la historia bajo presión y con una condición innegociable: al acabar, no volverían a hablar de ello jamás. Era una tarde desapacible de domingo de enero de 1978 y habían quedado en la biblioteca de Darling House para tomar té. Era un ritual relativamente reciente de madre e hija que Nora había iniciado cuando Polly comenzó a ir a la universidad el año anterior. Incluso engatusaron a la señora Robinson para que les sirviera, solo por diversión, como si fueran damas elegantes en un hotel distinguido de Londres. Esa tarde en concreto, Polly se sentía ansiosa, pero estaba decidida a ocultarlo. Se había cambiado de atuendo varias veces y prestó una atención desusada al peinado; quería parecer mayor, más segura de sí misma.

Desde que le alcanzaba la memoria, Polly había sido nerviosa, incluso de niña. «Eres sensible», solía decirle su madre cada vez que la llamaba en mitad de la noche, lloraba por miedo a la oscuridad o se paralizaba ante el primer día de un nuevo curso. «No es tu culpa, es solo una pieza en tu interior un poco suelta». Polly siempre se sentía rara cuando su madre decía cosas como esa; como si no hubiera nacido igual que los demás, sino que la hubiera ensamblado en un taller un desconocido no demasiado simpático. Así era su imaginación, se le escapaba de las manos. Otra de sus rarezas. «Qué ocurrencias», decía Nora, chasqueando la lengua con cariño y acariciándole la cabeza.

Sin embargo, ese día Polly estaba decidida a no dar a su madre ningún motivo para chasquear la lengua. Tenía algo importante que decirle y no quería que nada la desviara de su curso. Había debatido consigo misma si esperar hasta después de haber tomado el té, pero sabía que si lo posponía tanto tiempo perdería el poco valor que había reunido. Y así, cuando la señora Robinson aún estaba en la cocina, empezó:

—Tengo una noticia… —Y los dedos de la mano derecha se encontraron con la joya de la izquierda, una pequeña alianza de oro blanco con seis delicados diamantes incrustados, y lo giró de un lado a otro.

Nora se había quedado boquiabierta.

—¿Comprometida? Pero si casi no lo conoces.

—Sé que lo quiero.

—¡Querer! Ay, Polly…

—Y él me quiere a mí.

Se habían conocido en la Universidad de Sídney un par de meses antes. Corría noviembre y se acercaba el final de su primer año; los jacarandas estaban en flor. Había tenido un problema con el coche de camino al campus y había llegado tarde a la clase de Introducción a la literatura inglesa. Pasó tanta vergüenza al abrir la puerta de esa aula magna a rebosar, ver a su amiga Diane, que la saludaba con la mano en medio de una hilera distante, y abrirse camino por las escaleras centrales, que no reparó que tenían un profesor invitado hasta que llegó a su asiento. Polly aún estaba hurgando en la mochila de los libros en busca de un bolígrafo cuando un acento inesperado le llamó la atención.

Era un doctorando, explicó el desconocido, procedente de Harvard, y se llamaba Jonathan James. Su clase fue una defensa apasionada de que mil años de literatura inglesa se podían leer como una tentativa inacabada de comprender la relación eternamente controvertida entre la civilización y la naturaleza. Los embarcó en un viaje que recorrió los miedos primigenios de *Beowulf*, los valores caballerescos de *Sir Gawain y el Caballero Verde*, la parodia del heroísmo de *El rizo robado* o *Los viajes de Gulliver*, las turbulencias de *Frankenstein* y *Cumbres borrascosas*, para llegar por último al fin de siglo y la naturaleza gótica de Jekyll y Hyde y Drácula. Polly sintió que se había hecho la luz en todo lo que creía saber del mundo (humanidades, literatura, naturaleza) y ese resplandor le permitió ver, en lugares antes oscuros, nuevas conexiones y posibilidades en el interior de sí misma.

Más tarde, se hizo tal lío con los libros y guardó los bolígrafos en el estuche con una lentitud tan exasperante que Diane se cansó de esperar y dijo que la vería en la cafetería. Cuando al fin comenzó a bajar las escaleras, Polly era una de los pocos estudiantes que quedaban en el aula. Se detuvo ante el atril y el corazón le golpeó las costillas con tanta fuerza que, sin duda, él también debió de oírlo. «Me ha gustado lo que has dicho», atinó a decir. No era algo demasiado inteligente, pero se adentraba en territorio desconocido. No era el tipo de persona que hablaba con profesores jóvenes y apuestos de Estados Unidos. Él tenía los ojos color avellana, con reflejos verdes.

Polly había leído libros acerca de personas que tenían la impresión de estar viviendo un sueño. Jamás en la vida había experimentado esa sensación, hasta ese momento. Sin saber cómo, sin realizar ningún esfuerzo ni ser consciente de ello, empezaron a conversar y caminaron juntos al salir del aula magna, bajo los soportales que recorrían por completo el patio interior, y salieron a la luz cálida del día. Encontraron un lugar a la sombra en el patio principal, bajo un jacaranda, y no dejaron de hablar. Polly ya no era la muchacha tímida que sus compañeras habían provocado o ignorado; la conversación fluyó con naturalidad, él se reía enseguida, escogieron sus cinco poemas favoritos de Keats y coincidieron en que el primer puesto lo compartirían «Brillante estrella» y «Al otoño». Llovían flores liberadas por la brisa y los rodeaban en una confusión púrpura. «La Belle Dame —dijo él en voz baja, estirando la mano para coger una flor del pelo de Polly. Su expresión era seria y sus ojos estudiaban los de ella—. Belleza sin igual, hija de las hadas. Apiádate de mí». Polly sintió algo girar en su interior, en lo más hondo, como una llave en una cerradura, y supo que ya no había vuelta atrás.

—Lo quiero —repitió en un tono más firme, más decidido.

—Tienes dieciocho años —respondió Nora con un parpadeo—. Claro que estás enamorada. Eso no significa que debas tomar decisiones precipitadas. ¿Qué le parece a su padre que él se quede a vivir en Sídney?

Su padre era un senador de Estados Unidos, famoso por sus sólidos valores cristianos y su atractiva familia. Los medios de comunicación solían recurrir a la expresión «el clan de los Kennedy conservador» para referirse a su devota esposa, sus cuatro hijos adultos y su hija de dieciséis años.

Polly dudó. No había planeado entrar en tanto detalle a esas alturas, pero no se le daba bien disimular.

—No se va a quedar aquí.

—En ese caso, va a ser muy difícil para ti. Las relaciones a larga distancia son... —Nora se interrumpió y Polly comprendió lo raro que era ver a su madre desconcertada de verdad—. No pretenderás decirme que estás pensando irte con él a Estados Unidos, ¿verdad? ¿Para vivir?

Polly no se atrevió a responder, pero la expresión de su madre dejó claro que comprendía. Nora parecía conmocionada, casi en pánico.

—No. Es impensable. Solo tienes dieciocho años, eres una niña. ¿Y qué hay de tus estudios?

—Él me va a ayudar a convalidar mis clases.

—Pero, Polly, una vida así. Toda esa atención. ¿Cómo vas a hacerle frente?

—Me irá bien.

—¿Y tu salud? Siempre has sido muy frágil. Dios santo, cómo me voy a preocupar por ti... ¡Si lo supieras!

Polly lo sabía. Su madre había sido una presencia constante en su infancia, siempre observando con atención cada vez que intentaba hacer algo nuevo. «Por favor, ten cuidado», decía Nora o: «¿Estás segura de que no preferirías hacer otra cosa?». Sin duda, solo estaba reflejando la ansiedad de Polly. Había sido una chiquilla nerviosa, que siempre imaginaba lo peor, que preveía el peligro antes de que tuviera ocasión de sorprenderla, insegura sobre el mundo y el lugar que le correspondía. Pero ya era mayor; había aprendido a controlarse.

—Soy más fuerte de lo que piensas —le aseguró Polly.

—Aquí tienes una red de apoyo, gente que te quiere. Con una llamada puedo conseguir una cita para ti con el mejor especialista del país. Allá estarás tú sola.

—Conocí a sus padres cuando vinieron en Navidad, y a su hermana. Tiene muchísima familia.

En cuanto lo dijo, Polly quiso tragarse sus palabras. Una familia numerosa era el mayor sueño de su madre; nada le dolía más que no tenerla.

—Por supuesto, puedes venir de visita cuando quieras —se apresuró a añadir—. Jon sabe lo importante que eres para mí. Su familia será también la tuya... ¡La gran familia que siempre has querido!

Nora suspiró y Polly se preguntó si estaba empezando a cambiar de opinión.

—Va a salir bien —repitió con vehemencia—. Lo sé.

Su madre seguía sin responder.

—¿Mamá?

Polly observó a Nora, que se acercó a la gran ventana con vistas al jardín. Permaneció de pie lo que pareció una eternidad, los brazos cruzados, la cabeza gacha. Polly esperó y se atrevió a albergar la esperanza de que su madre estaba a punto de aceptar que era una noticia inevitable. Sin embargo, cuando al fin se dio la vuelta, tenía una expresión afligida.

—Ven —dijo, señalando con un gesto de la mano el sofá—. Tengo algo que decirte.

—¿Qué?

Nora alcanzó una cajetilla plateada de la mesa con las bebidas, sacó un cigarrillo y lo encendió. Ese era un gesto muy preocupante. Su madre no fumaba: detestaba ese hábito, que describía como un impulso débil y despreciable. La cerilla osciló mientras Nora la apagaba de una sacudida. Las manos, advirtió Polly, le temblaban.

—Lo que te voy a contar —comenzó Nora— es un doloroso secreto de familia. Habría preferido no tener que contártelo (bien sabe Dios que lo he intentado), pero ahora no veo otra opción. Sé cuánto te gusta ese joven; os he visto juntos y yo también fui joven una vez. Pero cuando hablas de casarte... Bueno, antes de que tomes una decisión como esa deberías conocer la verdad. —Dio una calada al cigarrillo y exhaló una nube de humo, tras lo cual comenzó a hablar acerca de Thomas, su hermano, y de Isabel, su cuñada, a quienes había adorado, y de una camada de niños felices en una gran casa de campo en los altos de Australia del Sur. Todo aquello era nuevo para Polly, que escuchó con tanto interés como sorpresa, hasta que al fin la historia dio un brusco giro. Su madre estaba hablando de un pícnic, de la policía y de la tormenta que se desató a continuación, y Polly quiso llevarse las manos a las orejas para no oír nada más.

Cuando al fin terminó, Nora parecía exhausta. Era como si revivir esos hechos al expresarlos con palabras en una habitación tan familiar le hubiera arrebatado hasta la última gota de energía. Polly también permaneció sentada en silencio. Lo que acababa de oír la había conmocionado. Era una historia imposible de comprender.

La señora Robinson apareció en ese momento con la bandeja del té.

—Siento haber tardado tanto —dijo—. He ido a recibir un pedido a la entrada y se ha colado una comadreja en la cocina, ¿os lo podéis creer? Qué bicho tan insolente.

—No te preocupes, Jane, hemos estado ocupadas —dijo Nora—. Nosotras nos servimos.

Era imposible no reparar en el ambiente que reinaba en la habitación y la señora Robinson asintió con gesto serio y educado mientras dejaba la bandeja e indicaba a Nora que la llamara si necesitaban algo más.

Nora se volvió hacia Polly.

—Ya ves —dijo— por qué es imposible que te cases con un hombre como él, con una familia como esa.

Polly negaba con la cabeza, todavía tratando de comprender lo que acababa de oír, captar las maneras en que afectaba la situación.

—A él no le va a importar —dijo al cabo de un rato, pero incluso ella oyó el toque de duda que se había deslizado en su voz.

—Al principio no, tal vez, pero tras un tiempo…

—Me quiere.

—¿Cómo se sentirá cuando tu secreto eche a perder la carrera de su padre? Los lazos de sangre son los más fuertes, ya lo sabes. —Como Polly no respondió (no podía responder), Nora prosiguió—. No dudo que te quiera, Polly. La cuestión es si tú lo quieres lo suficiente para evitarle esa elección. Una cosa es segura: si te casas y formas parte de una familia como esa, te convertirás en un objetivo. La prensa escarbará en tu pasado y lo descubrirán. ¿Cómo crees que afectaría a la carrera política del padre tener una nuera (madre de sus nietos, en potencia) cuya tía fue una —Nora bajó la voz y la palabra salió como un susurro— asesina? Acabaría con él. Acabaría con todos vosotros.

CAPÍTULO VEINTE

Una asesina. Incluso ahora, cuarenta años más tarde, sentada al borde de la cama que había hecho para Jess, Polly sintió la misma conmoción corporal que experimentó aquel día cuando su madre pronunció esa palabra. «Asesina». Rodó por la habitación, resonó contra los rodapiés, se amontonó en los rincones.

—Quizá no lo descubran —había dicho Polly—. Fue hace casi veinte años. No creo que la prensa de Estados Unidos preste demasiada atención a lo que pasa por aquí.

—Ojalá fuera cierto —había respondido Nora— y quizá lo sea, por lo general. Pero en este caso la noticia se propagó. Hubo un libro, ¿sabes? Uno que tuvo mucho éxito, escrito por un periodista que dio la casualidad de estar visitando Australia en aquella época. Estuvo en la lista de los más vendidos del *New York Times* y contaba toda la investigación policial, las pesquisas, el crimen en sí.

Polly se había mostrado desafiante al principio. Le dijo a su madre (se dijo a sí misma) que nadie podría considerarla responsable de las acciones de una mujer que había fallecido antes de que ella naciera, de quien además solo era familia política. Pero aquella palabra lo cambiaba todo.

Asesina.

Rompió con Jon. Le dijo todas las cosas que sugirió su madre (que no estaba preparada, que era demasiado joven, que había cometido un error) y le devolvió la alianza.

Jamás olvidó la mirada de Jon.

—Dime que no me quieres —le había pedido.

Polly no había respondido.

—Dime que no me quieres —le pidió de nuevo, su voz un poco más insegura.

Polly cerró los ojos. Había sido horrible.

Los colores de la habitación tardaron un momento en normalizarse cuando abrió los ojos de nuevo. Los tablones de madera estaban dispuestos en horizontal; esto había sido un porche antaño, cubierto hacía varias décadas. Había pintado las paredes de turquesa brillante que se había descolorido con el paso del tiempo hasta un tono ceniciento. Fuera, los verdugos flautistas se cantaban villancicos unos a otros a lo largo del valle. A Polly le encantaba aquel sonido. Entre los listones de las ventanas veía el jardín de la sede del Gobierno con su ejército de altos eucaliptos, la vista bloqueada en parte por el follaje de un enorme jacaranda que le habían recomendado cortar en más de una ocasión para permitir el paso de la luz, pero que se había empeñado en conservar. Una vez al año, con la precisión de un reloj, la escena se repetía: una masa de crepé violeta contra el cielo azul cristalino, las sombrías nubes de una tormenta de verano, confeti sobre la gravilla. «Belleza sin igual, hija de las hadas. Apiádate de mí».

Polly apartó la vista. En la pared que tenía justo enfrente colgaba una de sus pinturas. No era una gran pintora, pero disfrutaba del proceso y se había hecho amiga de la pequeña clase a la que se unió hacía diez años. Le gustaba pintar cuadros de habitaciones vistas a través de una puerta abierta. Bajo el cuadro había una trona victoriana que había comprado cuando Jess era pequeña y de la que no había sido capaz de desprenderse. A Polly le gustaba el aspecto de las cosas viejas. Le resultaban reconfortantes las pequeñas imperfecciones del tiempo: los rasguños, las manchas de bolígrafos de hacía mucho tiempo, la pintura descolorida. Esos objetos comprendían que todo el mundo tenía bordes magullados y pasados secretos.

A lo largo de los años había visto de vez en cuando a Jon en las noticias. Al principio, en relación con su padre y, después, cuando su carrera de escritor despegó, cada vez que promocionaba un nuevo libro. Se había encontrado con una fotografía doble en una revista para mujeres en algún momento; la estudió, absorbiendo cada detalle. Su esposa y sus hijos, todos tan bellos. Polly estaba sola por aquel entonces, en Brisbane, Jess de vuelta en Sídney con Nora, y se había permitido a sí misma el lujo de la desesperación. Nora siempre había mirado con malos ojos la autocompasión, pero Polly se había entregado a ella.

Sin pensar, se llevó los dedos al medallón del collar; incluso mientras se recordaba a sí misma no ser melodramática, que fue ella quien había roto con él. Le podría haber contado la verdad; tal vez debería haberlo hecho. Era muy posible que él le hubiera tomado las manos y le hubiera dicho que no le importaba en absoluto, que la quería de todos modos y que ya encontrarían el modo de sobrellevarlo. Nora lo había previsto. «Te dirá que las acciones de Isabel no tienen nada que ver contigo —le había dicho la noche anterior a la cita de Polly con Jon, sentadas juntas a la mesa de la cocina de Darling House. Polly se había descubierto contemplando el retrato de su madre de joven y se preguntó cómo habría sido tener semejante aplomo—. Y, durante un tiempo, puede que sea cierto. Pero saberlo será una carga sobre sus hombros. Tú pensarás que todo va bien y un día tendrás un bebé (confía en mí, tener un bebé lo cambia todo) y él te mirará y lo llevará escrito en la mirada».

Asesina.

Polly se levantó. El sol de la mañana ya estaba en lo alto del cielo y el metal del tejado se estaba expandiendo. Por la ventana abierta entró una ráfaga de aire cálido y húmedo, cargado con la fragancia plena del jazmín estrella. Cada verano, la humedad de Brisbane era una sorpresa. «Bienvenida a los subtrópicos —le había dicho su vecina Angie la primera vez que Polly hizo un comentario al respecto, charlando junto a la cerca de estacas que separaba sus casas, tras lo cual añadió, señalándose el vientre hinchado—. Da las gracias por no estar embarazada con este calor».

Angie lo había dicho para sondearla. La mirada cargada de conjeturas que había lanzado a Polly lo dejó claro. Tal vez había reparado en la trona cuando Polly se mudó. Ella se había limitado a sonreír sin ofrecer ningún tipo de explicación.

Había descubierto que estaba embarazada dos semanas después de la marcha de Jon a Estados Unidos. Le había dado miedo contárselo a su madre. Se sentía estúpida, acabada. Pero, al final, Nora la había sorprendido. «Pero ¿cómo se te ha ocurrido que no iba a estar loca de alegría? —le había dicho, rodeando a Polly entre los brazos, acariciándole el pelo—. Los bebés son una bendición, siempre, en cualquier circunstancia».

Y, aunque Polly estaba del todo perdida, Nora había sabido exactamente qué hacer. Había entrado en acción: compró vitaminas y concertó una cita con un doctor amigo suyo. «El doctor Bruce es el mejor. Él fue quien me ayudó cuando estaba embarazada de ti».

En la gélida sala del doctor Bruce, mientras Polly yacía con el cuerpo rígido bajo la sábana áspera en el cubículo rodeado de cortinas, el doctor Bruce preguntó en voz baja por el padre y Nora bajó la voz tanto como él para responder: «Desconocido, me temo».

La frialdad de la mentira había impresionado muchísimo a Polly. Razonó que su madre solo estaba siendo discreta, que no había ninguna razón para compartir todos los detalles íntimos con el doctor. Más tarde, sin embargo, cuando Polly se estaba preguntando si debería escribirle a Jon acerca del bebé, Nora se había mostrado horrorizada. «¿Por qué diablos ibas siquiera a pensarlo? No le digas nada... Y más tarde, dile a tu hija que no sabes quién es el padre. Así es más seguro. Así no tendrás que compartirla nunca». (Nora estuvo convencida desde el principio de que se trataba de una niña).

Polly no había querido mentir acerca del padre. No quería que su bebé pensara que no sabía quién era. Le parecía una burda traición a la verdad. Se enfadó con Nora por sugerirlo y le dolió la implicación de promiscuidad y negligencia. Estaba frustrada, además, porque cuanto más pensaba en ello en la oscuridad de la noche, más veía que el razonamiento de su madre tenía cierta lógica... si lo contemplaba desde el ángulo adecuado.

Tuvo mucho tiempo para reflexionar aquel verano. Mientras el calor arreciaba afuera, Polly se quedó en la cama. «No es tu culpa —la consolaba Nora cuando Polly no lograba digerir la comida—. Algunas personas están hechas para el embarazo, otras no. Yo también lo pasé muy mal. Pronto te sentirás mejor».

No tan pronto. En febrero, Polly comprendió que no le quedaba más remedio que retrasar su regreso a la universidad. Las náuseas eran constantes. Le costaba mantenerse en pie. No había manera de arrastrarse hasta clase y menos aún de concentrarse en los estudios. Todo la ponía triste; le preocupaba que la bebé naciera triste.

También Nora comenzó a preocuparse. Redujo sus horas de trabajo y sus compromisos sociales y se dedicó a cuidar de Polly. De día, merodeaba a su alrededor; por la noche, se sentaba en el sillón en la esquina de la habitación y entablaba una alegre conversación consigo misma acerca de la gente que conocía en el trabajo, las muchachas con las que Polly había estudiado (todas ellas seguían adelante con sus vidas) y los chismes que se oían en el barrio. Sin embargo, se negaba a hablar del único tema que le interesaba a Polly. A lo largo de esas interminables semanas de confinamiento, había descubierto que sus pensamientos volvían una y otra vez a Halcyon. A Isabel, en concreto: una mujer tan aislada, tan fuera de lugar y angustiada, que fue capaz de arrebatar su propia vida y la de sus hijos. La historia se había convertido en parte central en la trágica narración de la vida de Polly y quería conocer hasta el último detalle.

Al fin, un día de abril, Polly comenzó a sentir menos náuseas, y sus ideas empezaron a aclararse. Pero, lejos de dar un paso atrás, la atención de Nora se estrechó: observaba qué comía Polly, se aseguraba de que no hiciera ninguna actividad peligrosa (como bajar las escaleras demasiado deprisa) y le rogaba sin cesar que permaneciera tranquila, relajada, feliz. Polly comenzó a irritarse. Y un día se le ocurrió una idea, un pequeño acto de rebeldía. Convenció a Nora para que la llevara en coche a la biblioteca de la universidad a devolver un par de libros y, una vez dentro, preguntó a una bibliotecaria cómo podría encontrar un libro en concreto, cuyo título desconocía, sobre la investigación de un crimen real. La bibliotecaria, tras decir que le gustaban los desafíos, había elaborado una lista con los escasos datos que Polly le había proporcionado (el nombre de Thomas Turner, una fecha de publicación aproximada, el hecho de que el periodista fuera estadounidense y la publicación fuera un éxito comercial) y le prometió hacer todo lo posible. Un par de semanas más tarde Polly recibió un mensaje anunciándole que habían hallado el libro, lo habían solicitado a una biblioteca interestatal y ya podía recogerlo en el mostrador.

Una idea súbita puso a Polly en pie. Se acercó con paso rápido a los estantes que recorrían toda la pared de la sala de estar. Estaba segura de haber visto su ejemplar del libro de Daniel Miller hacía poco. Era fácil de diferenciar del resto; en el lomo aún lucía la etiqueta de la biblioteca. No había sido capaz de devolverlo; al final, fingió que lo había perdido y pagó la multa.

A escondidas en Darling House, Polly había devorado *Como si estuvieran durmiendo*. Tuvo que ser precavida; Nora estaba en todas partes. Pero el carácter ilícito de la lectura la volvió más intensa. El de Halcyon era un tejido elaborado con hilos de embarazos y bebés, verano y calor, de días largos y sueños inquietos, de la vida de ella y la de la familia, del presente y el pasado. Pensó en ese periodo de su vida como «el verano de Halcyon», si bien los meses ya habían dejado paso al otoño.

Uno de los aspectos más extraños de la lectura del libro había sido pensar en su madre como en un personaje (y en sí misma, la bebé de la señora Turner-Bridges nacida en Nochebuena). En varias escenas, Daniel Miller describía a Nora con su bebé en la reunión comunitaria en la comisaría o en la calle principal de Tambilla, dando sus primeros y tentativos pasos para volver a una «vida normal» después de la tragedia que había marcado a su familia. Esa Nora era más joven y con menos experiencia que la que Polly conocía, pero era fácil de reconocer. Daniel Miller la había retratado como la madre perfecta, atenta y bondadosa, en contraste, cabía presumir, con Isabel. Polly recordaba haberse demorado en esos pasajes al leer por primera vez el libro, mientras su bebé comenzaba a moverse en el vientre, esperando, contra todos los pronósticos, que ella también sería una buena madre. Pero incluso entonces ya tenía sus dudas.

Cuando comenzó a soñar con Halcyon, Polly se angustió al descubrir que en su inconsciente no interpretaba el papel de su madre, sino el de Isabel. Se despertaba por las mañanas tras haber visitado la casa en sueños y por un instante tenía la certeza de que, si mirara por la ventana, vería prados, rosas y cacatúas en un nogal, en lugar del puerto de Sídney. Le contó al doctor Bruce que estaba teniendo sueños muy vívidos, pero él no le preguntó cómo eran y se limitó a decir que era normal sentir «excitación» durante el embarazo y murmuró algo acerca de las hormonas.

Se preguntó qué diablos le pasaba, cómo podía sentir ni un poco de empatía por alguien como Isabel. Se sentía sola y aislada, echaba de menos su hogar, aunque estaba en su propia casa. ¿También eso se debía a las hormonas? Nora había estado acertada al aconsejarle que no se lo contara a Jon. Quizá ella se parecía a esa tía misteriosa en algún sentido; ¿tal vez Nora lo había percibido? Polly tenía muchísimas preguntas, pero Nora estaba decidida. No quería hablar de ello.

Reconoció el familiar lomo amarillento con su etiqueta identificativa y lo sacó del estante. Era una cubierta elegante, propia de su época, con una tipografía sesentera que declaraba el título y el nombre del autor. Sin embargo, en su simplicidad, Polly sentía que era posible vislumbrar la decencia de Daniel Miller, la autenticidad de su enfoque. No había dado un toque sensacionalista a los eventos; su afecto por los personajes era evidente cuando trataba de mostrar cómo un evento tan traumático dejaba una marca en todo el mundo, en los individuos y en la comunidad. A veces aún pensaba en Percy Summers, el hombre que había descubierto los cadáveres y cuyo comentario a la policía (que la familia tenía el aspecto de estar durmiendo) había dado a Daniel Miller el título del libro.

Polly había llegado a conocer al autor. Vino a visitar a su madre en Darling House durante la época del primer cumpleaños de Jess. Nora había pasado en silencio toda la mañana y, cuando sonó el timbre de la puerta, la señora Robinson se apresuró a responder.

—Daniel Miller está aquí —anunció, caminando a paso vivo hacia la sala contigua a la cocina, donde Nora estaba jugando con la pequeña Jess. Polly estaba sentada en la alfombra junto a ellas; oír el nombre fue una conmoción y, como le resultaba familiar por un acto subrepticio, sintió que se le acaloraba la piel.

—Un viejo amigo —se limitó a decir Nora a modo de explicación—. Está de paso en Sídney.

Acto seguido desapareció en el vestíbulo, subió las escaleras a la biblioteca acompañada de Daniel Miller y cerró la puerta tras entrar.

Pasaron en la biblioteca más de una hora y, cuando salieron, Polly estaba con Jess en el jardín. Estaba sentada en el borde de piedra del estanque cuando se abrió la puerta principal y apareció Daniel Miller: un hombre bien conservado de unos cincuenta años, de pelo oscuro, con una chaqueta de cuero y una amplia cartera al hombro. Llevaba vaqueros y botas y era más alto que Nora, que lo seguía; tenía el porte inconfundible de un estadounidense en su manera de estar. Hablaron un breve momento y Nora pareció recordar algo, se apresuró de vuelta a la casa y dejó la puerta entreabierta.

Daniel Miller, solo en la rotonda de grava, contempló el jardín y cruzó el patio para disfrutar las vistas del puerto. Casi había llegado al estanque cuando reparó en Polly.

—Ah, hola. No pretendía acercarme así, a escondidas. Soy Daniel —dijo y extendió la mano.

—Polly —respondió ella, desempolvándose los vaqueros—. Soy la hija de Nora.

La expresión de Daniel Miller pareció cambiar en ese momento y Polly sintió que le estaba estudiando la cara. Al reconocerla, se le iluminó la mirada.

—Eres estadounidense —siguió ella, sin saber qué más decir. No podía admitir que había leído el libro; eso sería una traición a la confianza de Nora.

—Sí. Pero paso mucho tiempo en Australia. Tengo familia aquí.

—¿En Sídney?

—En Australia del Sur.

Polly esperó a que dijera algo más. Como no lo hizo, ella se aventuró a decir:

—Mi madre también tenía familia allí.

Daniel Miller sonrió pero no mordió el anzuelo.

—Qué casa tan bonita —respondió, en cambio, moviendo la cabeza para contemplar el mar—. Tuvo que ser bonito crecer aquí.

Decepcionada pero no sorprendida, Polly dijo en tono neutral:

—Lo fue. Lo sigue siendo.

Jess había dado la vuelta a gatas por el otro lado del estanque. Se estaba acercando la hora de comer y lo sabía.

—Vaya, ¿quién eres tú? —preguntó Daniel Miller, riéndose, mientras Jess le agarraba la pierna del pantalón para ponerse en pie.

Polly tomó a su hija en brazos.

—Se llama Jessica.

—Hola, Jessica —saludó Miller—. Qué preciosidad de bebé. —Sus ojos volvieron a encontrarse con los de Polly. Eran castaño oscuro, dulces y pensativos. Le caía bien. Vio por qué se le daba bien su trabajo. Era fácil imaginar que era el tipo de persona a quien los demás confían sus secretos—. ¿Vivís aquí con Nora? —preguntó.

No era asunto suyo, pero Polly asintió.

—Qué bien. Tres generaciones juntas. Tiene que ser genial tener a tu madre cerca para echar una mano. —Frunció un poco el ceño, como si estuviera decidiendo si continuar, antes de añadir—: Te conocí cuando eras pequeñita. Cómo te mimaba.

—Sí, ella es estupenda —admitió Polly, pero el comentario se perdió, ya que Nora reapareció ante la puerta de la casa y Daniel Miller se giró para responder a su llamada con un gesto de la mano.

Sonrió a Polly.

—Bueno —dijo—, me alegro de conocerte —y añadió mirando a Jess—: Y a ti también, pequeña.

Se despidió de ambas y comenzó a recorrer el camino de vuelta hacia donde Nora le estaba esperando. Echó una última mirada por encima del hombro al llegar a lo alto de la cuesta y Polly, que lo había estado observando, alzó una mano. Jess imitó el gesto antes de recordar que tenía hambre y comenzar a lloriquear, y Polly experimentó la misma sensación de pánico cada vez que Jess comenzaba a llorar. En ese momento Nora solía intervenir y ella comprendía que lo que estaba a punto de hacer para calmar a Jess era la solución equivocada. Pero Nora no estaba ahí para arreglar las cosas, así que Polly comenzó a cantar *El gran viejo duque de York* (la favorita de Jess) y se dirigieron a la casa.

Tomó el camino a través del jardín especial de Nora porque Jess siempre se calmaba cuando tenía la ocasión de agarrar los zarcillos del jazmín estrella en el cenador y así llegó cerca del lugar donde estaba aparcado el coche de Daniel Miller. Todavía no se había marchado, sino que se encontraba junto a la puerta del conductor, hablando con Nora. Polly se detuvo mientras Jess estiraba la mano maravillada hacia una enredadera.

Algo iba mal. Nora tenía las manos en la cara y los hombros hundidos. Estaba hablando, negando con la cabeza y, de repente, agarró el brazo de Daniel Miller y levantó la vista para mirarlo a los ojos. Permanecieron así por lo que pareció una eternidad, aunque probablemente solo fueron unos pocos segundos, hasta que al fin él se adelantó para rodear a Nora en un abrazo...

Polly dejó el libro en su lugar en el estante. Incluso ahora, el recuerdo de aquel momento la incomodaba. En parte, era la disonancia en lo que había visto. Era un gesto cercano, casi tierno, pero por lo que había visto desde donde estaba, le parecía que el gesto de Daniel Miller había sido impasible.

Había esperado que su madre le hablara de la visita aquella noche, pero Nora había estado más retraída que de costumbre, pálida y preocupada. Estaría pensando en Isabel y los niños, supuso, y en su hermano Thomas, en toda esa pérdida.

Aquella noche, ya tarde, Polly había descubierto a Nora observando la cuna de Jess. Incluso en la penumbra, fue capaz de distinguir que la expresión de su rostro mientras contemplaba a la bebé dormida era de un amor y una preocupación ardientes. Nora oyó a Polly y se giró para mirarla.

—¿Quién era ese hombre que ha venido a verte hoy? —preguntó.

—Ya te lo he dicho, alguien a quien conocí hace mucho tiempo.

—¿Y venía de Estados Unidos?

—Sí.

—Qué bien que haya podido pasar a saludarte.

Nora asintió pero no dijo nada más, así que Polly se acercó a ella junto a la cuna. Juntas permanecieron mirando a Jess, que dormía con las mejillas sonrosadas, los labios de bebé fruncidos con madurez, hasta que al fin Nora rompió el silencio.

—Ella no puede llegar a saberlo. —Habló en voz muy baja—. Prométeme que no le contarás nunca lo que le sucedió en Australia del Sur a la familia de mi hermano. Una cosa como esa… Mancha a una persona, a una familia. Prométeme que no se lo contarás a nuestra niña.

Polly volvió a la cocina y encontró la taza de té en el mismo lugar donde la había dejado hacía una hora. Tomó un sorbo, pero estaba frío. Comenzó a preparar otro, pero cuando fue en busca de la leche, sus ojos se encontraron con un botellín de Corona en el estante más alto. Era una nueva costumbre que había disfrutado mucho durante el verano. En las tardes de calor sacaba una cerveza fría de la nevera, ponía una rodaja de limón y se la bebía al aire libre, en el jardín, directa de la botella.

Miró el reloj. Aún quedaba mucho para la tarde, pero teniendo en cuenta que era el día en que había muerto su madre, supuso que podía hacer la vista gorda.

Con la cerveza en la mano, caminó por los estrechos senderos del frondoso jardín. Lo había plantado ella misma. No había nada ahí salvo hierbas altas y la carrocería oxidada de un coche cuando se mudó unos treinta años atrás. A veces le sorprendía cuántas ganas de crecer tenía todo. En la vieja bañera de patas torneadas, las rosas iban muy bien este año. No deberían, no con ese calor, pero Polly siempre había tenido suerte con las rosas. Al parecer, se le daba mejor criar plantas que personas.

Nora le había prometido que mejoraría como madre, pero Polly había estado tan nerviosa, tan preocupada ante el temor de hacer las cosas mal, que Jess tal vez lo había percibido, pues no dejaba de llorar hasta que llegaba Nora, que la acunaba a su manera hasta que se volvía a dormir. Solo cuando se mudaron al apartamento Polly había comenzado a pillarle el truco. Las cosas mejoraron a medida que Jess dejaba de ser un bebé y se convertía en una pequeña persona. Había sido una niña encantadora: inteligente y desafiante, llena de preguntas y opiniones y de ideas casi siempre sensatas. A veces, Polly pensaba que aquellos habían sido los más felices: ellas dos solas en ese apartamento *art déco* en lo alto del promontorio, cerca del parque infantil.

Jess. De pie en el jardín soleado, el botellín frío de Corona en la mano, Polly sintió un escalofrío por todo el cuerpo. Nora había muerto y la enfermera que la había telefoneado le había dicho que la estaban llamando porque no habían sido capaces de localizar a la pariente más próxima de la señora Turner-Bridges. Habían intentado llamar a Darling House sin ningún resultado y le habían comentado algo acerca de un número internacional, pero Polly estaba demasiado conmocionada para tratar de dar sentido a esas palabras.

Al comprenderlas al fin, el tejido del mundo se volvió, de repente, endeble: habían telefoneado a Polly porque no habían logrado hablar con Jess.

Nora había muerto y Jess no lo sabía.

Polly bebió otro trago de la cerveza y dejó el botellín. Se limpió las manos en el mono, se las secó y sacó el móvil.

CAPÍTULO VEINTIUNO

Sídney, 12 de diciembre de 2018

Jess por fin había terminado de leer las treinta y tres páginas de los cuadernos y tenía la cabeza a rebosar de Nora. Nancy tenía razón cuando dijo que Daniel Miller tenía el don de comprender a las personas. Jess reconocía a la Nora de las notas al mismo tiempo que esa Nora era nueva para ella. Esa Nora era al menos una década más joven de lo que era Jess en el presente y las notas de Miller mostraban un lado de ella que Jess no había llegado a conocer: vulnerable, menos segura de sí misma, afligida por la pena, pero también madre primeriza, loca de amor por su bebé, a la que había dado a luz en plena tragedia familiar.

Como Nancy había previsto, algunas de las escenas estaban escritas en tercera persona, como si Daniel hubiera escuchado a Nora hablar de sí misma y, a continuación, en lugar de transcribir las entrevistas tal y como habían ocurrido, con las preguntas seguidas de sus respuestas, hubiera dado el paso de interpretar los recuerdos, la historia y los sentimientos que Nora había compartido y mostrara todo lo que ella le había descrito. Las escenas resultantes reflejaban muchas conversaciones, no una o dos; incluían demasiados detalles diversos (algunos de los cuales Jess había reconocido gracias a los relatos de Nora, aunque otros eran nuevos para ella) que no habrían podido averiguarse en el contexto formal de una entrevista.

El teléfono de Jess comenzó a sonar. Bajó la vista y vio que se trataba de Polly. Se le encogió el corazón (frustrada, decepcionada consigo misma), pero silenció el móvil tras prometerse que la llamaría en el taxi, de camino al hospital. No quedaba mucho para las horas de visita y aún tenía que consultar las páginas de Miller: las había leído de golpe, pero había un par de escenas a las que quería prestar más atención porque tal vez pudieran arrojar luz sobre por qué Nora estaba pensando de nuevo en Halcyon.

NOTAS DE DM: NORA TURNER-BRIDGES,
DICIEMBRE DE 1959

El viaje desde Sídney había sido espantoso, pero era una alegría estar en Halcyon. Cuando Thomas le anunció que había comprado la casa y se iba a mudar junto a su joven prometida y su pequeña hija a medio país de distancia, Nora se había desmoronado. Se había dicho a sí misma que no duraría. Que solo era el último en una larga serie de planes y aventuras atolondrados en la vida de su hermano. Que, al igual que había descartado tantas otras ideas, también abandonaría ese capricho.

Pero entonces Nora había ido de visita y, aunque sus ánimos revivieron ante la belleza del lugar, sus esperanzas desfallecieron. Desde el primer momento había comprendido el embrujo de Halcyon y su jardín. Ni siquiera ella fue capaz de resistir sus encantos. Esa grandiosa casa de campo al estilo inglés en medio de un jardín frondoso era un Edén. Pero no fue eso lo que convenció a Nora de que su hermano no se marcharía jamás. Había visto casas y jardines hermosos antes… Ella y Thomas habían crecido en una en la costa oriental de Australia. Comprendió que lo que convertía Halcyon en embriagadora, al menos en lo que respectaba a Thomas, se hallaba más allá de los lujosos cojines y cortinas de la gran casa, los accesorios de piedra, mármol y latón reluciente, el césped verde y el jardín de regadío; era la ubicación de la finca, en medio del crudo paisaje del sur.

El contraste entre el jardín geométrico y el bosque nativo era eléctrico. A Nora le cortaba el aliento sentarse en un rincón del porche mientras el sol en declive oscurecía las siluetas de los setos hasta un verde intenso y rico, al mismo tiempo que blanqueaba los troncos de los espectrales eucaliptos al otro lado de la pendiente. Esa fricción entre ambos mundos era lo que Thomas anhelaba. Poseer un refinamiento y comodidades sin igual, pero saber que se encontraban al borde del peligro: ahí estaba la carga. Su hermano nunca había hallado la calma en lo ordinario, lo organizado, en el camino más trillado. Así supo Nora, desde esa primera visita, mientras contemplaba el sol ponerse como un incendio en las colinas cercanas y la luna alzarse para iluminar los eucaliptos, una línea de fantasmas que cargaban viejas historias de ese paisaje antiguo, que Thomas jamás renunciaría a ese lugar.

Las ambiciones de Nora eran, en comparación, modestas. Había crecido en una casa silenciosa junto a unos padres fríos y distantes y una sucesión de niñeras estrictas. Thomas había sido su única luz y, cuando él se marchó (primero al internado y luego a la guerra), Nora había sufrido su ausencia como una muerte. Tras llegar a la edad adulta, su mayor aspiración era no estar sola. Planeaba rodearse de amor, risas y muchísimos niños, a los que no dejaría encerrados en el cuarto de los niños y en manos de niñeras, sino que situaría sus ruidos y alborotos, sus juegos e historias en pleno centro de la casa.

Poco después de la marcha de Thomas e Isabel, los padres de Nora habían fallecido de repente, legando Darling House (y un montón de deudas) a Thomas. De inmediato, él había cedido la propiedad de la casa de su infancia a Nora.

—Yo he sido más afortunado que la mayoría —había dicho Thomas, encogiéndose de hombros—. Ahora te toca a ti.

Nora se casó con el primer hombre que le propuso matrimonio, un amigo de un amigo de su hermano que se llamaba Richard Bridges, y de inmediato se puso manos a la obra para crear una familia. Pero las cosas no habían salido como ella esperaba. Quedarse embarazada no había sido el problema; lo que resultó imposible fue proteger al bebé el tiempo suficiente para que naciera. Una y otra vez lo intentaron en un ciclo sin fin de esperanza, ilusión, ansiedad y dolor, a lo largo de los años. Un doctor había dedicado una eternidad a estudiar las notas de su historial clínico antes de recuperar el cigarrillo del cenicero de su escritorio, recostarse en su silla giratoria de cuero y anunciar (mientras ella temblaba de los nervios al borde de un asiento muchísimo menos cómodo) que algunas personas, simplemente, no estaban destinadas a procrear.

Nora se había propuesto demostrarle que se equivocaba. Respecto a ella, al menos. Y, al fin, lo había logrado. Con la ayuda del doctor Bruce, su hacedor de milagros, no solo se había quedado embarazada, sino que había cuidado de la pequeña hasta el tercer trimestre. El éxito, sin embargo, había tenido un precio: Nora había sufrido la maldición de las náuseas matutinas, que en realidad, duraban todo el día, durante meses. Hiperémesis gravídica era el nombre oficial, aunque saber cómo llamarlo no cambiaba las cosas ni un ápice. Aun así, decidió no quejarse: le parecía tentar a la suerte.

Además, las enfermeras repetían sin cesar:

—Es buena señal —y cada una le ofrecía una variación diferente sobre el mismo tema:

—Ahí tienes un bebé fuerte y precioso, que le está enseñando a mamá quién manda.

—Más vale que te acostumbres: el bebé te está preparando para la que se te viene encima.

Nora había oído esa idea varias veces: ser madre era una tarea difícil e ingrata. Se fijó en que era la perspectiva privilegiada de quienes habían tenido la fortuna de ser padres. Sonreía cada vez que lo oía (quienes así hablaban solían tener buenas intenciones), pero en privado, fortalecía su resolución. Cuando recibiera la bendición de tener una hija, jamás consentiría que fuera una tarea ingrata.

Sin embargo, siete meses de agotamiento y náuseas diarias no eran plato de buen gusto, y la perspectiva de pasar las seis semanas restantes en Halcyon, junto a Isabel y los niños, fue una oportunidad demasiado tentadora para dejarla pasar. Cuando recibió la invitación, Nora hizo acopio de valor para el viaje y confió en el poder restaurador de la finca, su familia y la compañía de su confidente más querida.

Había merecido la pena. Desde el momento de su llegada, Nora había sentido que se le quitaba un peso de encima. Hasta ese instante no había comprendido que en Darling House apenas recibía apoyo alguno y se sentía restringida. El persistente ciclo de embarazos y pérdidas había sido extenuante... y para Nora era cada vez más desolador. Con el tiempo había comenzado a flaquear la lealtad de su marido a la visión de un hogar lleno de niños. Oh, aún quería un hijo (un heredero), mucho, pero con uno ya estaría contento. Al principio, Nora se sintió confusa, decepcionada después. Comprobó que no había visto a su marido ante un desafío antes. No se habían llegado a conocer bien antes de casarse, pero ¿qué pareja lo hacía? Comenzó a considerarlo un ser débil, incapaz de comprometerse. Empezó a despreciarlo cada vez que miraba su rostro complacido, los hombros redondeados, la miga en el bigote al otro lado de la mesa del desayuno.

Había estado pensando en todo eso sentada junto a la ventana de su habitación la primera mañana en Halcyon, contemplando el sol alzarse sobre los eucaliptos. La bebé se había despertado temprano, como venía siendo costumbre, con fuertes patadas a la caja torácica, y esperaba una hora aceptable para bajar y pasear entre las rosas. Al ver a Isabel en el patio, la taza en la mano, sus pensamientos confusos se habían disipado y sintió una energía que no tenía desde hacía meses. Decidió hacer compañía a su cuñada.

—Buenos días —saludó, cruzando el patio bajo el nogal.

Isabel se giró y, al ver que quien se había levantado temprano era Nora, sonrió.

—Hola, cariño. Qué vestido tan bonito. ¿Lo has hecho tú?

Nora dijo que sí. De hecho, se había confeccionado varios vestidos de embarazada muchos años atrás. Había sido un placer enorme sacarlos del armario donde se encontraban guardados.

—Estaba a punto de hacerme otro té —continuó Isabel—. ¿Por qué no hago uno para las dos y nos vemos en las sillas del lateral norte?

Nora recorrió a pie la rosaleda despacio, para hacer tiempo, por el bien de sus caderas doloridas, y se detuvo para oler las delicadas fragancias de los pétalos calentados por el sol de la mañana. Llegó junto a las sillas al mismo tiempo que Isabel.

—¿Cómo está tu bebé hoy? —preguntó su cuñada, que le ofreció una taza humeante.

—Es buena chica —respondió Nora, frotando la tela que se estiraba sobre el vientre tirante—. La voy a llamar Polly.

—Una hija —dijo Isabel con una risa burlona—. Ten cuidado con lo que deseas. —Tal vez Nora frunció el ceño, pues Isabel añadió enseguida—: Ay, no me hagas caso. Seguro que tu hija será mucho más obediente que las mías. Últimamente parece que compiten por ver quién es más cabezota. Nada les hace más feliz que llevarme la contraria.

—Es una alegría ver una chica con espíritu libre —respondió Nora—. Estoy segura de que eso me lo dijo una vez una persona sabia.

—Ay, cielos. —Isabel hizo una mueca—. Cómo nos traicionan nuestras palabras. Es cierto, por supuesto, pero no ayuda que una sea la responsable de todos ellos. —Se le tensó la boca levemente cuando añadió en tono punzante—. La única responsable.

Nora tomó un sorbo de té. Era consciente de que Thomas había pasado más tiempo fuera ese año que de costumbre. Isabel no se había quejado, al menos no de forma explícita, pero de vez en cuando lanzaba alguna pulla que daba a entender que habría preferido que no se dedicara tanto a sus negocios en el extranjero. Nora nunca sabía qué responder. Sentía el poderoso instinto de defender a su hermano y, sin embargo, comprendía mejor que nadie lo amarga que era la sensación de echarle de menos.

Nora aún se ruborizaba cuando recordaba la extravagante manera en que se había comportado cuando Thomas se marchó a la guerra: tenía doce años, pero se había enrabietado y había lloriqueado como una niña pequeña. Cuatro años más tarde, cuando al fin llegó la carta que informaba del fin de la guerra y de su vuelta a casa, Nora se sintió renacer. Thomas había vuelto a escribir desde Londres la mañana en que embarcó para prometer una gran sorpresa. Nora esperaba un trozo de tela Liberty, sospechó que le traería un libro, pero en realidad lo único que quería era tenerlo de vuelta.

Dudaba de que nada hubiera podido prepararla para lo que trajo consigo.

—¿Estás lista? —le había dicho Thomas aquella mañana en Circular Quay, nada más desembarcar. Nora siguió su mirada cuando él echó un vistazo por encima del hombro. Imaginó que vería un mozo con el carrito del equipaje. En su lugar, una mujer dio un paso al frente y Nora fue consciente al instante de todas las puntadas mal dadas en su vestido remendado a mano. Esa mujer era la elegancia en persona. Tenía el cutis de alabastro y Nora recordó de repente las reprimendas de varias institutrices por no llevar sombrero bajo el sol ardiente del mediodía.

—Nora Turner —dijo Thomas con la sonrisa más amplia—, te presento a Isabel Turner.

Qué extraño era recordarlo ahora, pero lo primero que pensó fue en la extraordinaria coincidencia de que esa mujer, esa amiga inglesa de Thomas, compartiera su apellido. (En segundo, tercer y cuarto lugar, solo pensó en ese pequeño bulto que la mujer llevaba en brazos).

Otra cosa divertida al mirar atrás: de entrada, Nora se había negado a dar su visto bueno. Que su hermano se casara ya era bastante malo, en su opinión, pero ¿que se casara sin ella? Eso era una herejía, ni más ni menos. ¿Y tener un bebé? Impensable. Sin embargo, Isabel no se parecía a nadie que Nora hubiera conocido antes. Era bella, por supuesto (¡esa palidez sin igual de su cutis inglés!) y poseía una elegancia con la que Nora solo podía soñar. Aparte de eso, era magnética. Por mucho que lo intentara, Nora era incapaz de resistir el encanto de la mujer de su hermano. En primer lugar, era la voz con la que hablaba, ese acento nítido y esa dicción impecable ante los que la señorita Perry (la más estricta en una larga sucesión de institutrices estrictas) parecía una vulgar aldeana en comparación; en segundo lugar, era la risa, que se alzaba como las burbujas en una copa de champán.

Y, además, eran las historias que contaba. Auténticas narraciones de aventuras y valor que rivalizaban con cualquier cosa que Nora hubiera leído en los anuarios para chicas *Crystal:* durante el bombardeo de Londres, Isabel había trabajado con documentos secretos en Whitehall y más tarde ocupó algún tipo de cargo del que no podía hablar con claridad (al menos no en ese momento y en ese lugar). Lo más apasionante era que Isabel era huérfana, una huérfana de verdad, como la de los libros, cuyos padres habían muerto en trágicas circunstancias cuando era pequeña, expulsada así del hogar para vivir una infancia en internados, entre banquetes a medianoche, palos de hockey y bromas picantes. Nora era incapaz de pensar en nada más romántico.

Y, por último, estaba la pequeña Matilda, sobrina de Nora, nacida de camino a Australia y la criatura más preciosa que cabía imaginar. No era de extrañar que Nora hubiera acabado queriendo a Isabel como a una hermana. Una hermana mayor, algo más adelantada en el itinerario de la vida, alguien que escuchaba con atención, ofrecía consejos y era una cómplice divertida e inteligente que tenía el valor de sus convicciones y era capaz de hacer reír a Nora a carcajadas con una broma procaz. No era culpa suya que lo consiguiera todo con facilidad: su matrimonio con el hermano de Nora; su encanto; los niños, sanos y hermosos, uno tras otro. Si se hubiera tratado de otra persona, la admiración de Nora tal vez se hubiera visto teñida de envidia, pero nunca con Isabel.

—¿Te has sentido un poco mejor? —preguntó Isabel mientras Nora tomaba un sorbo de té.

—Hacía meses que no me sentía tan bien.

—Bueno, no hay mejor remedio que el aire del campo, así que, en ese aspecto, has venido al lugar indicado.

Desde el interior de la casa llegó el sonido distante del llanto de una bebé, tan dulce como el de un cordero recién nacido. Isabel echó un vistazo al reloj de pulsera.

—Justo a su hora. No debería tentar a la suerte, pero parece que por fin he dado a luz a una niña que se ha leído el manual.

Isabel desapareció tras la puerta de entrada y, al volver, llevaba en brazos un pequeño bulto envuelto en algodón.

—Pequeña Thea —dijo Isabel—, te presento a tu tía Nora.

—Oh, Isabel… —balbuceó Nora, que tomó el precioso bulto y lo posó sobre el volumen considerable del vientre—. Es perfecta.

Thea miró la cara de Nora y sus labios pequeñitos formaron una «O» en un gesto de concentración. Nora sopló con delicadeza sobre los párpados de la pequeña y sonrió cuando la diminuta criatura se encogió y parpadeó maravillada.

—Es diferente a las otras —dijo después, apartando el borde de la manta para observar las finas muñecas y la piel suave y aterciopelada de la pequeña—. Más delicada.

—Todos son distintos a su manera —le aseguró Isabel, que se encogió de hombros—. Es asombroso cómo unos niños nacidos de la misma madre pueden ser tan diferentes unos de otros. Espera y verás. Justo cuando piensas que has comprendido el truco de ser madre, llega otro bebé y te desbarata todo lo que creías saber.

Nora sonrió. Isabel estaba intentando ser amable, pero Nora sabía a esas alturas que lo más probable era que solo fuera a tener una hija. Incluso sin las severas reprimendas de los doctores, Richard jamás consentiría intentarlo de nuevo. Ya lo había dejado claro en una de las últimas discusiones que habían tenido antes de que ella se marchara a Halcyon. Gracias a Dios, esa criatura (esa niña preciosa que le pateaba las costillas) había desafiado los pronósticos de los doctores que aseguraron que no llegaría a existir.

—Qué feliz me hace que nuestras bebés vayan a tenerse la una a la otra mientras crecen —dijo Nora—. Van a estar tan unidas como puedan estarlo dos primas.

Isabel sonrió, pero por un breve momento, Nora pensó que había algo forzado en el gesto. Los ojos de Isabel siempre habían sido más verdes que avellanados, excepto cuando se sentía inquieta. Entonces parecían perder la luz y adquirían un sobrio tono dorado. Nora habría jurado que eso era lo que acababa de ocurrir.

Por otro lado, tal vez solo fueran imaginaciones suyas, pues, cuando miró de nuevo, su cuñada parecía la de siempre.

CAPÍTULO VEINTIDÓS

Jess soltó las páginas. La escena le había interesado en primer lugar porque le permitía entrever la relación entre Nora e Isabel (qué dolorosa habría sido la pérdida para Nora tras haber conocido, querido y hasta idealizado a Isabel desde niña), pero también porque ofrecía indicios sobre cómo y por qué Isabel podría haber hecho algo así. Cuando hablaba acerca de la maternidad, Isabel parecía cansada, incluso hastiada, y aunque esos sentimientos no eran diferentes a los que Jess había oído a sus amigas mientras tomaban un café después de dejar a los niños en el colegio, el contexto lo era todo, y en ese caso se trataba de una mujer hallada muerta apenas unas semanas más tarde junto a sus hijos, envenenados a la orilla soleada de un tranquilo arroyo.

De especial importancia para Jess era la confirmación de que las cosas no iban a pedir de boca entre Nora y su marido, Richard Bridges. Según la señora Robinson, Nora se encontraba en Halcyon porque sufría de náuseas intensas y anhelaba la compañía y el consuelo de su querida cuñada, que acababa de dar a luz. Sin duda, las páginas de Daniel Miller parecían respaldar ese punto de vista. Pero, en contra de lo que había dicho el ama de llaves, la escena de Miller daba a entender que el matrimonio ya atravesaba dificultades antes de que Nora llegara al final del embarazo.

Era posible que Miller se estuviera limitando a realizar una conjetura bien fundada. Nora había permanecido sola en Halcyon en las semanas siguientes a la muerte de la familia Turner y el nacimiento de Polly, en tanto que su marido permanecía en Sídney. Sin conocer los detalles de su matrimonio, parecía seguro suponer que no era el comportamiento que cabría esperar de una pareja feliz que celebra la llegada de su primera hija. Sin embargo, los datos concretos de la escena eran tan específicos (el desprecio de Nora por el hombre al otro lado de la mesa del desayuno, su decepción al comprobar que no compartían los mismos valores, la referencia a detalles concretos de sus discusiones) que sugerían que Nora se había sincerado con Daniel Miller.

Y, aunque no lo decía Miller, Jess se preguntó si había algo más que explicara las acciones de su abuela aparte de la infelicidad general con su matrimonio. «Issy, ayúdame», había dicho Nora en el hospital el lunes cuando se despertó nerviosa. «Issy, ayúdame… Me la va a arrebatar». Había sonado asustada. ¿Había viajado Nora a Halcyon y se había quedado tanto tiempo ahí porque tenía miedo? ¿Le preocupaba que, si ponía fin a su matrimonio, el marido al que ya no quería, que había esperado tanto tiempo un heredero, le disputara la custodia de la pequeña?

Al considerar la posibilidad casi sesenta años más tarde, parecía plausible salvo por un aspecto peliagudo:

al parecer, Richard Bridges no trató de obtener la custodia de Polly ni derechos de visita una vez que Nora al fin regresó y se separaron. De hecho, la señora Robinson dijo que le había parecido que él no quería tener nada que ver con la pequeña.

Jess dirigió la mirada al puerto y frunció el ceño, pensativa, ante el resplandor. En cierto modo, saber si Richard Bridges tenía o no la intención de arrebatarle a Polly no era lo importante. Le bastaba con que Nora lo hubiera temido y lo hubiera creído posible. Se estaba acercando al final de un embarazo complicado, un periodo estresante en la vida de cualquiera, y la mente humana era capaz de crear todo tipo de ideas erróneas...

A pesar de todo, algo relacionado con Halcyon había preocupado a Nora hacía poco y había sido en la buhardilla. Patrick insistía en que su desasosiego lo había causado la carta del abogado de Australia del Sur. ¿Era posible que Nora hubiera consultado a alguien en busca de asesoramiento jurídico mientras se encontraba en Halcyon? Tal vez incluso encontró una manera de evitar que su marido presentara una batalla legal por la custodia de Polly. ¿Explicaría eso el súbito cambio de actitud de Richard Bridges cuando Nora volvió a Sídney?

El libro de Daniel Miller mencionaba un abogado, recordó. Un vecino de la familia Turner, un hombre con caballos a los que Becky Baker a veces daba manzanas al subir por Willner Road. ¿Howard, Hunter, Hughes? Era una posibilidad remota (para empezar, estaba la pregunta inevitable: ¿por qué ahora?), pero ¿podría ser que la carta la hubiera enviado él?

Jess miró el reloj. Fuera como fuera la situación de la custodia de Polly, sin duda su nacimiento había tenido lugar en circunstancias extraordinarias y no era de extrañar que Nora hubiera sentido un vínculo poderoso y especial. En ese sentido, había otra escena que Jess quería leer con atención antes de ir al hospital. Encontró la página que estaba buscando y se sumergió de nuevo en la confusión y el horror de aquella noche tormentosa de Nochebuena.

Notas de DM: Nora Turner-Bridges, enero de 1960

Nora se despertó y era el fin del mundo. Estaba rodeada de una oscuridad completa, relámpagos de luz plateada y malva, el retumbar constante de los truenos. Un olor la rodeaba: era un aroma salado, animal, de tierra y podredumbre. La destrucción también ocurría en su interior, una agonía ardiente, muscular, de un dolor lacerante que intentaba partirla en dos.

Nora estaba perdida; no tenía ni idea de dónde se encontraba. En la luz intermitente vio una habitación de paredes y ángulos que no le eran familiares. No era capaz de ubicar los cuadros, las misteriosas cortinas, la lámpara de cristal del techo, cuyos pedazos rotos tintineaban y le ponían los nervios de punta.

Alrededor de ella retumbó el ruido de un tren, un túnel, un torrente. Una poción de bruja hecha de viento, lluvia y rencor. Una cosa sabía con certeza: estaba sola.

Y en ese momento, como hojas arrojadas a un remolino, todo volvió a ella: estaba en Halcyon. Se había quedado dormida a última hora de la tarde, tras cambiar de postura una y otra vez en el calor, y había tenido un sueño, una pesadilla salvaje y perversa, en la que despertaba cuando alguien llamaba a la puerta.

Había bajado las escaleras hasta el vestíbulo vacío, donde el atardecer estaba ganando la batalla a los últimos restos de la tarde y las sombras se alargaban sobre el suelo aún soleado.

Otro golpe a la puerta, estremecedor, urgente, y Nora había abierto la puerta para encontrarse ante dos agentes. Estaban ahí, de pie, fuera de lugar, a la sombra y, sin embargo, igual que en los cuentos de hadas para niños, ella no había tenido más opción que invitarles a pasar.

Los policías cruzaron el umbral y arrastraron consigo una poderosa sensación de amenaza. Nora se puso nerviosa de nuevo. Rogó a los agentes que le dijeran por qué habían venido, pero en cuanto comenzaban a hablar, ella quería que se detuvieran. Las palabras que pronunciaban eran imposibles de comprender.

—¿Muertos? —había preguntado esa Nora del sueño.

—Lo lamento mucho, señora Turner-Bridges.

—Pero si los acabo de ver. Se acaban de ir. De pícnic. De pícnic junto al arroyo.

—Ahí es donde los han encontrado.

—¿Encontrado? ¿Quiénes?

Como ocurre a menudo en los sueños, Nora no había logrado que la mente y la boca actuaran al unísono. Sus palabras eran imprecisas, sus ideas se dispersaban.

—¿Hay alguien a quien podamos llamar para hacerle compañía, señora Turner-Bridges? ¿Hay algún lugar donde preferiría pasar la noche?

Thomas se encargaría de todo, él sería capaz de lidiar con esos dos hombres.

—Mi hermano —dijo—. Mi hermano, Thomas…

—Uno de nuestros agentes se está poniendo en contacto con él, no se preocupe; volveremos mañana para ver cómo está usted.

—Mañana es Navidad —recordó Nora.

—Razón de más para venir. No se preocupe... Volveremos.

Había algo amenazante en el comentario y, cuando preguntó si uno de ellos debería pasar la noche en la casa aquella noche, Nora tuvo un escalofrío y se apresuró a acompañarlos a la puerta mientras se negaba; no, gracias; estaba bien, muy bien. Nora tenía la poderosa intuición de que deberían marcharse. Que todo terminaría si expulsaba de la casa a esos heraldos de la muerte...

Hubo un salto en el tiempo y en ese nuevo fragmento del sueño había caído la oscuridad. Las voces de los policías se habían disipado hacía mucho rato, reemplazadas por los ruidos nocturnos: los grillos que pululaban en los rincones frescos y oscuros del jardín, las vacas que mugían en los prados a lo lejos, la inquietante calma que precedía a la tormenta. Dentro, la falta de voces humanas parecía realzar el resto de sonidos, como si hubieran recibido permiso las otras cosas, los secretos ocultos en las habitaciones a oscuras, para salir de los rincones y las sombras.

Nora aún estaba sola en la casa, de pie, quieta, en el centro de la sala de estar. Su mirada pasaba de un objeto a otro. Todas las posesiones de Thomas e Isabel, bellos objetos, elegidos con orgullo y esmero, colocados en el lugar ideal. Su hermano siempre había sido sensible a la belleza y solo se conformaba con lo mejor. El tocadiscos y los altavoces, el florero Herend en la mesilla junto al sofá, los marcos de plata esterlina. Su mirada se posó en una fotografía en concreto; tenía una copia en su casa de Sídney. La familia de su hermano en un viaje para visitarla, los niños con sus mejores ropas, el puente del puerto a sus espaldas.

Se produjo un ruido espantoso que llenó la sala, un ruido alarmante y desgarrador. Nora solo comprendió que procedía de ella misma cuando percibió que tenía la boca abierta en un grito de dolor.

Quiso despertar, poner fin al sueño, pero no encontraba la forma de salir a la superficie. Las cosas ocultas habían huido y se apretujaban en las sombras, que se alargaban amenazantes…

El sueño se desfiguró de nuevo y Nora estaba corriendo, tratando de correr, gateando por la casa a oscuras, y las piernas y los brazos (como era propio de los sueños) se negaban a obedecerla. Estaba buscando a su familia. Estaban aquí, en algún lugar, lo sabía. Estaban escondidos y ella tenía que encontrarlos. Cuando lo hiciera, se despertaría y sabría que la pesadilla había llegado a su fin. Fue escaleras arriba, de una habitación a otra, abriendo las puertas de golpe, sin dejar de buscar, rastrear, hurgar entre los artefactos de sus seres queridos…

Y a continuación estaba despierta de nuevo. Aquí y ahora, sola en la oscuridad, la tormenta ya desatada. Pero no estaba en su habitación en Halcyon. No había una ventana en la pared, a la izquierda, el techo estaba más alto, la cómoda había desaparecido.

Otro destello de luz y las cosas se esclarecieron. Estaba en la cama de Isabel y Thomas, las mantas revueltas en torno a ella, las almohadas desperdigadas.

Los cajones estaban abiertos, la ropa por los suelos. Las ventanas estaban abiertas y el viento sacudía los goznes, las cortinas se agitaban y la lluvia salpicaba la habitación.

En el siguiente destello de luz percibió un libro en la cama, junto a ella. Lo reconoció de inmediato: era uno de los diarios de Isabel. Nora había visto a su cuñada escribir en ese diario casi todas las mañanas. Nora estaba a punto de alcanzar el libro cuando el mundo se sumió una vez más en la oscuridad y el dolor se apoderó de nuevo de su cuerpo. Estaba asustada, de repente, y sola. Tenía que volver a su habitación, donde todo le resultaba familiar.

Nora se tambaleó por la habitación de Isabel de camino al rellano. Hizo una pausa ante la puerta, apoyada contra la jamba, mientras otro ramalazo de dolor convulsionaba su cuerpo. Fue entonces cuando al fin comprendió lo que estaba ocurriendo. Porque ya no estaba sola en absoluto. Su bebé, su pequeña Polly, se estaba acercando.

Sin aliento, Jess se recostó contra el asiento del jardín. Había leído las páginas a toda prisa. Daniel Miller habría tenido que hablar con Nora largo y tendido para resumir tanto en una sola escena: la visita de la policía, la reacción de Nora, sus acciones posteriores y el comienzo surrealista y terrorífico del parto de Polly. Parecía que Nora se había sumido en un estado de pánico y terror tras la marcha de los policías, incluso si había recibido la noticia con una demostración pública de valor. Jess podía imaginarse a su abuela decir a los agentes que no necesitaba que se quedara nadie, que estaría bien, muchas gracias. Así era Nora, ni más ni menos. Orgullosa y fuerte como ella sola.

Y, por otra parte, estaba el diario de Isabel. Jess no podía dar por hecho que Nora le había ofrecido el diario a Miller solo porque era ella quien lo había encontrado. Su abuela daba muchísima importancia a la privacidad: habría debido de tener un excelente motivo para traicionar esos lazos de lealtad, sobre todo en lo concerniente a Isabel. Sin embargo, si Miller lo incluía en esa escena, Nora debía de haberle hablado de su descubrimiento durante la tormenta de aquella noche…

Jess miró el reloj y vio que ya empezaba a ser tarde para ir al hospital. Había traído todo lo que necesitaba consigo cuando salió de la casa y guardó las notas de Miller en el bolso.

Se apresuró hacia el camino de entrada de Darling House y sacó el teléfono para llamar a un taxi. En cuanto terminó la reserva, el teléfono comenzó a sonar de nuevo y Jess sintió una punzada de culpa cuando el nombre de su madre apareció en la pantalla. Se mentalizó para disculparse por haber tardado tanto en llamar y pulsó el botón para responder.

Más tarde, echaría la vista atrás a aquel día y trataría de recordar el orden de todo lo que sucedió a continuación. Era como si un espejo hubiera saltado por los aires y los añicos, afilados y nítidos, no pudieran volver a juntarse para formar un todo.

Había:

El solitario viaje en taxi al hospital. La rancidad surrealista del asiento trasero, que estaba caliente; el viento tórrido que le daba en la cara a través de la ventanilla abierta del conductor; el olor a ambientador de coche y humo de gasolina.

La conmoción del cuerpo diminuto en la cama, tan frágil, tan reducido en tan poco tiempo, tan vacío.

Los dedos fríos, inertes sin duda alguna. La capa de recuerdos de otras versiones de la misma mano, cálida.

La amabilidad del personal de enfermería, cuyo trabajo como cuidadores de los fallecidos Jess no había llegado a agradecer antes.

Había un montón de asuntos de los que ocuparse después de una muerte. El hospital tranquilizó a Jess al decirle que cuidarían del cuerpo de Nora hasta que contratara los servicios de una funeraria; le dieron unos folletos para ayudarla. Llamó al abogado de Nora, quien le confirmó que Jess era la albacea de su abuela y sugirió que se vieran al cabo de una semana para repasar el testamento con más detalle. Sin saber cómo, Jess descubrió que era capaz de conversar de forma comprensible y oía términos como «cadáver» sin sobresaltarse.

Sin embargo, de vuelta en la casa de su abuela, un escalofrío la recorrió por completo. Darling House había cambiado. Jess llevaba sola allí desde el lunes, pero convencida de que Nora no tardaría en regresar. Todo parecía haber perdido su brillo; las cortinas, los cojines, los cuadros en la pared se habían hundido en sí mismos. Jess se movió cohibida entre ellos, consciente de ser una intrusa en su dolor. No creía haberse sentido tan sola en toda su vida.

Quería llamar a alguien, oír alguna voz familiar. Pensó en Rachel, pero aún eran las cuatro de la mañana en Londres. Despertaría a los niños y ¿para qué? ¿Para decirle a su mejor amiga, una madre trabajadora siempre ocupada, que su abuela había muerto? Incluso al recrear las palabras en su mente sabía que no lograban transmitir la gravedad de la situación. No se trataba solo de que hubiera muerto su abuela. Había muerto Nora.

La tarde se estiraba interminable ante ella. Jess sabía que debería decírselo a ciertas personas (la señora Robinson, Patrick, las amigas de Nora), pero prefirió permanecer en la negación un poco más. Cuando Polly se lo dijo, todas esas horas y esos desiertos atrás, Jess le había pedido que repitiera la noticia, pensando, mientras su mente deshecha por la conmoción trataba de enmendar la situación, que tal vez se tratara de algún tipo de broma macabra. Polly no solía gastar bromas, pero la otra posibilidad era que estuviera hablando en serio y eso era imposible de aceptar.

Jess fue consciente del paso del minutero del reloj, que recorría la esfera encima de la puerta. Al fin, con una necesidad apremiante de centrar la atención en algo, en lo que fuera, sacó el libro de Miller y lo abrió donde estaba el marcapáginas. Ahí empezaba el comienzo de la investigación, tal y como le había advertido Nancy. Era algo concreto y estructurado en lo que podía perderse. ¿No era esa la teoría acerca de los libros de misterio y de crímenes? ¿Que su atractivo radicaba en la promesa de restaurar el orden en un mundo caótico?

Jess era incapaz de recordarlo. Lo único que sabía era que el libro de Daniel Miller era lo que su abuela había estado leyendo cuando murió y en sus páginas se encontraría con Nora, viva aún y con toda la vida por delante, todavía capaz de sorprender a Jess con las cosas que decía y hacía.

Como si estuvieran durmiendo
Daniel Miller

13

La jefatura de la policía de Australia del Sur se encuentra en el número 1 de Angas Street, en pleno distrito financiero. Incluso en sus momentos más ajetreados, Adelaida, con sus amplias avenidas y elegantes edificios de dos plantas, da la impresión de ser más un acogedor pueblo en el campo que una metrópolis bulliciosa. En la tarde del jueves 24 de diciembre de 1959, era una ciudad fantasma. Dentro de la jefatura, el pequeño pero alegre árbol de Navidad colocado en una esquina de la recepción se había visto despojado de las decoraciones comestibles y el personal se había ido a casa. Solo el sargento Peter Duke, que se había quedado para hacer frente a una montaña de papeleo, estaba presente para responder la llamada.

—Dios —dijo cuando su colega de los Altos de Adelaida, el agente montado Hugo Doyle, terminó el breve informe—. ¿Cuántos niños has dicho?

Tras colgar, la primera llamada del sargento fue al analista del gobierno. Escuchó una serie de timbrazos distantes que al fin dieron paso al tono de línea ocupada. Echó un vistazo al reloj que había encima del retrato de la reina y, al ver que solo eran las cinco y cuarto, probó a llamar al mismo número. Mientras tamborileaba con los dedos sobre el escritorio, Peter permaneció sentado durante los timbrazos hasta el mismo final, antes de presionar el botón del receptor para despejar la línea.

Su segunda llamada fue a la morgue de West Terrace, donde el doctor Larry Smythson respondió al primer tono, tal y como esperaba Peter. Los dos hombres habían comenzado en sus respectivos campos al mismo tiempo, hacía dos décadas, y se profesaban un respeto mutuo al haber reconocido el uno en el otro la misma actitud dogmática respecto al deber.

—Larry —dijo el sargento Duke—. Menos mal que te encuentro.

—Buenos días, Pete. Sospecho que no me estás llamando para desearme una Feliz Navidad.

La tercera llamada de Peter Duke fue a su esposa, Annie, quien en ese momento daba los toques finales a la fuente de cristal de cerezas glaseadas que estaba preparando para la mesa bufé del comedor. Había bañado a Samantha y al pequeño Pete, que estaban jugando con el nuevo cachorro en el patio delantero, a la espera de que su padre volviera a casa y los invitados comenzaran a llegar para la cena anual de Navidad de la familia Duke. Era una tradición que la familia luterana de Peter había traído consigo en barco desde Alemania y la señora Greta Duke, la madre de Peter, daba suma importancia a continuarla como era debido.

Annie se limpió en el delantal las puntas de los dedos, cubiertas de azúcar, levantó el receptor del teléfono de la pared de la cocina y se lo apoyó contra el mentón.

—Residencia Duke.

—Annie, soy yo.

—Ay, Pete, no…

—Lo siento, cariño.

—¡Peter!

Llamadas de ese tipo no eran nuevas para Annie Duke. Su marido trabajaba como el que más, y que treinta parientes cercanos estuvieran a punto de llegar a su casa en los próximos veinte minutos y que ella aún tuviera la cocina cubierta de harina, azúcar y grasa de pato era irrelevante. No tenía sentido discutir; ya lo había aprendido hacía mucho tiempo. Él se limitaría a escucharla con una paciencia infinita, tras lo cual le diría que lo sentía, que la comprendía, pero nadie más podía ocupar su lugar.

Y así, mientras su mirada se dirigía a la ventana que daba al jardín delantero, donde el cachorro levantaba las patas contra la falda blanca de su siempre puntual suegra, la señora Duke dijo lo único que podía decir:

—¿A qué hora te esperamos?

La luz ya era dorada cuando Peter Duke fue en coche a los Altos. La carretera estaba más concurrida de lo habitual, llena de coches cargados hasta el techo con niños y maletas que empezaban las vacaciones de Navidad. El sargento Duke siguió las curvas serpenteantes de Greenhill Road hasta las afueras de Tambilla, donde giró a la izquierda en Willner Road. Sus colegas ya habían llegado, al igual que varias ambulancias. Aparcó entre ellas y se abrió paso hacia el camino de entrada, ante el cual había un recio portón de granja y un elegante cartel que decía HALCYON.

—Los verás si sigues el arroyo.

El sargento Duke se giró para encontrarse con un joven agente montado que se ocupaba de su caballo. El tipo señaló al norte.

—Hay una poza a menos de quinientos metros.

Peter no esperaba tener que caminar por la orilla cubierta de maleza de un arroyo aquella tarde y su calzado no era el ideal, sobre todo para un hombre con prisas. Avanzó tan rápido como pudo, agarrándose a los largos manojos de hierba cada vez que perdía el equilibrio. Por fin dobló una curva y llegó al lugar de los hechos.

El agente montado Doyle, el mismo que había llamado a la jefatura, había sido parco en palabras, pero a Peter le había bastado para deducir que se las iban a ver con el forense en ese caso y no podían permitir pasar nada por alto. Le había pedido al joven agente que llevara un fotógrafo al lugar lo antes posible y a continuación le dio el número de teléfono del mejor.

—Si dice que no es su turno, dile que llamas de mi parte.

Chris Larkin llevaba casi quince años trabajando con la policía de Australia del Sur. No era solo un fotógrafo de primera, sino que además poseía la capacidad de escudriñar el lugar del crimen con el ojo de un investigador. Era capaz de adelantarse a lo que necesitarían sin que nadie se lo dijera. A medida que iba cumpliendo años, Peter Duke apreciaba cada vez más trabajar con personas a las que no hacía falta decirles qué tenían que hacer.

Larkin ya estaba allí, advirtió Peter mientras recibía un informe de Liam Kelly, el sargento local. Mientras escuchaba el resumen, Duke observó el lugar. Le habían explicado por teléfono que el hombre que los había encontrado había dicho que parecían tranquilos, como si estuvieran durmiendo, pero era escalofriante verlo en persona.

Kelly llamó a otro agente con un gesto de la mano.

—Este es el agente montado Doyle —dijo cuando el otro hombre se acercó a ellos—, uno de los primeros en llegar.

Duke decidió que el tipo tenía cara de ser de fiar.

—¿No había rastros de forcejeo?

—No, señor.

—¿Heridas que sugirieran un arma?

—No.

—¿Tierra revuelta alrededor de los cuerpos? ¿Huellas de neumáticos en el polvo?

—Nada de nada.

—¿Señales en los cadáveres? ¿Moratones, perforaciones?

—Nada a la vista. El médico forense tal vez encuentre algo.

—¿Agujas desechadas, frascos de píldoras?

El agente negó con la cabeza.

—Nada por ahora, señor.

Duke asintió.

—Gracias, Doyle —dijo, posando una mano firme en el hombro del agente mientras se acercaba a mirar más de cerca.

Quien hubiera dicho que parecía que estaban durmiendo no se había equivocado. A primera vista, desde lejos, era exactamente la impresión que daban. No así al acercarse, comprendió Duke. Solo una mirada distraída no habría percibido la diferencia. Distraída o demasiado benévola. Duke tenía la costumbre de contemplar a sus hijos por la noche: era lo último que hacía cuando recorría el pasillo de camino a la cama. Los niños dormidos se estremecían y suspiraban, aparecían sonrisas en sus labios con la fugacidad de un relámpago, los pechos subían y bajaban. Esos niños no parecían estar durmiendo. Estaban fríos y vacíos. Parecían muertos.

Duke centró su atención en la mujer, la madre, tumbada de espaldas sobre un mantel a cuadros, un brazo doblado por el codo para rodearse la cabeza, el otro plegado sobre la cintura.

—¿El marido? —preguntó Duke.

—Fuera, de viaje de negocios —respondió el otro joven agente, Jerosch, que se había vuelto a unir al grupo—. En el extranjero, creo.

En el extranjero en Navidades. A Peter le interesó el dato.

—¿Me dices su nombre? —Era una de las reglas más viejas del manual del policía: en caso de muerte súbita, investigad en primer lugar a los parientes cercanos. Aunque «hogar» era una palabra considerada cálida y consoladora, entre los policías no era así. El hogar es donde está el corazón, y el corazón podía ser un lugar oscuro y herido—. Infórmame de cuándo y dónde lo encontráis.

Una ráfaga de viento levantó el dobladillo del vestido de la mujer. Tenía los pies descalzos, las sandalias estaban junto a la cesta del pícnic, al borde del mantel. Tampoco los niños llevaban zapatos; tanto el chico como la niña pequeña tenían toallas en torno a la cintura. El pelo de la chica ya se estaba secando, pero las coletas se habían quedado pegadas igual que las de su hija tras un día en la playa.

—Han estado nadando.

—Eso pensamos. Hacía bastante calor hoy.

Duke suspiró, pensativo. Comenzó a realizar un sumario de lo que se sabía: las personas no cerraban los ojos sin más y morían juntas de forma espontánea. Algo (y quizá alguien) los había matado. Pero no había nada que indicara violencia ni el uso de fuerza. Nada de sangre, traumatismos visibles, ni rastro de armas. Siempre cabía la posibilidad de asfixia, pero, a menos que un grupo de agresores hubiera descendido a la vez y hubiera actuado sin encontrar resistencia, era difícil ver cómo. Lo cual dejaba solo el veneno. Existía una pequeña probabilidad de que se tratara de algo relacionado con el ambiente, un accidente, pero, de otro modo, los habían matado. La cuestión era por qué y quién.

Las ambulancias estaban esperando y el equipo trabajaba con celeridad. El tiempo empeoraba y, aunque nadie era tan poco profesional como para decirlo, era Nochebuena; todo el mundo debería estar en otro lugar. Tras comprobar que el lugar de los hechos había sido registrado y fotografiado con minuciosidad, Duke solicitó que se trasladaran los cadáveres de la familia Turner a la morgue de West Terrace, donde aguardaba Larry Smythson. Todo se volvería más claro cuando supieran qué los había matado; hasta ese momento, Duke poco podía hacer salvo esperar.

O eso pensaba. De repente, el joven agente en periodo de prueba se acercó a la carrera.

—Falta una, señor.

El sargento Duke se giró para mirarlo.

—Una ¿qué?

—Una niña, señor. —Jerosch señaló la cesta colgada en la rama más baja de un sauce cercano—. Había una bebé, pero ya no está ahí.

Annie estaba lavando una pila de platos en la cocina cuando él llegó a casa. Era tarde y, aunque ella no se apartó del fregadero, Peter notó por la rigidez del cuello que no estaba contenta. Se detuvo ante la puerta y se quitó el sombrero mojado, pero no lo colgó.

—Tu cena está en la nevera —dijo Annie mientras pasaba los platos sucios bajo la espuma y luego los dejaba en la pila de platos limpios al otro lado—. Junto al *stollen* de tu madre.

No era buena señal que mencionara a su madre tan pronto.

—Sam y Petey están en la cama. Por fin dormidos, pero me han vuelto loca un buen rato.

—¿Demasiadas emociones? ¿Demasiada azúcar?

—Demasiado de todo.

—Siento lo de la cena. En los Altos las cosas me llevaron más tiempo de lo que esperaba.

—Mmm.

—Ha pasado algo malo ahí, Annie. Lo verás en las noticias mañana. Una mujer, y con niños, todos muertos. Una bebé sigue desaparecida.

Annie se giró al oír esas palabras.

—Al parecer, los dingos. Hemos estado buscando, pero el tiempo no ayuda.

Algo cambió en la expresión de Annie.

—Estás empapado. —Se acercó a él, apretó las manos contra las mangas mojadas y los hombros de él—.

Necesitas una ducha caliente. Ve. Te voy a calentar tu plato y luego puedes contármelo todo.

Su tono de voz se había vuelto más dulce. Aún estaba enfadada (Peter se podía imaginar el mal humor de su madre cuando su hijo no apareció), pero Annie comprendía que había tenido que quedarse.

Los policías se volvían duros. El trabajo les exigía hacer frente a lo peor de los seres humanos al mismo tiempo que debían proteger una parte sensible para seguir siendo buenos maridos y padres, miembros decentes de la sociedad. Peter Duke era un policía de primer nivel; podía repasar el lugar de un crimen con la mirada y no prestar atención a las vidas malogradas para recabar una fría lista de pruebas y posibilidades. Sin embargo, desde el nacimiento de Sam y Pete algo en su interior había cambiado. Podía seguir portándose de un modo profesional, pero los niños muertos eran su talón de Aquiles.

Annie y él se sentaron juntos a altas horas de la noche para envolver los últimos regalos de Navidad, mientras Peter describía la escena con la que se había encontrado al llegar a la casa de los Turner. Annie negó con la cabeza, frunció el ceño y le preguntó si tenía alguna teoría. Era un poco pronto para eso, le respondió él, ni siquiera habían empezado la investigación…, pero en su interior, en ese lugar que regía los instintos y del que surgían las conjeturas, Peter vislumbraba algo oscuro e inquietante. Mientras se encontraba ahí, mirándolos, la madre y los niños, el marido (el padre) lejos, una palabra le había venido a la mente: «Kilburn». Y con ella, el inicio de una idea lúgubre.

Kilburn era un barrio periférico de Adelaida antes conocido como Pequeña Chicago, situado a poco más de diez kilómetros del distrito financiero central. Para Duke tenía una resonancia distinta, pues era el lugar donde cinco años atrás una mujer había tratado de matarse a sí misma y a sus dos hijos pequeños. No los había llevado al colegio aquel día, les dio a cada uno una píldora de polvos para dormir y abrió el gas de la cocina. Por fortuna, el muchacho, aunque aletargado, había sido capaz de esperar a que su madre y su hermana se quedaran dormidas antes de levantarse para cerrar el gas y activar la alarma.

Peter se encontraba en el tribunal de policía de Adelaida el día que el psiquiatra ofreció su testimonio. El doctor Harper declaró que, en su opinión, la mujer había actuado de forma racional en su vida cotidiana, pero había sufrido un ataque de «depresión aguda súbita», lo que motivó la tentativa de envenenamiento. Peter había escuchado al fiscal adjunto de la policía, el sargento Randall, narrar al juez el interrogatorio policial a la mujer: «Al ser preguntada, la mujer declaró que simplemente había llegado al final del camino».

El caso había afectado a Peter como pocos otros. No podía entender cómo una madre era capaz siquiera de pensar en hacer algo semejante, matar a los hijos a los que había traído al mundo. Cuando habló con Annie acerca de la audiencia durante la cena de aquella noche, Peter había esperado que ella se indignara, pero le había dado una sorpresa. Había parecido comprenderla, incluso compadecerla. «Esa pobre mujer no quería abandonar a sus hijos —dijo Annie, con unas palabras que recordaban inquietantemente al interrogatorio policial de la mujer de Kilburn—. No podía seguir adelante, pero no quería dejar a sus niños sin madre».

La tormenta de Nochebuena continuó en forma de llovizna a lo largo de todo el día siguiente y el posterior, de modo que la Navidad fue húmeda y gris. Peter Duke dedicó el 26 de diciembre a caminar de un lado al otro del pasillo y a ayudar a su hijo a construir su nuevo transmisor de código morse de la Estación Espacial mientras Sam sometía a su nueva Barbie, llegada ni más ni menos que de Estados Unidos, cortesía de la hermana de Annie, a una serie de complejos rituales sociales. Mientras tanto, Duke se mantenía atento al teléfono, a la espera de recibir noticias del doctor Larry Smythson. La llamada llegó al fin el domingo por la tarde: Larry no tenía nada concluyente que comunicarle.

También pasaron mucho tiempo al teléfono los agentes de policía de Tambilla, que informaron sobre la búsqueda (aún no había rastro de la bebé, pero habían encontrado un dingo muerto en el prado tras el cobertizo de los Turner) y sobre que el hombre que había descubierto los cadáveres de los Turner había vuelto a la comisaría para decirles que lo había pensado mejor y ahora recordaba haber caminado junto a la cuna al llegar al lugar de los hechos; no lo podía decir con certeza, pero no había notado que hubiera una bebé en aquel momento. También hicieron referencia a la preocupación que reinaba en el área. El teléfono había estado sonando sin parar, dijeron, con tipos que querían ofrecer «sugerencias» y «pistas», y otros preocupados porque tal vez había «un asesino suelto». Tras realizar varias consultas, se decidió celebrar una reunión de la comunidad el lunes por la mañana para poner al día a los ciudadanos de Tambilla.

El sargento Duke condujo a los Altos temprano. Había calculado la duración del viaje teniendo en cuenta posibles contratiempos del tráfico que al final no se produjeron, así que cruzó la vía de ferrocarril y llegó a Tambilla con media hora de antelación. Se encontró girando en Willner Road y se desvió más allá de la entrada a la finca de los Turner. Salvo por un ramo de flores del arbusto de Navidad apoyado contra la puerta de la cerca, habría sido difícil sospechar que allí había sucedido algo espantoso.

La reunión general iba a tener lugar en el edificio de piedra del Instituto, en plena calle principal. Es difícil encontrar un pueblo, grande o pequeño, en Australia del Sur que no contenga un edificio con el nombre INSTITUTO sobre las puertas dobles, junto a una fecha de construcción durante la segunda mitad del siglo XIX. Su función era albergar las asambleas de la comunidad y mejorar la enseñanza de las artes, la cultura y el civismo. El sargento Duke no lograba decidir si se trataba del lugar ideal para la reunión o si era una profanación. Al final, decidió que no importaba; en cualquier caso, determinar el sitio no le correspondía a él. Tenía un trabajo que hacer y era irrelevante en qué sala lo hiciera.

En una pequeña antesala en la parte trasera del edificio del Instituto, Duke y los agentes de la policía local recibieron instrucciones de una mujer ajetreada llamada Maud McKendry, que estaba ayudando a organizar el evento, para que aguardaran a que todo el mundo hubiera llegado.

—Esperamos que venga un montón de gente —dijo en un tono deliberadamente bajo mientras repartía tazas de té—. Todos estamos deseando aportar nuestro granito de arena. No hay pueblo sin tragedias, pero aquí en Tambilla este tipo de cosas no pasan nunca. No sin que alguien se entere antes de algo. —Dudó al mencionar a los periodistas de Adelaida y otros lugares que se habían reunido en la parte trasera de la sala—. Espero que comprendan que no somos esa clase de comunidad. Les explicará usted, confío, que esto ha sido una terrible conmoción para todos nosotros.

Habían acordado que el sargento Duke llevaría la voz cantante, puesto que la investigación se iba a dirigir desde Adelaida, y así, unos minutos después de las once, cuando la señora McKendry volvió para hacerles la señal, Duke guio a los otros agentes a la sala. No había ofrecido muchas charlas como esa antes, no ante el público, y tenía húmedas las palmas de las manos.

—Buenos días —dijo. Su voz, más fuerte de lo habitual, alcanzó las paredes de la sala con su aire de importancia—. Gracias a todos por venir. Nuestro objetivo hoy es ponerles al día en nuestra investigación. Todavía no hemos llegado a ninguna conclusión sobre lo ocurrido, así que me voy a limitar a lo que sabemos: a la hora del almuerzo del jueves pasado, 24 de diciembre, la señora Isabel Turner salió de pícnic con sus cuatro hijos: Matilda, de quince años; John, de trece; Evie, de diez; y Thea, una bebé de seis semanas. Pasearon juntos por el prado de su finca hasta llegar a una poza en el lado norte. Allí prepararon el pícnic a la sombra de un sauce. Los cadáveres de la señora Turner y de sus tres hijos mayores fueron descubiertos en torno a las cinco de la tarde. La causa de la muerte aún no se ha determinado.

—¿Ha sido un asesinato?

El sargento Duke se enderezó las gafas y recorrió con la mirada los asientos de los presentes hasta que vinculó la pregunta a un desconocido que llevaba un cuaderno y un traje caro, apoyado contra la pared en la parte trasera de la sala.

—Robin Clements —se presentó el hombre—, reportero del *Sydney Morning Herald.* ¿Ha sido un asesinato, señor?

Duke devolvió la atención a las notas que había traído consigo al atril y vaciló un poco más de lo que habría sido habitual en otras circunstancias, con lo que daba a entender que iba a ir a su propio ritmo, muchas gracias, y no iba a cumplir las expectativas de un reportero venido de fuera.

—No excluimos la posibilidad de un envenenamiento accidental, pero a efectos de la investigación las muertes se tratarán como sospechosas y no se ha descartado el asesinato.

Por toda la sala se alzaron murmullos, tal y como el sargento Duke esperaba. Maud McKendry, sentada en un extremo de la primera fila, cerró los labios en un gesto de preocupación, los brazos doblados con fuerza alrededor de la cintura.

—¿Piensa que podría haber un asesino suelto?

Duke localizó al reportero que había hecho la pregunta en la esquina trasera de la sala: Cedric Barker, un periodista local, obstinado pero justo, con quien había hablado en numerosas ocasiones en el pasado.

—Eso no es lo que he dicho.

—¿Piensa que la persona que hizo esto se encuentra entre los fallecidos? —preguntó Clements de nuevo.

—Estoy aquí para decirles lo que sé, señor Clements, no lo que pienso.

De hecho, aunque no tenía intención de revelarlo ni aquí ni ahora, eso era justo lo que el sargento Duke estaba pensando. Había sopesado el caso Kilburn todo el fin de semana, junto a lo que sabía de los Turner, y su sospecha inicial solo se había reforzado. Parecía claro que los Turner habían sido envenenados, aunque los exámenes patológicos aún no habían podido ofrecer información sobre el veneno empleado; en cuanto a quién había llevado a cabo el envenenamiento, si bien era importante siempre mantener una mente abierta, estaba deseando descubrir si la señora Turner había tenido un motivo, una oportunidad y los medios necesarios.

—¿Podría decirnos al menos qué va a suceder a continuación? —preguntó Barker esa vez.

—Comenzaremos la investigación en cuanto hayamos terminado aquí —respondió Duke—. No vamos a escatimar en medios. Vamos a descubrir qué le ha pasado a la familia Turner. No importa cuánto nos cueste, vamos a descubrir la verdad.

CAPÍTULO VEINTITRÉS

Sídney, 13 de diciembre de 2018

Jess había dormido mal, se había desvelado con frecuencia y había perdido la noción del tiempo. Cuando logró conciliar el sueño, sus pensamientos se poblaron de escenas del pasado, recordadas solo a medias, embellecidas por el sueño, en las que habitaban varias versiones de su yo más joven. Era una niña pequeña en la playa, una chiquilla de diez años a la que habían dejado con Nora, una graduada de mirada ilusionada que llegaba a Londres para iniciar su gran aventura.

Cuando al fin se despertó del todo el jueves por la mañana, permaneció en la oscuridad para dejar que los sueños se desintegraran y quedarse a solas con los eventos tristísimos del día anterior. El largo amanecer se avecinaba y Jess se sintió prisionera de una apatía que volvía sus extremidades pesadas como el plomo.

Aún estaba tumbada en la misma postura cuando la primera luz del alba comenzó a teñir el cuarto de malva, cuando se volvió difícil no entrecerrar los ojos ante el sol deslumbrante y cuando, a las nueve y diez, su móvil comenzó a sonar. Jess alcanzó a tientas el teléfono en el tocador y vio el nombre de Nancy Davis en la pantalla.

Respondió y, tras darle las gracias por enviar las notas de su tío, hizo una breve pausa antes de decir:

—Nancy, tengo una noticia muy triste. Siento que debo decírtelo. Es Nora. Me temo... Me temo que... Ayer...

—Ay, Dios mío —la voz de Nancy llegó desde el otro lado de la línea telefónica—. Ay, Jess, cuánto lo siento. No puedo creerlo.

—Yo tampoco. —Jess vio en la mesilla de noche la pequeña caja que le habían dado en el hospital con las joyas de Nora. No había sido capaz de abrirla; ya sabía qué encontraría dentro y qué grotescas y fuera de lugar le parecerían esas piezas tan familiares.

—¿Sabes? —dijo Nancy con delicadeza—. Una de las cosas que siempre me hace sonreír cuando leo el libro de mi tío era su descripción de Nora tratando de tapar las orejas de su bebé aún no nacido cuando su sobrina y su sobrino se peleaban en el rellano.

A Jess se le escapó una risa ahogada, casi un gemido.

—Incluso entonces, su instinto le pedía proteger a sus seres queridos. Igual que trató de proteger la reputación de Isabel tras los horribles sucesos de Halcyon.

—Era muy leal y cariñosa —coincidió Jess—. Demasiado cariñosa a veces. Tuve que rogarle que no viniera a algunas de mis funciones del colegio. ¡A menudo era la única persona adulta aparte de los profesores!

—Parece que fue una abuela muy orgullosa.

Jess cerró los ojos. Había sido más que eso.

—Fue Nora quien me crio.

—¿De verdad? —El afecto seguía en la voz de Nancy, pero adquirió un toque de preocupación—. Espero… Jess, espero que a Polly no le haya pasado nada.

Jess se apresuró a tranquilizarla. Polly estaba bien, era solo que la madre y la hija se habían distanciado con el tiempo.

—Pero eso es muy triste —lamentó Nancy, afectada de verdad—. Nora estaba entregada en cuerpo y alma a su bebé. Era una de las cosas que más impresionó a mi tío. ¿Qué pasó entre ellas?

En realidad, Jess no sabía cómo explicarlo. No en pocas palabras, y menos a una desconocida por teléfono. A decir verdad, los detalles eran un poco imprecisos. Sabía que ella y Polly habían vivido con Nora en Darling House cuando nació Jess, que se habían mudado a una casa cercana pocos años más tarde y que Polly se había ido a Queensland sin mirar atrás. Nora dijo que Polly siempre había sido nerviosa e inestable (aunque defendía a su hija si Jess osaba criticarla) y, además, hubo aquel incidente cuando Jess era pequeña. Nora trató de hacerlo pasar como algo sin demasiada importancia (molesto, claro, pero no decisivo) y, sin embargo, Jess sabía que la había afectado muchísimo, hasta cambiar la manera en que miraba a Polly y centrar sus dotes protectoras en su nieta.

—Supongo que se distanciaron —dijo, consciente de lo insuficiente que era esa explicación.

—Son cosas que pasan —añadió Nancy con tristeza—. Escucha, no quiero robarte más tiempo, sobre todo en estas circunstancias. Tendrás un montón de cosas en la cabeza. Solo llamaba porque he encontrado otra serie de escenas en los cuadernos de Dan que tal vez te pudiera interesar. Todavía nada sobre el reverendo, me temo;

estas tienen que ver con Nora. La última vez fui con prisas y se me pasaron por alto. No están escritas desde el punto de vista de Nora, ¿sabes?, así que estaban escondidas a plena luz.

A Jess le picó la curiosidad.

—¿De quién es el punto de vista?

—Vaya, eso es lo interesante. Las escenas están escritas desde el punto de vista de mi tío Dan.

—¿Están en primera persona?

—No, en tercera, como si estuviera escribiendo sobre alguien diferente.

—¿Alguien que se llamaba Daniel Miller?

—Eso es. Las escenas tienen la forma de observaciones de y conversaciones con Nora. No te puedo decir gran cosa aparte de eso… He estado tan ocupada hoy que no he tenido la ocasión de leerlas de nuevo, pero sé que me dijiste que el tiempo es esencial… Aunque, por supuesto, con Nora, con todo lo que ha pasado, comprendo perfectamente que…

—Me encantaría verlas —dijo Jess.

—En ese caso, las escanearé y te las enviaré y dejaré de molestarte. ¿Te importaría darme tu dirección postal también?

Jess comprendió que quería enviar flores para Nora.

—Es muy amable por tu parte, pero no te molestes.

—No, no es ninguna molestia —insistió Nancy, cuya voz adquirió un deje apremiante que Jess no le había oído antes—. De verdad que no.

Cuando llegó el correo electrónico de Nancy una hora más tarde, Jess estaba sentada sobre las rocas con vistas a la ensenada de Darling House. Esa era la playa, recordó, donde se había topado con los cangrejos soldado tantos años atrás y Nora había acudido al rescate.

El sol resplandecía en el cielo; iba a ser otro día caluroso. Le había estado dando vueltas a la conversación con Nancy, preguntándose por qué Daniel Miller se habría incorporado a sí mismo en una escena de investigación. Había estado presente en todas las entrevistas; ¿por qué tratar estas de otro modo? Le hizo preguntarse si tal vez esas escenas no eran simples notas, sino más bien, como Nancy había sugerido, borradores del libro. Era una idea intrigante: sugería que él había interpretado un papel activo, lo que no se correspondía con la función habitual del escritor. Daba a entender que algo había sucedido en la historia que tenía lugar en Tambilla y en la tragedia de los Turner para que Daniel Miller hiciera acto de aparición en el texto. Tal vez algo que fuera digno de mencionar a la policía…

En cuanto sonó la alegre notificación del teléfono, Jess apartó la pantalla de la luz del sol y abrió el nuevo mensaje. La letra era pequeña y no era la forma ideal de leer el documento adjunto, pero Jess no podía esperar a volver en la casa.

NOTAS DE DM: NORA, DM,
ENERO DE 1960

La primera vez que Dan la vio fue desde lejos, el lunes 28 de diciembre de 1959, en la reunión de la comunidad que convocaron los agentes de policía a cargo de la investigación de los Turner. Tras unos días de lluvia, había amanecido una mañana calurosa y seca y en el edificio del Instituto el calor y la electricidad estática crepitaban en el aire tanto como la ansiedad de los vecinos.

Dan había ido con su tío, que le ofreció una útil coartada mientras ambos se sentaban al extremo de una fila de asientos cerca de la parte trasera. Ser el único foráneo en una reunión comunitaria que tenía como objetivo analizar las muertes de una familia local no era la manera ideal de llevar a cabo una investigación discreta. Por fortuna, varios miembros de la prensa habían viajado desde Adelaida y de más lejos y se encargaron de hacer preguntas mientras la gente se retorcía el cuello para mirar con curiosidad, incluso con desconfianza, a esos forasteros entrometidos. Los periodistas, por su parte, se mostraban decididos, de pie, hombro contra hombro, apoyados en la pared trasera del edificio, libretas y bolígrafos en alto.

Dan había decidido prescindir de esas herramientas. A lo largo de los años había aprendido que existían dos tipos de testigos: los que se estimulaban ante una prometedora hoja en blanco y los que cerraban la boca y lo fulminaban con la mirada. Un testigo parlanchín podía ser una bendición, sin duda, pero solo mientras resistiera la tentación de adornarse. Por lo general, prefería mantener un estilo de conversación más natural con los testigos; se había formado para depender de su memoria y transcribía las entrevistas más tarde, una vez estuviera a solas de nuevo. Al obrar así, había descubierto una ventaja adicional con la que no contaba. Resultaba que, cuando no tenía la mirada clavada en las líneas de su libreta, mientras el bolígrafo se movía a toda velocidad para garabatear todo lo que oía, podía captar mejor el ambiente reinante, fijarse en esos pequeños gestos y amaneramientos que a menudo revelaban más que las palabras dichas en voz alta.

El 28 de diciembre, cuando el reloj de esfera blanca junto a la pequeña cocina pasó de la hora, el sargento Peter Duke, de la jefatura de policía de Adelaida, salió de una sala entre bastidores y se aproximó al atril del discreto escenario de madera. Era el tipo de estancia en la que los niños ofrecían conciertos de ballet y la orquesta juvenil apaleaba villancicos en los días previos a Navidad, lo que daba a su cometido de esa mañana un tono incluso más sombrío. Dan habría apostado que había personas en aquella sala que habían visto girar a los niños Turner sobre aquel escenario en días más felices.

Duke se aclaró la garganta e hizo un gesto con la mano para que guardaran silencio. Dio las gracias a todo el mundo por venir antes de ofrecer un cuidadoso resumen de la situación, tras lo cual aseguró a la comunidad que estaban haciendo todo lo posible para hallar respuestas. Según la primera impresión de Dan, Duke era un tipo cabal, con experiencia pero aún no desencantado. Era comprensible que fuera cauteloso al ofrecer información: en un crimen como ese, en el que todo el mundo era sospechoso hasta que se demostrara lo contrario, la policía tenía que andarse con cuidado con lo que revelaba.

Mientras llegaba al final de su discurso, el sargento Duke reiteró que la búsqueda de la bebé continuaría junto a la investigación de las muertes y que, si se trataba de un crimen, encontrarían al responsable; sin embargo, respondió afirmativamente cuando un reportero le preguntó si se sospechaba de los dingos.

—Hemos encontrado huellas en el lugar de los hechos y todos sabéis cómo se han portado este año.

Se inclinó al decirlo para mirar una figura en la primera fila, como si estuviera disculpándose. Dan se había fijado en la joven vestida de negro y comprendió que tendría algún tipo de relación con la familia Turner.

—Esa es la cuñada de la señora Turner —le dijo su tío, que se acercó para hablar en voz baja a la oreja de Dan—. He oído que es de Sídney y que lleva aquí un mes. Vino a pasar las Navidades.

Más tarde, Dan observó de lejos a la mujer, a la que acompañó al salir de la sala una de las señoras del pueblo. Llevaba en brazos un bulto, advirtió Dan, una pequeña nacida (como descubriría más tarde) unos días antes, en Nochebuena. Alcanzó a ver mejor la expresión abatida de su rostro al salir y sintió que algo en su pecho se tensaba. El gesto, las mejillas hundidas, el desgaste evidente eran exactamente lo que cabría esperar de alguien que acababa de sufrir el peor trauma imaginable. Dan conocía bien ese dolor y, cuando ella pasó, él sintió retumbar el eco en lo más hondo del corazón.

Al final, fue ella quien se puso en contacto con él. Un par de días después de la reunión Dan recibió un mensaje en la casa de su tío según el cual la señora Turner deseaba hablar con él. Curioso, incapaz de creer su buena suerte, se presentó en el lugar y la hora indicados.

La señora Turner-Bridges lo esperaba en el porche, ante el camino de entrada. Dan no la había visto al principio. Se había quedado quieto un momento, contemplando la vista al llegar al jardín geométrico. Había oído hablar de la casa de los Turner, Halcyon, en sus conversaciones con la gente del pueblo, historias que parecían hiperbólicas por su extravagancia, como si el carácter macabro de las muertes de la familia encontrara su lado opuesto en la descripción paradisiaca de su antigua casa. Sin embargo, ahora veía que no exageraban. Salir de ese camino entre la vegetación era como hallarse en Shangri-La.

El instinto lo alertó de una presencia humana, así que no le sorprendió cuando la vio sentada en una silla de mimbre, observándolo. Estaba vestida de negro y parecía una modelo del luto victoriano, salvo (comprendió al acercarse) por el añadido de un fular de tela al pecho, que formaba un refugio donde dormía su pequeña. Dan se quedó de piedra un momento: había visto a mujeres de los pueblos nativos de Estados Unidos llevar así a sus bebés, pero no a una dama como la señora Turner-Bridges.

—He oído que ha estado hablando con la gente del pueblo acerca de mi familia —dijo ella cuando él se acercó. Su voz era seca y leve, y Dan supuso que había estado llorando.

—Es cierto —concedió él y no dijo nada más, a la espera de que ella continuara hablando. Era su forma preferida de hacer entrevistas: dejar la iniciativa al entrevistado.

Ella le sostuvo la mirada más tiempo de lo habitual, lo que permitió a Dan fijarse en su extraordinario aspecto. Era una belleza peculiar, de piel pálida, más pálida por las circunstancias, supuso él, con pecas esparcidas por los pómulos altos y redondos, como si un artista las hubiera dibujado con un pincel de punta fina.

—¿Le gustaría tomar una taza de té con hielo? —preguntó ella.

—Me encantaría, si no es molestia.

Se sentó frente a ella en una silla igual, con vistas a una casa en el árbol, una cuerda de tender y una colina cuya pendiente bajaba, supo, en dirección a la poza.

Nora ya tenía la bandeja preparada con una jarra y dos vasos y rodeó con el brazo a la bebé dormida para llenarlos con esa bebida refrescante.

—Es usted de Nueva York —dijo ella—. ¿Cómo es? Nunca he estado.

Al principio, a Dan le sorprendió la pregunta, pero luego recordó la cordialidad de sus familiares y amigos del sur. Se recordó a sí mismo que era ella quien debía llevar las riendas y comenzó a hablarle de su ciudad, que retrató como una urbe reluciente de edificios altísimos y clubes clandestinos de jazz, letreros de neón que se reflejaban en los charcos manchados de grasa y amantes que caminaban con los brazos entrelazados por un parque que se extendía varios kilómetros. Era una versión de Nueva York que la gente que no había estado ahí deseaba imaginar. La antítesis, comprendió, del lugar donde se encontraban ahora.

Nora escuchó y permitió que se le cerraran los ojos, pero no reaccionó de ninguna otra manera, ni siquiera para beber el té.

Al fin, Dan se quedó sin cosas que decir. Como si hubiera estado esperando, un perro apareció sobre el suelo de hormigón, caliente por el sol, en una esquina del porche, un golden retriever grande y viejo, con garras de león y una sonrisa permanente. Correteó hacia Nora y la miró implorante hasta que ella, sin pensar, estiró la mano para acariciarle bajo el mentón.

—Pobrecito —dijo—. No deja de buscarlos. —Inclinó la cabeza para sopesar a Daniel—. He oído que planea escribir sobre lo ocurrido.

—Sí, señora.

—¿Es usted buen escritor?

Dan no estaba seguro de cómo responder esa pregunta. Si fuera una entrevista de trabajo, habría dicho que le gustaba pensar que sí, pero, en ese caso, mientras ella lo miraba con esos ojos sombríos, el rostro delicado y agotado, no le pareció adecuado promocionarse a sí mismo.

Nora no esperó su respuesta.

—¿Alguna vez le ha ocurrido algo terrible, señor Miller? —preguntó.

La pregunta lo pilló desprevenido.

—Sí, señora —respondió. Y se descubrió a sí mismo hablándole de su hermano pequeño. Era la primera vez que hablaba de Marty desde que llegó a Australia. Incluso su tío había tenido el buen juicio de no indagar sobre el tema. Pero algo en la digna pena de la mujer, esa manera directa en que había hecho la pregunta, su soledad exquisita, ahí sentada, vestida de negro como una viuda de una novela de Henry James, le motivó a abrirse. Describió su infancia en común, sus peinados idénticos, las veces que lo había tratado mal y que ahora lamentaba. Cosas que no había contado a nadie antes. Cosas que ignoraba que supiera o que temiera hasta que las oyó de su propia voz aquella mañana en el porche de la casa de los Turner.

Ella no le había respondido con lugares comunes ni le había asegurado que todo iba a ir bien, ni que su hermano le estaría sonriendo allá donde estuviera, ni (gracias a Dios) que todo ocurría por un motivo. Escuchó con atención y asintió con un levísimo movimiento de la cabeza antes de apartar la mirada hacia los árboles sonoros.

—Es una historia triste, señor Miller. No sé qué le haría sentir tan desvalido a un hombre joven. Siento mucho su pérdida. —Las palabras de ella se desvanecieron y se quedó sentada un tiempo, mirando la brisa entre las hojas, las manos acariciando despacio el bulto de la pequeña. Dan estaba comenzando a pensar que ella se había olvidado de su presencia cuando volvió a hablar en voz baja, casi musical—. He oído lo que están diciendo por el pueblo, los rumores sobre Isabel... No es cierto. Isabel jamás habría hecho algo así... Jamás. Adoraba a los niños. Le encantaba su vida. Tenía frustraciones, como todo el mundo, pero jamás habría hecho, jamás habría podido hacer, algo así. —Se giró para mirarlo—. Si va a escribir sobre ellos, señor Miller, debe asegurarse de decir la verdad.

Se convertiría en un estribillo habitual y Dan tuvo que caminar sobre una cuerda floja. No podía evitar que le importara Nora. Ambos venían de fuera y los unían sus pérdidas recientes y el propio caso Turner. Dan esperaba con ilusión los días que la visitaba y sentía que era una sensación recíproca. A ella le alegraba recibir noticias del pueblo, y también su compañía. Sin embargo, Dan se debía a su trabajo. Creía en escuchar todos los puntos de vista y contar una historia cuya verdad no se limitaba a los detalles en blanco y negro; creía de todo corazón que los escritores de no ficción debían recurrir a las mismas herramientas que empleaban los novelistas para describir sus escenas. Pero tenía que mantener su objetividad respecto a los datos del caso.

Nora era una mujer inteligente. Percibía la duda cuando él emitía sonidos de apoyo y no le gustaba.

—Se lo digo de verdad: ella jamás haría algo así. No habría sido capaz ni de imaginarlo, mucho menos de llevarlo a cabo. Si hubiera conocido a Isabel, tendría la misma certeza que yo.

Dan le prometió que mantendría la mente abierta, que era lo mejor que podía hacer, pero Nora lo aceptó a regañadientes. Dan notaba que ella quería demostrárselo. Y una tarde, cuando habían llegado a algo parecido a un punto muerto, Nora se excusó y entró en la casa. Cuando volvió, tenía un libro en las manos.

—Lo encontré de pura casualidad. —Se ruborizó—. Jamás lo habría leído, salvo por las circunstancias. No lo he leído entero, solo lo suficiente para saber que era importante.

Dan miró más de cerca y se fijó en el suave cuero rayado del libro, el dorado en el lomo descolorido por el uso frecuente, la cinta de lectura que asomaba deshilachada por la parte inferior.

—El diario de Isabel —dijo Dan.

Un gesto de reivindicación tensó los labios de Nora al notar el interés del escritor.

—Solía escribir en él todos los días, sentada aquí mismo, en estas sillas.

—¿Se lo ha enseñado a Duke?

—Quiero que lo lea usted —siguió Nora—. Quiero que escuche a Issy. Que vea qué divertida y cariñosa era, qué llena de vida estaba. Así sabrá que jamás habría hecho eso de lo que la acusan.

La mente de Dan trabajaba a toda máquina. Por lo que sabía, según la ley, la policía debería tener el libro, pero lo que Nora le estaba ofreciendo era irresistible.

—No hay nada ahí que pueda ayudar al sargento Duke. Todo lo contrario, y eso es justo lo que quiero hacerle entender a usted.

Dan estiró la mano y dejó que los dedos rozaran la cubierta.

—Si hay algo que Duke debería saber…

—Si encuentra algo que pudiera ser de ayuda a la policía, pensaré si darle permiso para que se lo enseñe.

Eso era suficiente. Dan tomó el diario y dejó que se abriera con naturalidad entre sus manos. Las líneas estaban cubiertas de una caligrafía elegante. Pasó la punta de los dedos sobre el resto de un par de páginas rasgadas y alzó la vista para mirar a Nora.

—Seguro que todos hemos escrito cosas de las que nos avergonzamos más adelante —dijo Nora con una triste sonrisa. Y en ese momento, ante el malhumor de la bebé, se excusó y entró en casa.

Dan pasó el día con el diario, la cabeza inclinada, mientras leía una línea tras otra. Nora aparecía de vez en cuando y le traía una taza de té o una porción de tarta, y cada vez a Dan le deslumbraba y sorprendía verla.

Al final del día, cuando se estaba preparando para marcharse, sintió que ella merodeaba junto a la puerta que daba al porche.

—¿Lo ve? —dijo Nora, con tono esperanzado—. ¿Ve cómo se equivocan todos? ¿Ve qué tipo de persona era? Irónica y burlona en ocasiones, pero, por lo general, feliz.

Dan asintió, consciente de que ella lo necesitaba, pero en lo único que podía pensar era en esas entradas perdidas. Le desasosegaron el camino de vuelta a casa y durante toda la noche no dejó de preguntarse qué habría escrito ahí y por qué las había arrancado.

No le habló de sus dudas. Dejó que Nora pensara que el diario era evidencia indiscutible del buen carácter de Isabel. El problema era que él había estado hablando con el sargento Duke y sabía que, a medida que llevaba a cabo sus interrogatorios y avanzaba en la investigación, la policía cada vez estaba más convencida de que se trataba de un caso de asesinato-suicidio. Dan no podía evitar preguntarse si las entradas que faltaban habían incluido sentimientos de culpabilidad, algún tipo de confesión o tal vez una descripción de sus planes.

No le contó a Nora nada al respecto. No le correspondía a él convencerla de la posible culpabilidad de su cuñada. Y había notado una mejora real en su estado desde que le había mostrado el diario. Aquella primera mañana en que se vieron, Nora estaba desolada por completo, pero ahora comenzaba a reponerse. Si la prueba de la resiliencia de una persona era su capacidad de encontrar un resquicio de luz incluso en los días más oscuros, Nora Turner-Bridges era una maestra al respecto.

Dan era demasiado sensato como para otorgarse algo de mérito en su resurgir. La respuesta no se encontraba en la amistad que habían forjado. El rayo de luz de

Nora, el lugar donde canalizaba todo el amor y las esperanzas que era capaz de albergar para el futuro, era su recién nacida. Se le iluminaba el gesto cada vez que dedicaba su atención a Polly y susurraba en voz baja en las orejitas de la niña. Era divino. La pequeña siempre estaba en sus brazos. Era comprensible, razonó Dan, teniendo en cuenta lo sucedido a su sobrinita. El destino de esa niña asediaba los pensamientos de todo el mundo. Nadie quería pensar que a la pequeña le fueran a denegar la dignidad de descansar en un lugar adecuado. Nell, la tía de Dan, era pariente del rastreador que trabajaba con la policía y decía que la lluvia torrencial de aquella Nochebuena había acabado con cualquier esperanza de seguir las huellas de los dingos.

Al final, fue un desagradable incidente en el pueblo lo que motivó que se le cayera la venda de los ojos a Nora. Su preciosa pequeña se vio amenazada durante el suceso y la conmoción de lo que podría haber pasado llevó a Nora a centrarse. Gracias a su trabajo, Dan había aprendido a no sorprenderse ante las extrañas maneras en que actuaban causas y efectos; en el caso de Nora, su permanente determinación por defender a Isabel se resquebrajó y comenzó a pensar más en sus sobrinas y su sobrino.

Cuando Dan llegó a la mañana siguiente, Nora parecía distinta: estaba nerviosa, pero también decidida. Incluso desde el camino de entrada, Dan notó que algo bullía en la rigidez del cuello, en la postura de los hombros, en el ritmo con que caminaba de un lado al otro del porche.

Al acercarse, Nora se llevó la mano a la garganta.

—Ah, señor Miller, ahí está. He pasado la mitad de la noche desvelada, con una idea que no me deja en paz.

Dan se sentó. De cerca, Nora parecía desdichada. Tenía un gesto de agotamiento y los ojos inyectados en sangre. Era evidente que apenas había dormido.

—Debe prometerme que no aparecerá esto en su libro. Debe guardarlo para sí mismo.

—¿Qué es?

—¿Lo promete?

—Claro. —Ella estaba tan alterada que Dan habló despacio para calmarla—. Por supuesto.

—Es solo que aquí no tengo a nadie más con quien hablar y siento (y creo que no me equivoco) que usted y yo hemos entablado una especie de amistad.

—Es cierto.

—Todavía no me creo que Isabel pudiera hacer lo que dicen que ha hecho.

—Lo sé. —Dan esperó y, a continuación, como Nora no continuó, la animó a hablar con delicadeza—: ¿Pero?

Nora bajó la vista a Polly, las manos acariciando la espalda de la pequeña.

—No le he contado lo que he tenido que pasar para tener a mi bebé. Solo la conozco desde hace unas semanas, pero lo es todo para mí. Incluso ahora, sé que en mi lecho de muerte podré mirar atrás y decir que hice todo lo que pude para protegerla.

—Lo sé —dijo Dan en voz baja.

—Yo quería a Isabel, pero también quería a esos niños y tengo que honrar su memoria. El sargento Duke me preguntó algo el otro día. Si alguna vez había visto a Isabel actuar de forma violenta contra alguno de ellos. Le dije que no, por supuesto que no. Me ofendió la pregunta. Hacer daño a un niño, en mi opinión, es la forma de maldad suprema. Solo que más tarde…

—¿Sí?

—He recordado algo. No vino a mí de repente… Es lo que dice la gente, pero ha sido algo más gradual; creo que me había convencido de que eran imaginaciones mías. Pero cuando llegué aquí, a principios de diciembre, supe de inmediato que Issy no estaba en sus cabales. He oído de mujeres que sufrían desánimo tras dar a luz. Una tarde oí a la bebé llorar. Esa muchacha, Becky, la que viene a ayudar, ya se había ido e Isabel no parecía acudir. Pensé que tal vez yo pudiera ser de ayuda. Fui al cuarto de la bebé y, cuando llegué, vi a Isabel junto a la cuna. —Nora se tragó la última palabra mientras contenía un gemido—. Ay, señor Miller, algo la había poseído, es la única explicación.

—¿De qué se trataba? ¿Qué viste?

—Me enferma decirlo, me enferma recordarlo, pero Isabel estaba sosteniendo una almohada (un cojín) y estaba… —Los ojos suplicantes de Nora se encontraron con los de Dan. A continuación, su voz fue poco más que un susurro—: Estaba bajando el cojín hacia la cara de la pequeña.

SÉPTIMA PARTE

CAPÍTULO VEINTICUATRO

Mientras una azafata le recordaba al hombre sentado a su lado que guardara el bolso debajo del asiento antes de despegar, Polly se ajustó el cinturón de seguridad y comprobó que tenía el teléfono en modo avión. Era un viaje corto (poco más de una hora) y hacía buen tiempo en la costa este de Australia. Nada por lo que estar nerviosa, pero tenía un nudo en el estómago. No recordaba la última vez que había viajado en avión. Por lo general, Polly conducía por la carretera de la costa a Sídney, pero su coche iba a pasar la semana en el taller para que le cambiaran la transmisión y, como el funeral era el lunes, no le había quedado otra opción.

Nunca le había gustado volar; incluso había llegado a hacer un curso en el que un expiloto enseñaba a las personas con miedo a volar las nociones básicas de aerodinámica en una tentativa de contrarrestar el miedo con la razón. ¿Turbulencias? Nada de lo que preocuparse, solo un cambio en la temperatura del aire. No obstante, aprender esos datos había ayudado poco a aplacar la ansiedad cuando el avión en el que estaba atrapada comenzó a temblar a más de diez mil kilómetros de altura.

Sin embargo, el miedo a volar no era su único problema hoy. Desde que el hospital la llamara para decirle que Nora había muerto, Polly se había sentido vagar a la deriva. No era capaz de concentrarse, sus ideas se volvían borrosas y sufría una sensación generalizada de estar desconectada de su propia vida. Había permanecido despierta la noche anterior, escuchando el viento contra las hojas de las palmeras frente a la ventana del dormitorio, cuando comprendió que esa sensación insistente e insidiosa que la había rodeado como un par de alas oscuras y húmedas era la soledad. Una soledad profunda y desconsolada.

Se preguntó por qué motivo se sentiría así. Ella y Nora rara vez hablaban, apenas se veían ya. La muerte de su madre no iba a suponer ningún cambio palpable en su vida cotidiana y, sin embargo, algo en su interior se había hundido al recibir la noticia. Había llegado a la conclusión de que la soledad no era lo mismo que estar sola. Polly había estado sola durante décadas. No le importaba. Incluso de niña, no había sido de las que anhelan compañía. Pero la soledad era diferente. Una podía sentirse sola en una habitación abarrotada.

Echó un vistazo por la ventanilla del avión al lugar donde los hombres que habían estado cargando el equipaje finalizaban su tarea sobre el asfalto. Era normal, supuso, sentir una ausencia tras la muerte de la madre, pero con Nora se trataba de algo más. El mundo era menos estable sin ella.

Era huérfana, comprendió mientras la azafata comenzaba a repasar las instrucciones de seguridad. Esa era una parte. Había perdido más que a Nora. Con la muerte de su madre, también había perdido a su padre.

Polly tenía cinco años cuando comprendió que era distinta a los otros niños. Como con tantas otras cosas, comenzar a ir a la escuela se lo hizo ver. Hasta ese momento, había pasado una época feliz en Darling House junto a su madre. La habían mimado, no le habían negado nada. Había oído muchas veces la historia de cuánto la habían esperado y así era exactamente como la trataban. No había dudado ni una vez de cuánto la querían.

Sin embargo, cuando empezó primero y formó parte de un numeroso grupo de iguales, como todos los niños Polly comenzó a definirse mediante la comparación. Las otras niñas tenían padres que, si no vivían en casa, estaban en alguna parte del mundo, y tenían apellidos y caras y se relacionaban con sus hijas, bien o mal.

Al principio, antes de comprender que era un tema tabú, había preguntado a su madre sin reparos:

—¿Tengo padre?

—No, cariño —había dicho Nora sin inmutarse—. Eres toda mía y yo soy toda tuya.

Era una respuesta que concordaba bien con la vida de Polly hasta la fecha y la había aceptado sin rechistar. Además, la había repetido en la escuela cuando fue necesario. Las burlas de los niños la habían llevado de nuevo a Nora.

—¿Dónde está mi padre?

—Ya te lo he dicho, cariño, solo nos tenemos la una a la otra.

—Pero Ruth y Susan dijeron que todo el mundo tiene padre.

—¿De verdad?

—Dijeron que no podías nacer sin uno.

—Bueno —dijo Nora con tono despreocupado—, puede que eso sea cierto para Ruth y Susan y estoy segura de que tenían buenas intenciones cuando lo dijeron, pero las niñas pequeñas no lo saben todo.

—Pero, si no tengo padre, ¿cómo nací?

No era propio de Polly insistir y, por un momento, vio una ráfaga de exasperación en la mirada de su madre. Pero el momento pasó enseguida y Nora sonrió con aire cómplice, guiñando los ojos como siempre hacía cuando estaba a punto de sugerir algo divertido.

—Bueno, no suelo contar la historia, porque hay que tener cuidado con la magia. Pero lo cierto es que deseé tantísimo tener una niña y tantísimo tiempo y pedí tantos deseos ante el pozo de los deseos que un día, cuando menos me lo esperaba, ahí estabas, al fondo del arriate de dalias.

—¿Aquí, en Darling House? —Polly había jugado muchas veces en el arriate de dalias y le encantó la idea de que hubiera magia allí.

Nora, sentada en la silla junto a Polly, se animó al contar la historia.

—Había salido a quitar la maleza, con los guantes puestos y una cesta a la cadera, cuando me arrodillé ante el arriate con más flores y ¿qué oigo sino un llanto bajísimo? Al principio pensé que sería un gatito, pero lo que encontré fue una sorpresa mayor: la bebé más bonita que había visto en la vida. La hija que tanto había deseado y por la que tanto había rezado. Un regalo de las hadas del jardín.

Más tarde, Polly había repasado la historia en su mente, imaginándose a sí misma en medio del arriate de dalias. Era una de sus partes favoritas del jardín y por ello, sin duda, lo había escogido su madre. La historia la hacía feliz, pero no la contó en la escuela. Cuando Ruth y Susan le preguntaron por su padre, lo cual hacían casi a diario, les dijo que era un explorador cuyo barco se había perdido en una gran tormenta en el mar al acercarse al Círculo Ártico y no se le había vuelto a ver.

Sin embargo, por mucho que le gustara la idea de que la hubieran abandonado las hadas o cuánto la quería su madre, un pequeño agujero se había abierto en el interior de Polly ahí donde debería haber estado la respuesta a su pregunta. Y, como tantos infortunios de la vida, creció en las sombras sin que ella se diera cuenta.

A medida que fue creciendo y dejó de creer en cuentos de hadas sobre bebés en arriates de dalias, la situación se volvió más irritante. «¿Qué importa?», diría Nora, o: «Ya te lo he dicho, eres solo mía» o, si Polly preguntaba cuando iba con prisas: «De verdad, no lo recuerdo». Una vez, tras perder la paciencia, dijo con angustia: «¿Por qué insistes tanto? ¿Es que no he sido bastante para ti? He renunciado a todo para ser tu madre. Eres mi vida, Polly. Mi vida entera».

Eso era cierto. Polly había oído a menudo las historias sobre lo entregada que era su madre. Comenzó a preguntarse si tal vez la razón por la que Nora no hablaba del asunto era porque la verdad era demasiado terrible para confesarla. ¿Era su padre un criminal? ¿Un ladrón? ¿Un pervertido? ¿Estaba su madre tratando de proteger a Polly con su silencio?

Y entonces, justo cuando comenzó el instituto, Polly escuchó de casualidad una conversación que lo cambió todo. Como todos aquellos que se veían privados de información, Polly se había vuelto experta en reunir datos ilícitos a hurtadillas y sus orejas se le aguzaron cuando oyó la voz de una amiga de su madre al otro lado de la puerta abierta, insistiendo en qué maravillosa madre era Nora, dispuesta incluso a sacrificar su matrimonio.

Con esas palabras, varios hechos sin relación aparente se acoplaron y, por primera vez, Polly comprendió que su madre había estado casada. Era consciente, por supuesto, de que los demás la llamaban señora Turner-Bridges, pero Nora había eliminado con tanta eficacia al señor Bridges de su vida que a Polly no se le había ocurrido que ese tratamiento reflejara un matrimonio real. Ahí, al fin, tenía su respuesta: su padre era el señor Bridges, el hombre cuyo apellido también había llevado ella todo ese tiempo.

Pero ¿quién era el señor Bridges? Exploró la casa en busca de evidencias. Aunque al parecer habían estado casados toda una década, Nora había logrado extirpar hasta el más leve rastro del hombre de Darling House. Incluso la única fotografía que conservaba del día de su boda era un retrato enmarcado de una Nora joven y de ojos muy abiertos, de perfil, mientras contemplaba las vistas del puerto desde la ventana de la biblioteca.

Polly empezaba a desesperarse, así que le pidió ayuda a la señora Robinson, pero el ama de llaves no se dejó embaucar.

—No me hagas preguntas que no puedo responder —le dijo—. No hay chica con más suerte en el mundo que tú, con esa madre que tienes.

Ya sabía que era afortunada. ¿Cómo no iba a saberlo? Se lo habían dicho una y otra vez a lo largo de toda su infancia. Sus amigas del cole se lo habían dejado bien claro. Todas admiraban a Nora y deseaban que sus madres fueran como ella. Era la única que organizaba verdaderas fiestas del té en el comedor de un hotel caro o, con la señora Robinson vestida con el uniforme de criada, en Darling House. Las chicas se disputaban las invitaciones, a pesar de no tener tiempo para Polly cuando estaba sola en el colegio.

Polly sabía que no era tan encantadora ni divertida como Nora, y tampoco tenía su facilidad para hacer amigas; en ese momento, también supo en qué otros aspectos eran diferentes. Nora era una persona segura de sí misma que disfrutaba de ser el centro de atención y Polly no. Nora tenía un cutis pálido con tendencia a llenarse de pecas, mientras que el de Polly era más moreno. A Nora no le interesaba la música, y a Polly algunas canciones le hacían llorar. Polly comenzó a elaborar una lista con sus diferencias en un cuaderno y se preguntaba si esos eran rasgos que tenía en común con su padre y, ante esas ideas, el espacio negativo comenzó a crecer y a adquirir forma.

Al cabo de un tiempo, Polly hizo acopio de valor y preguntó a su madre, sin rodeos, por el señor Bridges.

—¿Quién te ha hablado de él? —le exigió Nora, que añadió—: No importa. Él no es nadie.

—Es mi padre —osó decir Polly.

—¡No es tu padre! Él no podría ser el padre de una niña tan maravillosa como tú.

Polly no la creyó. Había oído ya demasiadas mentiras. Además, no había otra explicación. Continuó sacando el tema. Cada cumpleaños se preguntaba si al fin ya era bastante mayor para que su madre confiara en ella y le contara la verdad. Al sentir que las respuestas estaban al alcance de la mano, la falta de información le resultó angustiante. Entraba en una habitación en la que su madre recibía a un grupo de amigas y se hacía el silencio, seguido de un saludo de alegría artificial, y Polly se atormentaba con la posibilidad de que todas ellas lo supieran. Comenzó a sentir que no era una persona plena, como si fuera traslúcida. Se volvió retraída y silenciosa; se sintió desaparecer.

Y entonces, un día, cuando tenía dieciocho años y estaba embarazada de Jess, lo encontró. A esas alturas ya había aprendido a hacer uso de los recursos de la biblioteca y lo localizó. Una tarde ventosa de mayo lo esperó frente a una oficina en Crows Nest y, cuando él salió del edificio, el maletín en la mano, Polly se acercó desde el otro lado de la calle.

Él sonrió con alegría cuando la vio (por cortesía, nada más) y, a falta de una mejor manera de presentarse, Polly balbuceó:

—Creo que eres mi padre.

Tras un momento de vacilación, él preguntó:

—¿Polly?

Ella temió que las piernas la traicionaran. Asintió.

Richard Bridges se acercó y recorrió con la mirada los rasgos de la cara de Polly mientras ella hacía lo mismo. Al fin, él sonrió de nuevo, más cariñoso esa vez y con los ojos empañados.

—Me preguntaba si alguna vez te vería —dijo—. ¿Te gustaría tomar un café?

Polly no bebía café (había muy pocas bebidas que pudiera tomar durante esa fase del embarazo), pero, por supuesto, aceptó.

—Ella me dijo que no eras mía —explicó él mientras se sentaban uno frente al otro en una mesa de un café cercano—. Fue muy firme. Le pidió a un abogado que me escribiera para que no me pusiera en contacto contigo.

—Bueno, ya soy una persona adulta y he sido yo quien se ha puesto en contacto contigo.

Mantuvieron una conversación comedida pero grata acerca de sus vidas, de Nora y el pasado… Fue una extraña experiencia social. Le habló un poco de sus años escolares y él le contó que se había vuelto a casar y que tenía un hijo y dos hijas. El corazón de Polly se contrajo ante la posibilidad de tener hermanastros. Por un momento vislumbró cómo sería la vida al estar tan sola.

A la hora de marcharse, Richard Bridges dijo:

—Supongo que deberíamos hacernos una de esas pruebas, ¿no te parece?

Se refería a una prueba de ADN. Tenía sentido, pensó Polly, dado lo que Nora les había dicho a ambos, y él se ofreció a pagar, así que lo hicieron.

La prueba fue negativa. Así pues, a pesar de todo lo que se pudiera decir en su contra, Nora había estado diciendo la verdad cuando aseguraba que su hija había sido concebida con otra persona.

Polly se sintió desolada. Pero, mientras asimilaba la verdad del resultado, comprendió que no estaba del todo sorprendida. A decir verdad, por mucho que hubiera querido formar parte de una familia y de un hogar, no había sentido ninguna forma de reconocimiento ante Richard Bridges. Nada en su rostro, ni en sus gestos, a pesar de lo simpáticos que le resultaban, la habían conmovido y conectado con ella, le habían ofrecido una sensación de parentesco, de volver a casa.

Richard Bridges quedó tan desconcertado como Polly.

—Dijo que no eras mía, pero en realidad nunca la creí. No podía encontrarle ningún sentido entonces y me temo que tampoco ahora. ¿Cómo podrías ser de otro?

La respuesta parecía obvia y Polly sintió una pizca de vergüenza ajena que enseguida dio paso a la compasión. Richard estaba intentando guardar las apariencias; le humillaba la prueba de que su mujer le hubiera sido infiel. Polly no sabía qué decir y se limitó a un escueto «lo siento».

Richard pareció no haberla oído; estaba absorto en sus pensamientos y recuerdos.

—Se moría de ganas de concebir —continuó con el ceño fruncido—. Ya había sufrido algunas interrupciones del embarazo. Cosas que pasan, según me dicen. Yo no supe nunca cuál era el problema exactamente. Nos hicimos todas las pruebas, ella insistió.

»Pero no hubo nadie salvo yo. Supongo que eso suena engreído, pero no lo digo en ese sentido. A riesgo de ser indiscreto, Nora había ido a un doctor, el último en una larga serie, que le dio una ventana de unos días y dijo que necesitaba aprovechar hasta la última oportunidad.

»No salió de casa aquella semana y tampoco me dejó salir a mí. No vio a nadie más salvo a Jane Robinson, el ama de llaves, y al doctor Bruce, que vino a visitarla. Más tarde se quedó en la cama un par de semanas porque dijo que así el bebé tendría más posibilidades de arraigar. Y piensa lo que quieras, pero funcionó: se quedó embarazada. Yo estaba allí aquel mes: no podría haber sido de otro.

Fue un adiós torpe, y Polly tuvo la sensación, mientras observaba cómo él se alejaba, de haber cerrado una puerta. Ahí iba el hombre que podría haber sido su padre, con quien había compartido la experiencia tan íntima de comparar el ADN, reducido ahora a la condición de desconocido, alguien a quien probablemente nunca volvería a ver de nuevo.

La azafata aún estaba mostrando cómo usar el chaleco salvavidas y el silbato y Polly trató de prestar atención. Lo había visto antes, por supuesto, más de una vez, pero observar la presentación de la mujer le parecía un elemental gesto de cortesía. No pudo evitar, sin embargo, que su mente divagara.

Polly no había hablado con Nora sobre su encuentro con Richard Bridges ni sobre la prueba que se habían hecho. ¿Qué sentido habría tenido? Pero Richard la había dejado con un rompecabezas que no sabía cómo encajar. Por la noche, cuando se sentaba en el asiento del jardín con vistas al puerto, Polly repasaba sus conversaciones; en especial, recordaba cómo insistía Richard Bridges en que Nora no podía haberle sido infiel.

Había ofrecido una razón de peso, en lugar de dejarse cegar por la emoción. Nora no había salido de casa; por lo que él sabía, el mes en que Polly fue concebida Nora no vio más que a su doctor, a la señora Robinson y a él mismo. Pero, ahí donde el señor Bridges llegaba a cierta conclusión ante ese conjunto de datos, Polly llegaba a otra.

Nora había soltado una ruidosa carcajada cuando le preguntó si el doctor Bruce era su padre y le dijo que no fuera ridícula.

—De verdad, no sé de dónde sacas esas ideas. El doctor Bruce es un hombre muy apuesto y, desde luego, he tenido ideas peores, pero no es tu padre. —Había recuperado la serenidad antes de continuar—: Cariño, de verdad, no es prudente lanzar acusaciones como esa.

—No es una acusación.

—Una conjetura sin fundamento, entonces.

—No tendría que hacer conjeturas si me lo dijeras sin más.

—Ya te lo he dicho: te encontré en el arriate de las dalias.

Polly, que nunca perdía los nervios, se enfureció.

—Me merezco saber la verdad. Merezco saber quién soy.

—¡Tú eres tú! ¡Eres mía! ¿Es que eso no te basta?

—¡No!

Nora suspiró, irritada.

—¿Por qué te importa tanto? ¿Qué más da? Mira lo afortunada que eres.

—¡Por favor, mami! —Ese tratamiento infantil surgió sin previo aviso; Polly llevaba más de una década sin pronunciar esa palabra y se sintió tan sorprendida como Nora ante su aparición. Permaneció ahí, entre ellas: una declaración de su desesperanza.

Un gesto enloquecido y apaciguador transformó el rostro de su madre, que bajó la voz para decir:

—Te lo contaré un día, te lo prometo, cuando llegue el momento indicado. Pero tienes que dejar de hacerme preguntas. Es una historia que me corresponde a mí contarla y me estás perturbando. Te estás perturbando a ti misma también… y no es bueno para la bebé, ya lo sabes.

Polly hurgó en el interior de su equipaje de mano en busca de tapones para los oídos. El bolso de cuero era un poco demasiado hondo y todo acababa perdido ahí dentro. Sus dedos rozaron el atrapasueños, que había traído envuelto en un paño de cocina. Lo sacó y observó los nudos ya viejos de la madera arrastrada por la marea que ella y Jess habían encontrado en la playa. Era un gesto tonto y sentimental, pero lo había visto apoyado en el estante al cruzar el pasillo a toda prisa antes de salir y volvió corriendo en su busca. Le ponía nerviosa ver a Jess. En especial, ver a Jess sin Nora, estar a solas con ella en Darling House. La asaltaban los recuerdos de otras épocas de su vida en que tuvo la impresión de que eran ellas dos contra el mundo, cuando se mudaron a aquel apartamento en lo alto del promontorio.

Habían pasado muchas cosas desde entonces. Polly se había sentido muy optimista cuando al fin dio el paso. La decisión de mudarse se debía, en parte, a la negativa de su madre a responder sus preguntas. Tras el nacimiento de Jess, saber la verdad se había vuelto más urgente que nunca. Polly no lograba ahuyentar la sensación de que partes de su hija eran un misterio. Se quedaba mirando la cara dormida de Jess y veía rasgos de sí misma y de Jonathan, pero había otros también: gestos fugaces que su bebé había heredado de algún antepasado sin nombre.

Ese desconocimiento creaba una distancia entre Polly y Jess, una grieta que a Nora no le afectaba. Cuando más se desdibujaba Polly, más brillaba Nora. El amor empezó a marchitarse entre ellas; lo que antaño había sido protección comenzó a sofocar. Polly se sintió atrapada bajo la mirada de su madre, sobre todo por su confianza y saber hacer respecto a Jess. Comenzó a soñar con irse lejos. Se le ocurrió pensar que, de algún modo, con un poco más de espacio, todo le resultaría más sencillo.

Polly suspiró y devolvió el atrapasueños al interior del bolso. Continuó buscando a tientas, con la esperanza de que los dedos encontraran los tapones. Tenía que dejar de pensar en el vuelo y en lo que la esperaba al otro lado. Pensaba comprar una revista en el aeropuerto, pero había sido incapaz de escoger una. No llevaba consigo nada aparte de su ejemplar de *Como si estuvieran durmiendo,* que había traído porque la señora Robinson le había dicho que Jess estaba haciendo preguntas acerca de los sucesos de esa época. Polly tenía la esperanza de que sirviera para romper el hielo, para consolar una parte de la pena que sabía que Jess estaría sintiendo tras la muerte de Nora. Y, para ser sincera, para complacer a su hija, con quien nunca parecía capaz de conectar.

La cubierta familiar, el papel amarillento, el código de barras de la biblioteca… Todo le traía recuerdos de la primera vez que lo había leído. El conjuro que el libro le había lanzado, su trágica atmósfera de verano y calor, la casa vieja y grande y las canciones de los verdugos flautistas, los niños de infausto destino en su último día… Todo volvió a ella, como un viejo abrigo olvidado al fondo del armario. A medida que el avión comenzaba a acelerar, Polly se puso los tapones para los oídos y dejó que se abriera su viejo ejemplar de biblioteca del libro de Daniel Miller.

14

Peter Duke sabía en lo más hondo que la señora Turner había envenenado a su familia a orillas del arroyo aquella calurosa víspera de Navidad. Cualquier policía que se preciara aguzaba el instinto para los crímenes y quienes los cometían. Sin embargo, por muy convencido que estuviera, una corazonada no significaba nada si no lograba demostrarlo.

Todavía no habían recibido el informe del forense, pero Duke sabía que era muy posible que su equipo descubriera qué veneno había usado la señora Turner antes de que Larry Smythson acabara sus análisis. Los registros iniciales de la casa le habían hecho albergar esperanzas. En los días siguientes al hallazgo, Duke envió a dos de los agentes del pueblo a subir la cuesta y echar un vistazo. La cuñada de la señora Turner les abrió la puerta. La pobre mujer, que esperaba disfrutar de la compañía de su familia durante las últimas semanas de un embarazo difícil, se había encontrado haciendo frente sola a una tragedia familiar. No fue de extrañar que la conmoción precipitara el nacimiento de su bebé.

—¿Cómo va la pequeña? —preguntó el agente montado Doyle cuando ella les dejó pasar a la casa.

—Un poco aturdida. Como todos nosotros, supongo.

Al fijarse en lo cansada que parecía la joven, Doyle recordó el nacimiento de sus propios hijos y la negativa de su mujer a levantarse de la cama los primeros sietes días tras cada parto.

—Debería tener los pies en alto. ¿Hay alguien a quien podamos llamar? —se interesó Doyle.

—Gracias, pero la señora Summers me ha estado ayudando y la señora Pike va a pasarse por aquí esta semana.

Lo primero que encontraron fue un frasco de barbitúricos en el cajón de la mesilla de noche de la habitación de la señora Turner. Al leer el nombre inesperado de la etiqueta, Doyle y Jerosch intercambiaron una mirada. Ambos conocían a Eliza Drumming (Doyle había ido al colegio con ella) pero, por lo que sabían, había estado internada en Parkside todos los años que los Turner habían pasado en el pueblo. Incluso Jerosch, el más imaginativo de la pareja, tuvo dificultades para encontrar una explicación plausible de por qué las píldoras de la señora Drumming habían acabado en la mesilla de noche de la señora Turner.

Henrik Drumming se quedó pálido cuando le pidieron una explicación. Confesó que había suministrado a la señora Turner un frasco con las píldoras de barbitúricos de su mujer porque «le estaba costando muchísimo dormir» y Doyle, que conocía a Henrik todo lo bien que se podía conocer a un tipo tan reservado, aceptó la explicación sin rechistar. Henrik era un buen hombre, entregado a su esposa, un tipo dispuesto a ayudar siempre que fuera necesario. Sin embargo, la expresión de Duke cuando oyó la confesión fue de curiosidad y sospecha.

En la habitación de Matilda Turner encontraron un frasco que contenía una muestra de una planta seca que despertó su interés. Una etiqueta escrita a mano firmada con las iniciales MS daban a entender que era propiedad de Merlin Stamp, y a Jerosch, el agente en periodo de pruebas, le tocó la mala suerte de ir a indagar.

El interrogatorio no duró mucho.

—No es muy parlanchín —explicó Jerosch aquella tarde, cuando los agentes volvieron a reunirse en la pequeña sala en la parte trasera de la comisaría de Tambilla para presentar su informe a Duke—. Pero dijo que es poleo.

—¿Letal?

Jerosch era un joven agente cuyas orejas sobresalían un poco, lo suficiente para sugerir un constante estado de alerta y un afán por complacer. Tenía las puntas de las orejas rosadas.

—Sí y no.

—¿Qué quiere decir eso? —preguntó el sargento Kelly desde donde estaba de pie, el codo apoyado contra el archivador—. O mata, o no mata.

—Creo que lo entiendo —intervino Duke, que alzó el frasco para observar la muestra que contenía—. Es el mejor aliado de una muchacha sin suerte. Pero no es nuestro veneno.

A continuación, en un cubo de basura en la parte trasera de la casa de los Turner, la policía encontró cinco botellas vacías idénticas.

—Bingo —exclamó Jerosch, que avisó a Doyle para que echara un vistazo.

Llamado a veces «el veneno de los envenenadores» por la policía, el talio es una sustancia incolora, inodora e insípida cuya ingestión provocaba síntomas comunes a muchas dolencias. Fácil de obtener (a menudo usada como veneno para ratas), a mediados del siglo XX era el veneno predilecto entre quienes querían cometer un asesinato doméstico; y, en la década de 1950, una oleada de crímenes en los cuales las esposas asesinaban a sus maridos había desbordado las agencias de investigación de toda Australia.

Meg Summers confirmó que la señora Turner había comprado el Thall-Rat ese invierno. La tendera, a quien los agentes habían ido a buscar a casa, tenía el aire desorientado de una persona ajetreada que, a pesar de todo, trataba de ser de ayuda.

—Si me dan un minuto lo podría mirar en el registro. Compró una media docena, creo recordar.

—¿Eso es más que de costumbre?

—No le di ninguna importancia entonces. Por aquí casi todo el mundo tiene problemas con las ratas en invierno, sobre todo en una casa de ese tamaño.

Duke estaba cerrando la libreta cuando se le ocurrió otra idea.

—¿La señora Turner solía hacer compras de ese tipo? —preguntó—. Diría que es más bien parte del trabajo del gerente de la granja.

—Supongo que es un poco extraño. Henrik ha estado trabajando ahí desde que me alcanza la memoria y suele tenerlo todo impecable.

Duke pensó en el frasco de píldoras para dormir. Había algo íntimo en ese acto: un hombre que le daba las píldoras de su esposa a otra mujer. Pensó, también, en las entradas que faltaban en el diario de la señora Turner. Duke había recibido el diario de alguien que había mantenido el anonimato un par de semanas después de las muertes y lo había leído de la primera a la última página. Las entradas no ofrecían demasiada información respecto al motivo, pero esas hojas arrancadas le hacían dudar (¿se trataría de una confesión apresurada de la que se arrepintió?) y se preguntó si habría un motivo para el cambio de actitud entre la señora Turner y el gerente de la granja.

Tras haber comprobado ya que la señora Summers era depositaria de las confidencias del pueblo, Duke probó suerte; por desgracia, había infravalorado la importancia que la señora Summers daba a la discreción. Pareció que había recibido una bofetada.

—Sargento Duke, le aseguro que no dispongo de información privilegiada sobre la vida íntima de la señora Turner y no tengo ninguna intención de profanar la memoria de los muertos.

Había sido un paso en falso y Duke se apresuró a plegar velas. Si la señora Turner y Henrik Drumming mantenían o no una relación romántica era con toda probabilidad irrelevante para la investigación y no era sensato incomodar a los testigos. Esa enorme cantidad de botellas vacías de Thall-Rat era su mejor pista. Si fuera aficionado al juego, Duke habría apostado que habían encontrado el veneno que estaban buscando.

Marcus Summers, que había ido a entregar un pedido a Halcyon mientras se llevaban a cabo los preparativos para el pícnic, recordó ver a la señora Turner remover «un montonazo de azúcar» en el té helado que estaba preparando para la familia. «También había una tarta —añadió— con muchísimo glaseado». Nora Turner-Bridges, quien también se hallaba presente mientras su cuñada preparaba el almuerzo, no contradijo esa información, pero se mofó de la idea de que hubiera algo indecoroso: «Issy era muy golosa, como la pequeña Evie. No había manera de que mi sobrina bebiera algo a menos que tuviera un kilo de azúcar bien disuelto».

La teoría le resultaba plausible a Duke: los termos ya estaban vacíos cuando encontraron a la familia y no quedaban más que migas de la tarta. Un escollo era el tiempo que tardaba el talio en matar. Lo habitual eran tres semanas de aplicación paulatina, una pizca en la taza de la víctima por las noches. No era el tipo de veneno que se podía emplear para provocar la muerte de toda una familia en una tarde. Duke escribió una nota para hablar con Larry Smythson acerca de la probabilidad de que la señora Turner hubiera encontrado un método diferente para administrar la droga. Sin duda, era posible convencer a unos niños sedientos en una tarde calurosa de verano de que bebieran más que la cucharilla que tomaba un marido cansado en el té de cada noche.

Mientras esperaba con impaciencia a que Larry completara sus análisis, Peter Duke se preguntaba por el móvil: ¿qué habría podido motivar a una mujer a matar a sus propios hijos? Existía la defensa de la compasión que Annie había intuido en el caso Kilburn, en el cual la mujer había perdido las ganas de vivir pero no soportaba dejar a sus hijos sin madre, pero había más colores en la paleta de las motivaciones humanas que merecía la pena tener en cuenta.

Fue Helen, su recepcionista, quien le hizo pensar en la venganza. Estaba removiendo la leche del té que se acababa de servir en la cocina de la jefatura de policía. Dio unos golpecitos con la cucharilla en el borde de la taza y dijo, sin venir a cuento:

—La situación esa en los Altos me recuerda a Medea.

—¿Qué has dicho? —preguntó Duke, que estaba echando un vistazo a la prensa en busca de noticias sobre los Turner y, como solo había escuchado a medias, se preguntó si se estaría refiriendo a un viejo caso del que no se acordaba—. ¿Medea?

—La hija de Eetes, rey de la Cólquida.

Peter frunció el ceño.

—Sobrina de Circe. Nieta de Helios, el dios del sol.

—Es un mito —comprendió al fin Duke.

—En una obra de Eurípides, una de las favoritas de mi padre, Medea mata a sus hijos para castigar a Jasón.

—Su marido. —Duke empezaba a pillar la idea.

—La abandonó por otra mujer. Medea también mata a su nueva mujer, lo que aquí no ha ocurrido, obviamente —dijo y dio el golpecito final sobre la taza de té.

El sargento Duke supuso que, para una mujer que había pasado la primera mitad de su vida en la otra punta del mundo, ser abandonada en una granja a las afueras de Tambilla mientras su marido viajaba al extranjero habría sido una especie de destierro. Y, sin duda, el consenso en el bar del hotel de Tambilla era que Thomas Turner no tenía excusa para dejar sola a su mujer embarazada tantos meses seguidos. Corrían rumores de que había conocido a otra mujer en otro país.

El reverendo Lawson trató de persuadir a sus fieles para que no se comportaran como «chismosos y cotillas». «Recordemos Proverbios 11 —suplicó desde el púlpito—. Quien carece de entendimiento menosprecia a su prójimo, mas el hombre prudente calla». Sin embargo, aunque las buenas gentes de Tambilla siguieron el consejo el domingo por la mañana, antes del lunes ya estaban otra vez lanzando conjeturas. Y, gracias a una llamada telefónica de los agentes de la comisaría de Charing Cross, los hombres de Duke comprobaron que no iban muy desencaminados: el señor Turner, sin duda, tenía una novia en Londres, una tal Rose Spencer, a quien había estado cortejando a intervalos durante los últimos doce meses.

Duke no sabía con certeza si la señora Turner estaba al tanto de los escarceos amorosos de su marido. No había pruebas que lo demostraran y, si bien el joven Matthew McKenzie pudo confirmar que John Turner había descubierto la infidelidad, no sabía si el muchacho había compartido la información con su madre. Nora Turner-Bridges insistió en que Isabel no le había dicho ni una palabra al respecto. «Además, no creo a mi hermano capaz de algo así. Siempre hay mujeres detrás de él, pero no significa nada… Issy no habría permitido que esa nadería la afectara».

Era evidente que, si la afectaba, la señora Turner no se había sentido cómoda para hablar de ello con la hermana de su marido.

Duke preguntó por el pueblo con la esperanza de que la señora Turner hubiera revelado los secretos de su corazón a alguien. Sin embargo, aunque no era fácil encontrar a quien dijera una mala palabra de ella, tampoco halló a nadie que se pudiera considerar su confidente. De hecho, era digno de mención, en lo que a Duke concernía, las pocas amigas cercanas que parecía tener Isabel Turner. Meg Summers frunció el ceño cuando le preguntó al respecto y pareció sentirse casi culpable cuando al fin se dispuso a ofrecer su respuesta. Duke lo había visto antes: el arrepentimiento de una buena persona que no había sabido ver que alguien necesitaba ayuda.

—Ahora que lo menciona —dijo—, no diría que estuviera especialmente unida a nadie de por aquí.

No cabía duda de que Isabel Turner había sido admirada. Duke y su equipo habían realizado interrogatorios exhaustivos en los días siguientes a las muertes y, en varias ocasiones, oyeron decir que la señora Turner era enérgica, inteligente, bella y educada. La señora Summers, tal vez tratando de enmendar la impresión de no haber prestado atención a los apuros de la señora Turner, añadió que había venido a verla a la tienda hacía unos años «en busca de té y cariño» y que le había confesado sentirse sola y aislada desde que su marido viajaba tanto por motivos de trabajo.

Hubo un estallido de emoción en el equipo de Duke cuando recibieron una nueva pista gracias al reverendo Lawson, según el cual la señora Turner le había hablado de hacer algo que implicaría privar a sus hijos de su madre. No era una prueba, pero ayudaba a reforzar la teoría con la que estaban trabajando. A Duke también le recordó lo que Annie había dicho acerca del caso

Kilburn: «Esa pobre mujer no quería abandonar a sus hijos».

Aunque el diario de la señora Turner no era la prueba irrefutable que Duke habría deseado, había cierto debate entre los agentes acerca de si se podía interpretar más en esas entradas de lo que se veía a primera vista. Y existía, además, la posibilidad que presentaban las entradas perdidas. Las habían arrancado por una razón; tal vez, si los hombres de Duke lograran encontrarlas, hallaran una confesión. Se lanzó una búsqueda, pero los agentes sabían que estaban buscando una aguja en un pajar.

Y entonces, al fin, apareció. La prueba que Duke había estado esperando. No siempre ocurría así, pero de vez en cuando el dato necesario caía en su lugar como la pieza faltante de un rompecabezas. Esa declaración la proporcionó una fuente «cercana a los implicados», cuyo anonimato protegió la policía debido a la delicadeza del tema. El testigo describió que había tenido que impedir que la señora Turner hiciera daño a su bebé hacía poco tiempo.

Duke llamó al psiquiatra que había prestado declaración en el caso Kilburn y el caballero le ofreció una descripción convincente de una condición llamada psicosis posparto.

—Es mucho peor que una depresión posparto —explicó—. Entre los síntomas se incluyen delirios, nerviosismo, paranoia, confusión, desapego respecto al bebé e insomnio. En algunos casos, por desgracia, puede llevar a la depresión y la desesperanza.

—¿Podría una mujer que sufriera ese trastorno comportarse de forma violenta contra su bebé? —preguntó Duke y el doctor asintió.

—Qué lástima que no consultara con un profesional —no pudo evitar añadir el doctor—. Habríamos podido salvar la vida de esos pobres niños.

A Duke a menudo le sorprendía lo rápido que se enteraban los lugareños de los adelantos en la investigación. Como en cualquier pueblo pequeño donde ha ocurrido una tragedia, el tejido social de Tambilla se había rasgado aquella Navidad y era necesario remendarlo. La gente estaba nerviosa, cansada de ver su pueblo en los periódicos, de mirar de reojo a los demás, de intentar convencerse en silencio (y en voz alta unos a otros) de que no habían podido hacer nada más. Una vez que los habitantes de Tambilla se dieron cuenta de que la policía sospechaba en serio de la señora Turner, fue como si hubieran llegado a un acuerdo tácito por el cual podían aliviar el remordimiento de cada uno y mitigar la culpa de toda la comunidad de una sola tacada.

Cuando Duke y sus agentes llevaron a cabo una nueva ronda de interrogatorios, parecía que la gente había comenzado a ver las cosas a través de una lente distinta.

—Y, de verdad —añadió la señora McKendry a la crónica que acababa de realizar de la «inusual» contribución de la señora Turner a los puestos donde vendía pasteles la Asociación de Mujeres del Campo—, es un poco raro, ¿verdad?, casarse con un hombre que se acerca a ti en un puente, aceptar mudarse a la otra punta del mundo. No es muy… Bueno, no es estable.

—Le voy a decir lo que he estado pensando —dijo la señora Fisher, a quien interrogaron en su cocina. A sus espaldas tenía un folleto de la última gira de Billy Graham pegado en la nevera—. Le dije que esa casa traía mala suerte y ella ni se inmutó. ¡No reaccionó en absoluto! Ella pensaba que lo sabía todo. Ojalá me hubiera escuchado.

La señora Pigott se mostró tristemente de acuerdo.

—La señora Turner no debería haber cambiado el nombre de esa casa. Los dos estaban tentando a la suerte.

Incluso la señora Pike, que hasta ese momento había hecho gala de una obstinada lealtad a su antigua señora, pareció reconsiderar su postura.

—Qué manía le pilló al retrato del señor Wentworth. Me resultó raro (paranoico) que le importara tanto una pintura. Te hace preguntarte si tendría algún motivo. No digo que fuera así, pero tal vez algún sentimiento de culpa.

La señora Pigott se fijó en que la señora Turner había enviado y recibido más paquetes por correo que los otros habitantes de Tambilla.

—Envíos internacionales, casi todos. —Al decirlo, alzó las finas cejas como si fuera sencillo formar una conclusión—. Últimamente eran más frecuentes que nunca.

La señora Pike estuvo de acuerdo en que la señora Turner se había mostrado más ocupada que de costumbre las últimas semanas y meses.

—No le di mucha importancia entonces, pero es diferente cuando lo recuerdas después de lo que ha pasado, ¿verdad? —Cuando le pidieron que se explayara, el ama de llaves frunció el ceño y dijo—: Me parecía que estaba ocupada poniendo sus asuntos en orden. Clasificaba documentos, tiraba cosas.

—¿Páginas de un diario?

—No lo podría decir con seguridad (nunca lo miré, no soy una fisgona), pero sin duda es posible.

Tal vez nada demostrara lo inquieta que estaba la comunidad como lo ocurrido cuando Nora Turner-Bridges bajó de la casa un día a principios de enero, con Polly, su recién nacida, hasta la calle principal.

—Solo pretendía dar un paseo —comentó más tarde, aún sobresaltada por la experiencia—. Llevaba en la casa desde antes de Navidad y necesitaba salir, cambiar de aires. No habría ido de saber lo que iba a pasar. No pretendía molestar a nadie. Tampoco necesitaba que nadie me molestara a mí.

Desde que Polly naciera en Nochebuena, Nora la había llevado consigo en un fular; tras haber esperado tanto tiempo para ser madre, Nora estaba dispuesta a llevar a su pequeña siempre en brazos. Sin embargo, nada es más seguro que un bebé crece y, al cabo de unas pocas semanas, cuando quiso dar un paseo más largo por el pueblo, comprendió que no era práctico llevar a la pequeña en brazos todo el trayecto, sobre todo cuando había un cochecito para bebés en perfecto estado en la casa.

Nora no tenía manera de saber cuánto se había encariñado Becky Baker de ese artilugio ni cuánto había sufrido la pobre muchacha desde que recibió la noticia de las muertes en la cervecería. Tampoco era posible prever que Becky estaría visitando a su tía Betty en el salón de té aquella misma mañana y que, de hecho, estaría mirando por la ventana cuando Nora comenzó a pasear por la calle principal.

El señor Ted Holmes, que estaba tomando un té durante su descanso del trabajo que hacía en el cartel del taller mecánico Patterson e Hijos al otro lado de la calle, dijo que se preguntó qué diablos se había apoderado de la chica cuando se levantó como un resorte, «¡como si hubiera visto un fantasma!». Salió corriendo del salón de té «como alma que lleva el diablo», dijo el señor Holmes, antes de que su tía pudiera detenerla, para lanzarse contra la pobre señora Turner-Bridges.

—Nunca había visto a nadie tan aturullada —contó la señora Pigott, que había oído los gritos y había salido de la oficina de correos para ver qué estaba pasando—. La señora Turner-Bridges es una mujer muy digna y su cara era la viva imagen de la agonía. Becky es buena chica, pero parecía una banshee. Arrebató a la bebé del cochecito… Se me puso el corazón a mil, pensé que la iba a tirar al suelo.

El altercado lo zanjó un agente de policía que, por fortuna, se encontraba cerca, tras haber acabado otra ronda de interrogatorios. La señora Summers también se acercó para apartar a la muchacha de la pequeña, tras lo cual le dijo unas palabras cariñosas.

—Becky quería muchísimo a la pequeña Thea. Jamás se le habría pasado por la cabeza asustar a la señora Turner-Bridges y mucho menos hacer daño a la pequeña Polly.

Pero en la voz de Meg había una nota de preocupación; le había sobresaltado la escena. Incluso los padres de Becky Baker, sus mayores defensores, se murieron de la vergüenza ante el jaleo que había montado. No se presentaron cargos («Cielo santo, no —dijo Nora—, sería lo último que haría»), pero se acordó sin decirlo que había que hacer algo y acudieron al médico de familia del pueblo, el doctor Ralph McKendry, para que recetara un sedante leve a la pobre muchacha.

Duke, cuando supo del incidente, reconoció que la ansiedad de la comunidad había llegado a su punto más alto: con un vistazo al calendario y las semanas que habían pasado, estiró la mano una vez más para alcanzar el teléfono.

El doctor Larry Smythson llevaba desde la víspera de Navidad trabajando sin cesar en el caso Turner. A partir de la primera semana de febrero, tuvo que lidiar con al menos una llamada al día de Peter Duke. Cada vez que se ponía al teléfono, repetía lo mismo que había dicho el día anterior, y el anterior a ese: aún no tenía nada de lo que informar; se pondría en contacto con él en cuanto lo tuviera. El doctor Smythson comprendía la presión a la que se veía sometida la policía y también quería encontrar respuestas, pero la ciencia llevaba su tiempo y no era posible obtener antes los resultados de esas pruebas.

Larry Smythson llevaba trabajando en la morgue de West Terrace poco más de dos décadas, pero hacía años que había dejado de contarle a la gente a qué se dedicaba. No porque le diera vergüenza, sino porque se cansó enseguida de esa mirada de horror entusiasta con la que lo acribillaban a preguntas. Había estudiado medicina, pero nunca se había arrepentido de su elección de trabajar con los muertos. Conocía a otros en ese ámbito que se habían habituado a las vistas y los olores, que parloteaban en el trabajo sobre la película que querían ver el fin de semana y esa cosa tan divertida que les había dicho su hijo antes de ir al colegio por la mañana. Pero no Larry. Aunque no estaba dispuesto a admitirlo ante nadie, consideraba que el suyo era un trabajo sagrado. Los muertos habían perdido su capacidad de comunicarse y, sin embargo, en muchas ocasiones aún tenían historias que contar. Para algunos, sería la historia más importante de sus vidas. Él tenía la enorme responsabilidad de revelar esos secretos y se le daba bien hacerlo.

A pesar de que Larry hacía todo lo posible para emplear su tono de voz más calmado y metódico cada vez que hablaba con Duke, el caso lo tenía más desconcertado que cualquier otro. Su trabajo no consistía en encontrar al culpable; eso ya lo decidiría la policía durante la investigación. Su papel era el de ofrecer respuestas creíbles y bien fundamentadas sobre el método empleado. Y ahí residía el problema. Los cadáveres habían llegado casi intactos. Había realizado una meticulosa autopsia a cada uno y no había hallado rastros de trauma ni de violencia. No les habían disparado, apuñalado, estrangulado ni asfixiado y, sin embargo, era evidente que estaban bien muertos. Como había razonado Peter Duke, la única opción sensata era el envenenamiento.

Sin embargo, ni Larry ni su asistente hallaron evidencia alguna de puntos de inyección y, hasta el momento, todos los resultados patológicos habían sido negativos. Incluso el temor de Matilda a una maternidad inminente resultó infundado; aunque la concepción había tenido lugar, el embarazo no había proseguido. Los riñones y los hígados se encontraban inflamados, lo que sugería la digestión de una toxina, pero no quedaba rastro alguno de la toxina. Era algo inusual. De hecho, solo lo había visto una vez antes, cuando le trajeron el Cadáver de Somerton. Aquel caso había sido el mayor fracaso de su carrera y el motivo por el que las muertes de la familia Turner representaban una carga adicional.

En ocasiones, a lo largo de su extensa vida laboral, Peter Duke y Larry Smythson quedaban para tomar algo los viernes por la tarde en uno de los hoteles de la ciudad. No era algo que ocurriera con la regularidad necesaria para ser considerado un hábito, pero (tal vez porque los dos hombres eran, a su manera, unos maniáticos de la rutina) los encuentros eran de inmediato reconfortantes y siempre transcurrían por el mismo cauce. La tarde del 5 de febrero de 1960, un observador sagaz habría reparado en la pareja sentada en una mesa trasera del hotel Wellington de la plaza; tenían todo el aspecto de dos viejos amigos que hablaban de sus cosas. Un oyente, sin embargo, habría llegado a una conclusión diferente. Larry acababa de terminar la revisión de una exhaustiva lista de pruebas que había completado y de los resultados, todos negativos. Agotado, preguntó:

—¿Y qué hay de la señora Turner? ¿Has encontrado algo en su pasado que pudiera indicar que conocía una toxina de este tipo?

Peter Duke, recostado en el sillón de cuero mientras escuchaba, reconoció en la pregunta hasta qué punto Larry se sentía derrotado. Tenía frente a sí a un hombre cuya misión en la vida había consistido en dejar que la ciencia hablara por sí misma. Que dirigiera su mirada a la biografía de la sospechosa, que considerara factores como el móvil o la aptitud, era una admisión tácita de que había perdido la confianza en que la ciencia hallara la respuesta. Duke se animó; él no se veía limitado por tales restricciones... De hecho, daba suma importancia al papel de la deducción para llegar a una solución.

—Pues resulta —dijo— que su padre fue un conocido naturalista y ella misma era una científica en ciernes. —Se inclinó para acercarse—. Además, un colega de Londres me llamó en mitad de la noche y me dijo que él no debería saber nada al respecto (secretos oficiales, asuntos de guerra), pero le constaba de buena tinta que la señora Turner había estado involucrada en una unidad especial que operaba en Francia.

—Tal vez eso lo explique —respondió Larry, pensativo—. Se usaron todo tipo de productos químicos experimentales durante la guerra. Obtener y aplicar un veneno como ese (raro, indetectable) implica un conocimiento que supera en mucho a lo que es normal.

—Una espía entre nosotros.

Al pensar de nuevo en el misterioso cadáver aparecido en la playa de Somerton, Larry hizo un desconsolado gesto con la mano:

—No sería el primero.

El verano se convirtió en otoño. Disminuyó el riesgo de incendios en los Altos y las horas porosas que marcaban el final del día se volvieron más breves y frías. En un día fresco y despejado de abril, Henrik Drumming recorrió a pie, como siempre hacía, el camino de entrada largo y serpenteante hasta la casa. Había traído a Barnaby para recordar los viejos tiempos. Después de que la señora Turner-Bridges y su bebé regresaran por fin a Sídney y la casa se quedara en silencio y vacía una vez más, Henrik se había ofrecido a adoptar al retriever. «Nos entendemos bien —le aseguró a un conocido—. Nos sentamos juntos por la noche y reflexionamos sobre tiempos más felices». (También habría adoptado a Smarty, pero el gato ya había encontrado un hogar en la cervecería de la familia Baker, donde había hecho gala de su acritud antes de caer en la tentación irresistible que representaban esas ratas gordas de almacén).

El viento arreciaba desde el mediodía, un viento que habría sido motivo de preocupación en febrero, cuando las temperaturas subían sin parar y los campos estaban cubiertos de hierbas secas como yesca, pero que en abril le daba trabajo. De los plátanos cercanos a la casa caían hojas marrones; a lo largo de las semanas siguientes tendría que barrerlas a diario y llevarlas al vertedero en lo alto del prado este, cerca de la hilera de eucaliptos. Henrik llevaba un par de meses sin cobrar (no estaba seguro de si aún tenía empleo), pero no soportaba pensar en esas hojas que se amontonaban. Llevaba trabajando en la casa Wentworth desde antes de la llegada de los Turner; él había sido uno de los hombres contratados para dejarlo todo listo para su llegada. Henrik conocía esa finca tan bien como la suya. En ciertos sentidos, mejor.

El otoño dio paso al invierno, y en julio, el juez de instrucción dio comienzo a la investigación sobre las muertes de los Turner. Duke y su equipo, entre los que se encontraba el fiscal de la policía, presentaron sus argumentos.

La evidencia médica de Larry Smythson era honesta pero decepcionante. Describió la autopsia de los cadáveres y explicó que, en su opinión, la muerte se debió a una insuficiencia cardiaca que, teniendo en cuenta la condición por lo demás normal de sus corazones, no se podía achacar a causas naturales. La causa más probable de las muertes era un veneno que no había sido posible detectar en los análisis.

El estado mental de la señora Turner se convirtió en una parte central de la causa policial. Dieciocho testigos ofrecieron declaraciones, entre los que se encontraba una persona anónima cuyo testimonio el juez declaró secreto por su carácter sensible. Que la señora Turner hubiera llevado a cabo un plan tan complejo era factible ante su historial de servicios durante la guerra, junto a descripciones de su personalidad realizadas por antiguas amistades de Inglaterra, según las cuales era «resuelta», «decidida» y «capaz». Que su madre se hubiera suicidado cuando Isabel estaba en una edad impresionable no carecía de importancia, al igual que la familiaridad de su padre con hongos raros y exóticos.

Cerca del final de la audiencia, las señoritas Edwards, que habían asistido todos los días, se decidieron a contribuir y ambas declararon sobre un tema similar.

—Era una dama inglesa de verdad. Esos niños siempre iban bien vestidos y se tenían que poner los zapatos para sus clases. No es agradable pensar en una persona que sufre de ese modo, pero si alguien pudiera haber hecho algo así, sin dejar cabos sueltos, era ella.

Como el juez fue incapaz de llegar a una conclusión, el caso permaneció oficialmente abierto. No obstante, era una mera formalidad. Todo el mundo sabía ya qué había ocurrido: la triste historia de una mujer (una foránea) a quien una combinación de soledad y un trastorno psicológico temporal la llevaron a cometer el crimen más atroz imaginable.

Epílogo

Un sábado de finales de agosto de 1960, Peter Duke condujo por las curvas de Greenhill Road para encontrarse con un hombre con motivo de una caravana que había visto en un anuncio y que esperaba comprar. Llegaba temprano y, sin decidirlo de forma consciente, giró hacia Tambilla, enfiló Willner Road y aparcó frente a la puerta de la cerca con su elegante cartel: HALCYON. Subió a pie el camino de entrada, prestando atención al canto de los pájaros y el sonido del correr del agua. Había sido una estación húmeda. El arroyo estaba crecido y el cielo amenazaba lluvia.

Cuando llegó ante ella, la casa no era el lugar que recordaba. Había adquirido ese aire de abandono que se adueña de todas las casas al cabo de un tiempo. En las habitaciones ya no resonaban los ruidos de la vida ajetreada de una familia: el repiqueteo del piano, los gritos de niños jugando, el llanto de una recién nacida. Las puertas estaban selladas y una capa de polvo arrastrado por el viento opacaba las ventanas.

También el jardín ofrecía un aspecto desolado e inmóvil. Si el otoño era la época más activa, el invierno era la más silenciosa. Habían podado las rosas y solo quedaban los tocones nudosos, y los plátanos, ya sin hojas, lucían unas ramas desnudas, frías y grisáceas.

Duke levantó la vista; había captado un movimiento en su visión periférica. Miró al este, donde una figura pequeña y distante se alzaba en lo alto del prado, delante de los eucaliptos. Por algún motivo, incluso antes de reparar en el retriever que se encontraba detrás del hombre, Duke supo que se trataba de Henrik Drumming.

Henrik no sabía que lo estaban observando. Se apoyaba en el mango de madera de su pala y miraba el montón de hojas que había acumulado a lo largo del otoño; llevaba semanas esperando que dejara de llover para prenderles fuego, al igual que hacía todos los años por esa época. Pensaba en la señora Turner y en el poema que solía recitar cada agosto, que hablaba del invierno lúgubre, del gemido del viento helado y de la tierra tan dura como el hierro. A la señora Turner se le volvía nostálgica la mirada al recitarlo y Henrik sabía que era porque hablaba de su tierra.

Mientras Henrik Drumming encendía la cerilla y la arrojaba al montón, Duke comenzó a bajar por el camino de entrada. Cuando llegó a la parte baja vio a una pareja (un hombre y una mujer) apoyados sobre la cerca, mirando hacia la casa como si observaran una exhibición extraña y maravillosa en el museo de rarezas de Barnum.

—¿Conociste a la familia? —preguntó el hombre en voz alta. Era mayor e iba tan bien vestido que daba la impresión de ser el más sensato.

La mujer sostenía un ramo de zarzos dorados que, supuso Duke, habría recogido de los árboles que bordeaban la calle.

—Lo leímos en los periódicos —respondió la mujer— y queríamos ver dónde había ocurrido.

—No llegué a conocerlos —añadió Duke, sin faltar a la verdad.

No dijo que, a pesar de todo, llegó a conocerlos muy bien. Que jamás olvidaría a la familia Turner de Halcyon, sus vidas y su terrible muerte a orillas del arroyo aquella víspera de Navidad.

En su lugar, se dio la vuelta, caminó hacia el coche y se alejó de la pareja, maravillada ante la casa, y se preguntó sin mucho interés si llegaría a descubrir qué veneno había empleado la señora Turner o si aparecerían los restos de la pequeña Thea, para que pudiera descansar en paz junto a su familia y volver a casa.

CAPÍTULO VEINTICINCO

Sídney, 17 de diciembre de 2018

Polly había puesto la mesa para dos en el comedor de Nora y estaba cocinando. Le pareció que era una forma de contribuir. Estaba deseando contribuir. Tras salir de Brisbane con rumbo a Sídney el viernes, se había imaginado a sí misma consolando a Jess y colaborando juntas a lo largo del fin de semana para preparar el funeral del lunes. Había consultado internet para elaborar una lista de lo que había que hacer. Se le había olvidado, sin embargo, lo eficaz e independiente que era Jess. De bebé, la primera palabra que había pronunciado fue «Sí»; en retrospectiva, era una forma de dar voz a lo que se iba a convertir en su mantra.

Era evidente que también Nora había confiado en Jess, ya que la había nombrado su albacea, y para cuando Polly llegó a Sídney casi todos los preparativos del funeral ya estaban hechos. Mientras escuchaba a Jess y al pastor conversar sobre el orden de la ceremonia, Polly se imaginó su nota escrita a mano perdida en el fondo del bolso y se preguntó cómo diablos había podido ser tan insensata.

Jess había hecho un trabajo excelente. El funeral fue digno y elegante; el pastor, sincero en su elogio fúnebre; las lecturas, muy logradas. Polly contempló a su hija, ya una mujer de cuarenta años, la imagen de la elegancia en su vestido negro ajustado de escote cuadrado y mangas de casquillo, recitar la letra de *Let Me Go,* de Christina Rossetti. El alma del poema había flotado en la iglesia como la nota final de un violín. También el velatorio había sido exactamente como a Nora le habría gustado. Una recepción en el jardín de Darling House, con todas las personas que le importaban juntas para disfrutar de la terraza y las vistas, una forma de sentir por última vez la famosa hospitalidad de Nora. Polly había rebosado de orgullo al observar a Jess moverse entre los invitados antes de reprenderse a sí misma por esa emoción fuera de lugar. Admiración, tal vez, pero hacía mucho tiempo que había renunciado al derecho de sentirse orgullosa de ella.

Polly cortó el queso y dispuso los trozos a un lado de la fuente de porcelana de Nora. No iba a ser una cena muy elaborada (ninguna de las dos estaba de humor para eso), pero se había fijado en que Jess apenas había comido en todo el día. Había estado inmersa en su papel de anfitriona, pero Polly sospechaba que había algo más. A lo largo del fin de semana había notado que Jess se distraía de vez en cuando, lo que no casaba bien con la concentración con que se ocupaba de los preparativos de Nora. Polly era una observadora perspicaz, habilidad que había pulido a lo largo de toda una vida de ser invisible. Jess estaba afligida por Nora, pero algo más la inquietaba. Se preguntó si tendría relación con lo que le había contado la señora Robinson: Jess estaba haciendo preguntas acerca de la familia Turner y Halcyon.

—Ha insistido mucho —le había dicho la señora Robinson por teléfono—. Quiere que le cuente todo lo que sé.

—¿Se siente mal? —había preguntado Polly, que recordó cuánto le había afectado a ella descubrir la conexión de su familia con una célebre asesina.

—No mal, no diría eso. Más bien siente curiosidad… Como antes: se obsesiona con descubrir todo lo que puede sobre un tema.

Polly terminó de disponer la fuente y se debatió por un momento entre llevarla a la mesa o dejarla en la encimera para que se sirvieran como si fuera un bufet. Esto último, aunque informal, parecía un poco ridículo cuando solo había una fuente y dos comensales. Colocó la fuente en mitad de la mesa y se sentó para esperar a Jess. Al cabo de unos segundos se levantó de nuevo y recuperó el ejemplar del libro de Daniel Miller que había traído desde Brisbane. Pensaba dárselo a Jess esa noche y lo había envuelto en la bolsa de tela de una librería. Al principio, a Polly le había sorprendido que Nora le hubiera confesado a Jess los sucesos de Halcyon tras haber insistido tanto en que nunca conociera la verdad, pero la señora Robinson le había confirmado que no había sido así.

—Por lo que sé, tu madre dijo algo en el hospital, cuando estaba medio inconsciente. Jess estaba ahí y sumó dos y dos. No sé exactamente cómo… Ya sabes cómo es.

Polly colgó la bolsa de la silla y dejó el libro sobre la mesa, cerca de su sitio. Sabía bien cómo era Jess: curiosa y comprometida. De niña, nada se le pasaba por alto. Era un desafío y una delicia al mismo tiempo. Cuando planeaba la mudanza a Queensland, Polly tuvo que incluir a Jess en los preparativos mucho antes de lo que pretendía porque su hija había deducido que algo pasaba y había comenzado a lanzar conjeturas aterradoramente precisas.

Resultó ser una decisión insensata: debería haberse esforzado más en ocultar sus planes, al menos hasta que hubiera limado los detalles. Jess era una pequeña de diez años (era natural que se dejara llevar por la emoción de la aventura), pero Polly debería haber sido más prudente. No había tenido en cuenta las implicaciones de alejar a una niña del único lugar al que había considerado su hogar. Fue Nora quien le hizo ver que había más en juego de lo que Polly imaginaba. La mañana que al fin reunió el coraje para decirle a su madre que había encontrado un nuevo trabajo y que se iban al norte, Nora recibió la noticia con frialdad.

—Pero no pretenderás interrumpir a Jessica en su último curso de primaria, ¿verdad? —se limitó a decir—. No cuando le acaban de dar el papel protagonista en el musical.

Esa fue la primera grieta en la hermosa bola de cristal del sueño de Polly.

—¿Por qué no la dejas conmigo hasta el final de este curso? —le había rogado Nora—. Deja que termine junto a sus amigas. Tú tendrás un montón de cosas que organizar allí. Seguro que es un poco estresante. Ella estará mejor aquí, donde puedo ayudar.

Al final, Polly estuvo de acuerdo. No iba a ser mucho tiempo, se dijo a sí misma. Le daría la oportunidad de asentarse y escoger un buen colegio. Así pues, se mudó al norte, comenzó en su nuevo empleo, amuebló la casa y esperaba cada noche a que el reloj marcara las ocho y media (la hora designada por Nora) para poder llamar y preguntar si Jess había pasado buen día en el colegio. Jess siempre estaba llena de historias, y Polly las escuchaba sumida en una tristeza y una alegría igual de intensas; a veces, sin embargo, Jess aún estaba en el ensayo o se había acostado temprano tras haber acabado agotada con sus muchas actividades extraescolares.

—Puedo despertarla si quieres —decía Nora—. Seguro que tiene muchas ganas de saludarte. Estaba esperando tu llamada, pero se encontraba tan cansada que no tuve valor para hacerla esperar.

—Claro, claro —respondía siempre Polly—. Es mucho más importante que duerma bien.

Era su culpa, Polly lo sabía: era nueva en el trabajo, así que no le gustaba negarse cuando le ofrecían los turnos más tardíos y no podía hacer llamadas de larga distancia desde el trabajo. De todos modos, debería haber encontrado la manera de hablar con Jess, tal y como había prometido.

Una noche, hizo acopio de valor y le preguntó a Nora cómo estaba Jess en realidad: ¿echaba mucho de menos a su madre, se sentía abandonada, estaba preocupada? Nora ahuyentó sus ansiedades.

—No te preocupes, cariño —respondió—. Jess está bien… Mejor que bien: está pletórica.

Polly no atinó a encontrar la respuesta a esas palabras. Era algo bueno, decidió. No quería que Jess se sintiera infeliz y suspirara por ella. Se alegró.

—Hiciste lo correcto al dejar que acabara aquí el trimestre.

Polly asintió con un pequeño ruido.

—Sé lo difícil que será para ti, cariño. Eres una madre maravillosa por dar más importancia a las necesidades de tu hija que a las tuyas.

Polly espantó una mosca de la fuente. Todo eso ya era agua pasada. No debería mortificarse por ello. No había vuelta atrás y todo había salido bien. Nora estaba en lo cierto: Sídney era el lugar indicado para Jess y Darling House la mejor casa. Polly no habría podido darle a su hija la mitad de las oportunidades que Nora le había ofrecido y la prueba saltaba a la vista: Jess era una magnífica persona.

Situó el libro en línea con el tenedor y escuchó con atención algún movimiento proveniente de las escaleras. La casa crujió a modo de respuesta, pero, por lo demás, siguió sentada en silencio. Desde la noche de la visita de Daniel Miller, cuando vio a Nora junto a la cuna de Jess, tan pálida y desgraciada que era difícil de creer, y le rogó que guardara el secreto de lo sucedido en Australia del Sur, Polly había obedecido. Al principio no había sido difícil: jamás habría deseado a su hija la angustia que ella había sentido al descubrir la verdad y, cuando Jess llegó a una edad en que se lo podía contar, en su relación ya no había lugar para las confidencias.

Sin embargo, Jess estaba haciendo preguntas sobre el pasado de su familia y Nora no estaba. La decisión ya no le correspondía a Polly, ya no tenía la obligación de guardar ningún secreto. Como en los mejores cuentos de hadas, se sintió liberada de su promesa tras la muerte de Nora.

Volvió a echar un vistazo al libro. Tras un momento de reflexión, lo guardó de nuevo en la bolsa. Era preferible darle una breve explicación antes de entregárselo, decidió. Miró el reloj y se preguntó si debería avisar en voz alta de que la cena estaba lista. Antes había dicho que iba a preparar algo; Jess había respondido que le parecía bien. Pero ¿quizá se le había olvidado? Polly negó con la cabeza y se reprendió por complicar en exceso una situación tan sencilla. Había preparado la cena, su hija bajaría dentro de uno o dos minutos y entonces cenarían juntas. Solo tenía que relajarse.

Jess aún llevaba el vestido que había escogido para el funeral. Era de Nora. No había traído nada ni remotamente apropiado en su equipaje y la idea de ir a comprar ropa el fin de semana le había parecido repelente. Además, ese Carla Zampatti de época al fondo del armario de Nora era perfecto. Había una fotografía de su abuela luciendo ese vestido durante un estreno teatral de una producción de los ochenta; la imagen había aparecido en la prensa y el fotógrafo le había enviado a Nora una copia de regalo. A la gente, por lo general, le gustaba complacer a Nora. Jess recordaba haber admirado la fotografía enmarcada cuando era niña, de pie ante la cómoda de su abuela para examinar los elegantes objetos que embellecían su superficie, y pensar que era imposible ser más elegante que la mujer del vestido negro.

—Aspira a estar guapa, cariño, pero siempre según tus condiciones.

Jess cerró los ojos con fuerza. El recuerdo de la voz de su abuela era tan cercano que ardía. ¿Cómo iba a llegar a aceptar que Nora ya no era parte de su vida? Desde el horror del último miércoles, había momentos en que sentía desaparecer la tierra bajo los pies. Se había descubierto a sí misma tanteando en busca de algo familiar a lo que agarrarse y, sin embargo, lo hacía aturdida, sin pánico; se esforzaba en encontrar la palabra correcta para describir la emoción que sentía antes de comprender que era dolor. No solo por la pérdida de Nora, sino por sí misma, por su vida, por todas las cosas con las que había contado y que ahora parecían perdidas para siempre.

Su carrera, motivo de orgullo y estabilidad, estaba hecha pedazos: por primera vez desde que le alcanzaba la memoria, no había cumplido una fecha de entrega. Y, aunque visto desde fuera, la muerte de su abuela pudiera parecer una razón válida, Jess sabía que se trataba de algo más. Ya le estaba costando escribir el artículo antes. Nunca había sentido que su trabajo tuviera tan poco sentido.

Se podía decir que no tenía familia; vivía en una casa que no se podía permitir, que permanecía vacía en una calle remota al otro lado del planeta. Sentía que las cuerdas que la sujetaban al mundo, que la unían a todo y a todos, se habían cortado.

Para colmo de males, sufría una culpa que le vaciaba el pecho cada vez que pensaba que le había fallado a su abuela. No había cumplido el deseo de Nora de morir en Darling House. Se decía a sí misma que todo había pasado demasiado rápido; sin embargo, se preguntaba si había tardado demasiado en comprender lo que el doctor y las enfermeras estaban tratando de decirle en el hospital. Debería haber traído a Nora a casa antes; debería haber prestado más atención, haber insistido más. Era la única vez que Nora se había puesto en sus manos, y Jess la había fallado.

Jess nunca se había considerado a sí misma un fracaso, por muchos contratiempos que hubiera padecido. «Paso a paso —solía decirle Nora cada vez que sufría una decepción en la escuela—. Todo se puede superar, todas las distancias se pueden recorrer, basta con poner un pie delante del otro y seguir hasta llegar ahí». Pero ¿y si no sabía dónde estaba ese «ahí»? ¿Qué debía hacer cuando se sentía atrapada en un lugar que no reconocía, sin señales a la vista, sin tener ni idea de adónde dar el siguiente paso?

—¿Qué voy a hacer, Nora?

La habitación respondió su pregunta con un silencio atronador.

Abajo, una pieza de cubertería cayó al suelo de baldosas. El ruido era un sacrilegio. Jess se sentó en silencio, tan inmóvil como pudo, tratando de contener el resentimiento que sentía contra Polly, que estaba armando barullo en la cocina, usando las cosas de Nora sin tener cuidado, algo que su abuela nunca habría hecho.

Su madre le había dicho que iba a preparar la cena y, aunque a Jess no le apetecía ni comer ni mantener una conversación cortés, no se había atrevido a decir que no. Por lo general, había que apoyar los esfuerzos de Polly: era un hecho, a veces agotador, que formaba parte de su «vulnerabilidad». Había que hacer concesiones, y no solo porque lo dijera Nora. Esa parte de Jess que recordaba a la época que vivieron juntas en el apartamento en la península, esa parte que recordaba con qué alegría se reían juntas, que se sentía segura y cómoda, que aún percibía la luz del sol y la calidez antes de que el dolor le hubiera endurecido el corazón…, esa parte jamás podría expresar frustración alguna contra su madre, por muy poderosos que fueran los motivos.

Al cabo de un rato, Jess encontró las energías para moverse. Fue al baño de su cuarto a lavarse las manos y se preparó para el siguiente escollo. Se le estaba soltando el pelo; se peinó. Estaba pálida; se pellizcó en las mejillas. El vestido olía a Nora; se lo dejó puesto. Y en ese momento, poniendo un pie delante del otro, comenzó a bajar las escaleras.

CAPÍTULO VEINTISÉIS

Era desconcertante estar de vuelta en Darling House. Polly se veía cercada por los recuerdos; el pasado se le aparecía en cada rincón. Justo ahí, por ejemplo, en el sofá, bajo las fotografías de la familia de la pared, se vio a sí misma a los veinte años, con el rostro entre las manos. Era su cumpleaños y Nora había servido la comida al aire libre, en la terraza. Había invitado a unas cuantas amigas del colegio, chicas a las que no veía desde hacía meses, todas ellas vestidas con elegancia, llenas de historias sobre la universidad, sus viajes y sus planes para el futuro.

Polly no había querido una fiesta; se sentía un poco abrumada. Justo cuando comenzaba a sentir que estaba aprendiendo a cuidar de su bebé, cuando se había librado hasta cierto punto del miedo constante de hacer daño a esa niña perfecta que la había acompañado a casa desde el hospital, Jess se había transformado para adquirir la capacidad de moverse y dirigirse al peligro.

Polly lloraba algunas noches de puro cansancio y soledad, y Nora la escuchaba cuando le contaba todo lo que había salido mal a lo largo del día. El rostro de su madre reflejaba la misma pena que el de Polly, de modo que ella se acababa sintiendo peor. «Una madre solo es tan feliz como la más infeliz de sus hijas —le gustaba decir a Nora—. Y yo solo tengo una hija, así que tienes que estar contenta». Nora bromeaba al decirlo, pero las bromas a menudo tenían una parte de verdad y Polly sabía que así era en esa ocasión: su madre había sacrificado muchísimas cosas para tenerla y se había entregado a su crianza.

Por eso, cuando Nora sugirió una cena para celebrar su cumpleaños («¡Para animarte!»), Polly había aceptado; le había parecido lo menos que podía hacer. Sin embargo, la fiesta había sido tan espantosa como se temía. Ya no se le daba bien estar rodeada de gente... y antes no era una anfitriona encantadora. Se había hecho un lío con la hora de amamantar a Jess, se le había olvidado abotonarse de nuevo el vestido al volver a la mesa y todo el mundo quería tener en brazos a Jess, que se cansó y se negó a calmarse, de modo que Polly se puso en pie, la acunó, la arrulló y sintió que todas las miradas se clavaban en ella mientras era incapaz de superar la más sencilla de las pruebas.

Gracias a Dios, Nora estaba ahí con su toque mágico. «Infalible incluso con la bebé más llorona», había dicho con una sonrisa a las invitadas.

Cómo no: Jess se había calmado casi al instante. Su carita enrojecida, atascada en un gesto de sorpresa e indignación supremas, ojos muy abiertos, labios temblorosos e hipo lloroso, habían parecido una acusación. En el estómago de Polly se había formado un nudo enfermizo, al que se habían atado el alivio y la vergüenza junto al desprecio a sí misma, además de otra cosa… Una emoción a la que le habría gustado llamar furia, salvo que no podía ser eso, pues Jess era una bebé pequeña e inocente que solo quería consuelo y cariño, y solo un monstruo, un monstruo de la peor calaña, podría enfurecerse con una niña desvalida.

Aquella misma noche, Nora la encontró llorando con la cara entre las manos, sentada en el sofá.

—Ay, Polly —le había dicho—. Mi querida Polly. Todo va a salir bien.

—No sé qué estoy haciendo. Es demasiado difícil.

—Te lo parece porque es nuevo. Ser madre no siempre se aprende de un modo natural. Es como cualquier otra cosa… Hace falta práctica.

—¿A ti también te pasó esto?

—Hasta cierto punto, sí. Aunque algunas mujeres son madres innatas. —Lo cual daba a entender que otras mujeres no lo eran.

—Me odia.

Nora se rio.

—¡No te odia! Es una bebé; no sabe qué es el odio.

—Entonces ¿por qué no se calma cuando está en mis brazos?

—Estás nerviosa. Los bebés sienten esas cosas. —Nora hizo una pausa antes de añadir con delicadeza—: Escucha, ¿has pensado en ver de nuevo al doctor Westerby?

A la mente de Polly acudieron los recuerdos de las sesiones semanales en la empalagosa consulta del doctor Westerby. El aire acondicionado viciado, que nunca refrescaba lo suficiente; la sensación que la asaltaba siempre de que el ambiente estaba cargado de los problemas de otras personas. La fragilidad de sus muñecas, la dulzura de su voz, la insustancialidad de todo su ser. Lo cierto era que, en cuanto pensaba en sincerarse y contarle al doctor Westerby lo asustada e insegura que se sentía, lo recordaba riéndose y alzando una copa en una de las fiestas de Nora y sabía que le resultaría imposible confiar en él.

—No necesito ver al doctor Westerby —dijo Polly.

—Bueno —respondió Nora—, siempre puedes cambiar de opinión. Y, mientras tanto, cuenta conmigo, ¿vale? No tienes por qué preocuparte… Nuestra pequeña Jess está en las mejores manos.

Polly ahuyentó el recuerdo. Había sido una época espantosa, pero ya era agua pasada. Las cosas habían mejorado, tal y como Nora había predicho. Polly había adquirido más confianza y destreza, hasta el punto de que, cuando Jess tenía tres años y comenzó a ir a la guardería, Polly tenía un trabajo que le encantaba en la librería del barrio, unos pocos ahorros en el banco y había comenzado a pensar en mudarse.

Fue en esta habitación, recordó, donde le había contado a Nora sus planes. Aunque no, no fue así del todo; no se lo había contado a Nora… Nora le había exigido que se explicara. Polly no había pretendido actuar con disimulo o a escondidas, pero sabía, desde el momento en que la idea comenzó a tomar forma, que Nora no lo vería con buenos ojos.

Incluso le resultaba difícil explicarse la decisión a sí misma. Nora era la madre perfecta, como decía todo el mundo, y Darling House era la casa más bella que cabía imaginar. Y, sin embargo, a pesar de todas sus habitaciones, Polly sentía que se le acababa el espacio. Allá donde iba se encontraba con las posesiones de Nora, tan definitivas, tan permanentes, tan establecidas. Polly quería estirar las piernas, a veces en otras direcciones, para encontrar otras huellas aparte de las que Nora dejaba a su alrededor; quería pasar un tiempo con Jess que solo las incluyera a ambas.

Tal vez porque esos deseos le resultaran egoístas o ingratos, o porque no tenía mucha experiencia contraviniendo los deseos de Nora y era difícil romper el hábito de toda una vida (tal vez porque, incluso entonces, una parte en su interior sabía que Nora estaba acostumbrada a que las cosas salieran como ella quería y su bondad no carecía de expectativas), cuando comenzó a consultar los anuncios de alquileres en el periódico, lo hizo en secreto. Solo estaba mirando, se dijo a sí misma. Ya tendría tiempo de sobra para hablar con Nora cuando (si es que llegaba a ocurrir) su búsqueda de un nuevo apartamento diera frutos.

Encontró unas pocas opciones que le parecían al alcance de su bolsillo y Polly concertó varias citas para echarles un vistazo. La agente era una mujer llamada Sue Haley que se ofreció amablemente a llevar a Polly en coche para enseñarle otras propiedades que tenía disponibles.

Al pensarlo más adelante, comprendió que había sido una insensatez no haber previsto que Nora se acabaría enterando.

—Hoy me he encontrado con una colega al ir de compras —dijo Nora una noche. Polly estaba en la encimera de la cocina pelando guisantes y Nora estaba sentada en el sofá, con Jess en las rodillas—. Me dijo que había enseñado un apartamento a una tal Polly Turner-Bridges y que menuda coincidencia.

A Polly se le encogió el corazón, pero su madre no parecía enfadada.

—Ojalá me lo hubieras dicho —continuó—. Qué vergüenza he pasado. Estar ahí, ante esa espantosa mujer, que se regodeaba al comprender que mi hija no me había contado sus planes.

Polly sintió una ráfaga de vergüenza.

—Lo siento. No te quería molestar.

—Lo que me molesta es que pensaras que no podías confiar en mí. No espero que vivas conmigo para siempre. Sé que he tenido mucha suerte al pasar tanto tiempo con vosotras. Siempre seréis bienvenidas aquí, por supuesto, pero lo comprendo… Tienes veintidós años, eres una mujer adulta, y para colmo madre, ¡por el amor de Dios!

Polly se había sentido desbordada por el alivio y la gratitud. Todas sus preocupaciones habían sido en vano. Su compañera de trabajo, Sharon, con quien compartía casi todos los turnos en la librería, frunció el ceño cuando le dijo que le ponía nerviosa qué iba a decir su madre, y Polly se había sentido tonta al tratar de explicar que su madre era diferente, que estaban muy unidas. Le había sonado estúpido incluso a sí misma, más aún cuando Sharon observó: «¿No le hará feliz ver lo independiente que eres?». Polly no había sabido qué responder y al final no había dicho nada; era obvio que Sharon no había entendido nada.

—¿Has encontrado algo que te guste? —preguntó Nora.

—Todavía no. Todos era un poco… —Polly alzó un hombro.

—Me lo imagino. Si hubieras hablado conmigo, te habría desaconsejado a Sue Haley. Tiene buenas intenciones y hay un mercado para cada tipo de vivienda, pero el listado de una agente solo es tan bueno como la agente misma.

—No necesito lujos —protestó Polly.

—Quizá pueda ayudarte —continuó Nora como si Polly no hubiera dicho nada; luego se apoyó a Jess en la cadera para ir al escritorio de la pequeña oficina de la cocina—. Qué coincidencia, pero uno de mis apartamentos pequeños favoritos va a estar disponible el mes que viene. Sería perfecto para vosotras dos. Supongo que querías hacer todo esto tú sola (yo también he sido joven), pero está justo al lado de la guardería de Jessica. Ya sé que no querrías que cambiara de guardería. Así aún podríais ir a pie. —Nora sostuvo un folleto.

Polly miró la fotografía. Conocía ese bloque de apartamentos. Era uno de los mejores que había cerca del parque infantil. No era nuevo, pero era mucho mejor que los pisos a los que había estado echando un vistazo con Sue Haley.

Nora tenía razón; Polly querría haberse encargado de todo ella misma. Pensó en la emoción que había sentido, casi como si se enfrentara al peligro, cuando Sue Haley había aminorado la marcha del coche frente a un bloque de apartamentos de ladrillo en una parte de Sídney en la que nunca había estado.

Sin embargo, si escogiera un apartamento como ese solo para evitar pedir ayuda a su madre, ¿no estaría perjudicando a Jess de alguna manera?

—¿Cuánto hay que pagar de alquiler?

—Ciento cincuenta a la semana.

—¿Por un apartamento con un baño en una habitación?

—Es muy pequeñito. El segundo dormitorio es poco más que un armario con aires de grandeza.

Polly no estaba segura de si su madre estaba diciendo la verdad o no.

—¿Por qué no vas a verlo por lo menos? —preguntó Nora—. Si no te gusta o no te viene bien, puedes volver a llamar a Sue Haley.

Polly se lo pensó y aceptó ir al día siguiente. Y, por supuesto, como dijo su madre, si no quería, no tenía que alquilarlo.

—Maravilloso —dijo Nora—. Puedes ser independiente sin llevar a Jess a vivir a una choza. Y, si me necesitas, estaré justo al lado.

Jess llegó a la cocina y encontró a Polly sumida en sus pensamientos, con un puñado de cubiertos en la mano. Parecía estar retirando las cosas de la mesa. Jess sintió un atisbo de frustración, pero lo contuvo enseguida. Estaba cansada y tristísima; ese arrebato de rencor que sentía al fijarse en el desorden, en el indicio de incertidumbre y vacilación, en realidad no tenía nada que ver con su madre. Por lo menos, eso es lo que se dijo a sí misma.

—Ah, Jess, hola —dijo Polly al reparar en su presencia, y señaló con un gesto dubitativo la mesa de Nora—. He servido una cena fría. Pensé que sería lo mejor. ¿Algo ligero?

Jess no prestó atención a la incertidumbre creciente en la entonación al final de esa frase perfectamente razonable.

—Me parece bien.

—Supongo que no tendrás ganas de algo más pesado.

—No.

—Pero es importante comer.

Jess sonrió con gesto sombrío. Quince minutos de paciencia, se dijo a sí misma, y luego podría subir a su cuarto y estar sola.

Mantuvieron una conversación forzada acerca de los sucesos del día: cuánto le habría gustado a Nora, qué bien lo había hecho el pastor, la destreza de la señora Robinson al encargarse de la comida. Fue un alivio cuando al fin agotaron las últimas posibilidades de la conversación y permitieron que se hiciera el silencio. Jess mordisqueó el borde de una galletita salada y echó un vistazo al reloj. Era consciente del sonido que hacía el gato de plata de su madre, que golpeaba el pajarillo de madera del colgante cada vez que se movía. Era un sonido irritante. Jess se estaba preparando para excusarse cuando Polly respiró hondo y dijo:

—Tengo algo para ti.

Jess sintió una oleada de confusión. No quería un regalo. Ya no era una niña de diez años. Nora había muerto y no se iba a sentir mejor gracias a una baratija. Sin embargo, Polly metió la mano en una bolsa que tenía en la mesa, junto a ella, y sacó un libro que deslizó sobre la superficie de la mesa.

Jess reconoció la cubierta de inmediato y la disonancia del momento fue vertiginosa. Elementos dispares de su vida se unieron del modo más inesperado e inexplicable. Nora en el hospital... «Halcyon... Issy, ayúdame... Me la va a arrebatar...». La extraña inmersión en el libro de Daniel Miller durante toda la semana pasada y Polly, la madre a quien rara vez veía, que la miraba ahora llena de expectativas.

—Yo no... —balbuceó Jess—. ¿Dónde lo...? ¿Cómo...?

—Janey (la señora Robinson) me dijo que habías estado haciendo preguntas sobre este tema. Tenía el libro en la estantería de mi casa.

Pero no era eso lo que Jess iba a preguntar en absoluto. Lo que quería saber era cómo Polly se había enterado de lo ocurrido a la familia Turner en Halcyon. Nora había considerado que era un secreto demasiado pesado y oscuro para compartirlo. ¿Cómo lo había descubierto Polly?

—Lo escribió en aquella época un periodista que vivía cerca —continuó Polly—. Pensé que podría responder algunas de tus preguntas.

—¿Cómo sabes lo que pasó en Halcyon?

—Nora me lo contó. Cuando estaba embarazada de ti. De hecho, yo...

Jess estaba boquiabierta. No sabía qué traición le dolía más: la de Polly, por haberlo sabido todo ese tiempo y no haber dicho nada, o la de Nora, quien había confiado en Polly y no en ella. Pero era imposible enfadarse con Nora... Se habría alejado aún más de ella y Jess no soportaba la idea; así que le tocó a Polly, que aún estaba parloteando como si nada malo hubiera ocurrido.

Jess se levantó de repente y apartó su taburete hacia la encimera.

—¿Jess? ¿Estás bien? Aún no has terminado.

—No tengo hambre.

—Pero no has comido en todo el día.

—No pasa nada. —Jess hizo una pausa, dudó, no sabía qué hacer. Su voz le resultó irreconocible incluso a sí misma—. Y, para serte sincera, creo que es un poco tarde para que empieces a hacer de madre preocupada. O yo de buena hija, ya puestos. Nos abandonaste a las dos hace demasiado tiempo.

Cuando Jess llegó a lo alto de las escaleras, ese breve destello de superioridad moral ya estaba dando paso a la sensación de culpa. La expresión de su madre había sido de sorpresa, seguida de incertidumbre, tras lo cual se había ruborizado y se había mostrado abatida.

A pesar de todo, en realidad había sido más de lo que Jess podía soportar. Comprender que Polly sabía de Halcyon y los Turner todo ese tiempo, que Nora se lo había contado y que Jess había permanecido en la oscuridad por culpa de ambas, era cegador. Esa bola caliente de emociones y dolor que había sentido de pequeña al comprender que su madre no la quería, que la había engañado para que pensara que ella también se iba a mudar a Brisbane, que no le estaban contando toda la verdad, había vuelto.

Y el incidente de cuando era bebé (uno de los motivos más sólidos del dolor y la furia que le inspiraban su madre) había regresado también, pero enturbiado ahora por la confusión, ya que, desde que leyera las notas de Daniel Miller y comprendiera en qué había consistido su chivatazo a la policía, aquello que había hecho Isabel según Nora, Jess había sabido en lo más hondo que algo no cuadraba.

Caminó por el pasillo, pasó ante la biblioteca y, en lugar de subir las escaleras para irse a la cama, entró en la habitación de Nora. Se acostó y apretó la cara contra el suave borde de la almohada de su abuela.

Al cabo de un tiempo, no pudo contener la inquietud. Todavía tenía en la mano el ejemplar de Polly del libro de Daniel Miller. Lo levantó y observó la cubierta, tan familiar. Era un poco diferente a la de Nora. Para empezar, tenía una sobrecubierta de plástico y un tejuelo en el lomo con el sistema Dewey de clasificación empleado en las bibliotecas.

Había un trozo de papel pegado junto a la portadilla con columnas de fechas estampadas una tras otra. Jess recordó el sistema de préstamo analógico de sus excursiones a la biblioteca cuando era pequeña. La última fecha era el 4 de abril de 1978: seis meses antes del nacimiento de Jess. Otro sello en el interior de la cubierta decía BIBLIOTECA DE AUSTRALIA DEL SUR. Interesante. Puede que Nora le hubiera hablado a Polly de Halcyon, pero, al parecer, Polly había ido a buscar más información por sí misma.

Había algo más diferente en ese ejemplar, notó Jess. Al mirar más de cerca, vio una protuberancia, algo metido en la sobrecubierta trasera. Dentro del plástico protector había unas hojas de papel plegado. Las sacó, las abrió y vio que era un texto fotocopiado. Alguien había escrito con letra esmerada y tinta azul en lo alto: APÉNDICE, EDICIÓN DE 1980.

Jess se sentó más erguida contra las almohadas de Nora. Eso, entonces, era el capítulo final que Nancy Davis había mencionado. Escrito tras el regreso de Daniel Miller a Australia, cuando se hallaron los restos de la pequeña Thea en el jardín de Halcyon, para poner fin a un misterio de veinte años.

Apéndice:
Halcyon revisitada

Se decía que el pobre Percy Summers, que había realizado el lúgubre descubrimiento, no volvió a ser el mismo. A Edith Pigott se lo contó Maud McKendry, quien lo sabía gracias a la propia Meg Summers. Él había pensado que estaban durmiendo. Casi pasó de largo, pero su yegua, la leal y vieja Blaze, tenía calor, estaba cansada y necesitaba darse un chapuzón (al fin y al cabo, habían cabalgado desde La Estación, cerca de Meadows) y así es como acabó en la poza y vio esa angustiante escena. Jamás llegó a olvidarlo, sobre todo a la chica pequeña, sobre cuyas muñecas avanzaba una hilera de raudas hormigas.

En el primer aniversario del evento que conmocionó al pueblo, el reverendo Lawson preparó un sermón especial que incluía al final oraciones por la pequeña Thea. Era su costumbre ofrecer un resumen del año, con los contratiempos y los logros de la comunidad, las vidas perdidas y los recién nacidos; habría sido impensable no mencionar a la familia Turner. Además, todo el mundo en el pueblo, todos sus feligreses, había vivido el trauma. La situación en sí ya había sido difícil de sobrellevar, pero hasta que el juez de instrucción presentó sus conclusiones, también habían temido que hubiera un asesino suelto entre ellos. Ned Lawson sabía que era su papel traer la paz a la mente de su rebaño. ¿Y cuántas veces se presentaba una ocasión como esa para contar una historia del pueblo que aunara a pecadores e inocentes?

Al año siguiente, en la víspera de Navidad de 1961, el reverendo Lawson volvió a ofrecer un elogio fúnebre por la familia Turner, pero menos lírico esa vez, y con una moderación en su forma de hablar que transmitía reserva. Una cosa era contar historias que inspiraban gratitud por la comunidad y la vida al tiempo que advertían del mal, y otra muy distinta regodearse en la tragedia.

Al tercer año, la mención a la familia se había limitado a su inclusión en la lista de oraciones para los donantes de la iglesia pasados y presentes; al cuarto, un error administrativo hizo que sus nombres se borraran por completo del grupo.

A lo largo de los siguientes cinco años, la familia Turner desapareció de las conversaciones cotidianas. No tanto porque la gente los hubiera olvidado, sino porque ya no los recordaban todo el tiempo. Los vecinos descubrieron que les era posible caminar junto al final de Willner Road sin pensar de inmediato en las cuatro ambulancias que habían formado una caravana aquel día para llevar esa triste carga lejos de la granja; podían pasar meses enteros sin que nadie mencionara la tragedia, hasta que una noticia sobre los perros salvajes o una advertencia sobre flores venenosas en el bosque o planes para un pícnic veraniego motivaran que alguien suspirara con nostalgia y dijera: «¿Recuerdas a esa pobre familia que vivía en la casa Wentworth?».

Y entonces, a principios de 1965, ocurrieron dos cosas. Primero, el 26 de enero, un día sofocante de verano, mientras los habitantes de Adelaida, al unísono con sus compatriotas, celebraban el Día de Australia, tres niños de una familia se subieron a un tranvía en su tranquilo barrio de Somerton Park, donde vivían, para ir a las fiestas de Glenelg Beach. Tras pasar un día explorando la arena y el mar y haber sido vistos junto a un hombre que les compró cucuruchos de helado, los niños se desvanecieron en el aire.

La investigación captó la atención de la nación al completo. Día tras día, las noticias de los periódicos analizaban hasta el último detalle y publicaban todos los rumores y pistas falsas. Cuando los nuevos hallazgos resultaban poco fundamentados, los periódicos publicaban reportajes sobre otros crímenes sin resolver. Resucitó el Cadáver de Somerton, al igual que la Tragedia de los Turner. Los editores esperaban que esta última, al contar con el factor de una niña desaparecida, satisfaría a los lectores ávidos de tragedia, pero las nuevas declaraciones sobre la pequeña Thea apenas adquirieron relevancia. El juez de instrucción había dictado sentencia, no habían aparecido nuevas pruebas y los tiempos habían cambiado; y así, el Misterio de los niños de Beaumont sustituyó a la Tragedia Turner en el imaginario colectivo.

Hubo otro suceso más cercano para los habitantes de Tambilla. El señor Thomas Turner, tras su decisión de quedarse en Londres, se decidió al fin a vender la casa y las granjas colindantes. Los granjeros locales adquirieron los campos exteriores enseguida, pero el señor Turner no logró vender Halcyon. Al parecer, no existían tantas personas que aunaran al mismo tiempo la riqueza y el romanticismo necesarios para comprar una mansión georgiana en las afueras de un pueblo diminuto y polvoriento en Australia del Sur. Por no mencionar que pocas personas estaban dispuestas a pasar por alto lo que había sucedido allí.

La casa permaneció vacía un tiempo hasta que al fin, tras más de una década sin poder venderla a un precio que se acercara a su valor, el señor Turner logró alquilarla. El acuerdo distaba mucho de lo ideal (habría preferido una sola familia acomodada), pero a esas alturas ya llevaba muchísimo tiempo esperando y sabía que no podía ser demasiado exigente. Se hizo cargo del alquiler una joven pareja, nueva en el área, que había decidido abandonar la ciudad y (acorde con el espíritu de los setenta) fundar una comuna de personas de mentalidad afín.

Los otros habitantes de Tambilla observaron desde lejos con su característico interés, pero al cabo de un tiempo dejaron de hablar sin cesar acerca de los nuevos residentes de la casa Wentworth. Se acostumbraron a ver a uno o dos de ellos bajando a pie al pueblo para comprar comida y otros suministros esenciales, vestidos con camisas teñidas de muchos colores, el pelo largo y enmarañado, los gestos puros y optimistas. La señora Pigott, de la oficina de correos, incapaz de resistirse a formular todas las preguntas que se le pasaban por la mente, les preguntó cómo se organizaban en la casa, gracias a lo cual la gente averiguó que mantenían algún tipo de listado según el cual todos los habitantes de la Comuna Nirvana se turnaban para cocinar, limpiar y realizar las otras tareas, entre las que se incluía cuidar de la huerta.

Trataban de producir la mayor cantidad posible de la comida que consumían, dijo la señora Pigott con aire de entendida. Les habían dicho que antaño había una huerta para la cocina en la casa, pero, aunque fuera cierto, no habían encontrado más que cardos y malas hierbas. Les dio igual: estaban decididos a crear su propia huerta. Una de las integrantes de la comuna había sido asistente jurídico antes de cambiarse el nombre a Pétalo-Lunar y conservaba aún cierto respeto por la ley, de modo que escribió al casero para pedirle permiso. La respuesta fue breve, mecanografiada y de tono muy seco. En ella aseguraba que la huerta había sido un capricho de su mujer, ya difunta, y, por tanto, no le importaba qué hicieran con ella.

El grupo de cinco a quien se le había asignado el trabajo al aire libre en la primavera de 1979 llevaba semanas acondicionando las tomateras en el viejo invernadero, cuyas semillas recolectaban de la fruta en las vides que ya crecían silvestres y sin estacas por el jardín cuando llegaron. Sonia M, quien había «renacido» y se negaba a hablar de su pasado, parecía saber mucho sobre cultivar plantas y dijo que esos tomates eran una variedad tradicional y que sus semillas se podían secar y plantar en macetas; en efecto, tras el brote de tallos verdes, al fin había llegado el momento de plantarlas afuera.

Tras largas observaciones, muchos debates y una asamblea en la que todo el mundo dio su opinión, el grupo decidió construir su huerta en un terreno que parecía haber sido antaño el arriate de un jardín geométrico, donde aún se veían unos pocos rosales raquíticos.

Rodeado de setos descuidados, el terreno estaba protegido de los peores vientos que azotaban el camino de entrada, al mismo tiempo que se encontraba bastante cerca de la cocina para ser práctico. Janice S, otra inquilina, que tenía cierta experiencia viviendo en comunas, habló con sosegada autoridad sobre la necesidad de ser prácticos, incluso (sobre todo) en una iniciativa de vida libre como la suya. El único inconveniente era ese viejo nogal que había cerca, donde se posaban las cacatúas al atardecer, pero un espantapájaros se encargaría de eso, les aseguró con una confianza imposible de ignorar.

Y así, mientras desaparecían las últimas escarchas y la primavera comenzaba a iluminar y elevar el cielo, el grupo de intrépidos trabajadores al aire libre comenzaron a cavar sus trincheras. Fue Ash P quien realizó el lúgubre descubrimiento.

—¡Eh! —llamó tras dejar la pala—. Aquí hay algo.

—¿Un tesoro? ¿Somos ricos? —bromeó Angel K antes de recordar que había realizado un juramento para renunciar a todas las posesiones terrenales—. ¿Qué es? —añadió enseguida, con un tono más serio y perplejo.

Ash ya estaba de rodillas y contemplaba el agujero que había cavado.

El grupo se había reunido y miraba con toda su atención, todos salvo un muchacho delgado que se llamaba Henry R, que tenía la costumbre de hallar sus intereses aparte de los del resto de la gente y había escogido ese preciso instante para observar un par de milanos que daban vueltas en el cielo, las alas estiradas mientras planeaban en perfecta sincronía. Fue una elección de la que más tarde dijo que se sentiría agradecido durante el resto de su vida.

Henry R contempló, absorto, mientras una brisa en la que se anunciaba por primera vez el calor del verano le rozaba la mejilla y él se vio transportado de vuelta a un recuerdo de infancia, en el que otra pareja de aves daba vueltas sobre otro jardín, y oyó la voz de su madre en el recuerdo de repente y con claridad, cantando una nana hacía tiempo olvidada sobre un sinsonte, y se alejó de un modo tan completo del presente que, cuando los gritos de sus horrorizados compañeros lo trajeron de vuelto, el hoyo ya había sido cubierto con una pala, su aterrador contenido oculto una vez más a la vista.

DANIEL MILLER, 1980

OCTAVA PARTE

CAPÍTULO VEINTISIETE

Sídney, 18 de diciembre de 2018

La luz era intensa y cálida sobre su cara, y Jess tardó un minuto en recordar dónde estaba. Había soñado con bebés y rosaledas. Lo primero que vio al abrir los ojos fue el verde intenso de un bosque repleto de maleza. Era papel pintado, comprendió. Era la habitación de Nora. Aún llevaba puesto el vestido de su abuela.

Se sintió perezosa. Los días ahora empezaban con el peso recién descubierto de la muerte de Nora, pero hoy había algo más. Una puerta se cerró abajo y, tras un breve momento de sorpresa, Jess recordó que Polly también estaba en Darling House... y que se iba a quedar un par de días más, hasta el jueves, para acudir a la cita con el abogado de Nora. Al recordarlo, volvieron los detalles de la noche anterior y Jess comprendió el malestar. Había perdido la paciencia con su madre cuando le dio su ejemplar del libro de Daniel Miller.

Jess palpó a su alrededor en su busca. Estaba leyendo el apéndice de 1980 la noche anterior cuando se quedó dormida con la lámpara de la mesilla de noche aún encendida. Se sentó y echó un vistazo a ambos lados de la colcha. Justo cuando estaba comenzando a pensar que lo había soñado todo, miró por el borde de la cama y vio que el libro se había caído en la papelera.

Cuando lo fue a recoger, le llamó la atención un membrete entre el montón de desperdicios. La dirección que aparecía bajo el nombre de la compañía estaba en Adelaida.

Sospechando lo que iba a descubrir, Jess sacó la hoja de papel del contenedor y la abrió de par en par.

Sin duda, ahí estaba la carta que había estado buscando, dirigida a Nora, de un bufete de abogados de Australia del Sur, firmada por uno de los socios. Jess reconoció el nombre al instante. Marcus Summers, el hijo pequeño de Percy y Meg; residente de Tambilla en los viejos tiempos, amigo con sus más y sus menos de John Turner, ayudante a tiempo parcial en la tienda de su madre.

Con emoción creciente, Jess leyó:

Querida señora Turner-Bridges:
Re: La señora Isabel Turner y familia, antiguos vecinos de Tambilla, Australia del Sur

Le escribo en nombre de un cliente que me ha pedido que averigüe si estaría usted dispuesta a hablar con él acerca de la familia Turner, antiguos vecinos de Tambilla, Australia del Sur.

Más en concreto, mi cliente desea hablar con usted acerca de la muerte de Thea Turner.

Si le parece bien, estaría encantado de concertar una cita cuando le parezca oportuno.

Saludos cordiales,

Marcus Summers

Jess volvió a leer la carta. Entre la lista de tareas pendientes en el diario de su abuela estaban las iniciales M. S. Un recordatorio de Nora para telefonear a Marcus Summers. La casilla junto a las iniciales no había sido marcada.

Solo eran las siete de la mañana: demasiado temprano para llamar. Pero Jess sabía exactamente qué hacer mientras tanto. Lo debería haber hecho antes. Nora había muerto por subir las escaleras de la buhardilla; Jess estaba más decidida que nunca a descubrir por qué.

Jess había subido esas escaleras por última vez la noche anterior a su viaje a Londres. La inquietud le impedía dormir, le llenaba la cabeza de ideas eléctricas y las piernas de energía, hasta que al final no le había quedado más remedio que salir de la cama. Recorriendo los pasillos de la casa a oscuras, dispuesta a dejar que pasaran las horas, algo la había llevado a subir; cuando al fin llegó a la escalera desvencijada que daba a la buhardilla, comprendió por qué. A pesar de (o tal vez por precisamente por) las muchas veces que Nora le advirtió que no era segura, que buscara otros lugares donde jugar, durante la década que Jess vivió en Darling House la buhardilla había sido su rincón favorito, especial.

Cuando Polly la abandonó, Jess había anhelado un refugio donde lamerse las heridas y ¿qué escondite mejor que esa habitación pintoresca con techo inclinado en lo más alto de la casa? La ventana abuhardillada ofrecía un mirador de todo el jardín y, más allá, el puerto; las paredes estaban cerca, era un espacio siempre cálido. Incluso el olor a polvo viejo le había resultado reconfortante. La buhardilla no dejó de ser nunca su santuario cuando las cosas iban mal en el colegio, si discutía con una amiga, se quedaba sin lugar en el equipo de debate o si necesitaba estar sola un tiempo.

Aquella noche, Jess se había acurrucado sobre la pequeña alfombra redonda en el centro del suelo, sobre la tarima de pino macizo, y cerró los ojos: a su alrededor se había reunido una década de encarnaciones previas y todas esas Jess trajeron consigo un regreso a la certidumbre. La inquietud dejó paso a la ilusión y, cuando despertó ante los primeros rayos de luz que caían por la ventana e iluminaban el techo, Jess ya se sentía preparada.

Veinte años más tarde no fueron versiones anteriores de sí misma quienes la acompañaron por las escaleras de la buhardilla, sino los ecos de Nora. A medio camino, a Jess le alcanzó una nueva oleada de pena y necesitó detenerse para asimilar el golpe. En cuanto mitigó, continuó el ascenso.

La puerta se abrió con facilidad.

Según su experiencia, muy pocas cosas eran iguales en los recuerdos, en especial los lugares importantes de la infancia. Eran siempre más pequeños, feos y destartalados que en la memoria. La buhardilla de Darling House era una rara excepción. Al enfrentarse a ese aroma familiar a polvo y tiempo, Jess se tranquilizó al ver que todo era exactamente igual a como lo recordaba. La alfombra seguía en el suelo, el viejo cristal de la ventana abuhardillada seguía moteado por la edad, el reloj de barco aún marcaba las dos y veinte.

Recorrió la habitación con la vista, preguntándose por dónde empezar. Los estantes de la pared este estaban repletos de juguetes y libros que alguna vez fueron importantes, en la pared sur se alineaban contenedores de plástico que almacenaban cortinas, manteles y otros restos de tejidos «demasiado buenos para tirarlos», y un espejo de cuerpo entero se alzaba en un rincón. Bajo la ventana se encontraba el viejo baúl de viaje que había pertenecido a Thomas Turner.

Era difícil imaginar que un juguete o un libro contuviera alguna pista. Era mucho más probable, decidió Jess, tanto por su función como por su procedencia, que se encontrara en el baúl de viaje. Abrió la tapa y parpadeó cuando el tufo de las bolas de naftalina le picó en los ojos. Vio que el baúl aún estaba a rebosar con pilas de viejos vestidos. Los sacó uno a uno, miró en los bolsillos, entre las costuras, en las mangas. Avanzó con cierta lentitud por la nostalgia y alzó primero un vestido y luego otro, recordando las épocas de su adolescencia en que se los probaba.

Pero Jess no encontró nada de interés. Recorrió con los dedos los paneles interiores y las junturas del baúl en busca de un falso fondo o un resorte oculto. Por desgracia, no había nada.

De rodillas en el suelo, estudió el resto de la buhardilla, esta vez con una mirada más atenta. Los libros le llamaron la atención. Al pensar en el apéndice fotocopiado de la edición de Polly de *Como si estuvieran durmiendo*, Jess sacó cada uno del estante, miró entre las cubiertas y los sacudió por el lomo. Aparte de una vieja lista de la compra y el recibo de una tintorería, no vio nada. Una investigación pormenorizada de cada juguete tampoco obtuvo resultados. Jess incluso comprobó el compartimento de las pilas de la locomotora y presionó el vientre, el cuello y las orejas del viejo oso de peluche en busca de algo escondido en el interior de las costuras.

Abrió los contenedores de plástico y estudió cada tela una a una, sacudiendo las mantas, que dejaba en una pila aparte. Miró debajo de la alfombra, recorrió el suelo de un lado a otro, palpó los tablones de pino por si alguno revelaba un escondite secreto. Al fin, inspeccionó con atención el alféizar.

Nada. A pesar de haber estado una hora buscando, de haberlo desordenarlo todo, no se hallaba más cerca de saber la verdad.

De nuevo abajo, tras ducharse y lista para hacer frente al día, Jess razonó que siempre le había parecido poco probable encontrar algo en una búsqueda aleatoria por la buhardilla. Esto era la vida real, no un relato de Los Cinco. Era mucho más prometedor el vínculo con Marcus Summers en Australia del Sur. Patrick le había dicho cuánto le había afectado la carta a Nora y, tras haberla leído, a Jess no le sorprendía.

Cuando al fin comenzó el horario de oficina en Adelaida, Jess se sentó en el escritorio de Nora y marcó el número del bufete de Marcus Summers. Esperó con impaciencia a que alguien respondiera y, cuando al fin lo hicieron, dio su nombre a la recepcionista. Al cabo de un tiempo se oyó el ruido sordo de un receptor manual y escuchó al otro lado de la línea una voz cordial:

—¿Hola?

—¿Marcus Summers?

—Al habla.

—Soy Jess Turner-Bridges y llamo desde Sídney. Mi abuela se llamaba Nora Turner-Bridges.

Marcus Summers no reaccionó al principio y, ante la falta de respuesta, Jess oyó las notas melancólicas de un carillón al fondo. Comenzaba a preguntarse si se le habría olvidado la carta que había enviado cuando por fin dijo:

—Buenos días, Jess. Disculpe, ¿ha dicho que su abuela se llamaba Nora Turner-Bridges?

—Sí, debería explicarme... Nora falleció la semana pasada.

—Siento oírlo.

Sonó desanimado de verdad ante la noticia y Jess se preguntó si Marcus Summers, al igual que Daniel Miller, había llegado a conocer a Nora en persona mientras vivía en Halcyon aquel verano de 1959. Sopesó hacer una pregunta directa, pero decidió que así revelaría demasiado pronto cuánto le interesaba el asunto.

—Soy la albacea de mi abuela —dijo en su lugar— y estoy intentando poner sus asuntos en orden. Usted le escribió una carta hace poco en la que le decía que un cliente deseaba hablar con ella acerca de la muerte de su sobrina, Thea Turner.

—Sí —respondió tras una pausa.

—Me preguntaba... —¿Qué se preguntaba exactamente? ¿Si el cliente estaría dispuesto a hablar con ella en su lugar? ¿Si Marcus Summers tenía algo que decirle que arrojara luz sobre las últimas semanas de su abuela?, ¿por qué a Nora le había alterado de esa manera una tragedia ocurrida hacía tantos años atrás?, ¿si su exmarido había tratado de obtener la custodia de su hija? Se preguntó todas esas cosas, pero ¿cómo se las iba a explicar a Marcus Summers sin parecer que estaba divagando?

Mientras Jess trataba de encontrar las palabras, Marcus tomó la iniciativa.

—Lo siento... ¿Dijo que es usted la nieta de la señora Turner-Bridges?

—Sí.

—¿Y es usted su albacea?

—Eso es.

—¿Es usted la única descendiente con vida de la señora Turner-Bridges?

Marcus Summers actuaba como un abogado precavido que trataba de cerciorarse de que Jess tenía la autoridad de hablar con él sobre los asuntos de Nora. Como si hubiera intuido que se había convertido en el tema de conversación, aunque solo fuera de un modo tangencial, Polly escogió ese momento para caminar junto a la puerta cerrada de la biblioteca. Jess guardó silencio hasta que oyó a su madre bajar las escaleras antes de decir:

—Mi madre y mi abuela no estaban muy unidas; fue Nora quien me crio. Me confió la gestión de sus asuntos. —Luego añadió una mentirijilla—. De hecho, mi abuela me habló de la carta antes de morir. Tenía intención de ponerse en contacto con usted.

Hubo un silencio pero, pensara lo que pensara, cuando habló de nuevo, la voz de Marcus Summers sonó decidida:

—¿Está usted al tanto de lo sucedido a la familia de su abuela en Tambilla hace ya muchos años?

—Como podrá comprender, mi abuela no hablaba de ello a menudo, pero he leído el libro de Daniel Miller.

Si hay algo de lo que su cliente deseara hablar con Nora, yo podría hacerlo en su lugar.

Marcus Summers dejó escapar un largo y pensativo suspiro.

—Escribí a su abuela porque sé de buena tinta que a su sobrina, Thea Turner, no se la llevaron los perros salvajes del pícnic aquel día.

—¿Qué? —Jess estuvo a punto de preguntar cómo podría saber algo así su cliente, pero se contuvo—. ¿Está diciendo que Daniel Miller, y la policía, y el juez, se equivocaron?

—Eso es lo que estoy diciendo.

—¿Sabe usted qué pasó?

—Preferiría no hablar de ello por teléfono. Tengo un asunto que tratar en Sídney la semana que viene. Tal vez podríamos vernos entonces.

Jess oyó a Polly abajo, en la cocina, de nuevo trasteando con los cubiertos. El jueves, el día que su madre regresaría a Brisbane, de repente le pareció muy lejano en el tiempo. Jess no necesitó pensarlo ni un segundo.

—Tengo una idea mejor —dijo—. Voy a ir a verlo. ¿Tiene tiempo mañana?

CAPÍTULO VEINTIOCHO

Altos de Adelaida, 18 de diciembre de 2018

La carretera rural era estrecha, y el atardecer se apresuraba desde que había dejado la autopista. Jess conducía rápido pero con cuidado, un ojo puesto en la carretera, que no conocía, y otro en el asiento del pasajero, donde había dejado el teléfono con Google Maps y la hoja de papel con las indicaciones que había anotado en el avión para que le ayudaran a localizar la dirección. Había alquilado el coche en el aeropuerto de Adelaida y, tras unos comienzos dubitativos, se estaba acostumbrando a él, aunque todavía seguía activando los limpiaparabrisas cada vez que quería poner el intermitente.

El trayecto a los Altos había sido bastante sencillo y, para su sorpresa, en la autopista casi no había tráfico. Los eucaliptos austeros y las hierbas altas y persistentes, que habían jalonado la tierra reseca a cada lado de la vía en las planicies, habían dado paso a frondosos arces y cedros gigantes cerca de los pueblos de Crafers y Stirling, antes de volver a aclararse en los campos de cultivos al este. Tras tomar la salida de Hahndorf, Jess estaba trazando las curvas de Onkaparinga Valley Road, donde pasaba ante diminutas escuelas de campo, prados llenos de vides y casas de piedra con largos caminos de entrada.

Al fin vio las señales que indicaban la dirección a Tambilla, donde había logrado, no sin ciertas dificultades, encontrar un Airbnb con tan poca antelación. Debía facturar a las ocho, pero Jess no tenía intención de pasar la noche en Australia del Sur sin antes ver Halcyon con sus propios ojos. El retraso del vuelo lo había dificultado y se encontraba en una carrera contra el sol poniente. Según las indicaciones que había anotado, tenía que girar a la izquierda tras dejar unos cuatro kilómetros atrás el pueblo de Verdun.

Frente a ella, la carretera parecía bifurcarse. Aminoró la marcha y se inclinó hacia delante, con el pecho apoyado contra el volante. Vio una señal, oscurecida en parte por una rama baja, y entrecerró los ojos para distinguir qué decía. Willner Road. Jess reconoció el nombre con satisfacción, activó el limpiaparabrisas por error, tras lo cual puso el intermitente enseguida y giró.

Condujo durante lo que le pareció muchísimo tiempo, mientras su impaciencia crecía al mismo ritmo que sus expectativas. La carretera, que ya era estrecha en sus inicios, se volvió aún más angosta, con unos arcenes que se iban desbaratando a cada lado, hasta que al fin se abandonó la pretensión de que había dos carriles. Los eucaliptos eran gigantes y, aunque el cielo distante seguía azul y la última luz solar plateaba los troncos de los árboles, el anochecer ya había llegado al suelo del bosque, frío y en sombras.

Jess se sobresaltó cuando un animal (un canguro, supuso) brincó en el arcén de la derecha, un breve destello de movimiento, antes de arrojarse de nuevo a la oscuridad del bosque. La conmoción le hizo aminorar la marcha casi hasta detener el coche. Había pasado demasiado tiempo fuera. Conducir en las cuidadas carreteras comarcales de Inglaterra, donde el mayor riesgo al que una se enfrentaba era una oveja que paseara a ritmo señorial, le había hecho olvidar el peligro de los canguros al anochecer.

La descripción de Daniel Miller era la única guía de la que disponía: «La casa en la colina, en medio de los campos, tras una pendiente pronunciada al final de Willner Road». Había perdido la noción de cuánto había avanzado, pero se estaba acabando la carretera y comenzaba a sospechar que había pasado la finca de largo. Estaba buscando un arcén bastante amplio para girar cuando reparó, entre los troncos de la frondosa arboleda de la derecha, en algo que se extendía en paralelo a la carretera: una masa de hiedra se había entrelazado con otras enredaderas voraces para cubrir lo que antaño habría sido una cerca. En la base crecían aquí y allá gruesos macizos de agapantos, de largas hojas relucientes y flores púrpuras que se alzaban al cielo en plena celebración.

Jess dejó que el coche avanzara despacio, buscando una señal, hasta que al fin llegó a un par de viejas puertas de granja, cerradas a cal y canto, ante lo que en otros tiempos fue un camino de grava. Cada puerta estaba sujeta a una columna de piedra con una esfera de cemento en lo alto apenas visible, pues las enredaderas habían crecido sin impedimentos y los zarcillos se adherían a todas las superficies. Detuvo el coche y recorrió el lugar con la mirada en busca de alguna indicación que le mostrara que estaba en el sitio indicado. Al final, en la columna que le quedaba a la izquierda vio el borde de lo que parecía el nombre de la finca.

Aparcó el coche y salió. Apartó el follaje con facilidad, lo que reveló debajo un cartel rectangular de metal negro con letras plateadas que formaban una sola palabra: HALCYON. Un enorme candado unía las dos puertas, y una rápida sacudida le confirmó que estaba cerrado. Aunque no era nuevo, el candado parecía en buen estado. Jess se preguntó quién tendría la llave.

Echó un vistazo carretera abajo. Los loros parloteaban entusiastas en las copas de los árboles y, muy por encima de Jess, las ramas disfrutaban de los últimos rayos de sol. Una bandada de cacatúas atravesó el cielo hacia donde supuso que estaría la casa, serían descendientes de los pájaros que Nora había contemplado en el nogal por la ventana de su dormitorio en Halcyon. No había nadie más en las cercanías. Antes de poder pensarlo mejor, Jess trepó por encima de la puerta.

Avanzó por el camino de entrada en sombras y sintió, al alejarse cada vez más de la carretera, que le cosquilleaban las puntas de los dedos. El camino de entrada subía la colina en una cuesta pronunciada, rodeado de árboles enormes. Los pájaros se movían ruidosos pero invisibles entre las copas de los árboles y en algún lugar, a cierta distancia, Jess oyó el leve correr del agua. Recordó los capítulos de Daniel Miller acerca del lugar de los hechos, el pícnic junto a un sauce donde el arroyo se ensanchaba para formar una poza. De repente, le impresionó de nuevo la gravedad de los sucesos del pasado.

Jess había avanzado tanto que la puerta, el coche y el camino de vuelta ya no estaban a la vista; el bosque por el que había caminado era denso y tuvo la impresión, desde donde estaba, de que los árboles la habían rodeado hasta cercarla. Había algo arquetípico en ese paisaje. Era nuevo para ella y, sin embargo, la claridad de la luz, el aire o el olor a tierra bajo sus pies le resultaban muy familiares.

El camino de entrada serpenteaba en medio de una explosión de follaje cambiante, más exuberante y denso que el bosque por el que había venido. Enormes hortensias con flores esponjosas de un rosa vívido, rododendros e impaciencias, altos tallos de cardos en flor junto a hojas de filodendro y helechos arborescentes de aspecto prehistórico, un surtido variopinto unido por la enredadera salvaje de flores azules con forma de campana. El olor a humedad del jardín recordó a Jess lugares que había visitado en Cornualles, como St. Just en Roseland, donde la tierra fértil era testigo de capas de diferentes generaciones, de civilizaciones pasadas.

Por fin, más allá de la enmarañada vegetación, Jess vislumbró las chimeneas blancas que sobresalían en un amplio tejado. Se dio cuenta de que estaba conteniendo la respiración. Dobló una última esquina, igual que Daniel Miller de camino para encontrarse con Nora, y ahí estaba. Grandiosa y magnífica, incluso de lejos era evidente que la casa se encontraba en un estado de abandono. Se alzaba sobre una base de piedra que se elevaba más o menos un metro del suelo. Un ficus trepador de hojas diminutas había crecido tanto que cubría casi toda la piedra y el musgo se había extendido por el resto, así que la casa parecía posarse en un océano de vegetación. Jess se acordó de las casas de los cuentos de hadas, ocultas y olvidadas, ajenas al mundo de los humanos solo para que la naturaleza las hiciera suyas.

De una de las esquinas de la base sobresalía la cabeza de un león, la boca abierta para mostrar un hueco que habría sido un surtidor de agua en otros tiempos. A su lado, en el suelo, había una pileta de piedra, llena por la mitad de agua de lluvia. Ante la mirada de Jess, un maluro pechiazul bajó volando para posarse en el borde de la pileta; tras observarla un momento, el pajarillo se lanzó con elegancia a la superficie del agua para limpiarse antes de desaparecer en algún recodo del jardín.

Jess rodeó la casa. Fue una experiencia asombrosa. Era la primera vez que visitaba un lugar que, gracias a Daniel Miller, conocía tan bien. La hilera de plátanos que daba al cobertizo, el corral Hilton, el hombre de las macetas, ahora hecho pedazos, donde se extendían antaño los surcos de cultivo. Al doblar la esquina del sur y llegar al área más llena de maleza, reconoció al instante que se encontraba en el lugar donde Isabel Turner había plantado su rosaleda. Fue ahí donde el grupo de trabajo al aire libre de la Comuna Nirvana halló los restos de Thea Turner en 1979.

Jess deseó haber recordado traer el teléfono, que estaba en el asiento del coche; le habría venido bien una linterna. Le habría gustado quedarse, comprobar si podría abrir alguna de las puertas de la casa, pero ya era difícil ver. Los marrones, dorados y verdes de antes se habían oscurecido y, si no volvía ya, se encontraría en pleno bosque cuando cayera la noche.

Jess caminó deprisa, pendiente del ánimo cambiante del paisaje. Los árboles, antes rebosantes de pájaros, guardaban silencio ahora. Sentía animales que la observaban desde las sombras. Cuando era muy pequeña, uno de sus libros favoritos en la biblioteca era *El bunyip del arroyo Berkeley*. Le daba miedo pero, al mismo tiempo, sentía una atracción irresistible por esas ilustraciones y esa historia inquietantes. Jess llevaba décadas sin recordarla, pero la cubierta vino a su mente, con su criatura llena de escamas y plumas, nacida en el barro, que venía de aquel lugar donde vivían las cosas oscuras, solitarias y grotescas.

Para cuando se acercó a la puerta de la cerca, Jess casi corría y fue un alivio entrar en el coche, encender las luces y alejarse.

Iba a pasar la noche en un pequeño pero alegre dormitorio sobre el garaje de un modesto chalé de ladrillos junto a la calle principal de Tambilla. Jess llegó con media hora de retraso respecto a la hora acordada cuando hizo la reserva, lo que no molestó a la mujer que la recibió.

—No vivo lejos —le aseguró, señalando con un movimiento de la cabeza la casa de al lado—. No es ningún problema.

Mientras se despedían, Jess le preguntó cuáles eran sus opciones para cenar por allí cerca y la mujer frunció el ceño al mirar el reloj.

—Vas a tentar a la suerte a estas horas, sobre todo en un día laboral. El hotel quizá sea tu mejor opción, a menos que te apetezca conducir hasta Mount Baker.

Jess le dio las gracias y empezó a caminar por la calle principal, bordeada por robles enormes, con cordeles de bombillas amarillas que ondeaban de uno a otro. Jess pensó, mientras caminaba, en las descripciones del pueblo en el libro de Daniel Miller. Pasó ante el cruce donde la iglesia luterana de St. Peter y la iglesia anglicana de St. George se encontraban una frente a la otra, el edificio de piedra del Instituto, donde Peter Duke había organizado la asamblea vecinal en los días posteriores a las muertes de los Turner, y reconoció los edificios donde estuvieran antaño el salón de té de Betty Diamond y la tienda de comestibles Summers e Hijos.

Tan vívido era el recuerdo del libro que Jess casi esperaba ver los comercios de entonces aún abiertos y sintió que se le encogía el corazón cuando vio que ahora había una tienda de quesos artesanos en la esquina frente al hotel y que la única tienda de comestibles del pueblo era IGA, una cadena de aspecto moderno. En una ocasión, una amiga portuguesa le había regalado la palabra *saudade* cuando trataba de describir esa sensación de verse abrumada por el peso de una ausencia, de algo que no había tenido o experimentado antes; Jess no la había olvidado. Así se sentía ahora. Echaba de menos la Tambilla del libro de Miller con una intensidad visceral.

Al menos, el hotel parecía casi idéntico a las fotografías de época que había visto en internet, al igual que el Jardín del Centenario, al otro lado de la calle. Le advirtieron que la cocina cerraría en cinco minutos, así que escogió su pedido con rapidez. El pub estaba decorado con una mezcla de parafernalia alemana y australiana y había mucho que mirar, pero aún hacía calor y prefirió sentarse al aire libre en una de las mesas de fuera.

Tambilla era bonito; los pueblos rurales australianos a menudo presentaban un batiburrillo de diferentes estilos arquitectónicos, pero la uniformidad y la conservación de las casitas de piedra de la calle principal le recordaron a los pueblos de los Cotswolds. En cualquier caso, el ambiente del lugar sin duda había cambiado desde que Thomas Turner trajera a su familia. Daniel Miller describía un carácter insular (un pueblo para sus vecinos), pero era evidente por el tipo de tiendas que ocupaban las casitas coloniales de la calle principal que Tambilla recibía mucho turismo. Piel de borrego, canastas tejidas a mano, ropa de alpaca, queso, vino, mermeladas… Jess habría apostado a que sería casi imposible encontrar aparcamiento en esa calle los fines de semana.

Una joven camarera le trajo la bebida que había pedido y Jess apartó la pajita para tomar un sorbo. Visitar Halcyon la había dejado melancólica; el decrépito estado de la casa había sido objetivamente desalentador, pero Jess se encontró contraponiendo la finca que había visto con las imágenes evocadas por el libro de Daniel Miller, de días luminosos, niños, tardes de pícnic y fiestas de Navidad. Aquel era el mundo que Nora había conocido; un mundo que no había podido (o querido) compartir con su nieta.

Jess sufrió una desubicación repentina. Una semana y media atrás estaba sentada con Rachel en un bar de tapas de Hampstead, ajena por completo a Tambilla, Halcyon o la familia Turner. Cómo habría sido para Isabel, se preguntó, quien también se había alejado medio planeta del lugar que consideraba su hogar; que había vivido el caos y el ruido de la Segunda Guerra Mundial solo para acabar en un pueblecito tranquilo como ese. La sensación de estar en el campo era poderosísima ahí. Isabel se habría sentido forastera en una tierra extraña. De hecho, las noticias de la prensa de la época habían hecho hincapié en su otredad. También Daniel Miller lo mencionaba, al igual que el juez de instrucción. Se había convertido en un punto central de la historia: echar de menos su tierra era lo que la había llevado a «hacer lo que había hecho».

Mientras cenaba salmonete, Jess leía artículos en el teléfono y se preguntó cómo iba a echar un vistazo en el interior de Halcyon. Cuando la joven camarera se acercó a retirar su plato, Jess le preguntó qué sabía acerca de la casa en la colina de las afueras.

La muchacha, que tendría unos dieciocho años, inclinó la cabeza, insegura.

—Se llama Halcyon —la animó a hablar Jess—. ¿O tal vez tú la conozcas como la casa Wentworth?

La muchacha negó con la cabeza y sonrió con tristeza.

—No he oído hablar de eso, lo siento. Puedo preguntar a alguien dentro si quiere.

Jess se estaba preparando para marcharse cuando una camarera mayor se acercó a la mesa.

—Nikki me ha dicho que preguntaba sobre Halcyon.

—¿La conoce?

—Claro que sí. Es la casa enorme al final de Willner Road.

—Me preguntaba quién es el dueño de la casa en la actualidad.

—No ha vivido nadie ahí desde que me alcanza la memoria. Era una comuna hippie cuando yo nací. —La mujer lanzó a Jess una mirada inquisitiva—. ¿Conoce la historia?

—Sé de las muertes de los Turner.

La mujer asintió.

—Tras el descubrimiento de los restos de la criatura, los hippies se marcharon. Decidieron que había una mala energía. De todos modos, corrían ya los finales de los setenta. Todos tenían que cortarse el pelo y comprarse unas Reebok. El lugar permaneció vacío más o menos una década, hasta que se puso a la venta. La compró alguien que vivía en el extranjero, según recuerdo, pero nadie se mudó. Ha cambiado de manos unas cuantas veces, pero nunca parece ocurrir nada. Está a la venta de nuevo, creo.

Jess vislumbró una oportunidad.

—¿Sabe qué agente se encarga de esa casa?

—Será Deb Green. Espera un minuto, tengo una de sus tarjetas dentro.

A la mañana siguiente, sentada en la oficina de Marcus Summers, cerca de la Universidad de Adelaida, Jess repasaba con el pulgar el borde de la tarjeta de Deb Green. Su vuelo salía a las dos de la tarde, pero esperaba tener la ocasión de regresar a los Altos para explorar la casa antes de irse. No le iba a sobrar tiempo. Su reunión con Marcus estaba programada a las nueve y ya eran las nueve y media. Se tardaban unos cuarenta y cinco minutos en coche hasta Tambilla y otros cuarenta y cinco minutos desde ahí al aeropuerto. No llevaba equipaje que facturar, pero tenía que devolver el coche y eso siempre era más lento de lo que debería.

Volvió a mirar el reloj y, a continuación, al joven del mostrador. Era una interesante elección como asistente: tenía unos veinte años, el pelo enmarañado, ojos azules serios y una manera despreocupada de silbar mientras trabajaba. Supuso que sería un estudiante de Derecho en prácticas.

—No tardará —le aseguró el joven con una sonrisa al descubrir que Jess lo estaba mirando—. ¿Una taza de té?

Jess le dijo de nuevo que no hacía falta.

El despacho de Marcus Summers estaba abarrotado por completo de un modo ecléctico. Dos paredes se encontraban cubiertas con estanterías y las otras mostraban una variedad de obras de arte, algunas de naciones del Pacífico, casi todas de artistas aborígenes australianos. Había buscado a Summers en Google el día anterior y sabía que su experiencia y cualificaciones eran impresionantes. Había comenzado su carrera ayudando en Mabo y había sido clave en varios casos de títulos de propiedad nativos por todo el Territorio del Norte y Australia del Sur. La única fotografía reciente que había encontrado en internet era de su sitio web, un bello retrato de Kakadu, una cascada impresionante con una diminuta figura humana en su base. La biografía describía a un hombre que hallaba su vocación profesional y personal en la naturaleza. En una de las entrevistas que había encontrado en la web, Marcus decía que «la moralidad es algo extraño. A menudo tiene muy poco que ver con la ley». Jess supuso que un abogado lo sabría bien.

Por fin, la puerta se abrió de golpe y un hombre que cargaba una gran pila de carpetas de papel manila irrumpió en la oficina.

—¿Jess? —preguntó, mirándola por encima de sus gafas de montura azul.

Ella asintió.

—Genial. ¿Has conocido a Jasper, mi nieto? —Marcus sonrió orgulloso al joven, que puso los ojos en blanco con cariño antes de coger las carpetas de su abuelo—. Espero que te haya ofrecido té.

—Lo hizo. Dos veces.

—Estupendo. Solo será un momento… Tengo que anotar algo.

Ante la mirada de Jess, Marcus Summers sacó un bolígrafo del bolsillo de la camisa y se encorvó sobre el mostrador. Era alto, delgado, de pelo cano y despeinado, gruesas patillas y un aire de universitario septuagenario: interesado, entusiasta, enérgico pero, al mismo tiempo, sabio e inteligente. Vestía unos vaqueros claros, deportivas y, aunque era verano, un chaleco de punto sobre la camiseta.

Cuando terminó de escribir, Marcus le entregó el pequeño trozo de papel a Jasper y regresó junto a Jess.

—Hace un día precioso —dijo—. Pensé que podríamos dar un paseo.

Se dirigieron juntos al campus universitario. Jess rompió el hielo dándole las gracias por dedicarle parte de su tiempo.

—Tonterías —respondió Marcus—. Yo soy quien debería agradecerte que hayas venido hasta aquí. Quizá me esté metiendo donde no me llaman… Tu compromiso con los asuntos de tu abuela es admirable.

—En realidad —comenzó Jess, tras decidir que no tenía tiempo ni ganas para andarse con rodeos—, mi interés por la historia familiar de mi abuela no es pasajero. Creo que algo la inquietaba cuando murió y se debió en parte al hecho de recibir tu carta. Averiguar por qué es para mí un asunto personal.

—También para mí es un asunto personal —reconoció Marcus—. Me alegra que te pusieras en contacto conmigo. He esperado mucho tiempo.

Jess sintió una confusión momentánea. La carta de Marcus Summers a Nora era reciente; en ella, aseguraba que escribía en nombre de un cliente; por teléfono había mencionado que disponía de información nueva.

—Tu cliente… Pensé que dijiste… —Se interrumpió, incapaz de encajar las piezas del rompecabezas.

—Jess —dijo Marcus, que se detuvo y se rascó la cabeza, pensativo—. Creo que los dos sabemos que no represento a un cliente. No en el sentido habitual. Me puse en contacto con tu abuela porque sé ciertas cosas acerca de aquella noche, la Nochebuena de 1959, y de los días que siguieron; cosas que he cargado sobre los hombros durante mucho tiempo. A veces pienso que me he pasado toda la vida tratando de equilibrar la balanza. Mi padre sentía algo parecido, pero ya no está aquí para contar su historia. Sé que se había puesto en contacto con Nora en el pasado porque quería saber la verdad, y pensé que merecía la pena intentarlo de nuevo.

Jess fue consciente de encontrarse en un punto crítico. Nora no había querido que se enterara de lo ocurrido en Halcyon; había preferido no oír lo que Marcus y su padre tenían que decirle. Sin embargo, esa decisión ya no le correspondía a Nora.

—¿Has dicho que a Thea Turner no se la llevaron los perros? —le refrescó la memoria Jess.

—Dije que no se la llevaron los perros aquel día. —Marcus le dedicó una leve sonrisa, casi de disculpa—. Deja que me explique.

Y, mientras Marcus se lanzaba a contar la historia de su padre, Jess supo que no iba a tener tiempo para volver a los Altos aquella mañana.

CAPÍTULO VEINTINUEVE

Altos de Adelaida, 24 de diciembre de 1959

Desde la calle, mojada y a oscuras, la casa parecía cálida y acogedora, un rayo de tranquilidad en un mar de desasosiego, pero, en cuanto entró, Percy sintió que algo iba mal. Había demasiado silencio. Conocía los sonidos de su propia casa; era un lugar lleno de ruidos y ajetreo, átomos en movimiento constante, turbulentas corrientes de energía. Esa noche todo se encontraba en estado de suspensión. Era como si ese lugar, la única casa que había conocido, presintiera que Percy se estaba preparando para dar a Meg la terrible noticia de lo que había descubierto.

Una sola luz estaba encendida en la cocina y Percy caminó hacia ella.

Lo primero que vio al entrar fue la copa de jerez en la mesa y, a continuación, a su mujer, sentada inmóvil tras la copa. Percy comprendió de inmediato que ya sabía lo que había pasado. Cómo no, por supuesto que lo sabía: era inconcebible que algo así ocurriese en Tambilla, que una familia muriera en Nochebuena, que una bebé desapareciera, que se organizara y enviara un grupo de búsqueda, sin que Meg se enterara. Se preguntó si sabía el papel que le había tocado a él.

—Perce —dijo Meg cuando lo vio—. Ay, Perce. —Se levantó y se acercó a él, estudiando su rostro mientras él dejaba que la bolsa de herramientas cayera al suelo—. ¿Fue muy horrible?

Percy sintió que el horror del día lo engullía bajo una ola negra. No quería tener que hablar de lo que había visto, comprendió, no ahora, no todavía. No con Meg. Le vino a la mente una imagen del pajarillo perdido.

—He estado en la comisaría —se limitó a decir.

Meg asintió con un movimiento rápido.

—Hablé con Lucy. Los chicos están fuera. Han salido con el grupo.

Percy debería haber sabido que estarían ayudando; se sintió orgulloso.

—¿Y Kurt?

—Hundido.

—Hablaré con él cuando vuelva.

—¿La policía? —preguntó Meg—. ¿Qué te han dicho? ¿Qué piensan?

Percy le ofreció un resumen del interrogatorio, sin mencionar las preguntas acerca de su hijo. Meg ya parecía bastante angustiada; Percy no veía ningún motivo para preocuparla más. Ya estaba él bastante preocupado por los dos.

Cuando Percy terminó de hablar, Meg guardó silencio un momento.

—¿Te puedo traer algo? —le ofreció por fin—. ¿Una taza de té? ¿Algo de comer?

En el aire persistía un leve aroma procedente del horno, pero a Percy se le retorció el estómago ante la mera idea de comer.

—Creo que me voy a lavar primero.

Meg dudó en ese momento.

—Perce, antes de que te vayas —dijo Meg—. Hay algo... Ven conmigo.

Percy la siguió por el camino y salieron al sendero que iba a la cochera. Por las cortinas cerradas salía un fino rayo de luz tenue. Eso era sorprendente; desde la muerte de su madre, apenas habían usado ese pequeño edificio. Percy no recordaba la última vez que había entrado ahí.

Meg abrió la puerta. La habitación estaba vacía. No había más que la cama que los dos habían compartido hacía muchísimo tiempo y la elegante cómoda de cedro de la época colonial que habían restaurado de jóvenes. Faltaba el cajón de abajo, notó Percy. Meg se acercó al otro lado de la cama y con un gesto le pidió que viniera en silencio.

Más tarde pensaría que el jerez debería haberle hecho sospechar. Meg no probaba el alcohol... No había bebido ni una sola vez desde que la conocía.

Se acercó a ella al otro lado de la cama. En el suelo, cerca de la pared, bajo la ventana cubierta por la cortina, iluminada por un cálido círculo de luz procedente de la lámpara, se encontraba el cajón que faltaba y, en su interior, envuelto en algodón blanco, dormía una bebé.

Miles de palabras revolotearon en la mente de Percy, pero todas huyeron antes de que pudiera pronunciarlas.

—¿Quién? —atinó al fin, aunque, por supuesto, lo sabía muy bien.

Meg no respondió la pregunta.

—Qué bien duerme. Sería imposible adivinar lo que ha pasado al verla.

—¿Cómo? —dijo Percy—. ¿Cómo ha llegado aquí?

—La encontré.

Percy no entendía cómo eso era posible.

—¿Cuándo? ¿Dónde?

—La poza. Salí a caminar.

Fragmentos de imágenes se sucedieron como los naipes de la baraja de un jugador experto: la familia en el mantel del pícnic, la cesta de mimbre en el árbol, las hormigas que desfilaban por la muñeca de la niña. No era posible que Meg hubiera estado ahí, lo hubiera visto todo, se hubiera llevado a la criatura de la cuna.

—No podía dejarla ahí. Le podría haber pasado cualquier cosa.

—¿Los chicos?

Meg negó con la cabeza.

Por lo menos, era algo.

—Meg —empezó, sus pensamientos comenzando a adquirir forma—. Meg, tenemos que…

—Aquí está a salvo. Mira qué bien está durmiendo.

Su mujer se había vuelto loca, comprendió. La conmoción de lo que había visto le había hecho perder el juicio.

—Tenemos que devolverla —dijo Percy—. Tenemos que llevarla a casa ahora mismo.

Meg miró a Percy como si hubiera hablado en un idioma desconocido.

Incluso mientras lo decía, Percy supo que no podían devolver a la pequeña sin más. Saberlo lo dejó agotado. Sin energías. Se hundió en un extremo de la cama.

Lo que quería era coger el teléfono, llamar al agente de policía que estaba al mando y pedirle que viniera enseguida, que había aparecido la bebé. Sin embargo, hacerlo implicaría que la investigación pusiera el foco sobre ellos, sobre Meg. Ella estaría implicada. Para empezar, ¿cómo iba a explicar cómo había encontrado a la pequeña? Cualquier motivo que la hubiera llevado cerca de ese pícnic iba a ser problemático. Habían muerto cuatro personas. A Percy ya lo habían interrogado, se habían mostrado interesados en Kurt. Solo Dios sabía quién en el pueblo se presentaría con más información sobre los vínculos entre las familias Summers y Turner. Si ahora la policía descubría después de todo que Meg había estado ahí, que había encontrado a la niña y la había traído a casa, sin informar a nadie de nada...

¿Por qué diablos lo habría hecho?

Percy se levantó de repente y se pasó las manos por el pelo. Dios.

—¿La van a encontrar, Perce? —preguntó Meg—. ¿Van a averiguar qué ha pasado?

Percy percibió un rastro de pánico en su voz y le sorprendió que fuera la primera vez que lo notara. Antes, mientras le estaba mostrando a la pequeña, Meg parecía casi ilusionada. La adrenalina, supuso Percy; ¿no era eso lo que ocurría cuando alguien sufría una conmoción? Sopesó su pregunta: ¿qué posibilidades había de que la búsqueda los trajera aquí?

—No hay mejor rastreador que Jimmy —dijo con cautela—. El joven Eric Jerosch tampoco es manco. Pero este tiempo lo dificulta todo mucho. Está lloviendo a raudales y no parece que vaya a escampar.

—¿Quizá alguien vio algo?

—Quizá —concedió Percy. Bien sabía Dios que ella estaba en mejor situación para responder esa pregunta. De todos modos, ¿por qué habría salido a dar un paseo, con todo lo que tenía que hacer? Sin embargo, la ansiedad había comenzado a retorcer los rasgos de Meg y, porque la principal tarea de su vida había sido calmarla, Percy se limitó a decir—: Aunque supongo que ya habrían avisado.

—Qué preocupada estoy, Perce. Tengo muchísimo miedo.

En la penumbra, Percy vio a la niña pequeña de la mina abandonada de tantos años atrás, cuando le dijo que se iba a marchar y ella trató de mostrarse valiente.

—¿Qué va a ser de esa chiquilla preciosa?

Ambos miraron a la bebé dormida y, como si lo sintiera, Thea se movió en la cuna improvisada, torciendo el gesto como suelen hacer los bebés cuando tienen gases. Meg se puso en cuclillas para posar la palma de la mano sobre el vientre de la pequeña y frotó con delicadeza hasta que pasó el malestar.

—Me recuerda a nuestros hijos —dijo en voz baja.

—Todos los bebés se parecen.

Ella no respondió y Percy sintió un inesperado arrebato de furia.

—Meg —comenzó—, sabes que tiene que volver.

—Volver ¿adónde? ¿A quién? —preguntó Meg, con la misma dulzura con que había consolado a la bebé—. Su familia ya no existe.

A Percy se le heló la sangre al oírlo. Había algo desafiante en la manera en que lo había dicho. Si no en el tono, en las palabras mismas. Porque, a todos los efectos, era cierto. Thomas Turner estaba en Inglaterra y era un hombre cuyos intereses no coincidían con la paternidad. Era difícil saber qué sería de la niña, qué era lo mejor para ella.

La pequeña levantó las rodillas y se removió a un lado y otro hasta que la tela que la envolvía se soltó por la cintura; las manos cerradas formaban puños. Incluso a la luz de la lámpara, Percy vio que tenía la cara de un violáceo brillante.

—Tranquila. —Meg estiró los brazos para sacarla del cajón. Se levantó, dando palmaditas en el trasero de la pequeña, meciéndola con ese ritmo instintivo de las madres de todo el mundo. Cuando posó los labios en la suave cabecita, susurrando naderías con cariño, los mismos sonidos consoladores que él recordaba de la infancia de sus hijos, Percy comprendió en qué lío se habían metido.

—Voy a volver a la casa —dijo, y le sorprendió que su voz sonara como siempre—. Me voy a duchar y a esperar a los muchachos.

—Sí, muy bien —respondió ella, sin levantar la vista—. Me voy a quedar aquí, con este tesoro. Necesita a alguien que le dé cariño. —Y añadió, mirando a la pequeña—: ¿A que sí, cielito mío?

Unas horas más tarde, Percy fumaba el último de los cigarrillos que le había dado Esther Hughes en el estrecho porche que rodeaba la cochera. Los muchachos dormían en sus cuartos. Su charla con ellos no había ido como esperaba; había atinado a poner sus ideas en orden, pero ninguno de los dos estaba de humor para hablar cuando volvieron de la batida. No importaba, ya habría tiempo por la mañana. De momento, se había sentado a limpiar las botas.

En los próximos días el mayor desafío iba a ser ocultarles a ellos la presencia de la pequeña. Cuanto menos supieran, mejor. Percy había estado intentando recordar todo lo que le había contado a la policía acerca de Meg. Había dicho que conocía a la señora Turner y que habían enviado pedidos a la casa desde que se mudaron; también había mencionado que Meg era amiga de todo el mundo en el pueblo, que ella era así. Nada de eso, sin duda, despertaría sospechas sobre su mujer, ¿verdad?

La mirada de Percy se posó en la hilera de árboles que bordeaban la calle principal de Tambilla. Su vida, vio de repente, había sido como uno de esos preciosos adornos de Navidad de Meg, globos de vidrio soplados a mano, que colgaban dentro del árbol: imperfectos pero íntegros. Sin embargo, esa estabilidad aparente había sido engañosa: todo era más frágil de lo que él se esperaba. Quería reparar ese precioso orbe, que contuviera a salvo en su interior todo lo que era importante, que todo volviera a ser como antes.

Pero se estaba dejando llevar por un pensamiento mágico y Percy no tenía tiempo para eso. No era el alcalde de Casterbridge, ni Jude el Oscuro; no estaba en una novela victoriana sobre el error fatal de un buen hombre, su trágica caída en desgracia. Tenía que pensar en su familia, y en la pequeña también.

La bebé dormía acurrucada en la cama junto a Meg. Su esposa, agotada, se había quedado dormida enseguida. Percy se había sentado a un lado de la cama, escuchando mientras la respiración de ella se iba volviendo más lenta; y la pequeña se movía bajo la sábana de algodón, se chupaba el puño, suspiraba y tragaba aire, como todos los bebés. Mientras permanecía ahí sentado, de espaldas a ambas, un plan había empezado a tomar forma. Esperaría unos días, hasta que la búsqueda policial perdiera ímpetu, y entonces encontraría la manera de llevar a la pequeña a un lugar donde la encontrarían, un lugar donde la podría dejar a salvo, sin que nadie lo viera.

Ya no llovía tanto mientras recorría el porche de un lado a otro. Percy veía la lluvia en el resplandor de la farola al otro lado de la calle. Terminó el cigarrillo. Todavía le costaba comprender cómo había ocurrido todo eso. «Estaba paseando… No podía dejarla ahí», era todo lo que Meg decía cuando le preguntaba. Pero la idea no lo dejaba en paz.

Temía que la policía supiera más de lo que revelaba. La cabeza le daba vueltas tratando de imaginar la escena, porque le preocupaba que algo hubiera levantado las sospechas del sargento de Adelaida. «¿No vio alguna evidencia de alteraciones en el pícnic? ¿Alguna señal de que alguien hubiera estado ahí?».

Percy había respondido que no. Era difícil saber si el sargento Duke se limitaba a sopesar todas las posibilidades o si ya se había formado una teoría.

—¿Vio alguna huella? —le había preguntado el sargento.

Percy había dado por hecho que se refería a los perros, pero ¿y si la policía había descubierto las huellas de Meg en el lugar de los hechos?

Percy necesitaba moverse. Se había terminado el cigarrillo y le urgía librarse de ese lugar. Se dirigió en silencio a la casa para recoger las botas y a continuación recorrió el estrecho sendero que iba de la tienda a la calle. En otros tiempos no habría podido escaparse con esa facilidad; Buddy, su perro, lo habría seguido de cerca, dispuesto a correr a su lado. Percy hundió las manos en los bolsillos. En una noche marcada por unas pérdidas tan extraordinarias, tan poderosas que eran imposibles de abarcar, pensar en el viejo Buddy fue un punto de inflexión. También eso había sido culpa suya. No había prestado bastante atención. Debería haber sabido que cuando los días calurosos se hacían eternos y los brotes de algas verde azuladas eran más densas, la corriente arrastraría peces globo a la playa. Cuántas perdidas. Percy se deslizó por el sendero solitario y salió a la noche oscura.

Lo primero que notó al llegar a la poza fue que la tierra estaba embarrada. Estaba revuelta allí donde habían estado los Turner, incluso al lado del tronco del árbol. La lluvia había borrado todas las huellas, comprendió, y por un breve instante se sintió aliviado. Al inspeccionar el suelo lodoso, se los imaginó ahí, tumbados, todos ellos, y recordó el aliento que no le rozaba los dedos, las hormigas en la muñeca de Evie, Matilda y su collar; se acordó de cómo el sargento Duke había anotado el nombre de su hijo.

Comenzó a llover de nuevo y ahí, en la oscuridad, en lugares ocultos, los dingos lanzaron sus aullidos contra la noche desapacible. Al oírlos, a Percy lo dominó una pena súbita y profunda. Eran los sucesos del día, pero había algo más, en un plano primordial. Así le hundían a uno estas tierras. Los sonidos, los colores, las historias a todo o nada… Había algo brutal y despiadado en todo ello. Lo dejaba a uno sintiéndose hueco y solo, debido a su inmensidad, su escala, la extensión de campo que seguía hasta el infinito. Salvo que (Percy lo comprendió de repente) no estaba solo. Lo percibió bajo la piel; lo estaban observando. El cielo se encendió con una luz plateada y Percy se sintió expuesto. Cuando regresó la oscuridad y los truenos retumbaron a su alrededor, comenzó la vuelta a casa.

Avanzó despacio y, cuando llegó, solo quedaba una hora para el amanecer. Percy se quitó las botas en el rellano y entró por la puerta trasera. Caminó de puntillas por el pasillo hacia la sala de estar. Sus botas estaban embarradas, no podía dejarlas así. No quería arriesgarse a que alguien averiguara que había estado fuera.

Haciendo el menos ruido posible, Percy sacó los trapos de la caja de madera de la alacena. Bastaba con limpiarlas un poco para quitarles el barro. Estiró la mano para alcanzar una bota y se quedó de piedra. Las botas de sus hijos estaban alineadas junto a la pared, como siempre, donde las había dejado después de limpiarlas; pero un par estaba tan embarrado como las suyas. Barro reciente, húmedo y frío.

Percy recordó el suelo revuelto bajo el sauce a orillas de la poza de los Turner. Guardaba el recuerdo de ese mismo sitio aquella tarde: todo el mundo se movía por el lugar de los hechos, los agentes de policía, los fotógrafos. La lluvia podría haber borrado casi todas las señales de la actividad de esas horas, pero el fotógrafo había captado y preservado la escena.

«¿Vio alguna huella?», le había preguntado el sargento de Adelaida, tras lo cual había querido saber si Percy se había acercado a la cesta de la bebé. Una cesta de mimbre que colgaba del árbol. Percy había respondido que no, pero le habían tomado las medidas de las botas y fue entonces cuando el sargento de Adelaida había mencionado a Kurt. A Meg no, pero sí a Kurt.

Y entonces, de repente, Percy comprendió. No habían encontrado huellas de mujer cerca de la cuna; habían encontrado huellas del tamaño y la forma de una bota de hombre. Por eso le habían tomado las medidas. Comprendió, también, la reticencia de Meg a dar detalles acerca de cómo había pasado la tarde. No estaba tratando de confundirlo. Se había mostrado imprecisa porque se lo estaba inventando.

Percy no sabía con seguridad a cuál de los dos muchachos estaba encubriendo, pero lo sospechaba, y comprendió, con tristeza, mientras miraba los pares de botas idénticas en el suelo, que iba a tener que corregir su declaración ante la policía.

A la mañana siguiente, Percy llamó para avisar y fue a la comisaría a primera hora. Todavía estaba lloviendo y la camisa del uniforme de Hugo Doyle tenía partes mojadas.

—Buenos días, Perce.

—Hugo.

—Lucy ha dicho que quieres añadir algo a tu declaración, ¿verdad?

—Así es.

Doyle lo estaba mirando, a la espera de que hablara, y Percy fue consciente de su propia cadencia al hablar, que de repente le resultó extraña.

—Lo estuve pensando más tarde. El sargento Duke me preguntó si me había acercado a la cuna y le dije que no.

—Lo recuerdo.

—Es que no fue así. Me acerqué a la cuna. No lo recordé mientras respondía anoche. Fue la conmoción. No estaba pensando con claridad.

Hugo estaba asintiendo con un gesto que no era distante y, sin embargo, a Percy, consumido por la culpa, le preocupó.

—Claro —dijo el policía—, lo entiendo. Una conmoción terrible. Es fácil olvidar los detalles. —Escribió algo en la libreta y levantó la vista—. Solo para asegurarme de que lo he entendido, el resto de tu declaración te parece bien: tu yegua necesitaba un chapuzón, te acercaste al arroyo, viste a la familia Turner y pensaste que estaban durmiendo, y luego te acercaste, ¿es así?

—Sí, pero al acercarme, pasé junto a la cuna.

—Pasaste junto a la cuna.

—Sin pararme. No sabía qué era en ese momento. Solo me pareció una cesta.

—¿No miraste dentro?

—No. Vi a los Turner en el mantel del pícnic. Supe que algo no iba bien. Me acerqué a ellos sin pararme.

Doyle escribió otro par de frases en la libreta.

—¿No viste ni oíste nada?

—Ojalá. No había nada que hiciera creer… Me habría acercado a mirar bien si hubiera pensado por un solo segundo que…

Doyle estaba asintiendo y, cuando resultó evidente que Percy no iba a atinar a expresar qué era lo que lamentaba, el agente dejó el bolígrafo.

—Bueno, gracias, Perce —dijo—. Le pediré a Lucy que lo pase a máquina y lo añadiremos a tu declaración.

—Gracias.

—A ti por venir, sobre todo hoy, que es Navidad.

—Cómo no.

—Y no te preocupes de nada, vamos a llegar al fondo del asunto. Sea lo que sea que haya pasado, si alguien estuvo implicado, lo vamos a descubrir. No te equivoques. Se lo debemos a todos ellos, ¿a que sí?

Percy asintió.

—Y vamos a encontrar a esa pequeña también. Tengo a hombres ahí fuera y se están acercando.

—¿Tienes una pista?

Doyle se dio unos golpecitos en el lateral de la nariz.

—Digamos que, si está en algún lugar donde podamos encontrarla, daremos con ella.

CAPÍTULO TREINTA

A Percy le costó mantenerse a flote a lo largo de los siguientes días. Meg nunca estaba, sus hijos no le dirigían la palabra, la familia Turner yacía muerta en la morgue. La policía estaba interrogando a todo el mundo en el pueblo. Percy había acompañado a Kurt a la comisaría antes de que empezaran a sospechar de él; la búsqueda de la pequeña Turner continuaba.

Algunas clientes habituales habían comenzado a hacer comentarios al no ver a Meg en el mostrador y Percy respondía que estaba descansando, que la noticia la había afectado mucho. Todas hacían ruiditos de comprensión; sabían que Meg era una mujer muy empática. La realidad, sin embargo, era que Meg estaba muy ocupada. Cuando estaba en casa, apenas se apartaba de la pequeña; meses atrás había pedido una nueva fórmula para bebés que seguía en los estantes, sin venderse. Meg le estaba dando buen uso y pasaba largos ratos sentada junto a Thea, tarareando y cantando para calmarla mientras le daba de comer, y Thea agradecía la atención constante. Solo salía para ir a Halcyon, donde se había propuesto no perder de vista a la señora Turner-Bridges, cuyo bebé había nacido en circunstancias tan difíciles.

Percy se sentía cada vez más inquieto. La bebé, Thea, debía aparecer pronto, y no en brazos de su mujer. Desde Navidad llevaba dando vueltas a sus opciones y al fin, en la asamblea vecinal en el Instituto, había descubierto una oportunidad. Había ido a la asamblea solo, tras dejar a Meg en casa con la bebé y a los muchachos a cargo de la tienda, y ahí fue donde entrevió a la mujer a la que todo el mundo llamaba en susurros lastimeros «la pobre cuñada de la señora Turner».

La había conocido un par de semanas antes, al llevar un pedido a Halcyon por la mañana temprano. Aún estaba muy embarazada entonces y su cutis relucía con una fina capa de sudor, pues ya era un día caluroso a pesar de la hora temprana.

—Usted debe de ser el señor Summers —le había dicho con una sonrisa cuando se presentó ante la puerta de la cocina—. Issy me dijo que iba a traer hoy la comida. ¿Le importaría dejarlo todo dentro por mí? —Percy había hecho lo que le pedía y había dado un paso atrás, tratando de pensar en algo que decir. No se esperaba encontrarse con ella. Esa mujer, la cuñada, le recordaba muchísimo a Thomas Turner, su hermano; compartían la misma actitud, encantadora sin esfuerzo aparente, y la confianza de proceder de una familia pudiente. Percy se sintió torpe en comparación. La expresión de la cuñada se había vuelto perpleja mientras Percy seguía ahí, antes de sonreír de repente y decir—: ¡Ah, discúlpeme! —Tras ello, se había marchado en busca de su bolso tan rápido como le permitía su vientre. Buscó en el interior y sacó un par de monedas, que sostuvo en la mano abierta—. Por las molestias —dijo—. Por subir hasta aquí con todo este calor.

Incluso ahora, a Percy se le encendía la cara de la vergüenza al recordarlo. Había rechazado las monedas con un gesto.

—No es ninguna molestia —se había apresurado a decir—. Ninguna molestia. La dejo entonces, a no ser que quiera algo más.

—Eso es todo. Muchas gracias de nuevo.

Lo acompañó hasta la puerta, y acababan de salir al resplandor dorado de la luz de la mañana cuando Percy distinguió una figura que caminaba por la pendiente que daba al cobertizo de arriba.

—¡Ah, ahí está Issy! —La señora Turner-Bridges levantó una mano para saludar.

Venía de la huerta, comprendió Percy cuando Isabel se les acercó; tenía una mancha de tierra en la mejilla y llevaba una taza elegante colgando perezosamente de los dedos.

—Ha venido temprano, señor Summers —saludó con una sonrisa—. ¿Ya os conocéis?

—Sí —respondió la señora Turner-Bridges—. El señor Summers tuvo la bondad de llevar la comida dentro.

—Siento no haber estado… Me he distraído. —Señaló con un gesto intencionado el embarazo de la señora Turner-Bridges—. Voy a tener que dejar de salir a estas horas. Ya no queda mucho.

—Eso espero, desde luego —respondió la señora Turner-Bridges—. Sé que parezco impaciente, pero cuanto antes la tenga en mis brazos, mejor. Estoy haciendo todo lo posible para que así sea. —Miró a Percy con cierta timidez, como para excusar que acabaran de tratar los misterios femeninos del parto—. Un buen paseo cada mañana al amanecer. Es una vieja costumbre.

—Nora es la única persona que conozco que se levanta antes que yo y siempre es fiel a sus costumbres. Llueva, granice o brille el sol, ella siempre sale a pasear por la rosaleda antes de que comience el día.

—Es reparador —dijo la señora Turner-Bridges—. Mejor que cualquier vitamina que se te ocurra. Si Dios lo quiere, ¡así pronto daré a luz a esta niña!

Su deseo se había cumplido en Nochebuena; cuando Percy la vio en la asamblea vecinal del 28 de diciembre, llevaba a su bebé en brazos. Mientras el sargento Duke repasaba las evidencias para los habitantes del pueblo ahí reunidos, Percy no apartó ojo de la señora Turner-Bridges. Saltaba a la vista que estaba consumida por el dolor, y agotada, y preocupada por su bebé. Observó cómo acunaba a su pequeña, a quien llevaba en un fular al pecho, y apoyaba con delicadeza la mejilla contra la cabecita de la criatura.

Aquel gesto, la devoción instintiva que transmitía, lo convenció. Tal vez su plan no fuera perfecto, pero se le acababa el tiempo. Tenía que separar a Meg de la pequeña, y cuanto antes, mejor.

Percy hizo acopio de valor para una conversación difícil, pero Meg lo sorprendió.

—Sí —aceptó Meg—. La pequeña tiene que irse; debería estar con su familia.

Dijo que había tenido la oportunidad de conocer a la señora Turner-Bridges (o Nora, como ya la llamaba) en los días posteriores a la Navidad, desde que subía a la casa para ayudar.

—La he observado y es una mujer cariñosa y capaz. Esta preciosa criatura va a estar en buenas manos.

Aliviado y contento, Percy le contó su idea. Tras sopesar las palabras con atención, Meg asintió con seriedad.

—Sí —dijo—. Creo que eso saldría bien.

Se preveía buen tiempo para el jueves 31 de diciembre. Percy decidió ir justo antes del amanecer. Habría bastante oscuridad para acercarse a escondidas, pero quedaría poco para la luz del día, de modo que la niña pasaría poco tiempo sola al aire libre. Le hacía sentir náuseas correr semejante riesgo, pero por mucho que lo pensara, por mucho que tratara de encajar las piezas del rompecabezas, era lo mejor que se le había ocurrido.

La llevó contra el pecho, en el portador de pedidos, y cabalgó despacio y con cuidado hacia la casa. A pesar del clima soleado desde la tarde del 26 de diciembre, había todavía mucha humedad y la tierra estaba cenagosa. Lo último que necesitaba era quedarse atascado por ahí.

Cruzó el último prado, pasó por la puerta de la cerca y entró en la arboleda que llegaba al lado sur de la rosaleda. Cuando estuvo bastante cerca, desmontó y ató las riendas al poste con firmeza. La niña se había quedado dormida gracias al movimiento arrullador de la yegua. Percy se descubrió a sí mismo contemplándola a la luz de la luna llena. Era una bebé preciosa… Meg tenía razón. La luz de la luna en su carita le recordó a cuando sus hijos eran pequeños. La gente lo decía todo el tiempo; era un cliché porque era cierto: uno se olvidaba de lo pequeños que eran.

Percy avanzó a hurtadillas por el jardín. Estaba dividido en cuatro partes: cuatro arriates de flores con senderos de hierba que trazaban una cruz y una gran urna de piedra en el centro. Iba a dejar a la pequeña en el cuadrante más lejano, cerca del nogal: así, cuando se abriera la puerta, ese rincón del jardín quedaría a la vista. Lo único que tenía que hacer era esperar hasta que hubiera un poco más de luz y quedarse cerca hasta que hallaran a la niña.

Depositó a la niña con cuidado, tras alisar primero la tierra. Percy había comprobado que iba bien envuelta durante el trayecto, pero le aflojó la manta para que no pareciera demasiado impecable; estiró el borde para cubrir la arena debajo de la cabeza. No era, gracias a Dios, una noche fría. Dudó un momento al ver la carita, los ojos abiertos de par en par de nuevo, que parpadeaban al mirarlo; la cara se curvó en las comisuras y casi dibujó una sonrisa. Percy rozó con delicadeza los nudillos contra los mofletes.

—Pórtate bien, pequeña. Dentro de poco vas a volver a casa.

Regresó al lugar donde había dejado a Blaze y se acuclilló detrás del seto. El primer atisbo de luz se anunciaba rosado por encima de los eucaliptos de la pendiente, pero el resto del cielo permanecía a oscuras.

Hubo un ruido detrás de él. Percy se quedó inmóvil, a la escucha. Calmó a la yegua.

Debían de ser imaginaciones suyas. No habría nadie fuera a esas horas.

Pero lo oyó de nuevo.

Tuvo que ir a mirar. Si alguien veía lo que había hecho, si alguien podía vincularlo con la niña desaparecida, llevaría a la policía a su familia, a Meg o a Kurt.

Con una última mirada por encima del hombro a la manta blanca en el suelo, Percy bordeó el seto, con cuidado para no resbalarse. Apuntó la linterna hacia el valle a oscuras; tenía la certeza de haber visto algo moviéndose.

—Eh —llamó con cautela. Un escalofrío le recorrió el cuerpo.

Nadie respondió. Percy se quedó quieto y escuchó.

El sonido crujiente de algo en el follaje, el ruido sordo de una pisada.

Percy se adentró más. Volvió a apuntar con la linterna. A un lado, a otro. Nada. Lo único que hacía ruido, lo único que se movía, era él. Lo que fuera (o quien fuera) ya se había ido.

Volvió a guardar la linterna en el bolsillo y regresó al punto de observación. Blaze, que esperaba paciente, olisqueó el hombro de Percy cuando retomó su lugar. Volvió a clavar la mirada en el arriate más lejano.

Se le paró el corazón mientras recorría con la vista los rosales a la luz del alba y sintió una subida de adrenalina. La pequeña no estaba.

De vuelta en la tienda, Percy esperó todo el día. Le ponía nervioso no haber visto a la señora Turner-Bridges encontrar a la niña, pero sabía que daba una vuelta a la rosaleda todas las mañanas al amanecer; todo el plan se había basado en ese hecho. Se había alejado unos pocos minutos, cinco como mucho; sin duda, en ese intervalo ella había salido de la casa, había visto a la pequeña y había regresado con ella. En cualquier momento recibiría la noticia de la aparición de la niña y de la suspensión de la búsqueda.

Las noticias se propagaban como la peste en Tambilla y Percy pasó aquel primer día sobre ascuas, con la certeza de que cada persona que pasaba por la puerta le iba a dar la buena nueva. A medida que la tarde se acercaba a su fin y no llegaba anuncio alguno, Percy se dijo a sí mismo que la policía tendría que encargarse de un montón de asuntos oficiales ante el hallazgo de una niña desaparecida; no había nada extraño en la demora.

Pero volvió a ocurrir lo mismo al día siguiente. Percy esperó, escuchó las noticias en la radio, incluso vio a los agentes de policía a cargo de los interrogatorios en la calle principal, almorzando en el salón de té de Betty. Nadie dijo nada. Ni siquiera una indirecta.

Miró el periódico todos los días, mientras él y Meg mantenían una competición silenciosa para meter los paquetes de los pedidos que habían dejado en la puerta antes del amanecer. Con el pretexto de reponer los estantes de comestibles, el que llegara primero desataría el paquete de los periódicos y podría echar un vistazo a las páginas.

—¿Algo interesante? —preguntaría Meg.

—No parece.

Con cada día que pasaba, mientras permanecía atrapado en un cenagal de incertidumbres, Percy esperó que Meg se lo reprochara, que le dijera: «Confié en ti» y «¿Qué ha salido mal?». Pero, y eso decía mucho a su favor, nunca lo hizo.

Aun así, Percy se reprendía a sí mismo. No tenía sentido. Había devuelto a la niña. Había apartado la vista, sí, había salido en busca de aquello que lo hubiera perseguido en el valle, pero solo se había ausentado unos minutos.

Percy se aferró a los últimos restos de esperanza todo el tiempo que pudo, hasta el día que vio a la señora Turner-Bridges con el cochecito en la calle. Aún iba vestida de luto y era evidente que nada en su situación había cambiado desde que la viera en la asamblea vecinal. Supo que las cosas no habían salido según el plan. La señora Turner-Bridges no había encontrado a la pequeña y él había cometido un error terrible, terrible.

CAPÍTULO TREINTA Y UNO

Sídney, 19 de diciembre de 2018

Eran las ocho de la noche del miércoles cuando Jess volvió a Darling House; los últimos restos de luz solar eran de un púrpura frío y los pájaros del atardecer se estaban reuniendo en la cala. Había dedicado las dos horas del vuelo desde Adelaida a reflexionar sobre la conversación con Marcus Summers, transportada a aquella tormentosa Nochebuena de 1959: el terrorífico descubrimiento; las largas y lluviosas horas en casa de los Summers; los angustiosos días y las decisiones que siguieron.

Marcus se había sentido aliviado al contar por fin la historia. Su padre había llevado sobre los hombros la pesada carga de la culpa, dijo, y ahora, al fin, podía librarse de ella. También para Marcus había motivos para el consuelo al compartir la confesión de su padre.

—Yo había vuelto aquella tarde de un pedido —le explicó a Jess— y le estaba contando a mi madre que le había dado el regalo a la señora Turner, pero estaba distraída horneando una tarta para el cumpleaños de mi padre.

Parecía abrumada y me sentí mal por ella... Siempre estaba haciendo cosas por los demás. Decidí que quería salir para encontrarme con mi padre a su regreso y asegurarme de que iba directo a casa.

»Supongo que no lo vi por poco. Según lo que averigüé más tarde sobre cómo sucedió todo, yo debí de haber llegado al lugar de los hechos, junto al sauce, poco después que él. Me quedé de piedra al ver aquello..., pero entonces oí llorar a la bebé. Estaba en la cuna, colgada de una rama del árbol. Yo no pensaba con claridad. Aún llevaba el portador de pedidos, así que la metí ahí y me fui lo más rápido que pude por los prados, evitando las calles, de vuelta con mi madre, con la confianza de un chaval de catorce años en que ella podría arreglar las cosas.

Y Meg lo había intentado.

—Telefoneó a la comisaría —continuó Marcus—, pero estaban demasiado ocupados para responder. Le dijeron que había una emergencia y colgaron. Ella ya lo sabía todo, claro (yo le había contado lo que había visto), así que me envió a buscar a Kurt para que volviera a casa. Él andaba con Matilda Turner, y supongo que mamá sospechó que la policía empezaría a indagar sobre Kurt. Quería tenerlo cerca.

Le dijo que su padre se había aferrado a la esperanza todo el tiempo que le fue posible, imaginando que la niña habría sobrevivido no sabía cómo... Que otra persona se habría topado con ella, se la había llevado y ella había sido feliz en otro lugar, sin que nadie lo supiera. Pero en 1979, cuando se hallaron los restos en la rosaleda, no demasiado lejos de donde la había dejado, Percy se había visto obligado a aceptar la verdad. Marcus dijo que su padre había intentado ponerse en contacto con Nora entonces, pero ella no había querido saber nada de él.

—Y tú hiciste una última tentativa de contárselo —dijo Jess—. Por eso le escribiste la carta. Lo hiciste en nombre de tu padre.

—Era el aniversario de su muerte y pensé que merecía la pena intentarlo de nuevo. Se lo debía… Al fin y al cabo, yo fui el responsable de todo lo sucedido.

—Porque llevaste a Thea a casa desde el pícnic.

—Y porque yo fui quien lo siguió aquella noche, cuando la llevó a Halcyon. Yo era un metomentodo a esa edad. Estaba intentando comprender el mundo de los adultos y vi mucho más de lo que habría debido.

Jess recordó que en el libro de Daniel Miller el reverendo admitía que el joven Marcus Summers había ido a hablar con él, confuso y molesto, tras haber visto a Kurt y Matilda juntos.

Saber que había distraído a su padre en aquel momento crucial, de modo que ninguno de los dos vio lo sucedido y no fueron capaces de proteger a la pequeña, había cambiado el curso de la vida de Marcus.

—Por eso estudié Derecho —contó a Jess—. Me comprometí a buscar justicia. No podía cambiar lo sucedido a Thea Turner, pero podía ayudar a arreglar otras cosas. Tenía una visión de lo más ingenua del sistema legal por aquel entonces… Tardé bastante tiempo en comprender que lo que es legal y lo que es bueno no siempre son la misma cosa, pero he hecho lo que he podido.

Tras décadas ganándose la vida haciendo preguntas para juntar las piezas de una narración irrefutable, Jess tenía la sensación de que aún quedaban cabos sueltos que se le escapaban. Sin embargo, quería sopesar esa nueva información en primer lugar… y tenía que salir a toda prisa hacia el aeropuerto. Se preguntó cómo habría interpretado Nora la carta de Marcus Summers. ¿Qué habría pensado que quería decirle? Había arrojado la carta a la papelera, pero la había motivado a retomar el libro de Daniel Miller y a enfrentarse a las escaleras de la buhardilla. Y había escrito las iniciales de Marcus en su diario, lo que daba a entender que tenía la intención de llamarlo. Ojalá lo hubiera hecho. Tal vez Nora aún estaría aquí, caminando junto a Jess mientras las dos regresaban juntas de una visita a Tambilla.

En su lugar, Jess estaba sola y, mientras se acercaba a Darling House, esos pensamientos se desvanecieron y los problemas de la vida cotidiana regresaron. La luz de la cocina estaba encendida, y las sombras de su última conversación con Polly volvieron a su mente. Habían pasado muchas cosas desde entonces; Jess casi había olvidado por qué se había enfadado tanto en primer lugar. Era un sentimiento familiar. Así eran siempre las cosas con Polly: en las raras ocasiones en que Jess se molestaba con razón, su frustración decrecía con el tiempo y siempre llegaba a la conclusión de que había actuado demasiado rápido, que no había sido justa, que su madre se merecía otra oportunidad. «La cuidan los ángeles —le había dicho una vez Rachel con aire de entendida cuando Jess le describió el fenómeno. Jess debió de haberse mostrado perpleja, ya que su amiga añadió para explicarse—: Todas conocemos a alguien así. Son menos cuidadosos, menos capaces y, sin embargo, las cosas de verdad horribles nunca les pasan a ellos. La gente quiere ayudarlos, atraen la bondad de los demás… Les cuida un ángel de la guarda allá donde vayan».

La idea había impresionado a Jess. Sin duda, describía bien lo que había observado en Polly.

Hizo acopio de valor para afrontar la incomodidad de su regreso. No quería continuar las hostilidades: estaba demasiado cansada. Iría directa a la cocina, saludaría y luego se retiraría. Lo mejor para ambas era dejar que pasara el día que les quedaba juntas y a continuación que cada una volviera a su vida.

Polly estaba acabando de lavar cuando Jess la sorprendió en la cocina. Había un solo plato y un juego de cubiertos en el escurridor, y Jess sintió una punzada de compasión, aunque (como se recordó a sí misma) Polly comía sola a menudo. Y eso era exactamente a lo que se refería: Polly atraía la compasión ajena por cosas que otras personas aceptaban sin rechistar.

—Hola —saludó Jess con una alegría crispada—. ¿Has pasado buen día?

Tras un breve momento de incertidumbre, Polly sonrió al saludarla.

—Sí, gracias. ¿Y tú? ¿Has estado ocupada?

—Sí. —Jess se irritó ante la indirecta implícita en la pregunta, declinó compartir más y ambas guardaron silencio—. Bueno —siguió Jess al cabo de un par de minutos vacíos—. Estoy muy cansada. Me voy a acostar temprano.

—Antes de que te vayas —se apresuró a decir Polly cuando Jess hizo ademán de marcharse—, ha llegado correo para ti.

Qué sorpresa.

—¿Para mí? ¿Aquí?

Polly asintió, limpiándose las manos en la servilleta, y señaló la mesa del comedor. Había dos paquetes junto al frutero, ambos con sellos de Estados Unidos.

Jess vio que el primero era el ejemplar del libro de Daniel Miller que había comprado en AbeBooks. El segundo, deduje por la dirección de la remitente garabateada en el sobre para envíos internacionales, era de Nancy Davis. Recordó que Nancy había querido enviarle algo por la muerte de Nora. Al parecer, no era el ramo de flores que se esperaba.

Le picaba la curiosidad por ver qué había dentro, pero por una razón misteriosa incluso para sí misma, no se permitió mostrarse ni remotamente interesada delante de Polly. Recogió los paquetes y, antes de subir las escaleras hacia su habitación, dijo un educado:

—Gracias.

Abrió en primer lugar el paquete de AbeBooks. Qué ironía que, en tan solo dos semanas, hubiera obtenido tres ejemplares del libro de Daniel Miller. Era la edición de 1980 y contenía el apéndice que Polly había fotocopiado y pegado en la parte trasera de su libro. Jess lo abrió y pasó las páginas. Saltaba a la vista que el ejemplar estaba más usado de lo que esperaba. Quienquiera que hubiera sido su anterior dueño parecía haberse considerado un investigador aficionado, ya que había realizado anotaciones a lápiz por todo el libro, observaciones sobre los personajes, preguntas en los márgenes y, lo más intrigante de todo, una lista en la portadilla de venenos y posibles métodos de asesinato. Al final de la página había escrito: *Sola dosis facit venenum.* ¡La dosis hace el veneno! Jess asintió al ver el matarratas que Meg Summers le había vendido a Isabel Turner y el espécimen que Evie había obtenido para Matilda, pero al final de la lista, con un interrogante, aparecía una palabra que no reconoció de inmediato: «¿Cianotoxinas?».

Jess frunció el ceño. ¿Qué eran las cianotoxinas? Tecleó la palabra en el teléfono. Apareció una serie de vínculos, de la Wikipedia a EPA y varias publicaciones científicas. Un rápido vistazo reveló que la cianotoxina era otro nombre de las algas verdeazuladas. Jess leyó lo suficiente para deducir que la toxina, producida por cianobacterias, se hallaba en todo tipo de lugares, pero sobre todo en masas de agua con una alta concentración de fósforo. Las cianotoxinas se encontraban entre los venenos naturales más poderosos que conocía la ciencia y, con la suficiente concentración, podían matar animales y humanos. Incluso se habían realizado experimentos para su posible uso militar como arma biológica.

En un rincón de la mente de Jess comenzó a sonar el leve aullido de una alarma. Buscó «algas verdeazuladas» y «Australia del Sur» y llegó al sitio web del departamento de salud del gobierno de Australia del Sur, donde se afirmaba que los recursos acuíferos de esa zona se sometían a inspecciones regulares en busca de algas verdeazuladas. Continuaba diciendo que se publicarían advertencias sanitarias en caso de hallar algún brote. Los Altos de Adelaida era una región agrícola, como sabía Jess, y ya lo era en los años cincuenta... Era muy probable que los vertidos de fertilizantes con fósforo y los sistemas sépticos hubieran causado un brote local de algas en diciembre de 1959. Además, si, como sospechaba Jess, Isabel había ayudado en la Resistencia durante la guerra, era posible que hubiera conocido los usos experimentales de ese veneno como arma...

Por otra parte, la familia Summers había estado nadando cuando Percy los encontró. ¿Y si hubieran llenado las botellas con el agua del arroyo y todo hubiera sido un accidente espantoso y no un caso de asesinato en absoluto? ¿La policía y el forense habían considerado la posibilidad de las cianotoxinas? ¿Habrían sido capaces de detectarlas por aquel entonces?

Jess no había recibido la respuesta de la profesora universitaria, pero buscó su mensaje previo y envió otro, en el que se disculpaba por ponerse en contacto de nuevo tan rápido y preguntaba si el alga verdeazulada podría haber sido la causa de las muertes y, en ese caso, si habría sido detectable en aquellos años.

Tenía tantas ganas de repasar todas las notas del anterior dueño del libro (¿quién sabía qué otras ideas apuntadas en los márgenes podrían ser de ayuda?), pero no se le iba de la cabeza el paquete de Nancy. Jess había evitado abrirlo, consciente de que guardaría relación con la muerte de Nora y no sabía si quería revivir la tristeza de cuando estaba recibiendo condolencias, pero lo había enviado por correo urgente... Nancy estaba decidida a que Jess recibiera el paquete cuanto antes.

Era un paquete suave, con una cantidad excesiva de cinta sellando el sobre acolchado. Jess tuvo que usar las tijeras para cortarla. En el interior descubrió un segundo paquete envuelto en plástico de burbujas y una carta.

Querida Jess:

Espero que estés bien al recibir esta carta, aunque sé que estarás lidiando con la enorme tristeza de haber perdido a tu abuela. Ojalá tuviera palabras para mejorar la situación, pero tú y yo sabemos que no existen los atajos cuando se trata de la pena. En su lugar, me conformaré con decir que lo siento muchísimo y te envío mi solidaridad, así como mi gratitud, sincera y egoísta, por haber tenido la ocasión de hablar contigo.

Al escribirte ahora, también estoy cumpliendo una promesa que le hice a mi tío. Junto a la carta encontrarás un paquete que apareció cuando estaba catalogando el cobertizo de Dan tras su muerte. Tenía una caja fuerte, dentro de la cual se encontraba este paquete y una nota con instrucciones. En caso del fallecimiento de Nora, si se pusieran en contacto su hija Polly o su nieta Jessica, el paquete debía serles enviado. Dan prefería que el paquete lo recibiera Polly.

Sé que tu madre y tu abuela se habían distanciado, en tanto que tú y Nora seguíais tan unidas como era posible, así que me temo que seguir las indicaciones de Dan puede resultarte doloroso. Pero Dan fue muy específico al indicar que, si era posible, era Polly quien debía abrir el paquete. Te lo envío a ti con la esperanza de que tú se lo puedas hacer llegar y con mis disculpas, pues no me queda otra opción que hacer lo que me pidió mi tío.

Espero que lo comprendas y que podamos volver a hablar pronto.

Con mis mejores deseos,

NANCY

Jess reparó en que había estado conteniendo la respiración y dejó escapar un largo y lento suspiro. Volvió a recorrer la carta con la vista y, tras un momento de ensimismamiento, la dejó y centró su atención en el paquete que la acompañaba. Nadie se iba a enterar si ella lo abría primero. Nancy no estaba ahí para verlo y Polly no tenía ni idea de quién era Nancy Davis.

Pero (se sonrió a sí misma con pesar), incluso mientras lo pensaba, supo que no iba a contravenir los deseos de Daniel Miller. Apretó el plástico de burbujas. Había algo dentro. Jess lo sacudió un poco y detectó un ruido. Era un sonido vagamente familiar, pero no atinó a ubicarlo.

Jess dejó el paquete al alcance de la mano. De repente, le asombró que, según la carta de Nancy, Daniel Miller hubiera mencionado a Polly y a ella misma por sus nombres. Podía comprender que supiera el de su madre (había conocido a Polly de bebé), pero ¿cómo sabía el suyo?

Jess necesitaba saber qué contenía el paquete. Más que nunca, estaba convencida de que algunas de las respuestas que estaba buscando se encontraban en su interior.

Solo podía hacer una cosa.

Cogió el paquete y bajó las escaleras.

—Dime otra vez quién lo ha enviado.

Polly todavía estaba intentando comprender. Jess había irrumpido en la cocina con el aire decidido que reconocía de cuando su hija era pequeña. Blandía en alto un pequeño paquete y le lanzó una explicación apresurada gracias a la cual Polly dedujo que alguien en algún lugar le había enviado algo y que tenía relación con ella no sabía cómo.

—Se llama Nancy Davis.

—No conozco a nadie que se llame Nancy Davis —dijo Polly, perpleja—. ¿Por qué me enviaría un paquete y cómo sabía que yo estaría aquí? ¿Y por qué lo ha enviado a tu nombre?

Jess suspiró, impaciente.

—Nancy Davis es la sobrina de Daniel Miller.

—¿Daniel Miller, el autor del libro que te he traído?

—Sí, ese mismo. Daniel Miller murió hace unos años y Nancy es su albacea. Miller dejó un paquete e indicó que, si Nora moría y una de sus descendientes se ponía en contacto, debían recibir este paquete.

—Pero yo no me he puesto en contacto con ella.

—No, pero yo sí. Yo llamé a Nancy Davis.

—Entonces ¿por qué me ha enviado el paquete a mí?

—Eso no lo sé. Pero Nancy dice que las instrucciones eran claras. El paquete era para ti.

Polly suspiró. Tenía la tendencia de dejarse llevar por la turbación. Había traído el libro de Daniel Miller para Jessica porque quería ayudar a su hija en unos momentos difíciles, pero no tenía ganas de revivir ese asunto. Había causado una enorme fractura en su vida: la conmoción de descubrir lo que Isabel Turner había hecho; la exigencia de Nora de guardar el secreto; su insistencia en que Jess no lo llegara a saber...

Y, sin embargo, ahí estaban. A pesar de los deseos de Nora, había llegado un paquete para Polly como parte de una serie de acontecimientos que había desencadenado la propia Jess. Las tres eran como personajes de un viejo cuento de hadas: el hechizo lanzado ante la cuna de la pequeña, la promesa exigida para que la niña no descubriera el secreto, el inevitable regreso de la verdad.

—Las instrucciones eran claras —repitió Jess—. Es para ti y haz con ello lo que quieras.

Polly tomó el paquete. A pesar de la incertidumbre que sentía, una cosa saltaba a la vista: Jess se moría de ganas de saber qué contenía. Hizo acopio de valor y preguntó:

—¿Lo abro, entonces?

—Si quieres.

Polly disimuló cuánto le divertía que Jess tratara de mostrarse despreocupada. La indiferencia no había sido nunca propia de su hija.

—Vale —zanjó Polly—. Vamos a ver qué hay dentro.

La cinta adhesiva que mantenía unido el plástico de burbuja era vieja y había comenzado a amarillear. La desprendió con facilidad.

—Es una casete —dijo Polly—. Hacía años que no veía una de estas.

—¿Sobre qué es? ¿Qué dice ahí?

Polly giró el estuche para mirar la etiqueta. «Nora Turner-Bridges, 14 de diciembre de 1979». La fecha le resultó familiar y tardó menos de un segundo en juntar las piezas. Aquel fue el día en que Daniel Miller había visitado a Nora en Darling House. Se lo contó a Jess y frunció el ceño.

—Pero no sé qué tendrá que ver eso con esta casete.

Jess respiró hondo.

—Es la entrevista que le hizo a Nora.

Polly escuchó mientras Jess le explicaba que Daniel Miller regresó a Australia tras el hallazgo de los restos de la pequeña Thea Turner.

—Vino a escribir el apéndice que aparece en las últimas ediciones del libro, pero Nancy me contó que también hizo grabaciones. En el 59 no le fue posible (la tecnología no era bastante buena), así que habló con los habitantes de Tambilla de nuevo.

—No tenía ni idea. Entonces, por eso fueron a la biblioteca. Y luego salió al jardín. —Polly recordó la enorme mochila que llevaba; supuso que contenía una grabadora de la época.

—¿Fue entonces cuando lo conociste?

—Y tú también. Se quedó maravillado al verte.

Jess estaba asintiendo; se le abrieron los ojos al comprenderlo.

—Por eso sabía mi nombre.

—Supongo que sí.

—¿Puedo? —Jess señaló la casete.

Polly observó a su hija, que dio vueltas al estuche de plástico en las manos, lo abrió y pasó el dedo con fervor por la parte alta de la casete.

Al ver el gesto entusiasta de su hija, la mente de Polly volvió al día en que conoció a Daniel Miller. Se vio a sí misma de pie junto a la fuente, charlando con ese escritor estadounidense sofisticado, vestido con una chaqueta de cuero, mientras Jess se acercaba a gatas y se ponía en pie. A Polly le había caído bien Miller. Algo en su mirada transmitía un interés genuino, incluso mientras hacía preguntas prosaicas acerca de la vida en Darling House y realizaba observaciones sin importancia sobre lo mucho que le habría gustado a Polly crecer ahí, qué bonito era que tres generaciones vivieran juntas, cuánto había mimado Nora a Polly de bebé.

Sentada ahí junto a Jess, Polly sintió, como le ocurría tan a menudo, la melancolía del paso del tiempo y las oportunidades perdidas. Los rasgos infantiles de su hija aún eran visibles en su rostro de mujer adulta, pero solo para quienes sabían dónde mirar. Las cejas anchas que le habían dado ese aire inteligente, incluso de pequeña; la boca pensativa y el hoyuelo en la barbilla; esa leve inclinación de la cabeza cuando se concentraba. Polly había dedicado innumerables horas a memorizar las líneas con forma de corazón del mentón de su hija. Qué cruel era la vida: padres e hijos compartían muchísimas experiencias cruciales, pero solo uno de ellos conservaba los recuerdos. Qué labor solitaria ser la única guardiana de la memoria.

—¿Qué? —Jess había levantado la vista y había sorprendido a Polly con la mirada clavada en ella.

Sin duda, en algunas ocasiones Polly se había equivocado de camino (era extraño qué fácil resultaba ver las señales desde el presente), pero había aceptado hacía mucho que era inútil dejarse llevar por la oscura tentación del arrepentimiento. En su lugar, sonrió y se limitó a decir:

—Venga. ¿Vemos qué dice la cinta?

CAPÍTULO TREINTA Y DOS

Q ué suerte, coincidieron más tarde, que Nora fuera una de las pocas personas en Sídney que había conservado no solo el reproductor de vídeo, sino también el sistema estéreo comprado en los ochenta, lo mejor de lo mejor por entonces, e instalado con gran pompa en la biblioteca de Darling House. La carcasa plateada contenía una platina de casete y dos medidores de volumen, uno para cada enorme altavoz.

Jess solo había tenido permiso para usar ese dispositivo especial en muy raras ocasiones desde que vino a vivir con Nora, así que había conservado un aire de prestigio. Observar la oscilación de las agujas del medidor, retroiluminadas en naranja, había sido una experiencia religiosa. Comprobó en qué lado de la casete estaba la grabación y la insertó en el reproductor. Le tembló el dedo un poco al pulsar el botón.

—¿Está encendida esa cosa?

La voz de Nora retumbó en los altavoces y Jess se sobresaltó, retirando el dedo tan rápido que el botón volvió a su posición inicial y la cinta dejó de avanzar.

Aunque se lo esperaba, oír la voz de su abuela había sido un golpe. Sonaba presente y, sin embargo, al mismo tiempo, como un espíritu alegre que rondaba por la biblioteca después de su muerte. Era surrealista pensar que la grabación se había realizado en esa misma habitación.

¿Dónde se habría sentado Nora aquel día?, se preguntó Jess. ¿En la silla junto a la ventana? ¿Ante el escritorio? ¿Y Daniel Miller? Habría tenido que pensar en un buen lugar para la grabadora. ¿Tal vez él había ocupado el escritorio? ¿O habría preferido que la entrevistada fuera relajada, eliminando cualquier barrera, para hablar con ella a la manera de un confidente?

Polly aguardaba con paciencia a que se reanudara la cinta.

Con un suspiro profundo y turbado, Jess pulsó el botón y, mientras la cinta comenzaba de nuevo a girar y la voz de un hombre decía: «Sí, está encendida», fue a sentarse en la silla de Nora y esperó a oír qué diría su abuela a continuación.

—¿Tengo que hablar cerca de eso?
—No, qué va. —La voz cálida, con su acento estadounidense, de Daniel Miller se oía con una claridad que daba a entender que estaba más cerca del aparato que Nora—. De hecho, suele funcionar mejor cuando te olvidas de que está grabando. Habla conmigo y no hagas ni caso al cacharro este.

Lo que siguió fue una entrevista cordial, triste en ocasiones, entre dos personas cuya unión se había forjado en una época en la que ambos se sobreponían a un suceso desgarrador. No existía esa barrera que cabría esperar entre un periodista y su entrevistada y, aunque no se habían visto desde hacía unos veinte años, la conversación fluyó, como se evidenciaba en las pausas y la taquigrafía, en una corriente compartida de conocimientos y experiencias.

Nora lloró cuando la conversación se centró en el reciente hallazgo de los restos de Thea Turner y oyeron cómo Daniel Miller la consolaba antes de proseguir la charla.

—Ha pasado muchísimo tiempo —dijo Nora al fin—. Había llegado a creer que nunca la encontrarían.

—Debe de ser un alivio, en cierto sentido, que se le pueda ofrecer sepultura.

—En cierto sentido —concedió Nora—. Pero más bien lo revive todo.

—¿Estás durmiendo bien? —La voz de Daniel Miller sonó cordial, preocupada.

—Casi nada.

—¿La van a enterrar en Tambilla?

—Eso lo decidirá mi hermano.

—¿Has hablado con él?

—Un poco.

—¿Lo sabe Polly?

—No. No, no hablo con ella de esas cosas. ¿Qué bien le haría tener semejantes horrores en mente?

—Pero ¿sabe lo que sucedió en Halcyon?

—Sabe lo suficiente.

—Ya tendrá unos veinte años.

—Sí. Casi. En Nochebuena.

—Es difícil de imaginar.

—¿Qué es lo que dicen siempre? Los días son largos, pero los años breves.

—¿Cómo es ella?

—¿Polly? Oh, es buena chica. Sensible y cariñosa, inteligente en los estudios, una belleza. Pero es ingenua, romántica, delicada… Ese tipo de chica que lee un montón de libros de poesía y se imagina que la vida de verdad será así. A veces la tengo que salvar de sí misma; mirar con cuidado para que la gente no se aproveche de ella. No me importa. Fue mi decisión: tener una hija es un trabajo para toda la vida.

—Os recuerdo a las dos por aquel entonces. No me di cuenta, pero me hiciste pensar en mi cuñada y su bebé. Polly era una niña encantadora, tan tranquila.

Jess echó un vistazo a Polly, pero tenía la cabeza inclinada y era difícil interpretar sus emociones.

Daniel Miller preguntó a Nora si había vuelto a Tambilla desde 1960.

—Cielo santo, no. Claro que no. No podría ni acercarme a ese lugar. Me atormenta toda esa historia. —Se hizo una pausa en ese momento y Daniel Miller escogió con sensatez no interrumpirla. Cuando Nora habló de nuevo, se le quebró la voz—. ¿Y tú…? ¿Fuiste a ver la casa cuando estuviste ahí?

—Sí.

—¿Estaba en buen estado? No sé quién se estará encargando de la casa, si Thomas habrá contratado a alguien. Hubo unos hippies, los que la encontraron… Solo Dios sabe qué le habrán hecho al lugar con todos esos hoyos que cavaban y esos cambios.

—Parecía estar bien. Lo peor que han hecho es colgar sábanas teñidas de colores en las puertas. El jardín se ha llevado la peor parte. Henrik Drumming lo cuidó todo el tiempo que pudo (a pesar de que Thomas pidió que lo dejaran en paz), pero sufrió un infarto hace unos años y ya no pudo seguir.

Se hizo el silencio y Jess fue consciente del movimiento de pies, el crujido del cuero mientras alguien cambiaba de postura, tras lo cual se oyó la voz de Nora, tensa, forzada.

—¿Y sus rosas?

—Lucharon por resistir, pero en algún momento, un pájaro soltaría una semilla de tomate en la rosaleda y las plantas han crecido a su antojo desde entonces. Han asfixiado a las rosas casi por completo.

—Qué rabia le habría dado a ella. La rosaleda era su gran orgullo. ¡Y pensar que esos filisteos lo llenaron de hoyos! Antes era un lugar sagrado… Nadie se habría atrevido.

—¿Piensas que tu hermano venderá ya la casa?

—No tiene motivos para conservarla.

—Tal vez esto le ofrezca el final de la historia que estaba esperando. Habrá sido horrible para él no saber con certeza qué fue de su hija.

A Jess la sugerencia le pareció sensata, pero Nora solo dijo:

—¿Eso es todo lo que necesitas? Me estoy cansando de hablar.

—Sí.

Jess oyó los ruidos de cosas que se guardaban: el cierre de un maletín al encajar, el sonido de un bolígrafo al deslizarse sobre una superficie, una copa al alzarse y volver a posarse sobre la mesa; y entonces, de repente, la voz de Nora de nuevo, como si se le acabara de ocurrir una idea tardía:

—¿Cómo estaban? Los otros, en el pueblo.

—Bastante bien.

—¿A quién viste?

—Peter Duke, Percy Summers… Ha perdido a su esposa, por desgracia.

—¿Meg ha muerto?

—Hace un año, más o menos.

—No lo sabía. —La voz de Nora sonó tan baja que Jess se inclinó, como si con eso lograra oírla mejor—. Venía a ayudarme, ¿recuerdas? Apareció el día de Navidad para traerme comida e insistió en quedarse para limpiar la cocina.

—Era buena persona.

—Y ahora ha muerto. Ha muerto de verdad. —Había ternura en el tono de Nora, pero también algo más. Incredulidad, decidió Jess: podía imaginarse lo desconcertante que sería recibir la noticia de la muerte de alguien que había sido tan amable en una época de enorme angustia.

—Su hijo Kurt todavía anda por ahí —dijo Daniel Miller— y hablé con Betty Diamond y Becky Baker.

Nora soltó un ruido entre dientes al oír el nombre de Becky y Jess recordó el altercado entre ambas mujeres que Daniel Miller describía en el libro.

—Esa chica era una amenaza —aseguró Nora—. Demasiado apegada. Lo sentí en cuanto llegué. Siempre merodeaba por ahí, se comportaba como si la bebé de Isabel fuera su hija.

—Se puso muy triste durante nuestra entrevista —respondió Miller—. No quería creer que habían encontrado los restos. Imagino que nunca dejó de esperar que Thea apareciera con vida.

—Bueno, era una simplona. No me extraña que tuviera la cabeza llena de ideas estúpidas.

Jess se quedó atónita ante la severidad en la voz de Nora y la hostilidad del sentimiento que expresaba. Era evidente que se había sentido herida cuando Becky Baker se lanzó contra ella en la calle. Era lógico, supuso Jess: Nora era humana y acababa de sufrir un trauma enorme, pero le costaba racionalizarlo. Jess no pudo evitar sentir que era un comentario cruel con el que acabar la entrevista.

Sin embargo, por desgracia, era ahí donde terminaba. Daniel Miller había detenido la grabadora en aquel momento, así que era imposible saber cómo había respondido a Nora.

—Vaya —dijo Jess en medio del silencio, en la biblioteca iluminada por la luz de la lámpara.

La grabación la había decepcionado. Había esperado (no solo lo había esperado: lo había creído) que la cinta contendría las respuestas a sus preguntas. ¿Por qué enviarle la cinta a Polly, sobre todo con tanta discreción y con instrucciones tan explícitas? La conversación no ofrecía nada nuevo y cubría viejos temas sobre los que Miller había escrito en sus publicaciones. Tampoco retrataba a Nora bajo una luz favorable, de manera que pudiera consolar a sus seres queridos.

Jess miró a su madre para ver si sentía lo mismo, pero Polly tenía la cabeza inclinada sobre una hoja de papel.

—¿Qué es eso? —preguntó Jess.

—Una carta.

Jess se sintió confundida.

—¿Otra? ¿De Nancy?

—De Daniel Miller. Estaba dentro del estuche de la casete, doblada debajo de la lista de contenidos. La

acabo de encontrar. No tengo las gafas de leer. Toma.
—Se la entregó a Jess—. Lee en voz alta.

Jess tomó la carta. Era un papel muy fino, una hoja
de ese viejo papel de correo aéreo, cuando la gente, antes del correo electrónico, tenía que pensar en el peso
del sobre cuando querían comunicarse con alguien que
estaba muy lejos. Jess lo situó bajo la luz de la lámpara
y comenzó a leer.

Querida Polly:

Estoy sentado en un avión, a unas dos horas del aeropuerto JFK, tras haber dado vueltas sin parar durante
todo el viaje desde Sídney sobre qué hacer. Para cuando recibas esta carta, si la recibes, es probable que ya
me hayas olvidado. Pero mientras escribo, tu cara aparece vívida en mi memoria.

Te conocí hace unos pocos días, junto a la fuente
de Darling House, donde yo acababa de entrevistar a
tu madre acerca del reciente hallazgo de los restos humanos en la casa llamada Halcyon, donde antes vivían
su hermano y su cuñada, y del cierre de una investigación policial que había estado abierta desde la desaparición de Thea Turner, su pequeña sobrina, veinte años atrás.

Me alegré de ver a Nora. En 1959 nos llevamos bien
y me impresionó mucho, así que la visita tenía un com-
ponente social, además de ser importante desde el punto
de vista profesional. Cuando terminamos la entrevista,
Nora me acompañó a la puerta y, cuando llegamos al
camino de entrada, recordó que iba a enseñarme una fotografía de cuando su jardín era nuevo. Volvió a casa a

buscarla y aproveché la oportunidad para pasear por el patio.

Estabas en la fuente. No esperaba ver a nadie, así que me sorprendió encontrarme de repente en tu compañía. Experimenté una extrañísima sensación de vértigo; te había conocido cuando eras una criatura diminuta en brazos de tu madre. Te pregunté por tu vida, si eras feliz y me dijiste que sí. Conocí a tu hija, Jessica, y descubrí que las dos vivíais con Nora en Darling House.

No podía ahuyentar esa sensación rara, a pesar de todo, que me seguía reconcomiendo cuando regresó Nora y me llamó. Con cada paso que daba, los engranajes se ajustaron, hasta que al fin vi tan claro como el agua el motivo de mi inquietud. Nora se quedó de piedra cuando se lo pregunté sin rodeos y, durante un breve instante, vi que sintió la tentación de negar mi acusación. Pero, según mi experiencia, la culpa persigue a una persona igual que el más fiel de los amigos, rogándole que confiese la verdad cuando por fin se presente la ocasión.

Se derrumbó y me rogó que la comprendiera, que la perdonara. Su angustia era desgarradora. Le sugerí que volviéramos a la casa para hablar con tranquilidad. Me hizo prometer que no le contaría nada a nadie y acepté. Y no lo haré, aunque siempre me preguntaré qué otras cosas no vi o interpreté mal; de qué otras maneras me engañaron. A pesar de todo, aquel día hice algo de lo que todavía no estoy orgulloso.

No puedo decir qué me llevó a hacerlo, salvo la necesidad profesional, profundamente arraigada, de mantener un registro. Ya había dado la vuelta y rebobinado la cinta de nuestra entrevista anterior, lista para cuando la necesitara. Sin decírselo a Nora, grabé nuestra segunda e íntima conversación. Más adelante, sopesé destruir la cinta. Ya había decidido que no publicaría lo que me contara. Se lo había prometido… y más que eso: no veía en qué iba a ayudar a nadie, al mismo tiempo que sabía que tenía un gran potencial para causar dolor.

No se me ocurría más que una persona cuya vida cambiaría al oír esas palabras. Nora me pidió que la perdonara, pero no era a mí a quien le correspondía perdonar. Y así decidí guardar esta cinta para ti, Polly. No sé si llegarás a leer esta carta. Depende, supongo, de ti… De tu determinación por saber la verdad. Si nunca la buscas, voy a suponer que preferías no saberlo y yo hice lo correcto en guardar el secreto de Nora. Si encuentras el camino que te lleve a mí, la verdad te espera. Te pertenece. Yo solo la he estado guardando para ti.

DANIEL MILLER

¡La verdad! A Jess le daba vueltas la cabeza. Ahí, al fin, vislumbraba las respuestas que había estado esperando. Sintió unas ganas intensísimas, pero… esa referencia de Miller a la culpa la hizo sentir ansiedad. Por primera vez, comenzó a preocuparle que Nora hubiera hecho algo de verdad malo. Dobló la fina hoja de papel por la mitad y esperó la reacción de Polly. La carta, la cinta; la decisión era de ella. Era mucho que asimilar, sobre todo para alguien que no había pasado la semana entera inmersa en el mundo de Halcyon y los Turner.

Aun así…

—¿Qué piensas? —preguntó Jess—. ¿Le doy la vuelta a la cinta?

Su madre la miró a los ojos y, cuando asintió con gesto solemne, durante un breve instante Jess sintió una sensación de *déjà vu,* un viejo recuerdo de estar juntas, de sentirse unidas y a salvo, por muy terrorífico que fuera el fantasma que aguardara al otro lado de la esquina.

CAPÍTULO TREINTA Y TRES

¿Quieres contarme qué sucedió? —Era la voz de Daniel Miller. Solo había pasado media hora desde que acabaran la última entrevista, pero su voz había cambiado. Ahora sonaba cansada: seria y cautelosa. Jess reconoció la nota de recelo; ella misma la había adoptado en entrevistas en las que sabía que tenía que andarse con tiento por temor a que el entrevistado cambiara de idea y se negara a hablar. Sus palabras sonaban amortiguadas (habría dejado la grabadora en la mochila) y daba la impresión de que ambos estaban más lejos—. ¿Por qué no empiezas con la noche que ella nació? —sugirió Miller.

Jess contuvo el aliento mientras los altavoces de la biblioteca crepitaban y siseaban con la estática de la lejanía. Evitó mirar a los ojos a su madre. Por fin, llegó la voz apagada de Nora.

—Di a luz en medio de una tormenta furibunda. Era Nochebuena, el día del desastre en la poza. Me puse de parto cuando se marcharon los policías. Fue la conmoción, supongo. Tardé un rato en comprender qué estaba pasando. No tenía la cabeza en su sitio.

»No tenía que haber sido así… Isabel tenía que estar conmigo. Yo confiaba en ella. Recuerdo muy poco del parto, solo me acuerdo de la tormenta, esa tormenta del diablo. Pensé que el nogal que había frente a mi ventana se iba a partir en dos: el viento aullaba por las rendijas, la lluvia golpeaba los cristales con despecho. En mi mente, yo me convertí en la tormenta o la tormenta se convirtió en mí.

»Me sentí poseída, como si fuera a verme atrapada para siempre en aquel momento, pero, no sé cómo, ella nació y, aunque una pensaría que yo no iba a poder pegar ojo de nuevo, después de aquel día, de la pesadilla que fue todo aquello, estaba agotada y me desmayé con la bebé en mis brazos.

»Cuando desperté, pensé que lo había soñado todo, hasta que vi su carita en el hueco de mi codo y los recuerdos volvieron de golpe. No me cabía todo en la cabeza al mismo tiempo, la maravillosa alegría y el horror espantoso que la había precedido, así que me centré en ella, en esa carita delicada y dormida, los minúsculos movimientos de los labios, la suavidad de su piel de terciopelo, sus dedos increíblemente pequeños y perfectos. Era extraordinaria. Era mía. Era todo lo que había querido y soñado. Tan bonita y tranquila. Uno de los agentes hizo un comentario sobre lo quietecita que estaba cuando vinieron a ver cómo me encontraba aquel día. "Has dado a luz a tu bebé", dijo cuando abrí la puerta.

»Me oí responderles que había sucedido la noche anterior. Mi voz me sonaba extraña, como si perteneciera a otra persona.

»—La tendrás que llamar Noël.

»—O Joy. —Eso lo dijo el otro agente, el más joven.

»—Se llama Polly —les dije.

»—Bueno, se llame como se llame, está preciosa. Yo nunca pude conseguir que ninguno de mis tres hijos durmiera así de bien. Duerme como un bebé, dice la gente, ¿verdad? Pues no los bebés de mi casa.

»Estaban en lo cierto. Dormía muchísimo, estaba callada y quieta. No me preocupé, no al principio. Era mi primera hija. No sabía nada de nada. Y cuando vino la señora Summers a ver cómo me encontraba y a ayudar en la casa, dijo que cada uno era un mundo y que había llegado en un momento difícil. Los bebés eran así de sensibles.

»Pero, a medida que pasaban los días, mi inquietud fue en aumento. No conseguía amamantarla. Lloraba cuando lo intentaba, sin fuerzas, bajito, como si ya estuviera cansada del mundo. No lo entendía. Sabía que necesitaba tomar leche, pero no lograba calmarla. Me dolía el cuerpo; sentía que un cepo se me cerraba con fuerza en torno al vientre, el pecho, la cabeza. Lo que más deseaba era que Isabel estuviera ahí. Ella tenía que estar ahí, ayudándome.

»Mi bebé lloraba en mis brazos hasta quedarse dormida al fin y yo la acunaba todo el tiempo que podía y solo la dejaba en la cuna cuando necesitaba usar las dos manos para algo. Después de uno de esos momentos, fui a mirar cómo estaba. Yo me había quedado dormida… Estaba cansadísima; más cansada de lo que había estado antes o estaría después. Pero, cuando me desperté, vi que la luz había cambiado y supe que ella había estado durmiendo horas y horas.

»Estaba tumbada en la cuna, bajo una manta que cubría el pequeño bulto de su cuerpo, la cara girada a un lado, los ojitos bien cerrados; qué quieta estaba. Era perfecta como una muñeca de porcelana. No he podido jamás quitarme esa imagen de la cabeza. Me quedé ante la puerta, admirándola durante un tiempo, y entonces vi algo y me acerqué de un salto, le planté la mano en la espalda, desesperada por sentir el subir y el bajar de la respiración, por despertarla con un sobresalto.

»Pero no había nada. Nada. La tomé en brazos; pensé que, si la mecía o caminaba con ella o le daba de comer, todo iría bien. Pero no fue así. No estaba bien. No estaba nada bien.

La cinta continuó, pero las voces habían desaparecido. Solo se oía el aire de una habitación de hacía mucho tiempo, un sonido claustrofóbico. Jess se arriesgó a lanzar una breve mirada a Polly, pero su madre se contemplaba las manos y era imposible saber qué pensaba. Jess subió el volumen, concentrada en los siseos y los chasquidos. Justo cuando empezaba a pensar que tal vez la grabación había llegado a su fin, la voz de Nora regresó. Era diferente de nuevo, Nora sin duda alguna y, sin embargo, Jess pensó que nunca había oído a su abuela tan… vulnerable.

—Es difícil recordar cuánto tiempo pasó. La sostuve contra mí como si tal vez, solo tal vez, pudiera así devolverle la vida. No podía soltarla. No podía alejarme de ella… Mientras la tuviera en brazos, había esperanza. Aún la estaba meciendo al día siguiente cuando llegó Meg y más tarde, cuando los policías vinieron a acompañarme a la asamblea en el pueblo.

Jess recordó cómo describió Daniel Miller a Nora durante la asamblea vecinal, un modelo de dignidad, de luto por su familia al mismo tiempo que cuidaba a su recién nacida. Conocer la verdad que yacía bajo esa imagen era perturbador, la profundidad inconmensurable de su nueva pérdida, desgarradora. Jess deseó que Miller la animara a seguir hablando, incluso aunque sabía que estaba haciendo lo correcto al dejar que Nora contara la historia a su ritmo.

Por fin, su abuela continuó:

—Justo antes del amanecer de la mañana siguiente o tal vez la otra, fui a dar un paseo. Solía hacerlo a menudo, para mover las piernas y aclararme las ideas. No lo había hecho desde el nacimiento de mi Polly, pero aquella mañana lo hice. Salí al aire libre y casi de inmediato la oí. Era como un pequeño animal que sollozaba. Me acerqué a donde estaban las rosas, al arriate más cercano a la casa, y el ruido se volvió más fuerte. Fue entonces cuando la vi. Pensé que me había vuelto loca. Los bebés no desaparecen así, sin más. Pero ahí estaba, en mitad de las rosas.

—Thea —dijo Daniel Miller.

—La cogí y la llevé a casa conmigo… ¿Qué otra cosa podría haber hecho? La manta estaba embarrada y rasgada, pero, en su interior, ella era perfecta. No tenía ni una sola marca. Al principio no se calmaba. Tenía hambre, claro… Sabría Dios cuándo había comido por última vez, la pobrecita. La amamanté y fue lo más natural del mundo. Qué ganas tenía.

»No pretendía quedármela, no entonces. Pero no tenía a nadie a quien contárselo, no había manera de contarlo. Las líneas de teléfono aún estaban caídas tras la tormenta de Nochebuena y yo estaba sola. No me veía con fuerzas para ir a pie al pueblo. Estuvimos solas las dos, durante días. Entre tantas pérdidas, éramos las únicas supervivientes. Fue un milagro.

»Unos días más tarde uno de los policías me dio la idea. Vinieron a la casa y ella estaba durmiendo plácidamente en el cochecito, a mi lado. Lloró, le di pecho y el policía dijo: "Qué guapa está. Qué rápido está creciendo, ¿verdad?".

»Me pregunté un momento qué quería decir y entonces comprendí su error. "Tiene hambre a todas horas", le dije. Lo cual era verdad. Y fue todo tan normal, tan justo.

El tono de Nora se había vuelto defensivo y sonaba más y más como la abuela que Jess conocía tan bien. Confiada e irreprochable, eximida de toda culpa. Sin embargo, lo que estaba diciendo era estremecedor. Jess miró a Polly y se preguntó cómo diablos estaría asimilando la noticia, pero el rostro de su madre estaba impasible y no revelaba nada.

—Hubo momentos —continuó Nora— en que se me olvidó lo que había hecho. Ella era mi bebé, mi Polly. Otras veces me decía: ¿qué otra opción mejor había para esta pequeña que no había hecho nada malo? ¿Le habría hecho un favor si hubiera ido a la policía? ¿Para que todo el mundo supiera quién era de verdad? ¿Para obligarla a vivir bajo la ignominia de las acciones de Isabel?

»No, yo era su madre y sería la mejor madre del mundo para ella, para esa niña perfecta. Una bebé debería estar siempre con su familia. ¿Quién la habría querido tanto como yo? ¿Qué daño le haría a nadie?

Jess pensó en Percy Summers, que había vivido décadas preguntándose qué había sucedido, creyendo ser el responsable de la muerte de la pequeña. Nora no podría haberlo sabido, por supuesto, aunque debería haberse preguntado cómo había llegado la pequeña a la rosaleda. ¿De verdad había creído que los perros salvajes se habían llevado a la pequeña del pícnic solo para devolverla, sin un rasguño, en la rosaleda de Isabel, al lado de la casa? Tal vez era posible creer cualquier cosa con tal de desearlo con la suficiente intensidad.

Era evidente que Daniel Miller había estado pensando en la pregunta retórica de Nora sobre a quién habría podido hacer daño.

—¿Qué hay de tu hermano? También era su hija.

—¿Qué habría hecho él con una bebé tan pequeña? —se mofó Nora—. ¡No tenía tiempo para su familia! No, ella y yo teníamos que estar juntas. Habíamos sobrevivido juntas.

—¿Alguna vez la reconoció?

—No llegó a verla. Nos abandonó a las dos... Comenzó una nueva vida en Londres y jamás volvió a Australia. Y yo, por supuesto, nunca la llevé a verlo. Volví a casa, a Sídney, un mes después de las muertes, con mi bebé, mi Polly, junto a mí. No tuve que responder preguntas. La gente no sabe cómo comportarse cuando ocurre una tragedia. No saben qué decir y no quieren decir nada inapropiado, así que hacen lo posible para no encontrarse en una situación en la que tengan que hablar. No vi a nadie, salvo a la señora Robinson. No me importó. Nada me hacía más feliz que pasar tiempo con mi pequeña, las dos a solas.

»Con el paso del tiempo, la gente al fin vino a visitarme, pero no hablaron de Isabel ni de lo que había hecho. Ah, no me cabe duda de que cuchichearían entre ellos con entusiasmo, pero tuvieron la sensatez de no hacerlo ante mí. En su lugar, se centraron en la pequeña, mi pequeña. Todo el mundo sabía cuánto la había esperado y, por supuesto, nadie sospechaba que no era mía. ¿Por qué iban a sospechar? Había ido a Australia del Sur muy embarazada, indispuesta, con la intención de quedarme con mi cuñada hasta dar a luz. Que Isabel hubiera cometido ese crimen espantoso fue una coincidencia horrible, pero, al verme regresar con una bebé, todo el mundo vio lo que esperaba ver.

Una pausa, un silencio, tras el cual Daniel Miller dijo:

—Hay una cosa que no entiendo. Cuando Becky Baker se lanzó contra ti y juró que en el cochecito llevabas a la bebé de Isabel, tenía razón, ¿no es cierto?

—No era asunto suyo.

—Pero Meg Summers salió en tu defensa. Ella tenía que haberlo sabido. Ella había subido a la casa para estar contigo, conocía a Isabel, había visto a la pequeña Thea en el pasado. Ella misma era madre... Habría notado la diferencia.

—¿Adónde quiere llegar, señor Miller?

—Me estoy preguntando por qué habría hecho algo así. ¿Por qué iba a guardarte el secreto?

—Eso se lo tendrías que preguntar a ella. Era muy querida en el pueblo... Era una madre para todos, es lo que decían. Tal vez fue tan sencillo como que ella sabía que yo era la persona indicada para cuidar de la bebé.

Daniel Miller hizo un ruido pensativo y se quedó callado durante un tiempo, reflexionando. Cuando habló de nuevo, lo hizo en voz baja.

—¿Y qué hay de Polly, tu bebé? ¿Qué fue de ella?

—La mantuve a salvo en la cuna durante un tiempo. Parecía tan tranquila, tan perfecta. Y luego la enterré.

—¿En la rosaleda?

—Era el lugar más bonito. Lo recuerdas. No deberían haber excavado ahí, era un lugar sagrado. Ahí debería haber estado segura, a salvo para descansar en paz para siempre.

NOVENA PARTE

CAPÍTULO TREINTA Y CUATRO

Sídney, 20 de diciembre de 2018

Estaba amaneciendo cuando Jess oyó la puerta cerrarse abajo. Desde la ventana de su dormitorio, vio a Polly desaparecer por la pendiente de la colina en dirección a la cala de Darling House. No le sorprendía que su madre no pudiera dormir. Oír la grabación de Nora había sido desgarrador para Jess; no podía ni imaginarse lo que habría supuesto para su madre.

Todavía no habían hablado de ello. Anoche, cuando la casete llegó a su fin, Polly se levantó de su asiento y balbuceó que le deseaba una buena noche antes de encaminarse directamente a su cuarto.

Lo que Nora había dicho, lo que había hecho, era inconcebible… La confesión, realizada con tanta franqueza, había caído como una piedra en un estanque y las ondas no dejaban de avanzar hacia la orilla. Las ideas habían dado vueltas toda la noche en la mente de Jess, pasando de su vida a varios momentos que había vivido con Nora, pequeñas cosas que había visto, oído y sentido, pero al final se centró en lo que había descubierto a lo largo de la semana.

639

No dejaba de revisitar la conversación que había mantenido con su abuela en el hospital. «Tú... —había dicho Nora cuando abrió los ojos y vio a Jess—. Te he echado de menos... Has venido de Inglaterra...». Ahora le resultaba evidente que Nora, en su confusión, había creído que estaba hablando con Isabel; al decir: «He cuidado bien de ella...», le había prometido que se había ocupado de la pequeña Thea; y cuando se despertó en pleno ataque de pánico y agarró la muñeca de Jess y susurró: «Issy, ayúdame... Me la va a arrebatar», no era al señor Bridges a quien temía; era a Marcus Summers. La súbita llegada de la carta, que expresaba el deseo de hablar de Thea Turner, la había aterrorizado lo suficiente como para enfrentarse a la estrecha escalera de la buhardilla.

Pero ¿para hacer qué? ¿Qué había temido Nora de Marcus? Él no había mencionado nada acerca de que Polly fuera Thea; de hecho, aseguraba que uno de los motivos que tenía para contar su historia era mitigar su culpa y la de su padre, por la parte que creían haber tenido en la muerte de Thea Turner. Solo Meg, la madre de Marcus, había sabido la verdad, tras haber estado en Halcyon los días siguientes al parto de Nora. Lo cual planteaba la pregunta: ¿por qué no se lo había contado al resto de su familia? Cuando Daniel Miller le preguntó por qué Meg le había guardado el secreto, el tono de Nora había sido evasivo: «Eso se lo tendrías que preguntar a ella».

Tal vez Nora estaba en lo cierto y Meg había decidido que ella era la persona indicada para cuidar a la bebé, aunque el silencio de Miller en aquel momento de la grabación sugería que no le satisfacía la respuesta. Tal vez solo se debía a que le había afectado el giro de los acontecimientos. Eso explicaría por qué había desaparecido tras la publicación de la edición revisada, con su apéndice. Ya era bastante grave cometer errores en el periodismo; publicar la narración de un crimen verdadero y obtener un gran éxito solo para descubrir más adelante que había cometido un error en un punto clave (el destino de una bebé desaparecida) debió de haber sido difícil de sobrellevar.

En cuanto a Nora, por muy calmada que hubiera logrado sonar en la grabación, Jess sabía que habría tenido que vivir con gran ansiedad que alguien, algún día, le pidiera rendir cuentas. Había logrado convencerse a sí misma de que había hecho lo mejor para la bebé, pero, sin duda, una parte de ella forcejeaba con el horror de lo que había vivido, con la culpa de lo que había hecho. Jess sabía que era así: ¿cómo explicar si no las rosas? Nora las detestaba: una de las primeras cosas que hizo al heredar Darling House fue arrancar hasta la última rosa del jardín. Antes le había parecido una excentricidad entrañable, porque ¿a quién se le ocurriría declarar la guerra a las rosas? Pero ahora, al saber que Nora había enterrado a su pequeña en la rosaleda de Isabel, la antipatía adquiría un toque mucho más siniestro.

Sonó una alerta en el teléfono de Jess para recordarle que la cita con el abogado se celebraría dentro de dos horas. Habían quedado a las ocho, antes de que él fuera a su oficina, temprano para que Polly llegara con tiempo a su vuelo a Brisbane aquella tarde.

Jess se quedó mirando el recordatorio un momento. Era casi increíble creer que la vida podía proseguir como siempre (citas, papeleos, reuniones) cuando la noche anterior les había deparado semejante revelación.

Como para hacer hincapié en ese hecho, apareció en pantalla la notificación de un correo entrante. Jess tardó un momento en reconocer a la remitente, Rowena Carrick, la profesora universitaria a la que había escrito acerca de los venenos. La respuesta era informal y directa:

Hola, Jess:

Me alegra ser de ayuda. Empecemos con la segunda pregunta: las toxinas de los brotes de algas son más que capaces de causar la muerte a humanos… De hecho, se encuentran entre las más letales que conocemos. No estoy muy familiarizada con la historia de las autopsias pero, sin duda, las cianotoxinas ya habían sido descubiertas en 1959 y ya se practicaban los primeros métodos de detección, la cromatografía por gas y la cromatografía líquida. Me parece que el forense médico habría empleado esas pruebas.

En cuanto a tu primera pregunta, hay varios venenos que no habrían sido detectables en 1959, no porque no se supiera que eran tóxicos, sino porque la ciencia para aislarlos no estaba aún bien asentada. Por ejemplo, la tetrodotoxina, una de mis especialidades. Se sabe que es tóxica desde hace cientos de años (incluso aparece en la bitácora del capitán Cook en 1774), pero la estructura no se elucidó hasta 1964. Muy venenosa para los humanos, mil veces más que el cianuro. Se halla en hígados, ovarios y piel del pez puercoespín, pez ballesta, pez globo, el pez sapo, etcétera, o sea, los restos que dieron de comer a los cerdos de Cook en Haití.

Te adjunto una lista (no completa) de posibles candidatos, pero merece la pena recordar que la dosis es la clave. El cloruro de sodio es tóxico, pero tendrías que ingerir un montón de sal para que te matara...

Saludos,

Rowena

Jess leyó el mensaje de nuevo, pero se sintió desanimada. No había reparado en lo importante que era para ella la idea de que las muertes de la familia se hubieran debido, en realidad, a un envenenamiento accidental por culpa de las algas verdeazuladas. No quería pensar que Isabel había pretendido matarse a sí misma y a sus hijos mayores y que había abandonado a su recién nacida para que se las apañara sola en el mundo. Saber que la bebé abandonada en la cesta de mimbre era su propia madre lo volvía todo más aborrecible.

¿Qué pensaría Polly de todo esto? Si para Jess era imposible de asimilar, Polly, quien ya era frágil, debía de estar sufriendo muchísimo. Jess deseó que estuvieran más unidas. Su instinto le pedía ofrecer consuelo; le habría gustado recibir un poco a su vez. Sin embargo, en todos los aspectos importantes, eran unas desconocidas la una para la otra. A pesar de todo, Jess decidió caminar hasta la cala. Al menos podrían digerir la noticia solas en el mismo lugar.

Polly estaba de pie ante las rocas con los ojos cerrados, escuchando los golpes de las olas contra la orilla. Conocía este lugar: el olor, el sonido, la sal en el ambiente. Lo conocía en los poros de la piel. Era un hecho consolador, mientras sus pensamientos se desperdigaban en torno a ella igual que miles de granos de arena.

Thea Turner.

Las palabras surgieron con suavidad de sus labios, en voz baja; intentó encontrar algo sólido en ellas, algo real. Se sintió extrañamente reconfortada. El contenido de la grabación explicaba algunas de las cosas con las que había luchado toda la vida. Qué diferente era de Nora, para empezar; pero, más que eso, el miedo constante de Nora a perderla, cómo se había aferrado a ella con tanta fuerza que a Polly a veces le costaba respirar. No era por su carácter, al fin y al cabo; ser frágil no era parte de su esencia. La ansiedad existente en su relación procedía de Nora.

Y qué irónico que, entre todas las falsedades que le había contado su madre, la única anécdota que había considerado una mera invención había resultado ser verdad. La había encontrado entre las flores. No en el arriate de las dalias de Darling House, tal vez, pero sí en la rosaleda de una casa en un pueblo llamado Tambilla.

Polly se quitó el collar y el vestido y se quedó en ropa interior. La brisa cálida le rozó la piel y la envolvió en su aroma a gardenia púrpura y salmuera. Caminó hasta la orilla y no se detuvo al llegar. El agua fue una conmoción bienvenida.

Para negarse la oportunidad de dudar y cambiar de idea, levantó los brazos y se lanzó hacia delante para zambullirse bajo la superficie, disfrutando mientras el agua le cubría los dedos de las manos, los hombros, la piel entre los dedos de los pies.

Cuando volvió a la superficie, flotó boca arriba, como una estrella de mar. Tenía la mirada puesta en el cielo distante, cada vez más iluminado, más cálido.

Jess no lo sabía, pero Polly había ido a Tambilla una vez. Tenía pensado contárselo a su hija la otra noche, después del funeral, cuando le entregara el libro de Daniel Miller, pero la conversación no había ido como esperaba. Jess se había sentido abrumada, entre el dolor por la muerte de Nora, la sorpresa de recibir el libro y la decepción de descubrir que Polly conocía la historia de la familia y no se lo había contado; Jess la había acusado entonces de abandonarlas a ella y a Nora.

Sin embargo, no había sido eso lo que había ocurrido en absoluto. Se había tratado de una serie de sucesos paulatinos. Polly había creído estar haciendo lo correcto. A veces, en sus primeros días en Brisbane, estaba convencida de que lo más importante era que ella y Jess permanecieran juntas. Pero luego pensaba en todas las cosas que ella no podría ofrecer a su hija, comodidades y oportunidades que Nora sí le podía brindar, y llegaba a la conclusión de que el deseo de tener a su hija cerca era egoísta. Había pensado en mudarse de nuevo a Sídney, vivir en Darling House con Nora y Jess, pero se marchitaba cerca de Nora; se volvía todo aquello que le decía que era: débil, despistada, delicada, nerviosa. Polly sabía que podía ser más que eso, una persona mejor, una madre mejor, lejos del alcance de Nora. Pero ¿sería Polly por sí sola suficiente para Jess?

Y así fueron pasando los días, cambiando de idea una y otra vez, una y otra vez, hasta que transcurrieron dos años, Jess vivía en Sídney y ella en Brisbane, y el momento de tomar decisiones quedó atrás.

De un modo extraño, fue la ausencia de Jess lo que la había llevado a Tambilla. Polly había visitado el pueblo hacía casi veintinueve años con exactitud, en diciembre de 1989. No tenía intención de ir a ningún lugar aquel verano. Jess iba a pasar en Brisbane dos semanas y Polly se había tomado unas gloriosas vacaciones. La llamada de Nora había sido desoladora.

—Pero necesito que venga —protestó Polly; su voz le sonó a la de una adolescente irritable.

—Cariño, sé que te hace ilusión verla, pero es el campamento de verano del Instituto Nacional de Arte Dramático. Hay menos plazas que dientes en el pico de una gallina… Tuve que recurrir a mis contactos para conseguir una.

Guardaron silencio mientras Polly hacía todo lo posible para contener las palabras que quería decir.

Al fin, Nora las sacó del punto muerto.

—Por supuesto, si es importante para ti, puedo cancelar el curso. Estoy segura de que Jessica lo comprenderá… con el tiempo.

Polly sintió el ardor de las lágrimas. Para ella era importante que Jess viniera a Brisbane, importantísimo.

—¿Cómo te va en el nuevo trabajo?

No sabía cómo, pero Nora había intuido su tensión.

—Va bien —respondió Polly, tratando de sonar confiada—. Tengo mucho que aprender, pero me gusta.

—¿No es demasiado estresante?

—Está bien. Estoy bien.

—Qué bien, siempre que te estés cuidando. Entonces ¿qué quieres que le diga a Jess? ¿Quieres que te la envíe al norte?

Polly había cerrado los ojos.

—No. —La palabra dejó un sabor amargo en su boca.

—¿Qué has dicho?

—No, que vaya al campamento de verano.

—¿Estás segura?

Polly había retorcido el cable del teléfono alrededor de los dedos con fuerza.

—Es una gran oportunidad.

Se echó a llorar después de colgar. Lágrimas ardientes, furiosas, de decepción y resentimiento, incluso mientras se decía que era la decisión correcta. No ganaba nada poniéndose a sí misma y sus propias necesidades por delante de las de su hija. Jess amaba el teatro. Ser la causa de que no pudiera ir al curso de verano habría ensombrecido toda la visita.

Polly estaba decidida a ser la mejor madre posible, incluso si eso significaba pasar menos tiempo con Jess. En el trabajo le iba bien. Pero Nora tenía razón: a veces era estresante, ya que era nueva y tenía mucho que aprender. El estrés, como bien sabía, no era algo que tomar a la ligera. Polly no siempre había sido buena madre. En una ocasión, incluso había llegado a hacer daño. Fue Nora quien la había detenido y recatado a Jess. Durante mucho tiempo, Polly ni siquiera recordó el incidente. Eso era una de las partes que más miedo le daba. Había discutido con Nora e insistía en que no era cierto.

—Me alegro de que lo hayas olvidado —le había dicho Nora con amabilidad—. Al parecer, no es extraño. Es un tipo de psicosis, por lo general solo posparto, pero algo con lo que tener cuidado en épocas de estrés. Pero tú no te preocupes. No voy a permitir que ocurra de nuevo.

No, no podía arriesgarse. Iba a echar de menos a Jess con locura, pero era mucho mejor que disfrutara de la escuela dramática sin que Polly fuera a visitarla y distraerla.

Sin embargo, ya había solicitado las vacaciones y no le apetecía quedarse en casa de brazos cruzados sintiendo lástima por sí misma. Anduvo con cara mustia uno o dos días, fijándose en lo silenciosa que estaba la casa, tropezándose con los lienzos que había comprado que mostraban madres e hijas, descartando las actividades que había planeado hacer con Jess.

Y entonces, sin pensárselo dos veces, decidió hacer un viaje en coche. Echó una mochila al maletero con un par de mudas y se dirigió al oeste, sin ningún plan salvo dirigirse a Warwick y llegar a Nueva Gales del Sur. Viajó por Goondiwindi, Moree y Dubbo, poniendo en la radio alguna cadena que pudiera sintonizar; cuando solo captaba ruido estático, ponía la cinta que había grabado para Jess. Con la compañía de Belinda Carlisle, Roxette y los B-52, se adentró en Parkes, Forbes y West Wyalong, hacia el rincón noroeste de Victoria; eran dignas de mención las cualidades curativas de cantar a voz en grito *Like a Prayer* mientras conducía por el siempre cambiante campo, todo ello nuevo a sus ojos, la ventanilla bajada y la brisa echándole el pelo hacia atrás.

En algún lugar cerca de Mildura, cayó en la cuenta de que se estaba acercando a la frontera de Australia del Sur. Estudió el mapa y trazó una ruta y, antes de darse cuenta, estaba en Riverland y el paisaje había pasado de ser verde a ser rojo. Llegó a los Altos de Adelaida dos días después de haber salido de Brisbane y se acercó por la parte trasera de Murray Bridge.

¿Se había dirigido a Tambilla desde el principio? Al mirar atrás, se preguntó si había sido una manera inconsciente de rebelarse contra su madre por quedarse a Jess en Sídney. Por tener el dinero y por pensar en matricularla en la actividad perfecta para que no viajara a Brisbane. Por haber visto a Polly hacer algo imperdonable en el pasado.

En cualquier caso, mientras seguía las señales de tráfico y miraba el mapa abierto en el asiento de pasajeros, se sintió dominada por la extraña sensación de que el viaje tenía sentido. Era como si fuera a deshacerse de algo que la había mantenido cautiva desde que sabía de su existencia.

Había visitado la poza. Había paseado junto al arroyo, observando las piedras y hojas bonitas que le llamaban la atención, y se había ido directa al sauce a acariciar el tronco. Descubrió que le resultaba muy sencillo imaginar la escena tal y como habría sido aquel día. El mantel del pícnic, los miembros de la familia, la cuna blanca que colgaba de la rama más sólida. Se comió un bocadillo sobre la hierba, tras lo cual se tumbó de espaldas y cerró los ojos para escuchar el canto de los pájaros y las cigarras mientras corría el agua a lo lejos. Allí había ocurrido algo espantoso y, sin embargo, Polly se sintió en paz.

De vuelta al presente, flotando boca arriba en el agua cálida de diciembre en el puerto de Sídney, Polly pensó que aquella visita había sido la segunda vez que visitaba la poza. La primera, por supuesto, se había quedado dormida en la cuna, a la sombra de ese mismo sauce. Se preguntó qué había sucedido a continuación… Cómo había acabado junto a Nora. Y se preguntó si el motivo por el cual se había sentido sola tan a menudo cuando era joven, como si le faltara algo o lo hubiera perdido, era porque en el fondo había sabido que en un pasado remoto había formado parte de otra familia, más numerosa. O si se debía a que el miedo y la culpa que Nora cargaba sobre los hombros la habían llevado a centrarse en Polly hasta el punto de excluir y negar todo lo demás, rodeando a su hija de un modo tan completo que Polly no pudo evitar sentirse aislada y sin esperanza. El secreto de Nora había echado a perder la relación de Polly con Jonathan; en última instancia, también la había distanciado de su propia hija.

Por el rabillo del ojo, Polly percibió un movimiento en la playa. Era Jess, que la saludaba desde la arena. Polly regresó nadando despacio.

Se sintió cohibida al llegar a la orilla, no por sí misma, sino por Jess, que tal vez no estaba acostumbrada a ver a una mujer de sesenta años salir del mar en ropa interior.

Sin embargo, Jess no pareció prestar atención al atuendo de su madre.

—¿Qué tal está el agua?

—Maravillosa. —Polly se acercó a su hija sobre la arena y estiró el brazo para recuperar el vestido.

—No estaba segura de si recordarías que Leo Friedman va a venir esta mañana.

Polly sonrió y apretó el vestido contra una oreja y luego la otra para secarse. Estaba acostumbrada a que Jess y Nora pensaran que tenía dificultades con los aspectos básicos de la vida. Era otra de esas viejas historias que habían existido tanto tiempo que se habían osificado. En realidad, Polly tenía facilidad para recordar horas y fechas. Su vecina, Angie, siempre le estaba pidiendo que le recordara los eventos importantes del barrio y negaba con la cabeza, admirada, mientras decía que Polly tenía memoria de elefante.

—¿El abogado de Nora? —le refrescó la memoria Jess.

—Sí —dijo Polly—. Lo sé. Voy a hacer té helado cuando vuelva a la casa.

Jess frunció un poco el ceño y Polly comprendió que hablar de refrescos podría parecer insensible. A Jess le estaría afectando mucho el engaño de Nora. Su hija había idealizado a su abuela y debía de estar sufriendo muchísimo. Iba a necesitar ayuda, pero no abiertamente. Era curioso: Jess se parecía muchísimo a Nora. Ambas eran orgullosas, fuertes y muy independientes. ¿Tal vez había heredado esos rasgos de Thomas Turner?

Polly se puso el vestido por encima de la ropa interior mojada y se abrochó el collar. Llevó los colgantes en la palma de la mano. El gato de plata, el jacaranda que había sido un regalo de cumpleaños de Jonathan, el pájaro que había traído de Tambilla.

Cuántas mentiras y cuántos secretos. Quería ser sincera con Jess, para lo bueno y para lo malo. Decir algo que comenzara a aminorar la distancia, tal vez incluso a aliviar un poco el dolor que estaría sintiendo tras la confesión de Nora, abordar la acusación que Jess había lanzado contra ella la otra noche.

—Hay algo de lo que quiero hablar contigo —comenzó.

Jess la miró.

Pero ¿qué podía decir Polly? No quise dejarte aquí. Tenía la intención de llevarte conmigo. Me daba muchísimo miedo, porque hace mucho tiempo, cuando tú eras muy pequeña y yo no estaba en mis cabales, mi madre me sorprendió ante tu cuna con un cojín en la mano. No quería volver a ponerte en peligro; tenía que aprender a confiar en mí misma. Daría cualquier cosa por volver atrás en el tiempo y hacer las cosas de otro modo. Lo hecho, hecho está. Todas las explicaciones que probaba en su mente sonaban como excusas endebles.

Jess pareció reconocer que no iba a decir nada más. Sonrió, cansada, y se dirigió de vuelta a la casa.

—¿Te acuerdas de aquella vez que te traje aquí y subió la marea? —se apresuró a preguntar Polly.

Jess se giró para mirarla.

—Solo tenías dos o tres años, estabas inmersa en tu juego y, cuando levantaste la vista, se había formado una isla donde estabas sentada y cientos de cangrejos reptaban hacia ti.

Era uno de los pocos recuerdos que Polly atesoraba. Había sucedido poco después de mudarse con Jess para vivir en un apartamento en el interior de la península. Polly estaba sentada en la playa leyendo *El color púrpura* y de vez en cuando lanzaba una mirada para ver qué hacía Jess cuando de repente la niña soltó un chillido de puro horror y Polly se levantó de un salto, con el corazón desbocado.

Polly había corrido hasta Jess y la había alzado en brazos y, mientras la abrazaba y le susurraba al oído que no pasaba nada, había sentido el cuerpecito de su hija, agarrotado por el miedo, relajarse. Había sido una de las primeras veces que se había dejado llevar por el instinto y había sido capaz de ofrecer consuelo a su hija.

—Tú estabas justo ahí —dijo, señalando un lugar un poco más allá en la playa—. Te rescaté en ese mismo lugar.

Jess miró a donde señalaba Polly y se encogió de hombros.

No lo recordaba.

Para Polly, la súbita caída en la desesperación fue inesperada. Era una reacción exagerada, por supuesto: su hija no tenía más de tres años, era poco más que una bebé, y no era de extrañar que no lo recordara. Aun así, a Polly se le empañaron los ojos y desvió la mirada para que Jess no lo notara. Más perturbador que cualquiera de las declaraciones de Nora en la grabación, esa negación de Jess de un momento compartido sumió a Polly, en aquel momento, en una soledad completa en el mundo.

CAPÍTULO TREINTA Y CINCO

J ess dio vueltas a la historia de Polly mientras caminaban de vuelta a casa desde la playa. Se sentía muy
perturbada. Recordaba que Nora la había salvado de los
cangrejos: aún la veía en su mente. Una figura alta, altí-
sima, que se agachaba para levantarla; unos brazos poderosos que la rodeaban para que Jess se sintiera prote-
gida, a salvo de todo. Tenía que haber sido Nora. ¿Tal
vez Polly había oído la historia y confundió los papeles
con el paso del tiempo? Nora decía a menudo que Polly
era impresionable. O tal vez se sentía confusa tras las
revelaciones de anoche.

No era la única.

En la entrada, cada una fue por su lado. Jess subió
a ducharse. Aún tenía dificultades para asimilar lo que
había hecho su abuela, los secretos que había guardado.
No, no su abuela, comprendió... Su... ¿tía abuela? La
corrección le dejó mal cuerpo.

Sin saber qué hacer tras vestirse, insegura de cómo
pasar el tiempo hasta que llegara el abogado de Nora,

Jess volvió a la lista de toxinas que le había enviado Rowena Carrick en su correo electrónico. Esa tarea mecánica era reconfortante; agradeció la distracción.

Para cuando hubo pasado una hora, ya había buscado en Google la mitad de los venenos de la lista, que iba contrastando con el libro de Daniel Miller y la carpeta de artículos de prensa de la época que había impreso. No era el método más científico de llevar a cabo la investigación de un caso antiguo, pero era todo lo que tenía. Se preguntó si los registros policiales aún serían accesibles, tal vez incluso el fallo del juez de instrucción.

El tribunal había dictaminado que el envenenamiento era «probable», pero se necesitaban «más datos» para determinar el motivo de una «muerte tan plácida». La investigación se aplazó *sine die*, con la esperanza de que se descubrieran los datos necesarios, pero el juez de la ciudad había dicho que estaba «dispuesto a fallar que la familia había fallecido a causa de un veneno administrado por la señora Turner».

Hasta el momento, ninguna de las toxinas de la lista de Rowena Carrick encajaba con una muerte rápida y «plácida». Jess acababa de descartar el *Penicillium roqueforti*, «letal para ratas en las pruebas de laboratorio, pero la cantidad necesaria para matar a un ser humano era excesiva para ser viable», cuando sonó el timbre de la puerta. Tras tacharlo, cerró el portátil y bajó a abrir.

Leo Friedman había sido abogado de Nora desde que Jess fuera consciente de la existencia de ese oficio. Había venido a casa muchísimas veces mientras ella vivía con su abuela y, como era la norma por lo que a Nora respectaba, ambos habían forjado una amistad más allá de su relación profesional. «Tanto si necesitas un fontanero, un mecánico o un optometrista —le gustaba decir a Nora—, el mejor lugar para buscarlo es tu lista de contactos». Nadie podía influir en su convicción de que las personas que conocía eran las mejores, las más cualificadas, la única opción que necesitaba sopesar.

En caso de Leo, era muy probablemente cierto. A Jess siempre le había parecido un hombre amable y decente, con una cara arrugada y un bigote de cepillo que inspiraban confianza. («Es uno de sus grandes atributos —dijo una vez Nora guiñando el ojo, cuando Jess lo mencionó—. La gente siempre subestima el poder de una cara simpática»).

Cuando llegó, el señor Friedman tenía un gesto apropiadamente sombrío.

—Jessica —saludó al verla—. Deja que te diga cuánto lamento tu pérdida.

Sacó un pañuelo del bolsillo para secarse el sudor cerca de la calva. Eran solo las ocho de la mañana, pero ya hacía calor.

—Gracias, señor Friedman.

—Leo, por favor.

—Leo.

—¿Está tu madre?

—Sí. ¿Entramos?

Jess guio al señor Friedman a la cocina, donde los tres se podían sentar juntos a la mesa. Ella y Polly habían acordado no mencionar nada de lo que habían descubierto gracias a las grabaciones. No era necesario que Leo lo supiera; solo serviría para complicar las cosas.

Polly trajo la jarra de té helado que había preparado y la dejó en la mesa, sobre una bandeja con tres vasos altos. A Jess le pareció un gesto pintoresco, algo que su madre habría visto en la televisión o leído en un libro y le habría parecido apropiado en una situación formal. Sin embargo, cuando Leo Friedman cogió la jarra, agradecido, se sirvió una generosa bebida y felicitó a Polly por lo rica que estaba, Jess tuvo que admitir que esa vez su madre había acertado.

Leo Friedman sacó del maletín una carpeta de cartón con el nombre de Nora escrito con rotulador negro a lo largo de la etiqueta vertical. La abrió, apartó la primera página a un lado y se lanzó a un farragoso resumen de las disposiciones más bien sencillas del testamento. Nora había repartido todo entre Polly y Jess, con unas cuantas disposiciones referentes a sus negocios, fideicomisos y obras benéficas, además de una modesta paga para la señora Robinson y Patrick.

—Tu abuela fue muy específica en cuanto a sus deseos —dijo a continuación—. Vino a verme hace un tiempo, cuando fue al hospital a que la operaran de la vesícula. Quiso que añadiera algo al testamento. Tiene que ver contigo, Jessica. Creo que lo mejor es que lo lea, si os parece bien a ambas.

Jess intercambió una mirada con Polly; las palabras del señor Friedman eran una sorpresa y su tono era difícil de interpretar. Jess asintió y el señor Friedman comenzó a leer:

—«Por último, tengo un pedido especial que solicitar a mi nieta, Jessica Turner-Bridges. En la buhardilla de mi casa en Sídney, Darling House, hay una estantería. La estantería oculta una puerta, tras la cual hay un pequeño desván. En el desván hay un baúl de viaje. En caso de fallecimiento, me gustaría que mi nieta, Jessica Turner-Bridges, buscara el baúl y lo destruyera. No debe abrirse; su contenido no ha de mirarse ni conservarse. Hago esta petición con la confianza de que será respetada y acatada. A todos se nos permite tener asuntos íntimos en nuestras vidas y confío en que Jessica esté de acuerdo en que el derecho a la privacidad continúa después de la muerte».

Era probable que Leo Friedman nunca hubiera acudido a una cita que terminara de modo tan abrupto como la de aquel día en Darling House. Jess se puso en pie en cuanto el señor Friedman terminó de leer, le dio las gracias de nuevo por venir tan temprano y le acompañó a la puerta. Tuvo que recurrir a toda su fuerza de voluntad para no salir corriendo escaleras arriba hasta la buhardilla y sacar la estantería de su sitio. En cualquier caso, perdió el menor tiempo posible una vez se cerró la puerta para girarse hacia Polly y preguntar:

—¿Vamos a echar un vistazo?

—Ve tú —dijo Polly—. Todavía tengo que hacer el equipaje para el vuelo de esta tarde. —Su expresión dio a entender que estaba reflexionando sobre un asunto delicado cuando prosiguió—. Nora te confío esta tarea a ti. Te quería muchísimo; nada en el mundo cambiará ese hecho.

Esas palabras tocaron fibra sensible. Jess había estado intentando no pensar en lo perdida que se sentía tras la confesión de Nora. Desde que le alcanzaba la memoria, ser nieta de Nora Turner-Bridges había sido clave en su identidad. Sabía que la familia no era solo una cuestión biológica…, pero era un conocimiento abstracto. No servía para cambiar lo que alguien sentía en lo más hondo.

Jess no quería admitir su debilidad frente a Polly; sin embargo, no estaba preparada para hacer frente a la confesión de Nora, no ahora, así que asintió con cortesía y se dirigió sola escaleras arriba.

Hacía calor en la buhardilla y Jess se sintió arrastrada en volandas por su objetivo al cruzar la alfombra circular y atravesar las motas de polvo para llegar a la estantería. Evaluó el mueble, le dio un pequeño empujón y se llevó una agradable sorpresa al comprobar que se movía sin muchas dificultades.

Una vez quedó bien a la vista la puerta que estaba detrás, a Jess le resultó increíble no haberla descubierto antes. Parecía obvio. Darling House era el tipo de casa que debía contener una habitación secreta y la buhardilla era el lugar idóneo. Recordó las súplicas de su abuela para que no jugara arriba, sus advertencias sobre el peligro. Era evidente que Nora había tenido otros motivos para mantener a su curiosa nieta lejos del desván.

El baúl de viaje era viejo y bonito, y cuando vio el nombre estampado en dorado a lo largo del borde superior, Jess sintió un escalofrío de emoción: *Mlle. Amélie F. Pinot*. Este era el baúl que Isabel Turner había heredado tras la muerte de su madre francesa, el mismo que había llegado a su apartamento de Londres y del cual había sacado ese «mar de reliquias y baratijas», entre los cuales se encontraba su taza favorita, la que había llevado consigo a Australia solo para que se le cayera hecha añicos en la huerta de Halcyon aquella mañana de la víspera de Navidad de 1959.

Jess oyó las palabras de Leo Friedman (la petición de Nora) en su mente. Habían sido muy claras. Y sin embargo… Ahí, al fin, se encontraba la respuesta a la pregunta que Jess había estado persiguiendo desde su llegada a Sídney; sin duda, Nora había subido a la buhardilla tras recibir la carta de Marcus Summers para ocultar o eliminar algo del interior del baúl.

Si no hubiera oído la cinta, si no hubiera descubierto que Nora les había guardado un secreto inmenso tanto a Polly como a ella, si las cosas hubieran sido como hacía un par de semanas, a Jess le gustaría pensar que habría seguido las indicaciones de Nora y habría destruido el baúl sin pensárselo dos veces. Pero había oído la grabación y sabía lo que Nora había hecho, y no se trataba de acciones sin consecuencias. El baúl había pertenecido a la madre biológica de Polly y a su madre antes que a ella; ¿qué derecho tenía Nora para decidir la destrucción de una herencia tan valiosa?

No tuvo que pensárselo mucho tiempo. Tras respirar con decisión, Jess abrió la tapa.

CAPÍTULO TREINTA Y SEIS

Lo primero que le sorprendió fue el olor; no era horrible, solo diferente, de otro lugar, otra época. El baúl estaba lleno a rebosar; el contenido estaba bien empaquetado. Jess comenzó a sacar los objetos uno a uno. Le abrumaba pensar en la joven Isabel en Londres, hacía tantos años, al recibir los preciados recuerdos de su madre.

Jess esperaba encontrar artículos personales que hubieran pertenecido a Isabel; ni se le había pasado por la cabeza que el baúl contuviera recuerdos de toda la familia. Tampoco había visto venir con qué facilidad los reconocería. Ahí estaba el libro escrito a mano, titulado con aires de grandeza *Flora, fauna y hongos de los Altos de Adelaida,* de Evie; partituras de piano para principiantes, entre las que se encontraba *Long, Long Ago,* engalanada con indicaciones y consejos sobre la posición de los dedos con la caligrafía puntillosa pero paciente de las señoritas Edwards; los carteles enrollados de John Coltrane y Ella Fitzgerald que adornaran las paredes del dormitorio de Matilda; un saxofón; una pelota de críquet firmada por Donald Bradman; una rebeca de lana rosa de bebé, bellamente tejida, con puntadas impecables y uniformes.

Jess tuvo que hacer una pausa en ese momento, al sentirse inesperadamente conmovida. Había tomado la decisión demasiado rápido; al fin y al cabo, se trataba de una colección de valor sentimental. Se imaginó a su abuela, sola en Halcyon, tras las muertes, con la única compañía de Polly, caminando de una habitación a otra para seleccionar los objetos que habían sido más importantes para sus sobrinas, su sobrino y su cuñada. Y se preguntó con qué frecuencia habría realizado Nora ese peregrinaje solitario y doloroso a la buhardilla de Darling House para abrir y contemplar el santuario de su familia perdida.

Repasó con el dedo el borde de la partitura. El papel en la esquina inferior derecha era más suave y liso por haber sido tocado más a menudo y Jess soltó un largo y complejo suspiro antes de volver a los restantes objetos en el baúl. Cualquier resto de culpa por haberlo abierto contra los deseos de Nora se había disipado y alejado en el aire. Esos recuerdos eran importantes. Polly, sobre todo, tenía derecho a verlos. Eran las posesiones de sus hermanos... Esa rebeca rosa la habían tejido especialmente para ella.

Ahí, envuelto con esmero en seda, había un surtido de esculturas en miniatura de boj y marfil, los *netsukes* que Isabel había heredado de su madre. Debajo, otro paquete de tela suave revelaba trozos y añicos de porcelana: la taza de Isabel, comprendió Jess. Por fin, al fondo del baúl, había un libro encuadernado en cuero. Jess lo tomó y buscó el título, el autor o cualquier otro rasgo distintivo.

Más tarde, cuando le contara la historia a Polly, Jess diría que había sabido al instante qué era, y tal vez fuera cierto. El diario de Isabel Turner de 1959, cuyo papel rayado estaba cubierto de una bella caligrafía que contaba la historia, en sus propias palabras, del último año de su vida. El tiempo había descolorido la tinta de las páginas del diario y Jess tuvo que situarse bajo la ventana para descifrar la letra. «Y así comienza un nuevo año —decía la primera línea—. Me pregunto qué nos deparará». Vinieron a su mente imágenes de Isabel en el porche de Halcyon aquella mañana de la víspera de Navidad, de Nora despertando en plena tormenta en la oscuridad de la noche para descubrir el diario a su lado, de Daniel Miller al recibir el diario, agradecido, cuando comenzaba la investigación para su libro. Y ahí estaba, casi sesenta años más tarde, en Darling House, entre las manos de Jess. Tuvo la sensación de que la historia se expandía, que el presente tocaba el pasado.

Despacio, con cuidado, Jess pasó las páginas, llegando poco a poco a las páginas rasgadas en las que se había fijado Miller, donde Isabel había arrancado entradas. Como Miller antes que ella, Jess pasó el dedo a lo largo de los restos y, al hacerlo, el diario tembló. Jess reaccionó con rapidez para evitar que se cayera y la acción causó que algo en la parte de atrás se desencajara. Una hoja de papel, comprendió; más de una.

A lo largo de su vida profesional, en un par de ocasiones Jess había experimentado la sensación de que varios datos dispares se unían en un instante, como en un acto alquímico, para formar una imagen completa. Así, en el preciso momento en el que comprendía que esas páginas sueltas estaban ocultas en la parte de atrás del diario, un eco retumbó en su mente: Nora en el hospital, preocupada por «las páginas». Jess supo que esas eran las entradas perdidas que habían intrigado a Daniel Miller en 1960 y que su abuela había tratado de recuperar cuando llegó la carta de Marcus Summers. Nora había pretendido destruirlas, comprendió: por ese motivo trató de subir a la buhardilla y realizó ese pedido especial en su testamento.

Sin dudarlo un momento, Jess inclinó la primera hoja para que recibiera la luz y la recorrió con la mirada, deduciendo todo lo que pudo. Algo interesante, oculto en medio del resto de la entrada:

Sé que debo aprender a vivir sin él. Tiene esposa, la quiere, se conocen desde que eran niños. Y también yo estoy casada. Así son las cosas.

En la página siguiente:

A veces recuerdo el día que nos conocimos. Lo escribo así porque, si bien nos conocemos el uno al otro desde los muchos años que él comenzó a venir a la casa, aquel día fue un encuentro nuevo, el verdadero encuentro.

Y en la que venía a continuación:

Él jamás abandonará a su esposa. ¿Y cómo me iba a mirar a mí misma en el espejo si le convenciera para hacerlo? Él es por carácter alguien que cuida. Su sentido de valía se basa en cumplir sus deberes. Ya ha sacrificado mucho por las necesidades de ella. Él acabaría resentido conmigo si yo le animara a abandonar sus responsabilidades… y también se odiaría a sí mismo. Y así, un punto muerto. Hay veces en que es imposible encontrar una solución que le venga bien a todo el mundo. Pero ¿sería demasiado admitir aquí, sin vergüenza, con avidez, que yo también tengo necesidades?

Y a continuación:

Hoy ha visto a la bebé, a su bebé. Lo noté en su cara, en todas las palabras que no atinó a decir. Pero las observé. Lo supe. Su amor por mí, por ella. ¡Ay, pero a veces me preocupo en exceso, en busca de una solución! No me hace ningún bien, pero de vez en cuando me permito fantasear con lo que podría haber ocurrido si nosotros fuéramos las únicas personas cuya felicidad importara, si no tuviéramos más responsabilidades.

Seguido de:

Hoy he visto a un abogado en Adelaida, un caballero a quien Thomas no conoce, que me ha prometido discreción. Él va a poner el proceso en marcha. Ahora que he tomado una decisión, la impaciencia me pide terminar cuanto antes. Voy a necesitar un nuevo pasaporte… Ha pasado muchísimo tiempo desde que llegué aquí y no he viajado desde entonces. Los niños también van a necesitar documentos oficiales. Detestarán marcharse, pero, tras pensarlo muchísimo, sé que es el único camino razonable. No soporto seguir aquí, tan cerca de él y, al mismo tiempo, incapaces de estar juntos.

Tengo que volver a casa... Me siento muy lejos, muy sola, demasiado separada de mi pasado. Y ¿cómo podría dejarlos aquí? Soy su madre; debemos estar juntos. ¿Me engaño a mí misma al pensar que su hogar está allí donde esté yo? Aprenderán a amar Inglaterra, mis pequeños hijos australianos. Con el tiempo, crearán un nuevo hogar, lo crearemos juntos, y todo saldrá bien.

Y en la última página:

Voy a darle el *netsuke* del conejo a Becky. No es la persona a quien más vaya a echar de menos, pero ella es la persona que, pienso, más nos va a echar de menos a nosotros, sobre todo a la bebé. Me gusta la idea de dejar mi precioso y pequeño *netsuke* a la persona que con tanto cariño ha tratado a mi preciosa hija.

Jess miró sin ver por la ventana de la buhardilla, inmersa en sus pensamientos. En apenas unos pocos minutos el panorama de todo lo que sabía había cambiado de nuevo. Algunas de las palabras de la penúltima entrada de Isabel resonaban con especial fuerza; las había oído antes. Las había leído en el libro de Miller, recordó, cuando el reverendo Lawson declaró ante la policía. Habían dado por supuesto, de forma malsana, que Isabel quería llevarse a sus hijos consigo a la muerte. Pero el diario sugería algo muy diferente. Estaba planeando dejar Australia para volver a Inglaterra; por eso había buscado el consejo del reverendo.

¿Por qué alguien haría planes para comenzar de cero en su país natal y luego, en su lugar, matarse a sí misma y a su familia? ¿Habían surgido problemas al conseguir los pasaportes? ¿El abogado había cambiado de opinión y se había negado a ayudarla? ¿Isabel se había sentido abrumada por los contratiempos y se había sumido en la desesperación?

¿O la policía, el juez, Daniel Miller (es decir, la historia) se habían equivocado? ¿Y si Isabel no había tenido ninguna intención de matarse? ¿Y si las muertes hubieran sido un terrible accidente al fin y al cabo? Las algas verdeazuladas le vinieron a la mente una vez más. Rowena Carrick, la profesora universitaria, confiaba en que el forense hubiera realizado las pruebas pertinentes, pero había otras candidatas en la lista de toxinas. Tenía que repasarla de arriba abajo, tal vez otra cosa le llamara la atención y resultara ser la causa.

Jess experimentó una sensación imprecisa que la desconcentraba, casi como si estuviera recordando algo que no era consciente de haber olvidado. Era como vislumbrar una polilla que revoloteaba en el límite mismo de su visión periférica. Era irritante, malicioso, imposible no prestarle atención; pero cada vez que intentaba mirarlo de forma directa, desaparecía. Como no lograba ubicarlo, sus pensamientos se tornaron hacia otro tema que la inquietaba: ¿por qué había arrancado las páginas Isabel? Era posible que las considerara demasiado reveladoras para arriesgarse a que los niños las descubrieran; pero, en ese caso, ¿por qué las conservó? ¿Por qué no destruyó la evidencia? ¿Y dónde las había guardado? En algún lugar donde Nora acabó por encontrarlas, eso era evidente.

A menos que… Jess sintió la electricidad de saber que estaba en lo cierto: no fue Isabel quien había rasgado las páginas. ¿Quién salvo Nora habría arrancado la entrada acerca de Becky Baker y el *netsuke?*

Nora le había prestado el diario a Daniel Miller para demostrarle que Isabel era una esposa y una madre cariñosa con una vida feliz a quien jamás se le habría pasado por la cabeza matarse o matar a sus hijos. Lo último que habría querido que supiera era que Isabel tenía una aventura y que Thomas Turner no era el padre de Thea. Qué propio de Nora. Arrancar las páginas que contradecían la imagen idealizada que quería que el diario transmitiera. Nora, con su don para el optimismo, la certidumbre, para mirar al futuro y nunca echar la vista atrás…

Pero ¿y la entrada que describía el plan de Isabel de marcharse? ¿Por qué la habría arrancado Nora? En todo caso, habría ayudado a su causa, pues sugería que Isabel no tenía tendencias suicidas: estaba planeando una nueva vida. ¿Era solo porque a Nora le resultaba perturbador que Isabel hubiera estado planeando alejarse de su vida en Australia… y de su familia?

¿Y por qué, tras arrancar esas páginas, las había conservado?

Jess frunció el ceño. ¿Quizá una vez escrito el libro de Daniel Miller, cuando la atención pública hubo pasado de la historia de los Turner a otros asuntos, Nora había pensado que no había motivo para temer lo que ahí había escrito? La aventura de Isabel, el verdadero padre de Thea… eran hechos que no habrían preocupado a Nora de no haber recibido la carta de Marcus Summers en la que hacía referencia a un cliente que deseaba hablar de la muerte de Thea Turner.

A pesar de todo, guardarlas fue una acción arriesgada. Habría sido más sencillo destruirlas, arrojarlas al fuego, verlas arder…

Le daba vueltas la cabeza. Había algo que se le pasaba por alto. Había muchas cosas dando vueltas. Una, sin embargo, estaba clara: tenía que compartir sus hallazgos con Polly. Las páginas del diario y también las notas que le había enviado Nancy Davis: ese relato de Nora en el cual explicaba lo que había visto hacer a Isabel con un cojín que había servido para convencer a la policía de su culpabilidad. A Jess le había incomodado desde que lo leyó; era muy similar al incidente que Nora aseguraba haber visto cuando Polly era madre primeriza y Jess una bebé en la cuna.

Tras dejar todo lo demás en el suelo, Jess cogió el diario y se apresuró escaleras abajo, con la esperanza de que su madre no se hubiera ido aún al aeropuerto.

—Me estaba empezando a preguntar si necesitaba enviar un grupo de búsqueda —dijo Polly cuando Jess llegó a la puerta de la cocina. Tenía la maleta hecha, apoyada contra la pared.

—¿Tienes un momento? —Jess sabía que debía andarse con tiento. El diario era una noticia enorme, ya que se refería al padre de Polly; no le quedaba más remedio que revelarlo, pero su madre era sensible, delicada. Jess no tenía ni idea de cómo se iba a tomar la información—. Tengo algo que contarte.

A Polly se le agrió el gesto.

—¿Todo va bien? ¿Has encontrado el baúl?

—Sí y, en primer lugar, debería decirte que lo he abierto. No solo lo he abierto… He sacado todo lo que había dentro. Lo he registrado. Lo siento. Espero no haberte decepcionado.

Polly sonrió.

—Ni me decepcionas ni me sorprendes.

—¿De verdad?

—Creo que no hubo ni una sola Navidad en la que no encontraras tus regalos mucho antes de tiempo. Te preguntaría si has encontrado algún esqueleto en el armario de la buhardilla, pero después de los últimos dos días, me temo que vas a decir que sí.

—No he encontrado ningún esqueleto.

—Qué alivio.

—Pero...

—¿Pero? —Polly hizo una mueca.

Jess indicó que deberían sentarse juntas a la mesa y, aunque Polly accedió, lo hizo con cautela, como si se estuviera preparando para recibir malas noticias. Cuando se sentaron, Jess deslizó el diario sobre la superficie de la mesa.

—Es de Isabel —dijo Jess.

Polly lo miró. No lo abrió. Ni siquiera lo tocó. Al cabo de unos segundos alzó la vista, el mentón en alto, en una tentativa de mostrar valor que despertó en Jess un cariño doloroso.

—¿Qué dice?

Jess comprendió que su madre le pedía que tuviera la amabilidad de hacerle un resumen. Solo las partes importantes; si tenía que asestarle un golpe, que lo hiciera rápido.

Jess respiró hondo y resumió lo que había leído: Isabel estaba teniendo una aventura; había tenido la precaución de no mencionar el nombre de su amante en las páginas del diario, pero Jess sabía quién era. Tanto si él era consciente de ello o no, el libro de Miller le había ofrecido la respuesta: Henrik Drumming, el gerente de la granja. Tenía una esposa enferma a la que quería muchísimo, se habían conocido de niños en la escuela de Tambilla y era un hombre bueno y decente. Alguien a quien Isabel conocía desde hacía mucho tiempo, pues acudía a la casa a trabajar, pero a quien, como era evidente, había llegado a conocer mucho mejor. No era de extrañar que él hubiera seguido cuidando del jardín después de su muerte, incluso aunque Thomas Turner le hubiera pedido que no lo hiciera: no había sido capaz de aceptar que la había perdido.

—Escribe sobre algunos de sus encuentros. Ella lo quería de verdad. Según lo que escribió, no fue un romance pasajero o un accidente. Fue un encuentro verdadero entre dos espíritus afines. Se querían el uno al otro. Y... —Jess vaciló— ella parece segura de que él era el padre de su bebé.

Polly asimiló la información, asintiendo despacio. Era imposible saber por su expresión cómo le estaba afectando la noticia y Jess sintió ansiedad. Le resultaba difícil imaginar cómo se sentiría Polly, haciendo frente a tantos cambios en el transcurso de veinticuatro horas, y mucho menos cómo sería para alguien como ella.

En ese momento su madre dijo:

—En el libro siempre me cayó bien. Parecía un buen hombre. Por la forma en que cuidaba a su mujer.

Polly abrió la cubierta del diario y lo tocó con cautela, como si quemara. Se lo acercó y recorrió con la punta de los dedos los surcos del bolígrafo en las páginas. No estaba leyendo; en su lugar, pasaba una página tras otra, pensando, supuso Jess, acerca de la mujer que había escrito esas palabras, que registraba sus pensamientos y confesiones más íntimas.

Cuando llegó al final, Polly observó la contraportada con atención.

Jess reparó en que a su madre le estaba inquietando un fino pliegue en la parte superior.

—¿Qué es? —dijo.

—No estoy segura. —Polly introdujo la punta de los dedos en lo que se había revelado como un fino corte en la guarda. Mientras Jess observaba, Polly retiró un sobre, aplastado por el tiempo. Cuando le dio la vuelta, Jess vio que había un mensaje escrito en la parte delantera en mayúsculas grandes y subrayadas:

PRIVADO Y CONFIDENCIAL:
EXCLUSIVO PARA LA SEÑORA
ISABEL TURNER

Polly alzó las cejas al mirar a Jess, que asintió con avidez, y lo abrió. Sacó una hoja de papel doblada.

—¿Y bien? —dijo Jess, incapaz de contener la curiosidad ni un segundo más.

Polly lo sostuvo de tal manera que ambas pudieran leerlo al mismo tiempo. El mensaje estaba escrito en letras irregulares con tinta negra y decía:

Querida señora Turner:

Se que ha estado haciendo con el marido de otra mujer. Les he visto. El es padre y tiene responsavilidades con su familia, como usted con sus hijos. No es decente ni bueno comportarse como se comportan. Si no para, no voy ha tener mas remedio que contarle a su marido ha que se dedica.

La carta no estaba firmada.

A pesar del tono formal, había bastantes errores ortográficos, lo que hizo pensar a Jess que la había enviado alguien que no tenía estudios o que tal vez fuera muy joven.

—Ha pasado mucho tiempo desde que leí el libro —dijo Polly, que frunció levemente el ceño—. Pero no recuerdo que Henrik Drumming tuviera hijos, ¿verdad? Solo a su esposa en el hospital.

—Pobre Eliza, sí, en Parkside —respondió Jess—. Pero no lo comprendo. Tiene que ser un error. Tuvo que ser él.

Polly no respondió. Una mirada ausente se había apoderado de su gesto, como si estuviera observando algo que ocurría en el interior de su mente.

—¿Qué pasa? —preguntó Jess.

No hubo respuesta.

—¿Mamá?

Polly levantó la vista. Tal vez a ella le resultaba tan extraño oír esa palabra como a Jess pronunciarla.

—Es solo que… —Polly miró el mantel con el ceño fruncido y luego volvió a mirar a Jess—. Es solo que… Creo que sé quién fue.

CAPÍTULO TREINTA Y SIETE

Altos de Adelaida, 15 de diciembre de 1989

El hombre conducía el tractor cortacésped con cuidado, trazando líneas a un lado y otro. Polly lo observó un rato desde su lugar en la sombra y quizá él sintió su presencia, ya que se detuvo y levantó una mano como saludo al verla. Apagó el motor y se limpió las palmas en los pantalones mientras se acercaba a ella.

—Hola —dijo.

—Siento molestar. Estaba dando un paseo. Me he perdido.

—Aquí eso es fácil.

El hombre era una o dos décadas mayor que ella.

—¿Esta propiedad es tuya?

El hombre se rio.

—Soy el encargado… No de un modo oficial, en cualquier caso. Este terreno pertenece a una finca mayor. A esa casa grande en lo alto de la colina. El dueño está en el extranjero. No siempre sabe cuándo necesita cuidados y yo no vivo lejos. No me cuesta nada cortar el césped cuando está demasiado crecido.

Polly sopesó esas palabras. Su nueva vecina en Brisbane, Angie, era bastante simpática, pero le parecía poco probable que cruzara la cerca para cuidar del patio de Polly mientras ella estaba fuera.

Tal vez él también se diera cuenta de que necesitaba explicarse mejor.

—Aumenta el riesgo de incendio cuando la hierba crece a su libre albedrío —añadió.

Polly alcanzó a vislumbrar la silueta del tejado de Halcyon entre los árboles y sintió una poderosa atracción.

—La casa está a la venta —dijo Polly, consciente de que parecía rara—. He visto un cartel junto a la cerca en la carretera.

—¿Estás pensando en comprarla?

Polly sonrió.

—Es una casa preciosa —siguió el hombre—. Un poco descuidada, pero aún es impresionante.

—Pensé que podría subir a echar un vistazo.

—No creo que a nadie le importe por aquí. Como te he dicho, el dueño vive en el extranjero.

—Gracias —dijo Polly, pero no se marchó. Se oyó a sí misma decir—: En realidad, el dueño es mi tío. Se llama Thomas Turner. ¿Lo conoces? Yo no lo llegué a conocer. Murió el año pasado. Mi madre (su hermana) es la que ha puesto la casa en venta.

El hombre la miró por debajo del gorro y Polly vio un cambio en su rostro, casi como un reconocimiento. No era que la reconociera a ella, sino que establecía un contexto. Al fin, el hombre dijo:

—Corto el césped porque estuve enamorado de la chica que vivía en esa casa. —Y, casi de inmediato, añadió—: Lo siento, no sé por qué he dicho eso. No suelo hablar de mí mismo. Kurt. —Tendió la mano para estrechar la de Polly.

—Polly. —Detrás de Kurt, un pato se había deslizado hasta el arroyo y la luz del sol dibujaba cintas en el tronco de un sauce enorme—. Te refieres a Matilda Turner —concluyó, impresionada por su admisión.

Kurt se encogió de hombros.

—Fue hace mucho tiempo. Éramos unos críos. Y, aun así, a veces siento que todo en mi vida podría haber sido diferente si no fuera por lo que le ocurrió a ella. Supongo que suena estúpido.

—No, a mí no me lo parece.

Kurt sonrió y negó con la cabeza.

—Lo siento. Es solo que… Me recuerdas a ella. Tu voz… Algo.

—Era mi prima, supongo. Aunque no la conocí. Mi madre no me habló de ellos. Demasiado triste para ella.

—Supongo que has leído el libro —lanzó Kurt tras asentir.

—Hace poco.

—¿Qué te pareció?

—En cuanto a su calidad literaria, estaba bien. Tuve sentimientos encontrados sobre el tema que trata.

Kurt se rio.

—¿Fue muy extraño que escribieran un libro sobre vosotros? —preguntó Polly.

—Aquí no lo publicaron. Solo en Estados Unidos. La mayoría de nosotros no consiguió un ejemplar hasta más tarde. Para entonces, la vida (la gente) había seguido adelante. —Kurt volvió a encogerse de hombros—. El suceso en sí fue muchísimo peor que el libro. A mi hermano lo dejó hecho polvo. Había discutido con su amigo.

—¿Con John Turner?

Kurt asintió.

—También en casa tuvo sus más y sus menos. Es una edad difícil, los catorce años. Y no fue mucho mejor a los quince o dieciséis, para ser sinceros. No se podía estar quieto y se marchó de aquí en cuanto pudo. Pero volverá algún día. La gente siempre vuelve. Ojalá pasara un tiempo por aquí… Me gustaría que mis hijos conocieran un poco a su tío. Marcus es un buen tipo. Siempre ayudando a la gente. Y no solo prestándoles la camioneta cuando están de mudanza. Ayuda de verdad. Lucha por la justicia, protege a los desfavorecidos. Es abogado. Qué curioso: cuando éramos niños, yo era «el listo». Se me daban bien los estudios y se esperaba mucho de mí; Marcus era el que se pasaba el día al aire libre—. Señaló el cortacésped y sonrió—. Qué curioso cómo salen las cosas.

—Pero no eres infeliz.

—Qué va. Esta es mi vocación. Cuidar de los bienes ajenos. Después de la muerte de Matilda, perdí el interés en los estudios. Había otros modos de aprender las cosas que quería aprender… No necesitaba los aspectos formales. Descubrí que tampoco me importaba mucho la religión. Me sentaba en la iglesia, escuchaba al reverendo Lawson e intentaba sentir algo, sentir a Dios, supongo… —Kurt levantó las manos, señalando el toldo del jardín, la montaña de hierba plateada al otro lado del valle, los troncos blancos de los eucaliptos—. Esta es mi iglesia. A mi padre le gustaba hablar de lugares en el extranjero, como la catedral de San Pablo en Londres, Notre Dame en París… Lugares sobre los que había leído en libros y quería ver. Pero yo siempre me sentía más arraigado cuando estaba al aire libre; no solo rodeado de naturaleza, sino formando parte de ella, una parte diminuta de un sistema mucho más grande que yo. Reverencia. Gracia. Significado. Propósito. Todo eso siento cuando estoy trabajando. La naturaleza es mi catedral. —Frunció el ceño y negó con la cabeza, perplejo—. Lo siento… No pretendía enrollarme así. ¿Vas a pasar la noche en el pueblo?

Polly no tenía planes en absoluto. Para empezar, ni siquiera había tenido la intención de ir.

—¿Hay algún lugar por aquí que me recomiendes?

—El hotel está bien. Los nuevos dueños lo han renovado de maravilla.

Polly recordó el hotel de Tambilla que describía el libro de Daniel Miller. Le gustaba la idea de pasar la noche en uno de los edificios más antiguos del pueblo.

—Voy a probar.

—Oye, escucha… No quiero ser demasiado lanzado, pero voy a cenar ahí con mi familia casi todos los viernes. Eres bienvenida, si no tienes otros planes. Mis hijos se mueven más que las hormigas de la carne, pero suelen largarse después de zamparse el pescado con patatas fritas.

Polly solía considerarse una persona tímida, así que se sorprendió a sí misma al oírse decir que sería un placer acompañarlos; no solo por decirlo, sino por sentirlo. Le caía bien Kurt Summers; le resultaba fácil estar a su lado y quería conocer mejor este lugar, su pasado.

—Genial —dijo Kurt—. Te veo luego. Sobre las siete. Intentamos sentarnos en una mesa al aire libre cuando hace tan buen tiempo como hoy. —Se llevó la mano al ala del sombrero y se dirigió de vuelta al cortacésped. Casi había llegado cuando se giró para decir por encima del hombro—: Esta noche también va a venir mi padre. Mi madre murió hace unos años, así que intentamos que esté ocupado. Te va a caer bien.

Polly sabía quién era el padre de Kurt: Percy Summers, el hombre que había encontrado a la familia Turner aquella tarde y, al describir la lúgubre escena, había inspirado el título del libro de Daniel Miller. Tenía curiosidad por conocerlo; Percy había tratado a su tía y a su tío y le podría ofrecer una perspectiva adulta sobre cómo era Halcyon por aquel entonces. Sin embargo, a medida que se acercaban las siete, Polly sintió el habitual desvanecimiento de su confianza y la ilusión dio paso a la ansiedad.

Se duchó, se vistió y bajó las amplias y alfombradas escaleras del hotel de Tambilla a las siete menos cinco, tirando del puño de las mangas, nerviosa. Le alegró haber pensado en traer una blusa medio decente. Se dijo a sí misma que, si no veía a la familia Summers en la primera vuelta que diera al restaurante y la terraza, seguiría caminando por la calle y pediría algo de comer en el pequeño restaurante tailandés que había visto un poco más lejos.

Resultó que la familia Summers no solo la estaba esperando, sino que le habían reservado un asiento en la mesa y se habían tomado la libertad de pedirle una bebida.

Al cabo de unos segundos, Polly supo que se había estado preocupando por nada. Había pasado mucho tiempo observando familias. Al venir de una formada por dos personas, sus dinámicas siempre le habían parecido misteriosas. Cómo los hermanos podían luchar a brazo partido solo para darse la vuelta y defender al otro con pasión si un recién llegado lo criticaba. Sin embargo, resultó que estar con el clan Summers era sencillo. Sally, la mujer de Kurt, regentaba un vivero de plantas frutales y sus hijos, dos pares de gemelos con un año de diferencia, iban a un instituto de Adelaida. Habían venido a cenar justo al bajar del autobús y aún llevaban los uniformes escolares. El padre de Kurt, un hombre de gesto amable que tendría unos setenta años, se sentó a un extremo de la mesa y observaba cómo transcurría todo con una sonrisa un tanto filosófica en opinión de Polly. Sintió que comprendía esa sonrisa. Así se sentía a veces ella: al borde de las cosas, pero no infeliz.

Se había levantado cuando Polly llegó a la mesa y la saludó con un gesto de la cabeza, pero estaban sentados en lados opuestos y no tuvieron ocasión de hablar salvo para intervenir en la charla familiar, enérgica y acaparadora. Más tarde, cuando Sally se excusó para llevar a los muchachos en coche a una fiesta de fin de trimestre y Kurt fue a pagar la cuenta, tras negarse a que Polly contribuyera, Percy dijo algo que ella no pudo oír. Había una mesa ruidosa detrás de ellos, un grupo de amigos que celebraban una boda próxima, así que Polly se acercó.

—¿Qué te pareció la casa? —preguntó Percy—. Halcyon.

—Preciosa —respondió Polly—. Triste, grandiosa. Me recordó a una de las casas de Jane Austen.

—Siempre me hizo pensar en Pemberley.

—Sí, exacto. El señor Darcy se habría sentido en casa ahí.

Percy sonrió y la observó.

—¿Te gusta Austen?

—Me gustan casi todos los libros.

—¿Estás leyendo algo interesante ahora?

—Acabo de comenzar *Los restos del día*.

—Oh, excelente. Qué maravilla de escritor. ¿Y *El club de la buena estrella*?

—Es el penúltimo que he leído.

—Está en mi lista de los favoritos del año.

—En la mía también.

—¿*Tiempo de matar*?

—Me encantó.

Percy asentía con una sonrisa de satisfacción en la cara. Polly sintió la cordialidad que surge enseguida y con fuerza entre amantes de la lectura con gustos afines. En ese momento Percy frunció el ceño y se inclinó para mirar de cerca.

—Ese collar —dijo.

Polly bajó la vista al gato de plata que colgaba de la larga cadena. Debería abrillantarlo, comprendió. Le contó la historia del sonajero victoriano, pero cuando terminó de hablar, Percy dijo:

—Me refería al pajarillo. ¿Dónde lo has encontrado?

Polly sonrió.

—Es cierto que lo he encontrado. Hoy, justo antes de conocer a Kurt. Lo vi en el suelo mientras estaba paseando. La luz del sol se reflejó en un trozo de cinta plateada al que alguna vez habría estado atado y me llamó la atención.

Percy estaba asintiendo.

—¿Cerca de la poza?

Polly se preguntó cómo lo sabía y comprendió que, por supuesto, Kurt le debería haber contado dónde se habían conocido.

—Me gusta coleccionar cosas que encuentro por la naturaleza. Siempre voy mirando. Es una afición; mi hija y yo solíamos buscar por la playa cuando ella era pequeña... Al principio, pensé que era una piedra o la vaina de una semilla. Pero no. Era este preciosísimo pajarillo. Un chochín, me parece.

—Un maluro. Hay muchos por aquí.

—Un maluro —repitió Polly, a quien le gustó mucho el nombre—. Fue algo casi mágico. Estaba ahí, como si me hubiera estado esperando. Supongo que parece una tontería.

—Qué va.

—A veces soy un poco romántica.

—Buena cualidad. No tendríamos libros, ni música, ni pinturas si no fuera por los que somos un poco románticos.

No parecía que se estuviera burlando y le inspiró la confianza necesaria para continuar.

—Tenía este pequeño broche, ¿lo ves?, justo aquí, así que lo colgué de mi collar.

—Es perfecto.

Su voz pareció quebrarse y Polly se dio cuenta de que tenía los ojos un poco empañados. Tal vez el viento que acababa de levantarse lo estuviera molestando, ya que estaban sentados al aire libre. Comprendió que era probable que estuviera cansado. Vio que Kurt regresaba.

—Me lo he pasado de maravilla —dijo Polly—. Me alegro de haber coincidido con Kurt.

—¿Te vas?

—Debería. Ha sido un día muy largo y ya os he robado bastante tiempo; gracias por invitarme a vuestra cena familiar.

Se levantó para marcharse y Percy estiró el brazo para tomar la mano de Polly en un gesto que estaba entre la formalidad de un apretón y la familiaridad de una caricia. La agarró con una fuerza sorprendente.

—Te pareces mucho a tu madre —dijo Percy—. Cuánto me alegro de haberte conocido.

Estaba siendo educado; Polly sabía que no se parecía en nada a Nora. Sonrió.

—Ha sido un placer conoceros.

—Vuelve, ¿vale? —le pidió Percy—. Por favor, vuelve a vernos otro día.

—Claro que sí —respondió Polly.

Pero no lo hizo. Era un anciano encantador y Polly se había quedado prendada de toda la familia Summers. Sin embargo, no encontró una excusa para volver a visitarlos.

CAPÍTULO TREINTA Y OCHO

Kurt lo llevó en coche aquella noche. Era buen hijo y se había mostrado aún más atento desde la muerte de Meg. El viaje a Port Willunga desde Tambilla era de casi una hora y había canguros que esquivar en el atardecer del final del verano, pero Kurt no estaba dispuesto ni a oír que su padre condujera él mismo.

—Me lo paso bien —le aseguró Kurt—. Además, ya has visto el circo en el que vivo… Es el único momento de tranquilidad que tengo.

Percy se había mudado a Port Willunga poco después del funeral de Meg. Le habría gustado hacerlo antes, pero Meg no estaba dispuesta a marcharse de Tambilla y Percy no quiso molestarla. En un matrimonio duradero había momentos para insistir y momentos en que salirse con la tuya no merecía el precio de la victoria. Reconocer la diferencia era crucial.

Cuidar de Meg en aquellos meses finales fue difícil y triste, pero se había propuesto hacerlo en persona. Una pareja casada se debía ciertas cosas el uno al otro; eran las hojas de balance tras toda una vida en común. Cerca del final, Kurt y Sally habían contratado a una enfermera para ayudar a tiempo parcial y Percy había agradecido tomarse una tarde libre de vez en cuando.

Un día había bajado a la playa para recordar los viejos tiempos y, mientras regresaba, entre las dunas cerca del agua había visto un cartel que decía SE VENDE en el patio delantero de una casita de madera con una estrecha terraza y amplias ventanas con vistas al mar. Tenía un depósito de agua de lluvia, una huerta y un naranjo enorme en la parte delantera. Había sabido al instante que era el lugar ideal para él.

Percy había nacido y crecido en Tambilla, y ahí había criado a sus hijos, vivido el amor y el luto, la tragedia y la dicha; conocía sus vistas, sonidos y olores mejor que los de cualquier otro lugar en la tierra. Pero había sido una alegría mudarse a otro lugar. No le quedaba mucho por vivir y era bueno probar algo nuevo. Cierto que no había ido a Grecia, Canadá o España, pero al fin había salido de Tambilla, como siempre había dicho que haría. También había vendido la tienda, a pesar de la promesa que le había hecho a Meg. Era disculpable, pensaba Percy, una pequeña mentira piadosa como aquella.

—¿Te hago una taza de té antes de irme? —preguntó Kurt, que encendió la luz de la cocina después de que Percy abriera la puerta.

El calor del día se había acumulado en los rincones de la cocina y Percy abrió la ventana sobre el fregadero para que se aireara. Una libélula estaba entrando en pánico contra el panel de cristal y Percy la liberó con la mano ahuecada.

—¿Y si te preparo yo un café para el viaje de vuelta? —respondió.

Tras ver que su hijo conducía con prudencia al marcharse, Percy se llevó la taza de té a la terraza y se sentó en su vieja tumbona. El mar estaba en calma esa noche: las olas venían y se alejaban. Era su sonido favorito.

Siempre le había gustado venir aquí; en algunos de sus recuerdos más felices venía de acampada a la playa con sus hijos cuando eran pequeños. Aquellos días largos y plácidos, cuando lo que más querían ambos era estar a su lado. De qué extrañas maneras pasaba la vida. Era cierto que transcurría mientras estabas ocupado mirando a otro lado.

Mientras la fragancia embriagadora de las plumerias nativas impregnaba el aire de la noche, Percy repasó la tarde en su mente. Cuando Kurt le habló por primera vez de la joven que había conocido aquel día y mencionó, sin darle ninguna importancia, que la había invitado a cenar, a Percy casi le dio un síncope.

No sabía qué esperar. La realidad había superado sus expectativas. A lo largo de los años había tenido dudas, había realizado algunas tentativas para averiguar la verdad, pero cuando la vio, lo supo al instante. Era la hija de Isabel. Compartía los mismos gestos, incluso aunque Polly tuviera menos confianza en sí misma. Se disiparon las dudas que pudiera albergar acerca de lo sucedido aquella noche en que había llevado a la bebé de vuelta a la casa; lo que a veces había sospechado quedaba ahora confirmado.

El tiempo sabía cómo atenuar la emoción en los recuerdos, pero Percy aún era capaz de palpar el horror y la confusión de aquellos días tras dejar a la pequeña en la rosaleda. Mientras esperaba la noticia que nunca llegó, había comenzado a culparse a sí mismo. A falta de otra explicación plausible, llegó a creer que los perros salvajes habían irrumpido mientras se dio la vuelta. Que, al tratar de salvar a la niña, la había expuesto al peligro.

Pero entonces, más o menos una semana más tarde, ocurrió algo extraño en la calle principal. Percy estaba cargando cajas en la tienda cuando vio a la cuñada de Isabel en el pueblo por primera vez desde la asamblea vecinal. Iba una vez más vestida de luto, pero esa vez, en lugar de llevar al bebé en el fular, usaba el cochecito pasado de moda de la familia Turner. Fue una visión desconcertante. El cochecito (comprado en Londres y enviado a Australia del Sur, muy distinto a los que se hacían o usaban por esos lares) era un símbolo de los Turner y de una vida nueva, y era estremecedor volver a verlo después de lo sucedido.

Percy aún estaba asimilando esas ideas cuando sintió un movimiento brusco por el rabillo del ojo. Becky Baker salió volando por la puerta lateral del salón de té de su tía, que cerró de un portazo, furiosa, mientras se abalanzaba sobre el cochecito y cogía en brazos a la bebé.

La señora Turner-Bridges gritó («¡Mi bebé! ¡Me ha robado a mi bebé!») y Meg salió corriendo de la tienda.

—Becky, cariño —dijo Meg—, suelta a la niña. Suéltala, cielo. No es la pequeña Thea; es la bebé de la señora Turner-Bridges. Es Polly, la hija de la señora Turner-Bridges.

A esas alturas ya se había formado toda una escena. Betty había salido del salón de té, seguida de cerca por Eric Jerosch y Hugo Doyle, quienes, por suerte, habían parado a tomarse un té durante su descanso. Los agentes ayudaron a controlar a la pobre Becky. Todo el mundo sabía cuánto había querido a Thea Turner. Corrían rumores de que le gustaba fingir que la pequeña era suya, que se sentía demasiado apegada a la familia y todo el mundo sabía que era un poco lenta, que se confundía con facilidad.

A partir de ese momento, Percy había sido incapaz de quitarse ese incidente de la cabeza. Comenzó a dudar; recordó a Isabel decirle que su cuñada iba a venir para quedarse. Llevaba soñando mucho tiempo con ser madre, pero hasta la fecha había tenido muchos problemas en ese sentido. «El mundo no es justo —le había dicho Isabel—. Pero ¿es necesario que sea así de cruel tantas veces? Pobre Nora, cuánto ha sufrido, ella que sería la madre más cariñosa. Si hubiera algo de justicia en el mundo, ya tendría cuatro o cinco hijas. No le cuesta quedarse embarazada, pero sus bebés no parecen capaces de aferrarse a la vida».

¿Y si Becky estaba en lo cierto?, se preguntó Percy. ¿Y si la bebé de la señora Turner-Bridges no hubiera sobrevivido?, ¿y si el triste destino que Isabel temía había llegado a hacerse realidad? La niña que había dejado en la rosaleda, la bebé de Isabel, estaba viva y sana. No era inconcebible que una se hubiera hecho pasar por la otra.

Pero, cuando le preguntó, Meg se lo había dejado claro.

—Lo siento, cariño —dijo—. Sé cuánto te gustaría que eso fuera cierto… A mí me habría gustado también. Pero yo la he visto bien y no era Thea. Era la hija de la señora Turner-Bridges.

Meg debería saberlo. Percy se había despertado el día de Navidad por la mañana y se la había encontrado ya levantada, en la tienda, preparando un paquete de alimentos.

—Es para la señora Turner-Bridges —explicó—. No dejo de pensar en ella, ahí sola en esa casa enorme. Embarazada y de luto... Tiene que estar hundida en la miseria. No soporto imaginarla ahí sola.

Percy le había rogado que esperara, aunque fuera un solo día. En esas circunstancias, se preguntó si no debería dejar que otra persona se ofreciera a ayudar. Sin embargo, Meg no dio su brazo a torcer. Siempre había estado entre las primeras en echar una mano cuando era necesario y estaba decidida a que no fuera diferente en esa ocasión. Cuanto más trató Percy de razonar con ella, más nerviosa se puso Meg.

—Está completamente sola, Perce.

Así pues, Percy había aceptado estar pendiente de la pequeña mientras Meg iba a ver cómo estaba la señora Turner-Bridges y a llevar algo de comida. Fue entonces cuando descubrió que Nora había dado a luz.

—Lo estaba pasando mal —le informó Meg aquella noche—. No tuve más remedio que quedarme a ayudar. Lo había hecho todo lo bien que cabría esperar en esas circunstancias (es una madre innata), pero la casa estaba hecha un desastre... La cocina aún estaba cubierta con las sobras del día que se marcharon. Y la pequeña vino antes de tiempo. Es diminuta. Tiene una constitución perfecta, pero, ay, qué pequeña y frágil es. Tuve que quedarme a ayudar. ¿Qué otra cosa habría podido hacer?

La luna era una finísima uña en mitad del cielo. Nada más que una esquirla plateada. Percy ubicó en lo alto la Cruz del Sur, junto a Alfa y Beta Centauri: astronomía de principiante, pero era difícil deshacerse de las viejas costumbres. Isabel le había contado una vez que era el cielo nocturno lo que le hacía sentirse más lejos de casa. «Alzar la vista y no ver la Osa Mayor ni la Osa Menor me hace sentir sola en un nivel cósmico. Nada está donde debería».

Percy se preguntó sobre el fallo en su razonamiento de aquel entonces. Había actuado como si devolver a la pequeña a su casa fuera a salvarla de algún modo de la sombra de un acontecimiento trágico, violento y traumático. Esperaba que la familia la encontrara y que diera un final feliz a la historia, al menos en cuanto a la desaparición concernía. Sin embargo, sus ideas habían sido muy simplistas. Todos los sucesos, al igual que los objetos, arrojan una sombra; no es posible huir de ello. Era una ley física. Así era la vida.

Durante la cena de aquella noche, Percy había observado que Polly era tímida. No sabía nada acerca del resto de su vida, pero se preguntó si la facilidad con que se ruborizaba, esa manera retraída de hablar, la nerviosa costumbre de jugar con los colgantes de su collar, serían consecuencia de haber crecido, aun sin saberlo, a la sombra de esa tragedia. Lo que Nora Turner-Bridges había vivido, lo que había hecho, debería haber dejado una marca. ¿Cómo, se preguntó Percy, la había cambiado? ¿Qué clase de madre había sido?

Fue la costumbre de Polly con el collar lo que le había hecho fijarse en el pajarillo de madera. Lo había reconocido de inmediato y había viajado en el acto treinta años atrás: el viaje a caballo desde Meadows, la tienda en Hahndorf, el último día de su vida antes de que todo se desmoronara.

Había llovido hacía poco en los Altos. Habría revuelto la tierra. Pero qué curioso que Polly hubiera encontrado el pajarillo. Qué ladinos eran los dioses. Percy había buscado la talla muchísimas veces desde la primera vez que había regresado al lugar del pícnic aquella Nochebuena, rastreando la tierra junto a la poza, bajo el sauce, en vano. El pajarillo se había convertido en un símbolo de todo lo que había perdido aquella noche y las siguientes. Había llegado a la conclusión de que se había extraviado para siempre. Al parecer, también se había equivocado en eso.

Percy había comprado el maluro para Isabel como regalo de despedida. Aún recordaba la impresión de placer agridulce que había sentido al verlo, la certeza de que a ella le encantaría. Isabel adoraba las miniaturas; la colección de los *netsukes* japoneses de su madre era su posesión más preciada. Se la había mostrado una vez, mientras Percy estaba cogiendo libros prestados de la biblioteca de Halcyon, el año anterior a su muerte, cuando aún andaban a tientas en torno a la atracción que comenzaba a nacer entre ellos.

Había sido una historia de amor breve. Una cuestión de semanas, antes de que ambos acordaran que tenía que llegar a su fin. Isabel se había sentido consternada cuando Percy le enseñó la carta que alguien había echado por el buzón de la puerta y que no llevaba sellos. Percy supo al instante quién la había enviado. Había reconocido la letra y había esclarecido el inexplicable mal humor de su hijo pequeño las últimas semanas.

En cuanto Marcus lo supo, la situación se volvió insostenible y pusieron fin a la historia. Pero el amor no desaparece así como así. Era increíble pensar que, si Percy no se hubiera encontrado con la señora Pigott, de la oficina de correos, mientras cabalgaba a lomos de Blaze aquella primera mañana de 1959, si ella no le hubiera pedido el favor de entregar un paquete en su camino de vuelta a casa, todo habría ocurrido de otro modo.

Sin embargo, Percy había aceptado ayudar y fue él quien entregó el paquete a Isabel aquel día.

—¡Hola! —Percy oyó la voz de Isabel, que lo saludaba mientras guiaba a Blaze por el camino de entrada a Halcyon—. Por aquí. —Isabel estaba en lo alto de una escalera, sosteniendo un cordel con banderines, rodeada del follaje. Le recordó a Titania, la reina de las hadas—. ¿Es para mí? —preguntó.

Embelesado, Percy tendió el paquete hacia ella y asintió.

—¿Crees que me podrías hacer un enorme favor? —preguntó Isabel con una risa (¡y qué risa!)—. No puedo soltar este cordel... Me ha costado horrores subirlo hasta aquí... Pero me muero de ganas de abrir ese paquete. ¿Podrías subir y agarrarlo en mi lugar?

Percy hizo lo que le pedía y se subió por el otro lado de la escalera para tomarlo de sus manos, esas manos que rozaron a Percy antes de soltar el cordel. Percy observó mientras Isabel desgarraba el envoltorio para dejar a la vista libros nuevos, recién salidos de imprenta: *Desayuno en Tiffany's, Nuestro hombre en La Habana, The Darling Buds of May*.

Empezaron a hablar. Leer cambia a las personas. El paisaje de los libros es más real, en ciertos sentidos, que el que se ve más allá de la ventana. No se experimenta de lejos; es interno, vital. Un muchacho confinado en la cama durante un año por culpa de unas piernas que se negaban a obedecerle y una joven al otro lado del planeta, enviada a un internado porque habían fallecido sus padres, habían vivido vidas que no podían ser más diferentes… y, sin embargo, gracias al amor compartido por la lectura, habían habitado el mismo mundo.

Fue un puente que Percy no había sido capaz de cruzar junto a Meg. No le había importado hasta ese momento. No le importaba ahora. Él y Meg habían forjado una vida juntos, habían sacado adelante un negocio y dos hijos en común, con sus incontables pequeñas alegrías y alarmas cotidianas. Sin embargo, encontrar a Isabel y descubrir que ella también conocía los lugares y las personas que habitaban su imaginación fue un momento poderoso. Embriagador. Sentir que alguien lo conocía fue una revelación. Tener que renunciar a ello fue como verse arrojado fuera de casa.

Isabel le había contado, justo antes de que él partiera hacia Meadows, que había decidido volver a Inglaterra.

—¿Qué futuro me espera aquí si tú no formas parte de él?

Estaban sentados en el banco de piedra, uno al lado del otro, cerca del estanque del señor Wentworth. Él había venido con la excusa de entregar un pedido de la tienda y ella se había escabullido rodeando la parte trasera de la casa para encontrarse con él más abajo, en el camino de entrada, mientras volvía. Unos pocos momentos finales, preciosos, robados. Percy habría querido ser capaz de ofrecerle más. En otra vida, en otro mundo con valores distintos, podría haberlo hecho.

Isabel le dijo que había ido a ver a un abogado que le iba a tramitar los pasaportes. Se marcharían a primeros de año. No se lo había contado a su marido.

—Él haría todo lo posible para detenernos. Es un hombre muy resuelto.

Tampoco se lo había contado a los niños.

—Matilda será la que dé problemas, y John. Y también Evie. —Isabel suspiró—. Ninguno va a estar contento. Salvo, por supuesto, la pequeña Thea. Siempre está contenta. Qué personita tan encantadora. Se parece a su padre.

El teléfono de Percy estaba sonando en algún lugar cercano y tardó un momento en encontrarlo en el bolsillo del abrigo. El nombre de Kurt apareció en la pantalla. Percy miró la hora y vio que ya eran las diez y media.

—Hola, colega —respondió.

—Hola, papá. No es demasiado tarde, ¿verdad?

—Solo estaba contando estrellas.

—¿Aún están todas en su sitio?

—Por lo que he visto, sí.

Hubo una pausa en ese momento y Percy comprendió que su hijo había llamado sin otro motivo que ver cómo estaba. Había recibido más llamadas de ese tipo en los últimos años. Era como si Kurt y Sally creyeran que había perdido la capacidad de cuidar de sí mismo ahora que Meg no estaba a su lado. A continuación, vendría una pregunta sencilla y aleatoria. Algo así:

—No me he dejado el gorro ahí, ¿verdad? Es negro, con el logo de la tienda.

—No lo he visto, pero echaré un vistazo.

—Vale, gracias. —Otra pausa y a continuación—: Ha estado bien la cena.

—Muy bien.

—Creo que Polly se lo pasó bien.

—Pareció divertirse, sí.

—Qué cosa más rara conocerla de ese modo.

Hubo otra pausa. Percy agradecía la atención, pero no estaba listo para hablar acerca de Polly o la casualidad de que hubiera aparecido junto a la poza aquel día. En realidad, rara vez hablaban de por qué su hijo cuidaba del lugar. Él y Kurt se parecían: eran muy reservados, muy apegados a sus emociones.

—¿Has pensado en el festival de luces de Lobethal del fin de semana que viene? Sal ha dicho que podrías pasar la noche con nosotros. Marcus ya estará de vuelta entonces. Dijo que iba a venir con los niños.

—Parece que tenemos un plan.

Percy terminó la llamada mientras un pájaro nocturno volaba en la oscuridad. Su hijo mayor era feliz; él y Sally formaban una de esas parejas casadas que eran amigos e iguales por encima de todo, sus hijos eran estupendos y parecía haber encontrado un trabajo que le proporcionaba paz y satisfacción. Sin embargo, Percy se preguntaba a veces si Kurt aún pensaba en Matilda Turner todos los años, cada vez que veía los carteles que anunciaban las luces de Lobethal. Percy lo recordaba a menudo: los planes que había hecho su hijo para ir a ver las luces con Matilda aquellas Navidades.

Percy se sintió cansado de repente, listo para ir a la cama. Cogió la taza, arrojó los posos fríos por un lado de la terraza y entró. Cerró la puerta y aclaró la taza bajo el grifo del fregadero.

Fue Marcus quien acabó yendo a la universidad. Qué extraño cómo salieron las cosas al final. Una determinación se había apoderado de Marcus tras las muertes de los Turner y se había dedicado a buscar justicia.

Durante mucho tiempo, solo lo vieron en Navidades. Volvía porque era importante para Meg, pero después desaparecía de nuevo. Veían su nombre en los periódicos de vez en cuando, manifestándose por tal causa, representando a tal persona ante el tribunal, enfureciendo a los poderosos, defendiendo a los desfavorecidos. Siempre había tenido unos valores muy definidos. Marcus y Meg se parecían en eso: ninguno de los dos tenía tiempo para detenerse a mirar los matices del gris.

Solo después del funeral de Meg hablaron al fin, por primera vez, acerca de lo sucedido. Todo el mundo había acudido a Summers e Hijos a tomar una bebida (el pueblo entero había querido presentar sus respetos y se apiñaron en el interior de la tienda y en la acera) y, cuando se marcharon todos, Marcus, Percy y Kurt se habían sentado con una botella de whisky a hablar de los viejos tiempos. Al fin, Kurt se había marchado a casa con paso tambaleante y se quedaron los dos a solas.

Marcus estaba en la treintena por entonces. Había adquirido la suficiente experiencia vital para diluir el blanco y negro de sus juicios morales. Quería disculparse, dijo, por no comprender lo difícil que debió de ser para Percy perder a Isabel.

—Entre todo lo demás —dijo—, no percibí entonces que tú estarías sintiendo un dolor muy hondo.

—Gracias, colega —respondió Percy—. Te lo agradezco. —Y era cierto.

—Yo estaba enfadadísimo —siguió Marcus—. Después de veros juntos, no podía dejar de pensar en mamá. Solía pasar las noches despierto, escuchando mis discos y tramando planes para castigar a la señora Turner por entrometerse en nuestra familia y estropearlo todo.

—Fue hace mucho tiempo.

—Lo sé, lo sé.

—No hace falta…

—Sí hace falta, papá. Hay algo que tengo que contarte.

Percy ya había bebido mucho a esas alturas. Ambos habían bebido mucho. Percy no estaba acostumbrado a beber y enseguida la cabeza le daba vueltas. No se sintió preparado cuando Marcus continuó:

—Fui a Port Willunga y pesqué un pez globo. Después de la muerte de Buddy, tú nos pediste que nos mantuviéramos bien lejos de esos peces, nos dijiste que, igual que habían matado a Buddy, podían dejar en muy mal estado a una persona. Yo tenía una idea vaga de que eso era lo que la señora Turner se merecía.

¿Pescó un pez globo? ¿Lo que se merecía? Percy oía las palabras que pronunciaba su hijo, pero su mente tardaba más tiempo del normal en asignarles sentido. Sacudió la cabeza, como si así se fuera a aclarar las ideas.

—Solo Dios sabe cómo iba a conseguir yo que se lo comiera.

De repente, Percy vio a dónde se dirigía su hijo.

—Pero no lo hiciste, ¿verdad, colega? ¿No hiciste algo así de estúpido?

—No, gracias a Dios.

Sintió un alivio que se desbordó de una parte del cuerpo a la otra.

—Pero lo podría haber hecho. Recuerdas cómo era yo entonces.

Percy lo recordaba.

—Por suerte, mamá me descubrió a tiempo. Estaba furiosa, te lo digo en serio. Me obligó a contarle qué diablos tenía en la cabeza. Me entró tal pánico que... se lo conté, papá. Le conté qué me había afectado tanto, lo tuyo y la señora Turner. Me dio un gran abrazo y me dijo que no me preocupara. Que todo iba a salir bien. Y me quitó el pez y me hizo prometerle que no volvería a hacer algo tan estúpido jamás.

Percy apagó las luces de camino a la cama. Se cepilló los dientes, enchufó el teléfono para que se cargara y abrió la ventana para oír el océano si se despertaba en mitad de la noche.

Percy no creyó jamás que Isabel lo hubiera hecho. Era imposible; además, sabía que ella había estado haciendo planes para marcharse del país. Pero, en su posición, no había podido hacer declaraciones de ese tipo a la policía y otra persona (un testigo anónimo, según dijeron) les había contado algo que los convenció de lo contrario. No le quedó más remedio que observar de lejos y confiar en que resolvieran bien el caso al final. A medida que pasaba el tiempo y no lograban averiguar la verdad, se dijo a sí mismo que no tenía importancia. Cómo había muerto la familia Turner, el caso abierto, las dudas sobre venenos... ¿Qué importaba? Ella ya no estaba.

Y entonces, durante años, nada. Hasta aquella noche en que enterraron a Meg y Marcus le dijo lo que casi había hecho. Percy había bebido tanto que no lo asimiló en aquel instante, pero había permanecido despierto en la cama pensando en cómo era su hijo pequeño por aquel entonces: testarudo y gritón, pero bueno, cariñoso y leal hasta el exceso. Percy pensó, también, en las secuelas de la tragedia Turner y ese temor ardiente que había sentido por Kurt. No le pasó por alto la ironía, mientras conciliaba por fin el sueño, de que todo el tiempo había intentado proteger al hijo equivocado.

La historia de Marcus regresó a él como una pesadilla cuando despertó a la mañana siguiente, como si fuera algo que hubiera visto en la televisión años antes y solo recordara a medias. Sin embargo, no era en su hijo en quien estaba pensando; sus ideas revolotearon en torno a Meg. Marcus había mencionado que su madre le había quitado el pez globo y el recuerdo le llevó a pensar en otra cosa. En algo que Meg había dicho poco antes del final.

Fueron unos días despiadados, sucios. Meg había recibido una dosis de morfina que la había dejado confusa. A veces, Meg creía ser una niña pequeña; en otros momentos, estaba convencida de que se acababan de casar. En una ocasión se enfadó con él: «Sé lo que has estado haciendo —le decía, con una amargura tan intensa que dejó a Percy pensativo—. Veo esa mirada soñadora en tus ojos. Sé adónde vas».

Y un día añadió:

—Se lo quité, Perce. Se lo impedí.

Percy no había tenido ni idea de qué estaría hablando, pero la enfermera dijo que era de esperar. Que diría cosas sin sentido y lo mejor era seguirle el juego a lo que tuviera en la cabeza.

—Qué bien, cariño —le respondió Percy.

—Se lo quité, pero no lo tiré. Lo preparé especialmente para ella. Lleva a la señora Turner su regalo de Navidad, le dije. Asegúrate de que lo recibe en persona. Volvió a casa y me dijo que estaba encantada con el regalo. Solo más tarde descubrí que se lo había dado a todos ellos. Nunca compartía mi paté de pescado… Me lo dijo cientos de veces. «Es mi único placer, es solo para mí», decía. No tenía que haberlo compartido.

Percy se metió en la cama. Cuando se mudó a la casa de Port Willunga, no había traído ni uno solo de los viejos muebles. Kurt y Sally habían levantado las cejas y le tomaron el pelo de buen humor por su extravagancia cuando les contó que no iba a necesitar un camión de mudanzas. Iba a comprar todo lo que necesitara nuevo. No lo habían hecho por ningún motivo en particular; era solo la forma en que los jóvenes trataban a los ancianos cuando no pretendían ser condescendientes pero lo eran de todos modos.

Se había comprado una cama individual amplia. No necesitaba más y le gustaba la idea de ocupar solo el sitio necesario. En el espacio sobrante había instalado estanterías en las tres paredes. En la habitación de invitados, puso dos literas para que sus nietos pudieran venir de visita cuando quisieran. Le encantaba que pasaran ahí la noche, verlos avanzar a trancas y barrancas sobre las dunas hacia la playa, las tablas de surf bajo el brazo, pateando arena los unos a los otros, sin dejar de reír ni un momento.

Casi todo el tiempo, sin embargo, Percy estaba solo. Ser viejo, había llegado a comprender, era como perderse en un museo inmenso con cientos de salas, todas llenas a rebosar de artefactos del pasado. Comprendió al fin por qué los ancianos eran capaces de permanecer sentados, inmóviles y solos, durante horas y horas. Siempre había algo que desempolvar y contemplar desde una perspectiva nueva para rescatarlo del olvido.

Intentó que sus pensamientos no lo llevaran de vuelta a aquella noche en que dejó a la pequeña en la rosaleda. Qué rápido había desaparecido, demasiado. Aquello significaba que ella ya habría sabido desde antes dónde acabaría la bebé y le había dejado creerse responsable de su muerte. Ella no podía ser tan cruel.

Percy se había culpado a sí mismo por un montón de cosas a lo largo de los años. A pesar de todo, no había sido él quien había pescado el pez globo ni quien lo había puesto en el paté de pescado. No había sacado a la pequeña de la cuna y no la había ocultado. Se había enamorado y había traicionado a su mujer. Había intentado ser un buen padre. Había tratado de arreglar las cosas con Meg y le había ofrecido lo único que tenía: su servicio. La vida era un viaje, y no transcurría por una carretera plácida; a veces ocurrían cosas horribles. Percy no se hacía ilusiones: era consciente de lo que había hecho, pero también de lo que no.

Esa noche Percy estaba cansado y supo que iba a dormir. Levantó las piernas, doloridas y envejecidas, para entrar en la cama y alisó la sábana por encima. Mientras cerraba los ojos, se permitió entrar en una de sus salas favoritas del museo. Fue un hombre que se colaba a hurtadillas por la cerca en el lado oculto de la finca de los Turner, cruzaba el prado hacia el sauce que se alzaba ante la poza. Isabel, advirtió, ya lo estaba esperando. Junto a ella había una pequeña pila de libros; él llevaba el que había tomado prestado en la mochila. Isabel debió de notar su presencia, pues levantó la vista y lo vio, y cuando le sonrió, Percy sintió que todo iba bien en el mundo y que siempre sería así.

CAPÍTULO TREINTA Y NUEVE

L a librería Banksia ocupaba un edificio de piedra en
la calle mayor de Tambilla que, según la agente
inmobiliaria, había sido el lugar donde estaba antes la
única tienda de comestibles del pueblo. La librera, Mar-
gie, era nueva en la zona y le pareció un dato interesante pero intrascendente sobre la historia local, como los
que a menudo compartían los agentes inmobiliarios que
esperaban cerrar una venta. Sin embargo, tenía una visión
romántica de la historia y le gustaba el hecho de que, si
miraba con suficiente atención, bajo cierta luz, aún alcanzaba a ver la pintura más reciente que mostraba un
par de eses ahí donde estaba escrito «Summers e Hijos».

La mañana de la víspera de Navidad la librería vendía libros sin parar. Sonaban villancicos por los altavoces,
los niños lucían gorros de Papá Noel y orejas de reno
mientras correteaban entre los clientes y una empleada
disfrazada de elfa repartía caramelos a la gente al salir.
Cuando Jess salió de la librería y pisó la acera, sintió el
ánimo ligero y esa sensación aleteante de las nuevas po-

sibilidades que siempre se apoderaba de ella cuando tenía una bolsa de papel con libros bajo el brazo.

Al otro lado de la calle, vio un estrecho sendero que avanzaba entre la hierba para alejarse de la calle entre dos edificios. Gracias al libro de Daniel Miller, lo reconoció: tenía que ser el sendero que Becky Baker tomaba al ir de la cervecería a la casa de los Turner por las mañanas, cuando se apartaba del angosto río que se extendía paralelo al pueblo y aparecía en la calle principal para saludar a Meg Summers y recibir su manzana de cada mañana.

Becky disfrutaba del túnel formado por robles y olmos que bordeaban la calle, y casi sesenta años más tarde Jess sintió la misma admiración. Los árboles eran enormes, de hojas de un verde intenso tan grandes como platos, que arrojaban sobre la calle (que de otra manera sería sofocante) una sombra completa.

—Deberías venir en otoño —le dijo la mujer tras el mostrador del Mercado Orgánico donde había pedido un café antes—. Qué colores tienen las hojas... Es como estar en Canadá.

Jess había quedado con Polly a mediodía, de modo que aún tenía quince minutos. Su madre se había mostrado muy misteriosa durante la cena de la noche anterior. Había recibido una llamada telefónica y, por lo que oyó Jess, había hecho planes para hacer algo por la tarde. A continuación, le había preguntado si estaba libre.

Polly había tenido mucho cuidado desde que llegaron (ambas lo habían tenido) para no sacar conclusiones sobre qué tipo de viaje era y qué suponía que hubieran decidido viajar juntas a Tambilla en Navidades. Tras escuchar la cinta de Nancy Davis y descubrir el diario de Isabel, cada una tenía sus motivos para querer regresar a Australia del Sur. Aun así, habían acordado que era buena idea cenar juntas la primera noche, y así lo habían hecho.

Había sido un evento inesperado en todos los sentidos. Desde el principio, Polly había sido muy tiquismiquis respecto a dónde se sentaban y escogió una mesa al aire libre, en un rincón con vistas a la calle. Solo entonces le había revelado, un tanto avergonzada, que ya había estado en Tambilla una vez antes.

—Quería contártelo la otra noche —dijo Polly—, después del funeral, pero todo se volvió un poco… confuso.

Al parecer, debido a cierta coincidencia que Jess aún tenía que comprender, Polly había acabado cenando con el hombre que ahora sospechaba que era su padre.

—¿No tenías ni idea en el momento? —preguntó Jess.

—Qué va, aunque me cayó muy bien. Todos ellos me cayeron bien. Recuerdo que al día siguiente, mientras volvía a casa en coche, me asombró lo cómoda que me había sentido en su presencia. A riesgo de sonar ridícula, aquella cena me cambió en cierto sentido; me sentí menos pesada, más decidida. Menos maniatada por el concepto un tanto limitado de mí misma que siempre he llevado a cuestas.

Polly le contó que ya había decidido por aquel entonces que no quería vivir una vida definida por los secretos.

—Por eso me marché de Sídney —explicó— seis meses antes de venir aquí.

Le describió a Jess la noche que Daniel Miller había venido a Darling House: había descubierto a su madre de pie ante la cuna de Jess en la oscuridad y Nora se había girado y le había obligado a prometerle que jamás le contaría a la niña lo sucedido en Halcyon. Jess comprendió que ese momento había sido crucial: Nora, Polly, Jess y sus tóxicos secretos de familia, unidos en aquel instante.

—Obedecí —siguió Polly—, pero no debería haberlo hecho. Al guardar mis propios secretos, te hice a ti lo mismo que Nora me hizo a mí... Te denegué partes importantes de tu identidad. Pero quiero hacer las cosas de otro modo. —Sus dedos se dirigieron al colgante de jacaranda del collar—. Quiero hablarte de algo importante... Lo debería haber hecho hace mucho tiempo. Quiero hablarte de tu padre.

Jess sintió que todo a su alrededor se volvía más lento. Fue como si el vacío aspirase el ruido procedente de las otras mesas, dejando paso al océano de su propio pulso en los oídos; notó un hormigueo súbito en los dedos. Había imaginado esta conversación miles de veces, pero había abandonado la esperanza de mantenerla. Al final, la historia de amor, de la oportunidad perdida, de secretos y humillaciones de su madre fue más sencilla de lo que se esperaba y, por tanto, de algún modo, también más triste.

Tal vez porque la historia era triste, Polly trató de contrarrestarla contando anécdotas más alegres de los primeros años de Jess.

—Una vez —dijo, riéndose—, cuando tenías tres o cuatro años, te llevé a una feria del barrio. Nos montamos en las atracciones juntas y compramos algodón de azúcar y una manzana de caramelo y más tarde, al atardecer, encontramos un lugar para ver los fuegos artificiales. Tu carita estaba radiante de ilusión, tenías los ojos más abiertos que nunca y, cuando nos marchamos, alzaste la vista, maravillada, y dijiste: «Pero ¿cómo han sabido que era mi cumpleaños?».

»En otra ocasión (ya tendrías unos cinco años), tú y los otros niños del cole pasabais el recreo haciendo carreras por la arena. Estabas molesta porque había otra chica (Mary la Rápida, la llamabas) que siempre te ganaba. A ti nunca te ha gustado que te ganen. Las deportivas ya te quedaban pequeñas y, cuando te llevé a comprar unas nuevas, me preguntaste si te harían correr más rápido. Me pareció una pregunta tan tierna, y te vi tan llena de entusiasmo, que te respondí: "Sí, claro que sí", sin pensarlo demasiado. ¡Caramba! Cómo me miraste la tarde siguiente cuando te recogí del colegio y me dijiste toda enfadada que esas deportivas no eran nada rápidas... Habías vuelto a quedar segunda contra Mary... No he olvidado esa mirada. No volví a responderte una pregunta a la ligera.

Eran recuerdos tiernos y divertidos, y Jess percibió que para Polly, que se los había guardado para sí tanto tiempo, era un alivio poder contarlos al fin; pero, para Jess, era como oír historias sobre otra persona. No recordaba nada de todo ello. Era una niña pequeña, por supuesto, pero no se trataba solo de eso.

Conocía una máxima que respetaban todos los buenos predicadores, líderes y vendedores: cuenta una buena historia, cuéntala con palabras sencillas, cuéntala a menudo. Así se formaban las creencias y los recuerdos. Así se definían las personas a sí mismas, confiando en las historias sobre sí mismos que habían oído contar a otros. Nora había sido la principal narradora en la vida de Jess, por lo que llegó a pensar en sí misma como fuerte, inteligente y decidida, la nieta adorada de Nora, una Turner de los pies a la cabeza.

Salvo que no era una Turner en absoluto.

Al escuchar los cariñosos recuerdos que contaba Polly sobre una niña pequeña de décadas atrás y reflexionar sobre todo lo que su madre había dicho antes sobre cómo conoció a Jonathan James y cómo reaccionó Nora a su compromiso, los meses y años que siguieron, Jess tenía un montón de preguntas: sobre su padre, el pasado, su propia historia. Pero cuando el monólogo de Polly llegó a una pausa, Jess se sorprendió a sí misma. Fue más consciente que nunca de los pocos recuerdos que ella y su madre compartían; le pareció crucial de repente repetir y celebrar los pocos que existían:

—Recuerdo los cangrejos —dijo Jess—. Aquel día en la playa. Los recuerdo. Yo estaba muerta de miedo y de repente me sentí a salvo.

No estaba segura de qué esperaba al decir eso pero, desde luego, no era la cara de Polly, que se arrugó mientras se le amontonaban las lágrimas en los ojos, que ocultó con las manos. Jess se preguntó al principio si su madre la había oído mal o si había algo más en ese recuerdo que se le había pasado por alto.

—¿Estás bien?

Polly había sacado un pañuelo del bolso; el gato del collar tintineaba contra el pájaro mientras se secaba los ojos.

—Estoy bien –dijo—. De verdad, no es nada. No es nada y lo es todo.

Mientras Jess esperaba a Polly en el banco en medio del Jardín del Centenario, una bandada de rosellas rojas cruzó el cielo en un destello azul y rojo y desapareció ruidosamente en las ramas de un eucalipto gigante en la parte trasera del hotel, al otro lado de la calle. Jess aún estaba experimentando un curioso, aunque no desagradable, choque cultural. Lo último que esperaba al salir de Londres apenas dos semanas atrás era pasar las Navidades con Polly en un pequeño pueblo rural de Australia del Sur.

Por su parte, Jess tenía muchas cosas que hacer mientras estuviera ahí. La primera guardaba relación con las páginas del diario de Isabel. Había un detalle que no había llegado a la versión oficial sobre el que Jess había estado pensando. Isabel había consultado con un abogado para obtener los pasaportes: ¿por qué no se había presentado durante la investigación policial, sobre todo cuando el dedo de la sospecha señaló a su cliente? Jess había estado tratando de averiguar cómo saber quién era cuando vio un artículo en la primera página de un reportaje de prensa que había impreso sobre el día que se hallaron los cadáveres de los Turner. Mencionaba la muerte de un conocido abogado de Adelaida, el señor Alan S. Becker, en un accidente de tráfico en Jetty Road. Era una posibilidad remota, pero Jess había logrado establecer que los efectos profesionales del señor Becker habían sido donados por su esposa a la Biblioteca Estatal de Australia del Sur, así que planeaba ir a echar un vistazo en cuanto abrieran de nuevo tras las Navidades.

También había quedado de nuevo con Marcus Summers. Su anterior conversación había terminado de forma abrupta y había algo que le quería preguntar. Sería necesario hacerlo con mucho tacto. Jess se había preguntado por qué su abuela no había destruido las páginas del diario antes, y por fin, mientras se quedaba dormida unas noches atrás, había comprendido en qué consistía aquella polilla que revoleteaba en algún rincón de su memoria desde que subió a la buhardilla. Era el pez globo. Rowena Carrick había mencionado en su correo electrónico que su toxina no fue aislada hasta los años sesenta y, por tanto, no se podían hacer pruebas para detectarla en 1959.

Había sospechado de Percy (había sospechado incluso de Marcus) pero entonces, en una línea de razonamiento paralela, Jess se había descubierto a sí misma pensando en el cambio de actitud de Nora respecto a Isabel. Al principio, Nora había sido la defensora más apasionada de su cuñada e insistió con vehemencia en que Isabel jamás habría cometido el espantoso crimen del que la acusaban. Sin embargo, tras la muerte de su bebé, tras descubrir a Thea en la rosaleda, tras el encontronazo con Becky Baker en la calle, Nora había «recordado» haber visto a Isabel comportarse de forma violenta con la pequeña Thea. Se lo había contado a Daniel Miller, quien a su vez había sentido el deber de contárselo a la policía. Su declaración había sido crucial en la investigación y, en última instancia, en las conclusiones del juez.

Jess se preguntó cuándo ató Nora los cabos sueltos. ¿Había visto a Meg en la cocina y se había preguntado por qué se esmeraba tanto al deshacerse hasta del último resto del paté de pescado? ¿O solo cuando Meg intervino para protegerla en la calle Nora comenzó a preguntarse por qué y comprendió qué había pasado? En cualquier caso, ambas mujeres cargaban con un secreto funesto que la otra había aceptado (de modo tácito o no) proteger. No había sido incredulidad lo que Jess había creído detectar en la voz de Nora cuando Daniel Miller le contaba que Meg estaba muerta durante la grabación:

había sido alivio. La única persona que conocía su secreto ya no podía revelarlo.

No era más que una conjetura, por supuesto, pero explicaba por qué Nora había guardado las páginas del diario: eran una prueba de la aventura y del móvil de Meg Summers. Algo que venía bien tener al alcance de la mano, dadas las circunstancias. Jess sentía lástima por Daniel Miller. Tenía que haberle reconcomido por dentro publicar algo a pesar de saber que no era cierto. Había leído de nuevo el apéndice y se fijó en que había evitado el escollo adoptando el punto de vista de las personas que no tenían motivos para dudar de las evidencias mostradas. De aquella manera, la perspectiva del libro era auténtica; las voces que contaban la historia no faltaban a la verdad. Aun así, Jess comprendía por qué Daniel Miller no había estado dispuesto a promocionar la nueva edición. Le habría exigido tal nivel de hipocresía que, por lo que sabía de él, no se habría sentido cómodo. Ya le habría sido difícil sobrellevar la sensación dolorosa de propagar una falsedad, de ser cómplice del engaño de Nora.

Jess comprobó en el reloj que eran las doce y diez. Polly llegaba con retraso. Al despedirse la noche anterior, había mencionado que por la mañana iba a visitar un vivero de plantas frutales en las afueras del pueblo. A Jess le había parecido una forma muy peculiar de pasar el tiempo, pero tenía otras cosas en mente y pensó que tal vez a Polly le encantaban los melocotoneros. Todavía había muchas cosas que necesitaba conocer acerca de su madre. Y sobre su padre, ya puestos.

Metió la mano en la bolsa de papel marrón y sacó los dos libros que había comprado en la librería Banksia. El primero era un ejemplar nuevo de uno de sus libros favoritos de siempre: *El bunyip del arroyo Berkeley*. Jess había visto el lomo en el estante, con ese color crema tan familiar, y la habían asaltado los recuerdos de cuando iba a la biblioteca de pequeña de la mano de Polly. Los recuerdos eran nuevos (no la parte de la biblioteca, con su olor a papel y polvo, la ilusión de ver las pequeñas pilas de libros prestados, el sonido del sello al estampar la fecha de devolución), pero, a lo largo del tiempo, Polly había desaparecido de esa imagen.

Sin embargo, Jess las veía ahora a ambas, juntas, acurrucadas en los cojines de un rincón cálido y soleado, leyendo un ejemplar muchas veces prestado de ese mismo libro. Le alegró ver que las ilustraciones, con su sombrío dominio de lo macabro, todavía tenían el poder de cautivarla; las recordaba todas, hasta el más pequeño y maravilloso detalle. El cuento, sin embargo, le deparó una sorpresa. Por aquel entonces le había dado miedo, pero al leerlo de nuevo, Jess no supo con certeza cómo no había reparado en que el bunyip no era más que un alma perdida, que se preguntaba qué y quién era, de qué lugar y de qué familia formaba parte.

También el otro libro trataba de algún modo sobre la soledad: se titulaba *El encuentro de dos desconocidos*, de Jonathan James, y contaba la historia de un hombre felizmente casado, con una buena vida, que, sin embargo, no podía dejar de pensar en su primer amor, que le había roto el corazón mucho tiempo atrás. En la contraportada del libro, la biografía del autor describía la trayectoria de un escritor consagrado, casado y con tres hijos, que vivía en Carolina del Norte.

Jess había buscado a Jonathan James en Google la noche anterior, al volver a su habitación del hotel tras oír la historia de su madre, y devoró sus viejas entrevistas para descubrir cómo era él, pero también, comprendió, para encontrar indicios de sí misma. ¿Escribía ella porque había heredado ese rasgo de él? ¿Les gustaba Jeff Buckley a ambos porque los gustos musicales formaban parte del código genético y lo había heredado de él?

Por los mismos motivos, se descubría a sí misma pensando en Polly. Le habría venido bien leer una biografía online, entrevistas de periódicos o explorar el sitio web de su madre, pero nada de eso existía. Había oído muchas historias a lo largo de los últimos treinta años, pero todas las había contado Nora. Las mismas historias que Nora había contado a Polly acerca de sí misma: que era tierna pero nerviosa, bienintencionada pero frágil, que necesitaba la constante protección de su madre.

Nora. Incluso aunque a Jess le dolía que su abuela no le hubiera confiado la verdad y le abrumaban algunas de las decisiones que había tomado, le resultaba imposible enfadarse de verdad con ella. Porque, aunque el celo de Nora había sido asfixiante para Polly, Jess, en cambio, gracias a esa atención y ese cuidado, había llegado a creer que podía conseguir cualquier cosa y le había dado la confianza para alzar el vuelo. Jess siempre tenía en mente las Reglas para la Vida de Nora, que aplicaba a todas las situaciones en que se encontraba. También atesoraba varias décadas de recuerdos en los que recibía ánimos y cariño. Tal vez no fuera una Turner desde el punto de vista genético, pero Jess siempre sería la nieta de Nora.

Ser parte de una familia era complicado. Jess no estaba segura de si algún día llegaría a comprender de verdad por qué su madre fue capaz de abandonarla, pero entendía por qué Polly tenía que alejarse de Nora (o, para ser más precisos, de la versión de Polly en la que creía Nora). Jess también comprendía que no debió de resultarle sencillo. Polly habría tenido que recurrir a todo su valor y fortaleza para liberarse de Nora, para dejar todo lo que conocía, las historias que le habían contado, y reinventarse a sí misma al comenzar una nueva vida.

—¡Hola! —Polly había aparcado al otro lado de la calle y se inclinaba para llamarla por la ventanilla. Cuando Jess alzó la vista, Polly le pidió que se acercara con un gesto entusiasta—. Espero que no hayas estado esperando mucho tiempo.

—Unos minutos —dijo Jess, que se sentó en el asiento del pasajero y dejó la bolsa a sus pies—. ¿Qué tal el vivero?

—Maravilloso —respondió Polly mientras avanzaban en el coche por la calle principal para salir del pueblo—. Ha sido maravilloso. Luego te cuento, que hay mucho que contar…, pero después de acabar aquí.

Una respuesta bastante enigmática, pero también un recordatorio de que Jess aún no sabía dónde estaba ese «aquí».

—¿Adónde me dijiste que íbamos? —preguntó Jess, pero en el mismo instante en que las palabras salieron de sus labios, notó que el coche aminoraba la velocidad. Vio el cartel de una calle y supo dónde estaban; ella misma había ido en coche ahí la semana anterior.

Un Mazda rojo deportivo estaba aparcado en el arcén al final de Willner Road.

—Creo que es ella —dijo Polly, que echó un vistazo por encima del volante.

Una mujer con una permanente color caoba que le llegaba a los hombros las saludó con entusiasmo antes de montarse de nuevo en su coche y comenzar despacio la subida por las curvas del camino de entrada. Polly la siguió y aparcó detrás del Mazda en la gravilla, en lo alto.

La mujer las recibió con una sonrisa deslumbrante.

—Hola —dijo—, soy Deb…, Deb Green. Y tú debes de ser Polly.

—Sí. Gracias por aceptar enseñarnos la casa aunque estemos en la víspera de Navidad.

—No es ninguna molestia. Es una finca preciosa. —Señaló con un gesto amplio del brazo la grandiosa casa que tenía a sus espaldas—. Un poco descuidada a lo largo de los años, pero un proyecto maravilloso para la persona indicada. También tiene su historia, como casi todos los lugares que son tan antiguos.

—¿Podemos entrar a verla? —preguntó Polly.

—Claro que sí. Yo he venido antes para airearla un poco. Podéis mirar con total libertad. Tomaos vuestro tiempo. Tengo que enviar unos cuantos mensajes de correo electrónico antes de Navidad, así que me quedaré aquí, pero estaré encantada de responder vuestras preguntas cuando terminéis.

Estar en la casa resultaba tan inquietante como Jess esperaba. Tras pasar por el vestíbulo de entrada, llegó a la sala de estar en la que la policía había hablado con Nora; el comedor donde la familia Turner había desayunado por última vez; la biblioteca, con sus paredes cubiertas de estanterías; y el salón para las visitas, donde antes se encontraban los *netsukes*. Gran parte del mobiliario permanecía en su sitio: tras haberse llevado sus objetos personales, Thomas Turner había decidido que, como se habían hecho a medida, era mejor dejar los muebles en el edificio. Jess recordó que siempre había tenido en gran estima la alcurnia de la casa.

Con la crónica de Daniel Miller en mente, no fue difícil oír los ecos de John Turner bajando a zancadas la escalera, el piano que comenzaba a sonar en la biblioteca, los ruidos felices de una familia que se va de pícnic. Se cumplían cincuenta y nueve años ese mismo día. Jess pasó las puntas de los dedos por la barandilla de esas escaleras amplias y elegantes mientras se dirigía a la terraza.

No dejaba de asombrarla el poder de la palabra escrita para transmitir no solo conocimientos, sino experiencias. Era la primera vez que pisaba esa casa; sin embargo, Daniel Miller la había llevado a Halcyon en 1959 y, por lo tanto, ya la conocía. Vio la puerta que daba a la habitación que había sido de Nora y se dirigió a ella sin pensarlo dos veces. Al mirar al otro lado de la terraza, más allá del rincón del teléfono, hacia la habitación de Matilda, Jess sintió un destello de lo que parecía casi un recuerdo personal: Nora observando a sus sobrinas aquel último día. «¿Lo has encontrado?». Un asentimiento. «Enséñamelo… ¡Aquí no!».

Con un escalofrío, Jess abrió de par en par la puerta de Nora y entró. Aquí fue donde su abuela había dormido las últimas semanas de su difícil embarazo y donde había dado a luz; desde esa ventana había observado a Isabel en el jardín.

Jess se acercó a la ventana.

La finca, como había dicho la agente, estaba muy descuidada, llena de enredaderas y maleza, pero Jess la vio como había sido entonces. Las rosas, el nogal y, más allá de la curva del camino, el corral y la huerta. Sin embargo, era Polly, y no Isabel, quien daba un paseo entre los árboles; Jess se preguntó si su madre estaría pensando en aquella noche en que la dejaron ahí para que la encontraran, el amanecer en el que Nora había salido sigilosamente de la casa y la había descubierto entre las rosas, lo que cambió para siempre la vida de Polly. Ya no sería más Thea Turner, sino Polly Turner-Bridges.

Jess sintió unas ganas súbitas de salir de la habitación, de estar al aire libre. Bajó las escaleras y cruzó el vestíbulo de entrada, consciente de seguir los pasos de Isabel de aquella víspera de Navidad de hacía tanto tiempo. Al salir por la puerta al porche, una cálida brisa le rozó la cara y la dominó una intensa sensación de familiaridad: el aroma de los eucaliptos, la tierra calentada por el sol, la luz tan resplandeciente que era imposible mirarla sin entrecerrar los ojos. Los esbeltos eucaliptos azules en lo alto de la pendiente, antiguos y contemplativos. Era el paisaje de su infancia y jamás sería capaz de escapar de su embrujo.

Igual que Daniel Miller la había traído a Halcyon, los libros que leyera en su infancia, tumbada bajo los helechos en Darling House, la habían llevado a tierras donde crecían árboles con nombres como robles, castaños u olmos en bosques maravillosos y antiguos, donde la tierra era húmeda y el sol leve, donde existían palabras mágicas como seto o castaña, la nieve besaba los cristales de las ventanas en invierno y los niños montaban en trineos en Navidad, comían pudín y crema de maicena. Y así había llegado a conocer otro paisaje, no solo con el intelecto, sino de un modo visceral: un paisaje de la imaginación tan real para ella como el entorno geográfico en el que se movía. Cuando llegó a Inglaterra por primera vez, una joven licenciada de veinte años, le resultó familiar de inmediato, nada más bajar del avión.

Ahí, ahora, de pie ante el valle que se extendía hacia la colina, Jess pudo imaginar cuánto habría echado de menos Isabel su tierra, su hogar. También Jess había estado pensando mucho en el concepto de hogar últimamente. El hogar, había comprendido, no era un lugar, una época, ni una persona, aunque podía ser cualquiera de esas cosas y todas ellas: el hogar era la sensación de sentirse completa. Lo opuesto al hogar no era la lejanía, era la soledad. Cuando alguien decía: «Quiero ir a casa», lo que de verdad quería decir era que quería dejar de sentirse solo.

Había abandonado el artículo de viaje. En su lugar, iba a escribir algo diferente, más ambicioso. Las ideas aún eran un tanto deslavazadas, pero guardaban relación con el hogar, los vínculos y la familia; Polly le había dicho algo durante la cena de anoche acerca de Isabel y poner las cosas en su sitio.

—Es recordada de la manera más horrible, y todo eso que dicen ni es verdad ni se lo merece.

Aunque Jess aún no sabía exactamente cómo, todo ello estaba unido.

Jess vio que, al otro lado de la grava, Polly estaba aceptando un folleto reluciente de manos de la agente. Había dado por hecho que estaban echando un vistazo por curiosidad, por amor a la historia. Y tal vez Polly solo estaba siendo educada. Aunque era posible, comprendió Jess, que el interés de su madre fuera más serio. No conocía los secretos del corazón de Polly, pero quería conocerlos.

La saludó con una sonrisa cuando Jess llegó junto a ellas.

—Deb me estaba diciendo que podemos dar un paseo por el terreno hacia el arroyo.

—Por desgracia, no me puedo quedar mucho más tiempo —explicó la agente—. Mi hija va a cantar en el coro de Nochebuena y tengo que llevarla al ensayo. He cerrado con llave la casa, pero podéis pasear por aquí todo lo que queráis. Nadie cuida de los jardines, pero seguro que podréis ver el potencial. Debería añadir —su sonrisa flaqueó y Jess percibió un atisbo de duda en su mirada cuando bajó la voz— que hubo una especie de incidente en la finca hace muchos años.

—Sí —dijo Polly con una sonrisa—. Gracias, ya conocemos la historia.

El buen humor de Deb Green regresó.

—Qué bien. Y tengo que decir que no podía estar más de acuerdo. Siempre he pensado que lo pasado, pasado está. No hace falta quedarse atascado; hay que mirar adelante, no atrás.

No era exactamente lo que Polly había dicho, pero ni Polly ni Jess trataron de aclararlo.

Deb Green les dio la mano, les deseó unas felices Navidades y se marchó en su Mazda rojo.

Tras su partida, Jess y Polly guardaron silencio y los sonidos del jardín volvieron a rodearlas. Una bandada de pequeños maluros volaron a toda prisa alrededor de la base de un ciruelo cercano, los grillos cantaban entre la hierba alta y una sensación de estar fuera del tiempo, en plena naturaleza, más antigua y penetrante que todo lo que pudieran crear los seres humanos y sus historias, se asentó, poderosa y cálida, en torno a ellas.

—¿Bajamos paseando juntas? —preguntó Polly.

Jess percibió una nueva nota de serenidad en la voz de su madre. La brisa veraniega le rozaba la nuca y de repente sintió un poderoso impulso en su interior. No sabía si se debía a estar ahí, en ese lugar, o al agradable tiempo que evocaba a los días de su infancia en que las horas se estiraban ante ella para que las llenara solo de diversión, o que estuvieran en la víspera de Navidad, o que su madre se encontrara junto a ella, sólida y presente como no lo había estado antes. Jess la miraba como si la viera por primera vez. Pero sintió en el pecho una sensación que era lo opuesto a la soledad.

—¿Estás aquí, conmigo? —preguntó Polly, que estudiaba el rostro de Jess mientras esperaba una respuesta.

Jess asintió con la cabeza y sonrió.

—Sí, estoy contigo.

AGRADECIMIENTOS

Gracias a mi agente, Lizzy Kremer, que aporta tanto sus conocimientos como su sabiduría a mi vida editorial; a Kay Begun y Maddalena Cavaciuti; y al equipo de derechos de DHA International, en especial a Margaux Vialleron. Gracias a mis editoras, Maria Rejt, Kate Nintzel y Annette Barlow; ellas me han desafiado y ayudado para que este libro sea mucho mejor de lo que habría sido; a Gonzalo Albert, que me hizo llegar su entusiasmo sin igual justo en el momento más oportuno; a Nita Pronovost; a Ali Lavau; a Marian Reid; a Christa Munns, Charlotte Tennant y Laura Brady (¡son infatigables!); a Chloe Bollentin y Janet Rosenberg; y a mis traductores, que me hicieron contemplar, incluso con más atención de lo habitual, mi compleja, flexible y fascinante lengua materna. Soy, sin duda, afortunada por contar con tantos aliados amantes de las palabras, deseosos de sopesar la trama y los personajes, la estructura y las ideas, los sinónimos, homónimos e incluso, si no queda más remedio, las virtudes e inconvenientes de la coma de Oxford.

Más allá de las labores editoriales, muchas personas han desempeñado un papel en la publicación de este libro y ofrezco mi gratitud sincera a A&U, Mantle, Marinery, Simon & Schuster Canadá, que han aportado su increíble talento, y a Robert Gorman, Joanna Prior, Liate Stehlik y Kevin Hanson, por su constante apoyo. Gracias a Ami Smithson (Reino Unido), a Elsie Lyons (Norteamérica) y a Sandy Cull (Oceanía), por su mágica creatividad para asegurarse que *De vuelta a casa* estuviera tan bien vestido, con especial mención a Bec Bartell por sus preciosas ilustraciones originales.

Gracias a Diane Morton, Julia Kretschmer y Lisa Patterson por leer los primeros borradores del manuscrito. Julia, en especial, cuenta con mi gratitud inconmensurable por estar dispuesta a charlar sobre mis personajes a lo largo de los años con el mismo entusiasmo y sinceridad que si fueran personas reales y formaran parte de nuestras vidas.

Gracias al profesor Nick Osborne, de la Facultad de Salud Pública de la Universidad de Queensland, y a Kym Hardwick, condecorado con la medalla al servicio de la Policía de Australia y vicepresidente de la South Australian Police Historical Society, por responder mis preguntas durante el proceso de investigación. Gracias a la Biblioteca Estatal de Australia del Sur. Todos los errores factuales del libro, intencionados o no, son míos.

Las primeras ideas para *De vuelta a casa* llegaron a mi cabeza en los Altos de Adelaida, la majestuosa tierra ancestral del pueblo peramangk y lugar de refugio de mi familia durante la gran zozobra al comienzo de la pandemia del covid. Alejada del barullo de Londres en una granja remota en Australia del Sur, desde finales de invierno hasta los largos días de verano, mientras en el mundo los acontecimientos se sucedían y arremolinaban, pensé mucho en el hogar y el lugar al que pertenecemos, y volví una y otra vez a ese verso de T. S. Eliot que habla del «punto inmóvil del mundo que gira». Me siento agradecida por este lugar, maravillada por su belleza y bendecida por sentirme unida a él.

Asimismo, considero un privilegio presentar los Altos de Adelaida a los lectores que no estén familiarizados con esa zona. Puede que Tambilla y sus habitantes sean invenciones mías, pero Hahndorf, Stirling, el monte Lofty, Onkaparinga Valley Road y Greenhill Road no lo son. Como novelista, me he tomado ciertas licencias creativas pero, aun así, espero que esos lugares les resulten auténticos a los lectores que sí estén familiarizados con ellos. Sin duda, los habitantes de Tambilla ya forman parte del tejido de mi vida diaria, así que, cuando viajo por las carreteras serpenteantes de los Altos, a menudo los vislumbro por el rabillo del ojo.

En buena medida, este libro trata sobre las historias y quienes las cuentan. La historia que Percy recuerda haber oído acerca de los orígenes del monte Lofty procede del pueblo kaurna, los guardianes ancestrales de los Llanos de Adelaida, al oeste de los Altos, y la menciono aquí con el mayor de los respetos.

De vuelta a casa trata también sobre los libros y los amantes de la lectura, y se mencionan entre sus páginas bastantes obras y escritores. Charles Dickens, Thomas Hardy y Jane Austen son nombres célebres en todo el mundo, pero ha sido un placer para mí incluir entre las primeras lecturas de Percy *The Magic Pudding*, de Norman Lindsay, y el favorito de Jess cuando era niña, *The Bunyip of Berkeley's Creek*, de Jenny Wagner, ilustrado por Ron Brooks. Aún conservo mis ejemplares, muy manoseados, en la estantería.

Gracias, por adelantado, a todos los libreros, bibliotecarios y lectores por cuyas manos pase *De vuelta a casa*. En cierto sentido, este libro ha sido un hogar para mí a lo largo de los últimos años y es una alegría poder al fin daros la bienvenida a su interior.

Gracias, en el recuerdo, a Herbert y Rita. Qué no daría yo por llegar a su jardín en Tamborine Mountain, saludar desde el porche y oír su respuesta acogedora desde el interior de la casa: «¡No está cerrada con llave!». Los echo de menos con una nostalgia y una tristeza que crecen año tras año.

Por último, soy una persona que siente un intenso vínculo con los lugares y es sabido que me he enamorado de ciertos edificios; sin embargo, mi verdadero hogar (mi punto inmóvil en un mundo que no deja de girar) es mi familia. Gracias a Davin, Oliver, Louis y Henry. Este libro es para ellos, con un amor y un agradecimiento sin fin, sin tiempo, sin límites.

«Para viajar lejos no hay mejor nave que un libro».

EMILY DICKINSON

Gracias por tu lectura de este libro.

En **penguinlibros.club** encontrarás las mejores
recomendaciones de lectura.

Únete a nuestra comunidad y viaja con nosotros.

penguinlibros.club